林维中文集

栖息在诗意中：王维小传

中晚唐小品文选

七

第七册目录

栖息在诗意中：王维小传

栖息在诗意中：王维小传

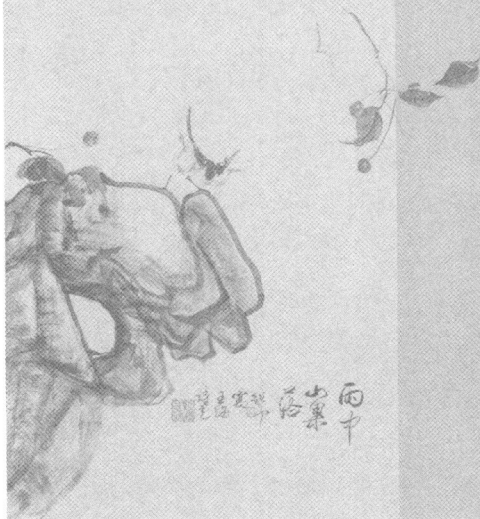

前　言

罗丹赞美加利哀的画说,在展览会里,大部分的画不过是画而已,而加利哀的画却"好像开向生命的窗子"[1]!读王维的诗,我也有类似的感觉——哪怕只是写景的五言绝句二十个字,也是一面"开向生命的窗子"!你看:

人闲桂花落,夜静春山空。
月出惊山鸟,时鸣春涧中。

生命在寂静里跃动。万物溶解在静中是如此和谐。这是一种特殊的美,连李白、杜甫也未必能写得出。对这样一位诗人,怎能以"消极"一言蔽之?从他能诗善画妙音律看,他对生活比谁都来得热爱。可他又为何被称为"诗佛"?须知佛家是讲"四大皆空"的。我对这位诗人充满好奇,于是欣然选定这位诗人作为撰写对象。

刚一"操作",便立即感到棘手。王维的平生事迹只是一痕虚线,有些段落干脆空白。王维的诗写得太抒情太简练了,根本就提供不出多少记述性的资料,难怪倾全力为其集子笺注的赵殿成要感叹:"拟欲编年,苦无所本。"所幸的是,陈铁民先生雪中送炭,将其大

---

[1] ［法］罗丹口述、葛赛尔记《罗丹艺术论・遗嘱》,沈琪译,人民美术出版社 1978 年版,第5页。

3

作《王维新论》送给我，其中《王维年谱》便成了我工作的脚手架①。尽管如此，要将这王维传写得像林语堂《苏东坡传》那样娓娓道来、神龙毕现，仍然是"说项依刘我大难"！于是我不时在各章穿插上一些专节，来讨论那些"拟欲编年，苦无所本"的作品。

不过，依我的理解，诗人的生命轨迹不但在乎生平履历，更在乎创作实践。心理学家荣格认为，诗人是作品的工具，从属于他自己的作品，所以他说了一句颇费解却很有意味的话：

> 不是歌德创作了《浮士德》，而是《浮士德》创造了歌德。②

不是"余事做诗人"的诗人，如李贺、孟郊，写诗几乎就是他们的一生事迹，没有诗便没有他们的存在。王维在天宝年间，似乎也沉浸在这一"无差别"状态之中。所以我在所附简谱中，于作品只取分期，不作具体系年，具体到某年某月作，则自有专家专著在。

历史，虽说不是"可以任意打扮的小姑娘"，却是一位"女大十八变"的大姑娘。许多是是非非是有"保鲜期"的，事过境迁，回头再看，往往可看出新的非非是是。我于诗人王维，有斯感焉。

1997 年冬月于面壁斋

---

① 本书虽以陈谱为主线，但一些事件如生年、隐居终南、《与魏居士书》系年等，或采他说，或自作主张，仍未尽相同。

② ［瑞士］荣格《人·艺术和文学中的精神》，卢晓晨译，工人出版社 1988 年版，第 112 页。

第一章　维摩诘

一、奉佛之家

> 人的心灵是块土地:心田。如果有人耕耘播种,兴许
> 就会按耕者的意愿滋长某类东西。崔氏在儿子的心田上
> 播种的是佛教。

老天爷是个粗心的农夫,当他播种天才时,老不均匀:有些地段,有些时代,一个天才也没有;有些地段,有些时代,却天才人物摩肩并峙。七世纪八世纪之交的 698—701 年这三四年间,就有两位天才诗人——王维与李白,一先一后呱呱落地。说来也奇,俩人不只是生年靠得近,连去世也紧挨着:前者死于上元二年(761),后者死于宝应元年(762)。可令人百思不得其解的是,此二人虽有过不少相处的机会,还有过许多共同的朋友,但在两人的文集中却没留一痕交往的迹象。

人的心灵也是一块土地,曰:心田。上面布满各色各样的种子。你如果任其自生自长,就兴许什么东西都会长出来;如有人着意去耕耘播种呢,那兴许会按耕者的意愿滋长某类东西,只是长得啥样还得看气候、地力、管理等。王维的母亲崔氏,在儿子幼小的心田上播些什么种子呢? 这还得从头说起。

汾州司马王处廉王老爷,是个慈眉善目的读书人,太原祁(今山

西祁县)人,因当官的关系,搬来在这蒲州(今山西永济)地面居住,已有些日子了。今年(698),生了个娃娃,心里甭提有多高兴! 要知道,古时候在中国添个能传宗接代的男孩是多么重大的事,何况还是长子。便和夫人崔氏商量着给儿子起个名。崔氏是个虔诚的佛家俗弟子,她认定这是佛爷赐的福,要用孩子的名字纪念纪念。于是夫妻俩商定,就起个单名维,字摩诘。

你看过《维摩诘所说经》(简称《维摩诘经》)吧? 孩子的名和字合起来就是那位法力无边的维摩诘居士。中国古人名和字往往相关,如司马牛,字子耕;周瑜,字公瑾。如果故意拆开看,有时便可看出笑话。有位学者就故意将"维"与"摩诘"拆开来看,说: 在梵文中"维"是"降伏"之意,"摩诘"是"恶魔"之意,所以王维便是名"降伏",字"恶魔"。这是学者的幽默,我辈常人自然是只看到维摩诘。

却说那位维摩诘居士,并不出家,而精通佛理,连佛祖菩萨们都得让他三分哩。对既信佛教,又舍不得孩子出家的崔夫人来说,这名字是恰到好处地表达她的意愿了。此后,王家又接二连三添丁,一串五男,至少还有一女。从《新唐书·宰相世系表》中可查明,弟弟依次名为: 缙、绲、纮、纨。不过,没等王维长大成人,乃父便撒手人寰。那年,王维还不到十二岁。崔氏含辛茹苦将孩子们拉扯大,所以在王家兄弟心目中,母亲有极崇高的地位,她所作所为对孩子们都有深刻的影响。而最深刻的影响是崔氏笃信佛教。就在王维五十岁那年,母亲去世,据史载,王维十分悲伤,"柴毁骨立,殆不胜丧"。为表达自己对母亲的怀念,他将自己心爱的蓝田庄施为佛寺——即蓝田县南辋谷(以后我们将一再提到这个地方)的清源寺,为母亲祈福。在《请施庄为寺表》中,他不胜依恋地说到自己的母亲:

臣亡母故博陵县君崔氏,师事大照禅师三十余岁。褐衣蔬食,持戒安禅,乐住山林,志求寂静。臣遂于蓝田县营山居一所,草堂精舍,竹林果园,并是亡亲宴坐之余,经行之所。

看来,崔氏不但在王维幼小的心田上播下佛教的种子,而且以自己长期持戒安禅的行动催发这颗种子,又适逢那是武则天兴佛的年头,小芽朵很快就舒开了根须,盘踞了这方心田。

说到武则天兴佛,当年可是件石破天惊的大事。本来呢,因唐朝皇帝老子姓李,所以同道教奉为始祖的李耳——俗称李老君——便有了瓜葛。据说,唐高祖武德三年(620),晋州有个叫吉善的人,在羊角山遇见一位穿白衣袍的老者,那老人招呼他过去,并对他说:“你替我向唐天子传个话,说我是太上李老君,是你唐天子的祖宗。就说,今年无盗贼,天下太平,让他放心当皇帝好了。”我至今没搞明白,为什么法力无边的神仙还要靠凡人传话? 但当时唐高祖是信的,很认真地在当地立了个老子庙,四时致祭。到唐高宗乾封元年(666),皇帝还追尊老子为“玄元皇帝”。不用说,和皇帝联了宗的道教有多神气。问题出在高宗的第一夫人武则天身上。武则天不但从小信佛,而且以其老辣的政治家的眼光看准了佛教可以在舆论上为她夺取皇帝宝座助一臂之力。她首先是影响唐高宗,大造佛像、广建佛寺,高宗显庆二年(657),建西明寺,楼台廊庑四千区,规模之大超过南朝的同泰寺、北朝的永宁寺。高宗咸亨三年(672)又在洛阳龙门镌卢舍那大石佛,高八十五尺,至今屹立龙门,气势磅礴。这佛像据说是以武则天为模特儿造就的,武氏捐了两万贯脂粉钱。至武则天称帝第二年的天授二年(691),天下寺庙据统计已达五千三百多座,僧尼达十三万之众! 武则天还非常重视佛经的翻译,曾为义净等人译的《华严经》作序。当然,她更重视“造经”。载初元年(690),白马寺怀义和尚和东魏寺和尚法明等人撰写了《大云经》,称武则天是弥勒佛下生,“当代唐作阎浮提主”。就在香烟缭绕之中,武则天于次年登上了梦寐以求的皇帝宝座。当然,这是“有偿劳动”,女皇随即下诏曰:释教在道教之上,僧尼处道士女冠之前。经魏晋至隋长期酝酿的佛教，终于在中土立定脚跟，蓬蓬然蔚成大国。这就是王维出世时的武则天时代的文化背景。

王维的母亲崔氏，到底受武则天礼佛的影响有多大多深，现在恐怕很难弄清楚。我们只知道崔氏"师事大照禅师三十余岁"（上引），而这位大照禅师就是普寂，是北禅宗神秀的弟子①。神秀呢，据《宋高僧传》说，武则天曾召他到东都洛阳，"肩舆上殿，亲加跪礼"。这一来，神秀成了众人膜拜的偶像，"时王公已下，京邑士庶竞至礼谒，望尘拜伏，日有万计"。不过据《宋高僧传》说，神秀虽然"得帝王重之无以加者，而未尝聚徒开法"②，直到普寂，才在都城传教，那是神龙二年（706）神秀死后的事了。所谓"都城"，是指东都洛阳。普寂于开元十三年（725）奉敕来洛阳，开元二十七年（739）终于兴唐寺，活了八十九岁。据说"时都城士庶曾谒者，皆制弟子之服"，"士庶倾城哭送，闾里为之空焉"③。崔氏大概也是人流中哭送的一位。既然崔氏"师事大照禅师三十余岁"，那么从大照死时的开元二十七年倒算上去，师大照该是在景龙年间（707—709）的事，那时王维已八九岁了。由于母亲的关系，王维也就与北宗神秀一脉有了不解之缘。王维撰有《为舜阇黎谢御题大通大照和尚塔额表》，这大通就是神秀的谥号，大照则是普寂的谥号。我们不知道王维与普寂的关系怎样，但知道他的弟弟王缙"尝官登封，因学于大照"④。王维呢，至少是与普寂的几个及门弟子有密切的交往。如王维集中有《谒璇上人》诗，这位璇上人就是嵩山普寂四十六位法嗣之一的"瓦棺寺璇禅师"⑤。诗中描写这位禅师的生活是：

---

① 《宋高僧传·普寂传》称普寂谥"大慧"，而李邕撰普寂碑称《大照禅师塔铭》，当以李碑为正。又南宗神会有弟子大照，是后来另外一人。
② 《宋高僧传》卷九《唐京兆慈恩寺义福传》。
③ 《旧唐书·方伎传》。
④ 王缙《东京大敬爱寺大证禅师碑》。
⑤ 《景德传灯录》卷四。

颓然居一室，覆载纷万象。

高柳早莺啼，长廊春雨响。

床下阮家屐，窗前筇竹杖。

阮家屐，据《晋书》说，晋时有个叫阮孚的，性好屐，有人去拜访他，正碰上他亲自给木屐上蜡，并感叹说："一辈子里又能够穿几双木屐呢？"这位璇上人的雅致大概也像那位晋人阮孚吧？王维又将寺院清幽的环境渲染了一番：高柳早莺，长廊春雨。北宗禅师是主张"凝心入定，住心看净"的，所以他们往往乐住山林，远离喧闹，借外部清静的自然环境，用坐禅的方法平心静气，以达到忘怀得失从而超越现实的目的。是之谓："外入内天，不定不乱。"这种无疑是颇为枯寂的云水生活却被王维诗化了，注入士大夫所称赏的"魏晋风度"式的闲情逸致。而王维自己也一直喜欢在大自然中静修独处，晚年璇禅师的高足元崇曾造访王维，《宋高僧传》卷十七有记载说：

释元崇……遂入终南，经卫藏，至白鹿，上蓝田，于辋川得右丞王公维之别业。松生石上，水流松下，王公焚香静室，与崇相遇，神交中断。

"松生石上，水流松下"，便是王维诗中"明月松间照，清泉石上流"的境界。在自家庄园中，松间石下，焚香独处，王维已经将禅师们的云水生活改造为世俗士大夫亦官亦隐的日常生活。王维集中还有一首《过福禅师兰若》诗：

岩壑转微径，云林隐法堂。

羽人飞奏乐，天女跪焚香。

竹外峰偏曙，藤阴水更凉。

欲知禅坐久，行路长春芳。

兰若、法堂,都指寺院。寺院藏在云林之中,岩壑藤竹,禅师们就生活在这样与世隔离的地方。这位"福禅师"是谁? 神秀和尚除普寂外,还有一个"两京法主,三帝门师",地位显赫的弟子义福。他死后由当时著名的官僚严挺之写下《大智禅师碑铭》,说这位义福"神龙岁,自嵩山岳寺为群公所请,游于终南感化寺,栖置法堂,滨际林水,外示离俗,内得安神,宴居二十年所",长期足不出户,故有王维诗中的"欲知禅坐久,行路长春芳"。道路因没有人来往而长满芳草。而王维所向往的,不就是这种嵌入大自然中独处的云水生活吗? 所以在访僧问道的诗中,他总是极力表现这种境界:

> 野花丛发好,谷鸟一声幽。
> 夜坐空林寂,松风直似秋。
>
> 古木无人径,深山何处钟?
> 泉声咽危石,日色冷青松。
>
> 洞房隐深竹,清夜闻遥泉。

摩诘毕竟是诗人,他从寂照中发现的首先是诗意。

王摩诘后期颇受南禅宗的影响。所谓南禅宗,是指"六祖"慧能所开创的真正中国化的佛教禅宗。慧能是个斗大的字识不到一升的和尚,却留下一首脍炙人口的偈语:

> 菩提本无树,明镜亦非台;
> 本来无一物,何处惹尘埃?

这也就是《坛经》"人性本净"的意思,求解脱不必向外寻找原因。所以《坛经》又说:"菩提只向心觅,何劳向外求玄?"真所谓心生种种法生。有个传说,慧能避难在广州时,有一次到龙兴寺,适逢诸人在议论风幡。一个说："幡是无情,因风而动。"一个则说:"风幡二者都是无情,如何得动?"又有人说:"因缘和合故动。"第四人说:"幡不动,风自动耳。"慧能禅师听了大喝一声:"不是风动,也不是幡动,是你们自己心在动!"虽然未必真有过这么一回事,但这一故事倒是很生动地将心生种种法生的道理说了出来。所以慧能创立的禅宗认为自心清净便是净土,要"回家",要"安心"。慧能一派用这等"直指人心"的明快方式表达佛教的精神,自然要比皓首穷经、苦行禅定更具吸引力,所以南宗很快便发展起来。不过不少学者认定那首偈语甚至《坛经》都不是慧能的原作,研究慧能最可靠的原始材料倒是慧能弟子神会拜托王摩诘写的《六祖能禅师碑铭》(简称《能禅师碑》)。可见王摩诘与南宗关系之重要,也可推知王摩诘与神会的交往不一般。

神会禅师是慧能和尚晚年的入室弟子,也是个传奇人物。赫胥黎自称是达尔文的"咬犬",有人称进化论是经赫胥黎的弘扬才立定脚跟的。我们不妨也说神会是慧能的"咬犬",南禅宗经神会的弘扬才立定脚跟。盖自慧能寂灭后,南宗一度沉寂无闻,而北宗神秀一门三国师(神秀、普寂、义福),为朝廷所崇敬,大炽于京、洛。据李邕《大照禅师塔铭》,普寂对其弟子称自达摩传至神秀,再传普寂,为七叶。也就是稳然以正宗自居了。可就在普寂、义福最得意时,神会只身北上,来京、洛争正统了!

开元二十二年(734)正月十五日,滑台(今河南滑县东)大云寺僧俗云集,香烟缭绕,好热闹哟!你看,福先寺、荷泽寺等寺四十余位大德法师都来了。其中有"两京名播,海外知闻"的崇远法师——此公善辩,"词若泉涌",人称"东山远"。这是一次后人称之为"菩提达摩南宗定是非"的无遮大会。神会在会上先声夺人,指斥神秀一系伪造法统,指出达摩一宗的法嗣是慧能。他与崇远一来一往抗声论辩,使到会听众无不屏气聆听。后来,崇远几遭论屈,便使出撒手锏:"普寂禅师名字盖国,天下知闻,众口共传,不可思议。如此相非斥,岂不与身命有仇?"这无疑是在相威胁。神会庄严地回答:"我自料简是非,定其宗旨。我今谓弘扬大乘,建立正法,令一切众生知闻,岂惜身命!"这气概震慑人心,动摇了北宗的正统地位①。不过,这场争论当时并未深入发展下去,待到十多年后,即天宝四年(745),兵部侍郎宋鼎请神会入东都洛阳行法,这才大弘慧能宗旨,人谓"方遮普寂之光,渐没秀师之道",南宗一派"流于天下"云(张遵骝《隋唐五代佛教大事年表》)。大概就在此前不久一段时间内(第五章我们还要再提到这段史实),王维与神会在南阳临湍驿相遇了。于是王维便问神会:"若为修道得解脱?"神会答道:"众生本自心净,何必修行? 若更欲起心有修,即是妄心,不可得解脱。"王维过去修习的是神秀一路禅学,从未听过这种"即心是佛"的言论,大为惊愕道:"大奇! 曾闻大德,皆未有作如此说。"便对寇太守和张别驾诸人说道:"此南阳郡,有好大德,有佛法甚不可思议!"②不知这是实录,还是编写《语录》的人借王维来吹捧南宗佛法的"不可思议"。但王维初次接触南宗的"直指人心"的禅法,肯定是会因耳目一新而为之惊异不已的。他肯受神会之托精心撰写慧能碑,并将这次听神会讲"定惠等"的道理写进碑文中去,便是明证。而他在碑文中及其他一些诗文中表现出的对南宗禅理体会之深,更说明王摩诘对神会,又由神会而及慧能,心仪之甚。在王维众多的佛门朋友中,可确考为南宗僧人的还有一位瑗公。此公天宝十二载(753)"始游于长安,手提瓶笠,至自万里,宴居吐论,缁属高之"③。看来也是一个雅和尚。

王摩诘平生结交的僧友很多,仅诗文中述及的就近二十人,其中大多数难考定是哪一个宗派。除南、北宗禅僧外,还有些其他宗

① 参看胡适校敦煌写本《神会语录第三残卷》及其《神会和尚遗集》卷首《神会传》。又见石峻等编《中国佛教思想资料选编》第 2 卷第 4 册,中华书局 1983 年版,第 109—117 页。
② 〔日〕铃木贞太郎等校敦煌本《神会语录》,转引自中华书局《中国佛教思想资料选编》第 2 卷第 4 册。
③ 《王右丞集笺注》卷一九《送衡岳瑗公南归诗序》。

派僧人,与王摩诘交往也很亲密。譬如说道光和尚,王摩诘《大荐福寺大德道光禅师塔铭》就这样说道:

> 禅师讳道光,本姓李,绵州巴西人……誓苦行求佛道,入山林,割肉施鸟兽,炼指烧臂,入般舟道场百日,昼夜经行。遇五台宝鉴禅师,曰:"吾周行天下,未有如尔可教。"遂密授顿教,得解脱知见……维十年座下,俯伏受教,欲以毫末,度量虚空,无有是处,志其舍利所在而已。

道光死于开元二十七年(739),则王维开元中长期于其座下"俯伏受教",可知影响之深。据专家考订,这道光当属华严宗,其"顿教"并非南宗,而是指东晋慧观"判教"分顿、渐两大类,以《华严经》为顿教①。从塔铭中看,这位道光和尚原来还是个"割肉施鸟兽,炼指烧臂"的苦行僧。更有趣的是,这位苦行僧,同时还是个"诗僧"呢!从王维《荐福寺光师房花药诗序》中得知,这位诗僧广种奇花异卉,"群艳耀日,众香同风",时或"流芳忽起,杂英乱飞",这叫"以众花为佛事",很是新鲜。此文表露了王维对色空有无的看法深受道光的影响,其"道无不在,物何足忘"的认识与其诗歌创作有莫大的关系,我们下文另作详谈。

还有一个不可忽略的人物是净觉。他是个出身显贵的高僧,乃唐中宗韦皇后的兄弟,出玄颐之门,为弘忍再传弟子,倾向北宗,居长安大安国寺。王维《净师碑铭》讲到净觉圆寂前"外家公主,长跽献衣;荐绅先生,却行拥彗","不受人爵,廪食与封君相比",高僧与贵戚的身份兼而有之。王维年轻时出入诸王与高僧之间,与维摩诘居士确有相似之处;而这位贵族出身的净觉,恐怕就是王维来往于高僧与诸王间的一座桥吧!

---

① 参看陈允吉《唐音佛教辨思录·王维与华严宗诗僧道光》,上海古籍出版社1988年版。

从王维与佛门各派僧徒都有交往这一事实看,他是不主一家,并无严格的宗派观念。其实中国士大夫于宗教往往持"六经注我"的态度,无论道家或佛家哪一派,都可以作为自我解脱的工具。

王维的弟妹大都奉佛。二弟王缙与王维关系最亲密,信佛也最深。王缙生于则天皇帝久视元年(700),字夏卿。由于兄弟俩相差才两岁,所以尤见亲密。《旧唐书》说:

> 与弟缙,俱有俊才,博学多艺亦齐名,闺门友悌,多士推之。

兄弟俩"俱有俊才",都"博学多艺"而"齐名",唐时就有这样的说法。如窦蒙注《述书赋》,称王维"诗通大雅之作,山水之妙,胜于李思训;弟太原少尹缙,文笔泉薮,善草隶书,功超薛稷。二公名望,首冠一时。时议论诗,则曰王维、崔颢;论笔,则曰王缙、李邕。祖咏、张说不得预焉"。一诗一文,一画一书,真是旗鼓相当。又说:"幼弟纮,有两兄之风,闺门之内,友爱之极。"看来一家子都有艺术细胞,这恐怕与当大哥的王维的影响有关,也可推见他"友于"之情有多深!《唐朝名画录》也说王维、王缙"兄弟并以科名文学冠绝当时,故时称'朝廷左相笔,天下右丞诗'"。赵殿成《王右丞集笺注》卷末附录还引《卢氏杂记》的一则佚事说:

> 王缙好与人作碑铭,有送润毫者,误叩其兄门。维曰:"大作家在那边。"

有人将王维的幽默误解作"妒忌",我看倒是王维对弟弟"好与人作碑铭"的一点微词。王维比弟弟要清高得多,后来的历史证明了这一点。当初,兄弟俩携手入京洛,出入诸王驸马豪右权势之门,无不拂席相迎;但王维仕途不达,王缙则连应草泽及文辞清丽举,步步高升。安禄山之乱起,被选为太原少尹,与名将李光弼同守太原,因功加宪部侍郎。可见王缙在官场还是应付自如,也比乃兄有行政才能。王维"安史之乱"中陷贼授伪职,王缙则请削官以赎兄罪,"兄弟友于"之情仍在。王维死后,王缙官更大了,直当到宰相,却曲附奸相元载,同流合污,纵容弟妹纳贿。还有一点,要是崔氏、王维地下有知定感痛心的,那就是由奉佛走向佞佛。

史载,王缙晚年信佛,不但将自己的房舍施为佛寺,度僧三十人住持,且将来京节度观察使拉去搞赞助,修佛寺。更糟糕的是,他身为代宗的宰相,竟以此方便向皇帝宣传因果报应,在他与几位大臣合力煽动下,代宗大兴佛事,尽力挥霍,甚至荒唐到"每西蕃入寇,必令群僧讲诵《仁王经》",如万幸寇退,不是奖赏浴血的将士,而是对诵经的和尚横加锡赐!难怪史臣要愤愤然批评道:"人事弃而不修,故大历(代宗年号)刑政日以陵迟……其伤教之源始于缙也!"

王维还有几个弟妹,其中王绅官江陵少尹,王纮大历十二年(777)四月之前任太常少卿。他们也都"奉佛"。《旧唐书·王缙传》称:"(缙)又纵弟妹女尼等广纳贿,贪猥之迹如市贾(商人)焉。"崔氏有知,定要摇头叹息。咦!种瓜竟然得豆。

二、不离世间觉

王维以佛家"随缘任运"取代儒家"兼济"与"独善"的处世原则,成就一种"无可无不可"的人生态度,重点转至"适意",其理想世界不过是现实在心灵的倒影。

王维十九岁时,曾写下一首传诵后世的《桃源行》。诗如下:

渔舟逐水爱山春,两岸桃花夹去津。
坐看红树不知远,行尽青溪不见人。

山口潜行始隈隩，山开旷望旋平陆。

遥看一处攒云树，近入千家散花竹。

樵客初传汉姓名，居人未改秦衣服。

居人共住武陵源，还从物外起田园。

月明松下房栊静，日出云中鸡犬喧。

惊闻俗客争来集，竞引还家问都邑。

平明闾巷扫花开，薄暮渔樵乘水入。

初因避地去人间，更闻成仙遂不还。

峡里谁知有人事，世中遥望空云山。

不疑灵境难闻见，尘心未尽思乡县。

出洞无论隔山水，辞家终拟长游衍。

自谓经过旧不迷，安知峰壑今来变。

当时只记入山深，青溪几曲到云林。

春来遍是桃花水，不辨仙源何处寻。

不管哪个民族，哪种信仰，恐怕心中都有一方"乐土"，如基督教所谓的"伊甸园"，佛教所谓的"净土"，道教的"蓬莱仙境"之类。但中国人总的说来比较现实，只要有"甘其食，美其服，安其居，乐其俗，邻国相望，鸡犬之声相闻，民至老死不相往来"（《老子》）的平静日子可过，也就是人间天堂了。所以孟子追求的理想世界是："五亩之宅，树之以桑，五十者可以衣帛矣；鸡豚狗彘之畜，无失其时，七十者可以食肉矣；百亩之田，勿夺其时，八口之家可以无饥矣。"（《孟子·梁惠王上》）陶渊明将这一理想套上"仙境"的外衣，造出一个千古流传的"桃花源"乐土。除了开头结尾有点"不可思议"外，中间一段写的乐土也只不过是个全封闭的颇为原始的乡村："土地平旷，屋舍俨然。有良田、美池、桑竹之属。阡陌交通，鸡犬相闻。其中往来种作，男女衣着，悉如外人，黄发垂髫，并怡然自乐。"（《桃花源记》）黄发，指老人；垂髫，指幼童。这种男女老少都安居乐业的社会

16

便是理想世界。《桃花源诗》浓缩为这么一联:"春蚕收长丝,秋熟靡王税。""靡王税"是指没有残酷的剥削。只要如此便能安居,便是乐土!陶氏桃花源实在是平头百姓的理想世界。王取材于陶,可是细细品来,味道并不一样,其中朴素的田舍桑竹已全换上"近入千家散花竹"、"月明松下房栊静"、"平明闾巷扫花开"之类观赏性特强的富足的景象。与其说是王维将桃源幻化为仙境,毋宁说是王维以现实中的地主庄园取代了全封闭的近乎原始的乡村,从而使桃源更现实化了。事实上花、竹、松、月是唐代田园诗中最为常见的意象。这一转换虽出自少年王维之手,却经历了六朝至隋唐那么漫长的历史变迁,问题所涉及的是士大夫文化心理结构的演进。

让我们像渔夫寻桃源那样溯流而上吧。

中国士大夫有一个挺有弹性的心理结构,简化地说,就是"兼济"与"独善"的对立而又互补的结构。孔夫子虽然强调"入世",在经世济民的旗号下出仕;但这是有条件的,必须保全士大夫的个体人格。所以他提出一个原则:"邦有道则仕,邦无道则可卷而怀之。"(《论语·卫灵公》)这也就是孟子所阐发的:"古之人得志,泽加于民;不得志,修身见于世。穷则独善其身,达则兼善天下。"(《孟子·尽心上》)"独善"就是要"修身见于世",要求一个人在逆境中能有淡泊处世的功夫。所以孔夫子对颜回大加赞叹道:"贤哉回也!一箪食,一瓢饮,在陋巷,人不堪其忧,回也不改其乐。贤哉回也!"(《论语·雍也》)郭沫若曾指出,庄周"出世"一派正是由此发展而来的①。我们说"儒道互补",首先是儒学本来就有避世的一面,这才能与道家相感应,"里应外合"生成一个"兼济"与"独善"可转换的心理调节机制。这是一个相当漫长的历史过程。我当然不想在这儿大写"博士论文",但也不好一脚跳过,说几个关键性的"点"吧,聪明的读者诸君自不难连缀成一线的。

---

① 详见郭沫若《十批判书·庄子的批判》,《郭沫若全集》历史编第 2 卷,人民出版社 1982 年版,第 192 页。

大体说来,魏晋以前的隐士不好当,他们得"藏声江海之上","修身自保",过着艰苦的生活。《晋书·隐逸传》称:隐士孙登挖土窟而居,董京行乞于市,公孙凤冬衣草衣,范粲不愿仕,三十六年不发一言,杨轲、霍原身为隐士还难免一死,真隐士不得不"不知所终"躲进深山老林去。魏晋以前隐士情况大都如此,《招隐士》的作者看准这一点,大讲山中的险恶艰辛,于是呼唤道:"王孙兮归来! 山中兮不可以久留。"

主张从薮泽荒林中回家,以田园为依托、以"质性自然"为根本的"隐逸之宗",是诗人陶潜。他将百姓安居乐业的理想与士大夫独善原则结合起来,创造了"回家即隐逸"的模式。"众鸟欣有托,吾亦爱吾庐"(《读山海经》),"结庐在人境,而无车马喧"(《饮酒》),重要的不是深藏山林,而是忘怀得失、安贫乐道的心态。尽管这个家"环堵萧然"、"箪瓢屡空",仍能晏如;北窗一阵凉风徐来,就足以怡然自乐,实在是得自孔子"饭蔬食饮水,曲肱而枕之,乐在其中矣"的真传。

谢灵运代表的则是另一种形式的隐逸。六朝是大庄园主的时代。就个体而言,他们也有不得志的时候。不过,他们可以从容地退回六朝士族之所以能存在的根基——自给自足、"闭门成市"的庄园之中,过他们逍遥的日子。这时,他们也往往扮成"隐士"的模样,谢灵运便是如此。谢家是有名的士族,从谢灵运《山居赋》中,我们看到一个巨大的庄园:"其居也,左湖右江,往渚还汀。面山背阜,东阻西倾。"这个包涵着湖山林园的大庄园使谢灵运处身于人化了的自然之中,他的诗往往有田园味又有山水味。由于物质生活的丰裕,谢氏的田园山水诗有一股富足自在的华贵气息,这对我们的主人公王维有着深刻的影响。尤其值得一提的是,谢灵运的"隐居"并不是"安贫乐道",支撑着他的是玄学与佛家的思想。也就是说,谢灵运提供了一种新型的隐居模式,即不必远离市朝,只是让外在世界对应交融,在独处中靠内心自我调节来求解脱的形式。它既不必放弃物质生活享受、名禄地位，又可以在短期回归自然之中暂时忘怀得失，从而取得心理平衡。这种形式对士大夫来说，无疑是最为实惠可行的了。事实上魏晋以来士大夫（尤其是拥有优裕物质生活条件的士族中人）一直在寻找一种"权宜方便"的理论，来支持这种解脱形式。于是乎主张"随其心净则佛土净"、"世间性空，即是出世间"的《维摩诘经》便成为六朝士大夫爱不释手的人生指南。

《维摩诘经·不二法门品》称："世间出世间为二，世间性空，即是出世间。"这实在是连接世间与出世间的桥梁，有了这位身居毗耶城，资财无量，有妻有子，甚至出入酒肆淫舍，却能精通佛理、"普渡众生"的样板，士大夫便不难"权宜方便"地将佛教的禁欲主义转化为自然适意的人生哲学，让般若学与本土的玄学结成姻亲，从而心安理得地在廊庙与山林之间往还。只要条件具备，士大夫们不难付诸实践。

如果说六朝时能拥有庄园，以便简文帝似地说"会心处不必在远，翳然林木，便自有濠间想也"的人为数极少，那么时至盛唐情况可就不同了，其时均田制瓦解，庄园普遍化，拥有大小不等的庄园别墅（又称"别业"）的士大夫远不在少数，他们完全可以"亦官亦隐"地实践那"世间性空，即是出世间"的"不二法门"。我们的诗人王摩诘就适逢其时地处在这一转折点上。天宝十一载（752），唐玄宗曾经下了这么一道诏书："闻王公百官及富豪之家，比置庄田，恣行吞并，莫惧章程"云云。可见庄园制是"春风吹又生"了。不过这回与六朝不同，庄园并不只集中在几个大家族手中，而是要普遍得多。咱们也不必细细去考证，只要打开《全唐诗》，那题目上就有许许多多各色人等拥有的庄园，如高适《淇上别业》、岑参《巴南舟中陆浑别业》、李白《过汪氏别业》、祖咏《汝坟别业》、李颀《不调归东川别业》、周禹《潘司马别业》等等。所谓别业也就是些规模不等的田庄。盛唐许多诗人都有别业，所以要隐居毋需入深山，只要躲进别业就可"身心俱足"了。就连当年穷愁潦倒的陶潜，其后人陶岘也

"尝制三舟,一舟自载,一舟供宾客,一舟置饮馔。有女乐一部,奏清商之曲,逢山泉则穷其景物"(《全唐诗》小传)①。这样的"隐逸"恐怕为乃祖所不敢想象的吧？所以王维的好友祖咏就这样唱道："田家复近臣,行乐不违亲……何必桃源里,深居作隐沦。"(《清明宴司勋刘郎中别业》)对当时的士大夫来说,田庄别业就是世上桃源,不必别处去寻找。所以我们在本节所引的少年王维《桃花源诗》,描绘的乐土桃源,其实只是庄园别业的景象而已。

王维后来在终南山一带得武则天时代的名诗人宋之问的旧庄园——辋川别业,气象高华,庄园内有山有水,景点甚多,如文杏馆、临湖亭、辛夷坞、欹湖、椒园等等。而且,王维一边还当着不小的官,其隐居形式就更加接近谢灵运了。二人都曾为佛学中国化,特别是佛性与人性的沟通方面做过重要工作,故他们的神情颇为相似。不过,王维由于个性、家庭、时代诸原因,使之处世态度更显平和,在官、隐的周旋中更觉圆融无碍。其中关键还在王摩诘对佛学独到的理解。王维所处的时代,正是"六祖革命"的时代,是佛教从外在的宗教变为内在宗教的关键时期。王维《能禅师碑》与谢灵运的《与诸道人辨宗论》一样,都是佛教中国化路上的里程碑。在这篇碑文中,王维概括慧能的世界观道：

> 五蕴本空,六尘非有。众生倒计,不知正受。莲花承足,杨枝生肘。苟离身心,孰为休咎？

五蕴六尘是指大千世界,包括精神世界。既然身、心、我、法皆空,哪还有什么休咎可言？不过佛家(尤其是禅宗)所谓的"空",并不止于无,而是指一切事物都处于变化之中,故无"实相",所有现象只是虚幻。有这么一则禅家语录说：

---

① 《甘泽谣》称："陶岘自制三舟,遇兴则穷其山水景物,吴越之士号曰水仙。"

一僧问：心住何处即住？

禅师答：住无住处即住。

又问：云何是无住处？

答：不住一切处，即是住无住处。

问：云何是不住一切处？

答：不住一切处者，不住善恶有无内外中间，不住空，亦不住不空，不住定，亦不住不定，即是不住一切处。只个不住一切处，即是住处也。①

一切都是变幻不定的，连"空"也不要执着，因为你肯定了"空"，不也是一种"有"了吗？只有不住一切处，乃可住一切处；无处不住即无所谓住，这"不住"便是佛家要的"空"哩！所以《维摩诘经·观众生品》有云："从无住本，立一切法。"后来《坛经》也称："但行直心，于一切法，无有执着……心不住法即通流，住即被缚。"无所住心才是禅宗强调的绝对自由，是从动的现象世界去体悟静的本体，在变化中求永恒。由此衍化出随缘任运、宁静淡泊的处世心态来。

明代有个颇为聪明的和尚是这样解释"空"的："所谓空，非绝无之空，正若俗语谓'旁若无人'，岂旁真无人耶？"②什么"入世的超越"，客观存在的社会现实又如何能超而越之呢？只能内心自我做些调整罢了。所以王维《能禅师碑》又记述了慧能的处世方法："乃教人以忍。曰：忍者无生，方得无我。"对这种"忍"的哲学，王维在晚年所写《与魏居士书》中有很深的体会。他认为，"隐逸之宗"的陶渊明，"不肯把板屈腰见督邮，解印绶弃官去，后贫，《乞食诗》云：'叩门拙言辞'，是屡乞而多惭也。尝一见督邮，安食公田数顷，一惭之不忍，而终身惭乎"？陶渊明"不为五斗米折腰"是"不忍"，结果

---

① 《大珠慧海语录》卷上《顿悟入道要门论》。
② 《憨山梦游全集》卷一二《示周子寅》。

反而招来更多的不自由。"此亦人我攻中,忘大守小,不□(缺字)其后之累也"。这一缺字我猜也许就是"忍"字。按王维的意见,能否得解脱全然取决于他自己的内心:"恶外者垢内,病物者自我。"所以他主张"无守默以为绝尘,以不动为出世",恰好相反,要"离身而返屈其身,知名空而返不避其名也"。这话不禁令人记起《世说新语·言语篇》所载:"竺法深在简文坐,刘尹问:'道人何以游朱门?'答曰:'君自见其朱门,贫道如游蓬户!'"王维更进一步,他甚至认为陶渊明不应当不为五斗米折腰,而应当像摩诘居士那样"以忍调行,摄诸恚怒"。这才能"虽方丈盈前,而蔬食菜羹;虽高门甲第,而毕竟空寂"。事实上王维后半生就是这样处世的,无论顺境、逆境,他都在亦官亦隐中度过。他将这套办法归结为:

> 孔宣父(即孔子)云:我则异于是,无可无不可。可者适意,不可者不适意也。君子以布仁施义、活国济人为适意;纵其道不行,亦无意为不适意也。苟身心相离,理事俱如,则何往而不适?

什么叫身心相离?像维摩诘那样"虽处居家,不著三界;示有妻子,常修凡行;现有眷属,常乐远离;虽服宝饰,而以相好严身",甚至"虽获俗利,不以喜悦","入诸淫舍,示欲之过;入诸酒肆,能立其志"[①],精神境界超越现实就能身心相离,无往不适。这里王维对儒家"兼济"与"独善"的处世原则做了新阐释。孟子"独善"重点在"修身",王维则以佛家"随缘任运"取而代之,成为一种"无可无不可"的人生态度,重点转至"适意"。就其消极面言之,这种过而不留的超脱会流为"无所谓",尤其是以不抗争来泯灭矛盾的态度更易使人面对强暴时表现懦弱,走向混世;就其积极方面言之,这种过而

---

① 《维摩诘所说经·方便品》。

不留的超脱又会使人忘怀得失,不去斤斤计较,易得澄明的心灵境界。这种心境正是诗歌创作所必需的精神状态之一。王维一生得于此,也失于此。"随缘任运"是打开王维心扉的钥匙。在这种心态下创造出来的理想乐土,与少年王维的《桃源行》诗中境界又有所不同了。诸位不妨先读下面这首《蓝田山石门精舍》:

> 落日山水好,漾舟信归风。
> 玩奇不觉远,因以缘源穷。
> 遥爱云木秀,初疑路不同。
> 安知清流转,偶与前山通。
> 舍舟理轻策,果然惬所适。
> 老僧四五人,逍遥荫松柏。
> 朝梵林未曙,夜禅山更寂。
> 道心及牧童,世事问樵客。
> 暝宿长林下,焚香卧瑶席。
> 涧芳袭人衣,山月映石壁。
> 再寻畏迷误,明发更登历。
> 笑谢桃源人,花红复来觌。

在桃源新版本中,老僧取代了老农,也取代了庄园主,精舍、朝梵、焚香成了桃源新景观。修改本《坛经》有这么一个偈颂:"佛法在世间,不离世间觉。离世觅菩提,恰如求兔角!"王维信奉的是人间佛教,"既在红尘浪里,又在孤峰顶上",是现实在心灵中的倒影。梁漱溟《佛法大意》有段言及佛家出世间法的妙语,说尽其中奥妙:

> 在实践上,菩萨不住涅槃,不舍众生,原本是出世间法,却又出而不出,不出而又出。

三、诗　　佛

　　宋人有云："说禅做诗,本无差别,但打得过者绝少。"如何是打得过? 王摩诘在寂照中完成了宗教体验向审美经验的转化便是,以故称"诗佛"。

　　王维兼通诗学佛理,这一点同代人早就说了。有一度和王维同事的苑咸,在《酬王维》诗序中,用钦佩的口吻说："王兄当代诗匠,又精佛理。"不过,唐人似乎都还没有将他视为"诗佛",倒是晚唐人有将贾岛当作"佛"来顶礼膜拜的。《唐才子传》卷九记李洞"酷慕贾长江(即贾岛),遂写岛像,载之巾中,尝持数珠念'贾岛佛'。"这就有些"诗佛"的意思了。可惜贾岛诗写得未免寒碜了点,冒出来的是股"诗僧"气,哪能称佛! 有些事是要在历史的长河中几经淘洗,直待到水落石出这才能看清其价值与地位的。后人比来比去,终于认准只有王维才可以同"诗仙"李白、"诗圣"杜甫相颉颃,分别为释、道、儒审美意识在诗坛上的代表,鼎足而三焉。这真是莫大的荣耀! 要不是这个"诗佛"的称号,王维恐怕还不能与李、杜并驾齐驱呢。明末清初的徐增在他写的《而庵说唐诗》卷首说："诗总不离乎人才也。有天才,有地才,有人才。吾于天才得李太白,于地才得杜子美,于人才得王摩诘。"就总体而言,有人认为王维是"大诗人中的小诗人",不无道理;但是就其于传统的"诗言志"、"诗缘情"之外,又拓开一条以审美的超脱现实的态度观照自然的路子而言,则其意义当不在李、杜之下。所以王维虽然写了大量山水田园以外的诗歌,我们仍然要把注意力集中在田园山水题材之上,尤其要着力发掘其中与佛教之关系。徐增又接着说道："太白千秋逸调,子美一代规模,摩诘精大雄氏之学(即佛学),篇章字句皆合圣教。今之有才者,辄宗太白;喜格律者,辄师子美;至于摩诘,而人鲜有窥其际者,以世无学道人故也。"学摩诘不易到,倒不是因为"无学道人",而是如同宋人李之仪所说的:"说禅做诗,本无差别,但打得过者绝少。"①如何是打得过? 晚唐有个郑谷,在《自贻》诗中似乎颇有心得地吟道:"诗无僧字格还卑。"我看这就是没打得过,误以"僧气"当高韵。真要打得过,就得让宗教体验转入艺术体验,都无差别,但有诗境禅意而不见禅语议论,这才是诗佛境界。王维之所以超出贾岛一等而为"诗佛",关键在于能以无所住心为随缘任运、宁静淡泊之处世态度,在寂照中酝酿为一种审美心态,进而造就其田园山水诗不可思议的美。

随缘任运、宁静淡泊,谈何容易! 尤其是在廊庙、山林士子可以随脚出入的唐代,有几个读书人坐得住,不去仕途上奔竞一番?《因话录》载有一则故事,说是德宗时有人在昭应县逢一书生,急如星火地赶向京城。问他所求何事这般急? 答道:"将应不求闻达科。"既称"不求闻达",还如是孜孜以求,岂不可笑! 然而在《登科记考》中,堂而皇之记载的初、盛唐科举名目就有:销声幽薮科、安心畎亩科、养志丘园科、藏器晦迹科,不一而足。应此类科举项目者,其心态又与那位应"不求闻达科"的书生仁兄有何异哉? 更有甚者,连以"随缘任运、宁静淡泊"自居的"空门",也打上"选官"的烙印。《五灯会元》卷五收录一个故事,说一位书生将入长安应举,路上遇到禅客问他:"仁者何往?"答:"选官去。"禅客说:"选官何如选佛?"所谓选佛,就是选法子,当个大和尚的法嗣,与选官一样有名有利。这位书生果然听从劝告去选佛,他就是后来很有名气的天然禅师。但话说回来,一些久在官场浮沉的人,倒是想用"随缘任运,宁静淡泊"的生活态度来调节自己的心理,使之平衡。所以盛唐不但有大量意气飞扬的边塞诗,还有大量自在平和的田园诗;而且盛唐的"边塞诗

---

① 《姑溪居士前集》卷二九《与李去言》。

人"几乎无一例外都写有田园诗，正是体现了盛唐人既有对外在事功的追求，又有对内心平衡的追求这一事实。王维就是个典型。他既写有许多的边塞游侠一类诗作，代表盛唐的"少年精神"，又有大量山水田园之作，是由其随缘任运、宁静淡泊处世态度孵化出来的。随缘任运、宁静淡泊藏有诗意？要体会这点诗意，不妨先读一支《红楼梦》第二十二回引用的曲子：

> 漫揾英雄泪，相离处士家。谢慈悲，剃度在莲台下。没缘法，转眼分离乍。赤条条，来去无牵挂。那里讨，烟蓑雨笠卷单行？一任俺，芒鞋破钵随缘化！

这支《寄生草》何以让贾宝玉"喜得拍膝摇头，称赏不已"？就因曲子将那种断然了然的觉悟，那种"来去无牵挂"的随缘心境表现得淋漓尽致。是的，忽然扔下人生沉重的包袱，会有一种异样的解脱的快感。海涅有一首《流浪》诗：

> 要是你登上险峻的高山，
> 你将发出深长的叹声；
> 可是你要是抵达那巍峨的山顶，
> 你会听到老鹰的叫声。
>
> 在那儿你自己会变成一只老鹰，
> 你此身宛如获得再造；
> 你会觉得你自由，你会感到：
> 你在下界并没有损失多少。

西方的海涅这一瞬间的感觉，便是东方禅宗所谓的"顿悟"境界。《坛经》有云：

世人性本自净，万法从自性生……如天常清，日月常明，为浮云盖覆，上明下暗，忽遇风吹云散，上下俱明，万象皆现。

这种内心顿悟的境界，北宋的苏东坡居士曾用实景示现：

黑云翻墨未遮山，白雨跳珠乱入船。

卷地风来忽吹散，望湖楼下水如天。

（《六月二十七日望湖楼醉书》）

可见内在的心境是可以与外在景象相对应的，内心觉悟的愉悦是可以与审美快感相沟通的。王维之所以"打得过"，就在于他并不是将佛理写入诗中，而是将宗教体验的愉悦与审美快感打通。就其大量田园山水诗而言，就是善于将佛教不离世间求解脱的方法注入亦官亦隐的生活方式之中，在寂照中完成其诗化的过程，创构其秀美的风格。

《景德传灯录》卷六有一则问答：

问：和尚修道，还用功否？

师曰：用功。

曰：如何用功？

师曰：饥来吃饭，困来即眠。

曰：一切人总如是。同师用功否？

师曰：不同。

曰：何故不同？

师曰：他吃饭时不肯吃饭，百种须索；睡时不肯睡，千般计较。

禅宗讲究的是"平常心是道"，所谓"超然出尘"、"脱尽人间烟火气"，无非只是对现实中琐碎、无聊、庸俗的功利得失不去做百种须索、千般计较而已。《楞严经》云："凡夫被物转，菩萨能转物。"王维在《谒璇上人诗序》中深有体会地说："上人外人内天，不定不乱。舍法而渊泊，无心而云动。色空无得，不物物也。默语无际，不言言也。故吾徒得神交焉。"王维这里是以玄参禅。"外人内天"就是庄子"天人合一"的自然观。"不物物"就是不把物当作物，不将人主观的认识差别加给物。总之，只有不为物欲所牵制，才能达到《维摩诘经》中所说的"不定不乱"的自如境界。而这种非功利的心境，正是产生审美经验所必须的心理距离。排除了珠宝商那贪婪的目光，才能发现珠宝真正美的价值。诗人借此门径可以"直接扪摸世界"，在寂照中得到审美的愉快。何谓"寂照"？对深受佛道熏陶的诗人来说，便是在忘怀得失的寂静中对世界所作的一种心灵上的体验。请你先细细品味一下王维这首题为《鸟鸣涧》的小诗：

人闲桂花落，夜静春山空。
月出惊山鸟，时鸣春涧中。

"人闲"与"山空"对应，"闲"便是"无"，便是"空"，便是一时忘怀得失的等无差别境界。所以顾安《唐律消夏录》会说："摩诘诗全是一片心地，不汲汲于富贵，不戚戚于贫贱，于世无忤，于人何尤……诗中写闲景处，即是曾点'浴乎沂，风乎舞雩'之意，莫作闲景看。"曾点是孔子的学生，他的理想是自由自在地过日子，曾被孔子认可。这种非功利的审美的心态使王摩诘能细察忙碌中人所看不到的美：桂花落。诚如美学家宗白华所指出的："艺术心灵的诞生，在人生忘我的一刹那。"王维在寂照中融入大自然，体验大自然生命之律动：空山中有自在活泼的生命，静谧的月儿悄然升起，却惊起山鸟，是静中之动；鸟飞鸟鸣又衬出春山之空寂，是动中之静。这也就是所谓的"寂而常照,照而常寂,动静不二,直探生命的本原"①。如果不是有颗澄明如古潭的心让诸动深深沉入那无底的寂静,又如何能照映出大自然那永恒自在的美? 也许这就是现代西方哲人海德格尔所说的那种"亲在"自身嵌入"无"中,一切乃真相大白的境界? 无论如何,王维通过"凝心入定","因定而得境",在大自然中获得心灵的净化,在一时忘怀得失的澄明中获得审美的愉快,无往而不适。正是在寂照中,王维完成其宗教体验向审美经验的转化。

当然,这一转化是有条件的。条件是:深情冷眼。《东坡集》卷十有苏轼《送参寥师》诗,云:

> 欲令诗语妙,无厌空且静。
> 静故了群动,空故纳万境。
> 阅世走人间,观身卧云岭。
> 咸酸杂众好,中有至味永。

心无挂碍才能空诸一切,而空明的觉心便有灵气往来,无论咸酸苦辣,皆成至味。但苏轼这句尤可注意:"阅世走人间,观身卧云岭。"这是说,要达到空且静的境界,要有阅世之后超越自身乃至社会人生的前提。大凡真正的"静者",都是些阅历深又看得透的人。中国文学史有这样的奇特现象:被视为"隐逸诗人"、"韵外之致"的代表人物,如陶渊明、王维、韦应物、柳宗元辈,无一不是曾具济世雄心的强者。龚自珍曾盛称陶渊明好比智者诸葛亮:"陶潜酷似卧龙豪。"(《定庵文集补·杂诗》)韦应物则在天宝末年曾充唐玄宗的侍卫,《温泉行》自称:"身骑厩马引天仗,直入华清列御前。"也曾是个桀骜不驯的人物,后来却成为中唐田园山水诗大家。柳宗元青年时代便是个举足轻重的政治家,参加过"永贞革新",是个重要角色。这

---

① 宗白华《美学散步》,上海人民出版社 1981 年版,第 65 页。

些人后期诗风"冲淡"，都是从"几许辛酸苦闷中得来的"（朱光潜语），这就是"咸酸杂众好，中有至味永"之谓。王维也应作如是观。他少年时代出入王侯府第，"宁王、薛王待之如师友"（《旧唐书》本传），后来又靠拢贤相张九龄，希望在政治上有所作为，曾两次出塞，不失为豪客。正是因为曾经"阅世走人间"，才有后来"观身卧云岭"的超越，由红尘浪里翻到孤峰顶上。所以贺贻孙《诗筏》会说："王右丞诗境虽极幽静，而气象每自雄伟。"中国士大夫奉佛学道，虽然一端与出世哲学相联系，而另一端却仍然深植根于儒学的人生观，并未斩断。六朝时玄风大炽，而钟嵘《诗品》犹云："于时篇什，理过其辞，淡乎寡味。"可见道、释的"空"、"无"都不能形成文学上的"韵外之致"。诗的生命在乎情，而情之大者莫过于生死。生与死正是莎士比亚戏剧的深刻主题与灵感来源；中国士大夫则往往化生死问题为"出"与"处"的问题，也就是出世与入世的问题。没有入世的眷恋与出世的向往，便没有心灵平衡的追求，也就没有诗歌创作不可或缺的一往情深的激情，又焉能成为诗家射雕手？王维之所以成"诗佛"而不是"诗僧"，更不是纯粹的"出家人"，就在于他的"冷眼深情"，善于将其宗教体验转化为审美经验，将其亦官亦隐的生活酝酿、诗化，成就了富有理趣、别具一格的田园山水诗。

　　闻一多曾经认为，中国没有作诗的职业家。就整个文化来说，诗人对诗的贡献是次要问题，重要的是使人精神有所寄托。从这一角度说，王维替中国诗定下了地道的中国诗的传统，后代中国人对诗的观念大半以此为标准，即调理性情，静赏自然，其长处短处都在这里①。闻一多的说法颇符合士大夫对诗的基本看法。王维上承六朝（尤其是谢灵运）一脉贵族文学的传统，在丰裕的物质生活条件下，详尽地占有诗、文、音乐、书法、舞蹈、图画等文化遗产，是时代的文化骄子，由他来全面表现盛唐文化的成就绝非偶然。虽然在代表

① 　详见郑临川述《闻一多先生说唐诗（下）》，《社会科学辑刊》1979 年第 5 期。

时代的先进性、独创性方面他远不及李白、杜甫，甚至在局部的艺术成就上也未能超出同时代如王昌龄、岑参、孟浩然诸人；但就其总体成就而言，就其全面继承文化遗产而言，就其所代表的士大夫主流意识而言，王维是无与伦比的。从诗的总量看，中国士大夫中的大多数人写诗的确主要是为了调理性情，在静赏自然中使精神舒畅。王维在增强诗歌心理调节功能上有杰出的贡献。可以说，王维的艺术创构，为士大夫的心灵留下一方净土，在逆境中勉力保存一点人格，不去与恶势力同流合污。可惜"有一利必有一弊"，这方"净土"也往往成了士大夫心灵的防空洞，在恶势力面前一退了之，缺乏屈原式的怨鬼般的执着。王维在被安禄山叛军拘禁在长安菩提寺时，曾写《口号又示裴迪》诗云："安得舍尘网，拂衣辞世喧。悠然策藜杖，归向桃花源。"这与杜甫陷安禄山占据的洛阳城时所作《悲陈陶》《悲青坂》《春望》《哀江头》等一系列愤激沉痛，决心与国家共存亡的诗相比较，实在是判若天渊。在王维《叹白发》诗中，他颇有自知之明地感叹道："一生几许伤心事，不向空门何处销！"士大夫往往以佛学与田园山水为消遣，调理性情，所以一千多年后龚自珍仍要感叹："空王开觉路，网尽伤心民！"（《自春徂秋偶有所触……》）

　　然而，世事推移，有些事物便有了转机，也许有些短处在新条件下可能转为长处，亦未可知。譬如隋炀帝开运河，当年只为一己之乐，不惜民穷国破，为论者所不齿。但是到了晚唐，就有皮日休认识到"在隋之民不胜其害，在唐之民不胜其利"[①]，有诗云："尽道隋亡为此河，至今千里赖通波。若无水殿龙舟事，共禹论功不较多！"（《汴河怀古》）在进入工业社会，一些发达国家物质丰富、人欲横流的当今，人与社会、人与自然、人生内在自我的分裂，已然成为人们颇为注目的问题。在新条件下重新审视"随缘任运、宁静淡泊"的处世态度与诗歌调理性情之功能，便有了现代的、世界性的意义。事

---

① 《皮子文薮》卷四《汴河铭》。

实上,日本学者铃木大拙在西方介绍禅学所引起的轰动,自 1915 年埃兹拉·庞德那本仅收有十五首李白与王维短诗译文的小册子《汉诗译卷》(cathay)问世,中国古典诗对西方现代派诗歌所发生的深刻影响,此二事均已表明重新审视禅学及诗歌调理性情功能并非可有可无。三十年代中期,林语堂先生在讲到他写作《生活的艺术》时说:中国诗人旷怀达观、高逸退隐、陶情遣兴、涤烦消愁之人生哲学,"此正足予美国赶忙人对症下药"①。林氏将这种哲学归结为"闲适哲学",是人精神上的"屋前空地"。林语堂《生活的艺术》当时在美国有很大的反响,被译成十几种文字。现在回过头来看,《生活的艺术》虽然开了个很好的头,但不必讳言,所介绍的尚非中国传统文化的主流,所介绍的一些人物与趣味也多属第二流。总体讲,要反映中国文化中"生活的艺术"的精粹,尚待后继者们的努力。对中国士大夫生活情趣居于高层次的代表人物王摩诘作一番较为深入的了解,由是便有了现实的、当代的意义。

　　还有一点易引起误解的是,称王维"诗佛",似乎便不受儒、道的影响。其实不然,中国士大夫都逃不出这两家的影响,但讲治国平天下时,多用儒家原则,讲超越、心理平衡便多有道家眼光。王维也是如此,不同的是,他对道家的理解往往是用禅宗的眼光,而禅宗是一种溶剂,能将佛、道融为一体,所以我们的注意力仍集中在摩诘的禅宗思想。

---

① 林太乙《林语堂》第十三章,中国戏剧出版社 1994 年版,第 145 页。

第二章　少　年　心　情

一、郁轮袍的传说

　　郁轮袍的传说虽说是小说家言,可它就像达摩面壁九年而将身影泐进去的石壁一样,也蕴涵着王维在那一特定时代的身影。

　　"信不信由你。"许多传说故事都是这样开的头。保存在唐人薛用弱所写的《集异记》里的一则有关王维的传说故事,似乎也必须这么开头。

　　王维少年时代就以能写诗文著名,但他还有一手绝活,那就是精通音乐,善弹琵琶。琵琶这东西,你知道,是很早很早以前就传入中原的外来乐器,据说汉代乌孙公主远嫁,就是弹这种哀怨的乐器来一路诉说遭际的不幸。在唐代,琵琶算得上是最时髦的乐器了,至今敦煌莫高窟还有名扬遐迩的"反弹琵琶"壁画呢!王维以其文学与音乐、书画的艺术全才身份游历于诸权贵之间,深受欢迎。其中,岐王——唐高宗的爱弟李范,对王维尤其眷重。当时,有个进士(唐代应进士举的人就叫"进士",中举后叫"前进士")张九皋,名气大极了,还有人替他在某公主面前说了好话,公主为他疏通了京兆府的考官,要以张九皋作为京兆府的解头(头号推荐人选)。京兆府,就是京城的地方政府,他们推荐的人选前十名无不如愿,更何况是第一人选，能不扶摇直上吗！王维本年也想参加进士科举，便将心事告诉了岐王，企盼能得到强有力的支持。岐王替王维策划了一番，便带他登公主之门。不用说，又是一场歌舞宴饮。

你想，王维是何等人才，妙年洁白，风姿都美，站在伶人中间，其风仪落落好比鹤立鸡群，令人侧目。连公主也忍不住问岐王道：

"那位美少年是什么人？"

岐王见入圈内，满心欢喜地回答道：

"是一位有音乐天才的年轻人。"

于是岐王便让王维呈献拿手好戏：弹琵琶。顷刻间铮铮鏦鏦、悲悲切切的琵琶声好似清凉的泉水漫过筵席，直淌入人们的灵魂深处。一曲未了，满座客主都已为之动容，公主竟感动得落下泪来。

"这首曲子叫什么？"公主垂询道。

"这是小生新谱的曲子，叫《郁轮袍》。"王维赶忙起身，毕恭毕敬地答道。

岐王见火候已到，便不失时机地力荐王维的文才，说是知音律算什么，其文章词学当今独步，那才叫绝呢！公主当场细读了王维呈献的诗卷，果然其味无穷，其甘如饴，乃大惊道："这些诗不就是我平时所诵习的佳作吗？我还以为是古人写的呢！"公主十分赏识王维的才华，当即召来京兆府试官，传教：今年京兆府试首席人选非王维莫属！王维一举登第，自然不在话下。

这就是《集异记》记下的奇闻。

许多学者都以为小说家言不必认真。然而，小说中常蕴含某些时事，也是不争的事实。就以《集异记》中王维这则传说而言，接下一段说到王维登第后任太乐丞，因所管辖部门在不适当场合演出黄狮子舞而被贬官一事，许多学者不是都引为实证吗？何以厚此薄彼呢？依我看，这则故事传说是小说创作，不必尽合事实，但仍有时代的影子，从中可窥见青少年时代王维的某些形迹。

有人称王维奏郁轮袍是"走妇人内线"，殊不知武则天以来，公主的地位显赫,文人"走妇人内线"代不乏人。被李白许以"必著大名于天下"的魏颢,其《李翰林集序》就这么说过:"白久居峨眉,与丹邱因持盈法师达,白亦因之入翰林。"这位法力通天的"持盈法师",就是玄宗的妹妹玉真公主。既然玉真公主可使李太白"因之入翰林",为什么就不能教王摩诘取个"解头"①?其实我们无须追查《集异记》中的公主是否即玉真公主,我们只要理解唐人的心思并不以"走妇人内线"入仕为什么大不了的事,不要像明清人那么大惊小怪,也就行了。老实说,同样是"走后门",盛唐人对公主与王孙一视同仁,正是其社会风气较明清开放些之所在。明清人之委琐,还表现在以为王维"自厕于优伶(演员)之伍",便是有辱清誉。殊不知盛唐人上自帝王宰臣,下至平民文士,都不惮自拉自唱自舞,娱人娱己。玄宗及其侄子汝南王李琎,还有开元名相宋璟,都是击羯鼓的能手。据李濬《松窗杂录》说,李白写《清平调》词三章,玄宗命名歌手李龟年以歌,并亲自"调玉笛以倚曲,每曲遍将换,则迟其声以媚之"。宋人刘攽《中山诗话》不无艳羡地赞叹道:"古人多歌舞饮酒。唐太宗每舞,属群臣,长沙王亦小举袖……今时舞者必欲曲尽其妙,又耻效乐工艺,益不复如古人常舞矣!"如此看来,王维为公主弹一曲《郁轮袍》,唐人是不会以为有什么丢人现眼的地方。事实上唐人薛用弱正是以赞赏的笔调记下这桩风流轶事的。

索性说开去。唐代科举盛行"行卷"之风。也就是举子向权贵、名人投献诗文乃至传奇小说,求其赏识,并向试官推荐。晚唐名诗人杜牧,据《唐摭言》说,就是由当时著名诗人吴武陵向主考崔某力荐其《阿房宫赋》,一举及第。而举子为引起注意,往往不惜搞些新花样。如行卷一般取少而精,而举子薛保逊偏偏用巨编行卷,自号曰"金刚杵"。又有如一般行卷人要穿麻衣投献,而郑愚偏偏著锦袄子半臂,人称"锦半臂",自然十分醒目。这种风气泛开去,文士求

① 王维现存诗有《奉和圣制幸玉真公主山庄因题石壁十韵之作应制》。

知己也往往如此。薛、郑在王维之后，而王维之前如陈子昂，也有类似缘音乐以求文学知己的传说。《唐诗纪事》引《独异记》说，陈子昂初入京，不为人知。有人卖胡琴，价高百万，众人围观却无人敢问津。于时独子昂突出，将此琴买下。众惊问，子昂于是答道："我善弹此琴。"大家都围着他，七嘴八舌道："您能否弹一曲让我们开开眼界？"子昂很爽快地回答："行！明天大家请到宣阳里，我献一曲请教！"第二天人们一传十，十传百，一大伙人到宣阳里要听子昂鼓这价值百万的胡琴。可这时候陈子昂却笑嘻嘻地说："蜀人陈子昂不会鼓琴，但有文百轴，要诸位指教！"说罢将琴一掷而碎，众人无不吁嘘。子昂上前将自己的诗文分赠众人，一日之内，名播京华。从以上二则传说故事，我们可以领会盛唐人不拘细行、兼通文艺以及时人对音乐艺术与诗歌兼而好之的时代风气。唐诗之所以特别富有音乐性，正与此种风气的滋润有关。

再就王维的个人素质而言，《集异记》中的传说故事也有其合理的内核，这就是王维的确是精音律的行家。王维的祖父王胄，官"协律郎"。这可是"业务官"，不懂行的人当不得，所以说王维有祖传的"音乐细胞"应不为过。《旧唐书》本传称其在辋川与裴迪"弹琴赋诗，啸咏终日"，他本人诗中也有"怅别千余里，临堂鸣素琴"（《送权二》）之类的句子，都可以证明王维会乐器。他及第后第一个官职是"太乐丞"，也是量才而用之。

还有王维以文艺通才身份出入公主诸王之门，也不违史实。《旧唐书》本传称："维以诗名盛于开元、天宝间，昆仲宦游两都（长安、洛阳），凡诸王驸马豪右贵势之门，无不拂席迎之。宁王、薛王待之如师友。"薛王与王维的交情我们从现存王氏诗文中尚找不到痕迹，有一首《息夫人》，是写于宁王府上的。倒是岐王与王维交往颇深。现存"应教"诗三首，其中有夜间过访宴饮时写下的《从岐王夜宴卫家山池应教》，颇能体现王维与岐王的交谊并非泛泛。从这一点上看，二《唐书》不记岐王而记薛王，还不如《集异记》所说"尤为岐王之所眷重"来得准确呢!

现在先来拜读一下与岐王有关的现存三首王维"应教"诗。所谓"应教",就是"奉命做诗"的意思;如果是对皇帝而言,"奉旨做诗",那就要称"应制"诗了。三首诗都抄在下面:

> 杨子谈经所,淮王载酒过。
> 兴阑啼鸟换,坐久落花多。
> 径转回银烛,林开散玉珂。
> 严城时未启,前路拥笙歌。

（《从岐王过杨氏别业应教》）

> 座客香貂满,宫娃绮幔张。
> 涧花轻粉色,山月少灯光。
> 积翠纱窗暗,飞泉绣户凉。
> 还将歌舞出,归路莫愁长。

（《从岐王夜宴卫家山池应教》）

> 帝子远辞丹凤阙,天书遥借翠微宫。
> 隔窗云雾生衣上,卷幔山泉入镜中。
> 林下水声喧语笑,岩间树色隐房栊。
> 仙家未必能胜此,何事吹笙向碧空。

（《敕借岐王九成宫避暑应教》）

前二首是王维随岐王到其他豪贵家游宴之作,后一首则是玄宗将著名的九成宫借岐王避暑时,王维随岐王在宫中游乐所作。虽然诗中没直接说到王维与岐王的关系,但那"如影随形"般的贴近已道出二者间的亲密关系。这种应教诗一般要写得富丽堂皇,歌咏治象。而第一首却有点特别,杨氏不知何人,但"杨子谈经所"一句,透露出主人大概也弄点学术。当然,为的是颂扬岐王的折节下士,所以用"淮王"比岐王。淮王，《汉书》称淮南王安好学术，折节下士；与《旧唐书》称岐王"雅爱文章之士，士无贵贱，皆尽礼接待"正可比照，恐怕这也是王维与岐王关系较深的契合点。接下来一联（又称"颔联"）为后人所称许，王安石还有仿作云："细数落花应坐久，缓寻芳草得归迟。"王维这一联我看比王安石的那一联要更自然些，更含蓄些。通过物象的变化表现时间的推移，但又因心绪的平静而泯灭了时间的变化，是所谓的"失去时间"的永恒。这类佳句在后来王维田园山水诗作中是最具特色的"眼"，此处已露端倪，此是后话。

总之，郁轮袍的传说虽说是小说家言，但的确就像达摩大师面壁九年而将身影渺进去的石壁一样，也蕴涵着王维在那一特定时代的身影。至少，它透露出王维科举顺利与诸王贵势的支持有关这一重要的消息，虽然未必真是京兆府"解头"。

王维何年进士及第呢？这要涉及其生卒年，颇费猜详。

王维的生年有好几种说法，至今纷纷莫定。其中最有影响的两说：一是据《旧唐书》本传"乾元二年七月卒"，又据《新唐书》本传"年六十一"，合而推之，测定其生卒年为圣历二年（699）—乾元二年（759）。然而，王维卒年应为上元二年（761），因为现存王维《谢弟缙新授左散骑常侍状》明明标示"上元二年（761）五月四日"之作，不可能于此前的乾元二年（759）就逝世，且《佛祖历代通载》卷十三也明确记载："上元辛丑，尚书左（右？）丞王维卒。"于是又有学者矫正其生卒年为699—761，享年六十三岁。① 另一说为赵殿成《右丞年谱》，据王维卒于上元二年而上推六十一年，得出王维生卒年为大足元年（701）—上元二年（761）的结论。此说颇流行，王维研

① 顾起经《类笺王右丞全集》附年谱定维"乾元二年公年六十一岁，七月卒于蓝田之辋川第"。但又说："上元初卒，六十一；相去半年，其集载为弟缙谢散骑常侍表，尾又系以上元年月，则上元时公尚未亡。岂二史不相合耶？抑乾、上二字有讹耶？今姑从旧传所纪云。"日本学者入谷仙介《王维研究》则径改为卒于上元二年（761），生年则上推至圣历二年（699），享年六十三。今人王达津《王维的生平和诗》（载《唐代文学论丛》总第3辑）亦主此说。

究专家如陈贻焮、陈铁民等咸主此说。陈铁民《王维新论》又以王维《与魏居士书》云"仆年且六十"为内证,认为这封书信是王维在"安史之乱"后宥罪复官的乾元元年以后的作品,如果依赵殿成说推算,那时王维是五十八岁,正合"年且六十"的说法。不过据笔者看,此封书信恰恰是"安史之乱"以前的作品(详见本书第六章第四节),如果依照699—761的说法来推算,"安史之乱"在755年,按中国的传统算法王维是五十七岁,不妨自称"仆年且六十"。何况按赵殿成的说法有一点难圆的矛盾:二《唐书·王缙传》一致记载王缙卒于建中二年(781),年八十二,上推王缙的生年为久视元年(700),则弟弟王缙反而比哥哥王维早一年出世,无论如何是说不过去的。看来王维享年六十一岁的记载有问题。因此,有些研究者将王维的生年前推至圣历二年(699)是有道理的。当然,也仍然没有很坚实的力证[①]。历史总是喜欢留给我们一些遗憾,伟大人物如屈原、曹雪芹,他们的身世不就是团谜吗?王维相比之下算幸运,我们至少能比较确定其生卒年的范围。稳妥点说,其生卒年可暂拟为:699(?)—761。

依照上面的生卒年,我们又可以推知王维参加京兆府试或当在开元五年(717)。因为现存王维诗《赋得清如玉壶冰》题下有原注:"京兆府试,时年十九。"

由这个数字"十九",衍生出不少说法[②]:

唐张彦远《历代名画记》:"(王维)年十九,进士擢第。"

唐姚合《极玄集》:"(王维)开元九年进士。"

刘昫《旧唐书》本传:"维开元九年进士擢第。"

辛文房《唐才子传》:"(维)开元十九年状元及第。"

[①]　有些学者对王维享年六十一有更大胆的突破,如王从仁《王维生卒年考辨》主张王维生卒年为如意元年(692)—上元二年(761),享年七十左右。

[②]　如徐松《登科记考》卷七引《旧唐书·文苑传》云王维"开元九年进士擢第",按语云:"九"上脱"十"字。日本学者入谷仙介《王维研究》第一章第二节对此有详论,可参考。东京创文社1976年版,第21—28页。

　　张彦远与辛文房将王维十九岁那年参加京兆府试直认作及第于开元十九年。而姚合、刘昫与之犯同样错误，更把"十九"讹为"九"，所以"维开元九年进士擢第"一说还是靠不住。如果王维生年的确为圣历二年（699），则王维参加京兆府试就在开元五年（717），那年王维十九岁。按照唐人进士科举的规矩，士人先要向府州求举，考试合格者才由府州"解送"尚书省，然后方能到长安（或洛阳）受吏部（后改礼部）考试。府州考试一般在七月间举行，所以当时有谚语云："槐花黄，举子忙。"第二年正月才是进士考试，二月放榜。也就是说，即使王维十九岁那年京兆府试成功地被解送，也得第二年才可能进士及第。照《唐摭言》的说法，京兆府解送最热门，或被称为"利市"，开元、天宝之际以前十名为"等第"，考官往往十取其七八，如果落选，京兆府还要"牒贡院请落由"，问个清楚呢！由此看来，王维及第很大可能是在开元六年，至迟在开元七年。

　　唐人以进士难得，有人根据文献资料做了统计，平均每榜才23人，难怪晚唐人李山甫会悻悻然吟唱道："桂树只生三十枝。"（《赴举别所知》）所以唐人又有"五十少进士"的说法，五十岁及第犹称"少年得志"，何况王维不过二十来岁，甭提有多神气！

二、"布衣贵族"及其两京之游

　　　王公贵主、诸色官吏，巨富豪商、贫民乞儿，艺妓浮客、胡僧流人，无不在棋盘似的长安城中出没，下一局没完没了的人生变幻之棋。

　　在诗人王摩诘身上，有一种令人诧异的气质：他虽然被称为"诗佛"、"高人"、田园诗人，却没有寒敛的僧气、遗老味，或者是洞穴隐士那种疏野孤傲却未免小家子气的神情。反之，在他身上有股盛唐人所独有的英特之气，一股少年精神，一股静的力，一种雍容自在的大家风度。这也是一种"复杂的单纯"。

晚清最有头脑的诗人龚自珍曾经不无惊诧地在《最录李白集》中这样归结李白的思想："儒、仙、侠实三，不可以合；合之以为气，又自白始也。"将不易调和的"三教"合而为一，而且在李白身上体现为颇见单纯、天真的气质，的确是李白思想的一大特色。可是当我们将珠穆朗玛峰放回喜马拉雅山的群峰中去观察时，它也就不会显得那么突兀了。其实许多盛唐人都是将儒、道、释三者，以及"侠"这墨家的变种，都糅在一起，兼而有之，只是好比将三原色放在自身的调色板上以各自的方式调出独特的色彩而已。李白如此，王维、杜甫，乃至王昌龄、孟浩然、岑参辈，岂不也是如此？用烹调打个比方，西方人品色清楚，牛排就是牛排，鸡腿就是鸡腿，青菜就是青菜，绝不混杂；可中国人却喜欢复杂的和谐，将一些看来似乎毫不相干的东西弄成"大羹"，搞些"佛跳墙"之类的东西，几种乃至十几种不相类的东西能调和出一种和谐的美味来。在王维身上，也有许多矛盾现象，却也能调和成一种复杂却又单纯的个性。其中最根本的气质，就是从人格深处焕发出来的那种贵族与布衣矛盾统一的气质。这就有必要追述一下王维的家世了。

唐人亲手结束了六朝以来的门阀制度，但唐人对门第士族却依然心向往之。"外来户"李白，也要自称"白陇西布衣"。这是要比附于"陇西李"，和天子家攀个远亲。穷愁潦倒如杜甫，也要"寻根"，直追到陶唐氏尧皇帝，老叨念那位显赫的远祖杜预。在唐代，"郡望"要比"里居"重要，因为只有"郡望"才能体现是哪一脉的士族。所谓"郡望"，就是"原籍"，是士族社会用以区分宗支认门第的办法。唐人往往举著名的郡望做自家"原籍"，如张说洛阳人，却认准范阳为郡望，就因为范阳的张氏是"正宗"的士族。中唐大手笔、文豪韩愈是南阳人，也举昌黎为郡望，后世干脆直呼为"韩昌黎"。当时太原王、荥阳郑、范阳卢、清河崔等，都是名族。王维家远祖虽系太原王氏,可后来又有分支,王维家这一支不是本支,旁出为河东王氏。然而无论如何也还是名族之后,何况其母亲封"博陵县君",也是望族①。这在唐代颇重要,因为直至唐季,还有人因为是"纯种"名族,而不太愿意俯就皇家当驸马郎呢! 就像杜甫的傲气颇得自"祖传",王维的"贵族气"与其血统恐怕也不无关系。王维能在豪门高第中游刃有余,弄得"凡诸王驸马豪右贵势之门,无不拂席迎之",除了多才多艺之外,恐怕也是得力于这个"太原王"。《唐国史补》有一则说到崔、卢、李、郑四姓"家为鼎甲,太原王氏,四姓得之为美,故呼为'银镂王家',喻银质而金饰也"。王家子弟是很受欢迎的。

王维的"贵族气"体现于诗歌,便是那典雅的风格。明代诗论家胡应麟称王维诗"气极雍容而不弱",是敲到点子上了。这种应教诗本来是很容易滑向一味颂扬的庸俗泥潭里去的,特别像王维当时与岐王那悬殊的地位差距,更容易使之陷入自卑而气格不扬。然而正像我们所看到的,三首应教诗都写得颇为典雅,"气极雍容而不弱",并无"清客相"。还有许多宫廷唱和诗之类,也写来境界雄阔有气势,如:

> 云里帝城双凤阙,雨中春树万人家。

> 九天阊阖开宫殿,万国衣冠拜冕旒。

其中自有一种"贵族气派",我们将在第八章详述,这里就不多说了。从这一视角去观察王摩诘昆仲的两都之游,我们才能体会其出入王府贵势之门时的心态。当然,支撑王维人格的,还有另一支柱——"布衣气"。

---

① 《隋唐嘉话》载,唐高宗以太原王、范阳卢、清河博陵二崔等五姓七家为望族,禁其自姻娶。可见,博陵崔氏也是望族。

提到"布衣气",让人马上想起李太白,那才是十足的"布衣气派"呢!他并不介意自己只是个无权无势的平头百姓,他"平视王侯",他要当"帝王师"。杜甫也一样,饥寒瑟瑟还要"致君尧舜上",一点也不气馁。唐代毕竟是冲决了六朝"上品无寒门"的门阀制度的新时代啊!王维虽说老祖宗也曾阔过,但到他曾祖父、祖父、父亲,都只当过司马、协律郎一类的小官。父亲的早逝,又使他早早就体会到布衣的贫寒。因此他又对现任权贵们不满,看不起纨绔子弟的无能。所以他偶尔也会傲慢地说:

> 翩翩京华子,多出金张门。
> 幸有先人业,思逢明主恩。
> 童年且未学,肉食骛华轩。
>
> (《寄崔郑二山人》)①

金、张,指汉代权要金日磾、张安世,后代用以指代权贵者。还有二首《寓言》:

> 朱绂谁家子,无乃金张孙?
> 骊驹从白马,出入铜龙门。
> 问尔何功德,多承明主恩。
> 斗鸡平乐馆,射雉上林园。
> 曲陌车骑盛,高堂珠翠繁。
> 奈何轩冕贵,不与布衣言。
>
> 君家御沟上,垂柳夹朱门。
> 列鼎会中贵,鸣珂朝至尊。
> 生死在八议,穷达由一言。

---

① 引自《河岳英灵集》。

　　　　须识苦寒士,莫矜狐白温!

　　"莫矜狐白温"无疑是向权要者的一声断喝。这两首诗简直可以混入李太白的《古风》中去。举太白一首可知:

　　　　大车扬飞尘,亭午暗阡陌。
　　　　中贵多黄金,连云开甲宅。
　　　　路逢斗鸡者,冠盖何显赫!
　　　　鼻息干虹霓,行人皆怵惕。
　　　　世无洗耳翁,谁知尧与跖?

　　虽说王维的"布衣气"尚未发展为李白式的愤怒,更未如杜甫那样走向平民,但这毕竟是王维性格中不容忽略的重要一面,它与"贵族气"交流电似地形成一种不伎不求、"雍容而不弱"的人格,至老未全泯没。讲"诗佛"如果不讲这一侧面,也就看不到"真佛"了。
　　开元元年(713),大唐帝国终于开始步入辉煌的盛世。这时的少年王维,也正启程上路,拜别母亲与蒲州父老乡亲,携带弟弟王缙,风尘仆仆赶赴京城,开始了宦海浮沉。
　　骊山逶迤苍莽,似一群奔腾的黑马,奔向平展展的关中平原。山脚下的秦皇墓,原来有 166 米高,在岁月风雨剥蚀之下,现在只剩一丘草木丛生的土台,然而依然巍峨壮观。当年,秦始皇席卷天下,遣人下海寻仙,似乎有过不尽的荣华富贵,不世之业将传之万世;可如今,只有墓前松风,瑟瑟地,依稀是大夫的哀泣。真是沧桑巨变,往事如烟。十五岁的王维,回首秦皇土丘,前瞻长安魏阙,挥笔写下现存最早的诗篇——《过秦皇墓》。
　　第一次看到金碧辉煌的宫阙,谁不为之震慑? 何况这是当时世界上最伟大的都城!
　　我们不用展示天宝初京兆府有 36 万户 196 万人口诸如此类的

数据,只要一读"初唐四杰"之一的卢照邻那脍炙人口的《长安古意》,就会沉浸在一片繁华之中:

> 长安大道连狭斜,青牛白马七香车。
> 玉辇纵横过主第,金鞭络绎向侯家。
> 龙衔宝盖承朝日,凤吐流苏带晚霞。
> 百丈游丝争绕树,一群娇鸟共啼花。
> 啼花戏蝶千门侧,碧树银台万种色。
> ……
> 妖童宝马铁连钱,娼妇盘龙金屈膝。
> 御史府中乌夜啼,廷尉门前雀欲栖。
> 隐隐朱城临玉道,遥遥翠幰没金堤。
> ……

京城郭中,东、西十一街,南、北十四街,王公贵主,诸色官吏,巨富豪商,贫民乞儿,艺妓浮客,胡僧流人,无不在这棋盘也似的长安城中出没,下一局没完没了的人生变幻之棋。

王维兄弟的棋子似乎是压在胜业坊、安兴坊的诸王宅了。在兴庆宫西南有一座高耸的楼台,那就是花萼相辉楼。玄宗常登楼俯视诸王宅,闻诸王奏乐纵饮就放心。虽然玄宗曾制一大被长枕,与弟兄共寝以示友悌之好,但诸王心里明白着哩,都很谨慎。宁王李宪是唐玄宗的哥哥,本名成器,本该当太子,只因弟弟李隆基平韦氏有大功,所以让储位给弟弟,死后谥"让皇帝"。据史书说,他"尤恭谨畏慎,未曾干议时政及与人交结",但王维还是当了他的座上客,据说曾在宁王府上写下《息夫人》诗:

> 莫以今时宠,能忘旧日恩。
> 看花满眼泪,不共楚王言。

据唐人孟启《本事诗》记载说，宁王曼贵盛，虽有宠妓十人，尽是色艺俱佳的尤物，却不满足，见邻家饼师妻纤白明媚，竟然夺为己有，宠惜有加。一年后，宁王问她还想不想饼师，她默然不作声。宁王派人召饼师来，她看到丈夫不胜悲伤，落下泪来。在场的许多文士无不感动。宁王便要他们赋诗，王维诗先成，大家以为很好，不能再作云云。

老实说吧，我一向疑心大多数"本事"只是附会诗的内容所编成的故事而已，这首《息夫人》原注"时年二十"，应是及第前后的作品。当时的宁王叫李宪，不叫什么"李曼"，按史书说，是个"尤恭谨畏慎"的人。可从"本事"中看，他不但公然夺人之妻，还在一年后召夫妻相见，还要文人当场赋诗赏此悲剧，用现代人的眼光看，这位宁王也太不近人情了！其实《息夫人》是古老的题材，王维只是来个旧题新作而已。先前宋之问就有过一首《息夫人》，录如下：

> 可怜楚破息，肠断息夫人。
> 仍为泉下骨，不作楚王嫔。
> 楚王宠莫盛，息君情更亲。
> 情亲怨生别，一朝俱杀身！

宋之问的诗基本上是按《左传》庄公十四年的记载作了复述：春秋时楚王灭息国，将息侯夫人占有。息夫人虽然被楚王所宠幸，并生了两个儿子，却一直默默无言。楚王问她是什么原因，她答道："一妇人而事二夫，即使不死又有什么话可说？"王维比宋之问高明之处，就在于更简练更含蓄更能体会息夫人的苦衷。"看花满眼泪，不共楚王言"，哀怨之不胜情，一个弱女子违心无告的形象，岂是"仍为泉下骨，不作楚王嫔"那旦旦的誓言所能取代？两诗高下，诸君比照自明，不用我来啰唆。

再说岐王李范。他也是玄宗的兄弟,据史书说,好学、工书,爱儒士,无贵贱为尽礼。岐王还喜欢聚书画,画入神的王维自然为岐王所重。《瑯嬛记》有则故事称:王维曾经为岐王画一块奇石,信笔涂抹,十分可爱。岐王常独个儿欣赏这幅画,往往看得出神,仿佛在山中优游呢。这画藏得愈久就愈是精彩焕发。有一天,风雨大作,画中石竟然在雷轰电闪中拔地而去,撞坏了屋宇。一直待到七八十年后的宪宗朝,才有高丽国使者持一奇石来献,说是某年某月神嵩山上于风雨中降下此奇石,下有王维字印,知为中国之物,高丽王不敢留,因遣使奉还。宪宗让人验证,石上题名果然与王维手迹无毫发差谬云。故事虽涉荒诞,但善画的王维与"好学工书"、"多聚书画古迹"的岐王相得应是事实。

然而,按常理说,王维兄弟初入人海茫茫的长安,不可能一下子就打入王府,应当要有个"过渡"。幸好现存王维十八岁时写的一首诗为我们提供了线索①。这首题为《哭祖六自虚》的诗回忆当年的友谊说:

念昔同携手,风期不暂捐。
南山俱隐逸,东洛类神仙。
未省音容间,那堪生死迁。
花时金谷饮,月夜竹林眠。
满地传都赋,倾朝看药船。
群公咸瞩目,微物敢齐肩。

这位祖六是长安人,"本家清渭曲",也是个早慧而受上层社

① 《哭祖六自虚》题下原注"时年十八"。但诗中有云:"悯凶才稚齿,羸疾至中年。"上句云"稚齿",指祖自虚;下句云"中年",当是作者自称,所以不应是"时年十八"之作。诗中又云"国讶终军少",按《汉书》,终军年十八,选为博士弟子;则此典用于祖自虚,当指祖氏年十八,原注或因此至误。不过无论此作是否为王维十八岁时的作品,下引"念昔"云云,指两都云游不误。

会欢迎的人物："国讶终军少，人知贾谊贤。公卿尽虚左，朋识共推先。"他们志同道合，来往两都，奔走仕途。"南山俱隐逸"，是指在长安附近的终南山，二人曾有过一起"隐居"的经历。年纪轻轻何以隐逸？且是在仕途奔走之际，当真是"忙里偷闲"？非也。唐人有一种"隐居"，为的是造就清名，"使人君常有所慕企"（《新唐书·隐逸传》），以便更火速地进取，所以又叫"终南捷径"。之所以小小年纪"隐居"，并非早早看破世情，其"少年老成"倒是表现在懂得"隐居"的奥秘。岑参"十五隐于嵩阳"，李白青年时代也曾"隐居"大匡山，可见青少年即"隐居"并非王维与祖六独得之秘。现存有一首王维作的《桃源行》，题下原注"时年十九"，可算作是其隐居体验后的创作成果。这首七言诗较长，写得很优美，历代传诵，但其中已没有陶潜式"桃花源"的避世意味，倒是有很浓郁的当时庄园生活的气息。我们在上一章第二节已有详说，此不赘述。

再说《哭祖六自虚》诗中的回忆，似乎更侧重"东洛类神仙"。王维与东都洛阳的确有不解之缘。

洛阳在唐代，特别是盛唐时代，有其特殊的地位。自隋炀帝以来，这里就是所谓的"东都"，武则天时又定为"神都"，一直到唐玄宗，还时不时地来洛阳办公。嗐，就在开元五年（717），王维参加京兆府试那一年，玄宗还来洛阳住了一整年呢！据《河南志》说，洛阳处在当时的水运中心，"为天下舟船之所集，常万余艘，填满河路，商旅贸易，车马填塞"。甭说，这儿在当时是个政治与经济的中心了。而且就在汩汩的洛河两岸杨柳掩映之中，有诗人常行吟的天津桥，有武则天捐两万贯脂粉钱建造的伟丽的卢舍那大石佛，有佛经始传入中国的圣地白马寺，还有历史名园——石崇金谷园。洛阳城的这一切，无疑对少年王维具有巨大的诱惑力。"花时金谷饮，月夜竹林眠。"洛阳快乐的日子给他太深的印象了，于是便写下《洛阳女儿行》。题下原注："时年十六，一作十八。"十六也好，十八也好，都属

青少年,而其中那活泼的表现力已令人吃惊:

> 洛阳女儿对门居,才可颜容十五余。
> 良人玉勒乘骢马,侍女金盘脍鲤鱼。
> 画阁朱楼尽相望,红桃绿柳垂檐向。
> 罗帏送上七香车,宝扇迎归九华帐。
> 狂夫宝贵在青春,意气骄奢剧季伦。
> 自怜碧玉亲教舞,不惜珊瑚持与人。
> 春窗曙灭九微火,九微片片飞花璅。
> 戏罢曾无理曲时,妆成只是薰香坐。
> 城中相识尽繁华,日夜经过赵李家。
> 谁怜越女颜如玉?贫贱江头自浣纱!

我们很难说这是对奢华生活本身的批判,只能说是对贫富不均,特别是对出身贫贱但有才华的人遭际不公的强烈不满。这也是"布衣气"的外泄。然而正是此类作品的流传为王维和他的朋友造就了名声:"满地传都赋,倾朝看药船。"这里用了两个典故。"传都赋",指左思写《三都赋》成,富贵之家竞相传写,洛阳为之纸贵,事见《晋书·左思传》。"药船"事也出自《晋书》。《夏统传》说,夏统母病,诣洛阳买药。适逢三月上巳,洛阳人倾城出游,而统独在船上为母晒药,对游人来往熟视无睹。此典本用来赞人之脱俗,王维合用二典,主要还是要强调祖六(其实也包括了自己)的文采风度引人注目,所以下句才说:"群公咸属目,微物敢齐肩。"而"传都赋"的"赋"字,也并非全是虚指,因为唐代士子科举考试,赋是重要的形式。杜佑《通典》说:"进士者,时共羡之。主司褒贬,实在诗、赋,务求巧丽,以此为贤。"所以考试前投献的作品,也往往用赋。现存王维一篇《白鹦鹉赋》,应当也是科举时期的作品,写来也的确"巧丽"。你看,他是这样描绘鹦鹉的:

单鸣无应，只影长孤，偶白鹇于池侧，对皓鹤于庭隅。愁混色而难辨，愿知名而自呼。明心有识，怀思无极。芳树绝想，雕梁抚翼。时嗛花而不言，每投人以芳息。慧性孤禀，雅容非饰。

多么通灵性的一只白鹦鹉！我们不难从中看到被金屋深锁供人笑乐的人们的身影。这倒是对《洛阳女儿行》那繁华生活描写的一个补充。

在两都交好的衮衮诸公中，韦陟、韦斌兄弟与王维的交情非同一般。京兆韦氏也是名门望族，谚云："城南韦杜，去天尺五。"其势熏天可知。韦陟是故相韦安石之子，自幼就长得一表人才，风标整峻，独立不群，而且很聪慧，十岁就拜温王府东阁祭酒，加朝散大夫。他很有文采，而且与王维一样善隶书，只比王维大四五岁，二人相得是可想而知的。史书上说，这位贵公子生活奢华，"车马僮奴，势侔于王家主第"。据说，他吃的米是用鸟羽一粒粒挑选出来的，每餐所弃食物"其直（值）犹不减万钱"。大概也是石崇一类的人物。此人"颇以简贵自处"，对同列朝要都看不上眼，可是却偏偏能够"如道义相知，靡隔贵贱，而布衣韦带之士，恒虚席倒屣以迎之"。《旧唐书》本传载："于时才名之士王维、崔颢、卢象等，常与陟唱和游处。"更有一段美谈，那就是在"安史之乱"那动乱的岁月中，他曾经挺身而出，论救大诗人杜甫。杜甫因为论房琯有大臣风度而为肃宗所不容，令陟与颜真卿等讯问其罪。韦陟上奏说："杜甫所论房琯事，虽被贬黜，不失谏臣体。"就因为这句公道话，被肃宗疏远了。像这样正直的人，难怪早年会被贤相张九龄看中，为中书令时便引其为中书令，真是"物以类聚，人以群分"。从中也可窥见王维早岁的思想倾向。

韦陟的弟弟韦斌，也是个"有大臣体"的人物，是薛王业的女婿，为王维、崔颢诸人所推挹。此人"安史之乱"中在洛阳为伪政府所得,授黄门侍郎,忧愤而卒。其遭遇与王维相类,所以王维有《大唐故临汝郡太守赠秘书监京兆韦公神道碑铭》为其申诉,颇见患难之交,此又是后话。从中我们可看到崔颢、卢象也是韦家座上客,同在诸王门下奔走。崔颢就有一首《岐王席观妓》存世。中唐诗人刘禹锡在《卢象集》序言中也说过,卢"始以章句,振起于开元中,与王维、崔颢比肩骧首,鼓行于时"。三个诗友当时以才气穿行贵族王公之间的形象依稀可见。其中卢象与王维诗的风格颇有相似之处,今存二人诗集中往往有混同者,如《赠刘蓝田》《别弟妹二首》《休假还旧业便使》等,皆于二人集中互见,几不可辨。王维《与卢象集朱家》诗写他们一起在朱姓人家聚会时的情景说:

> 主人能爱客,终日有逢迎。
> 贳得新丰酒,复闻秦女筝。
> 柳条疏客舍,槐叶下秋城。
> 语笑且为乐,吾将达此生。

诗歌直书卢象而不冠官名,当是布衣时的事了。卢象有几方面与王维颇相似,如善作乐府,时称妍词一发,乐府传贵;两人都对释家感兴趣,王维有《过卢员外宅看饭僧共题》可证,他们都是受张九龄拔擢,又同遭"安史之乱"受伪署,这一切都使王、卢之交显得不一般。可惜,目前可知的资料太少,我们只能到此为止。

王维与韦家的特殊关系还可以再补一笔:韦安石堂兄之子韦抗,也是个早慧的人物,"弱冠举明经",后来当官"不事威刑而治",曾在王维老家蒲州当过刺史,据专家考证说,那是在开元十年(722)至开元十一年(723)的事。此公荐举过王倕,后为河西节度使,也荐举过王维、王缙兄弟,"皆一时选云"。

三、夜上戍楼看太白

如果你按照戏台上的白面书生手无缚鸡之力说话奶声奶气的模样儿来想象唐代的文士，那么你也就失去了唐代的文士！

王维除了陪王公贵族看金谷歌舞、细数落花之外，有时还喜欢上戍楼看月，或邀几个少年朋友系马柳边，高楼轰饮一气。毕竟是少年人嘛！

有一回，我在吐鲁番交河故城上踏斜阳，穿行于废墟中的街巷，望着戈壁荒原，心想，古时戍守此地的将士，想必常常极目东方，寻找着北斗星下的凤凰城（唐人管长安叫"凤凰城"，又叫"凤京"），而长安城楼上想必也有人正逆着这目光西望交河故郡吧！

那该是个明朗的夜天，一轮明月正泛着银光，将身旁的云朵镀得银灿灿的。月光投下城楼，黑黝黝的阴影衬得城楼更加巍峨。我们的诗人王维，迎着拂旗的风，不禁高吟道：

> 长安少年游侠客，夜上戍楼看太白。
> 陇头明月迥临关，陇上行人夜吹笛。
> 关西老将不胜愁，驻马听之双泪流。
> ……

（《陇头吟》）

太白，就是太白金星，主兵象。长安少年夜上戍楼望太白，其立功边陲的心思尽在不言中。您别看咱们这位青年诗人被薛用弱的《集异记》描写成"妙年洁白，风姿都美"，儒雅到有点女儿态，但他却有过一颗充满少年精神的心：

> 新丰美酒斗十千,咸阳游侠多少年。
> 相逢意气为君饮,系马高楼垂柳边。
>
> （《少年行》）

这点"意气",就是"少年精神"。唐人特重情志的结合,他们继承了"梗概多气"的"建安风骨",又将民族自信心与个体的建功立业、追求精神自由结合起来,体现为性格上的意气飞扬。上一节我们引过龚自珍的话："儒、仙、侠实三,不可以合;合之以为气,又自白始也。""合之以为气"应当说是"自唐人始也"。所谓"少年精神",其实也就是"儒、仙、侠""合之以为气"的浑然一体。而长安少年的爱使气,实在与"唐室大有胡气"有直接关系。南北朝数百年的混乱,换来的历史补偿就是民族大融合。唐代长安好比当今大都会纽约,各族人等在此交汇,相互影响。历史学家向达,在其名著《唐代长安与西域文明》一书中已经有淋漓尽致的描述。胡服、胡帽、胡乐、胡饼、胡床、胡舞,数以十万计的外族人流寓长安,经商、当官、娶妻、生子,能不使长安少年受胡风的影响吗？唐陈鸿祖《东城老父传》惊呼道：

> 今北胡与京师杂处,娶妻生子,长安中少年有胡心矣!

所谓"有胡心",就是汉族人的心态、性格开始出现背离传统的东西,趋于开放。就文士而言,那就是出现"尚武"精神。当时流行一种源自吐蕃、传至波斯却又传回中国的马上打球之戏,唐玄宗时诸王驸马都能打球。王宅内多有球场,平康坊也有球场。这种球场据专家说,有点像现在的足球场,场两端各设一门(也有单门的,好比如今踢半场),门用木桩加横梁、球网组成,也有守门员和裁判。

中场开球后两队选手跑马争夺，用一支一段弯曲的球杖击球，球由空心有韧性的特殊木料制成，涂上红漆；场外观众击鼓、奏乐，形同啦啦队，煞是热闹。这种马球在军中尤其风行。唐人段成式《酉阳杂俎》记有一员河北将军善于击球：

> 常于球场中累钱千余，走马以击鞠杖击之。一击一钱飞起，高六七丈，其妙如此。

　　向达先生在对打球做了考证之后说："声色犬马斗鸡打球，大约为唐代豪侠少年之时髦功课。"而仰慕侠客的文人们自然也要修这门课了。有一回，又逢新进士在曲江宴集——这是唐代文人最盛大的节日了！月灯阁照例热闹非凡，四面看棚鳞次栉比，上面都坐满看打球的人，恐怕同今日看足球赛一般火爆吧？场上驰骋着不可一世的两军打球将，左右神策军的老手。看两军打球将那副洋洋得意的样子，进士们很不服气。就中有位新进士叫刘覃，虽是文人，却长得英姿飒爽。他对诸同年作了个揖，侃侃言道："诸位，我能为群公小挫他们那股傲气，一定要叫他们没脸地退下球场。诸公以为如何？"

　　进士们自状元以下都欣然请刘覃出马。刘覃在球场上果真不负众望，驰骤击拂，风驱电逝，搞得两军打球将眼花缭乱。忽而一球落在刘覃身旁，说时迟那时快，刘覃的击鞠杖闪电般向球击去，那球凌霄而起，直入云天，竟莫知所在。"轰"地一声，月灯阁下数千观众大声笑呼，似波涛般此起彼伏，经久不息。两军打球将满脸惭愧，沮丧地退下球场。

　　刘覃这门"时髦功课"修得满分。

　　李廓《长安少年行》歌唱道：

> 追逐轻薄伴，闲游不着绯。

长拢出猎马,数换打球衣。

晓日寻花去,春风带酒归。

……

好一副潇洒劲儿。诚如向达所称:"此辈能者至能与两军好手一相较量,则唐代文士之强健,于区区打球戏中,亦可窥见一斑焉。"[1]如果我们按照戏台上的白面书生手无缚鸡之力说话奶声奶气的模样来想象唐代文士,那也就失去了唐代文士!你知道,亲见过李白的魏万(即魏颢)是这样描绘李太白形神的:"眸子炯然,哆如饿虎,或时束带,风流酝籍。"[2]气宇轩然而不失风流酝籍,这才是唐代文士的风貌。我们不知道"妙年洁白,风姿都美"的王维会不会打球,但看他的《观猎》诗,至少是颇谙于骑术:

草枯鹰眼疾,雪尽马蹄轻。

忽过新丰市,还归细柳营。

可惜没有亲眼见过王维的人为我们留下王维的写真。不过,有几首可以确认是青少年之作的诗,只要一读,那健儿身手便宛在眼前。

二十一岁所作《燕支行》这样吟唱道[3]:

汉家天将才且雄,来时谒帝明光宫。

万乘亲推双阙下,千官出饯五陵东。

誓辞甲第金门里,身作长城玉塞中。

卫霍才堪一骑将,朝庭不数贰师功。

---

[1] 向达《唐代长安与西域文明·长安打球小考》,生活·读书·新知三联书店1957年版,第80页。

[2] 魏颢《李翰林集序》。

[3] 《燕支行》题下原注云:"时年二十一。"见《王右丞集笺注》卷六。

> 赵魏燕韩多劲卒，关西侠少何咆勃！
> 报仇只是闻尝胆，饮酒不曾妨刮骨。
> 画戟雕戈白日寒，连旗大斾黄尘没。
> 叠鼓遥翻瀚海波，鸣笳乱动天山月。
> ……

这位"汉将"出身甲第金门，"才且雄"，为皇帝所亲重，可以说是将当时人所企盼的种种好事儿都集于一身。卫青、霍去病、贰师将军李广利，这些曾经战功卓著的名将和他比起来真是不堪一提！他统领的不仅是赵燕的劲卒，还有怒气勃发的关西侠少！种种艰难险阻在他们眼底也都不算一回事。这就是"长安少年游侠客，夜上戍楼看太白"时所无限向往的边陲立功。因为未亲历边塞的艰辛，所以对边塞生活的描写自然无深刻性可言，只能是借边塞写胸中一口气耳。事实上许多盛唐人写边塞诗是醉翁之意不在酒，只是借边塞写意气。王维《少年行四首》之二这样唱道："出身仕汉羽林郎，初随骠骑战渔阳。孰知不向边庭苦，纵死犹闻侠骨香！"边陲立功只是为了表现"侠骨"的意气，这就是少年王维所表现的当时人的"尚武精神"。还有一首《夷门歌》，不是写边塞却一样高调门：

> 七雄雄雌犹未分，攻城杀将何纷纷！
> 秦兵益围邯郸急，魏王不救平原君。
> 公子为嬴停驷马，执辔愈恭意愈下。
> 亥为屠肆鼓刀人，嬴乃夷门抱关者。
> 非但慷慨献奇谋，意气兼将身命酬。
> 向风刎颈送公子，七十老翁何所求？

虽然我们不知道这首诗确切的写作时间，但不难感受到其情调与上一首极其相近。不过这回主人公不再是贵族高门出身，而是相反，侯嬴只是个七十岁的守门人,朱亥更是个杀猪的"贱民"。但这些布衣却有"意气兼将身命酬"的气概,"向风刎颈送公子,七十老翁何所求!"舍身取义,布衣有比贵族更为高尚的品格。王维身上的"贵族气"是遗传的,而"布衣气"才是时代给予的。写的虽然只是《史记》中一节故事,却让我们看到诗人对人格理想的追求。

如果说这种追求还有其时尚的共同意味,那么作于十九岁的《李陵咏》[①],则更内在地体现了诗人复杂的个性。诗如下:

> 汉家李将军,三代将门子。
> 结发有奇策,少年成壮士。
> 长驱塞上儿,深入单于垒。
> 旌旗列相向,箫鼓悲何已。
> 日暮沙漠陲,战声烟尘里。
> 将令骄虏灭,岂独名王侍。
> 既失大军援,遂婴穿庐耻。
> 少小蒙汉恩,何堪坐思此。
> 深衷欲有报,投躯未能死。
> 引领望子卿,非君谁相理?

这也是选材于《史记》的一节故事。李陵是汉代名将李广的孙儿,他们家出名将,却都倒霉。李广与匈奴大小七十余战,最后因迷失道路,不愿复对刀笔吏而引刀自刭。士大夫、军士、百姓,知与不知,无老壮闻之皆为垂涕。陵之叔李敢,与匈奴战,夺左贤王鼓旗,斩首多,代李广为郎中令,后来被霍去病报私仇射杀。李陵又是一条好汉,善射,爱士卒。在一次与匈奴的战斗中,以步兵五千人对八万匈奴军,兵矢尽,军士死过半,而杀伤匈奴万余人,且引且战,连斗

---

① 王维《李陵咏》题下原注:"时年十九。"见《王右丞集笺注》卷五。

八日,救兵不来。在这样的情势下,为匈奴所招降。汉武帝乃族灭李陵全家。为此,李陵成了叛徒的代号,为后世所唾骂,简直不下于秦桧,连民间说书讲杨家将故事,也让忠臣杨老令公撞死在李陵碑上。然而,汉与匈奴西域之争与金兵南下、清人入关并不完全相同。汉与匈奴之争,是为扩大各自的生存空间,宋金、明清之战,则是侵略与反侵略的抗争。我们不能以现在已是"四海一家"而责备前人的抗战,但也应分清哪些战争是涉及民族存亡大义,哪些则属民族纷争。后人用民族存亡之战的眼光来看汉与匈奴之争,所论自然要严苛得多,而当时的太史公司马迁并不是这样看的。伟大的历史学家司马迁在其著作《史记》中为李陵立了传,将其英勇搏斗直到最后兵矢尽、救兵不来的情势下投降的实况都写明。太史公认为李陵之降是无可奈何的,在《报任安书》中说:

> 然仆观其为人,自守奇士：事亲孝,与士信,临财廉,取与义。分别有让,恭俭下人,常思奋不顾身,以殉国家之急。其素所蓄积也,仆以为有国士之风。夫人臣出万死不顾一生之计,赴公家之难,斯已奇矣。今举事一不当,而全躯保妻子之臣,随而媒蘖其短,仆诚私心痛之！且李陵提步卒不满五千,深践戎马之地,足历王庭,垂饵虎口,横挑强胡,仰亿万之师,与单于连战十有余日,所杀过当。虏救死扶伤不给,旃裘之君长咸震怖。乃悉征其左右贤王,举引弓之人,一国共攻而围之。转斗千里,矢尽道穷,救兵不至,士卒死伤如积。然陵一呼劳军,士无不起,躬自流涕,沫血饮泣,更张空拳,冒白刃,北向争死敌者……以为李陵素与士大夫绝甘分少,能得人之死力,虽古之名将,不能过也。身虽陷败,彼观其意,且欲得其当而报于汉。事已无可奈何,其所摧败,功亦足以暴于天下矣！

翻译成白话文,就是：

我看李陵这个人哪,是个能守节的奇士:他对父母尽孝道,对士人讲信用,面对财物能守廉,凡是取给都合道义,且能分别尊卑长幼克尽礼让,甘居人下,常想要奋不顾身以赴国家急难。他的一贯表现,我看是有国士之风的。你想,作为人臣而能不顾一己的利害,万死不辞,以赴公家之难,这就已经非常难得了。现在行事一有错误,那伙处万全之地身躯全而妻子保的臣子,则马上来夸大他的过失,以图酿成大罪,真叫我痛心!再说李陵提步兵不满五千人,深入以骑射为生的游牧民族的腹地,直至其君王所居的所在,无异于将饵食放在虎口边,向强大的胡人挑战,并处于不利地势仰攻亿万之师,与单于连战十多天,所杀伤之敌远超过我汉军的数目。胡虏救死扶伤都顾不上,匈奴君长都深为之震怖!于是他们将左贤王、右贤王都征召来,发动所有能拉弓箭的人,一国共围之,一国共攻之。李陵仍能转战千里,直到矢尽道穷,而救兵还不来,士卒死伤堆积。然而,即使是这样,李陵还能够一呼百应,士卒无不奋起。面对这样的场面,李陵自己也深受感动,血泪交流!将士们用空弩弓作武器,冒着敌人的白刃,争着北向与敌人死拼……我认为李陵平时能与士大夫同甘苦,把不多的东西也拿出来共享,所以能得人死力,虽古代的名将,也不能超过他。李陵虽然身陷敌方,但我看他的意思,是想寻找时机再报效汉庭。事情已到无可奈何的地步,但他挫败敌人的功劳,也足以昭示天下啊!

"全躯保妻子之臣随而媒蘖其短",这话说得最为沉痛。我向来最反感那些要求别人当烈士而自己却绝不肯去当烈士的先生们。他们身在保险柜里却要那些在弹雨下的人挺直身子,容不得别人有错处。哪怕对被暴力强奸的人也要指责她"不贞","尚少一死"。坐着一点也不怕站的腰疼,可笑之至,最好你不要落在他们手里。司马迁讲了几句公道话,竟被处以宫刑!这封书信是遭宫刑后,而他的友人任安获死罪等待处决前写的。此情此景此言，竟不能唤醒公道！千百年来又有几人能体谅李陵？道学家们仍要将李陵视同秦桧。司马公用沉重惨痛的代价换不来公道，指挥失误、坐视不救的人仍然是英雄，尽心尽力血泪交流的人并没有功暴天下，甚至千载之后王维以其少年人特有的无所畏惧，用诗的语言再次表达了司马公这番意思时，也仍然躲不开那些"全躯保妻子之臣"的"媒糵其短"。不幸的是王维后来也曾陷敌手、迫受伪职，这首《李陵咏》也就成了"早有反骨"之征。关于王维的陷敌，我们将在第八章详析，这里我们只想就李陵形象一窥王维的少年心思。

诗中李陵形象基本上是司马公树立的形象：名将世家，深入敌后，失援陷敌，不忘汉恩，深衷欲有报，惜无人理解。青少年时代的王维，尚无出塞经验，所以写边塞并非反映边塞的实事，往往只是借历史题材写一股意气耳。《李陵咏》也只是借此题材表现对功业的向往，不过用的手法是从反面来说，建功立业不易，为将不易，在感慨中更见知难而进的勇气。王维还有一首《老将行》，虽未能确定作于何时，但就其风格情思而言，与《李陵咏》是颇相近的。诗云：

> 少年十五二十时，步行夺取胡马骑。
> 射杀山中白额虎，肯数邺下黄须儿。
> 一身转战三千里，一剑曾当百万师。
> 汉兵奋迅如霹雳，房骑崩腾畏蒺藜。
> 卫青不败由天幸，李广无功缘数奇。
> 自从弃置便衰朽，世事蹉跎成白首。

诗中老将年轻时的遭遇似李广，老来寥落穷巷，但犹"耻令越甲鸣吾君"，请战不已。其机杼与《李陵咏》一样，是想借这些遭遇不公而壮心不已、"深衷欲有报"的将士，来表达一颗爱国的心，一股壮烈之气，一种对建功立业的人生价值不舍的追求。当然，从其对李陵的同情和对司马公的会心中,我们还看得出王维的灵心善感与早熟。他对专制君权及此权势下臣子的自私心理早已戚戚焉。后来他有首《不遇咏》:

> 北阙献书寝不报,南山种田时不登。
> 百人会中身不预,五侯门前心不能。
> 身投河朔饮君酒,家在茂陵平安否?
> 且共登山复临水,莫问春风动杨柳。
> 今人作人多自私,我心不说君应知。
> 济人然后拂衣去,肯做徒尔一男儿!

诗中表现心境上的矛盾:一心要报国,却报国无门,不被人理解。这才是社会的现实。处于盛唐时期的王维感受这一点,的确很敏感。他的解决办法是:“济人然后拂衣去。”济人,还是第一义的嘛!与其说《李陵咏》表现了王维“性格的软弱”,毋宁说表现了王维人性的丰富与早熟。少年王维不但有一颗建功立业之心,还有一份对宦海波涛的险恶颇为警觉的清醒。我们在第一章第二节不是引了一首王维十九岁时写下的《桃源行》吗? 虽说是那一时代田园经济现实的反映,但不无曲折隐晦地表达了少年王维于“达则兼济”的进取中,已留下“穷则独善”的一手了。我总以为,人心有点像蜂巢,雄蜂、雌蜂、工蜂、大蜂、小蜂、蜂蛹,都挤在里面,各有其位置,进进出出,颇为热闹。是的,少年王维的心并存着各色想头,也颇为热闹,我们怎么能以晚年较为单一的境界来规范少年王维呢? 要知道从“果”往回溯其“因”,自然无不中式。可是当初人站在十字路口时,本来会有多种的选择。王维晚年“焚香独坐,以禅诵为事”,只是种种历史发生的事件将他赶到那般田地,不由他往别的岔道上走而已。如果张九龄不是那么早就被奸相李林甫赶下台,如果王维在边塞有机会立功,如果“安史之乱”早早被镇压……王维传得重写。合力是个多边形,只要随便动任何一边,整个儿多边形都得变形。少年王维心思的多向性,说明他本来有多种选择,并非一定要老来"以禅诵为事"为惟一的结局不可。

下一节我们继续为诸君提供少年王维不同角度的侧影。

四、红豆——多情的种子

"诗人的任务并不是去寻找新的感情,而是去运用普通的感情。"王摩诘拥有常人常见的感情,但要比常人沉挚,他能将雾气凝为露珠。

大凡一个人要是有了某种特出的本领,往往就会有传说附上身来,神乎其说。王维精于音乐,所以有"郁轮袍"的传说。还有一则出自中唐人李肇《国史补》而后来被采入"正史"二《唐书》本传的传说:王维兼善绘画与音乐,有一次观画,画的是奏乐图。王维熟视良久,抿嘴而笑。同观者不禁问他笑什么?他答道:"这图画的是《霓裳羽衣曲》的第三叠第一拍。"大伙儿将信将疑。其中有好事者,特地召来乐工,让他们演奏《霓裳羽衣曲》第三叠第一拍。果然!此时情景与图画中若合符契,一无差谬,大伙儿这才叹服其精思。《王右丞集笺注》的注家赵殿成对此进行了反诘,他说,凡画奏乐,只能画某一个刹那,乐队在那一刹那中无论金石管弦,只能奏同一声,而何曲无此声?你凭什么断言此声就独独是《霓裳羽衣曲》第三叠之第一拍也?我想大概唐时奏《霓裳羽衣曲》只是齐奏,还不懂几重奏,所以只能奏同一声,赵氏之诘驳也就有道理了。

其实呢,王维的精通音乐,其诗作中自有最佳的表现,不必神乎其说。请听:

> 飒飒松上雨,潺潺石中流。
> 夜静群动息,蟪蛄声悠悠。
> 细枝风乱响,疏影月光寒。

画面含着美妙的音响,是"有声画"。而更为内在的,还在于王维诗的节奏、旋律是如此富于音乐性:

> 清风明月苦相思,荡子从戎十载余。
> 征人去日殷勤嘱,归雁来时数寄书。

和谐到不必唱就已有乐感。难怪《乐府诗集》将这首七绝收入,作为《伊州歌》的第一叠(第一句作"秋风明月独离居")。据《云溪友议》的记载说:"安史之乱"突起,唐明皇匆忙逃入四川,宫廷乐工四处逃散。其中著名的歌唱家李龟年流落到湖南,曾于湘中采访使席上唱了这首诗,以及下面这首更广为流传的绝句:

> 红豆生南国,秋来发几枝。①
> 劝君多采撷,此物最相思。

红豆,又叫"相思子",血红,微扁。传说古时有人死在边疆,其妻痛哭于树下,心碎而亡,化为这晶莹血红的相思子。凄美的传说故事被王维凝为诗的意象,从此这粒小小的红豆便使世间多少痴男怨女牵肠挂肚!

两首诗表现的都是相思之情,所以为李龟年流落江南时所选唱,并为听众所共鸣。据《明皇杂录》说,李龟年在开元年间很是出名,为皇帝所宠爱,为他于洛阳大起宅第。后来流落江南,每遇月明

---

① "秋来",流行的《唐诗三百首》作"春来",今依赵殿成《王右丞集笺注》校正。

风清,良辰美景,就想起太平日子的风光,不禁一舒歌喉,为人唱几曲旧歌,座中闻者无不感动流涕,以致酒席都办不下去了。就在这样的一次宴会上,听众席上有一位清癯的听者,听了李龟年的歌唱不禁老泪纵横,写下一首流传千古的绝句：

岐王宅里寻常见,崔九堂前几度闻。

正值江南好风景,落花时节又逢君!

这位作诗者便是大诗人杜甫。不必太多的渲染,岐王、崔九事已矣,落花相逢说尽沧海桑田。晚年的杜甫潦倒落魄,漂泊西南天地间,最后生命之旅来到湖南,听到开元歌手李龟年唱怀旧的歌,能不感慨万千? 诗中提的岐王,正是开元年间与王维来往密切的李范。我们于是又依稀看到出入诸王府中的少年王维那翩翩的风姿,他给当时人多么深刻的印象啊!

再说李龟年唱的"清风明月苦相思",有个名目叫《伊州歌》。这曲调在唐教坊中也算是"保留节目",特别是经名歌手李龟年演唱后,竟成了"流行歌曲",直到晚唐,诗人陈陶还在西川听过歌妓金五云唱这调调,道是："歌是《伊州》第三遍,唱著右丞征戍词。更闻明月添相思,如今声韵尚如在!"[1]"右丞"就是指王维,他后来官到尚书右丞,后人称呼他"王右丞"。"《伊州》第三遍",也许和《阳关三叠》(即《渭城曲》)一样,是在原诗基础上添声、添字后,反复地唱出。苏东坡《仇池笔记》卷上"阳关三叠"条就是这么解析"三叠"的："每句三唱,以应三叠。"也有说三叠就是全曲分三段,原诗反复唱三遍。不过,现在已经有人将《敦煌曲谱》第24首《伊州》曲调译出,并填上王维的"清风明月苦相思",但只二遍便了,未见"《伊州》第三遍",似乎还不是金五云唱的那个调调[2]。但无论如何,有一点

---

① 《全唐诗》卷七四五《西川座上听金五云唱歌》。

② 参看《王维研究》第2辑,三秦出版社1996年版,第119页。

是肯定的,唐人绝句往往便是可唱的"乐府",特别是王维的诗有内在的音乐性,更容易入乐。如绝句《送元二使安西》,后来成了送别名曲《阳关三叠》(即《渭城曲》),而王维还有一首《奉和圣制幸玉真公主山庄因题石壁十韵之作应制》诗,乐工亦曾截取前八句为《昔昔盐》歌词。顺便提一下,唐人绝句极其发达,号称万首,佳作最多。这与绝句可入乐有关,因为古乐府到唐,有许多已不能配乐,乐工便喜欢拿文人绝句来合乐歌唱,绝句也就成了唐代最叫座的诗歌形式。

你听说过"旗亭赌唱"的故事吧?据说开元年间,名诗人王昌龄、高适、王之涣三人下雪天相逢于旗亭,饮酒听乐。"诗家天子"王昌龄三杯下肚不禁飘飘然起来,笑着说:"我们三人名擅一时,何不听歌者唱曲,一赌高低?看谁人的诗被唱出最多,谁就是第一!"高适、王之涣都说好。一曲下来,是唱"寒雨连江夜入吴",王昌龄呵呵笑道:"一绝句!"便在旗亭壁上画一笔。接下一妓唱"奉帚平明金殿开",王昌龄更得意了:"二绝句!"又在他名下画一笔。后来轮番唱下去,各有得分。王之涣有些猴急了,便道:"这位歌妓长得最漂亮,她要是唱的不是我的诗,我就服输!"你猜怎么着?唱的是"黄河远上白云间,一片孤城万仞山"。正是王之涣最得意的一首绝句!可惜这次赌唱王维没参与,要不,鹿死谁手还难说得很哩!千百年过去了,旗亭唱的那些绝句虽然仍然是名著,但作为流传最远的古曲,哪一首能与《阳关三叠》相比呢?

音乐的内容是感情而不是音响。王维诗被合乐而流传久远,还在于有深情,使人易共鸣。是的,王维是个多情的种子,十七岁上就写下一首至今在中国仍然是家喻户晓,不断被引用,反复被吟诵的思亲诗——《九月九日忆山东兄弟》[1]:

　　　　独在异乡为异客,每逢佳节倍思亲。

---

[1] 《王右丞集笺注》卷十四,题下原注:"时年十七。"

遥知兄弟登高处,遍插茱萸少一人。

重阳节登高,将茱萸插在头上避邪,是古人的风俗;身在异乡而思念家中的兄弟姐妹,这又是人之常情。将这尽人皆知的风俗习惯与每人必有的思乡、思亲之常情,合成"每逢佳节倍思亲"(好个"倍"字),这么一句诗,表达了大家想表达的感情,这便是王诗赢得大众的秘诀!艾略特说:"诗人的任务并不是去寻找新的感情,而是去运用普通的感情。"①这句话放在这里,也就不难懂了。是的,诗人王摩诘拥有最平常人最常见的感情,但要比平常人更沉挚,他能将雾气凝为露珠。你看这首《观别者》:

青青杨柳陌,陌上别离人。
爱子游燕赵,高堂有老亲。
不行无可养,行去百忧新。
切切委兄弟,依依向四邻。
都门帐饮毕,从此谢宾亲。
挥泪逐前侣,含凄动征轮。
车徒望不见,时时起行尘。
余亦辞家久,看之泪满巾。

所写无非常人之离别,是普遍而又普遍发生过的事儿,每人身旁就有。然而经王维娓娓道来,一丝离别的情绪便缠上你的心头,"不行无可养"的凄惶,"行去百忧新"的依依,使你不能不将自己也摆进去,"余亦辞家久,看之泪满巾"!王维是位最富人情味的诗人了!如果说岑参是表达奇情、反映异境的高手,那么王维要算是表达最平凡情思、最常见心境的高手了!而这点才气如上所述在十七

────────────────

① 《艾略特文学论文集》,李赋宁译,百花洲文艺出版社1994年版,第10页。

岁的王维身上,早就有惊人的表现,真是不可思议。看来我们的这位"诗佛",原是颗"情种"呢!难怪只手撑起"孽海情天"的《红楼梦》作者曹雪芹,会对王摩诘情有独钟。这是另一个话题,不说也罢。王维写闺情的一些诗虽未能确定创作年月,但大致属早期作品,不妨归类于此,做个介绍。

王维有一首《羽林骑闺人》,写那高高的秋月正照着巍巍的城楼,月色中弥漫着琴笛之音,勾起深闺中少妇的离愁:

> 出门复映户,望望青丝骑。
> 行人过欲尽,狂夫终不至。
> 左右寂无言,相看共垂泪。

羽林骑是皇帝的禁军,大概随驾上哪儿去了,至夜深不归。这恐怕是经常发生的事,所以少妇才会望眼欲穿。从左右无言相顾而泣的情况看,少妇是经常孤寂过日子的,左右服侍的人最了解这一情况了,所以才会流下同情的泪水。深闺少妇的这种寂寞在皇宫中更甚。王维有《扶南曲歌词》五首,其中第三、四首如下:

> 香气传空满,妆华影箔通。
> 歌闻天仗外,舞出御楼中。
> 日暮归何处? 花间长乐宫。
>
> 宫女还金屋,将眠复畏明。
> 入春轻衣好,半夜薄妆成。
> 拂曙朝前殿,玉墀多佩声。

一天劳作下来,宫女的疲劳可知。然而"将眠复畏明",她还要早早起床做好准备,"半夜薄妆成",拂晓就得排班的大臣们玉佩叮当,预示宫女又要开始劳累的一天。二诗首尾相衔,写尽宫女日复一日忙忙碌碌却又十分空虚的生活。全诗富丽堂皇，但"香气传空满"，富贵锦绣下面掩盖着空虚无聊。王摩诘就是这样善于将探针深入到生活乃至心灵的内部去，揭出真情来。有一首《早春行》写来更细腻：

> 紫梅发初遍，黄鸟歌犹涩。
> 谁家折杨女？弄春如不及。

这是踏青郊外遇见的一位少妇，看她满心欢喜地折着杨柳枝（离别人爱折枝杨柳相赠，故杨柳枝也往往暗示着离别），但那"弄春如不及"的欢乐后面还藏着什么呢？

> 爱水看妆坐，羞人映花立。
> 香畏风吹散，衣愁露沾湿。

摩诘不愧是个画家，寥寥几笔便勾勒出一位娇娃来。诗句将"关键词"推置句子最前头：不说"畏风吹散香"，却说是"香畏风吹散"；不说是"愁露沾湿衣"，偏说道"衣愁露沾湿"；明明是"爱妆坐水（边）看"，反道是"爱水看妆坐"。这种强化印象的手段不让杜甫的"青惜峰峦过，黄知桔柚来"。少妇形象经这么一强化，那顾影自怜的模样就在眼前。这是一位有钱人家的少妇：

> 玉闺青门里，日落香车入。

青门，是长安东出南头第一门，叫霸城门，老百姓看那门色青，便叫它"青门"。这次出城来踏青，为的是散散心，不想更勾起相思之情：

> 游衍益相思，含啼向彩帷。
> 忆君长入梦，归晚更生疑。
> 不及红檐燕，双栖绿草时！

俗话说:"死蛟龙不如活老鼠。"与其在锦绣堆中过孤单寂寞的日子,夫妻只在梦中相见,还不如贫贱夫妻相厮守呢!王维将这层意思表达得很雅:"不及红檐燕,双栖绿草时!"

用白描手段将一个女子从贫贱到富贵的经历全写出来的,是《西施咏》:

> 艳色天下重,西施宁久微?
> 朝为越溪女,暮作吴宫妃。
> 贱日岂殊众? 贵来方悟稀。
> 邀人传脂粉,不自着罗衣。
> 君宠益骄态,君怜无是非。
> 当时浣纱伴,莫得同车归。
> 持谢邻家子,效颦安可希!

我们在本章第二节引过王摩诘《洛阳女儿行》,结句云:"谁怜越女颜如玉? 贫贱江头自浣纱!"这回浣纱女时来运转,"贵来方悟稀",她也有洛阳女"不惜珊瑚持于人"的阔太当了。阔起来的浣纱女是"邀人传脂粉,不自着罗衣"。而更能绘声绘色的是这一联:

> 君宠益骄态,君怜无是非。

真是传神得很,叹为观止!但"当时浣纱伴"又有几人能得此奇遇? 他们免不了还要"贫贱江头自浣纱"!而我们早已读过《洛阳女儿行》,所以我们也早就知道是什么样的空虚的贵妇生活在等着这位得宠的西施。将《洛阳女儿行》与《西施咏》合读,首尾相衔,形成"对流",不啻是一出悲喜剧!《洛阳女儿行》题下原注"时年十六,一作十八"。这首《西施咏》无论从风格还是反映手法看,当去此不远,是姐妹篇,总之,也是王维早期作品。我们不能不叹服王维的早熟,这般年纪对妇女问题竟然有如此深透的看法! 是的,在男人为本位的封建社会,妇女无论贵贱,都处于被玩弄欺压的地位,这就是她们的总体命运!《李陵咏》《西施咏》展示了王维年轻却颇为老成的心灵,也许正是这种对社会颇为透彻的认识,促使他这样风流蕴藉的诗人走向"诗佛"的道路。当然,青年时代的王维更多的还是少年心情。下面这首《寒食城东即事》也许可以说明问题:

清溪一道穿桃李,演漾绿蒲涵白芷。
溪上人家凡几家,落花半落东流水。
蹴踘屡过飞鸟上,秋千竞出垂杨里。
少年分日作遨游,不用清明兼上巳。

荡漾的春色,深深的院落,忽见彩球飞上天去;一阵欢笑,又见杨柳梢头闪过秋千人影,真是"满园春色关不住"呵! 同类意境我们不禁记起宋代词人苏东坡的《蝶恋花》:

花褪残红春杏小,燕子飞时,绿水人家绕。枝上柳绵吹又少,天涯何处无芳草!　墙内秋千墙外道,墙外行人,墙里佳人笑。笑渐不闻声渐悄,多情却被无情恼。

都一般是春天景色,都一般是绿水人家,都一般是藏而复露的秋千,但勾出的情绪却不一样:王维是自家有青春,是共鸣,"少年分日作遨游,不用清明兼上巳"! 有自己的欢乐在其中;苏轼则是看人家青春,"多情却被无情恼",未免是中年人看少年人的心情。无意间便分出盛唐与北宋来了。

开元年间王维的心情,毕竟是盛唐少年的心情。

第三章 憧憬与现实

一、舞黄狮子事件

　　唐玄宗对弟兄们一直不放心,对他们身边人的清洗工作一直没放松。我们这位诸王"待之如师友"的诗人王摩诘,又怎能逃过眈眈虎视的眼睛?

　　我们在上章第一节已说过,王维进士及第可能是在开元六七年间(718—719)。也就是说王维举进士时年二十或二十一。现存王维诗有附原注,可能是沿袭王缙据代宗的旨意献其兄诗卷时所注。所注年岁始自十五岁,止于二十一岁,此后则不注年龄。日本学者入谷仙介据此推测王维进士及第当以此为断①。在古人,进士及第是人生一大分界,所以我看这是颇有道理的大胆推测。结合上章所述,则王维举进士在开元七年(719)的可能性尤大。

　　王维得到的第一个官是"太乐丞"。太乐丞是太乐令的副手,是个管皇家戏班子之类的八品以下的小官。但无论如何好歹是个官,要比那些落第举子强多了。王维有个好朋友叫綦毋潜,也是个有名的田园诗人,这回落第,什么也没捞到。现代人恐怕很难体会当时落第生的心情。及第与落第,判若天渊!

――――――――――

① 　见[日]入谷仙介《王维研究》第一章第二节,东京创文社1976年版。

十年辛苦一枝桂,二月艳阳千树花。

　　发榜多在春二月。残月犹照在尚书省礼部南院的榜墙上,怀着忐忑心情的举子们早就挤满了榜墙前的空地。忽然金鼓齐鸣,有人开始朗声念出榜上的人名,真是"一声天鼓辟金扉,三十仙才上翠微"。中进士的人极少,不超过三十人。中第的人飘然仙举,紧接着是一串庆祝活动,曲江一时车马喧阗,幸运者骑马遍游名园,采名花,接受大家的祝贺——一些豪门贵势也趁机在此中相女婿。当然,还免不了到主司宅门去向主考官谢恩。接着是"雁塔题名",中第人自称"前进士",心满意足地将大名题写在慈恩寺塔(即大雁塔)上,准备流芳百世。更有一些未及第的进士来乞讨他们当年穿过的麻衣——举子向考官行卷要穿白麻衣以示敬意,想沾点光,分点福气。中第者真是踌躇满志,如孟郊诗所称:"春风得意马蹄疾,一日看遍长安花!"自然他们会赶紧向家里报个喜,《开元天宝遗事》有"喜庆"条说:"新进士每及第,以泥金帖子附于家书中,至乡曲亲戚,例以声乐相庆,谓之喜信。"

　　没考上的可就惨了,路远没脸回家的,则志枯气索,阖户讽书,以待来年再试;要回家养亲的,则破帽蹇驴,一路栖栖惶惶,甚至有靠乞讨回家的。王维的好友綦毋潜落第还乡,其落魄可知,所以王维写了一首《送别》(《河岳英灵集》题作《送綦毋潜落第还乡》):

圣代无隐者,英灵尽来归。
遂令东山客,不得顾采薇。
既至君门远,孰云吾道非?
江淮度寒食,京洛缝春衣。
置酒临长道,同心与我违。
行当浮桂棹,未几拂荆扉。
远树带行客,孤城当落晖。

吾谋适不用,勿谓知音稀。

这首诗非常典型地体现了王维敦厚温柔的一面。他深知落第者此时此际作何感想,所以对不得不触及的落第问题很小心地做了处理:既不是归咎于命途之多舛,也不是迁怒于主司不公,而是先取远势,款款道来。前四句抬高綦毋潜的地位、身份,说他是高士隐者,之所以来应举,是因为逢圣代,"英灵尽来归",连"东山谢安石"一流的贤者,也顾不得隐居,出山应试来了。这就隐隐然将綦毋潜置诸不为谋官但求济世的超然地位,失落感自然而然淡化了。紧接着才水到渠成地点到主题:落第。"君门远"与你的才华、抱负无干,所以结句才说"吾谋适不用","适"字与此句的"孰云"都在强调落第纯属偶然,不必介怀。这也就为綦毋潜的再接再厉留下空间与希望。张戒《岁寒堂诗话》称"摩诘古诗能道人心中事,而不露筋骨",可谓知言。"江淮度寒食,京洛缝春衣"一联用时空的剪接,将去春綦毋潜满怀希望自江淮来京洛求仕①,今春则悄然欲别,之间多少艰辛哀怨尽纳入不言之中。"行当"、"远树"二联则想象綦毋潜还乡一路情景。"远树带行客,孤城当落晖",既写景又写情,情景交融。远树伴我,人行亦行,故曰"带"。则行人落寞孤单的形象如见,而王摩诘对綦毋潜之关切同情便在其中矣。綦毋潜后来果然再接再厉,终于在开元十四年(726)进士及第。由此看来,青年时代的王维虽然少年得志,但深明世故,善解人意,宅心忠厚,有少年精神,绝无少年火气,是个颇为难得的人才哩!

然而,明世故却不世故的人,在社会上还是吃不开的。王维大概就因此而吃亏,连小小的太乐丞,也很快就给弄丢了。

事情是这样的:唐人很喜欢歌舞杂技,皇帝的盛大宴会往往要演出鱼龙杂戏助兴。有一次唐玄宗在勤政楼前大酺,演出歌舞百

① 綦毋潜或云荆南人,或云虔州南康(今属江西)人,晚居淮阴。此云"江淮度寒食",当以后者为是。

戏，其中有位艺人王大娘顶一丈八尺的大竹竿，上吊木山，似仙山楼阁，一小童执红旗戏耍其上，煞是惊险。这时杨贵妃正在楼上看戏，膝上坐着小神童刘晏，当即赋诗道：

楼前百戏竞争新，唯有长竿妙入神。
谁谓绮罗翻有力，犹自嫌轻更著人！

　　正因为风尚如此，所以太乐置管下供祭祀享宴之用的"戏班子"也常练习舞狮子。但有一次排演舞狮子时，不知怎地，不留心舞动了黄狮子。要知道，古人对色泽也是分等级的，黄色的装饰属皇帝独享，他人不得染指。所以连舞黄色的狮子也只能给皇帝看，平常时是不准乱动的。这回鬼使神差弄了黄狮舞，又不知怎地有人告发了，上头怪罪下来，主管太乐令刘贶配流，副职太乐丞王维则"坐累为济州司仓参军"。《新唐书》本传说"坐累"，却没明指为何所累，舞黄狮子事件见于《太平广记》所引《集异记》，称："为伶人舞黄师子，坐出官。"伶人，指演员；师子，即狮子。因为"黄师子者，非一人不舞也"。一人，指皇帝。作为一个借口，当然是"何患无辞"，但王维在《被出济州》诗中这样申言道："微官易得罪，谪去济川阴。执政方持法，明君无此心。"从"易得罪"三字看，是对贬官的理由并不服气。既是"微官"，此谪何预至高无上的皇帝？为何还要申言"明君无此心"，岂非欲盖弥彰？看来此事件还的确涉及皇权的敏感部位呢！据上文所述，王维中进士第可能是在开元七年(719)。唐制，进士及第后并不是马上就有官当，有些要去当幕府，等有成绩再推荐为官；有些经吏部"冬集"①，再给官职。王维当属后一种情况：发榜在二三月，再历吏部"冬集"，到太乐署就职恐怕要挨到明春了。所以舞黄狮子事件很可能发生在开元八年后。

---

① 《唐会要》卷七五："开元中，敕一例冬集，其礼业每年授散。"冬集就是吏部集结当年及第者酌定散官。

开元八年也的确发生了两桩大案。

皇位继承问题一直是唐王朝一块心病。太宗继大统是杀了哥哥太子建成与弟弟齐王元吉才如愿的,武则天登上龙椅是杀了一批皇子王孙才得逞的。玄宗李隆基本是睿宗第三子,宫中呼为"三郎",也是因对韦氏发动宫廷政变,替父亲夺江山立下大功,所以长子李成器(即宁王李宪)才将太子位让给这位三郎的。后来为了消灭姑母太平公主的势力,又依靠兄弟岐王李范、薛王业及兵部尚书郭元振诸人的力量,才取得成功。这一连续不断的杀夺经验不能不使玄宗对弟兄们保持高度的警惕。然而,李隆基不愧小名"阿瞒"(曹阿瞒就是曹操),于帝王权术也颇精通。因此,他对诸弟兄采取"专以声色畜养娱乐之,不任以职事"的政策,外示友爱,内紧防范。

有一回,他做了套长枕大被,用来与弟兄同寝。又有一回,薛王业生病,玄宗亲为煎药,结果连胡须都烧了,感人至深。他又鼓励诸王宴饮、斗鸡、击球,就是不让他们与臣下有沟通。和岐王、薛王一起帮玄宗除太平公主的兵部尚书郭元振,早在事成后四个月,就炒了鱿鱼,"配流新州"。开元八年,又将违禁与诸王交结的光禄驸马都尉裴虚己流放新州,让公主与之离婚,罪名是与岐王游宴,私挟谶纬。谶纬,是一种迷信的预言。另外还有万年尉刘庭琦、太祝张谔,都因为常与岐王饮酒赋诗,分别被贬为雅州司户、谔山茌丞。妙的是,"待范如故,谓左右曰:'吾兄弟自无间,但趋竞之徒强相托附耳!吾终不以此责兄弟也。'"(《资治通鉴》卷二一二)另一桩案子是薛王业的王妃有个弟弟韦宾,据说曾与殿中监皇甫恂私下议论皇家命运,被发觉了活活打死。业与妃惶惧待罪,玄宗降阶执着弟弟薛王业的手恳切地说:"我要是有猜疑弟兄之心,天雷就劈死我!"然而,直到开元十年(722),我们还读到这样一道严厉的诏书:"自今已后,诸王、公主、驸马、外戚家,除非至亲以外,不得出入门庭,妄说言语!"(《旧唐书》本纪)看来玄宗对弟兄们一直是不放心,对他们周围人的清洗工作一直就没放松过。那么我们的这位"宁王、薛王待之如师友"的诗人摩诘,又怎能逃出那双眈眈虎视的眼睛?可我们的这位诗人直到开元六年还在宁王府中写《息夫人》,还在请诸王、公主为其科举说项!这就是我上面所谓的"明世故却不世故"。因此,"舞黄狮子"这件触及皇权敏感问题的事件在这样的背景下被放大了。不"坐累"那才怪咧!

　　开元八年十月刘庭琦、张谔被贬,王维也就成了"清查对象"。《旧唐书·刘子玄传》有一则值得注意的记载:"开元……九年,长子贶为太乐令,犯事流配。"刘子玄就是著名史学家刘知幾,避皇帝讳,以字行。刘贶于是时任太乐署长官,"犯事配流",其父"诣执政诉理,上闻而怒之,由是贬授安州都督府别驾"。可见所"犯"之"事"是令皇上很恼怒的。这事,应当就是舞黄狮子事件,所以副手王维也"坐累"贬济州司仓参军。所以我们认为王维贬济州时间在开元九年秋(721)。离开长安时,他写了一首《初出济州别城中故人》诗①,王维的情绪颇为低落:

> 微官易得罪,谪去济川阴。
> 执政方持法,明君无此心。
> 闾阎河润上,井邑海云深。
> 纵有归来日,多愁年鬓侵!

　　济州,故城在今山东长清县西南,在济水之南,故曰:济川阴。此城后为黄河所陷。对这次贬官,他虽然不怪执政,不怨明君,话说得很委婉,但"微官易得罪"已将怨尤之情绪泄露出来了。瞻望此去遥远的路程,似乎已可看到黄河西岸的人家,正深埋在前方浓重的云雾之中。他估计这回贬官不会轻易就大事化小,小事化了。这次的挫折将是严重的:"纵有归来日,多愁年鬓(一作鬓)侵!"

---

① 《王右丞集笺注》题作《被出济州》,此用《河岳英灵集》题。

离开京城,过灞桥,出潼关,经渑池,下洛阳。洛阳是他往济州的必经之路,更是他青少年时代与弟弟王缙、好友祖自虚携手"花时金谷饮,月夜竹林眠"的地方。那是怎样一段神仙的日子啊!"满地传都赋,倾朝看药船"。三两个少年知己,扬名文坛,名家权贵都来引为座上客,闭眼想一想都让人心醉。然而,眼下正走上贬谪之旅,金谷园、白马寺、天津桥……

别了,洛阳城!

王维拜别了伊阙,逶迤来到郑州,夜宿虎牢。他的心是如此孤单寂寞:

> 朝与周人辞,暮投郑人宿。
> 他乡绝俦侣,孤客亲僮仆。
> 宛洛望不见,秋霖晦平陆。
> 田父草际归,村童雨中牧。
> 主人东皋上,时稼绕茅屋。
> 虫思机杼鸣,雀喧禾黍熟。
> 明当渡京水,昨晚犹金谷。
> 此去欲何言? 穷边徇微禄。

诗题是《宿郑州》,但从诗中一片原野是秋收时的农村景色看,所宿之郑州未必是当时州治所在地的管城,而是郑州地界而已。所以诗云:"朝与周人辞,暮投郑人宿。"以古代周地指洛阳,以郑州属古郑国而称郑人。古人远出,只要有可能就走水路,洛阳至贬所济州一路可行舟,所以王维当然是舟行了,这就不必绕道管城,也才有"明当渡京水"的话头。(京水在管城西,如宿管城,东进如何渡京水?)[①]"孤客亲僮仆"写出孤单者的心理:外出孓

[①] 历来以《早入荥阳界》在《宿郑州》之先,于时间地点颇有扞格,兹采用张华清说法。详见其所作《诗佛——王摩诘传》,河南人民出版社1991年版,第47—49页。

然一身,连僮仆都成了亲人。诗中情绪虽然低沉,但一路的景色开阔,多少淡化了"穷边徇微禄"的郁闷。待到第二天进了荥阳地界,诗思更活跃了:

> 泛舟入荥泽,兹邑乃雄藩。
> 河曲间阎隘,川中烟火繁。
> 因人见风俗,入境闻方言。
> 秋晚田畴盛,朝光市井喧。
> 渔商波上客,鸡犬岸旁村。
> 前路白云外,孤帆安可论!

荥阳当时可是个热闹地方呵,你看河岸曲曲折折,上面挤满里巷人家,万户炊烟齐升,显得这一带天地都太狭小了! 然而一切都那么新鲜,当地人讲着难懂的方言,市井一片喧闹声,船上的客商正忙着进出货物……然而这繁华街市只是贬谪之旅的一站而已,孤帆还要继续漂往那白云外的他乡!

孤帆由荥泽经汴河下汴州(今开封),在这里稍作逗留,大概是适逢什么节日,中秋节或重阳节吧? 反正路还远着,不妨一访故旧。所访者叫"千塔主人",大概是个隐士。摩诘有一首《千塔主人》诗云:

> 逆旅逢佳节,征帆未可前。
> 窗临汴河水,门渡楚人船。
> 鸡犬散墟落,桑榆荫远田。
> 所居人不见,枕席生云烟。

人看来是没访着,但千塔主人的居所倒是挺幽清的。汴河,隋称通济渠,唐称广济渠,是当年漕运江淮粮食入两京的要道,所以称"门渡楚人船"。淮南旧楚地,由江淮来的船也就可以叫"楚人船"了。可惜汴河故道已废,再也无法领略摩诘诗中的景色了。

在汴州小住,即弃舟陆行,至滑州。滑州对岸是黎阳。黄河从二者中间穿过,东北入海。从古滑台城眺望黎阳津,王维想起故友丁三,写下《至滑州隔河望黎阳忆丁三寓》诗:

> 隔河见桑柘,蔼蔼黎阳川。
> 望望行渐远,孤峰没云烟。
> 故人不可见,河水复悠然。
> 赖有政声远,时闻行路传。

丁三大概是在对岸当官,所以说"政声远",下句说自己正在贬谪途中,所以说行路难。但这次贬官对王维的诗歌创作未必不是件大好事。一路上写的诗,今存虽然不多,但质量相当高。虽然性情未免伊郁,但是对大自然的爱好冲淡了这点伊郁。特别是大河两岸开阔的视野使人心胸不能不随之开阔。人称杜甫秦州之行的创作是"诗史图经",我看王维济州之旅的创作是其开阔、明朗、画面化风格之奠基。难怪著名的王维研究专家陈贻焮先生《王维诗选》,只选王诗一百五十二首,却几乎将济州旅途之作尽行选入。

自滑州由黄河泛舟直下,济州已遥遥在望。王维后来在济州任上写过一首《渡河到清河作》的诗,如果将它移来写滑州至济州时的情景,恐怕也很合适:

> 泛舟大河里,积水穷天涯。
> 天波忽开拆,郡邑千万家。
> 行复见城市,宛然有桑麻。
> 回瞻旧乡国,淼漫连云霞。

二、济州司仓参军

　　济州之贬，对诗人王摩诘无异于一次淬火。如果历史能给我们的诗人以机遇，让他常与裴耀卿一类人在一起，我们看到的"诗佛"怕要与今日大不相同吧？

　　"穷边徇微禄"也的确是句大实话，济州在当时只是个僻远地区的小州，司仓参军又只是个管仓库、收租赋的小差官。这种差使免不了要干些违心的事。高适当封丘县尉时曾痛心地说："拜迎官长心欲碎，鞭挞黎庶令人悲！"（《封丘县》）而且这样的小官一面要"鞭挞黎庶"，另一方面又要挨长官的鞭挞！杜牧《寄小侄阿宜诗》就说："参军与簿尉，尘上惊勃勤（惶遽不安貌）。一语不中治，鞭棰身满疮！"这两面受夹击的情状使"司仓参军"成了面包夹香肠式的"热狗"。

　　不过，中国士大夫的生活哲学是：达则兼济，穷则独善。在不得意时有老庄哲学作伴，仍然可以在精神上逍遥无碍。在济州期间，王维结交了一批道士、隐者、庄叟等下层人物，琴棋书画，青山白云，倒也恬淡闲适。其中有个来自东岳泰山的焦道士，很有名气。王维也许到过离济州不太远的泰山，结识了这位焦炼师——道士中德高思精者尊称为炼师。在赠他的诗中，王摩诘称他："先生千岁余，五岳遍曾居。遥识齐侯鼎，新过王母庐。"看来还是个活神仙哩。李白也曾有一首《赠嵩山焦炼师》诗，序里面也说他"生于齐梁时，其年貌可称五六十。常胎息绝谷，居少室庐，游行若飞，倏忽万里。"大概二人见到的是同一个活神仙焦炼师了。王维诗最后几句写得不错：

山静泉逾响，松高枝转疏。

支颐问樵客，世上复何如？

（《赠东岳焦炼师》）

对景物观察之细，描写之传神，使我们仿佛到了东岳焦道士隐居所在。王维企羡的恐怕不在焦道士的"千岁余"，而在乎焦道士隐居的闲适，就像桃花源里人家，问世上人间到底发生了什么事？

王维还到过济州南边不远的鱼山。"才高八斗"的感伤诗人曹植，就埋在这云遮雾覆的鱼山下。就像曹子建曾遇见"陵波微步，罗袜生尘"的洛神一样，与之约略同时代的史弦超也曾在此遇神女成公智琼，并结为伉俪。为了这一美丽的传说，当地人建起一座鱼山神女祠。为了同一美丽的传说，才子王摩诘来游鱼山。

这日，王维来到鱼山上，但见树木蓊郁中，一祠掩映其间，饰有龙凤的屋脊高高翘起，像巨鸟展翅，要将这座神庙带上天去。从庙里传出蓬蓬的鼓声，甚至可闻到一缕香烟的味儿。庙前空地站满了参加神社的乡下人，看到来了一位斯文人，又是官家打扮，便让开一条缝儿，让他挤进祠去。真是里三层，外三层。踮起脚尖往里看，神像前的庭院中，许多女巫正起劲地踩着鼓点兴奋地舞着，身上挂满装饰品发出叮当的声响。洞箫与鼓点好似淅淅的雨凄凄的风，人们屏着气等待女神的降临。忽地一阵小旋风吹起案前未烧尽的纸钱，盘旋而上。哦，神灵、神灵，您快来吧！鱼山神社给情绪低落的王维注进活力，他印象太深刻了。回济州后，便用今人已罕用的骚体诗记下这一印象：

坎坎击鼓，鱼山之下：

吹洞箫，望极浦。

女巫进，纷屡舞。

陈瑶席，湛清酤。

> 风凄凄兮夜雨，
> 神之来兮不来，
> 使我心兮苦复苦！
>
> 纷进拜兮堂前，目眷眷兮琼筵。
> 来不语兮意不传，作暮雨兮愁空山。
> 悲急管，思繁弦，
> 灵之驾兮俨欲旋。
> 倏云收兮雨歇，山青青兮水潺缓。

上一首是迎神曲，下一首是送神曲。盼神之来是"神之来兮不来，使我心兮苦复苦"！神虽来，却又"来不语兮意不传"，与曹子建写洛神那"翩若惊鸿"、"若往若还"、"含辞未吐"的形象同样迷离恍惚。其实，真正神情恍惚的是诗人自己。现实与憧憬，都像波光摇晃不定，"神之来兮不来，使我心兮苦复苦"！

虽说是"穷边徇微禄"，王维对这块土地还是很有感情的。鱼山所在的郓州就给他很好的印象——不但是美丽的传说，还有那充满活力的现实。他在《送郓州须昌冯少府赴任序》中曾追忆"余昔仕鲁，盖尝之郓"的见闻道：

> 书社万室，带以鱼山济水；旗亭千隧，杂以郑商周客。有邹人之风以厚俗，有汶阳之田以富农。齐纨在笥，河鲂登俎，一都会也！

对邹鲁淳厚的风俗，王维是很看重的。在济州他有几位称得上是贤者的朋友，他为他们写下《济上四贤咏》。四贤，一位是崔录事。录事是官名，是州郡里掌总录众曹文簿的官。这位崔录事已"解印归田里"，是个退休干部。但他的经历颇丰富："少年曾任侠，晚节更为儒。"如今退休隐居，就住在海边上。还有一位成文学。文学，太

子、诸王府官,诗称"中年不得意,谢病客游梁",看来是诸王府文学。他与崔录事一样也有过一颗少年游侠的心:

> 宝剑千金装,登君白玉堂。
> 身为平原客,家有邯郸娼。
> 使气公卿坐,论心游侠场。
> 中年不得意,谢病客游梁。

崔录事与成文学的遭际和王摩诘颇相近似,都曾经是心仪游侠,平视公卿的少年人。然而现实使他们沮丧,或归隐或当清客,消失了当年的锋芒与气焰。这不能不使王维感到不平,在《郑霍二山人》(一作《寄崔郑二山人》)中,他的愤懑一喷而出:

> 翩翩繁华子,多出金张门。
> 幸有先人业,早蒙明主恩。
> 童年且未学,肉食骛华轩。
> 岂乏中林士,无人献至尊!
> 郑公老泉石,霍子安丘樊。
> 卖药不二价,著书盈万言。
> 息荫无恶木,饮水必清源。
> 吾贱不及议,斯人竟谁论!

不学无术的贵族子弟捷足先登,"早蒙明主恩";郑公霍公虽然"息荫无恶木,饮水必清源",是清高正直的贤士,却得不到重视。结句诗人发出感慨,因为自己也沉沦于下僚,又怎能推荐这些贤人呢?其实后来王维当了拾遗,在《送邱为落第归江东》诗中还是要感叹:"知祢不能荐,羞为献纳臣!"国家机器如此庞大,指望一两个有心人来改变人才环境是不可能的。不过,当年王维对封建官僚体制还没能够看得这么透,他这里隐约透出一点消息:如果改变现在低贱的地位,他还是要为这些贤人说公道话的!也许这也是他后来主动投向张九龄政治集团的一个原因吧?无论如何,这三首诗表明其时王维仍有所憧憬,正气仍盛。明人何良俊赞此组诗云:"格调既高,而寄兴复远,即古人诗中,亦不能多见者。"济州之贬,对诗人无异是一次淬火。

　　有时摩诘也会迎着斜阳,信步到邻近的农家(怕也是小地主)去做客。农户的深巷高柳往往触及他好静爱自然的天性,所以即使是这样的小宴请,也能激发出他的诗兴来:

> 深巷斜晖静,闲门高柳疏。
> 荷锄修药圃,散帙曝农书。
> 上客摇芳翰,中厨馈野蔬。①

　　回想当年从岐王夜宴,那"座客香貂满,宫娃待幔张"的情景,王维不知该作何种想?但无论如何,当他独宿官舍冷冷清清时,他会想起他的小伙伴祖咏。现存诗就有一首《赠祖三咏》,题下原注:"济州官舍作。"诗如下:

> 蟏蛸挂虚牖,蟋蟀鸣前除。
> 岁晏凉风至,君子复何如?
> 高馆阒无人,离居不可道。
> 闲门寂已闭,落日照秋草。
> 虽有近音信,千里阻河关。
> 中复客汝颍,去年归旧山。
> 结交二十载,不得一日展。

---

① 《济州过赵叟家宴》,题下原注:"公左降济州同仓参军时作。"

贫病子既深,契阔余不浅。

仲秋虽未归,暮秋以为期。

良会讵几日,终自长相思。

祖咏是个极有个性的人,据说有一次参加考试,题目是《终南望余雪》,按规定必须完成六韵十二句,但他只写了四句:

终南阴岭秀,积雪浮云端。

林表明霁色,城中增暮寒。

祖咏自己看了看,觉得很满意,就交卷了。人家问他怎么没按例写完就交卷了呢? 他答道:"意尽。"的确,这四句已将题中应有之意都表达出来了,是首挺好的绝句。特别是写雪光直映入城内,让城里人望之生寒,真真是神来之笔! 考试时不顾考试的规定,只求好诗,真是所谓"为艺术而艺术"了。就是这位有个性的诗人与王摩诘"结交二十载"。祖咏是洛阳人,王维是家在蒲州,十五岁左右才到洛阳、长安求仕的。王维贬济州时也才是二十二三岁的人,他们如何有二十载交情? 真让人摸不清。但无论如何两人有很深的交谊则是无可怀疑的。《唐才子传》说祖咏开元十二年(724)杜绾榜进士,《极玄集》则称祖咏是开元十三年(725)进士。《极玄集》作者姚合是唐人,去王维年代较近,按习惯是要以他说的较为可靠些。从诗的内容看祖咏还很落魄,"贫病子既深,契阔余不浅"。两人相濡以沫。王摩诘多么想此际一见这位知己朋友,一吐别来种种啊!"仲秋虽未归,暮秋以为期"。虽然仲秋没回去(洛阳),暮秋我一定想办法回去一趟! 可是,到时摩诘还是没去成,倒是祖三来了。有《喜祖三至留宿》记此事:

门前洛阳客,下马拂征衣。

不枉故人驾,平生多掩扉。

行人返深巷,积雪带余晖。

早岁同袍者,高车何处归?

祖咏也有《答王维留宿》诗一首:

四年不相见,相见复何为?

握手言未毕,却令伤别离。

升堂还驻马,酌醴便呼儿。

语默自相对,安用傍人知。

从祖咏诗中云"酌醴便呼儿",我们才知道王维贬济州是带了家眷的,妻儿在身旁抵消了不少孤独感。但可怜的诗人三十岁丧妻,此儿亦夭折,所以晚年在《责躬荐弟表》中凄然诉说:"阒然孤独,迥无子孙。"这是后话。

祖咏这次来去匆匆,而且是"高车何处归",不像是从洛阳专程来访友的,倒像是去上任似的。从王维开元九年(721)秋贬济州路经洛阳与祖咏一别,至开元十三年(725)冬此地相会,恰好是四年。是年春祖咏进士及第,所以"四年不相见",再见时已有了"高车"。赴任路上,自然是行色匆匆,两位多年至交此时千言万语又从何说起!"语默自相对,安用傍人知"。这份情意促使王维将祖咏一路送到齐州,再写下一首《齐州送祖三》①:

送君南浦泪如丝,君向东州使我悲。

为报故人憔悴尽,如今不似洛阳时!

_____

① 此诗《王右丞集笺注》题作《送别》,《万首唐人绝句》题作《齐州送祖三》,是。

祖咏使他想起在洛阳那段少年风光的日子,如今的处境更叫他感伤不已。

开元十二年秋天,济州府来了一员新刺史。这位刺史姓裴,名耀卿,字涣之,河东闻喜人也。裴家是著族名门,耀卿是神童出身,八岁中童子举,补秘书省校书郎。裴公仪表堂堂,虽然风度儒雅,却简严有威仪。本在京城为官,却因不阿意以侮法,小失天旨,被出为此州刺史。裴公下车伊始,便务才训农,通商惠工,敬教劝学,一年郡乃大治。裴公的勤政,老百姓中流传着这样一个说法,道是裴公晚上要看文件,白天要决狱讼,忙得很哩。为了不误点,他特地养了只雀鸟,每夜初更时分就轻轻叫几声,到五更就喳喳地叫起来。这只鸟儿叫"知更雀",是活时钟。你说裴公勤不勤?

开元十三年冬,朝廷决定登泰山封禅。这可是件了不得的大事。你想,皇帝带着满朝文武百官,还有贵戚、四夷酋长,大队人马数百里不绝,人畜被野,真比一群蝗虫还来得厉害!更有些拍马讨好的地方官,急敛暴征,民脂民膏,挥霍无度,老百姓如何过活?济州正当驰道,是必经之地,而穷州户口寡弱,更是难逃此劫!裴公于是上表数百言,对皇帝进行了规谏,指出封禅既是为民祈福,"人(民)或重扰,则不足以告成"。面对这堂堂正正的道理,唐明皇也不能不承认其不劳民以买恩宠,"真良吏矣"!结果呢,得了口头表扬,"奏课第一,公未受赏"。但不管怎样,济州老百姓是实打实地受惠了。

人祸刚躲过去,天灾又来。开元十四年秋七月,黄河泛滥,溺死者以千计。裴公亲督士民修堤防,据王维《裴仆射济州遗爱碑》说,是"千夫毕饭,始就饮食;一人未息,不归蓬庐"。蓬庐,这里应是指临时宿舍。就在战洪水的过程中,朝廷下了道命令,改派裴耀卿为宣州刺史。裴公怕动摇人心,功败垂成,便将这道任命给藏起来,直到河堤修复,这才发书周知。消息如风播散,一时士民"皆舍畚攀辕,废歌成泣"!多么感人的场面哪,中国人一向重好人、坏人之辨,重贪官、清官之辨。不管你说有如此这般的局限性，或有这个那个劣根性，但这种对好人、清官至深至厚至淳之感情，实乃可歌可泣可惊天地而动鬼神！王维在《遗爱碑》结尾处不禁要声情摇曳地说：

> 维也不才，尝备官属。公之行事，岂不然乎？维实知之，维
> 能言之！

近朱者赤。在这样的氛围中，一时小我之利害，摩诘皆忘之矣。所以在《裴仆射济州遗爱碑》中，我们看到王维难得一见的一面："夫为政以德，必世而后仁。齐人以刑，苟免而无耻……刑以佐德，猛以济宽，月期政成。""公之富人也以简，简则不扰，而人得肆其业，非富欤？公之爱吏也以严，严则畏威，而吏不陷于罪，非爱欤？"这些议论已近儒、法。又赞裴公治河"不用一牲牢，不沉一玉"，与释道迷信相远。如果历史给我们的诗人以机遇，能与张九龄、裴耀卿诸人实行其政治主张，那么我们看到的"诗佛"，恐怕与今日所见要大不相同了吧？

治完水，裴耀卿就走了。王维还没走，他曾登上西楼同新来的使君赋思乡诗。裴使君排行第三，而这位新使君排行第五，所以诗题云：《和使君五郎西楼望远思归》。原诗如下：

> 高楼望所思，目极情未毕。
> 枕上见千里，窗中窥万室。
> 悠悠长路人，暖暖远郊日。
> 惆怅极浦外，迢递孤烟出。
> 能赋属上才，思归同下秩。
> 故乡不可见，云外空如一。

轻烟在远方的水口招手，使人思乡之情不可自已。远方游子，该回

家了。

机会来了。开元十三年十一月玄宗东封礼毕,颁大赦令。用王维的话说,就是:"万方有罪,与之更新;百寮失职,使复其位。"这篇题为《送郑五赴任新都序》的文章是写在"黄鹂欲语,夏木成阴"的时节,大概是开元十五年(727)写于洛阳或长安。我们最后得到王维离开济州的信息,是他该年寒食时分于广武城(今河南成皋县北)写的一首诗:

> 广武城边逢暮春,汶阳归客泪沾巾。
> 落花寂寂啼山鸟,杨柳青青渡水人。

从这首题为《寒食汜上作》的诗中,我们感受到一种和谐的美:情与景的融一。从汶阳(今山东宁阳县北)归来的游子,怀着既对逝去日子的伤别,又对未来现实的迷茫的纷乱心绪,好不容易来到这离家不远的广武古城。杨柳依依,落花寂寂。孤客却逢节日郊游的欢乐人群,纷乱的心绪能不平添一份莫名的惆怅!

依稀传来几声鸟啼。

三、从淇上到秘省

宋人对王维的挑剔本不足为奇,奇的是至现代批评者仍有人拾其牙慧,又不愿对原材料细加分析。苟如是,我们还能看到真王维乎?

王维当初被贬,就预感到此贬不易翻身。《被出济州》云:"纵有归来日,多愁年鬓侵。"漫长的贬谪挨过后,等待他的仍是许多叫人心神不定的日子。

　　您还记得上一章第二节末尾，我们提起过一位王维的友人叫韦抗的先生吗？王维与韦家有颇深的交谊。这次得归，怕与这位韦抗大有关系。开元十三年（725）十一月不是大赦吗？就在这年冬天，朝廷"分吏部为十铨，敕礼部尚书苏颋、刑部尚书韦抗……等分掌选事"①。《新唐书》卷一二二记载，抗"所辟举，如王维、王缙、崔殷等，皆一时选云"。只要对韦抗与王维的经历做一番考据，就知道韦抗辟举王维只此开元十三年掌选事一次机会。辟为什么官？没说。但十一月大赦，辟举事应在开元十四年才能实施。然而，天不作美，开元十四年韦抗死了。待得王维好不容易于开元十五年（727）春挨回洛阳，韦抗早已成了古人。不过，毕竟曾为韦抗生前所辟举，所以王维虽然不得留在中央机关，却也还可以在二京附近什么地方混口饭吃。

　　有人说就在淇上。《偶然作六首》其三云：

> 日夕见太行，沉吟未能去。
> 问君何以然？世网婴我故。
> 小妹日成长，兄弟未有娶。
> 家贫禄既薄，储蓄非有素。
> 几回欲奋飞，踟蹰复相顾。
> 孙登长啸台，松竹有遗处。
> 相去讵几许？故人在中路。
> ……

　　据研究者考证，淇上是指共城（今河南辉县）或卫县（今河南淇县东北古朝歌城）。据诗云"日夕见太行"、"孙登长啸台"与《淇上即事田园》云"屏居淇水上，东野旷无山"、"河明闾井间"这些地理

①　《旧唐书》卷八《玄宗本纪》开元十三年条。

环境描写看,同时具备的应是卫县。共城离黄河远,而卫县《元和郡县志》称为"淇水源出县西北沮洳山,至卫县入河,谓之淇水口"。其他条件则与共城差不多。孙登"啸台"在苏门山,登为魏晋间著名的隐士,诗人阮籍曾登山访之。但见孙氏拥膝踞坐岩侧,阮籍便上前与之箕踞相对,说及古今大事、栖神导气之术,登皆不应。后来阮籍便对之长啸,这才提起孙登的一点兴致,笑着说:"再来一次嘛!"阮籍又作长啸,终于意尽,只好回家。待下到半岭,忽听山上有声,林谷回响,比得上一整部乐队吹奏哩! 原来是孙登高水平的长啸。这里也就叫"啸台",《世说新语·栖逸》是这么说的。山上还有刘伶的醒酒石,山下有阮氏竹林、嵇康淬剑池等,都是些当年"竹林七贤"经行的古迹。王维来这里虽说主要目的是为"薄禄",以供家庭花销——你想,"小妹日长成,兄弟未有娶",一大家子的生活费容得你这当大哥的"逃禄"吗? 有人责备他不像陶渊明果决,"不为五斗米折腰",未免合理而不合情;不过此地的自然与人文环境倒也对王维的胃口,何况这小官微禄也没多少事干,闲处便是隐居。所以他又有写隐士式生活的诗:

> 屏居淇水上,东野旷无山。
> 日隐桑柘外,河明闾井间。
> 牧童望村去,猎犬随人还。
> 静者亦何事? 荆扉乘昼关。

"河明闾井间"将淇上特殊的环境写出来,"明"字非常传神。看来王维此时对隐逸生活已有较为深刻的体会了。不过他的心还不能平静,特别在送别友人时,那颗仍然有憧憬有追求的心更是突突地跃动:

> 相逢方一笑,相送还成泣。

祖帐已伤离,荒城复愁入。

天寒远山净,日暮长河急。

解缆君已遥,望君犹停立。

祖帐,古人出行要祭祀路神,同时设帐饯行,是之谓"祖帐"。诗用急促的入声韵,却表达了缠绵的情意。用新诗形式表达,就是:

天寒风紧哪,远山多明净;

落日苍茫,河水滔滔。

缆绳一解船如箭哪,相看已遥远!

行舟逝矣,我久久目送您去的方向……

这首诗《王右丞集笺注》等版本题作《齐州送祖三》,但盛唐人殷璠《河岳英灵集》题作《淇上别赵仙舟》,是。赵仙舟也是盛唐人,岑参有《临洮泛舟赵仙舟自北庭罢使还京》诗,可知是个在仕途上奔波的人,赵氏此行无异在"静者"心池中扔下一粒石子。

果然,开元十七年(729)我们在长安开化坊大荐福寺里又遇见了来顶礼膜拜的王摩诘。寺里的大德是道光禅师,摩诘是年拜在道光座下,俯伏受教,一直到开元二十七年五月二十三日道光禅师涅槃。王维为之写下《大荐福寺大德道光禅师塔铭》。

其实开元十六七年摩诘就已经回长安,在秘书省当个校书郎什么的[1]。这次归朝,有说是宰相张说推荐的,也有说兴许是张九龄推荐的。就因为他写了一首《上张令公》的诗,而盛唐有两个"张令公"(开元十一年张说为中书令,二十一年张九龄为中书令)。关于这笔糊涂账,还是"等下回分解"吧。

且说开元十六年(728)冬天,大雪纷飞,长安城东门外有人骑着

---

[1]　详见陈贻焮《唐诗论丛》,湖南人民出版社1980年版,第20—21页。有学者不同意此说。

款段马冲雪而来。此人四十岁上下，容长的脸儿，身材瘦削，穿一袭白袍，戴一顶鞋帽，跟一个书童，好一副风神散朗模样！他就是大诗人李白赞颂不已的"孟夫子"——襄阳孟浩然。

孟浩然诗最淡而有味了，你看这首《过故人庄》：

> 故人具鸡黍，邀我至田家。
> 绿树村边合，青山郭外斜。
> 开轩面场圃，把酒话桑麻。
> 待到重阳日，还来就菊花。

这样亲切的对话式的诗真是"淡到令你疑心到底有诗没有"（闻一多语），但它让你感触到一个活脱脱的"诗的孟浩然"。这回来京赴考，无非也是想一展奇才。可惜，春试便落第了。恰好此时王昌龄、王维都在秘书省工作，秘书少监、集贤院学士副知院事是著名的文人政治家张九龄，所以孟夫子也不急于回襄阳，仍想在此露一手，或许还有被汲引的可能——这在唐代是常有的事。有一天，他来到秘书省，恰逢秋月新霁，名流们都在这儿赋诗作会呢。孟夫子虽是布衣，却自恃才华，一点也不谦让，提笔便写下这样的诗句：

> 微云淡河汉，疏雨滴梧桐。

虽然说孟浩然诗往往浑然一气，"淡到看不见诗"，但偶尔也有炼字炼句炉火纯青的妙语，如"气蒸云梦泽，波撼岳阳城"、"荷风送香气，竹露滴清响"、"野旷天低树，江清月近人"之类。这句云淡河汉雨滴梧桐的诗，色调音响俱佳，写出秋天月夜清朗的氛围，所以"举坐嗟其清绝，咸搁笔不复为继"（王士源《孟浩然集序》）。孟夫子这回算是出足了风头。在座搁笔的，想来自然还有大诗翁王昌龄、王摩诘了。于是五代人王定保便拾掇到这样一节传闻：

　　襄阳诗人孟浩然，开元中颇为王右丞所知。句有"微云淡
河汉，疏雨滴梧桐"者，右丞吟咏之，常击节不已。维待诏金銮
殿，一旦，召之商较风雅，忽遇上幸维所，浩然错愕伏床下，维不
敢隐，因之奏闻。上欣然曰："朕素闻其人。"因得诏见。上
曰："卿将得诗来耶？"浩然奏曰："臣偶不赍所业。"上即命吟。
浩然奉诏，拜舞念诗，曰："北阙休上书，南山归敝庐。不才明
主弃，多病故人疏。"上闻之抚然曰："朕未曾弃人，自是卿不
求进，奈何反有此作！"因命放归南山，终身不仕。（《唐摭言》
卷一一）

传闻毕竟是传闻，有趣却未必真实，所以细节都经不起推敲。比如
王维官尚书右丞是上元元年（760）夏天以后的事，那时孟浩然已死
去二十年了①。而孟浩然上京考进士时，王维最多只是个正九品上
的小小校书郎而已，皇帝怎会屈尊到他住所甚至是卧室里去"商较
风雅"呢？这恐怕也是村妇想象皇后躺在床上大叫太监"拿块柿饼
来"一类的笑话。更有意思的是宋人葛立方会以此为据责备王维妒
贤。《韵语阳秋》卷一八云：

　　开元天宝之际，孟浩然诗名籍甚，一游长安，王维倾盖延
誉，然官卒不显，何哉？或谓维见其胜己，不肯荐于天子，故浩
然别维诗云："当路谁相假，知音世所希。"史载，维私邀浩然于
苑，而遇明皇，遂伏于床下。明皇见之，使诵其所为诗，至有"不
才明主弃"之句，明皇云："卿不求仕，朕未尝弃卿。"因放还。
使维诚有荐贤之心，当于此时力荐其美，以解明皇之慢，乃尔嘿
嘿，或者之论，盖有所自也。

_____

① 　王士源《孟浩然集序》称孟浩然死于开元二十八年（740）。

葛氏摘了孟浩然别王维的一句诗："当路谁相假，知音世所希。"的确是埋怨的口气。不过"当路"应指"当权派"，即处握权地位的政要才对，小小校书郎不该是"当路"者吧①？且读全诗：

> 寂寂竟何待？朝朝空自归。
> 欲寻芳草去，惜与故人违。
> 当路谁相假，知音世所稀！
> 只应守索寞，还掩故园扉。

陈贻焮先生对此诗有很贴切的解释，"欲寻"二句说自己即将还乡隐居，惟一感到惋惜的只是要和你这位好友离别了。"当路"四句是说：当权的人谁也不肯相助，而世上像你这样的知己好友又很少，那么，就只得回家去关起门来，照旧去过那种枯寂无聊的日子②。王维也有答诗：

> 杜门不欲出，久与世情疏。
> 只此为长策，劝君还旧庐。
> 醉歌田舍酒，笑读古人书。
> 好是一生事，无劳献子虚。

诗明明是对孟诗"只应守索寞，还掩故园扉"而发，说隐居自有其乐，何必像司马相如献《子虚赋》求皇帝家赏识而费心费力呢？王维最善解人意，总是将自己"摆进去"，如送綦毋潜弃官还乡，就说："余亦从此去，归耕为老农。"送张谭还山，就说："当亦谢官去，岂令心事违！"所以这里劝孟放宽心，就说自己也是"杜门不欲出，久与世情

---

① 孟浩然《秦中苦雨思归赠袁左丞贺侍郎》："寄言当路者，去矣北山岑。"左丞、侍郎地位较高，贺侍郎指贺知章，曾荐李白。
② 陈贻焮《孟浩然诗选》，人民文学出版社 1983 年版，第 16 页。

疏"。王维并不是在推卸责任,后来他当殿中侍御史时,《送邱为落第归江东》诗便自责说:"知祢不能荐,羞为献纳臣!"而目下只当个九品芝麻官,轮不到他来说话,所以他只能劝孟浩然放宽心。其实呢,"醉歌田舍酒"也可自得其乐嘛!宋人对唐人老爱吹毛求疵,连大诗人李白也被批评为"识见污下,十首九说妇人与酒",杜甫则被指责"性褊躁傲诞"、"叹老嗟卑",韩愈则"好名",总之"唐人工于为诗而陋于闻道"云云。所以葛氏对王维的挑剔本不足为奇,奇的是至现代批评者仍有人拾此牙慧,用封建时代的道德准则衡人,且又不愿对原材料细加分析,苟如是,我们还能看到真王维乎?

开元十七年(729)秋,孟浩然在客舍壁上题了一首诗①,发了一阵牢骚,终于在是年冬决意返乡。长安城东门外又见到这位白袍鞯帽骑款段马的书生,冲雪而去……

老友的遭遇定然在摩诘心头留下阴影,但更大的悲哀又悄然袭来。摩诘虽然是个"才子",却并不"风流"。他与夫人伉俪情笃,却偏偏老天不作美,据《新唐书》本传载,"妻亡,不再娶,三十年孤居一室"。约在开元十九年前后,摩诘中年丧偶,好比南归雁,中道失伴飞。他们夫妻俩本有一个儿子,聪慧可爱,在夫妻俩的照料下,小小年纪便学父亲又写又画的,真叫人乐得合不上嘴。那年在济州,老友祖咏从洛阳远道来探望贬谪中的王维,看到这小子更是赞不绝口,说是将来必定也是个诗人画家呢!不料就在回长安后,儿子夭折了,这对夫妻俩无异是轰顶的雷!夫人自此郁郁成疾,竟卧床不起。摩诘每看到窗前竹影,柳梢月轮,便仿佛看到妻子那亭亭的身影,那倩丽的面容。他想起济州贬谪中,妻子给他的温存,日子虽然艰难,但一家子和和睦睦,再艰苦也不觉其苦。如今,摩诘孑然一身,九品芝麻官又怎能牵扯住这位悲伤的诗人!

----

① 即孟浩然《题长安主人壁》,有云:"促织惊寒女,秋风感长年。授衣当九月,无褐竟谁怜!"

摩诘终于弃官隐于嵩山。

四、江　山　浪　迹

　　浪游是唐人医治失落感的"验方"。在青色世界中，摩诘的苦恼、孤寂都消解了。"孤独不在深山，而在市井。"融入大自然的人哪会感到孤独！

　　唐人对官隐出处问题，态度比较通达，廊庙山林随脚出入是常有的事。像王维的好友綦毋潜，开元末当秘书省的校书郎，天宝初却又弃官回江东去了，王维还写了《送綦毋校书弃官还江东》诗送别；曾几何时又来朝廷当右拾遗。几经挫折的王摩诘，又历夭儿丧妻之痛，于此时弃微官薄禄也就不难理解了；何况弟妹也日渐长成，特别是王缙，已步入仕途，至少在生活负担上可以分忧了。所以大约在开元二十年（732）左右，王维以诗代简将归隐的想法告诉了房琯。在这首题为《赠房卢氏琯》的诗中，对房琯做了颂扬：

> 达人无不可，忘己爱苍生。
> 岂复小千室，弦歌在两楹。
> 浮人日已归，但坐事农耕。
> 桑榆郁相望，邑里多鸡鸣。

在封建时代，地方官能处理好"流人"问题，让农民安下心来从事农业不逃亡，便是一大政绩。房琯大概用的是"无为而治"的办法，从其生活之豁达可见：

> 视事兼偃卧，对书不簪缨。

> 萧条人吏疏,鸟雀下空庭。

这应是道家从政的最高境界了,真是官隐两得,十分对王维的胃口,难怪在诗中要流露出企羡之情:

> 鄙夫心所向,晚节异平生。
> 将从海岳居,守静解天刑。
> 或可累安邑,茅茨居试营。

《新唐书》本传称房琯"有远器,好谈老子浮屠法",可于此证实;而王摩诘对李唐王朝的"国教"深有会心,也从这里可以看出。老子云:"道常无为而无不为,侯王若能守,万物将自化。"房琯治卢氏县(今河南卢氏),用的便是老子法。房琯还喜欢"浮屠法",也就是与王摩诘一样奉佛,今存《神会语录》就有两人各自与神会和尚的一段问答。除了"道合",王维在诗中之所以表示要到房琯治所去隐居("累安邑",出《高士传》,高士闵仲叔客居安邑),更重要的原因还在"志同"。房琯是武则天朝宰相房融之子,"少好学,风仪沉整",当官"颇著能名",自负其才,以天下为己任。这些才是王维最"心所向"的。后来历史表明,王维的直觉是对的,房琯属进步的政治集团,不肯阿附李林甫、杨国忠之流,曾是李唐王朝中兴希望之所寄。大诗人杜甫于"安史之乱"中曾为论救房琯被贬,而王维与所谓"房琯之党"的严武、李揖、贾至诸人,都有较深的交往。"物以类聚,人以群分",王维的交往表明"诗佛"的内心是炽热的,只是这炽热的火种深埋在厚积的"随缘任化"的灰烬下。下一章我们还会回顾这件事的。

王维后来到底去卢氏隐居没有,我们不知道。我们只知道他是在嵩山隐居了一阵子,大概是因为"舍弟官崇高"的缘故。王缙在《东京大敬爱寺大证禅师碑》中自称曾"官登封,学于大照"。崇高,即嵩高,是汉县名。据说,汉武帝登嵩山,忽然听到群谷回响着"万岁"呼声,如是三次。于是汉武帝增建太室祠,以山下三百户为奉邑,置崇高县,唐时叫登封县,中岳嵩山就在此县境内。王维诗集中有一首《归嵩山作》:

> 清川带长薄,车马去闲闲。
> 流水如有意,暮禽相与还。
> 荒城临古渡,落日满秋山。
> 迢递嵩高下,归来且闭关。

嵩山离东都洛阳不远,许多当官的都在这儿搞个"别业"什么的,所以"车马去闲闲",并不荒凉。也因此有人认为王维隐东都附近的嵩山,不远不近,盖"隐此正可待机出仕耳"。有道理,王维正步入壮年,还不至于心如枯井呵!

同隐此山为伍的有画家张諲,也许还有诗人李颀。唐人张彦远《历代名画记》是这么说的:"张諲官至刑部员外郎,明易象,善草隶,工丹青。与王维、李颀等为诗酒丹青之友,尤善画山水。"张彦远这段记载说不定是抄自王维诗题:《故人张諲工诗善易卜兼能丹青草隶顷以诗见赠聊获酬之》。其实王维与张諲友谊之深,乃至呼之"张五弟",主要还是因为张諲的为人。摩诘有三首《戏赠张五弟諲》诗,其中对张形象之速写,真是传神之笔:

> 吾弟东山时,心尚一何远。
> 日高犹自卧,钟动始能饭。
> 领上发未梳,床头书不卷。

又云:

> 张弟五车书，读书仍隐居。
>
> 染翰过草圣，赋诗轻子虚。
>
> 闭门二室下，隐居十年余。
>
> 宛是野人也，时从渔父渔。

活脱脱是个失意艺术家的形象。这三首可能写于后来隐居终南山时（"我家南山下"），是回忆当年与张諲在嵩山（"闭门二室下"，二室指太室山、少室山，俱在嵩高群山中）栖隐的生活，当然也包括自己。从这面镜子中，我们约略可知此时间的摩诘，实在是不太将当官求仕当一回事了。

你说怪也不怪？人的形体行为，总是受情绪这无形易变的东西所控制，以致有时变得使人以为人是个多面体，各个面几乎不相关哩！当初孟浩然上京应试，志在必得，后来下第不得志，干脆四海五湖浪游，再归鹿门山隐居。他在《自洛之越》诗中说：

> 皇皇三十载，书剑两无成。
>
> 山水寻吴越，风尘厌洛京。
>
> 扁舟泛湖海，长揖谢公卿。
>
> 且乐杯中物，谁论世上名！

浪游是唐人医治失落感的"验方"。君不见李太白，天宝三载赐金放还后，即有梁宋之游，与高适、杜甫"过汴州，登吹台，慷慨怀古，人莫测也"！王摩诘自济州之贬以来，一直坎坷不顺心，特别是夭子丧妻之痛，对他有至深的打击。王维是个多情的种子，丧妻后不再娶，"三十年孤居一室"（《新唐书》本传），却又多次哀叹："嗟余未丧，哀此孤生"、"皤然一老，愧无完箪"、"皤然孤独，愧无子孙"云云，表现出这一打击是如何痛入骨髓！所以王维此时弃官栖隐，且四出浪游，是很有可能的。事实上王维自己就是这么说的，其《不遇咏》说：

北阙献书寝不报，南山种田时不登。

百人会中身不预，五侯门前心不能。

身投河朔饮君酒，家在茂陵平安否？

且共登山复临水，莫问春风动杨柳。

……

王维现存诗有一些是涉足巴山楚水，应是浪游时所作，不易系年，我想姑置于此，应不无理由吧①？

摩诘西行最远到巴蜀。他西出咸阳三百里，来到"去天三百"的武功太白山。山顶积雪皓然，云雾升腾。它是秦岭主峰，而秦岭是我国南北气候的分界线，所以此山气候多变，难怪当地人会神秘兮兮地说：山下行军，可不能吹角擂鼓，要不，会引来疾风暴雨！摩诘此来，是想拜访栖隐于此的一公。他曾写下一首诗，题为《投道一师兰若》。道一，有人说就是被称为"禅宗双璧"的马祖道一。也有人说不对，马祖没到过北方，不可能在太白山栖隐。这些事就留给专家们去考证好了，我们的诗人当日可是远道而来，在松林里寻了一整天，直到傍晚才找到禅院。一公就住在竹林深处，夜里听着遥远地方传来清泠的泉水声响，真疑心不在人间。天性爱自然的摩诘不禁又作出世想，在诗的结尾表示："岂为暂留宿，服事将穷年！"说是这么说，没住多久，他又往西南方向走了。

他来到了秦蜀往来要道的大散关。这是个出可以攻、入可以守的形胜之地。王维取道由此入蜀，写下《自大散以往深林密竹蹬道盘曲四五十里至黄牛岭见黄花川》诗。诗题本身就蛮有诗意的，使人想起谢灵运一些诗题：《石门新营所住四面高山回溪石濑茂林修竹》《从斤竹涧越岭溪行诗》等。王维山水诗学二谢，于此可见一

---

① 关于王维浪迹巴蜀、吴越，主要参考谭优学《唐诗人行年考续编·王维生平事迹再探》，巴蜀书社 1987 年版；张清华《诗佛——王摩诘传》"巴山楚水"一节，河南人民出版社 1991 年版。

斑。诗云：

> 危径几万转，数里将三休！
> 回环见徒侣，隐映隔林丘。
> 飒飒松上雨，潺潺石中流。
> 静言深溪里，长啸高山头。
> 望见南山阳，白日霭悠悠。
> 青皋丽已净，绿树郁如浮。
> 曾是厌蒙密，旷然消人忧。

这首诗颇见王维写实功夫。蜀道之难，从危径万转、数里三休可见。而山路盘旋而上，同行伙伴虽首尾相续，却相隔林石，其情趣颇似杜甫《北征》所说："我行已水滨，我仆犹木末。"而"静言深溪里，长啸高山头"虽然照搬陆机《猛虎行》"静言幽谷底，长啸高山岑"，但用在这里也算贴切，将山行的趣味表现出来了。最见王维特色的诗句是："青皋丽已净，绿树郁如浮。"明丽的阳光照得水边绿地一片澄明青碧，而那郁郁葱葱的树林就像是飘浮在岚光之上。这景色绝不是水墨缥缈的宋元山水画，而是峰峦明秀金碧富丽盛行于唐代的大绿山水，它甚至让人想到日本现代画家东山魁夷的风格。就在这沉沉的青色世界中，摩诘的失落感、孤寂感都消解了。是的，"孤独不在深山，而在市井"。融入大自然的人哪会感到孤独！

下了黄牛岭，摩诘一行便进入了黄花川，于是写下《青溪》诗：

> 言入黄花川，每逐青溪水。
> 随山将万转，趣途无百里。
> 声喧乱石中，色静深松里。
> 漾漾泛菱荇，澄澄映葭苇。
> 我心素已闲，清川澹如此。

　　请留磐石上,垂钓将已矣!

如果说上一首还着二谢痕迹,这一首可就全是摩诘自家本色了。
"声喧乱石中,色静深松里"。可谓声色并作,是"有声画"。"色静"
造语尤奇,将松林的深幽与沉静一笔写出。"我心素已闲,清川淡如
此"。心闲景淡,两相促成。不是心闲如何见得如此清淡景致? 不
是如此清淡之景又如何给出这般悠闲的心境? 摩诘赏爱之极,又许
下长留此地的愿。当然,他还是走了。
　　此后的行踪我们可以从其《送崔五太守》诗中推见:

　　黄花县西九折坂,玉树宫南五丈原。
　　褒斜谷中不容幰,惟有白云当露冕。
　　子午山里杜鹃啼,嘉陵水头行客饭。
　　剑门忽断蜀川开,万井双流满眼来。
　　雾中远树刀州出,天际澄江巴字回。

九折坂、五丈原、褒谷、斜谷、子午谷、剑门、双流、刀州,一连串地名
标示了由褒斜大路入蜀的行程。这是为崔太守入蜀所作的想象之
言,也是当年摩诘入蜀的经验之谈。刀州,指益州(今四川成都)。
据《晋书》说,王濬夜梦悬三刀于梁上,须臾又益一刀。解梦的人告
诉他:三刀为"州"字,益一,不就是预示您将为益州刺史吗? 后来
果然被任命为益州刺史,所以益州又称刀州。也就是说,王维由黄
花川向西南,由嘉陵水头再西进入剑门,经绵州、汉州到益州。这一
路上奇险的蜀道景色给他非常深刻的印象,后来在《送杨长史赴果
州》诗中还对"褒斜谷中不容幰"念念不忘:

　　褒斜不容幰,之子去何之?
　　鸟道一千里,猿啼十二时。

　　　　　　官桥祭酒客,山木女郎祠。

　　　　　　别后同明月,君应听子规。

摩诘再次回忆了经褒余要道入蜀的艰危。幰,车幔。褒斜道车辆难行,所以李白《蜀道难》说是"西当太白有鸟道,可以横绝峨嵋巅",只有飞鸟之道,哪有车道! 咏叹之不足,又入丹青。据《宣和画谱》载,王维有《栈阁图》《剑阁图》《蜀道图》十几幅,北宋"精于鉴裁"的大画家米芾曾否定其中《剑阁图》三幅,认为是伪作,但未否定其他十一幅。这些画稿想必是来自当初入蜀时打进脑海里的印象吧?

　　益州是个文化古城,武侯祠曾引发古今多少诗人的灵感! 王维想必在益州也会有佳篇妙什,可惜诚如王缙所说,摩诘"开元中诗百千余篇,天宝事后,十不存一"(《旧唐书·王维传》),更何况王缙以后又千百年,摩诘诗留存更少了,我们对此只好喟叹一番而已。

　　离开益州,王维大约是取道梓州(今四川三台)、合州(今四川合川)向渝州(今重庆)。他有一首《送梓州李使君》诗,写梓州景色历历在目:

　　　　　　万壑树参天,千山响杜鹃。

　　　　　　山中一半雨,树杪百重泉。

　　　　　　汉女输橦布,巴人讼芋田。

　　　　　　文翁翻教授,不敢倚先贤。

此诗写风土深为后人所赞赏。如赵殿成注引钱谦益的话,盛赞"山中一半雨"要比一些本子作"山中一夜雨"好,"盖送行之诗,言其风土,深山冥晦,晴雨相半,故曰'一半雨',而续之以僰女巴人之联也"。钱氏的意思是说"山中一半雨"与"汉女"、"巴人"一联都是写出了梓州的特色,是"这一个"。汉女,这里不是指汉族女子,而是指嘉陵江(古西汉水)边的少数民族女子。橦布也是蜀地特产。这两联既写梓州风土,也写民情。如果不是当年王维亲历,未必能写得出。

待到王维迤逦来到渝州(今重庆),已是次年暮春光景。摩诘饱览了渝州小三峡,写下《晓行巴峡》诗:

> 际晓投巴峡,余春忆帝京。
> 晴江一女浣,朝日众鸡鸣。
> 水国舟中市,山桥树杪行。
> 登高万井出,眺迥二流明。
> 人作殊方语,莺为故国声。
> 赖多山水趣,稍解别离情。

据在四川工作的专家说,诗中写的是渝州(今重庆)一带风光。"登高万井出,眺迥二流明",涪江于此流入长江。小三峡在巴县境内,故可称"巴峡"云。"水国舟中市,山桥树杪行"的确是山城江边特有的景色。画面的明朗秀丽,表明摩诘此时心绪,故曰:"稍解别离情。"

渝州逗留之后,摩诘则放舟东下荆襄。据《王右丞笺注》附录引《珊瑚网》载,王维曾作《三峡图》,可惜未见真迹,不知是画大三峡还是小三峡?

摩诘还东游至吴越。按宋末元初邓牧《伯牙琴》的记载,越州(今浙江绍兴)城南有云门山,山有云门寺,唐僧灵一、灵澈曾居此。萧翼、崔颢、王维、孟浩然、李白、孟郊来游,悉有题句。可惜王维题什么句已杳若云烟。不过王维到过庐山,曾留下"诗迹":

> 竹径从初地,莲峰出化城。
> 窗中三楚尽,林上九江平。
> 软草承趺坐,长松响梵声。
> 空居法云外,观世得无生。

赵注称"窗中"一联写出远近数千里，一望了然，而佳处全在"窗中"、"林上"四字。的确，身所盘桓，目所绸缪，窗中可看到无限，而无限也归于有限的窗前，是典型的"往而复返"的东方式透视，是人与自然的交流。摩诘正是在这种交流中暂时进入得失皆忘的化境而体验宗教的禅悦。此诗题为《登辨觉寺》。

王维还有一首《送邢桂州》，地点是在京口（今江苏镇江）：

> 铙吹喧京口，风波下洞庭。
> 赭圻将赤岸，击汰复扬舲。
> 日落江湖白，潮来天地青。
> 明珠归合浦，应逐使臣星。

这首诗写得开阔明朗，尤其是"日落"一联，大气磅礴，势挟风雨。白、青二字是常用字，用法却不平常。它强调主观印象：日落的余晖让江湖波光反射得如此强烈，似乎只剩下一个"白"字。潮头铺天盖地，又似乎覆盖了一切，只剩下一个"青"字。站在京口能否看到洞庭与大海？这恐怕只能是借助往日审美经验的大胆想象，其中大海潮头应是摩诘东游所见①。

京口西边不远便是江宁（今南京市）。这里有座瓦官寺。据说，王羲之书法真迹《告誓文》曾藏在寺里，开元初修建大殿，工人在鸱吻（装饰屋脊的一种特殊瓦片）内竹筒中发现这一真迹。这在酷好王羲之书法的唐代，肯定是一条"爆炸新闻"，一代书法家的王维能不游江宁瓦官寺？不过也许更吸引他的还是高僧璇禅师。这位高僧，是北宗大师嵩山普寂的四十六位法嗣之一，他的弟子元崇日后与王摩诘也有一面之缘。不过当日王摩诘来到瓦官寺瞻仰璇禅师，两人却相对默默。然而就在这默语无际之中，两人心灵得以电

---

① 旧说邢桂州指邢济，上元二年（761）领桂州都督，是年王维卒。很难想象王维这一年会远离京师来京口相送。兹从谭优学之说，推为游吴越之作。

流般沟通，使得王摩诘颇为感动，写下《谒璇上人》诗，云：

> 少年不足言，识事道已长。
> 事往安可悔，余生幸能养。
> 誓从断荤血，不复婴世网。
> 浮名寄缨珮，空性无羁鞅。
> 夙从大导师，焚香此瞻仰。
> 颓然居一室，覆载纷万象。
> 高柳早莺啼，长廊春雨响。
> 床下阮家屐，窗前筇竹杖。
> 方将见身云，陋彼示天壤。
> 一心在法要，愿以无生奖。

《旧唐书》本传称王维"居常蔬食，不茹荤血"，看来是瞻仰了大导师才下的决心："誓从断荤血。"旅游加宗教的确有疗效，综观摩诘东游西行之作，大都写得很开朗明丽，或洒脱无碍，显然登山临水访友拜师已消解了不少仕途多乖的烦恼。虽然王维又一次发誓要"不复婴世网"，实际上是身心经过一段时间的休息，又可以投入对事业的追求，须知此时王维才三十多岁，正值中年哪！

第四章　权力旋涡的边上

一、两个张令公

摩诘主动献诗二张,是有其深刻的政治背景的。开元至天宝实际上是个盛极而衰、胎孕着巨变的过程,其间有个吏治与文学之争的问题。

开元二十三年(735),王摩诘终于"车马去闲闲"地离开嵩山,写下《留别山中温古上人兄并示舍弟缙》诗一首。这位温古上人是个翻译家,曾协助一些印度僧人翻译过不少密宗经典,《大日经义释序》就是他写的。王维于佛教各派并无轩轾,所以各派僧人都可成为他的好友。诗一开头就说:

> 解薜登天朝,去师偶时哲。
> 岂惟山中人,兼负松上月!

"解薜"就是脱去隐士的服饰。他对自己的背叛山林而登廊庙深感歉意,不但辜负山中人,也辜负了松上月。诗接着回忆山中闲散的生活:

> 开轩临颖阳,卧视飞鸟没。
> 好依盘石饭,屡对瀑泉歇。

对摩诘爱好闲散生活我并不怀疑,只是古代文人总是"兼济"为主、"独善"为辅,何况充满少年精神的盛唐才子王摩诘,此时仍有一腔热血要"济人然后拂衣去"呢!有些评论者将王维此举说成"热衷功名","好表现自己",未免太不理解盛唐人了!问题是摩诘并非一味要官做,他从政是有条件的:"感激有公议,曲私非所求!"(《献始兴公》)摩诘集中有两首干谒诗,一为《上张令公》,一为《献始兴公》。先看《上张令公》诗:

> 珥笔趋丹陛,垂珰上玉除。
> 步檐青琐闼,方幰画轮车。
> 市阅千金字,朝开五色书。
> 致君光帝典,荐士满公车。
> 伏奏回金驾,横经重石渠。
> 从兹罢角抵,希复幸储胥。
> 天统知尧后,王章笑鲁初。
> 匈奴遥俯伏,汉相俨簪裾。
> 贾生非不遇,汲黯自堪疏。
> 学《易》思求我,言诗或起予。
> 尝从大夫后,何惜隶人余。

盛唐时代有两个"张令公",一个是开元十一年(723)为中书令的张说,一个是开元二十一年(733)为中书令的张九龄。注家顾元纬说当指前者,赵殿成说当指后者。从诗中历数的事迹看,有些是共有的,有些则于张说似乎更为贴切。前三联可以说是共有的,因为二张都善文学。"致君光帝典,荐士满公车"。张说于此特出,曾屡请玄宗行祭祀大典之事,特别是开元十三年(725)首建封禅泰山,这在封建时代可是件特大的事,张说《大唐封祀坛颂》就称之为"兴坠典,葺阙政",自然是"致君光帝典"了。张说荐士也很突出,《旧唐书》本传就作为一件大事记下来："喜延纳后进,善用己长,引文儒之士,佐佑王化。"事实上张说推荐的文儒之士甚多,如徐坚、孙逖、王翰、张九龄,以及大量词学之士,玄宗的重视文治与张说大荐文儒之士有关。"伏奏"四句也非泛指,张说于久视年间(700)曾上疏指出则天后"往往轻行,警跸不肃",与东汉铫期谏汉光武乘轻舆微行的典故正合。"石渠"典出《汉书·韦贤传》,是说汉元帝为太子时,韦玄成陪他"与五经诸儒杂论同异于石渠阁"。张说则天时曾授太子校书、弘文馆博士;玄宗在东宫时,说曾为侍读,这也合"石渠"之典。"角抵"指杂乐伎,《旧唐书》本传则称"自则天末年,季冬为泼寒胡戏;中宗尝御楼以观之。至是,因蕃夷入朝,又作此戏,说上疏谏曰……自是此戏乃绝。"张九龄则无此事实可印证。又,"匈奴遥俯伏,汉相俨簪裾"。这是发生在"天统知尧后",也就是玄宗继位后的事。张说虽然是文士领袖,却颇具武略。开元八年(720)秋,因朔方大使王晙诛杀河曲降户,拔曳固、同罗诸部落闻之恟惧。张说以并州长史、天兵节度大使的身份引二十骑持节前往其部落慰抚。副使李宪劝他别去冒这个险,张说回答说:"我的肉又不是黄羊肉,还怕他们吃了不成? 士见危致命,现在正是我效死的时候!"拔曳固、同罗由是而安定。开元九年(721)党项部叛乱,张说将步骑万人出合河关掩击,大破之。说召集党项,复其居业。副使史献请趁机诛杀之,说不许,因奏请置麟州以安置党项余众。其年拜兵部尚书、同中书门下三品。这些事迹也与"匈奴遥俯伏,汉相俨簪裾"对得上号,而张九龄却沾不上边。这样看来,诗是献给张说的。张说开元十三年主持封禅"光帝典",可第二年四月就被崔隐甫、宇文融、李林甫联手搞下台。所以王维献诗当是在封禅期间,当时他还贬在济州,封禅大队人马过济州,献诗是很方便的①。不过,这一次献诗可能没见效。

---

① 张令公指张说,详参葛晓音《王维前期事迹新探》,《晋阳学刊》1982年第4期。

再看《献始兴公》：

> 宁栖野树林,宁饮涧水流。
> 不用食粱肉,崎岖见王侯。
> 鄙哉匹夫节,布褐将白头！
> 任智诚则短,守仁固其优。
> 侧闻大君子,安问党与仇。
> 所不卖公器,动为苍生谋。
> 贱子跪自陈,可为帐下不？
> 感激有公议,曲私非所求！

始兴公,指张九龄。开元二十三年三月九日张九龄进封始兴县开国子,献诗当在此后。王维这回完全是以"布衣"的口吻向张九龄表明心迹的。王维一反过去的含蓄,毫不含糊地要求投在帐下,并侃侃申明："感激有公议,曲私非所求！"这就是说：您若能出于公正的选择任用我,我将感激不尽；您若只是对我有所偏私,那就不是我所希望的了！他之所以不惜"贱子跪自陈",是因为自己有正确的选择："侧闻大君子,安问党与仇。所不卖公器,动为苍生谋。"之所以投靠您,是由于您有为天下百姓着想、用人大公无私的好名声！在这一点上,张九龄要比张说更正直无私。据史书记载,张说主持封禅时,多引亲近的人登山,遂加阶超升。九龄进谏说："官爵者,天下之公器,德望为先,劳旧次焉。"王维正是看准这一点,才问心无愧大大方方地说："可为帐下不？"

这回献诗看来是奏效了,当年便为九龄所拔擢,所以题下原注说："时拜右拾遗。"这一年摩诘三十七岁。

摩诘主动献诗二张,是有其深刻的政治背景的。大家都说"开天盛世",但开元至天宝实际上是个盛极而衰、胎孕着巨变的历史过程,其间有一个吏治与文学之争的问题①。唐玄宗在这个问题上受执政大臣的影响较为明显。

开元初,姚崇用事,偏重吏治。所以在这段时期,不见有什么特别提倡文词的措施。倒是有几件事颇能反映出姚崇的吏治倾向:姚崇的小儿子叫姚弈,姚崇希望他能知吏务,所以不让他越官次,自右千牛进至太子舍人都是平迁。"爱子心切",更能看出他以吏治为根本的心思。再譬如萧嵩,寡于学术,为同僚所取笑。宫里流传着他的笑话:说是有一次萧嵩值班,被叫去草诏。诏书是给苏瑰的儿子苏颋的,萧嵩草稿却有"国之瑰宝"这样的措辞。玄宗不想直斥苏颋的父名,就叫他改过来。萧嵩呢,搔头抓耳地摆弄了半天才改定。玄宗看他杼思移时,想必精当,不觉前席以观,哪知道只是改成"国之珍宝"而已!玄宗气得掷稿于地,说:"虚有其表耳!"可是萧嵩颇敏于吏事,所以姚崇"眷之特深"。又,严挺之是个文士,但姚崇器重他只为严挺之"雅有吏干"。当然,这只是姚崇为代表的一种倾向性,也许还谈不上是"组织路线"。

待到张说用事,那可就不一样了,可以说,玄宗重视文治,是以张说用事为转捩点的。

张说字道济,是个叱咤风云的人物。他一生"三登左右丞相,三作中书令",有极高的政治地位。他本人"弱冠应诏举,对策乙第,授太子校书",有很高的文学修养,"掌文学之任凡三十年",是"当朝文伯"。他的碑志文独步一时,与许国公苏颋齐名,世称"燕许大手笔"。张说的诗现存有三百五十首,其中以山水诗最好,《新唐书》本传说:"既谪岳州,而诗益凄婉,人谓得江山助云。"近年来一些文学史家开始重视他的诗文,注意到他在盛唐文坛上有开风气的作用。不过,这种作用与其说是由于他的诗文有大名气大影响,还不如说是由于他以宰相的高官而长期为"文伯"这样特殊的地位。他

---

① 文学与吏治之争,参看《汪篯隋唐史论稿·唐玄宗时期吏治与文学之争》,中国社会科学出版社 1981 年版。

"喜延纳后进","引文儒之士",为其所奖掖的文学之士可考的就有张九龄、贺知章、徐坚、孙逖、王翰、徐安贞、韦述六兄弟、赵冬曦六兄弟、齐瀚、王丘、王湾等二十余人,这张名单简直囊括了开元前期的重要作家。更要紧的是,张说意识到自己的领袖地位,他要倡导一种新的诗风！有一回,他在政事堂亲笔题下这么一联：

> 海日生残夜,江春入旧年。

这是后辈诗人王湾《次北固山》中的一联诗句。在宰相办公的大堂题上这么一联诗,这不就是为天下人标示楷模吗？

海日、残夜,江春、旧年,这是两组对立的物象,其间用"生"、"入"两个动词使之沟通并互相转化,并且转化得如此有机、有生命。它不但准确地再现了破晓那一刹那,写出冬残春至的交替状态,而且能给你一点哲理的领悟：新事物与旧事物并不只是对立,它们之间还有一种可转换的有机联系,新事物是从旧事物中长出来的。而诗给人的总体印象又是如此宏阔,如此深远。张说拈出的岂止是一联佳句,他拈出的是整个盛唐之音的特征！我们都赞赏李白"清水出芙蓉,天然去雕饰"的审美理想,殊不知它在张说的文学观中已见端倪。张说在《济州张司马集序》中明确提出"逸势标起,奇情新拔"、"感激精微"、"天然壮丽"的风格标准,现在又拈出王湾富有朝气与瞻望的一联,可见他所致力的是要开一代新风！

对张说扭转风气的历史作用有深刻认识的,当时莫过于张九龄。九龄在《燕国公墓志铭》里边就已指出：

> 始公之从事,实以懿文,而风雅陵夷已数百年矣！时多吏议,摈落文人……及公大用,激昂后来,天将以公为木铎矣！

所谓"吏治"与"文学"之争,事实上是进士科举全面取代汉以来的选举、六朝以来门阀承袭的用人制过程中发生的斗争。唐代科举制可谓一波三折，从武则天时代到玄宗时代，乃至到中唐"牛李党争"，此起彼伏，斗争不息。张说倡导文学，实际上是造成一个尊崇文学之士的政治氛围，使文人有一个较好的人才环境，从而极大地增强了他们用世的热心。李白、高适、杜甫、岑参诸人，可以说是间接的受益者，而孟浩然、王昌龄、王维诸人，都是直接在此氛围中受到鼓舞。

我们前面说过，玄宗是个易受大臣影响的人。姚崇重吏治，玄宗斯时也倾向吏治；张说重文学，骨子里爱好文艺的玄宗更是倾向文学。他造就气氛，也反过来接受这种气氛的熏陶。所以后来天宝年间虽然由主张吏治的李林甫主政，但风气已成，玄宗仍能礼遇诗人，如对李白的优渥待遇，"降辇步迎"、"御手调羹"之类，以至后人会不无艳羡地说："重诗人如此，诗道安得不昌？"而作为当时政治的一项重要措施，是选任张九龄，使之继张说之后成为又一位宰相级的"文伯"，加固了张说"文治"的成果，使之发生更深远的影响。《开元天宝遗事》有几则关于唐明皇与张九龄的逸事，表明这位皇帝对这位大臣是如何欣赏。其中有一则说：

> 明皇于勤政楼，以七宝装成山座，高七尺。召诸学士讲议经旨及时务，胜者得升焉。惟张九龄论辩风生，升此座，余人不可阶也。时论美之。

玄宗对九龄儒雅的风仪最为欣赏，甚至在他退位后，据《旧唐书》本传说，宰臣每荐公卿，玄宗必问："风度得如九龄否？"

让我们来看看张九龄是如何以文学起家的。

张九龄，字子寿。他没什么贵族血统，甚至只是"岭海孤贱"，出身于远离中原的岭南一个百姓之家。据说，张母夜梦九鹤翩翩自天而降，遂生九龄。他自幼聪敏，善属文。年十三，以书信投寄广州刺史王方庆,王大嗟赏之,说:"此子必能致远!"长安二年(702)进士擢第,后来任校书郎。玄宗为太子时,曾举天下文藻之士亲加策问,九龄对策高第,迁右拾遗。开元十年(722)迁司勋员外郎。《旧唐书》本传有这么一段记载:"时张说为中书令,与九龄同姓,叙为昭穆(即通谱系),尤亲重之,常谓人曰:'后来词人称首也。'九龄既欣知己,亦依附焉。"二张结盟的基础就在文学。这是先后二位诗坛盟主的结盟。有的学者说:在奖掖后进方面,张九龄的影响不如张说,但在诗歌创作上,其成就乃在张说之上①。我看这是公允的评价。他最有影响的诗作是《感遇十二首》,兴寄遥深,可继武陈子昂的《感遇三十八首》。不过最能体现盛唐气象的是其抒情名篇《望月怀远》:

> 海上生明月,天涯共此时。
> 情人怨遥夜,竟夕起相思。
> 灭烛怜光满,披衣觉露滋。
> 不堪盈手赠,还寝梦佳期。

　　这不就是张若虚《春江花月夜》长篇的浓缩吗?"灭烛怜光满",月光成了所思之人的替代,月光溶进相思双方的情意,织成一片似可触摸的艺术幻境。这样的技巧,正是盛唐诗人的绝活呢!以这样杰出的文学才华与儒者风仪,自然会叫当时人倾倒。不过,二张重文学斥吏治的背后,还有更深刻的历史原因,它甚至涉及大唐帝国的兴衰。历史再过不到三十年功夫,在武人跋扈的年代里,杜甫已经痛感到二张文治的意义了。他在长篇组诗《八哀诗》的序言中说:"伤时盗贼未息,兴起王公、李公,叹旧怀贤,终于张相国。"王公、李公指中兴名将王思礼、李光弼,张相国指的就是张九龄。将他

---

① 详见罗宗强《隋唐五代文学思想史》上册,上海古籍出版社1986年版,第175页。

放在末篇是有深意的,在杜甫看来,张九龄这样重文治的人才是结束动乱的理想大臣!"乃知君子心,用才文章境"。要不是对玄宗用二张的以文治致盛有感于心,就不会这么突出九龄的人格、风度与学术,"详记文翰"洋洋洒洒至四十句。

当然,大唐帝国的盛衰原因要比唐人自己料想的复杂得多。不过有一点可以肯定,吏治与文学之争是个权力斗争的可怕旋涡。王维自托于二张政治集团,无异置身于此旋涡——哪怕只在其边上。是福? 是祸?

二、一雕挟两兔

本来嘛,一个政府就该有各色各样的人才,只要能在皇帝主持下取得平衡,就会有封建时代的太平治世。但皇帝的怠于政事让李林甫破坏了这一平衡。

开元二十四年(736),大明宫内发生了一场影响帝国前程的争议。

事情是这样的,朔方节度使牛仙客是个干才,在河西工作时积财贮谷,军队后勤做得很不错。为了嘉奖牛仙客的工作成绩,玄宗想让他当尚书。这时身为宰相的张九龄却不同意。

"这不行呵,皇上。尚书,就是古代的纳言,自唐兴以来这个职位都是让那些旧相以及有德望有名声的人来当,牛仙客是谁? 不就是个河湟使典嘛,他有什么资格当此重任? 让他居此清要,怕天下人会认为是对朝廷的羞辱呢!"张九龄也没看看唐明皇那乌云愈布愈密的脸,只管一板一眼地说下去。

"那么,就给他实封怎样?"玄宗忍住气,退一步说。前年,幽州节度使张守珪大破契丹,玄宗十分高兴,兴头上要赏张守珪个宰相,也是这位书呆子死活不肯,兜头给浇了盆冷水。深知九龄犟脾气的明皇不想再触霉头,这才退了一步。

"不行呵,皇上。"九龄并不顺着台阶下,仍是一副得理不让人的腔调。"封爵,所以劝功也。他牛仙客不过是搞好本职工作而已,不足为功,更不宜裂土封之。"

另一位被称为"肉腰刀"——软刀子割头不觉死——的宰相李林甫,在一旁冷笑:"真是个书呆子,不识大体。仙客,宰相才也,岂止是个尚书的料!天子用人,有何不可?"

玄宗心里窝的一股火被点着了。皇上这回感到自己的权威受到挑战,不禁变色道:"张九龄,难道什么事都得听你的不成!"庙堂里回声震荡。

九龄这下也慌了神,知道批了逆鳞要吃不了兜着走,于是赶紧顿首谢罪,颤着声道:"陛下让我当宰相,事有不允妥的,不敢不尽言哪!"

玄宗再逼问道:"你嫌仙客是微贱的胥吏出身,那你自己又有何高门第?"

九龄赶忙答道:"论门阀,臣出身岭表海隅微贱,还赶不上生长中华的牛仙客。可是以出仕途径论,陛下是以文学用臣,经历台省清职,不似牛仙客起自边隅胥吏,毫无学术。牛仙客绝没资格居中央的显要职位。"

就为九龄这点牛脾气,玄宗于十一月间罢免了他的相位。

细细咀嚼这则历史上的对话,可以体味斯时用人观在变化。玄宗的意思是用人不必看门阀,这自然是大唐比六朝用人政策进步的地方,特别是经武则天到玄宗时代,门阀已经不是朝廷用人的主要凭借了。因此,站在皇帝立场上的玄宗认为既然不看阀阅,那么文学进身与胥吏出仕并无不同,所以张九龄可由文学晋升至宰相,牛仙客也可以从河湟使典擢任尚书。张九龄则进一步强调了进士科举才是用人的根本。也就是说,张九龄表面上强调的是学术,骨子里代表的是进士集团的利益。从张说开始，朝廷早就隐约存在着进士词科进用的官僚集团与胥吏、门荫、边功出身的官僚集团之间的斗争。比如崔隐甫，不由科第进身，吏治优长，但因为"张说薄其无文"，当他从河南尹任上召回朝廷时，张说拟用为武职，两人由是起仇隙。再如宇文融，门荫出身，长吏治，因进献理财之策得宠，当然也为张说所厌恶。李林甫是远房皇亲，也是门荫出身，素无学术，仅能秉笔，曾闹过几次笑话，把"杕杜"念作"杖杜"，把"弄璋"写作"弄獐"。这三人与张说作对，后来联手倾覆了他。还有个萧炅，也没什么学问，李林甫荐他做户部侍郎。有一次将"伏腊"读作"伏猎"，被九龄的好友严挺之狠狠地取笑了一番，叫作"伏猎侍郎"，结果被排挤去做岐州刺史。再加上上面说到的边功出身的张守珪、牛仙客，以后还有几个"言利之臣"韦坚、杨慎矜等"皇亲国戚"，与"文学精英"对立的阵容也不可不谓强大了。

　　科举用人是历史的进步。在那个时代里，与之相应的就是"破格用人"与"平流进取"之争。所谓"平流进取"，就是循资排辈，当然较有利于大批的胥吏以及靠门荫得官的贵族。《资治通鉴》说，李林甫、牛仙客掌用人大权时，"二人皆谨守格式，百官迁除，各有节度，虽奇才异行，不免终老常调"（卷二一四）。这对那些希企通过科举"忽从被褐中，召入承明宫"的"文学精英"，无疑是个打击。进一层讲，倡学术在当时就是尊儒家学说，这就使文学与吏治之争有了一个儒家学说当家与否的本质内核。所以二张的文治，也就是以礼教治国。平心而论，儒学的礼治有利于中央集权的稳定，但"不言利"与不尚武却也未必有利于国家的昌盛，有时还会使我们民族"缺钙"，或老闹"贫血"。而那些靠理财、边功晋升的人呢，倒是在造成经济繁荣局面或立国威方面，往往"有一手"。您说，我们今天还能死守儒家道德尺度来衡量历史上的一切吗？就以张说的死对头宇文融来说，就是一个颇为复杂的历史人物。他向来被历史学家列为"聚敛之臣"，皇帝之所以奢侈无度，据说都是这些人害的。

宇文融的主要功过都在开元九年(721)提出的检括农户政策。自唐实行均田制按户口征收租庸调税以来,生产力、社会经济有了持续的发展。至玄宗盛唐时期虽然达到"海内晏然"的地步,但玄宗时户口要比初唐翻了三倍以上,而均田制必须的"授田"难免成为空话,且土地兼并日益剧烈,出现大量逃亡户,而户籍登记长期以来就处于紊乱状态,这就使得按户口征收和租庸调税难以实施。这些在开元中期已经成为政策的财政问题,宇文融于此时提出"括户政策"是适时的。这项政策的原则就是无论逃户、客户,既往不咎,一律令其自首。登记后免六年赋调,只轻税入官。结果是"诸道括得客户凡人十余万,田亦称是"。这无疑大大地缓解了帝国的财政问题。

增加财政收入没问题。问题还是出在皇权的专制体制上。大唐帝国财富增多了,却没有正当、合理的分配与消费渠道,无利于再生产,无利于工商业的发展,只是鼓励了庞大的皇室消耗与赏赐近臣之用,支持了穷兵黩武的开边战争。譬如王铁,聚敛了些财富,就每年进贡钱宝巨万,贮于内库,并说:"这是常年额外物,非征税物。"以便让皇帝心安理得地以此赏赐左右的人。这就近于教唆犯喽!

如果不是这样呢?

王维在济州时的老上司裴耀卿就是一个也会理财却不邀宠鼓励皇帝奢靡的人。他曾经有效地改造长安运粮的运输体系,并建议安置逃亡户,使之在未开发地定居,组织营田,这些都表现了他非凡的经济才能。当他充转运使改造长安运粮体系取得成果(三年下来省脚钱三十万贯,运七百万石粮)之后,有人建议他将这些省下的脚钱献给皇帝内库。裴氏不同意,说:"这是政府省下的钱,我可不能以此邀功。"于是奏请用这笔钱解决和市、和籴(即以高于市面购粮)的问题,稳定市场价格。

本来嘛,一个政府就须有各色各样的人才,甚至不同的观点,只要能在皇帝主持下取得大的平衡,也就会取得封建时代的太平治世。开元二十二年(734)玄宗所任命的领导班子正是这样一个班子。张九龄、裴耀卿、李林甫三人同年分别任中书令、门下侍中、礼部尚书，都是宰相。张九龄无疑是主张礼教，强调儒家道德教育，代表进士科举出身的官僚集团的利益。裴耀卿也有文才，"数岁解属文，童子举，弱冠拜秘书正字"，与九龄在这点上是同气相求的。不过他又重视吏治，对宇文融的经济政策是支持的。他有法治思想，所以有时不赞成张九龄"道德第一"的主张。比如有人谋杀御史，为父报仇。张九龄根据"礼"，认为这是正当的行为，是"孝道"，犯人要释放。裴耀卿则认为犯人已触犯法典，应维护法律尊严，将犯人处死。在这个问题上，他站在李林甫一边。不过总的看，裴、张都属正直的儒者，虽然"君子不党"，并未结成一伙，但李林甫仍将俩人划为一边，在政治上共进退；李林甫则是个地道的政治家，"尤忌文学之士"，完全是胥吏味。他做了一些行政工作程序的规定，简化了一些财务制度，是个行政行家。史书称其"每事过慎，条理众务，增修纲纪，中外迁除，皆有恒度"。如果不是他以搞阴谋为乐，一心要破坏这个平衡而独揽大权的话，这个"委员会"是可以各自发挥所长，互相制约而维持开元盛世的。事实上在他们共处期间完成了不少大的改革，如运输改革、营田、财政制度的合理化、按察使的设置等①。

中国有句俗语叫"笑里藏刀"，最先就是用来形容李林甫的奸险的。《开元天宝遗事》说，李林甫善用甘言诱人之过，谗于皇帝。时人都说他甘言如蜜，面有笑容，却肚中铸剑，所以又叫"口蜜腹剑"。这种人历代都有，说李林甫是政治恶棍，未必是历史学家的什么"道德偏见"。

李林甫年轻时就没给人好印象。开元初，源乾曜当侍中，其子法对他说："爹，李林甫求为司门郎中哩。"源乾曜回答说："郎官要有好名声的人才能当咧，哥奴岂是当郎官的料！"哥奴，林甫的小名。

---

① 详参《剑桥中国隋唐史》第七章，中国社会科学出版社 1990 年版。

举个例吧，皇太子妃兄韦坚，当他受皇帝宠爱时，李林甫和他打得火热，却暗地里叫御史中丞（检察总长？）杨慎矜阴伺其隙。后来借皇太子与其月夜相见犯了皇家忌讳一事，告其图谋不轨，罢黜了韦坚，又趁势表奏李适之与坚昵狎，而裴宽、韩朝宗又与李适之同党，将其政敌一网打尽。这还没完，又忌杨慎矜权位渐盛，再借王铁之手诬罔杨氏左道不法，策划复辟隋王朝，遂族灭了杨家。李林甫一生干了不少诸如此类翻云覆雨的事，玩大臣于股掌之上。千百年后，当我们遥望这些辽远的历史事件时，还会毛骨悚然。

　　这个三人班子是注定不会长久的。首先是唐明皇当了四分之一世纪的皇帝，"渐肆奢欲，怠于政事。而九龄遇事无细大皆力争，林甫巧伺上意，日思所以中伤之"（《资治通鉴》卷二一四）。九龄的确书生气十足，又同张说一样褊急，却又无张说的铁手腕与根基，自然不是城府极深的李林甫的对手。于是我们看到本节开头提起的开元二十四年（736）大明宫内发生的那一次君臣争议。李林甫那句"天子用人，有何不可"的中伤的话深深泅入玄宗的脑海中。也是那年冬天，玄宗想从洛阳回长安，张九龄与裴耀卿都认为农收未毕，最好是等到仲冬，才不会因大队人马损伤庄稼。这次李林甫又阴阴地说了句："长安、洛阳，都是皇上的宫殿，要来要往的，都由皇上做主，何必择时！就是损坏点庄稼，也大不了蠲免些租税就是了。"玄宗听了，正合心意，而裴、张对皇权的挑战，更使皇帝忍无可忍。终于，往日积下的不满借一件小事爆发了！那是张九龄想引为宰相的中书侍郎严挺之，其前妻之夫王元琰坐赃罪下三司按鞫，挺之为之营解。林甫便告诉了玄宗这件事，九龄这回又出来为之辩护，与玄宗发生龃龉。结果是"上积前事，以耀卿、九龄为阿党"，并罢政事，严挺之贬洛州刺史。而以林甫兼中书令，牛仙客也如愿以偿地成了宰相。关于这件事，野史《明皇杂录》（晚唐人郑处诲撰）有一则这样的记载：

> 九龄泊裴耀卿罢免之日，自中书至月华门，将就班列，二人鞠躬卑逊，林甫处其中，抑扬自得，观者窃谓一雕挟两兔。俄而诏张、裴为左右仆射，罢知政事。林甫视其诏，大怒曰："犹为左右丞相耶？"二人趋就本班，林甫目送之。公卿以下视之，不觉股栗。

不管这是不是"现场直播"，李林甫这个人让朝廷群臣都"股栗"是实事，据说连悍将安禄山也"独惮林甫，每见，虽盛冬，常汗沾衣"。有一回，林甫召集谏官来训话说："今明主在上，群臣惟有顺从，不必多言！诸位难道没看到那些立仗马吗？吃三品料，但只要在排队时叫一声，就斥去不用，悔之何及！"经这次训话，谏诤之路便断绝了。他还用酷吏吉温、罗希奭进行恐怖统治，清洗异己，人称"罗钳吉网"。更要命的是，李林甫鉴于开元间张说、萧嵩诸人是由节度使入相的，为了杜绝"出将入相"，就起用蕃人安禄山、哥舒翰、安思顺诸人为节度使，以其不识文字，无由入相。一系列措施都对主张"文治"的进士科举官僚集团不利，天宝年间虽然唐明皇依然重文士，但只是用来当文学侍从，再无张说、张九龄一般的机遇了。李白"愿为辅弼"、杜甫"致君尧舜"理想之幻灭，同大形势是有直接关系的。了解了这一点，我们才有可能去理解王维自开元至天宝政治热情骤降的痛苦内心。我们还有必要提及两位宰相级人物在李林甫铁腕下所作出的无奈之举。《明皇杂录》卷下云：

> 九龄惶恐，又为《归燕》诗以贻林甫。其诗曰："海燕何微渺，乘春亦塞来。岂知泥滓贱，只见玉堂开。绣户时双入，华轩日几回。无心与物竞，鹰隼莫相猜。"林甫览之，知其必退，恚怒稍解。

《旧唐书·李适之传》载左相李适之为李林甫所中伤，天宝五载罢知政事：

　　遽命亲故欢会,赋诗曰:"避贤初罢相,乐圣且衔杯。为问门前客,今朝几个来?"……后御史罗希奭奉使杀韦坚、卢幼临、裴敦复、李邕等于贬所,州县且闻希奭到,无不惶骇。希奭过宜春郡,适之闻其来,仰药而死。

　　两位宰相,一旦失势落入林甫手,一个以诗明退志以保命,一个以诗发牢骚而丧命。有了这个参照量,我们才好理解王维在险象环生的权力斗争旋涡边上所作所为的真谛。坦白地说,我对那些自个儿躲在战壕里,却责备别人不敢赤膊上阵的人从无好感。

　　最后顺便提一下,二张为首的"文学"官僚集团终于败在"吏治"巨头李林甫的手下,但胜利者并没有真正用心去构建其吏治体系,从而以吏治富国。不,他真正关心的只是用暴力清洗来巩固自己的地位。李林甫的胜利并非"吏治"的胜利,他只是利用了一些倾向吏治的人,结果是"吏治"与"文学"两败俱伤。中央官僚集团在几场大清洗后变得虚弱了,大家似乎都屏着气儿在专等那一声惊破霓裳羽衣舞的晴天霹雳!

三、终身思旧恩

　　王维怅望着九龄贬谪的方向,以诗代书写下《寄荆州张丞相》诗。人生如果有转折点的话,那么这就是王维积极与消极人生的转折点。

　　开元二十二年(734)是张九龄为相正式视事的第二个年头[1],也是王维被九龄提拔为右拾遗的第一个年头。这一年里,张九龄成

[1]　开元二十一年十二月起张九龄为中书侍郎同中书门下平章事,但实际上他正守母表,次年正月才进京视事。

功地谏止了唐玄宗欲以相位奖赏张守珪边功的轻率之举。明年，又劝唐玄宗杀败将安禄山。可惜，这回玄宗不肯听他的意见。其实九龄并非真能看相，预言将来会有"安史之乱"，他只不过和张说一样，总是要抑制边功，对跋扈的边将借故除去而已。这是文治的一个原则。后来安禄山果然造反，唐明皇在逃蜀之际，这才后悔当初不该不听九龄之言，于是遣使祭于韶州九龄老家。这已是三十年后的事了。在九龄主政期间，进行了几场有关礼教的辩论，九龄还亲自撰写了《千秋金镜录》述及前世兴废之源，这些都是文治的举措。王维作为九龄帐下，大概也颇有事可忙。可惜忙人往往无诗文。所以要问这段时间王维做了些什么，我们只能摊开双手表示遗憾。开元二十四年（736）下半年形势急转直下，由于上一节我们已说过的种种原因导致张九龄、裴耀卿双双下台。就在九龄下台，并于次年夏贬为荆州长史之前，我们听到了王摩诘的声音。

　　开元二十五年（737）暮春，九位大臣在骊山下著名的韦氏山庄集会，八品小臣王维也躬与其盛，并写下《暮春太师左右丞相诸公于韦氏逍遥谷宴集序》这篇记叙文。

　　文中开列出的九位大臣是：太子太师徐国公（萧嵩）、左丞相稷山公（裴耀卿）、右丞相始兴公（张九龄）、少师宜阳公（韩休）、少保崔公（崔琳）、特进邓公（未详）、吏部尚书武都公（李暠）、礼部尚书杜公（杜暹）、宾客王公（王丘）。查一查文献资料，我们会吃一惊：这些人大都是失意大臣，其中好几个是下台宰相，而且都可以按传统标准划为直臣、清官。萧嵩、韩休、裴耀卿、张九龄、杜暹都是下台宰相，都为林甫所忌。韩休是有名的直臣，宋璟称他"仁者之勇"。崔琳也是个正臣，名相宋璟曾说："古事问仲舒，今事问琳，尚何疑？"可见是他所倚重的人。李暠据孙逖《李公墓志铭》说："公体正心直……故所莅之职，必奸邪衰止，礼义兴行。"看来也是个正人君子。杜暹是"尚俭"的宰相，与王丘都是"公清勤俭为己任"的清官，据史书说，王丘"致仕之后，药饵殆将不给"，其廉可知。还有集会地点韦氏逍遥谷的主人也值得一提。

韦氏逍遥谷指骊山下韦嗣立庄。韦嗣立及其父兄三人皆官至宰相，嗣立于骊山构营别业，中宗亲往幸，并自制诗序，令从官赋诗，很风光了一阵子。这次集会，山庄主人是嗣立之子韦恒、韦济。韦恒曾为砀山令，"为政宽惠，民吏爱之"。开元十三年那次车驾东巡，山东州县为办好接待工作，对老百姓不惜鞭扑催逼，只有韦恒"不杖罚而事皆济理，远近称焉"。后来为河西黜陟使，抗表请劾勾结中贵的节度使盖嘉运，"人代其惧"，可见也是个正直的官员。弟韦济，以辞翰闻名，殿试第一。史称"济从容雅度，所莅人推善政"。

这么些人，偏在张、裴刚刚下台之际，集于逍遥谷，这不明摆着在某种意义上是对"公卿股栗"的李林甫的挑战吗？不过这次宴集似乎很小心，不谈国事，只讲隐居肥遁。张九龄写了一首《骊山下逍遥公旧居游集》，有云是："君子体清尚，归处有兼资。虽然经济日，无忘幽栖时。"亦官亦隐似乎就是这次宴集的中心话题，所以王维《宴集序》称："上客则冠冕巢由，主人则弟兄元恺。""冠冕巢由"大概是承袭张说《扈从幸韦嗣立山庄应制序》里的"衣冠巢由"吧？大隐士巢父与许由被披上官服，戴上冠冕，这是唐人的幽默。同一个地点，同一种遭际，难免发同样的感慨。王维开篇明义提出了亦官亦隐的"合理性"：

> 山有姑射，人盖方外。海有蓬瀛，地非宇下。逍遥谷天都近者，王官有之。不废大伦，存乎小隐。迹崆峒而身拖朱绂，朝承明而暮宿青霭，故可尚也。

亦官亦隐之所以"可尚"，就因为不必远寻什么虚无缥缈的姑射之山，或海上时隐时现的蓬莱仙岛。朝廷达官只要在京郊附近找个山庄，也就可以身拖朱绂而又像在深山老林里隐居；早晨还在上班而黄昏就已逍遥在山庄。这一来，既不违乎伦常大节，又可以保留一小块让心灵松懈的精神空地。话说得堂皇得体,但其中不无苦衷。隐士嘛,本来就是社会失去平衡的产物,反过来又成为社会平衡的调节器。作为皇帝,既可看到隐士可以点缀太平,缓和统治集团内部斗争,"不仕有仕之用"的一面;也可看到隐士"行极贤而不用于君",与统治者不合作的另一面。所以唐明皇既要褒扬隐士贤人,又要向隐士宣称:"礼有大伦,君臣之义不可废也!"(《旧唐书》卷一九二)在李林甫弄权的时代里,求隐有时也会构成大罪呢!现成的例子就在这里——《新唐书·韩朝宗传》云:"始,开元末,海内无事,讹言兵当兴,衣冠潜为避世计,朝宗庐终南山,为长安尉霍仙奇所发,玄宗怒,使侍御史王铢讯之,贬吴兴别驾。"王铢是李林甫的帮凶,可见避世也可以成为李林甫及其爪牙伤人的口实的。王维于此可谓心领神会,所以序中申明:"不废大伦,存乎小隐。"在后来天宝年间写的《与魏居士书》则以此警醒魏居士云:"圣人知身不足有也,故曰欲洁其身,而乱大伦。"也就是含蓄地指出:你想洁身自好(可别走得太远),恐怕会触犯君为臣纲的伦理关系呢!在宴集当日,处于"一雕挟两兔"情状下的诸人,也只能想出"亦官亦隐"即"冠冕巢由"这样的办法来。我退一大步还不行?可惜这只是一厢情愿,坏人总是你退一步我进两步。暮春转眼入夏,九龄再贬荆州长史,从此离开朝廷。

不过,当日跻身大臣之间的小臣王维,似乎并未预感到九龄连欲退为闲人亦不可得的危机,仍颇有兴味地描绘山庄自然景色:

> 神皋藉其绿草,骊山启于朱户。渭之美竹,鲁之嘉树。云出其栋,水源于室。灞陵下连乎菜地,新丰半入于家林。馆层巅,槛侧径。师古节俭,唯新丹垩。

一切都那么近乎自然,却又能"齐瑟慷慨于座右,赵舞徘徊于白云",实在是两全其美。无意间王维在内心深处已绘制下天宝年间自己的处世蓝图。王维另外还曾写下《韦侍郎山居》《韦给事山居》，是分别送韦济、韦恒兄弟的。还有一首《同卢拾遗韦给事东山别业二十韵给事首春休沐维已陪游及乎是行亦预闻命会无车马不果斯诺》，是给兄弟俩的。这几首大致都写于开元末，去写序不会太远。如《同卢拾遗韦给事东山别业二十韵……》云"谷口开朱门"、"云中瀑水源"，也就是序所云"骊山启于朱户"、"云出其栋，水源于室"。又云"阶下群峰首"，也就是《韦给事山居》所谓："大壑随阶转，群山入户登。"我们还是来看看这首《韦给事山居》吧：

> 幽寻得此地，岂有一人曾？
> 大壑随阶转，群山入户登。
> 庖厨出深竹，印绶隔垂藤。
> 即事辞冠冕，谁云病未能！

"大壑"一联，大与小对比强烈，但并不使人气馁，感到自身的渺小。诗人最爱从容于极阔大的空间中，得到一种神驰八极的自由。空旷的高山巨壑似乎人迹罕至："幽寻得此地，岂有一人曾？"但动静在我：我动，则大壑转于阶；我静，故群山入于户。心闲无碍，乃能内外和谐，而这一和谐却根源于亦官亦隐的自足生长："庖厨出深竹，印绶隔垂藤。"此时此际，王维已经为天宝年间山水田园诗定下风格基调。

然而，噩梦终于很快就降临了。开元二十五年（737）农历四月，张九龄贬荆州长史。王维怅望着九龄贬谪的方向，以诗代书写下《寄荆州张丞相》诗：

> 所思竟何在？怅望深荆门。
> 举世无相识，终身思旧恩！
> 方将与农圃，艺植老丘园。

目尽南飞鸟,何由寄一言。

　　人生如果有转折点的话,那么这也许就是王维"积极"与"消极"的转折点。"举世无相识,终身思旧恩",这句话对以含蓄冲淡著称的王维来说,是如此突兀。它明白无误而且相当果决地表达了两层意思:张丞相是我惟一的事业上的知己,以后恐怕再也不会有这样的知己了! 此其一。对张丞相出于公议绝非曲私的赏识与提携,我将永铭在心,无论在什么情况下也不会背叛您! 此其二。的确,王维不为"徇微禄",而为"济人"去当官,恐怕一生中只有在九龄帐下的这一次。如果我们注意到"开元盛世"转向危机四伏的天宝末年,是以张九龄下台李林甫专权为转折点的,那么我们不能不佩服王维在这一点上把握之准确,是有某种先知先觉的智慧的。事实上当时著名诗人中还没有哪一位像他这样明显地对二张积极主动靠拢,而在九龄下台时就下决心不再与后来的李林甫、杨国忠集团合作。从政治敏感上看,王维也许要高过同辈诗人们一等。至于王维为何仍未实践其"方将与农圃,艺植老丘园"的诺言,是否如一些批评者所说是仍恋栈于当官,是虚伪的表现呢? 恐怕未必。王维老用"归去来"表达自己向往之情,及其与官场拉开距离的方式,甚至其"亦官亦隐"也不是一半在廊庙,一半在山林的"半官半隐"。对精于佛学的王摩诘,不当作如是观而"死于句下"。摩诘的"亦官亦隐"重在心理距离。就在上文提到的那封《与魏居士书》里,他明确提出:"苟身心相离,理事俱如,则何往而不适?"他认为只要采取"无可无不可"的态度,则"虽方丈盈前,而蔬食菜羹;虽高门甲第,而毕竟空寂"。这不禁让我们记起《世说新语·言语篇》所云,竺法深在简文坐,刘尹问:"道人怎么也游于官家朱门?"竺法深答道:"君自见其朱门,贫道如游篷户!"维摩诘虽未出家,却比出家人更得佛法真谛,"发心即是出家,何关落发"? 所以最高的隐逸是心的超然,"苟离身心,孰为休咎?"(《能禅师碑》)这是自晋宋以来隐士与佛理相融,进而渗入儒家"兼济"与"独善"处世原则后,对士大夫心理结构的改变。与其说王维在逆境中采取亦官亦隐的方式是个人性格弱点所至,不如说是整个士大夫阶层接受佛家空的哲学后心理结构的调整。这当然是对儒家"杀身成仁"、"威武不能屈"、"匹夫不可夺志"立身原则的软化。王维身上典型地体现了士大夫在这一历史时期已形成的弱点。但无论如何,王维是以自己的方式信守了"终身思旧恩"的誓言。为了叙述的方便,我们将后来的天宝年间发生的一件公案拉近来在这里评判。

天宝年间,王维曾写了一首《和仆射晋公扈从温汤》诗云:

> 天子幸新丰,旌旗渭水东。
> 寒山天仗里,温谷幔城中。
> 奠玉群仙座,焚香太乙宫。
> 出游逢牧马,罢猎有非熊。
> 上宰无为化,明时太古同。
> 灵芝三秀紫,陈粟万箱红。
> 王礼尊儒教,天兵小战功。
> 谋猷归哲匠,词赋属文宗。
> 司谏方无阙,陈诗且未工。
> 长吟吉甫颂,朝夕仰清风。

诗写得不怎样。不过,它倒引起某些人的重视。比如有一位日本的王维研究专家就以此为铁证,认为王维歌颂了陷害其恩主张九龄的主凶李林甫,是表露无耻之作,"令王维也绝无辩解的余地"。我想,这里大概有点儿文化隔膜。这首诗是"和"诗,是天宝元年八月后加尚书左仆射的李林甫先写下(这位"仅能秉笔"的宰相的诗,恐怕还是用别人的手"写"的呢)一首扈从皇上到骊山温泉去的诗,然后一批官员唱和,照例是歌功颂德,王维是其中一员。所以诗上半截是直接歌颂天子威仪的。自"上宰无为化"起，才是歌颂太平盛世，而有奉承李林甫之嫌。然而，打个不太恰当的比方：外国人多以罢工为斗争手段，而中国人更常见的则是怠工。也就是说，古代中国士大夫的不合作更多的不是针锋相对的言辞之争，而是行动上拉开距离，在不冷不热中保留其原意，以静制动。待到机会一来，则像按在水中的球，趁你手一松它便随即浮上水面，开始全面恢复其原有的主张。我并不想在此评价这一行为的优劣，我只是想指出古代中国士大夫惯用的一种方法。王维在诗的后半段用的大体上也是这种方法，他只是虚与委蛇唱和一番，才不至于在现场出现不和谐音。但细心一读，就会发现所颂或大而无当，或模棱两可。比如说"灵芝"二联，也可以说是歌颂天子治世。而"上宰无为化，明时太古同"与"司谏方无阙"、"词赋属文宗"，如果与现实做一比照，就会出现天然的讽刺——作者只要找到恰当的对应，人们就会联想到反面。上一节我们提到过，九龄下台后，李林甫曾召诸谏官云："今明主在上，群臣将顺之不暇，乌用多言！诸君不见立仗马乎？食三品料，一鸣辄斥去，悔之何及！"这就是"上宰无为化"，就是"司谏方无阙"。至于"词赋属文宗"，将"文宗"归诸"仅能秉笔"的李林甫，你说这不是哪壶不开提哪壶吗？当然，这种微言大义未必是临场精密构思，但由于王维一贯长于此道，这种天然讽刺对他来说难度并不太大。"不动声色"本来就是摩诘的看家本领嘛！

我们还有一证。"仅能秉笔"的李林甫先生的确有笔手，《旧唐书》本传白纸黑字记载着："（林甫）自无学术，仅能秉笔……而郭慎微、苑咸文士之阘茸者，代为题尺。"林甫既无学术，恐怕自家要构文字狱也有困难，所以其"笔手"便是他的鼻子，让他们嗅出点什么异味来可了不得。所以古人教人要"敬小人"，不然你就吃不了兜着走。大概因为这个原因，王维曾写了一首《苑舍人能书梵字兼达梵音皆曲尽其妙戏为之赠》这么长的题目的诗送给"代为题尺"的苑咸先生。因为是只求平安，不求添福寿，所以选的角度很妙：赞扬苑氏会写印度文字,还懂得印度音乐。这就既达到"公关"的目的,又可以"莫谈国事"。但苑咸作答了,偏要"触及其灵魂"。苑诗并序是这样的:

> 王员外兄以予尝学天竺书,有戏题见赠。然王兄当代诗匠,又精禅理,枉采知音,形于雅作,辄走笔以酬焉。且久未迁,因嘲及。
>
> 莲花梵字本从天,华省仙郎早悟禅。三点成伊犹有想,一观如幻自忘荃。为文已变当时体,入用还推间气贤。应同罗汉无名欲,故作冯唐老岁年。

从序里我们证实了王摩诘当时已经是诗、禅独步,我们还由"且久未迁"与"应同罗汉无名欲,故作冯唐老岁年"证实了王摩诘无意巴结李林甫。因为史言牛仙客、李林甫二人是"谨守格式,百官迁除,各有常度"。当然,"其以巧谄邪险自进者,则超腾不次"。王维不但没"超腾",连"常度"的迁除也没能按格式办。这就证明他不是巧谄自进者,而且"无名欲"不巴结李林甫已引起李的不满。所以苑氏点醒他如不改变,将"故作冯唐老岁年"!对此,王摩诘又写下《重酬苑郎中》并序:

> 顷辄奉赠,忽枉见酬。叙末云:"且久未迁,因而嘲及。"诗落句云:"应同罗汉无名欲,故作冯唐老岁年。"亦《解嘲》之类也。
>
> 何幸含香奉至尊,多惭未报主人恩。草木岂能酬雨露,荣枯安敢问乾坤!仙郎有意怜同舍,丞相无私断扫门。扬子解嘲徒自遣,冯唐已老复何论。

序明白无误地表白,这是针对苑氏点醒之言的回答。这里还是用上述和李林甫诗的手法，先抬出各派都得顶礼的"至尊"——天子来。于是接下"多惭未报主人恩"就含糊起来，"草木"云云，就李林甫的笔手这边看去，似乎也可认作是对李林甫的歌颂，但很模棱。"丞相无私断扫门"可以说是自断退路，表明无意借苑郎中的桥投向李宰相。因为谁都知道李林甫并非"所不卖公器"的张九龄，巧谄自进者是可以"超腾不次"的。他在落句表示自己心安得很，不必作扬雄式的《解嘲》来自遣，也不企盼像九十多岁的冯唐，还被举用。"冯唐已老复何论"，不禁让我们记起他的《夷门歌》结句："七十老翁何所求！"如果将此诗与《献始兴公》一诗做个对比，那么王维对二人的态度何其不同！他对张九龄是一点也不拿架子的："贱子跪自陈，可为帐下不？"这一往一来之间，似乎是重申了王维在《寄荆州张丞相》中的誓言："终身思旧恩。"这时回头再品味"多惭未报主人恩"这句诗，便会觉得其中有多少言外之意！这里的"主人"虚指明皇，却实影九龄。这样的心理分析不知当否？可惜我们已经无法起诗人于九泉之下而问之。

　　禅宗虽然"教人以忍"（《能禅师碑》），并没有教人朝秦暮楚。在王摩诘的"忍"里面，似乎有着某种"韧"劲。

第五章　诗家射雕手

一、首 次 出 塞

　　这回单车出塞要走很长的路。在无垠的黄土高原上，一辆马车好比一茎枯蓬，一阵风来就可以卷走。我从萧关出塞，雁儿已从胡地归来。

　　就在逍遥谷群英宴集时，大唐帝国西北角忽然升起狼烟，一场突发战争正在进行①。

　　凉州。兵营辕门大开，全副武装的唐兵拥着火红的"崔"字大旗，一支支甲兵汇成大军向南进发。戈壁滩的风干吼着，卷走了马蹄声、兵戈铁甲的碰撞声。队伍翻过积雪的祁连山，直下青海西，那已是深入吐蕃地界二千余里了。

　　草原上一片厮杀声，直至一轮惨红的夕阳也淹没在草浪中。得胜将军崔希逸勒马看着狼藉的战场，并无半点喜色。

　　虽说已是春天，草原月色还是那么冰冷。元帅的帐篷灯光彻夜不熄。河西节度副大使知节度使事崔希逸愧恨交加。这愧恨，不但来自对戒杀生的佛教的笃信，更来自这次偷袭是如此背信弃义！当初，是他崔希逸与吐蕃边将乞力徐相约："两国通好，何必更设军队

---

① 《通鉴》开元二十五年二月己亥条载，河西节度使崔希逸袭吐蕃。但有专家指出，是年二月无己亥，应为三月事。也就是与逍遥谷宴集同在暮春。

边防,妨碍百姓耕牧呢？请双方都撤走边防军。"乞力徐是个有经验有头脑的吐蕃将军,他回答道："常侍(崔希逸带散骑常侍衔镇守河西,故称之)您是位忠厚人,一定不会存心要欺骗我。不过,贵国朝廷未必就只听您的,万一有奸诈小人从中挑拨,唐军袭来,掩我不备,我将悔之何及？"可是乞力徐经不住崔希逸的再三要求,并杀白狗为盟,信誓旦旦,终于如约撤去守备。从此吐蕃境内畜牧被野,一片和平景象。

就像"墨菲法则"所说：如果有什么坏事可能发生,那么它就一定会发生。乞力徐不幸而言中,"交斗其间"的小人出现了。崔希逸有一回派遣随从人员孙诲入朝奏事,此人自欲求功,竟然向皇帝奏称吐蕃已撤守备,如果唐军掩击,必获大胜。此时的唐明皇正好大喜功,身边已无二张掣肘,便命内给事赵某与之返河西,审察事宜。这位钦差一到,就矫诏令希逸突袭吐蕃。于是有了这场背信弃义的战争,杀了吐蕃二千多人,乞力徐脱身逃走了。从此,吐蕃又绝朝贡,与唐军没完。

就在这一年,即开元廿五年(737)夏天,张九龄贬荆州。置于官小权不小的右拾遗位子上的王维,也借宣慰河西军队之名被李林甫支出中央,到荒远的凉州去。

说凉州荒远,并不是说凉州城荒凉。凉州就是现在的武威,是丝绸之路上河西走廊东部的重镇。它东接河套,北临沙漠,南连祁连,为关中屏障,河西都会。"凉州灯火十万家",唐时陇右二十三州,以凉州最大,是河西节度使驻地,七城,周二十里。唐三藏"西天取经"过凉州,说是："凉州为河西都会,襟带西蕃、葱右诸国,商旅往来,无有停绝。"有个"唐玄宗凉州观灯"的传说故事,道是明皇正月在上阳宫观灯,有彩楼二十余间,悬金挂玉,微风轻拂,叮咚成韵。但明皇还是觉得不稀罕。道士叶法善便作法将明皇凌空闭眼摄到河西上空,"既视,灯烛连百十数里,车马骈阗,士女纷杂,上称其盛者久之"(《广德神异录》)。后来派人去核实,凉州繁华果然如是。

有个叫王榮的还凑趣写下《玄宗幸西凉观灯赋》,云:"到沓杂繁华之地,见骈阗游看之人。千条银烛,十里香尘。红楼逦迤以如昼,清夜荧煌而似春。"我曾由河西走廊往敦煌去,经过武威,颇惊异这儿的文化在古代有那样的辉煌!汉代铜奔马(一名"马踏飞燕",近来有专家认为是风神飞帘的造像)就在此地的雷台出土,精美绝伦!而龟兹乐舞与西凉乐舞更是唐代最受欢迎的节目。其中著名的"胡腾舞"风靡一时,李端《胡腾舞》诗做了描绘:

> 胡腾身是凉州儿,肌肤如玉鼻如锥。
> ……
> 扬眉动目踏花毡,红汗交流珠帽偏。
> 醉却东倾又西倒,双靴柔弱满灯前。
> 环行急蹴皆应节,反手叉腰如缺月。

　　生气勃勃的西凉舞与传统的轻歌曼舞实在是迥异其趣,精通音乐的王维这下可饱眼福、耳福了!而与王维颇有关系的,则是"西凉使"表演的狮子舞。摩诘年轻时初任太乐丞,就因舞黄狮子事件被贬济州的。如今王维来到西凉,实地看到"刻木为头丝作尾,金镀眼睛银贴齿,奋迅毛衣摆双耳,如从流沙来万里"[1]的狮子舞,真是感慨系之。不过我们的诗人这会儿才刚走到萧关,离凉州还远着哩。虽然如此,塞上风景已经很快使他兴奋,倚马写了名篇《使至塞上》:

> 单车欲问边,属国过居延。
> 征蓬出汉塞,归雁入胡天。
> 大漠孤烟直,长河落日圆。
> 萧关逢侯骑,都护在燕然。

---

[1]　白居易《西凉使》。

这回王维单车出塞，要走很远的路。"属国过居延"，注家说是要经过附属国居延。居延属张掖，在凉州西北很远的居延海（张掖河注入此湖）附近，划归甘州，应不是仍旧保留国号的那种"属国"。况且从长安到凉州，是凉州先到，何必经过居延？所以这句意思是说：属国很远，要过居延那头才是呢！可见这次出塞的任务颇艰巨。在无垠的黄土高原上，一辆马车就好比一茎枯蓬，一阵风来就可以卷走。相伴的是天上迎面而过的雁阵：我才从这儿出塞，雁儿已从胡地归来。"大漠孤烟直，长河落日圆"是传世名句，大概是眼前所见心中所想加上往日的审美经验，妙手偶得。以结句"萧关逢候骑"看，是实写来到萧关。萧关在今甘肃平凉县境，古陇山关，就在蔚如水边上。蔚如水北入黄河，只是距黄河还很远，而此地周边也没什么大沙漠，所以我说是根据往日审美经验的一种即景想象。由此可见王维这回出塞远离那权力斗争的旋涡，是怀着怎样一种新奇的感受！"都护在燕然"是用典：后汉车骑将军窦宪破匈奴，登燕然山刻石纪功而还。燕然山是在今蒙古境内的杭爱山，同王维要去的河西不同方向，所以说只是用典，意思是：在萧关我遇到候骑（侦察兵），得知我军又获胜利的消息。

关于这次出塞的使命，在另一首题为《出塞》诗中有更明确的点明。诗题原注："时为御史，监察塞上作。"监察塞上就是使命。王维本任右拾遗，从八品上，现在外放稍稍提一下，监察御史是正八品下。监察御史有出使和巡按军戎的职责，这次看来是代表朝廷到塞上赏赐崔希逸的战功的。诗如下：

居延城外猎天骄，白草连天野火烧。
暮云空碛时驱马，秋日平原好射雕。
护羌校尉朝乘障，破虏将军夜渡辽。
玉靶角弓珠勒马，汉家将赐霍嫖姚。

唐人喜欢将自己比附于汉,所以老用汉代典故。这里的居延城我想也不是实指居延海附近的居延城,而是用汉武帝使伏波将军路博德筑遮虏障于居延城的典故,暗比当时河西节度使驻地凉州城。匈奴是汉代北方强敌,这里借指强悍的畜牧民族。护羌校尉,武官名,汉武帝置此官,持节防护西羌。破虏将军,也是汉代的武官名。辽河在东边的吉林,与西羌(古西域一族)相去甚远,这里只是要强调"夜渡"。史载崔希逸偷袭吐蕃,深入二千里,这就是"夜渡辽"之所指吧?"汉家将赐霍嫖姚",因汉代名将霍去病借谓崔希逸。这次监察塞上带有劳军性质是颇为明白了。

不过,李林甫让王维出使,显然主要目的是要将这位九龄帐下的右拾遗支开,而不是真想让他当个安稳的监察御史。所以,王维这趟差使完成后并没有回长安去,而是留了下来,当崔副大使的"判官"。这在《双黄鹄歌送别》原注中已标明:"时为节度判官,在凉州作。"由监察御史充节度使判官,或其他边帅幕府,这在当时并不罕见。如徐浩,《新唐书》本传就说是"进监察御史里行,辟幽州张守珪幕府"。而边帅又往往将自己的幕府荐到中央任职。这回王维以监察御史充崔希逸的节度判官,恐怕与老上司裴耀卿的介绍有关,因为崔于开元二十二年(734)充江淮河南转运副使,而转运使是裴耀卿。也许因为有这层关系,所以王维与崔希逸颇为融洽,秋天一到凉州,马上就为他起草各类文件,如《为崔常侍谢赐物表》就作于是年九月,接着又写了《为崔常侍祭牙门姜将军文》。还有一层因缘:崔是位"身在百官之中,心超十地之上"的奉佛将军。据《旧唐书·吐蕃传》说,希逸自偷袭吐蕃之后,以失信怏怏,后来回京师还在幻觉中看到与吐蕃乞力徐盟誓时所杀的那条白狗。大概正是这个原因,他一家子都做佛事祈求佛的保佑。现存王维文集中有《西方变画赞》《赞佛文》,就是为其家属写的。从中我们才知道崔希逸还让爱女第十五娘子出家。精于大雄之学的王维的到来,无疑使心事重重的崔希逸大为宽慰,他有了一位私人"牧师"。

在凉州近一年的边地生活,对王摩诘来说大体上是愉快的。主要是有新鲜感。《为崔常侍祭牙门姜将军文》写河西军事形势云:"带甲十万,铁骑云屯。横挑强胡,饮马河源……四方有事,誓死鸣毂。前有血刃,后有飞镞。其气益振,大呼驰逐。"写河西自然条件则云:"长天积雪,边城欲暮。"的确写出了河西特殊的氛围。据说,自第四纪冰期近 200 万年以来,祁连古海急速抬升,终于出现祁连山无数的耸天奇峰,犹如海潮起伏。即使是绿洲平地,海拔也在一千多米以上,能不寒凉? 凉州,大概就是取这寒凉的意思吧? 而就大唐帝国西北军事格局看,是以河西节度为主,与安西四镇节度、北庭节度构成鼎足之势,经营并控制西域,以此保护唐的西北地区,进而保护关陇地区。这就是以关中为本位的唐帝国的国策。所以无论自然条件或军事形势,王维在这里感受到的是最典型的"边塞"。后来,在天宝年间,王维有一篇《送高判官从军赴河西序》,犹自印象明晰地说:

> 然孤峰远戍,黄云千里。严城落日而闭,铁骑升山而出。胡笳咽于塞下,画角发于军中,亦可悲也!

"铁骑升山而出",是纯粹的感觉。盛唐诗评家殷璠曾经指出,崔颢"年少为诗,名陷轻薄。晚节忽变常体,风骨凛然,一窥塞垣,说尽戎旅"(《河岳英灵集》)。可见"一窥塞垣"对诗人们有多么大的影响! 如果没有亲临河西,一窥塞垣,风流儒雅的王摩诘又怎能写出下面这样风骨凛然的文字?

> 拜首汉庭,驱传而出。穷塞沙碛以西极,黄河混沌而东注。胡风动地,朔雁成行,拔剑登车,慷慨而别!(《送李补阙充河西支度营田判官序》)

不过,边塞生活并非一味慷慨、厮杀,它也有欢快的场面:

> 凉州城外少行人,百尺峰头望虏尘。
> 健儿击鼓吹羌笛,共赛城东越骑神。

王维向来对民俗颇有兴趣,贬济州时写的《鱼山神女祠歌二首》就是好例证。来凉州他依然乐于此道,不过这回写的是军中的祭神活动。越骑神,应是军队中尊奉的神。据胡三省《通鉴》注说:"越骑者,言其劲勇能超越也。"越骑神大概也就是骑兵们的偶像吧!这首题为《凉州赛神》的诗独特的地方是:将欢乐、自在的民俗活动置诸紧张、严峻的形势中。"凉州城外少行人",一开始就给人萧条的景象,这是由于敌人已近在咫尺——"百尺峰头望虏尘。"虏骑在望,健儿犹自从容赛神,不为所动。这大概就是尼采所谓的"拙于反应,一种高度的自信,无争斗之感"[1]。

诗人有时也到郊外去,看看当地居民祭祀社神的情景,留下《凉州郊外游望》诗:

> 野老才三户,边村少四邻。
> 婆娑依里社,箫鼓赛田神。
> 洒酒浇刍狗,焚香拜木人。
> 女巫纷屡舞,罗袜自生尘。

摩诘的确善于捕捉"这一个",第一联就将边地人口少的特点写了出来。然而凉州与内地毕竟是相沟通的,民俗也一样:"箫鼓赛田神。"顺便插一句,您可能没想到,据《新唐书》记载,当时凉州还是蚕桑发展的地区呢!该地产的白绫质量很好,既当贡品,又远销西

---

① 见周国平译《悲剧的诞生》,生活·读书·新知三联书店 1986 年版,第 349 页。

域各国。摩诘总是不动声色，您再看这句"焚香拜木人"，是不是有点幽默？当然，这里面并没有讽刺的意思，他只是颇精佛教"空"的理论，所以不以偶像为然耳。甚至在上面提到的那篇为节度使夫人写的《西方变画赞》中，开头就申明："净土无所，离空有也。"不过他对所谓的"净土"也不去做正面否定，他只是说："不住有无亦不舍。"既不执着于有，也不执着于无，也不抛弃二者，这才是佛家的"不二法门"哪！他这回仍是持这种态度来看赛田神的，所以对刍狗木人之类也看得津津有味。结句又使我们记起《鱼山神女祠歌》："女巫进，纷屡舞。"只是所说的"罗袜自生尘"，虽然用的是曹植《洛神赋》"凌波微步，罗袜生尘"的现成句子，但这乡村女巫岂是那洛水女神？"生尘"二字恐怕是实话实说吧？这又是一分幽默。摩诘的心情不错。

但毕竟是塞上，总有思乡的时候。这种情绪就从《双黄鹄歌送别》诗里透出：

> 天路来兮双黄鹄，云上飞兮水上宿，抚翼和鸣整羽族。不得已，忽分飞，家在玉京朝紫微。主人临水送将归，悲笳嗷唳垂舞衣，宾欲散兮复相依。几往返兮极浦，尚徘徊兮落晖。岸上火兮相迎，将夜入兮边城。鞍马归兮佳人散，怅离忧兮独含情。

这首诗题下原注："时为节度判官，在凉州作。"应是在凉州送友人还朝时的感触。鹄，天鹅。乐府古辞有云"飞来双白鹄，乃自西北来"。又云："五里一反顾，六里一徘徊。"而被匈奴拘留塞北的汉使苏武，其别李陵诗中也有黄鹄的意象："黄鹄一远别，千里顾徘徊。"又云："愿为双黄鹄，送子俱远飞！"看来以黄鹄、白鹄送别是"现成思路"了。不过王维还是赋予新意，让人与鹄共徘徊。特别是"宾欲散兮复相依，几往返兮极浦，尚徘徊兮落晖"，其形象便是"五里一反顾，六里一徘徊"的白鹄。"岸上火兮相迎，将夜入兮边城"，将特定的塞上环境渲染出来。摩诘的多才多艺的确令人惊讶,不但五、七言古、律皆精,像这种楚辞体也写得入神,连老是贬低他的南宋道学家朱熹也不得不表示佩服,推为独胜。明人许学夷也说他:"楚辞深得《九歌》之趣,唐人所难。"像这样一位"多面人",我们怎能老从"儒雅"的缝中窥之? 这次出塞,无疑使王维更成熟了,其人格内涵也更丰富了。

王维回朝廷的机会来了,却是以他最不愿意接受的方式——开元二十六年(738)五月,李林甫兼领河西节度使,以崔希逸为河南尹。希逸因为老被失信于吐蕃这件事所困扰,内怀愧恨,回京后不久便死去。

二、回看射雕处

> 刚健雄浑的边塞诗是王维不可或缺的一面,抽掉它岂不成了"扒骨鸡"? 有了这二十来首边塞之作,王维才真正是诗家射雕手!

王维现存边塞诗,宽打满算不过二十来首。但只有六首边塞诗流传的李颀,却每每被列为"边塞诗派",则王维与之相比更有资格称"边塞诗人"了——无论质量,还是在写作时间上的"先声夺人",与天宝年后才大写边塞诗的岑参相比,王维都应是盛唐边塞诗不容忽视的先导者,只是因为他的田园山水诗名气太大,掩盖了他边塞诗的成就耳。但要认识一根钢筋橡皮棒,只看到橡皮而不知裹在当中的钢筋能行吗? 边塞诗表现出来的刚健的风格就是王摩诘诗风里的钢筋。不知道王维的边塞诗,就难体会王维田园山水诗内在的气质。

盛唐人之为盛唐人,就在于他们生命色调的丰富。以诗人言,大多数盛唐诗人是既写边塞诗，又写田园山水诗，这是双刃刀的一体两面：边塞诗体现了诗人激昂的意气，飞扬的情绪；田园山水诗则体现诗人自在的志趣，稳定的内心。二者恰成诗人心理的两极，一则来自诗人强烈的感性动力，是主体情感之外射，体现诗人对外在事功之追求；一则更多的来自诗人内在的理性结构，是对客体的内化了的模仿，体现诗人对内心平衡的追求。盛唐诗人生命色调的丰富性往往显露在这上面。

摩诘的边塞之作大体上有三类：一是凭空想象，借历史题材来抒情言志；一是有实地观察，属纪实之作；一是经验加上想象，是"推想"之作。

先说第一种类型之作。摩诘凭空想象的边塞诗有些属青少年时代的作品，如《李陵咏》（题下原注十九岁作）、《燕支行》（题下原注二十一岁作）。还有些虽不能确定写作年代，但明显不是写某时某地某一件实事，如《从军行》《陇头吟》《少年行》之类，也是借旧酒杯浇新块垒的悬想之作。其重点不在反映边塞生活现实，而在于借重这种形式来言志。

借边塞诗的形式来言志，是有其历史的传承的。自秦汉以来，所谓边塞，主要是指从东北到西北那片无比广袤的地域。游牧人与农耕人在这片土地上长期进行战争。这里自然环境恶劣，暴风雪、毒日头、流沙、雪崩，倏忽万变。在灾变的挑战下，这里生存着的各民族培养起顽强的生存意志，及其适应艰苦环境的体魄。而作为农业文明为主体的华夏民族，则往往在这片土地上向游牧民族摄取粗犷而鲜活的生命力。显例如南北朝时代，北朝少数民族政权就向汉族输入尚武的风尚，这在北朝诗歌中有突出的表现：

李波小妹字雍容，褰裙逐马如卷蓬。左射右射必叠双。妇女尚如此，男子安可逢？（《李波小妹歌》）

新买五尺刀，悬着中梁柱。一日三摩挲，剧于十五女！

（《琅玡王歌》）

唐人长处正在南北混一，胡汉交融，既得华夏文化，又补充游牧民族的尚武精神。大唐创业名臣魏徵曾展望文坛前景，说：

> 江左宫商发越，贵于清绮；河朔词义贞刚，重乎气质……此其南北词人得失之大较也。若能掇彼清音，简兹累句，各去所短，合其两长，则文质斌斌，尽善尽美矣！（《隋书·文学传序》）

盛唐人得力于合南北之两长，故唐音可谓文质斌斌，尽善尽美。以边塞诗而言，传统边塞题材多是写久戍哀怨，思乡闺情。但大体说来，由于农耕的华夏王朝大多数处于受游牧族进攻的被动形势下，所以体现出来的总是抑郁不畅之气居多。只有到唐代，这种局面才明显改观，边塞立功成了许多士子出将入相的门径，边塞诗也就成了这类传奇与幻想的载体，诗人以边塞诗抒发志气理想成为风尚。也就是说，传统题材中写立功报君恩，写个体意气的一面被放大了，战争事件本身则被虚化了。所以尚未出边塞的青年王维的边塞诗能取得极大成功，广为传诵。如《李陵咏》《燕支行》《老将行》《陇头吟》《少年行》等，最能体现王维的"少年精神"，也就是最成功的"边塞诗"。试读这首《从军行》：

> 吹角动行人，喧喧行人起。
> 笳悲马嘶乱，争渡金河水。
> 日暮沙漠垂，战声烟尘里。
> 尽系名王颈，归来报天子。

似乎写了一次完整的战役。但这并不是具体的哪一次战役，而是盛唐许多边塞之战的抽象。征兵、出师、行军、沙场、献俘。盛唐王朝对少数民族的许多次战争属这种模式。"尽系名王颈"的目的主要是要"报天子"，满足唐玄宗好大喜功的欲望。诗人呢，则借此表达自己渴望建功立业的志气，未必真想亲历那"日暮沙漠垂，战声烟尘里"的险境。王维有一首《送赵都督赴代州得青字》诗，云：

> 天官动将星，汉地柳条青。
> 万里鸣刁斗，三军出井陉。
> 忘身辞凤阙，报国取龙庭。
> 岂学书生辈，窗间老一经！

　　写的是别人到边塞，但表达的是自家"报国取龙庭"的豪情。末尾一联传递的却是一千多年前盛唐士子的普遍情绪。还有一首《送刘司直赴安西》诗，云：

> 绝域阳关道，胡烟与塞尘。
> 三春时有雁，万里少行人。
> 苜蓿随天马，葡萄逐汉臣。
> 当令外国惧，不敢觅和亲。

　　前四句写的似乎是实景，有可能是王维在河西送人赴安西（今新疆维吾尔自治区）之作。后四句表达自己的看法：要像大汉帝国那样主动进击匈奴，"当令外国惧"，才是使中国安定的可靠办法——而不是什么"和亲"。这种调门，在经历种种挫折以后的天宝年间的王维是不会再唱了的。总之，这一首也是借边塞抒豪情之作。少年王维更是如此，所以《陇头吟》"长安少年游侠客，夜上戍楼看太白"（太白金星主兵象）的目光，是焦灼的渴望功名的目光，只有边塞立功才能体现侠少豪情，至于战争本身的目的似乎已无关紧要。正因其如此，所以有时诗人对战争的看法是一回事，写边塞诗抒发豪情又是一回事。如张说为朔方军节度大使时，曾奏罢二十余万边兵，又为相时曾奏请与吐蕃通和，以息边境，其抑边功的态度是明朗的。但在写边塞诗时却道是：

> 少年胆气凌云，共许骁雄出群。
> 匹马城西挑战，单刀蓟北从军。

> （《破阵乐》）

> 沙场碛路何为乐，重气轻生如许国。
> 人生在世能几时？壮年征战发如丝。
> 会待安边极明主，作颂封山也未迟。

> （《巡边在河北作》）

他同样是以边塞诗这一形式抒发"重气轻生"、"立功异域"的豪情壮志。所以读唐边塞诗，必须先区分开哪些只是用来抒发豪情的，哪些才是表明自家对战争具体看法的。比如下录王维这首《陇西行》：

> 十里一走马，五里一扬鞭。
> 都护军书至，匈奴围酒泉。
> 关山正飞雪，烽戍断无烟。

有人认为这是对戍卒的同情，是反战之作。其实不然，所写是汉武征和三年匈奴入五原、酒泉杀两都尉的历史题材，却又重点不在事件本身，只是截取事件最富包孕的一刻来抒情。你看，诗一开头，入眼的是快马递来紧急情报：告急！匈奴已围酒泉郡！为什么不用烽火示警？鏖战正危急，偏偏大雪纷飞，打湿了柴草竟升不起烟火来！真真是船漏偏遇打头风。诗至此戛然而止，置主人公于危境乃至绝境之中。绝境并非绝望，绝境中不会绝望才见英雄本色。

这就是唐人因难因险见奇气的审美情趣,是西方哲人尼采所谓的"强力意志""酒神精神"!青少年时代的王维,多写此类借历史题材凭空想象的边塞之作。第二章第三节已有详述,这里就此打住。

再一种类型是有实地观察的经验,属纪实之作。王维在凉州、榆林所作多属此类型。如《凉州赛神》《榆林郡歌》便是。不过王摩诘所谓"纪实",仍不弃想象。他有一幅《雪中芭蕉图》,是久负盛名的画。宋人沈括《梦溪笔谈》曾赞其"画物多不问四时,如画花往往以桃杏芙蓉莲花同画一景。余家所藏摩诘《袁安卧雪图》,有雪中芭蕉,此乃得心应手,意到便成,故造理入神,迥得天意,此难可与俗人论也"。"不问四时""得心应手,意到便成",是强调王维创作多凭想象。清人王士祯《池北偶谈》更推及其诗,说:

> 世谓王右丞雪中芭蕉,其诗亦然。如"九江枫树几回春,一片扬州五湖白"。下连用兰陵镇、富春郭、石头城诸地名,皆寥远不相属。大抵古人诗画,只取兴会神到,若刻舟缘木求之,失其指矣!

且不论《雪中芭蕉图》是否只是"不问四时",或另有寓意(第七章再作详论),"只取兴会神到"的确是王摩诘艺术创作的一个重要特征。上节所举《使至塞上》便是显例:萧关在蔚如水边,北入黄河,但距黄河还很远,周边也没有什么大沙漠,而燕然山同王维要去的河西也在不同方向上,但他仍然要说:

> 大漠孤烟直,长河落日圆。
> 萧关逢侯骑,都护在燕然。

这就是王摩诘的"兴会神到"。方士庶《天慵庵笔记》云:"山川草木,造化自然,此实境也。因心造境,以手运心,此虚境也。虚而为实,是在笔墨有无间。"将细节之"实",别构情感世界之"虚",正是王维边塞诗与田园山水诗共同的手法。王维的审美经验(包括亲历的经验与传承自前人的间接经验)是"实",但用之别构的想象之境是"虚"。于是有了第三种类型之作:经验加上想象的"推想"之作。

第三种类型诗如《送陆员外》:

> 郎署有伊人,居然古人风。
> 天子顾河北,诏书除征东。
> 拜手辞上官,缓步出南宫。
> 九河平原外,七国蓟门中。
> 阴风悲枯桑,古塞多飞蓬。
> 万里不见虏,萧条胡地空。
> 无为费中国,更欲邀奇功!
> 迟迟前相送,握手嗟异同。
> 行当封侯归,肯访南山翁。

九河,黄河下游分九道,故云。七国,指幽州,辖七郡国,故云。末句云"南山翁",是王维已隐至终南山之作,故知当时王维已有亲历边塞的经验,"阴风悲枯桑"云云,正是此类经验的再现,但用之于将往未往的陆员外,便是"推想"。当时是天宝年间,玄宗正穷兵黩武,所以王维不再讲"当令外国惧"、"尽系名王颈,归来献天子"之类的话,而是很有针对性地讲:"无为费中国,更欲邀奇功!"其反战旗帜非常鲜明。天宝年后的王维,是看透唐王朝症结的智者,不应一味以"消极"视之。

此类"推想"之作还有《送张判官赴河西》:

> 单车曾出塞，报国敢邀勋。
> 见逐张征虏，今思霍冠军。
> 沙平连白雪，蓬卷入黄云。
> 慷慨倚长剑，高歌一送君。

"沙平"一联应当就是据当年在凉州的经验推想而来的。这种"推想"之妙，全在写虚如实，如《少年行四首》之三：

> 一身能擘两雕弧，虏骑千重只似无。
> 偏坐金鞍调白羽，纷纷射杀五单于。

五单于，汉宣帝时匈奴内乱，分为五个单于。诗只是要写出少年豪情，并非纪实之作，但细节非常真实，"偏坐金鞍"将骑射绝技写了出来，历历如画在眼前。这与前人云"雕弓夜宛转，铁骑晓参驔"、"据鞍雄剑动，插笔羽书飞"之类泛泛虚写要感人得多。可知王维"诗中有画"与其有丰富的审美经验有关，其画面般的视觉性正来自他对事物真切的感受。

刚健雄浑的边塞诗是王维不可或缺的一面，抽掉这二十来首边塞之作，王维岂不成了"扒骨鸡"？有了这二十来首边塞之作，王维才真正是诗家射雕手！

三、浩然亭与《青雀歌》

青雀不是西王母的青鸟，所以吃不到玉山仙禾。不过总比那些在空仓库里唧唧喳喳争斗的黄雀要强些罢！

我们是从摩诘《送岐州源长史归》诗中得知他离凉州返长安的

信息的。诗题下注:"源与余同在崔常侍幕中,时常侍已殁。"一种悲凉的气氛顿时笼罩全诗:

> 握手一相送,心悲安可论。
> 秋风正萧索,客散孟尝门。
> 故驿通槐里,长亭下槿原。
> 征西旧旌节,从此向河源。

崔希逸是开元二十六年(738)五月回关中的,六月"伏猎侍郎"萧炅被任命为河西节度使总留后事。你想,张九龄下台与严挺之讥笑这位不学无术的家伙有关,王维还能再忍气吞声当他的判官吗?难怪在《王右丞文集》中就找不到有关萧炅的文章。

"秋风正萧索,客散孟尝门"。这年秋天,崔常侍已殁,幕府云散。孟尝君,战国时"四大公子"之一,齐国宰相,能礼贤下士,以门客数千闻名。从用典中,我们也可领悟到王维的监察御史充崔之判官,是有其志同道合的基础的。源长史也是散客之一。然而凉州归岐州(今陕西凤翔),不必经槐里,因为槐里是在长安西面的兴平县。看来源长史与王维本已回到长安,因崔常侍之死,源长史才要从长安返岐州而经槐里。

王维既然不愿为萧炅的判官,按惯例,崔常侍调河南尹时也可以推荐幕客到中央任职,所以王维回长安后如果不是升迁为殿中侍御史,至少也保留原来的监察御史。只是崔的逝去,使他稍稍复苏的心灵再次消沉下去。他于是又潜心于佛典佛事。开元二十七年(739)农历五月二十三日,他参加了道光禅师的葬礼,并为之写《大荐福寺大德道光禅师塔铭》。这位道光禅师早年是苦行僧,"入山林,割肉施鸟兽,炼指烧臂",后遇五台宝鉴禅师,遂密授顿教。王维自称"十年座下,俯伏受教",前推十年,即开元十七年,时摩诘为秘书省校书郎,是刚从济州贬谪地归来不久。这次回长安,也是从远地归来,心灵依然需要道光禅师加以慰抚,但禅师这回却无能为力了。"呜呼人天尊! 全身舍利在毕原"。

开元二十八年(740)对王维来说,是黑色的一年:农历五月七日,张九龄遭疾薨于韶州曲江之私第;接着因老友王昌龄谪岭南"垂历遐荒",后遇赦北归,至襄阳,与孟浩然相得甚欢。此时浩然因病疽(有云疽即今之脉管炎)且愈,本不该饮酒食鲜。但我说过这位孟夫子是见了好朋友连命都不要的人,哪能不宴饮一番? 终于因食鲜(一作食鳝),疽病复发而亡。

开元二十九年(741),王维知南选来到襄阳,真是"人事有代谢,往来成古今"(孟浩然句)! 面对岘山汉水,王维感慨万千,写下《哭孟浩然》诗。题下有注:"时为殿中侍御史,知南选,至襄阳作。"什么叫"南选"?《新唐书·选举志》告诉我们说,在洛阳选官叫"东选",在岭南、黔中选官叫"南选"。南选往往由中央派郎官、御史充选补史。南选又有两个地点,一在黔中,一在岭南之桂州。从王维经行路线看,是取道襄阳,下郢州、发夏口,往岭南桂州去的。《哭孟浩然》诗如下:

> 故人不可见,汉水日东流。
> 借问襄阳老,江山空蔡洲!

王维本来颇善"长歌当哭",留下《哭祖六自虚》《过沈居士山居哭之》《哭殷遥》等多篇,大都悲怆感人。其中如《哭殷遥》云:①

> 人生能几何,毕竟归无形。
> 念君等为死,万事伤人情!
> 慈母未及葬,一女才十龄。

---

① 《哭殷遥》同题二首,此引其长篇。其短章或题作《送殷四葬》。

> 泱漭寒郊外，萧条闻哭声。
> 浮云为苍茫，飞鸟不能鸣。
> 行人何寂寞，白日自凄清。
> 忆昔君在时，问我学无生。
> 劝君苦不早，令君无所成。
> 故人各有赠，又不及生平。
> 负尔非一途，痛哭返柴荆！

不必阐释，诗人的诚挚沉痛是不难感受到的。当时同作的储光羲也说："故人王夫子，静念无生篇。哀乐久已绝，闻之将泣然。"乃知"诗佛"岂是无情者，但不时而发耳。也许是浩然之逝毕竟已是一年前的事了，所以王维的哀伤已化为惆怅："借问襄阳老，江山空蔡洲！"

在襄阳逗留的日子里，王维还信步于汉江畔，即兴哦成《汉江临泛》五律一首：

> 楚塞三湘接，荆门九派通。
> 江流天地外，山色有无中。
> 郡邑浮前浦，波澜动远空。
> 襄阳好风日，留醉与山翁。

诗一气呵成，不觉其为严格的律诗。不过古人还是喜欢摘出颔联"江流天地外，山色有无中"，与孟浩然《临洞庭湖赠张丞相》的"气蒸云梦泽，波撼岳阳城"，以及杜甫《登岳阳楼》的"吴楚东南坼，乾坤日夜浮"这些千古名联作比较。元人方回《瀛奎律髓》就是这么说的："右丞《汉江临泛》诗中两联，皆言景，而前联尤壮，是敌孟、杜岳阳之作。"不过也有不买账的，如清人王夫之在《薑斋诗话》卷下批评说："若'江流天地外，山色有无中'，'江山如有待，花柳更无

151

私'，张皇使大，反令落拓不亲。""江山如有待"出自杜甫《后游》诗中，且不说它。单说王维这一联，摘出来看的确有"落拓不亲"的感觉，虚而不实。但是将它放在整体之中，这"虚"就不能说是缺点了。整首诗以江流为主，其他是客。你看一开头三湘九派迎面塞天地而来，空濛瀚郁，无头无尾，故有"江流天地外"这么个强烈的印象。为了衬出这个动态，山色也在云水里显得缥缈，甚至实实在在的郡邑在浪花翻腾中也给人漂浮的感觉。而这一切的关键，就在"波澜动远空"——滔滔滚滚的汉水！所以我说"诗一气呵成"，就是因为有这动态一以贯之。

　　说话间，王维的行舟已到郢州境内。据《新唐书·孟浩然传》称，"王维过郢州，画浩然像于刺史亭，因曰'浩然亭'"。后来又改为"孟亭"。孟浩然在后人心目中并非第一流的大诗人，可在当时却有很高的声望。李白曾说："吾爱孟夫子，风流天下闻。"又说："高山安可仰，徒此揖清芬。"（《赠孟浩然》）可见孟浩然在当时诗坛的地位。不过，大家爱孟夫子的为人恐怕还在爱孟夫子的诗作之上。浩然为人之真，不在李白之下。据孟浩然的老友王士源说，他是个"救患释纷，以立义表，灌蔬艺竹，以全高尚"的人，他将友情看得高于一切（包括自己的生命）。有一回，山南东道采访使韩朝宗（就是那个李白称之"生不用封万户侯，但愿一识韩荆州"的韩荆州）与浩然相约，趁韩入朝奏事时一起走，准备在朝廷好好宣扬一番孟浩然。到约定的那一天，浩然正好有几个好朋友来会，煮酒论文，恰到耳热之时。有人便提醒他："先生，您与韩公有约在先，可不能耽搁啊！"浩然听了很不高兴，便叱责道："宴饮已经开始，生当行乐，还管他别的什么事！"浩然又一次失去当官的机会，但过后他还是不后悔。"其好乐忘名如此"，王士源摇了摇头说①。

　　这位韩荆州与王维也有交谊，他为京兆尹时，因为在终南山买

_____

① 详见《全唐文》卷三七八王士源《孟浩然集序》。

别业欲避世，被贬为高平太守，再贬吴兴别驾，终于死在吴兴官舍。其实买山居避世只是个口实而已，背后的原因是他与李适之宰相亲近，为李林甫所中伤，构成其罪，与皇甫惟明、韦坚、裴宽等相继放逐[①]。天宝十载王维为之作墓志铭，为之褒赞，称其"所履之官，政皆尤异，黜陟使奏课第一"。又云："耻用钩距得情，好以春秋辅义。奏事尽成律令，为吏饰以文儒。"用的还是文治的标准，反对"罗钳吉网"式的酷吏统治。由此可见即使到天宝后期，王维也仍在内心深处守住二张文治的主张不变。这是后话。

却说摩诘来到郢州地面，应当地刺史之求，在刺史亭画下孟浩然像。这个亭呢，后来就叫"浩然亭"，晚唐时当地刺史郑诚说是贤者不宜直呼其名，又改叫"孟亭"。孟亭在白雪楼房，下临汉江，本来是取宋玉《对楚王问》"客有歌于郢中为阳春白雪之辞"而命名的，为了王维这一画才改了名，可见王维这画名气有多大！

宋人葛立方自称看过王维画的孟浩然像，《韵语阳秋》有记载：

> 余在毗陵（今江苏镇江），见孙润夫家有王维画孟浩然像，绢素败烂，丹青已渝。维题其上云："维尝见孟公吟曰：'日暮马行疾，城荒人住稀。'又吟曰：'挂席数千里，名山都未逢。泊舟浔阳郭，始见香炉峰。'余因美其风调，至所舍，图于素轴。"又有太子文学陆羽鸿渐序云："……余有王右丞画《襄阳孟公马上吟诗图》并其记，此亦谓之一绝。"

这幅流传至晚唐陆羽手的《襄阳图》未必就是在浩然亭所作的那一幅，不过画家一图数稿是常事，所画风貌应相去不远。据葛立方说，此图还有宋人张洎的题识，对图中形象做了描述说：

①　详见《旧唐书·李适之传》。

　　虽缣轴尘古，尚可窥览。观右丞笔迹，穷极神妙。襄阳之状，颀而长，峭而瘦，衣白袍，鞲帽重戴，乘款段马，一童总角，提书籍负琴而从。风仪落落，凛然如生。

　　虽然葛氏在下文提到他所看到的只是"俗工榻本"，但上引三题识应是摹工照抄原文，仍然可信。从题识上看，王维写真是下了功夫的，他先从孟浩然"日暮马行疾"等诗中去把握其内在的风神，并"至所舍"去摹写其形态，所以是形神兼备的人物写生。从张洎"颀而长，峭而瘦"，白袍骑马的形象描述看，的确是风仪落落，与孟浩然的老朋友王士源在《孟浩然集序》中描述浩然"骨貌淑清，风神散朗"的形象又何其吻合！只是不知王维何时"至所舍"去为孟浩然写真？有研究者认为，是在开元中王维浪游巴蜀，出峡经襄阳时所作。那时，浩然已游过吴越，王维看到的"始见香炉峰"诸句正是此游之作。说得也有道理，这段考据就留给考据家去忙吧。那么，王维在郢州刺史亭画的底稿是早已打过了的，此时触景生情，自然更有一番风采了。

　　郢州小住，王摩诘又顺汉水南行至夏口（今武汉市武昌），然后溯江而上，历湖湘至桂州（今广西桂林）。在夏口曾有《送封太守》诗存世。照《唐会要》卷七五的记载，岭南选"选使及选人，限十月三十日到选所，正月三十日内铨注使毕"。所以王维回长安该是明年春天的事了。

　　天宝元年（742），王维四十四岁。年纪增加一岁，官阶呢，也提了一点，由从七品下的殿中侍御史转为从七品上的左补阙。在李林甫手下能如此算不错了，连王维自己也解嘲说："累官非不试。"（《赠从弟司库员外绿》）不过自南选归来后，摩诘总觉得不遂心，日子过得窝囊。有时，他得陪李林甫作诗，如《和仆射晋公扈从温汤》，说些不着边际甚至违心的话。我看有不少"奉和圣制"之类的诗都是天宝年间无聊的应酬之作。比如这首《奉和圣制庆玄元皇帝像之作应制》：

> 明君梦帝先，宝命上齐天。
> 秦后徒闻乐，周王耻卜年。
> 玉京移大像，金箓会群仙。
> 承露调天供，临空敞御筵。
> 斗回迎寿酒，山近起炉烟。
> 愿奉无为化，斋心学自然。

　　这只能算是"砌了一堵语言"。天宝年间史书记载有两点明显的变化：一是记边功增多了，一是记神仙祥瑞增多了。以《旧唐书·玄宗本纪》为例，天宝元年春，有人上言"玄元皇帝（唐乾封元年追号老君为太上玄元皇帝）降见于丹凤门之通衢（大街上），告赐灵符在尹喜之故宅"。玄宗忙遣使到函谷关尹喜台去发掘那"灵符"，置玄元庙。天宝二年追尊玄元皇帝为大圣祖玄元皇帝。天宝三载武威郡上言：番禾县天宝山有醴泉涌出，岭石化为瑞莘。于是改番禾县为天宝县。玄宗也亲自参与造神。《通鉴》天宝四载条说，是年正月，玄宗对宰相说：朕甲子日在宫里设坛，自草黄素放在案桌上，俄飞升天，听空中语曰："圣寿延长！"真是白日见鬼。精大雄之学的王摩诘自然不信道家这一套，可他在诗里还是按部就班地说了些胡话。此后一直到天宝末，这类题材像梦魇般老纠缠着他。如天宝七载（748）所作《大同殿生玉芝龙池上有庆云百官共睹圣恩便赐宴乐敢书即事》诗，单看题目就知道内容之无聊。

　　不过，在风和日丽、朝廷斗争不甚剧烈之时，官也还是当得。《春日直门下省早朝》诗正写出他任补阙时的从容：

> 骑省直明光，鸡鸣谒建章。
> 遥闻侍中佩，暗识令君香。

玉漏随铜史，天书拜夕郎。

旌旗映闾阖，歌吹满昭阳。

官舍梅初紫，官门柳欲黄。

愿将迟日意，同与圣恩长。

"令君香"，指荀令君至人家坐，坐处三日香。王维对跻身佩玉腰金的上层士大夫之列不无满足之感。春日迟迟，梅紫柳黄，不禁让人联想起初唐宫廷诗人上官仪入朝，巡洛水堤，步月徐辔而吟："脉脉广川流，驱马历长洲……"从王维这首早朝诗，我们也多少领略到上官仪的那份自得的神态。然而这份心境并不常见，尸位素餐令王维心里很不是滋味。就在天宝元年王维任左补阙时，好友丘为来京应举落第。对此，王维很是内疚，写下《送丘为落第归江东》诗。诗最后一句说："知祢不能荐，羞为献纳臣！"祢，指东汉名士祢衡，字正平，因刚而傲，不为人知，只有孔融器重他的才能，上疏极力举荐。献纳，将意见、人才贡献给皇帝以备采纳的意思。王维当时任左补阙，其职责相当于古献纳，故自称是"献纳臣"。但上文说过，李林甫专权，言官无言，王维心情颇伊郁："羞为献纳臣！"这种苟且却不自安的矛盾心态，在《赠从弟司库员外绿》中有更充分的表白：

即事岂徒言，累官非不试。

既寡遂性欢，恐招负时累！

官虽然不时升迁，却不能遂性，又怕招来不称职的讥评，这就是天宝初王维的心情。

在朝廷和市井中，王维兄弟有几个好朋友，时而凑在一起作诗。天宝二年有一天，王维、王缙兄弟俩，约上"诗家天子"王昌龄，还有秀才裴迪，一起到长安城南的青龙寺去。青龙寺东道主是昙壁上人。大家在"北枕高原，前对南山"的青龙寺制高点放眼四望，"皇州苍茫,渭水贯于天地",孤烟渺渺,远树芊芊,顿觉眼空无物,万汇尘息,多少涤荡了一些官场的俗气。王昌龄一时诗兴勃勃,拣起一片石壁,要王维在那上面写序,大伙儿作诗。王维于是从命写了个序,每人作了一首诗。诗作得不怎么样,但作完诗都挺开心的,好比亲践了一番灵境。用王维的诗来表述,就叫:"眼界今无染,心空安可迷!"王缙则说是:"问义天人接,无心世界闲。"总之,青龙寺一游,烦恼一时涤净。顺便说一下,这仍是"北禅宗"的境界。

还有一回,王维兄弟又同卢象、崔兴宗、裴迪几个凑在一起。这回同咏的是《青雀歌》。就像《红楼梦》里宝玉、黛玉诸人的诗社,相同的题目总是咏出各人不同的心事来,王、卢诸公的《青雀歌》也各言其志:

> 青雀翅羽短,未能远食玉山禾。
> 犹胜黄雀争上下,唧唧空仓复若何?

这首是王摩诘写的。玉山,传说中神仙西王母所居之山,其上有仙禾,长五寻,大五围。青雀不是西王母的青鸟,所以吃不到玉山仙禾。然而总比那些在空仓里唧唧喳喳争斗的黄雀要强。不难体味出王维以青雀自喻,虽从事业上讲不得志,但比那些连进士也没中,连官也没得当的贫士要好些。事实上王维要走的亦官亦隐的道路,也就是青雀之路。

> 啾啾青雀儿,飞来飞去仰天池。
> 逍遥饮啄安涯分,何假扶摇九万为?

这首是卢象写的。卢象不但是摩诘的老友,其出处遭际二人也极相似。譬如说二人都以诗文振起于开元年间,都在开元年间登进士第,王维、崔颢、卢象三人曾"比肩骧首,鼓行于时,妍词一发,乐府传贵"(刘禹锡《卢公集纪》);张九龄执政,擢王维为右拾遗,又擢卢象为左拾遗;安、史乱起,二人都为敌军所执受职,晚年则都皈僧奉佛。所以卢诗表达意思与王维较相近,但多少还有点火气,"逍遥饮啄安涯分,何假扶摇九万为"也就是发牢骚,表示不愿往上爬如大鹏乘风扶摇而上九万里。难怪没过多久,就因名盛气高,少所卑下,而为飞语所中,左迁齐州司马。

> 林间青雀儿,来往翩翩绕一枝。
> 莫言不解衔环报,但问君恩今若为?

这是未来的相国,王维的老弟王缙所作。"绕一枝",据《唐语林》载,李义府八岁,号神童。有一次随唐太宗在上林苑玩,有人捉到一只鸟儿,太宗赐给义府。义府马上进诗,有云:"上林多许树,不借一枝栖。"太宗看这种神童鬼得可爱,就笑着说:"朕今以全树借汝!"后来义府相高宗。王缙诗中的青雀绕枝翩翩,其意还不明白?真是天从人愿,后来王缙果然也相代宗。

> 青扈绕青林,翩翾陋体一微禽。
> 不应长在藩篱下,他日凌云谁见心。

这是王维的内弟崔兴宗写的。崔这时没当官,但已有"羡鱼情",不过后来也只当到右补阙。

> 动息自适性,不曾妄与燕雀群。
> 幸忝鸳鸾早相识,何时提携致青云。

这要比薛宝钗柳絮词"好风凭借力,送我上青云"说得还白。不过作者裴迪求上青云是有前提条件的:"动息自适性,不曾妄与燕雀群。"他只求"鸳鸯"这些高贵的鸟,而不是"燕雀"之流来提携。在这一点上,他与王维是心相通的。

不管怎么说,这几个人有一点是很谈得来的,那就是隐居——全隐也好,半官半隐也好。所以他们又一起到崔兴宗林亭去,又写下一组歌唱隐逸生活的诗。其中写得最好的是王维:

> 绿树重阴盖四邻,青苔日厚自无尘。
> 科头箕踞长松下,白眼看他世上人。

"有道舒,无道卷",王维在天宝三载或略前些时候,终于下决心买下宋之问蓝田别墅,准备"科头箕踞"过一下亦官亦隐的生活——不料天宝四载就迁侍御史,又得到二次出塞的机会。

四、从塞北到南阳

王维对边塞上发生的是非心里明白,只是如今的摩诘"身心相离",想归想、做归做,不再有当年那份"所不卖公器,动为苍生谋"的执着了。

天宝四载(745)那年,王维四十七岁,迁侍御史,《大唐御史台精舍题名碑》就有他的题名。侍御史"掌纠察内外,受制出使,分制台事"(《通典》),所以在此任上王维又有了四处走走的机会了。这回出塞是朝北走,往今日内蒙古呼和浩特市方向。途经新秦郡,作《新秦郡松树歌》。新秦郡,《旧唐书·地理志》说是天宝元年王忠嗣奏请割胜州连谷、银城两县置麟州,其年改为新秦郡。又作有《榆林郡歌》。榆林即在新秦郡北,本为胜州,也是天宝元年复旧号为榆林郡。二郡都属于朔方节度使管内,主要任务是防御突厥。天宝初的朔方节度使是名将王忠嗣，天宝四载兼河东节度使，王维出塞正在王忠嗣任内。

王忠嗣是有唐名将，智勇全备的帅才。他专以持重安边为宗旨，常告诉左右人说："吾不欲疲中国之力以徼功名。"但他很注重选拔人才与战备，大将李光弼、哥舒翰都是他培养的将帅。后来因为不愿以数万士兵的生命为代价去夺取非战略要地的石堡城，为玄宗所不满。李林甫恐其出将入相，趁机使人诬告王忠嗣谋反，终于贬为郡太守，得暴病死，年四十五。当他还在朔方节度使任上时，曾于天宝元年成功地击败突厥，取其右厢而还。明年，再破突厥，自是塞外晏然。王维这次出塞，正是王忠嗣再破突厥，新置新秦郡的时候，其任务大概与上一次宣慰崔希逸的性质相似。虽然这次没有留下来当王忠嗣的幕府，却也建立了一定的友谊。天宝五载后，王忠嗣充河西节度使，王维集中有《送李补阙充河西支库营田判官序》《为王常侍祭沙陀鄯国夫人文》，都提到河西节度使王常侍，或许这位王节度使便是王忠嗣。

王维这回出塞已没有上回的新奇感，加上对朝政与日俱增的失望，使他再窥塞垣却少有风骨凛然之作，倒是增添了一层伊郁之气。当他的马车又出现在沙漠上，看着自己斜阳下那瘦长的影子，他觉得是如此孤单寂寞。忽然眼前一亮，一朵绿云就浮现在眼前：

> 青青山上松，数里不见今更逢。不见君，心相忆，此心向君君应识。为君颜色高且闲，亭亭迥出浮云间。

这就是《新秦郡松树歌》。真是"不可一日无此君"，才"数里不见"就害起相思来了。这亭亭迥出浮云的青松林是如此高闲，恐怕王维又勾起了对孟浩然或什么高僧的思念之情吧？或许只是对刚购置的辋川庄放心不下？不管怎么说，千里草原的春色也提不起王维的豪情来。当他继续北上来到榆林郡时，他抬头看到的第一眼依然是松树林：

> 山头松柏林，山下泉声伤客心。千里万里春草色，黄河东流流不息。黄龙戍上游侠儿，愁逢汉使不相识。

结句有点蹊跷。黄龙府在今长春北，是平卢节度使与室韦、靺鞨对峙的地段。可怎么那边来的"游侠儿"（军人）对"汉使"（朝廷来的使者）这么淡漠？这与上回出塞"萧关逢侯骑"，而"侯骑"（侦察兵）热心报告我军胜利消息相比较，何其一冷一热如此悬殊？如果我们知道了这时的平卢节度使兼范阳节度使是安禄山，也就不奇怪了。须知安禄山之所以能造反，与他辖下地区高度胡化有关。而这种胡化，是先从部队中大量使用蕃人或胡化了的汉人开始的。这当然是冰冻三尺非一日之寒，但诗人之所以为诗人，正在于能感受到哪怕是最轻微的波动。史言安禄山养"曳落河"（壮士）数千人，皆一可当百。"黄龙戍上游侠儿"也许就是"曳落河"之类？史又言，王忠嗣对这位邻居颇怀警惕。有一回，"安禄山城雄武，扼飞狐塞，谋乱，请忠嗣助役，因欲留其兵；忠嗣先期至，不见禄山而还。数上言禄山乱"（《新唐书·王忠嗣传》）。王忠嗣于天宝六载（747）夏辞去河东、朔方节度使；安禄山则天宝三载（744）三月始兼范阳节度使，雄武在其辖区，由此可推知此事当发生在天宝三至六载，大致是王维出使榆林前后。所以作为二张"文治"一派的王维，于此际感受到边塞异常气氛，并不是一件不可思议的事。难怪这回出塞气氛低沉，没留下什么激昂开朗的边塞诗来。

摩诘在侍御使任上最快意的莫过于南阳遇神会这件事了。南阳原名邓州（今河南邓县），天宝元年才改为南阳郡。就在这个县城的西北面，有个临湍驿。就在这个不起眼的小地方，曾发生过佛教史上可书一笔的佳话：神会和尚与王维侍御史、慧澄禅师于此语经数日。这数日的论道，使王维对生命的理解有了深刻的变化。

读者诸君还记得开篇提起过的"滑台大会"吗？就在开元二十二年(734)那次滑台(今河南滑县东)大云寺论定南宗正统的辩论会上，神会和尚那种不惜身命，不关名利的凛然之气，着实令人肃然起敬。摩诘对这位南宗传人自然心仪已久，这回出差到南阳，岂能不谋一面？于是摩诘便向南阳太守寇洋提起这事。寇太守恰好也是个奉佛的，便屈神会大和尚及同寺慧澄禅师来驿中晤面。

神会刚跨进院子，摩诘心中便咯噔一震：好个和尚！但见来者六十开外，虽清癯却昂然有气势，特别是袈裟衬托的那部胡须，飘然纷然，更增几分洒脱。神会虽朗声与寇太守应酬着，却也觑见王维骨清目秀，朗朗然一派儒雅气象，虽有当官的风度，却无当官的架子，不禁暗自点头："善哉，是乃有慧根者也。"

宾主坐定，一番寒暄，便渐入佳境。

于是摩诘起身合十道："大师，请教如何才是修道得解脱？"

神会微笑着，捋着胡须说："善知识！众生本自心净，何必修行？若更欲起心有修，即是妄心，不可得解脱。"

王摩诘听了大为惊愕，道："大奇！我向来听诸大德说法，都没有作如此说的。"

的确令人惊奇。禅不就是讲究禅定的吗？怎么起心有修反而是妄心？原来这位神会，是慧能晚年弟子，讲究的是自心佛性，不假修成，最反对北宗"凝心入定，住心看净"那一套修行方法。慧能有一偈说：

> 生来坐不卧，死去卧不坐。一具臭骨头，何为立功课？
>
> （《坛经》）

所以南宗禅强调的是"直指人心，见性成佛"，是顿悟法。神会将他的学习心得归结为"无念"："无念者，是圣人法，凡夫若修无念者，即非凡夫也。"所以任何有目的性、功利性的修行方法统统被认定为

"缚",不可能达到自由境界。比如说你若执着于"空",就会被"空"缚;执着于修净,就被"净"缚。反正你必须没有个执着处,不念有,不念无,不念善,不念恶,不念菩提,不念涅槃,乃至无一切境界,处于一种近乎空无的意识状态,这一不可言说不可思议的状态便叫"空寂""寂灭"。这与教人靠坐禅来"入定",多少借助外在约束(修行)的其他佛教宗派自然是大异其趣了,精熟各派说法的王摩诘听了神会的回答难怪要惊愕道"大奇"! 并回头对寇太守、张别驾、袁司马诸人说道:"原来这南阳郡竟然有这样的高僧,有佛法甚不可思议!"

寇太守看王侍御兴致上来了,便接口说道:"其实南阳各位高僧的主张也并不全同,比如这位澄禅师,就和神会禅师的见解不一样呢。"

"咦,又有怎样的不同呢?"王维果然兴致勃勃地问。

原来,澄禅师主张要先修定得定,然后发慧;神会则认为定慧俱等,若定慧等者,名为佛性。所谓"定慧等",是说禅定的定与智慧的慧是一非二: 定是清净心性,心性清净是慧。也就是说,澄禅师先定后慧是"二相",神会定慧等是"一相"。神会将慧的终极意义消解在定的过程之中,从而将禅修与禅境界直接打成一片。所以人只要进入禅定,也就同时获得了智慧。漫漫西天路在一念之转中,是为顿悟。说浅显些呢,就是要人自觉平息心中情感波澜,如古井无波,是一种无差别境界,也就是无思无虑的澄明心境。① 这对正处于谋官谋隐进退维谷的王维无疑是一帖清凉剂,为他选定亦官亦隐之路提供了哲学的依据,从而坚定了走这一条路的信心。这叫他怎能不兴奋地说"南阳有这样的高僧! 有佛法不可思议"! 离南阳返两京后,又怎能不逢人便说这一惊喜呢?

有政界手腕的神会当然不会不知道这位兼精大雄氏之学的才子的价值,由他来为南宗做宣传,在士大夫中将有多大的影响! 于

———

① 关于神会的"无念",参看葛兆光《中国禅思想史》第四章第二节,北京大学出版社1995年版。

是神会禅师以六祖慧能的入室弟子的身份,将撰写慧能祖师碑颂的大事拜托给王维。王维不负所托,后来精心撰成《能禅师碑》,此碑一直是我们研究慧能的最重要的第一手材料。从此碑文中,可见摩诘对南禅宗思想的把握与理解。碑文劈头便说:

> 无有可舍,是达有源。无空可住,是知空本。离寂非动,乘化用常。

　　这段话表明摩诘颇得般若学之要领。《维摩诘经》云:"以何为空? 空空。"既然连空也是空,还有什么有无的差别? 一切无非是幻,并无自性,所以不必执着。不但不执着于有,甚至不执着于无有。既然有是空,空也是空,一切并无差别,烦恼即菩提,净也就是染,得无住心,即得解脱。这也就是后来王维在《与魏居士书》中"知名空而不避名",不因空而舍有,不再陷入二元对立论中的依据。在南禅宗的思维里,没有否定,也没有肯定。他们将二元对立逻辑当成一件沾在身上的湿衣,极力要将它脱掉。所以禅宗不讲"不是这便是那",只讲"不是这也不是那,是这也是那"。既然净也就是染,烦恼也是佛性,那么对清净无垢境界的追求也就转向"无住心",一切随缘任运,走向自然适意。这也就是摩诘《与魏居士书》中追求的境界:"无可无不可,可者适意,不可者不适意也……苟身心相离,理事俱如,则何往而不适。"这是临湍驿的花所结的果子。
　　南阳临湍驿的晤面,不意竟成"语经数日"的长谈。更重要的是王维由此对生命的理解有了深刻的变化,其确立"无可无不可"、"身心相离"的生活态度,走"亦官亦隐"之路,不仅仅是什么"性格弱点",更是他在人生观上接受佛学空宗影响,是他对生命价值的一种理解的结果。事实上也是一代士大夫心理结构上的调整。大约就在王摩诘回洛阳、长安之后不久,也许与王摩诘逢人便说"南阳郡有好大德"不无关系,是年,神会和尚应兵部侍郎宋鼎之请,来到洛阳。这回的来势比滑台之会要猛得多,要知道洛阳乃北宗的老巢。神会又拿出当年滑台大会那种"不惜身命"的气概来,"直入东都,面抗北祖",极大地扩大了慧能南宗在二京的影响,"致普寂之门盈而后虚"。这是后话。

就在倡"无念"的神会在洛阳念念不忘"六祖"正宗地位,并为之而战的同时,身为朝廷命官且"累官非不试"的王维,却如苑咸所说:"应同罗汉无名欲,故作冯唐老岁年。"他正潜心于经营他的辋川别业,"身心相离"地过着他的"无可无不可"的日子。

说王维"累官非不试",也是实话。天宝五载(746),王维由侍御史转库部员外郎;天宝七载(748),又迁库部郎中。他那经过调整的"身心相离"、"无可无不可"的心理结构已相当适应亦官亦隐的生活,所以一面悠游于山居别业,写些几无人间烟火气的田园山水诗;另一面又从容于官场应对,心安理得地写些谁都不信谁都写的颂圣诗文,如《大同殿生玉芝,龙池上有庆云,百官共睹,圣恩便赐宴乐,敢书即事》诗,如《贺玄元皇帝见真容表》《贺神兵助取石堡城表》等。后面这一贺表尤其荒唐,竟然声称绛郡百姓"频见圣祖空中有言曰:'我以神兵助取石堡城。'"于是随之颂曰"伏惟开元天地大宝天地大圣文神武应道皇帝陛下,以道理国,以奇用兵,先天而法自然"云云。

石堡城是河西与吐蕃交接处的一座小城堡,其城三面险绝,只有一条小路可上。当年玄宗要王忠嗣攻石堡,王忠嗣称:"吐蕃举国守之,若顿兵坚城下,费士数万,然后可图,恐所得不雠所失。"玄宗很不满意,为了这事忠嗣后来差点被判死刑。天宝八载(749),玄宗又诏哥舒翰以朔方、河东十万之众攻石堡。

哥舒翰可是一员凶狠的战将。据史书说,他为人少恩,未尝恤士卒饥寒。有一回,士卒向使者哭诉衣服穿空,皇帝制袍十万以赐其军。可是你怎么也想不到:直到后来哥舒翰败死,那些袍子还藏在仓库里!据说他有一手绝招,就是使枪,追及敌人时,就将枪搭在其肩后,大喝一声,那人一回头,便一枪刺死,并趁势一挑,身首腾起足有五尺高，以此为乐。王维在《送高判官从军赴河西序》中，曾对此公有一段描画：

> 上将有哥舒大夫者，名盖四方，身长八尺，眼如紫石棱，须如猬毛磔。指挥而百蛮不守，叱咤而万人俱废。髳髯奋鬐，哮吼如虎，裂眦大怒，磨牙欲吞。不待成师，固将身先士卒；常思尽敌，不以贼遗君父。

让这样一个以斩尽杀绝为己任的武夫来攻石堡，自然是合适人选。一片墨浓的乌云压在石堡城上。然而吐蕃早有准备，只用数百人守堡，多贮粮食，积檑木滚石，与唐军大战。唐兵数万人无用武之地，屡攻不下。哥舒翰大怒，揪住裨将高秀岩、张守瑜，怒喝道："斩！斩！斩！"高、张二将叩头流血，请限三日，誓破石堡。这三日内，唐兵反复进攻，数万名唐军战士惨死城下，这才夺取了这座王忠嗣称之"得之不足制敌，失之未害于国"的小城。玄宗之黩武，哥舒之忍心，于此可见。但对这样的事，王维却迎合了昏君（玄宗于此际已从治世有作为的"英主"堕为十足的昏君了），大讲"神兵助攻石堡"的神话，实在令人惋叹！当然，王维本是二张主文治一派，对边塞发生的是是非非内心是明白的，只是如今的摩诘，已自觉要"身心相离"，想归想、做归做，不再有当年从张九龄时那份"所不卖公器，动为苍生谋"的执着了。

五、阳 关 三 叠

摩诘送别诗绝佳，一个重要原因是他在感受力还十分敏锐的青壮年时代，就已饱尝生离死别之果，有着浪迹萍踪的丰富经历供他酝酿为诗酒。

现代人或许对"死别"会有入骨之痛，而对"生离"却难能及古人深切体会之万一。在交通条件落后的情况下，"行万里路"可不是一个轻松的话题。什么情况都可能发生，生离距死别往往只有咫尺之遥。

"朋友"在唐代有着新的社会含义。科举制度有力地刺激了人才流动——不管是去考官还是去做官。动辄数千里，好一个大一统的唐帝国！

有人将上面这两种情感糅合起来提炼出诗意：

> 城阙辅三秦，风烟望五津。
> 与君离别意，同是宦游人。
> 海内存知己，天涯若比邻。
> 无为在歧路，儿女共沾巾。

这是初唐王勃的名篇《送杜少府之任蜀川》。与亲人送别古已有之，而唐代大量出现的与朋友送别的诗，应当视为一种新的人际关系。尤应注意的是，这种"朋友"关系是："同是宦游人。"直译过来就是：都是出门去求官的人。这岂不太庸俗了？别忙，让我们将它放回当时的历史情景里去。

六朝的用人制度是"九品中正"制，愈演愈烈，成了"下品无士族，上品无寒人"的惟门第是举的用人制度。出身寒门的士子终身受压抑，而士族豪门子弟不管人才多么平庸，也不愁没官当。所以，斯时最重要的人际关系莫过于血缘。唐帝国则对士子广开仕途，无论科举、边功、吏事、门荫，都可入仕，乃至通过隐逸造就名声，再接受征召，也能平步青云。于是乎唐代各阶层出身的士子纷纷奔竞于各条仕途，或万里从军，或各处游历干谒，求人荐举，或遍访名山，栖迟山林，造就名声，离家在外是"家常便饭"了。俗话说"出门靠朋友"，尤其是进士科举促使士子结为门生座主、同学朋友的特殊关系,同荣共进,利害相关,使"朋友"有了更丰富的内涵。《独异志》载,中唐有个宰相叫崔群,颇有清名。他的太太曾劝他买些田庄作为子孙的产业。崔群笑着答道:"我已购置三十所美庄良田,遍在天下哩!"崔太太不相信,说:"没听说过你有这些庄田。"崔群说:"你不知道,我前年当主考官,放春榜得进士三十人,这不就是我的美庄良田?"座主门生之间利益相关由此可见。同学之间也是如此。《旧唐书·杨嗣复传》说,杨嗣复与牛僧孺、李宗闵都是权德舆的门生,同学之间情义相得,进退取舍,多与之同。事实上庶族出身的士子没有公卿子弟那样的门阀帝胄的优势,也就是没有一张现成的在朝廷的关系网,所以他们为自身利益计,要用师生朋友这种新关系迅速结成一张新网,以对抗公卿子弟,保护自己的既得利益。初唐王勃的这首诗之所以为时人所重,正因其用近体诗的新形式写出了初出现的新人际关系的新内容,赋予送别题材以时代精神——"同是宦游人",对六朝惟重血缘的旧人际关系而言,无疑是历史的一种进步。综观整个唐诗,送别是最常见也最活跃、最易感人的题材。而王摩诘于此道独树一帜,其歌送别尤为人所传诵,是其诗歌创作的一个重要方面,于此专辟一节介绍应不为过。

摩诘送别诗之所以绝佳,除了他的音乐天分使他的送别诗易入乐易传诵之外,更重要的原因还在于开元年间的王维尚处于感受力十分敏锐的青壮年时期,却已饱尝生离死别的苦果,有着说不尽的浪迹萍踪的丰富经历,供他酿那诗酒。音乐才华、丰富的经历,加上敏锐的感受力,是摩诘送别诗成功的关键。尤其是济州之贬、张九龄下台、二次出塞,使之送别友人之情更觉深沉。

王维歌唱送别最负盛名之作莫过于《送元二使安西》。不过,管它叫作"渭城曲"、"阳关三叠"大家会更熟悉些。诗原文如下:

渭城朝雨浥轻尘,客舍青青柳色新。
劝君更尽一杯酒,西出阳关无故人。

　　这是送一位朋友去安西(指安西都护府,在今新疆维吾尔自治区境内)所写的绝句。阳关,在玉门关南,故址于今甘肃敦煌县西南。阳关正是这首诗的关键词,不妨称之为"诗眼"。全诗只四句,却用了两句来写眼前的春色。待到"西出阳关",才显出前二句的铺垫作用——阳关外是千里万里的戈壁荒原。朝雨柳色,与未经写出的阳关外的沙漠作了"缺席"对比。紧接着"无故人"三字,更是使人面对着浩渺的寂寞,从而反衬出"故人"情谊之可贵。有了"阳关"这一特定的地理分界线,才让人感到这杯离别酒的分量有多沉。除此之外,"阳关"二字还有其特定的历史文化的内涵。自汉以来,阳关及其北面的玉门关,一直是通西域的重要关隘,"丝绸之路"出敦煌便分为南北两线,南线出阳关沿塔里木盆地南沿西行,北线出唐玉门关后经伊州沿天山北麓西行,两线于疏勒镇(今新疆喀什)会合,向西至波斯、大食等地。阳关与玉门成了丝绸之路上的重要标志,标志着内地与西域的分界。所以王摩诘要说"西出阳关无故人",王之涣要说"春风不度玉门关"。唐人一提到这两个"符号",思路便好比子弹上了膛,准备朝边塞发射。然而王维在这里只是不动声色地提起阳关,绝无清代谪戍新疆者的痛心疾首,甚至没有同代人那种虚张声势,他只是自然而然有意无意般地提到它,将生离死别化为"无故人"的遗憾。事实上盛唐人出玉门、出阳关的,并不是谪官逐臣,而多是些想建功立业充满幻想的文人武士。所以王维轻轻提起的阳关,并非阴阳界,并非绝望地;它是阳关大道,是士子奋争之域,拼搏之区。然而"无故人"三字又擦掉了盲目乐观,它毕竟是艰险的地方。这就将人们复杂的友情圈了出来,使各色人等的种种情绪都纳入这首诗中。难怪后人会爱不释手,不断地增写、重谱这首诗,反复地吟唱。阳关早被风沙扫平不见遗迹,而诗中的阳关却仍然屹立,经历了多少沧海桑田!于是乎《送元二使安西》嬗变为《渭城曲》,为《阳关三叠》,为"阳关连环三叠""移宫阳关","三换头阳关","阳关四叠","阳关依依三叠","阳关三叠琴操"……①这首送别曲不但为我国人民所喜爱，还传至高丽、日本诸国，可见其反映的情感有着广泛的感染力。也可以说是王维最善于捕捉人们心灵深处共通的感情。兹将经后人演绎补写的《阳关三叠》配曲附于下，以便读者借此一窥唐人风采②。

阳关三叠

1 = A 2/4　　　　　　　　　　　　　　　　　　古曲

5. 6　1　2　| 3/4 2　6. 1　3 2　| 4/4 1 2 2　- | 5. 6 5 3. 5　3 2 1 |

清和节当　春,渭城朝雨　浥轻尘，　客　舍青　青柳

3/4 2 3 2　- | 4/4 1　6. 6. 6. | 5 6 6　6. 1 3 2 | 1 2 2　- |

色　新。　劝君更尽　一杯酒,西出阳关　无故人!

3/4 2. 1 6 1　1 | 4/4 6 6. 6 6. | 3/4 6. 5　6 5 6 3 | 3　2. 1 6 1 |

霜　夜与霜晨，　遄行遄行，　长　途越渡　关　津。惆怅役此

4/4 1　- 3. 1 | 2　- 3. 1 | 3/4 2　- 3 3 | 4/4 1 2 6. 5 | 6　- 6 5 |

身，历　苦辛,历　苦辛，历历　苦辛宜　自珍，宜自

3/4 6　- | 2/4 6. 1 2 1 | 3/4 3 2 2 | 4/4 5. 6　5 3 5 3. 5 3 2 | 1 2 3 2　- |

珍。　渭城朝雨　浥轻尘，　客　舍青　青　柳色新。

1 2　1　6 7 6 5 4 | 5 6　5　- | 1. 2　3 5　3. 5 3 2 | 1 2 3 2　- |

劝　君更　尽一杯酒，　西出阳　关　无故人!

5 5 3 5 | 3. 5 3 2　2　2 3　3 1 | 1. 3　2. 1　6 1　1 |

依依顾恋　不　忍离，泪滴沾　巾。　无复　相辅仁。

① 见任半塘《唐声诗》下编,上海古籍出版社,第 434—437 页。
② 此曲谱见于陕西人民广播电台的《古曲欣赏》,转录自吴肃森《论王维诗歌的音乐美学特质》,《王维研究》第 2 辑,三秦出版社 1996 年版,第 124—125 页。

6̲ 6 . 6̲ 6 . |³⁄₄6̲5̲ 6̲5̲6̲3̲ | 3 2̲.1̲ 6̲1̲|⁴⁄₄1 - 3 . 1̲ |

感怀，感怀，　思君十二　时辰,参商 各一　垠, 谁 相

2 - 3 . 1̲ |³⁄₄2 - 3̲3̲ |⁴⁄₄1 2 6̲ . 5̲ | 6̲ - 6 5̲ |渐²⁄₄6 - |

因, 谁 相　因, 谁可　相因? 日　 驰神, 日 驰　神。

6̲ . 1̲ 2̲1̲ |⁴⁄₄3 2 2 - | 5̲.6̲5̲ 3̲5̲ 3̲.5̲3̲2̲| 1̲2̲3̲2̲ - |

渭 城朝雨　浥轻尘,　客　舍青 青　柳色 新。

1̲2̲1̲ 6̲7̲6̲5̲4̲ |³⁄₄5̲6̲5̲ - | 1̲ . 2̲ 3̲5̲ 3̲.5̲3̲2̲|⁴⁄₄1̲2̲3̲2̲ - |

劝君更 尽 一 杯酒,　西出阳 关　　无故 人!

³⁄₄2̲.1̲6̲1̲ 1 |⁴⁄₄6̲ 6̲ . 6̲6̲ . |³⁄₄6̲.5̲6̲5̲6̲3̲|⁴⁄₄3 5̲6̲1̲6̲5̲6̲1̲|

芳草遍如茵, 旨酒,旨酒, 　未饮心已 先 醇。载驰，　载驰，

²⁄₄6̲5̲ 3̲.5̲5̲3̲2̲ |³⁄₄1̲1̲.3̲.5̲5̲3̲2̲ |⁴⁄₄2̲2̲.1̲1̲ 6̲6̲|

　何日　言旋　轩辚?能 酌几 　多巡! 千巡 有尽,

1̲1̲ 2̲2̲ 3̲.5̲ 3̲2̲ 2̲|³⁄₄2 - 3̲2̲|2̲3̲2̲ 3̲2̲|2̲ 2̲.1̲ 6̲1̲|

寸肠难泯,无 穷 的伤感,楚 天湘水 隔远 滨,期 早托鸿

⁴⁄₄1 - 3 . 1̲ | 2 - 3 . 1̲ | 2 - 3̲5̲ 3̲ 1̲|³⁄₄2 6̲ . 5̲|

鳞。尺 素 申,尺 素 申, 尺素频 申如 相

⁴⁄₄6 - 6 5̲ |³⁄₄6̲ - |²⁄₄3̲ 2̲1̲|³⁄₄6̲.6̲6̲1̲2̲1̲|⁴⁄₄3̲2̲2̲ - -|

亲, 如 相 亲。 噫! 从今 一 别,两地相思　入梦 频,

3̲3̲3̲ - - |³⁄₄2 - - ‖

闻雁来　　宾。

演绎后的"古曲"似乎反而减少了王维诗酒的至醇,将"劝君更尽一杯酒"中含有的勉励成分减少了,且失去那份平静自信的从容。但无论如何,友情至味还是大部分保存下来了。是不?

是的,王维送别诗有一种特殊的温厚情怀,是"温柔敦厚"诗教与盛唐人平静自信心态结合的产物。沈德潜《唐诗别裁》卷一评摩诘《送綦毋潜落第还乡》诗云:"反复曲折,使落第人绝无怨尤。"正是点出其送别诗"温柔敦厚"的特点。关于这首诗,我们在第三章第一节已作过分析,这里只想补充一点:诗末联说"吾谋适不用,勿谓知音稀",固然是劝慰之词,将落第归诸偶然——"适不用",但也是唐人特有的自信,虽未必有李白"天生我材必有用"的强力,但隐隐然不必以此挂怀。事实上綦毋潜蹶而再起,于开元十四年(726)进士及第,应了王维的预言。还有一首也是送落第生的诗——《送丘为落第归江东》。诗云:

> 怜君不得意,况复柳条春。
> 为客黄金尽,还家白发新。
> 五湖三亩宅,万里一归人。
> 知祢不能荐,羞为献纳臣!

这首诗与上一首不同,并无"反复曲折",只是从第一句起便不讳言落第之苦,愈转愈深。黄金已尽,白发新添,接下来一串数量词的对比,更显得落第人儿的孤苦凄清。结句则不是劝勉,而是自责。本章第三节我们已提到过,其时王摩诘为左补阙,职责是献纳意见与人才,但当时奸相把持朝政,故"知祢不能荐",虽知祢衡之才,也无孔融荐才之力,因而深深自责:"羞为献纳臣"。其宅心忠厚便在于此,而对方心中不平衡也当于斯减少,以毕竟有知音为慰。所以虽无"反复曲折",仍可归乎"使落第人绝无怨尤"。

"把自己摆进去"是王维送别诗成功的一个重要原因。不妨再举一首也是送落第生的诗为例——《送孟六归襄阳》。这首诗是送好友孟浩然的。因为孟是王的好友,且是"年四十始来游京师,应进士不第"(《旧唐书·文苑传》),在这种前提下,王维从实际出发,说了贴心话,认为还是算了,回家过隐居日子好。但他先从自家说起:

> 杜门不欲出,久与世情疏。
> 以此为长策,劝君归旧庐。

我们在第三章第三节曾提到过此诗,指出当时王维自己尚落拓,只当个小小的校书郎,"杜门不欲出"是实话。于是从此"长策"出发,他"劝君归旧庐",而不是一味以"来日方长"相勉。接下来,他为孟六着想:

> 醉歌田舍酒,笑读古人书。
> 好是一生事,无劳献子虚!

他太了解"风神散朗"的孟六了!对四十岁了的孟浩然来说,既然一发不中,就拉倒过闲散日子为好,更合天性自然。由于将自己摆进去,孟浩然想必是听得进去。事态发展证明摩诘是对的,孟浩然后来虽然有韩朝宗推荐的机会,也主动放弃了。《送綦毋校书弃官还江东》也是用这种推心置腹的口吻:

> 明时久不达,弃置与君同。
> 天命无怨色,人生有素风。
> 念君拂衣去,四海将安穷!
> 秋天万里净,日暮澄江空。
> 清夜何悠悠,扣舷明月中。
> 和光鱼鸟际,澹尔兼葭丛。

> 无庸客昭世,衰鬓日如蓬。
>
> 顽疏暗人事,僻陋远天聪。
>
> 微物纵可采,其谁为至公?
>
> 余亦从此去,归耕为老农。

　　开头两句马上将自己与对方置于同一境遇之内,并以"天命无怨色"——不怨天尤人作为共同的人生态度,在此基础上展开对綦毋潜弃官后生活的想象。"和光鱼鸟际,淡尔兼葭丛"一联是"人生有素风"的具体显示,也是对此种无所求的生活的写照与欣赏。再以下六句可说是对当时天宝年间朝廷用人不公所发的牢骚,只是措辞并不尖锐激烈。结句又将自己摆了进去,表示将与对方同道,走同一条路线。整首诗既是讲对方,也是谈自己,给人以亲切感。

　　这种密切感有时来自对话的口吻,语浅而意深情笃。如《送别》诗:

> 下马饮君酒,问君何所之?
>
> 君言不得意,归卧南山陲。
>
> 但去莫复问,白云无尽时。

　　前两联一问一答,只是陈述句,后一联才是针对"何所之"的抒情:"你不必问我去哪里,你看远处青山云起云飞没个了时(我就深藏在那白云深处)。"至此,竟分不清是被送者还是送者的情绪。摩诘总是这样不知不觉地站到被送者那一边去,做到真正的"推心置腹"。如《送友人南归》:

> 万里春应尽,三江雁亦稀。
>
> 连天汉水广,孤客郢城归。
>
> 郧国稻苗秀,楚人菰米肥。

悬知倚门望，遥识老莱衣。

从第一句到末一句，都是"悬想"，将对方南归一路情景历历写出，娓娓道来，就像是自己南归。末句写出别者老母倚门而望的情景，不容对方不动容也。有时，这种"悬想"是以"设想"的方式出现的，如《送河上段十六》：

与君相见即相亲，闻道君家在孟津。
为见行舟试借问，客中时有洛阳人？

将别后相思设想为见行舟而探友人之消息，不禁让人记起崔颢《长干行》云："君家住何处？妾住在横塘。停船一借问，或恐是同乡。"王、崔二人开元年间常被相提并论，的确是棋逢对手，这二首诗实在是同一机杼。王夫之《薑斋诗话》盛称崔诗"墨气所射，四表无穷，无字处皆其意也"，王诗也应享受同等待遇。

王摩诘的"悬想"总是建立在对朋友有深刻了解的基础上。这种了解，有时是深入其内心的。如《送丘为往唐州》，诗云：

宛洛有风尘，君行多苦辛。
四愁连汉水，百口寄随人。
槐色阴清昼，杨花惹暮春。
朝端肯相送，天子绣衣臣。

"百口寄随人"是为对方设想，将"君行多苦辛"具体化了。古代一人当官，往往要养活一个家族，所以有"百口"之说。你看，摩诘为对方想得多周到。不止如此呢，下面那句"杨花惹暮春"，更是直入人心，将游子心灵深处的细微怅触也勾画了出来。孙光宪也有"六宫眉黛惹春愁"之句。"惹"字之妙，就在于表达出游子、宫娥敏

175

感的情绪,任何细微的波动,甚至美好的春色,也会引发愁绪来。所以宋人张戒《岁寒堂诗话》会说:"摩诘古诗能道人心中事,而不露筋骨。"不但古诗,近体诗也一样,摩诘诗大都善于言情,且能道人心中事,并于推心置腹之中与人作情绪上的交流,这才是王诗不可及之处呢!

于具有鲜明个性的同时,王维送别诗也饱含时代的气息,仍能体现"盛唐气象"。试读这首《送沈子福归江东》:

> 杨柳渡头行客稀,罟师荡桨向临圻。
> 惟有相思似春色,江南江北送君归。

春色浩荡,无处不在,连相思也如此壮观,除了盛唐人,的确不易发此奇想了。至如《送赵都督赴代州得青字》诗,更是典型的盛唐之音:

> 天官动将星,汉地柳条青。
> 万里鸣刁斗,三军出井陉。
> 忘身辞凤阙,报国取龙庭。
> 岂学书生辈,窗间老一经!

从王维送别诗中,我们也可以遥想唐人多么宏放,那是怎样的一种艺术情怀! 同样是生离死别的题材,在唐人手中自有其独特的处理。

第六章 亦官亦隐的日子

一、天 宝 时 世

天宝年间帝国的大势,加上母亲的辞世,使摩诘心头罩着的那层孤寂又卷土重来,好比风拂开池塘水面,很快又被浮萍合拢。

就在哥舒翰以数万名士兵性命夺取石堡的天宝八载(749),唐明皇带着百官视察大明宫左藏库。嗬! 巨大的左库中宝货山积,帑藏充牣,实在是旷古未有。这是杨贵妃娘娘的堂兄弟给事中专判度支事杨钊(后赐名国忠)的杰作。这个至少跟李林甫一样糟糕的家伙颇善敛聚。是时州县殷富,仓库积粟帛动以万计。杨钊便奏请所在粟变为轻货,及征丁租地税皆变布帛输京师,所以京师库藏如此丰衍。明皇看了龙颜大悦,当下就赐杨钊紫衣金鱼。但这一着不打紧,皇上自此视金帛如粪土,赏赐贵宠之家出手更大了。有一次,皇上命有司为边帅安禄山治府第于亲仁坊,告诫说:"这胡儿眼高,千万别让他笑话我。"于是但穷壮丽,不限财力,竟至连厨房马厩也都饰以金银! 而宫廷中宫女多至四万名,单杨贵妃一人,就有专为她织绣的工匠达七百人。皇家消费之巨可知。

不过说实话,天子库藏丰衍本来并不一定是什么坏事,问题出在当时的体制无法使财政管理合理化,财富的集中不见得有利于强国,只能是助长专制君主的奢侈心,用于皇室无节制的消费,使整个官僚机构更加速地腐化。就以边防作为例子吧,玄宗于天宝元年(742)置十节度使,镇兵四十九万人,马八万匹。由于朝廷不是采用军、政、财分开的办法,国财物资、边区财政也不是由中央调拨,而是让节度使集军、政、财于一身,自己去屯粮制械招兵买马,造成军阀的自给自足的独立性。所以厅藏盈满却不用以供应边防,失去调控的主动权。反之,像安禄山这样"解六蕃语,为互市牙郎",掌握重兵为征集物资的方法的人便成为独当一面的大帅,不易替代。① 府兵制堕坏,召募制又使得边兵更强悍,如安禄山私募"曳落河",尽是亡命之徒与外族悍将。反之,中央直属的彍骑,天宝以后应募者尽是些市井无赖,未尝习兵。由于承平日久,议者多主张中国可销兵器,社会风尚也以子弟为武官为不齿。这样一来,造成边防重而朝廷轻的局势,为叛将提供了得逞的有利条件。

皇帝,在封建中央集权制中,本来有着"政治平衡器"的作用,然而唐玄宗在天宝年间自动放弃了。有一天,明皇从容谓高力士说:"朕不出长安近十年了。如今天下无事,朕想将所有政务都交给李林甫去负责,自己便可以高居无为了。你说这主意怎样?"高力士忙回答说:"千万不可! 天下大柄,不可借人。一旦威势既成,谁还敢再议论他呢?"皇上听了满脸不高兴。力士赶紧顿首,自己骂道:"该死的奴才发狂言,罪当死! 罪当死!"明皇既然懒得主持政务,李林甫便可以一手遮天,宰相不再是过去那种"委员会"的性质,而是李林甫一家说了算。天宝年间于是发生了一系列的清洗,一批又一批太子、驸马、王公大臣、将帅官吏被杀戮、贬斥,朝廷官僚被暴力吓倒了,正气上不来,大厦之倾,指日可待。

这就是天宝年间帝国的大势。

就在这样的形势下,诗人李白以其诗人的直感,深知"弱植不足

---

① 关于中央财政与边防关系的论述,参考黄仁宇《赫逊河畔谈中国历史·九重城阙烟尘生》,生活·读书·新知三联书店1992年版。

援"，早于天宝三载（744）就离开朝廷飘然而去；杜甫呢，也在天宝十载（751）写出《兵车行》，对玄宗的穷兵黩武进行无情的鞭挞。王维走的则是亦官亦隐的路，既不远离污浊的官场，但也不投入李林甫、杨国忠之流的怀抱，他敷衍着，只在山水田园的徘徊中取得心理的平衡。

天宝九载（750），王维五十二岁。这年春天，王维的母亲崔氏逝世。按唐人的惯例守丧三年，实际只有二十五个月。但尽管如此，对母亲感情甚深的王维于居丧期间已是形销骨立，殆不胜丧。特别是母亲的辞世，使他想到妻儿的早逝，如今只剩下孤身一人，不禁凄然泪下！守丧的日子使他消瘦了许多，背也驼了好些，头发更是花白如下了一层霜。好在天宝初他已买下宋之问的辋川别业，这回正好派上用场，供他在丁忧期间徘徊。四时荷花，半亩池塘，都使他孤寂的心有所安顿。蓝田离长安不远，同事们休沐的日子里有时也结伴来看看他，在庄园里切瓜打枣的，一时间倒也使摩诘忘却了悲哀。然而朋友们很快就走了，登车上马，倏忽已是荆门闭而尘埃落。摩诘心上罩着的那层孤寂又卷土重来，就好比被风拂开的池塘水面，很快又被池萍合拢。他有一首《酬诸公见过》诗，写的就是"时官出在辋川庄"（题下原注）时的那份心情：

　　　　　　　　嗟余未丧，哀此孤生。
　　　　　　　　屏居蓝田，薄地躬耕。
　　　　　　　　岁晏输税，以奉粢盛。
　　　　　　　　晨往东皋，草露未晞。
　　　　　　　　暮看烟火，负担来归。
　　　　　　　　我闻有客，足扫荆扉。
　　　　　　　　箪食伊何，副瓜抓枣。
　　　　　　　　仰厕群贤，皤然一老。
　　　　　　　　……

山鸟群飞，日隐轻霞。
登车上马，倏忽雨散。
雀噪荒村，鸡鸣空馆。
还复幽独，重欷累叹！

　　同事们走了，却留下几条令人不安的新闻：听说杨贵妃的姐姐韩国夫人、虢国夫人、秦国夫人与杨国忠几家夜游，在西市门与广平公主争道，杨家恶奴竟挥鞭及公主衣，公主吓坠马下，驸马程昌裔去扶，也挨了几鞭。公主向玄宗泣诉，结果反被免了程驸马的官，不再让他朝谒了。从蜀地还传来消息说，剑南节度使鲜于仲通讨南诏，结果大败于泸南，士卒死者六万人！近日两京正分道捕人当兵，连枷送军营去，父母妻子送行，哭声振野。听说在长安客居的狂生杜甫，还写了一首《兵车行》影射此事，广为传诵呢。这些消息都让王维感到忧烦，他无奈地摇了摇头，又捧起案上的《维摩诘所说经》，燃了几炷香，便虔诚地阅读起来。夜色正浓，只有竹林外山泉潺潺的乐声衬得夜更静、更深。

　　天宝十一载(752)三月，王维服阕被召回朝廷，拜吏部郎中，当年又改吏部为文部。这年冬天，在相位十九年，作恶多端的李林甫终于死了。但没等王维舒一口气，接任的杨国忠已经开始对朝臣们颐指气使，本已紊乱的朝纲更是一团糟了。当时有个叫张彖的进士，曾说了一句不胫而走的话："君辈倚杨右相如泰山，吾以为冰山耳！"但冰山在溶化过程中，尤觉寒气逼人。就在第二年，有诏补尚书省十几个官员为郡守，杨国忠趁机将不附己者排斥出京，其中就有著名的直臣颜真卿。王维的好友考功郎中李峘也出为睢阳太守。李峘质性忠厚，是信安王李祎之子。《旧唐书》作者曾称赞李峘"循良"、"始终无玷"，是"宗室之英也"。由于他不想靠"冰山"，结果被出为睢阳太守。天宝十二载(753)夏天，李峘离京就任，王维写了一首《送李睢阳》诗送别：

　　将置酒,思悲翁。使君去,出城东。麦渐渐,雉子斑。槐阴阴,到潼关。骑连连,车迟迟。心中悲,宋又远。周间之,南淮夷。东齐儿,碎碎织练与素丝。游人贾客信难持,五谷前熟方可为。下车闭阁君当思,天子当殿俨衣裳。太官尚食陈羽觞,彤庭散绶垂鸣珰。黄纸诏书出东厢,轻纨叠绮烂生光。宗室子弟君最贤,分忧当为百辟先。布衣一言相为死,何况圣主恩如天。鸾声哕哕鲁侯旗,明年上计朝京师。须忆今日斗酒别,慎勿富贵忘我为!

开头十五句用三言,后面十七句用七言,形式别致。短促而整齐的三言似马蹄的的,随李睢阳去矣。后面七言长句再三叮嘱,勉励李峘不忘忠君,语意亲切。但不久,李峘的弟弟李岘也因杨国忠恶其不附己,出为魏郡太守。王维于是又写下《送魏郡李太守赴任》诗送别:

　　　　与君伯氏别,又欲与君离!
　　　　君行无几日,当复隔山陂。
　　　　苍茫秦川尽,日落桃林塞。
　　　　独树临关门,黄河向天外。
　　　　……

　　朝中正直的人连续被斥,使王维这首诗罩上一层惆怅。史书说,杨国忠为人轻躁无威仪,不比雕鹗似的李林甫让人股栗。也许是这个原因,王维连与之应酬的文字也不必写了,他更一心一意在辋川庄中寻求适意。不过,天宝十二载(753)还有一件事应该提起,那就是日本友人晁衡的东归。晁衡原名阿倍仲麻吕,开元四年(716)被选为遣唐留学生,年十五。要知道大唐帝国在当年是世界文化中心之一,许多国家都派学生来长安留学,单弘文馆、崇文馆留学生盛时就有八千人之多。晁衡就是在开元五年(717)随日本第九次遣唐使来唐的一位留学生。开元十九年(731)因京兆尹崔日知之荐,超拜左补阙。现在已累迁至秘书监,兼卫尉卿。由于晁衡的人品与学问,已赢得唐帝国诗人们的好感,如储光羲很早就与之交往,王维、李白、包佶也都先后与之交往。这次已留唐三十六年的晁衡要回国,朋友们自然难分难舍,写下许多动人的诗篇送别。其中王维《送秘书晁监还日本国并序》写得很出色。在序中,王维表达了他"文治"的外交观点,说:

　　海东国日本为大,服圣人之训,有君子之风。正朔本乎夏时,衣裳同乎汉制。历岁方达,继旧好于行人;滔天无涯,贡方物于天子……我无尔诈,尔无我虞。彼以好来,废关弛禁。上敷文教,虚至实归。故人民杂居,往来如市。

自古以来,儒家总是主张以礼教立国,现代人称之为"文化中国",主张从文化上来区别中外:中国人而不行礼教,那就无异外族人;外族人而能行礼教,不妨将他们视为中国人。所以王维在诗序中是对日本友人能行礼教表示赞赏,主张勿尔虞我诈,要友好往来。所以这首送别诗是古代中国睦邻政策最好的宣传。当然,摩诘初衷并不为此,遥远异国与眼前友人才是激发其灵感的原因。诗写得很有想象力:

　　　积水不可极,安知沧海东。
　　　九州何处远,万里若乘空。
　　　向国唯看日,归帆但信风。
　　　鳌身映天黑,鱼眼射波红。
　　　乡树扶桑外,主人孤岛中。
　　　别离方异域,音信若为通?

一路经历尽在想象中,如诗序中有云:"鲸鱼喷浪,则万里倒回;鹢首乘云,则八风却走。扶桑若荠,郁岛如萍。沃白日而簸三山,浮苍天而吞九域。黄雀之风动地,黑蜃之气成云。淼不知其所之,何相思之可寄!"虽未亲历,却写来历历如画。古典诗词写大海景色并不多见,而写来能得大海气势的又更罕得。王维这首诗的奇想实在可与李太白、岑参并驾齐驱。

很遗憾,晁衡这次东渡并未成功。这回归国的日本船队中,还有高僧鉴真。鉴真立志到日本传佛教,但自天宝二载(743)开始,五次东渡均告失败。这次他乘坐第二条船,晁衡乘第一条船。不幸第一船触礁,漂至安南骥州,全船一百八十多人死难略尽,只有日本使节藤原清河以及晁衡等十几人生还。当时人们以为晁衡已死,李白还写诗哭悼。至天宝十四载(755)晁衡诸人才辗转归京。我想王摩诘定然有诗作记其事,只是没有存留下来,不然定是一篇佳作。晁衡后来死在中国,而中国高僧鉴真也死在日本,两人可谓中日友谊的至诚使者!

晁衡辗转回长安时,王维在朝廷任给事中,而渔阳鼙鼓已动地而来了!

二、愿在鸟而为鸥

　　如果身是鸟儿,得生为无机心而得自由的鸥鸟;如要当官,最好是亦官亦隐,来个"居官无官官之事,处事无事事之心"。

鸥鸟在中国文学里是个特殊的意象,常暗示隐士那种放逸的生活情趣。《列子》里边有个故事,说是海边上有个少年,常与鸥鸟为伍,每天和鸥鸟嬉游。后来,他父亲说:"听说鸥鸟不怕你,何不就势捉一只来让我玩？"第二天少年再到海边，鸥鸟就飞舞在他头顶而不下来了。所以狎鸥成了无机心的象征，诗人们也总爱用这个意象来表现隐者纯洁的心地。杜甫曾写下这样的句子："白鸥没浩荡，万里谁能驯？"白鸥自由自在地拍打着翅膀，灭没于烟波浩荡的水面，又有谁人能够驯服它呢？

天宝年间的王摩诘，是多么向往那无机心而得自由的鸥鸟呵！回首当年张九龄与李林甫的那场政治角斗，"一雕挟两兔"是多么叫人寒心呵！眼下又是一幕幕血的清洗的惨剧，身在朝廷的摩诘不禁发出低吟：

> 无才不敢累明时，思向东溪守故篱。
> 不厌尚平婚嫁早，却嫌陶令去官迟！
> 草堂蛩响临秋急，山里蝉声薄暮悲。
> 寂寞柴门人不到，空林独与白云期。
>
> （《早秋山中作》）

他从内心上希望早早远离官场，虽然他并不准备真的像陶潜弃官归隐。他只是希望有鸥鸟一般的无机心的自由："野老与人争席罢，海鸥何事更相疑？"（《积雨辋川庄作》）争席，是《列子》故事。据说，杨朱先生颇有威信，每到旅舍，店主为之安排席位，女主人为之准备梳洗，客人们也赶紧让座。后来，他听了老子的教导："大白若辱，盛德若不足。"（真正的清白倒似有污点，最高的德行却似不足。）明白了"知其白，守其辱"的道理，一改盛气凌人的作风。当他再次来到旅舍时，客人不再怕他，甚至敢于和他争席位了。此时的王摩诘，真希望能成为一个不引人注目的野老，或者是一只自由自在毫无机心的海鸥呵！其实嘛，王摩诘骨子里就是个艺术家、诗人，虽然传统教育使他同其他读书人一样，想通过当官来实现"济世"抱负。一旦七彩水泡破灭，潭水便会恢复原先的平静。政治旋涡将他抛出权力中心,使他重新成为一介闲官——尽管循资排辈使他的官位仍时有升迁。于是他那诗人、艺术家的本来面目终于又显露了出来。

王摩诘年轻时就曾自称是与友人"南山俱隐逸,东洛类神仙"(《哭祖六自虚》),后又隐嵩山,那是在开元后期的事。他有一首题为《过太乙观贾生房》的诗称:"昔余栖遁日,之子烟霞邻……谬以道门子,征为骖御臣。"骖御臣,指拾遗、补阙一类"扈从乘舆"。太乙山,就是终南山。似乎摩诘在被张九龄拔擢为右拾遗以前,还曾在太乙观里当过一阵子"道门子"呢! 不过,对此类"隐居"都不必太认真看待。唐人总是喜欢自称隐居这儿隐居那儿的,如岑参自称"十五隐于嵩阳"(《感旧赋序》),李白十九岁也曾"隐居"戴天山。但小小年纪隐什么居,无非是当官前的准备工作,无非是为了造点舆论,走"终南捷径"耳。所以岑参序的下句接着便是"二十献书阙下",求官去了;李白呢,据《彰明遗事》说,次年也"去游成都,益州刺史苏颋见而奇之",为当官造了舆论云。王维早年的"隐居"也当作如是观。可这回就不同了,他是已当了官而想"隐居"摆脱苦恼,在习静中求得心理上的平衡,是对官场政治的躲避。他有一首《酬张少府》诗,颇能发露这种心境:

> 晚年惟好静,万事不关心。
> 自顾无长策,空知返旧林。
> 松风吹解带,山月照弹琴。
> 君问穷通理,渔歌入浦深。

人们喜欢用首联来证明王维对社会事务的不负责任,却忽略了颔联与首联的因果关系:是因为痛感于"自顾无长策",这才"万事不关心"的。"空知"的"空"字表达了其中的万般无奈。早年的王维也曾主动靠拢张九龄集团:"所不卖公器,动为苍生谋。贱子跪自陈,可为帐下不? 感激有公议,曲私非所求!"(《献始兴公》)也曾豪情满怀地唱道："济人然后拂衣去,肯作徒尔一男儿!"(《不遇咏》)如今颓然"空知返旧林"。颈联是懒散而任自然的形象:带任风吹而解,琴凭月色而弹。体现的是一种"得失随缘,心无增减"的境界,也正是隐居者所追求的效果。王维这回的"认真",还表现在他为"隐居"找了个不小的庄园。

　　隐居与庄园的结合,对士大夫来说可是件重大的事,由此形成中国士大夫特有的自我调节机制。远古的隐士,大都是些穴居山林、耕于原野或放浪佯狂街市的人,如《论语》中的长沮、桀溺、荷蓧者、荷蓧丈人都是些从事艰苦劳动的人,而楚狂接舆恐怕就是个佯狂的隐士。还有《庄子》中的徐无鬼,魏武侯说他"苦于山林之劳","食茅栗,厌葱韭",诚如王羲之写给谢万的信中所说:"古之辞世者或被发佯狂,或污身秽迹,可谓艰矣。"直到六朝,也仍有此类隐士,如第一章第二节我们提到的行乞于市的董京,冬衣草衣的公孙凤,挖土窟而居的孙登,都是些"藏声江海之上"的隐士。但此时开始出现一批这样的士族地主:他们当官住庄园,却又以隐士自居,过着颇为闲逸的"隐居"生活。所以王羲之信中接着说:"今仆坐而获逸,遂其宿心,其为庆幸,岂非天赐!"(《晋书·王羲之传》)略早于王羲之的西晋人石崇在《思归引序》中说:

　　　　余少有大志,夸迈流俗,弱冠登朝,历位二十五年,五十以事去官。晚节更乐放逸,笃好林薮;遂肥遁(指归隐)于河阳别业。其制宅也,却阻长堤,前临清渠,百木几于万株,流水周于舍下。有观阁池沼,多养鱼鸟。家素习技,颇有秦赵之声。出则以游且弋钓(射猎钓鱼)为事,入则有琴书之娱。

别业就是庄园,或称庄、庄墅等。在这样大规模的有田地、果园、房舍、山池的庄园中,士大夫饱食安步,而且往往有赏心乐事则相聚赋诗。石崇还写了一篇《金谷园诗序》的名文,是一次典型的庄园文学沙龙的活动记录。金谷园在洛阳附近金谷涧中,"有清泉、茂林、众果、竹柏、药草之属。金田十顷,羊二百口,鸡猪鹅鸭之类,莫不毕备"。石崇和一批文人雅士就在其中"昼夜游晏,屡迁其坐,或登高临下,或列坐水滨……令与鼓吹递奏,遂各赋诗,以叙中怀。或不能者,罚酒三斗"。此后文士晏集总爱用这个典故,连李白也要在《春夜宴从弟桃李园序》中说:"如诗不成,罚依金谷酒数。"可知此种庄园生活是如何令士大夫倾倒。"太平盛世"的盛唐,如第一章所说,庄园别墅普遍化,士大夫不同程度拥有庄墅已不是什么稀罕事。李华曾写了一篇《贺遂员外药园小山池记》,所记是一位小官僚的庄墅:

> 悦名山大川,欲以安身崇德。而独往之士,勤劳千里;豪家之制,殚及百金。君子不为也。贺遂公——衣冠之鸿鹄,执宪起草,不尘其心,梦寐以青山白云为念。庭除有砥砺之材,础础之璞,立而象之衡巫(衡山、巫山)。堂下有畚锸之坳,圩塄之凹,陂而象之江湖。种竹艺药,以佐正性。

这下好了,有了庄墅,不必在"猕猴兮熊罴,慕类分以悲"(《招隐士》)的深山老林中隐居,也可以"执宪起草,不尘其心,梦寐以青山白云为念",当个"衣冠之鸿鹄"(有人自称"衣冠巢许",王维则自称是"冠冕巢由",都是半官半隐的意思),这就鱼与熊掌可得而兼之了,更何况这篇文章接下去还说,"其间有书堂琴轩,置酒娱宾",看着园内的假山活水,花木云影,文人雅士于斯"赋情遣情,取兴兹境",是李华所赞叹不已的"当代文士目为诗园"。好个"诗园"!庄墅将当官、作诗、隐居三合一,亦官亦隐之中自有诗意。李颀《裴尹东溪别业》这样描写亦官亦隐者优游自得的心态:

> 公才廊庙器,官亚河南守。

> 别墅临都门,惊湍激前后。
>
> 旧交与群从,十日一携手。
>
> 幅巾望寒山,长啸对高柳。
>
> ……

唐代官员每十日休息一天,称为"休沐"。当官之余,老友亲朋来庄墅度假,换上隐士服装,当一天"鸿鹄",无拘散漫,妙不可言云。当然,这一天过后,"鸿鹄"们还得戴上冠冕上班去。然而这段"回归大自然"的日子,已使士大夫身心得到某种平衡。王维《韦侍郎山居》写韦济在"啼鸟忽临涧,归云时抱峰"的山庄休息以后,"清晨去朝谒,车马何从容"!写的不就是这种"回归"后的心态?所以在摩诘看来,如果身是鸟儿,得生为无机心而得自由的鸥鸟;如果要当官呢,最好是个"衣冠鸿鹄",亦官亦隐,来个"居官无官官之事,处事无事事之心",自然是圆转无碍,超而脱之,不受"一雕挟两兔"一类的痛楚。所以一旦看破了官场,摩诘就认真地去弄那么一座"诗园"——也就是自给自足而又可逍遥其中的田庄。

在上一章我们提起过,王摩诘在天宝初为左补阙,反正在李林甫时代是言官无言,有的是闲工夫。所以摩诘常在长安周近转悠,求田问舍的。有一回,他逛到蓝田县,西南二十里外有一处山庄,山谷盘郁,云水飞动,有田有园,有草地有飞瀑,可耕可渔可牧可居可游,真是绝妙去处!原来这就是前朝名诗人宋之问的辋川别业。宋是武则天的侍从文人,是个热衷名利仕进的家伙。愈是发高烧愈是要凉水喝。宋之问拥有这么一座近郊大庄园也就不奇怪了。

辋川之妙,就在于它距长安不远不近,正当商山驿路之冲要,骑上马儿颠呵颠的,只消半天也就到了,的确是"十日一携手"的最佳位置。王维的那班好友,如内弟崔兴宗、后辈诗人钱起,也都在这儿安置了别业。那会儿呀,这蓝田县就是长安士大夫们的"度假村"呢!王维看了这辋川之后,爱不释手,再三来这儿逛,终于在天宝三

载敲定,购下此庄。他在晚年写的《请施庄为寺表》说:

> 臣亡母故博陵县君崔氏,师事大照禅师三十余岁,褐衣蔬
> 食,持戒安禅,乐住山林,志求寂静。臣遂于蓝田县营山居一
> 所,草堂精舍,竹林果园,并是亡亲宴坐之余经行之所。

大照禅师也就是第一章我们提到的北宗教主普寂。说是给母亲习
静,实际上也是让自己习静。北宗主张"凝心入定,住心看净,起心
外照,摄心内证"。所谓"看净",便是安心静坐,有一种像虚空一样
的净心可以看得到。幽静的环境对习定很有好处,在这一点上王摩
诘同母亲一样是受到北禅宗的影响。所以王维的"隐居"不但与庄
园生活结合,而且与禅家习定相关。总之,自此以往,直至天宝末,
辋川庄是王摩诘生活中,乃至精神上不可或缺的一个组成部分。
从一封发自辋川庄的书信中,我们可看到摩诘在天宝中后期亦官
亦隐日子里那优游的神情。这封信,后人题为《山中与裴秀才迪
书》,称得上是中国古代最优美的散文之一。文章不长,抄下来,
以飨读者:

> 近腊月下,景气和畅,故山殊可过。足下方温经,猥不敢相
> 烦。辄便往山中,憩感配寺,与山僧饭讫而去。北涉玄灞,清月
> 映郭。夜登华子冈,辋水沦涟,与月上下。寒山远火,明灭林
> 外。深巷寒犬,吠声如豹。村墟夜舂,复与疏钟相间。此时独
> 坐,僮仆静默。多思曩者,携手赋诗,步仄径,临清流也。当待
> 春中,草木蔓发,春山可望。轻鲦出水,白鸥矫翼。露湿青皋,
> 麦垅朝雊。斯之不远,倘能从我游乎? 非子天机清妙者,岂能
> 以此不急之务相邀? 然是中有深趣矣,无忽。因驮黄蘗人往,
> 不一。山中人王维白。

我们把它译成白话文，大致便是这样：

> 寒冬腊月已近尾声了。景物开始透出一股和畅之气，（辋川山庄的）旧居实在值得一游。因知道您现在正在温习经书，仓促之间不敢打扰，便独自到山里去。一路游赏，在感配寺停息，同山僧一起吃过饭才回来。又北行到水色深青，潘岳称之为"玄灞"的灞水畔，清凉的月色映照着黑糊糊的城郭。晚上登上华子冈，可看到风吹辋水泛起沦涟，波光粼粼，月影随波上下。寒冬的山林，远远地闪烁着火光。深巷寒风中传来的犬吠，闷闷地好似豹吼。村寨不知哪家在夜间捣米，与稀疏的钟声错落相间，韵味悠然。这时独坐在家，僮仆们也都静静地侍候。不禁想起许多往事：曾和您携手赋诗，同走在狭窄的山路上，或面对着清澈的流水。要待到春天，那时草木的芽骨朵儿突突地冒出来，春山实在值得一看哪！轻捷的鲦鱼浮上水面，矫健的白鸥举翅奋飞，露水沾湿了泽边青青的水田，清晨雉鸟在麦垄里啼叫。这样迷人的春天景象不会太远了，您还能再来同我一起游赏吗？如果不是您天机清妙，超俗不凡，我哪能用这样不急之务来邀请您呢？不过，其中自有俗人难以领会的深机妙趣呵！您可千万别忽视了。恰好有载运黄柏的卖药人出山去，顺路托他带给您这封信，不能一一详写了。山里人王维敬告。

信，是冬天里写的，却充满对春的向往。清月映郭，辋水沦涟。涉水登山，与月上下，又是何等自由自在。"轻鲦出水，白鸥矫翼"。这不就是"梦寐以青山白云为念"的"衣冠鸿鹄"们所向往的境界吗。天宝后王摩诘在辋川购置别业，过着亦官亦隐的生活，仿佛徘徊于青山绿水之间的一只白鸥，无机心而得自由。

三、终南万叠间

> 将家安在苍苍莽莽的终南山中,对王维亦官亦隐的生活有着特殊的意义:他似乎融入白云青霭,成了山光水色的一部分。

对唐人来说,终南山要比泰山高大。

王摩诘有一首《终南别业》诗,《河岳英灵集》题作《入山寄城中故人》。诗云:

> 中岁颇好道,晚家南山陲。

中岁即中年,当在四十岁后。晚,可解为“晚近”、“近来”,但毕竟与“中岁”有一定距离了。古人平均寿命比现在要短,所以近五十岁自称“晚年”并不奇怪。有的专家提出来,说这终南别业与辋川别业是一回事,名异实同。我看有道理。蓝田县辋谷,就在终南山东缘北麓,也就是“南山陲”。辋川庄前任主人宋之问就有一首《别之望后独宿蓝田山庄》诗,称:“尔寻北京路,予卧南山阿。”不说“卧蓝田”而直接“卧”在南山隅,正与“晚家南山陲”同义。南山,指终南山。以终南直指蓝田,唐人也有前例。譬如说蓝田悟真寺、蓝田化感寺,唐人又称为“终南山悟真寺”、“终南化感寺”。所以蓝田别业又称终南别业并不奇怪。当然,一个官僚在终南山窟里有那么几处别墅的情况也是会有的。据专家考证,岑参诗中提到的别业有八处,其中在终南山的别业就不下四处。不过,王维“晚家南山陲”,这个别业与一般的隐居别墅有些不同,这个“家”字应予重视。上文我们曾引过王维晚年呈奏皇帝的《请施庄为寺表》,其中说到当初“于蓝田县营山居一所"是为了让母亲"持戒安禅"、"志求寂静"、"宴坐经行"之用的。也就是说,辋川庄不是临时别墅,而是"家"①。将家安在这苍苍莽莽的终南山中,对王维亦官亦隐的生活,有着特殊的意义。

先让我们随诗人进山一趟吧。《终南山》诗云:

> 太乙近天都,连山到海隅。
> 白云回望合,青霭入看无。
> 分野中峰变,阴晴众壑殊。
> 欲投人处宿,隔水问樵夫。

用叶维廉博士的讲法,这是用"全面视境",多重透视:

> 太乙近天都(远看——仰视)
> 连山到海隅(远看——仰视)
> 白云回望合(从山里走出来时回头看)
> 青霭入看无(走向山时看)
> 分野中峰变(在最高峰时看,俯瞰)
> 阴晴众壑殊(同时在山前山后看——或高空俯瞰)
> 欲投人处宿(下山后……附近环境的关系)②

徐坚《初学记》终南山条称:"其山东接骊山、太华,西连太白,至于陇山,北去长安城八十里,南入楚塞,连属东西诸山,周回数百里。"对这样雄踞一方的重山叠峰,只能用"全面视境"来描绘。"分野",古人将九州大地与天上星座的方位相对应,谓之分野。一峰而跨两个分野,故曰"分野中峰变",其山脉之雄伟广大可知。但最传神的是

---

① 　此采用陈允吉说法,详见《唐音佛教辨思录》,上海古籍出版社 1988 年版,第 80 页。
② 　叶维廉《中国诗学》,生活·读书·新知三联书店 1992 年版,第 294 页。

"白云回望合,青霭入看无",写尽深山巨壑吞云吐雾的景象。苏东坡写庐山名句有云:"不识庐山真面目,只缘身在此山中。"揭示的正是此中理趣。全诗由上而下,由远而近,是幅国画山水立轴。层层山,叠叠水,重重景,虚灵绵邈,终归水边足下,"万物皆备于我"。

王维画终南,除了"全面视境",还有许多"分镜头",其远眺之景则云:

> 千里横黛色,数峰出云间。①

其雨中近景则云:

> 淼淼寒流广,苍苍秋雨晦。
> 君问终南山,心知白云外。②

他总是喜欢将终南山半掩半藏于云雾之中。还有一首《送友人归山歌》,写来云冥雨霏混沌一气,一似水墨晕化的画面,将山中变幻的景色表现得淋漓尽致:

> 山中人兮欲归,云冥冥兮雨霏霏。水惊波兮翠菅靡,白鹭忽兮翻飞,君不可兮褰衣。山万重兮一云,混天地兮不分。树晻暧兮氛氲,猿不见兮空闻……

还有写终南山一角的,如《白鼋涡》:

> 南山之瀑水兮,激石濩濩似雷惊,人相对兮不闻语声。翻涡跳沫兮苍涡苔湿,藓老且厚,春草为之不生。兽不敢惊动,鸟

---

① 《崔濮阳兄季重前山兴》。
② 《答裴迪》。

不敢飞鸣。白鼋涡涛戏濑兮,委身以纵横……

如此的景色颇近于自然的原始状态。王摩诘就是喜欢这样"直接扪摸世界",任凭兴之所之,独来独往,无所谓起,也无所谓止,态度是非常悠然平和的。他似乎融入于终南山中,就像那白云青霭,成了山光水色的一部分。让我们读一读《终南别业》：

> 中岁颇好道,晚家南山陲。
> 兴来每独往,胜事空自知。
> 行到水穷处,坐看云起时。
> 偶然值林叟,谈笑无还期。

在终南万叠间,单身一人乘兴游山,自得其乐。缘着涧水走,山穷水尽,却一点也不扫兴。就随意坐在山石上吧,看云起云飞,另有一番乐趣。

当然,摩诘并非总是独来独往。有时,他也喜欢到长安城周围或终南山里,甚至更远些的寺观或山居去,拜访高僧或者老朋友。要知道唐代文人多有旅游癖,要找个把同志在崎岖山路上寻访藏埋在山峰里的古寺山居并非难事。他喜欢古寺里的幽静。或在长廊漫步听春雨响,或焚香静卧石床上看山花落,或留宿寺中,在天然的石槽——他管它叫"石唇"——里亲自将茶饼捣碎,再加上葱、姜(唐人多是这么喝),慢慢冲饮之。有时,则坐在盘石上垂钓,其实呢,只是在静赏那乱石流泉奏出的铮铮妙音。从山谷袭来的春风将衣裾都染上山花的奇香。山里月出,松树的影子在寺墙上晃动有如龙蛇,而寺院里烧的青菰饭和绿芋羹特别对他的胃口。这一切都令摩诘心醉,他多次表示要"誓陪清梵末,端坐学无生",但最后总割舍不下。有一次,他到蓝田东南二十里的王顺山去逛悟真寺,为眼前美景所陶醉,走笔写下《游悟真寺》诗,有云：

> 草色摇霞上，松声泛月边。
> 山河穷百二，世界满三千。
> 梵宇聊凭视，王城遂渺然。
> 霸陵才出树，渭水欲连天。
> 远县分诸郭，孤村起白烟。
> 望云思圣主，披雾忆群贤。
> 薄宦惭尸素，终身拟尚玄。
> 谁知草庵客，曾和柏梁篇？

悟真寺地势之高，使草色松声半在天上月边。下瞰秦川王城，遂亦渺然。你看连巍峨的灞陵，本是汉文帝的陵墓，依山为藏，从这儿看去也才露出一点在树梢头。大千世界何其空旷！一个人处身世界该怎样才无愧无悔？王维虽倾心空门，但毕竟是士大夫啊！《论语》录子路的话说："不仕无义。长幼之节，不可废也；君臣之义，如之何其废之？欲洁其身，而乱大伦。"作为一个以儒学立身的士大夫，将当官看作是天职，好比长幼间的关系，是天伦关系又如何可废弃？君臣之间的关系也是如此，这就叫"大义"。你弃官原想不沾污自身，却不知隐居便是忽视了"君臣大义"。王维在另一封书信中将这层道理很严肃地告诉了一位隐士，下文另谈。因为这层认识，他总是割舍不开。"望云思圣主，披雾忆群贤"。这对现代人也许是难理解的，甚至认为只不过是一种虚伪的饰词。但历史上许多士大夫正是这样想的，而且对他们来说是天经地义的事。王维虽然选择了亦官亦隐，但也深为自家尸位素餐当官不办事而惭愧。他也想遁入空门，却又顾及"君臣大伦"。柏梁篇，用汉武帝柏梁台宴群臣而唱和七言诗的典故。这是说自己曾有过在宫廷里唱和的荣耀，不无眷恋之意。看来，即使在游山玩水访古寺之际，王维的脑子里也仍有许多化不开的矛盾。愈是如此就愈要游山玩水访古寺，和高僧友人大谈佛理。一味参禅说理的诗当然难写好，倒是有一次到长安城南神谷原的香积寺游玩，王摩诘写下了一首颇有境界的诗《过香积寺》：

> 不知香积寺，数里入云峰。
> 古木无人径，深山何处钟？

赵殿成注右丞集，称赞这首诗"起句极超忽"。不由人记起一则画坛掌故，说是宋代画院考试，曾经出了个试题，叫"深山藏古寺"，有个高明的画家只在画面上画高山密林，见不到寺宇，却在山溪边画了个挑水和尚。这就把"藏"字表现出来了。王维则用"钟"字透出云峰中古寺的消息，别是一种情趣。接下是：

> 泉声咽危石，日色冷青松。
> 薄暮空潭曲，安禅制毒龙。

赵注称："下一咽字，则幽静之状恍然；著一冷字，则深僻之景若见。"的确，此诗幽深的意境全得力于泉咽日冷的意象。"日冷"，是夕阳暮气使人感到"冷"？还是青松掩郁，使透过松林的日色显得"冷"？但无论如何，这个"冷"字有极浓郁的情感色彩，也正是王摩诘不言之言。

　　摩诘也常去拜访朋友们的山居，主人一般都很热情："来蒙倒屣迎"，连鞋都趿倒了，急着来迎接客人。有时还款待客人"蔗浆菰米饭，蒟酱露葵羹"。不过，他们之间不怎么拘礼节客套，主人"散发时未簪，道书行尚把"，客人也大大咧咧地交代主人："好客多乘月，应门莫上关。"（嘉宾往往会乘着月色来访，你要关照一下家里人，别把门闩上啊！）

　　"来而不往非礼也。"山僧有时也来访摩诘，还有那一班子朋友——大都是些官位不高或者干脆是处士逸人之类，也时来光顾。他们有时就坐在草地上吃素餐，或者"焚香看道书"，或者"鸣琴候月弹",都很惬意而随便。有时朋友们自备素馔来访,团坐在乌皮几上喝几盅。哪怕朋友们来访不遇(譬如严少尹、徐舍人就曾吃过闭门羹),也会逗起摩诘的诗兴,说是:"偶值乘篮舆,非关避白衣。"用的是陶潜的典故,据说陶有脚疾,出门访友由门生与儿子们用小轿抬着走。有一年重阳,陶渊明先生没酒喝,正独自百无聊赖地在门前摘菊花,忽地看到有白衣人来,原来是刺史王宏送酒来了!　真是"及时雨"啊。摩诘有一批志同道合的朋友,其中有个叫张谞的艺术家,我们在第三章第四节曾提起过,他"工诗善易卜兼能丹青草隶",摩诘亲切地叫他"张五弟"。当摩诘"我家南山下"时,张五弟"渡水向吾庐",从嵩山来访。《戏赠张五弟三首》曾回忆十年前这位艺术家的浪漫形象,挺有意思:

> 日高犹自卧,钟动始能饭。
> 领上发未梳,床头书不卷。
>
> 闭门二室下,隐居十年余。
> 宛是野人也,时从渔父渔。

这位"野人也"此次来访,是要告诉摩诘"思为鼎食人",也就是说,想当官了。据张彦远《历代名画记》载,后来他真的当到刑部员外郎。不过当了官就不好再睡懒觉,也不好再"领上发未梳"了。最终还是在天宝中谢官归故山,"不复来人间矣"(《唐才子传》卷二)。王维的朋友似此懒散者不止一个张五弟,《李处士山居》也录有一位"清昼犹自眠,山鸟时一哢"的朋友。前引那位李揖也是"散发时未簪,道书行尚把"。而摩诘的内弟崔兴宗也是个嵇康式的人物:"科头箕踞长松下,白眼看他世上人!"诗人自己呢?　让我们在下文一窥这位亦官亦隐者在田园中的私生活吧!

四、桃花源里人家

　　王维田园诗创构的生活场景总是极力追摹朴素自然
生机活泼的细节，却又都融入无机心得自由的情感背景，
在美的画面中呈露自得的风神。

　　据说鲁迅先生曾打算写部长篇小说《杨贵妃》，甚至已经动手
收集资料。后来，到西安实地考察，一看到那枯燥的景物，竟意兴索
然，从此不再提及。的确，今日西安的自然环境与当年唐都长安的
自然环境有很大的差异。照历史气象学家的研究，五千年来我国历
史上的气温经历了四起四落，隋唐则处在一个温暖期，最高年平均
气温较之魏晋南北朝时代的最低点提高了将近3℃，较之今天也高
出1℃左右。且此期的雨量也相对充沛。以关中为例，七、八、九三
个世纪此地湿润多雨，有时还因阴雨连绵而致水灾①。杜甫《秋雨
叹》云"雨中百草秋烂死，阶下决明颜色鲜"，"阑风伏雨秋纷纷，四
海八荒同一云"，写的就是天宝十三载（754）长安的一次"六旬不
止"的霖雨。所以当年终南山郁郁葱葱的自然环境非今日可比。王
维有一首《戏题辋川别业》诗云：

　　　　柳条指地不须折，松树梢云从更长。
　　　　藤花欲暗藏猱子，柏叶初齐养麝香。

　　猱，就是猿猴。当时终南山未必真有猿猴，但树木掩郁丰茂，使
人有藏猱之想倒是实景实情。更要紧的是"情人眼里出西施"，情感

---

① 　见齐涛《魏晋隋唐乡村社会研究》第四章第一节，山东人民出版社1994年版。

的魔杖往往会点化灰姑娘。你看摩诘对庄园山墅是多么一往情深：

> 晚下兮紫微，怅尘事兮多违。
> 驻马兮双树，望青山兮不归。

（《赠徐中书望终南山歌》）

类似这样对山庄向往之情可掬的诗比比皆是。事实上在王维田园诗中并没有岑参边塞诗似的奇异风光，而只是些非常平常的景色，哪怕是一方溪中盘石，他也会流连忘返：

> 可怜盘石临泉水，复有垂杨拂酒杯。
> 若道春风不解意，何因吹送落花来？

（《戏题盘石》）

更不用说"月从断山口，遥吐柴门端"（《东溪玩月》），月色下的万物都变得虚无缥缈，静谧的山谷中，流泉的音响盈耳，使人恍惚在琴窗里欣赏音乐。摩诘总是善于在平凡中发现美，并用情感的魔力像松脂将小蜜蜂栩栩如生的动态凝定在琥珀中一样，将瞬间的美凝定在诗句中。终南山的气温、湿度会一变再变，而保存在摩诘诗句中的终南之美却是永恒的。

> 漠漠水田飞白鹭，阴阴夏木啭黄鹂。

李肇《国史补》说这句诗窃自李嘉祐。宋人叶梦得《石林诗话》为之辩解，认为唐人记李诗为五言，而此两句好处，正在添"漠漠"、"阴阴"四字耳。经此点化，如李光弼将郭子仪军，一号令之，精彩百倍云云。的确，去掉"漠漠"、"阴阴"四字，就好比水灵灵的鲜果晒成干果，只剩叙事而失却美的氛围。王维是极注重氛围的诗人，展读王诗,不但如展视画轴,更好比是一路看黄山风景,迎客松、梦笔生花、松鼠跳天都……奇峰异石各各突兀独特,却又都在溶溶的烟云中融为一体,形成黄山的总体风格,十分协调。将上引一联放在《积雨辋川庄作》整体中品味也更见风采:

> 积雨空林烟火迟,蒸藜炊黍饷东菑。
> 漠漠水田飞白鹭,阴阴夏木啭黄鹂。
> 山中习静观朝槿,松下清斋折露葵。
> 野老与人争席罢,海鸥何事更相疑?

整首诗处于视觉的转换之中。由雨中炊烟推及农户正在蒸藜炊黍,准备为东边田亩上作业的农夫做饭;由此将视角转向田野:水田白鹭,夏木黄鹂;终于拉近镜头使读者看到诗人自己:习静而看花开花落,素食而带露摘葵。每句诗之间,场景与场景之间,由于缺乏交代的跳跃而留下空白,使场景相当独立而有画面效果。然而,蒸藜、炊黍、水田、夏木、朝槿、露葵,这些物象又好比落在宣纸上的墨点,在“积雨”这奇妙的水的幻化下晕开去,瀚瀚郁郁融为一片,“漠漠”、“阴阴”便成为全诗的灰色调子,白鹭、黄鹂则成为诗中的亮点而显得那么明丽。如果我们稍加注意,就会发现这些朴素、常见的农村场景是经过细心剪裁、简化,并有序化了的。它们在似乎漫不经心中都指向某一隐藏在空白空间里的情感背景。这情感背景就是王维所向往的无机心而得自由的生活情趣。农户“日出而作,日入而息”不受干扰的生活,白鹭飞,黄鹂啭,乃至朝开暮落的木槿,带露的水灵灵的葵菜,一切都在自然的律动中生息不已。尾联“野老与人争席罢,海鸥何事更相疑”,点明自己此时此际已是无机心而得自由的“野老”,可与鸥鸟为伍了。关于这一点,我们在第一节已有详述,此不赘。这里要提请注意的是颈联中的“习静”与“清斋”,二者暗示了王摩诘的隐居是与奉佛居士的云水生活有联系的。

禅宗主张在运水搬柴之类极平常的生活中取得心灵与肉体的和谐，讲究的是随缘任化的极其自然的态度，所以王维诗所创构的生活场景也极力追摹朴素、自然、生机活泼的细节，却又都融入无机心得自由的情感背景，在美的画面中呈露其自得的心态与风神。这也许就是王摩诘田园诗的"模式"。我们再看下例：

> 一人归白社，不复到青门。
> 时倚檐前树，远看原上村。
> 青菰临水映，白鸟向山翻。
> 寂寞於陵子，桔槔方灌园。

（《辋川闲居》）

虽然与上首诗不同，表现的是秋景，但仍然是在极力地追摹朴素、自然、生机活泼的细节。青菰、白鸟、檐树、远村，还有那灌园的汲水工具桔槔，都是朴素无奇的农村常见事物。诗中最抢眼的仍然是青菰映水、白鸟翻飞这类最有生机的自然画面。而这一切又同样融入无机心而得自由的情感背景，在美的画面中呈露诗人自得的心态与风神。白社，据《晋书·董京传》载，京至洛阳，"被发而行，逍遥吟咏，常宿白社中，时乞于市"。这里"归白社"当然是借指归至隐居处，但也不无捎带董京那逍遥吟咏的影子。青门，长安东门。这里暗示诗人沉醉于隐居生活，"乐不思长安"了。无疑，这首诗与上首有着相同的情感背景。

赵松谷编《王右丞集笺注》，曾慨叹"拟欲编年，苦无所本"。的确，王诗（尤其是田园诗）往往只顾抒情，很难"以史证诗"，且田园诗的情感背景又大多数相类似，故而不易编年。现在我们将可考订为非天宝年间隐于辋川的田园之作剔去，余下大都可品味出其相类似的情感背景，也大体上符合上面所示的"模式"。比如下面这二首：

宿雨乘轻屐，春寒著弊袍。

开畦分白水，间柳发红桃。

草际成棋局，林端举桔槔。

还持鹿皮几，日暮隐蓬蒿。

(《春园即事》)

旧谷行将尽，良苗未可希。

老年方爱粥，卒岁且无衣。

雀乳青苔井，鸡鸣白板扉。

柴车驾羸特，草屩牧豪豨。

多雨红榴折，新秋绿芋肥。

饷田桑下憩，旁舍草中归。

住处名愚谷，何烦问是非。

(《田家》)

羸特，瘦母牛；豪豨，壮猪。诗中都是些农村常见的事物，情感背景也仍然是对悠游自得的隐居生活的满足。(后一首题为"田家"，写的其实仍是庄园主的生活态度，未必是农民自身的感受。)甚至色调最明丽的也依然是那生机活泼的自然景物的画面："开畦分白水，间柳发红桃"，"多雨红榴折，新秋绿芋肥"。然而这一"模式"并不给人"千首如一首"的重复感，而是"常见常新"的新鲜感。就好比一月悬中天，下映万川，有千万个月的虚象，美不胜收。王摩诘不像西方修士那样，是"隐居"在自己的躯壳里，与世隔绝。王摩诘是隐居在造化之中，融入大自然，正如南宋诗人陆游《梅花绝句》所喻："何方可化身千亿，一树梅花一放翁(陆游自号放翁)！"在庄园山水的每个角落，都有王摩诘欣赏大自然的身影，都有为他所发现的美。人们总喜欢将王维与孟浩然并称"王孟诗派"，他们之间的确有其相似之处，尤其是注重抒情人的风神。与孟浩然不同的是，王摩诘不是将诗意"冲淡了，平均分散在全篇中"，而是将诗筑成一道长廊，我

们不但可从长廊的各式窗口望见一幅幅美景,而且可以看到诗人在
长廊散步时的神态。从上引《春园即事》中,你不是既可望见白水红
桃、棋局似的草坪、树梢升起处的桔槔,而且还可看到穿着木屐在昨
晚刚下过雨的松软地面上漫步的诗人吗? 他手里还拿着鹿皮小凳
子,随意坐在草丛间欣赏落日哩! 我们虽然无法仔细地录出天宝年
间王维的行踪,但从那些田园诗中,我们大体上可以明了诗人在那
段亦官亦隐的日子里,只要有机会,他总是徘徊在他心爱的田园里,
反复吟唱那不见得就能经常享受到的逍遥自在的日子。请读这首
《辋川别业》:

> 不到东山向一年,归来才及种春田。
> 雨中草色绿堪染,水上桃花红欲然。
> 优娄比丘经论学,伛偻丈人乡里贤。
> 披衣倒屣且相见,相欢语笑衡门前。

"不到东山向一年",可见王维也许久不得机会来辋川休闲了。东
山,晋谢安隐居处,后来泛指一般人隐居的地方。诗中色调最明丽
的仍然是生机勃勃的大自然景色:"雨中草色绿堪染,水上桃花红欲
然。"然,同燃。与完美的大自然相对应的却是生理上有缺陷的贤
者:"优娄比丘经论学,伛偻丈人乡里贤。"优娄比丘,佛的弟子,癃
胸。伛偻丈人,《庄子》中的贤人,据称孔子曾称赞他"用志不分,乃
凝于神"。伛偻,就是腰背弯曲的一种病患。庄、禅老喜欢用外在的
丑陋残缺来有力地反衬内在的精神完美("全德")。这种"形骸之
外"的美与大自然的完美,在他们看来是很合拍的。人无机心、忘
形,与大自然的有生机、明丽,内外相摄,成为摩诘重要的审美经验。
所以读摩诘诗,欣赏到的诗美是双向的——既是大自然美的欣赏,
又是诗人悠然自得于其中的精神面貌的欣赏。而后者正是摩诘将
其田园生活转化为诗美的催化剂。读一读下面这首《赠裴十迪》,再

看看我们欣赏到的是哪一种美更多些：

> 风景日夕佳，与君赋新诗。
> 淡然望远空，如意方支颐。
> 春风动百草，兰蕙生我篱。
> 暧暧日暖闺，田家来致词。
> 欣欣春还皋，淡淡水生陂。
> 桃李虽未开，菉萼满其枝。
> 请君理还策，敢告将农时。

这诗当看作《山中与裴秀才迪书》的续篇（见本章第一节末所引）。他将辋川的事物都看得是那么美，一草一木是那么熟悉，如数家珍。我们不由记起闻一多论孟浩然的一段妙语："孟浩然几曾做过诗？他只是谈话而已。甚至要紧的还不是那些话，而是谈话人的那副'风神散朗'的姿态。"[①]上引这首王维诗里，我们感受最真切的不也是"谈话人"那副风神吗？你看那副"淡然望远空，如意方支颐"的神态像谁？《世说新语·简傲》载："王子猷作桓东骑参军。桓谓王曰：'卿在府久，比当相料理。'初不答，直高视，以手版拄颊，云：'西山朝来致有爽气。'"这就是士大夫所推崇的"魏晋风度"。

　　要找个王摩诘在田庄生活的"全面视境"，莫过于读一组《田园乐》：

> 出入千门万户，经过北里南邻。
> 躞蹀鸣珂有底，崆峒散发何人？
>
> 再见封侯万户，立谈赐璧一双。

[①] 闻一多《唐诗杂论·孟浩然》，《闻一多全集》第 3 卷，生活·读书·新知三联书店1982 年版，第 35 页。

诓胜耦耕南亩,何如高卧东窗!

采菱渡头风急,策杖村西日斜。
杏树坛边渔父,桃花源里人家。

萋萋芳草春绿,落落长松夏寒。
牛羊自归村巷,童稚不识衣冠。

山下孤烟远村,天边独树高原。
一瓢颜回陋巷,五柳先生对门。

桃红复含宿雨,柳绿更带春烟。
花落家僮未扫,莺鸣山客犹眠。

酌酒会临泉水,抱琴好倚长松。
南园露葵朝折,东谷黄粱夜春。

　　六言诗本来就不多,写得好的更不多,何况这还是写得很整齐的一组七首的六言诗呢! 第一首可谓"宏观把握",先说是看尽市井千门万户北里南邻,那些在长安城车马喧闹的"鸣珂里"迈着碎步的达官贵人又算什么,懂得散发隐居崆峒山的又是谁人? 前三句是垫底,为的是想要凸显那个崆峒散发的高士的身影。第二首说得更白了:哪怕你交上好运,立谈而封侯,一见而赐白璧,虽富贵立致,又何如自由自在地南亩耦耕东窗高卧? 这就是《献始兴公》中说的"宁栖野树林,宁饮涧水流。不用食粱肉,崎岖见王侯"。更是《酌酒与裴迪》中说的:"酌酒与君君自宽,人情翻覆似波澜。白首相知犹按剑,朱门先达笑弹冠……世事浮云何足问,不如高卧且加餐!"人情反复,尤其是官场的钩心斗角,使他巴望返璞归真,过上自由自在的生活。后五首便是写这种闲散富足、无忧无虑的生活。日斜杖策,牛羊自归,南园折葵,东谷夜春,何等自然、富足! "童稚不识衣冠(当官的标志)","五柳先生(陶潜自称)对门",将《桃花源记》

"不知有汉,无论魏晋"的时间差改换成远离市井官场的空间差。最为人称道的是第六首,桃红柳绿,含烟带雨,"花落家僮未扫,莺啼山客犹眠",更是写尽"富贵闲人"的神情。田园诗人储光羲、綦毋潜辈,虽或能得隐居者神情,却未能置于美的环境中情景交融如此。

"白云回望合,青霭入看无。"如果我们只是出入于摩诘这些美的诗句中,恐怕很难探明他的心思。

五、一封透露心思的信

　　真正透彻之悟应是泯灭一切差别。净与染同,皆是空故。既如此,又何必去执着于出与处,官与隐,藏声与扬名呢? 这才是权宜方便的不二法门。

想要探得王维的心事,最好是读读他那篇《与魏居士书》。全文如下:

　　足下太师之后,世有明德,宜其四代五公,克复旧业。而伯仲诸昆,顷或早世。唯有寿光,复遭播越。幼生弱侄,藐然诸孤。布衣徒步,降在皂隶。足下不忍其亲,杖策入关,降志屈体,托于所知。身不衣帛,而于六亲孝慈。终日一饭,而以百口为累。攻苦食淡,流汗霡霂,为之驱驰。仆见足下,裂裳毁冕,二十余年。山栖谷饮,高居深视,造次不违于仁,举止必由于道。高世之德,欲盖而彰。又属圣主搜扬仄陋,束帛加璧,被于岩穴;相国急贤,以副旁求,朝闻夕拜,片善一能,垂章拖组。况足下崇德茂绪,清节冠世。风高于黔娄善卷,行独于石门荷蓧。朝廷所以超拜右史,思其入践赤墀。执牍珥笔,羽仪当朝,为天子文明。且又禄及其室养,昆弟免于负薪,樵苏晚爨,柴门闭于积雪，藜床穿而未起。若有称职，上有致君之盛，下有厚俗之化。亦何顾影跼步，行歌采薇？是怀宝迷邦，爱身践物也。岂谓足下利钟釜之禄，荣数尺之绶？虽方丈盈前，而蔬食菜羹；虽高门甲第，而毕竟空寂。人莫不相爱，而观身如聚沫；人莫不自厚，而视财若浮云，于足下实何有哉？圣人知身不足有也，故曰欲洁其身，而乱大伦。知名无所着也，故曰欲使如来，名声普闻。故离身而反屈其身，知名空而返不避其名也。古之高者曰许由，挂瓢于树，风吹瓢，恶而去之。闻尧让，临水而洗其耳。耳非驻声之地，声无染耳之迹。恶外者垢内，病物者自我。此尚不能至于旷士，岂入道者之门钦？降及嵇康，亦云"顿缨狂顾，逾思长林而忆丰草"。顿缨狂顾，岂与傒受维絷有异乎？长林丰草，岂与官署门阑有异乎？异见起而正性隐，色事碍而慧用微。岂等同空虚，无所不遍，光明遍照，知见独存之旨邪？此又足下之所知也。近有陶潜，不肯把板屈腰见督邮，解印绶弃官去。后贫，《乞食》诗云："叩门拙言辞。"是屡乞而多惭也。尝一见督邮，安食公田数顷。一惭之不忍，而终身惭乎？此亦人我攻中，忘大守小，不□（缺字）其后之累也。孔宣父云："我则异于是，无可无不可。"可者适意，不可者不适意也。君子以布仁施义、活国济人为适意，纵其道不行，亦无意为不适意也。苟身心相离，理事俱如，则何往而不适？此近于不易，愿足下思可不可之旨，以种类俱生，无行作以为大依，无守默以为绝尘，以不动为出世也。仆年且六十，足力不强，上不能原本理体，裨补国朝，下不能殖货聚谷，博施穷窭。偷禄苟活，诚罪人也。然才不出众，德在人下，存亡去就，如九牛一毛耳，实非欲引尸祝以自助，求分谤于高贤也。略陈起予，唯审图之。①

① 赵殿成《王右丞集笺注》卷一八，上海古籍出版社 1961 年版，第 332—334 页。

为了让读者少在古文上费神,现将中间一段译成白话文:

圣人明了肉身如泡沫,只不过是个短暂的存在,所以孔子门人子路会说:(隐居者)执着于不沾污自身,却不意而忽视了君臣间的必要关系。虽然明白名并非可依附的实体,(维摩诘)却要说:想让如来的威名传遍整个娑婆世界。所以说,想超越自身的人反而得忍受屈辱,让自身受委屈,而明知名本空的人反而不避扬其名。古时候有位高士叫许由,连瓢挂在树枝上,风吹飘响,爱清静的他也感到厌恶而务必除去它。当他听到尧要让帝位给他时,更是感到厌恶,跑到水边去洗耳朵。其实耳朵又不是能停驻声音的地方,声音也并不会在耳朵里染上什么痕迹。怕受外物污染者,只是因为他自己内心有污垢!像许由这种人,连个“旷达之士”都称不上,还能进什么得道者之门呢! 到后来的嵇康,(在《与山巨源绝交书》中)也说是“顿缨狂顾,逾思长林而忆丰草”。马想摆脱羁勒而狂乱挣扎(结果还是羁勒在身),这同俯首受缚又有什么区别? 同样的道理,弃绝人世躲进林间草丛,同身居官署门栏又有什么差异? 心中有了邪念,正性就会受蒙蔽,为外界事物所干扰,则慧用也会转而微弱。这岂合乎不执着于外物,一切皆空,道无不在如光明普照,而知见自然存在的至理! 这也是您早已明白的道理啊。近世又有隐士陶潜,他不肯为了五斗米的俸禄去折腰见上司,干脆解下印绶弃官而去。后来贫困至极,曾写下一首《乞食》诗,说:“叩门拙言辞。”这是常求乞而多怀惭愧。设使当初他能忍受屈辱去一见督邮,安然饱食那几顷公田,又怎会有今日乞食之辱呢? 这不是《左传》所说的一次之惭尚且不肯忍受,结果反而要终身受此惭吗? 这也是内外交攻、忘大守小,不懂得忍(?)所带来的后果啊! 孔子则说:“我和这些人不同,无所谓可以也无所谓不可以。”可者,指适意;不可者,指不适意。君子以布仁施义、活国济民为适意，纵使其道不得行，也无意去做不适意的事。（所以说达则兼济，穷则独善。）如果让神超越于形，懂得事理不二的道理，那么何往而不适呢？这当然不易做到，但愿您理解可与不可的要义。其实种种法只是随缘示现（一切皆空），切莫将行为当作可靠的依凭，莫将静居无闻认作隔绝尘世，误以为退隐无为便是超越人间。

"苟身心相离，理事俱如，则何往而不适"是整篇文章的"眼"。中国士大夫总是将生与死的终极关怀化为"出"（出仕）与"处"（退隐）的日常矛盾来思考。也就是说，如何处理"兼济"与"独善"，是中国士大夫永恒的课题。对于已经入仕的士大夫，很难因为"青山白云之想"而走到陶渊明"不为五斗米折腰"挂冠而去那一步。所以《朱子语录》有一段颇为入骨的讥讽："晋宋人物，虽曰尚清高，然个个要官职。这边一面清谈，那边一面招权纳货。陶渊明真个能不要，此所以高于晋宋人物。"其实作为儒家兼济独善的准则，就要求"独善"只是"兼济"的补充与调节而已，出仕本来就是儒家的正面目的。六朝士大夫也自觉到这一矛盾，谢灵运《初去郡》诗云："庐园当栖岩，卑位代躬耕。顾已虽自许，心迹犹未并。"末句就是说超然物外之"心"与干禄入仕之"迹"的不能统一。社会需求是新理论产生之母。于是就有一种新说法，认为只要心灵是超然远寄的，就不一定去执着于形迹。《世说新语·轻诋》记王坦之著"沙门不得为高士论"，大略云："高士必在于纵心调畅，沙门虽云俗外，反更束于教，非情性自得之谓也。"《维摩诘经》之所以为六朝人所深爱，就因为维摩诘是一个不必出家而精通佛法的居士。的确，他为一切"心迹犹未并"的众生提供了权宜方便的"不二法门"。王维的"身心相离"无非是六朝人心迹二化的延伸，是用般若"空空"的理论将出世、入世统一起来，为其"亦官亦隐"提供了哲学的依据。

《维摩诘经·问疾品》云："以何为空？答曰，以空空。"所谓空空,已隐伏"空亦复空"的命题①。王维有句诗云"遥知空病空",就是出自此典。其实呢,禅宗是一种颇为士大夫化的佛教宗派,在"空"的根本问题上也要照顾到士大夫的情绪。禅宗是聪明的,它并不着意去否认人们用感官可以体察到的客观世界,而是强调其不断变化的"无住性",所以《坛经》说要"立无念为宗,无相为体,无住为本"。又说:"无相者,于相而离相。"相,事相。离,也就是不执着。只要"形神相离",也就能"不染万境,而常自在"。这就是王维"身心相离,理事俱如,则何往而不适"之所本了。由于强调对事物持一种无可无不可的不执着的态度,所以行为、形式变成不重要的东西,关键只在"心","心不住法即通流,住即被缚"(《坛经》)。因此,"若欲修行,在家亦得"(《坛经》)。官不官,无所谓,要紧的只是无所系怀,"居官无官官之事,处事无事事之心"。所以士大夫可官可隐,亦官亦隐,权宜方便得很,是之谓:有无双遣,入不二法门。有了不执着的态度,甚至如《维摩诘经·方便品》所云,维摩诘"入诸淫舍,示欲之过,入诸酒肆,能立其志"。怎么做都行,恶即是善,烦恼即菩提。反之,执着于清净,执着于空无,执着于修心养性,便是不超脱,"住即被缚"。《神会禅师语录》曾记王维与神会和尚的一段问答:王维问神会,怎样才会修道得解脱?神会回答说,众生本自心净,如果你想修心,那就是妄心,反而不可得解脱。也就是说,真正透彻之悟应当是泯灭一切差别,所有事物都是"空",连"空"也是空。所以净与染同,皆是空故。既然如此,何必去执着于出与处、藏声与扬名、官与隐呢? 王维正是于此有所会心,才会说:"知名空而返不避其名","长林丰草,岂与官署门阑有异乎"? 许由、嵇康、陶潜,太执着于清高绝尘,反而忘大守小而受其累云。这就为"亦官亦隐"找到了一个颇有来头的哲学依据。我们已无从知道那位魏居士接到王维这封书信以后作何种想,但王维无疑已为那些由隐居而出仕的士

①　参看幼存、道生《维摩诘经今译》,中国社会科学出版社 1994 年版,第 157 页,注 10。

子找到解决"心理障碍"的利器。想当初谢安高卧东山，后来出就桓公司马，曾被郝隆借药草一名远志，又名小草，而讥讽曰："处则为远志，出则为小草。"弄得谢安"甚有愧色"，差点下不了台。如果有王维为之辩，谢安便可心安理得，倒是郝隆怕要背上"执迷不悟"的坏名声呢！

不过王维此封书信并非一味"空空"，他仍隐隐然有其执着的所在。这就是书信中强调的："圣人知身不足有也，故曰欲洁其身，而乱大伦。"大伦指什么？指君臣间的必要关系。《论语·微子篇》记孔子的弟子子路的话说："不仕无义。长幼之节，不可废也；君臣之义，如之何其废之？欲洁其身，而乱大伦。"杨伯峻的译文是："不做官是不对的。长幼间的关系，是不可能废弃的；君臣间的关系，怎么能不管呢？你原想不沾污自身，却不知道这样隐居便是忽视了君臣间的必要关系。"[1]这才是《与魏居士书》动机之所在。也就是说，王维写这封信主要是出自为"圣主搜扬仄陋"，让贤士致君厚俗裨补朝政的目的。大凡中国士大夫自小读"圣贤书"，以儒学打底，而对其他学说则往往采取"六经注我"的态度。即使是像王维这样沉浸佛学，"居常蔬食，不茹荤血"的居士，在事关"君臣大伦"的问题上仍是不敢轻易越雷池一步。就历代君主这方面而言，对隐士大致有两种看法：一是看到隐士可以粉饰太平，而且可以"激贪止竞"，缓和内部矛盾，"不仕有仕之用"；一是看到隐士"行极贤而不用于君"（《韩非子·外储说》），"不可以罚禁，不可以赏使也，此之谓无益之臣"（《韩非子·奸劫臣》），有某种离心的作用。唐代君主有鉴于此，便一方面给隐士优厚的待遇，或召入宫廷任职，或给薪米，使宫阙与山林之间有一条"终南捷径"；另一方面又将隐士置诸"君臣大伦"的约束下，如高宗、武后"坚回隐士之车"，务使其受"皇恩"而后已。玄宗更直截了当宣称："礼有大伦，君臣之义不可废也！"（《旧

---

[1] 杨伯峻《论语译注》，中华书局1980年版，第196页。

唐书》卷一九二）王维此封书信称："又属圣主搜扬仄陋,束帛加璧,被于岩穴;相国急贤,以副旁求,朝闻夕拜,片善一能,垂章拖组。"所说大体上是高宗至"安史之乱"前玄宗时代的情况。这只要翻检二《唐书》中的《隐逸传》便可以得到印证。与玄宗"不废大伦"相呼应的,除了这封书信之外,还有作于开元二十五年的《暮春太师左右丞相诸公于韦氏逍遥谷宴集序》曰:"逍遥谷天都近者,王官有之。不废大伦,存乎小隐。迹崆峒而身拖朱绂。朝承明而暮宿青霭,故可尚也。"这是从正面说,亦官亦隐才是"不废大伦",嵇康、陶潜则是"欲洁其身,而乱大伦",不可效法。由此可见此时的王维仍是传统的士大夫,在纲常伦理的关键问题上,尚恪守儒家原则。为了表明这不是为自己的当官作开脱,信末特别强调自己"存亡去就如九牛一毛耳,实非欲引尸祝以自助,求分谤于高贤也"。由此来认识王维的"亦官亦隐",就不但是释家消极的出世,还有儒家"大伦"的制约,是二者张力中的平衡状态。

由此我们还可推测此书信当作于天宝十四载之前,也就是"安史之乱"前。你想,肃宗于戎马倥偬中,"圣主"还有什么心思"搜扬仄陋"? 相国首"急"之"贤",也不应是"山栖谷饮,高居深视"的隐士。查二《唐书·隐逸传》,所记"束帛加璧,被于岩穴"的故事,多出于高宗、武后至玄宗时代,再就是代宗以后的事,肃宗时代则付阙如。还有一证,王维"安史之乱"中被叛军强授伪官,成为终生之憾,所以凡提到此事,话都说得很沉痛。如《谢除太子中允表》自责"臣进不得从行,退不能自杀,情虽可察,罪不容诛……秽污残骸,死灭余气,伏谒明主,岂不自愧于心? 仰厕群臣,亦复何施其面? 踣天内省,无地自容"!《责躬荐弟表》又说:"久窃天官,每惭尸素,顷又没于逆贼,不能杀身,负国偷生,以至今日。"相比较之下,《与魏居士书》只是颇自谦地说:"仆年且六十,足力不强,上不能原本理体,裨补国朝,下不能殖货聚谷,博施穷窘,偷禄苟活,诚罪人也。然才不出众,德在人下,存亡去就,如九牛一毛耳。"所强调的只是自己年老无才能,按高标准的济国活民要求自称于国无补耳,并无只字言及没贼事。其"偷禄苟活,诚罪人也"并不是上篇引表所说的"罪不容诛"、"无地自容",而是对"上不能……裨补国朝,下不能殖货聚谷"这样"高标准"自律的一种谦辞而已。更何况这还是上文所说,以此表明请魏居士出仕是出自公心,绝非为自己的当官开脱,是一种策略。所以我认定这封信当写于"安史之乱"前,透露的是王维在这一时期处于官与隐的张力之中,而期期然想以释门"空空"的哲学为依凭,又以儒家"君臣大伦"为制约,借以解决出与处的矛盾,为"亦官亦隐"立论的心思。有的学者认为,这封信体现了王维会通释、道、儒思想,即符合儒家安贫乐道之精神,又体现道家齐物论与释家禅宗不执着,随缘任运来去自由的真谛,我说很对。但由此再进一步,说是儒释冲突都变得毫无意义,则不敢苟同。此期之王摩诘,仍存儒家"君臣大伦"之原则未敢稍稍忘也。对中国士大夫来说,不管他如何笃信释道,儒家这点底子还是很难抹干净的。

第七章 灵 境 独 辟

一、诗与禅的秘密通道

知万物皆幻,故眼界色空无染;不舍幻,故心空仍有深
情在。冷眼深情,故能以审美的超脱现实的态度观照自
然,王摩诘于是获得了诗与禅的秘密通道。

摩诘在辋川的日子似乎过得很惬意。据《云仙杂记》说,他性
好温洁,地不容尘,每天有十几人为他打扫环境卫生,由两人专管缚
扫帚,还常常供不应求呢!又说他用黄磁斗贮兰蕙,养以绮石,终年
茂盛。他还喜欢独自坐在树林里,用"雷门四老石"取火。总之,他
把自己封闭起来,过一种人造的清净日子。

对文艺家来说,有时这种"音乐间歇"似的虚静独处是有利于
创作的。杜甫说过"能事不受相促迫"(《戏题画山水图歌》),没有
闲适优厚的生活便难写出富足自在的田园诗。在辋川田庄这样优
美富足的环境中,摩诘无异于栖息在诗意里。最具王维自家本色,
独树一帜的田园诗,也大多数是萌发在这一片虚静之中。这大概也
是老子所说的"有生于无"吧?

说到有与无的关系,摩诘的认识似乎更直接地是受到释家影
响。这就得追溯到开元中他写的一篇文章:《荐福寺光师房花药

214

诗序》①。

在长安城开化坊,有一座寺庙,叫荐福寺,原是隋炀帝在藩时的旧宅,几经权贵易手,唐高宗驾崩后百日,立为大献福寺,则天皇帝天授元年才改为荐福寺。毕竟是王公贵族的旧宅,所以大殿高阁红墙碧瓦十分壮丽。这里住着高僧道光,据说原是个苦行僧,曾入山林割肉施鸟,后来遇五台宝鉴禅师,传授顿教,成了一位华严宗僧人②。摩诘曾拜于座下,为其弟子,俯伏受教达十年之久。而这位光师,还是个诗僧呢!他曾写有一帙花药诗,由摩诘为之序。序开篇便说道:

> 心舍于有无,眼界于色空,皆幻也。离亦幻也。至人者不舍幻,而过于色空有无之际。

说的尽是佛家的"行话",不好懂。佛教讲究的是"空"的哲学。"空",并不是说一切皆乌有,而是说一切事物都没有一个永久不变的实体(无自性),只是在相依相待的条件下存在。大体说来,在佛教禅宗那里既没有否定也没有肯定,他们要的是:是非既去、得失两忘的"本初状态"的"绝对自由"。所以《维摩诘经·观众生品》说:文殊师利问维摩诘,菩萨是如何看待众生的? 维摩诘的回答是:

> 譬如魔法师看待他所变幻出来的幻人,菩萨便应当这样看待众生。就好像智慧之人看见水中月,看见镜中所现的自己的影象;就好像热浪蒸腾中所现的蜃影;好像巨大呼声的回响;好像空中飘过的浮云;好像水面上汇聚的泡沫;好像水中的汽泡;好像芭蕉的心竟然会坚固;好像闪电竟会久住……菩萨眼中所

---

① 开元二十七年(739)大荐福寺道光卒,王维为作塔铭。《花药诗序》当作于此前。
② 此用陈允吉说,详见《唐音佛教辨思录·王维与华严宗诗僧道光》。

观待的众生,也都如同前面的譬喻。①

　　这就叫"无住为本",从无住本立一切法。所以"诸法皆空"只不过是说一切事物都在转化之中,没有实体,只有佛法真如才是真实不变的。反过来说,大千世界形形色色的事物都是佛法本体的示现:"青青翠竹,尽是法身;郁郁黄花,无非般若。"②由此可引出佛学的色空观。

　　有一则外国幽默说:网,就是把许多"洞"结起来。这虽然可笑,却颇能说明老子"无之以为用"的道理。网绳的目的就是要造成许多"洞",这才有"疏而不漏"的功能。不过老子没说到有与无的同一性,倒是庄子说到了。《庄子·列物篇》说:大地是广而厚的,而人之所用只不过容足而已。然而执脚的这块土地却下至黄泉,下面这么深厚的土地显然于人无所用。这就是有即无、无即有的同一关系。佛家色空观对此讲得更多,更周详。被称为"众佛之母"的"十八空"就有什么内空、外空、内外空、空空;有为空、无为空、毕竟空;散空、性空、不可得空……种种。里面充满否定、否定之否定。比如说一切皆空,但也不可执着于一切皆空,要连这个"空"也消解掉,即"空空"。所以《大般涅槃经·高贵德王菩萨品》说,譬如画师以杂彩作画,有男女牛马诸相。凡夫无知,则见此画而认作真男女牛马,而画师的心中却明白,画中并无真男女牛马。然而,对画像本身却不必否定其存在。因此又有僧肇《不真空论》对色空的解说:"譬如幻化人,非无幻化人,幻化人非真人也。"也就是说,世界诸现象虽然只是假象,但假象还是存在的,可视为"有"。(希望读者记住这段话,我们将在下文与文学艺术中的虚象作比较。)"空"不能

　①　幼存、道生《维摩诘经今译》,中国社会科学出版社1994年版,第48页。
　②　此偈广为流传,意在强调法身显形为世界种种事物,但犹未达一间。大珠慧海就认为:法身无象,应物现形,翠竹、黄花只是法身的显形,并不等同于法身。没有竹子、黄花,法身依然存在。否则人吃竹笋不就吃了法身吗?详参《大珠慧海语录》。

离开"有"而独立存在,不然"空"也就成了一种"有"[1],这叫"空不离色,色不离空"。更进一步说,就是《般若多心经》的要义了:

> 舍利子！色不异空,空不异色;色即是空,空即是色。受、想、行、识,亦复如是。

空既然是色的本性,那末色与空也就相通,因此可以说空就是色,色就是空,等无差别。既如此,为什么要否定色呢？所以主张"法身无相"的佛教也就不妨"托形象以传真",大造佛像,称为"像教"。这就是王摩诘在《绣如意轮像赞》中道出的:"色即是空非空有,是故以色像观音。"《花药诗序》也讲这个道理,先讲万物皆幻,再进一步对"空"消解:"离亦幻也。"既然色不离空,空即色,色即空,又何必执着地否定那作为幻象的色呢？故"至人不舍幻。"摩诘进而又说:"故目可尘也,而心未始同。心不世也,而身未尝物。"这叫"于相离相",要紧的还不在于认识到万物皆幻,重要的还在于要有不执着的通达态度,这才能"过于色空有无之际",超越现实而达到绝对自由的精神境界。如前所述,这种人生态度固然助其渡过"一雕挟两兔"的政治难关,却几乎磨掉了他正义感的锋芒,过着一种无可无不可的苟安生活。然而这种宗教观念却无意中促成王维比同代人更容易感悟到诗画创造艺术幻象的某些特质。上引《大般涅槃经·高贵德王菩萨品》以画为譬,认为画中男女牛马非真男女牛马,但它还是一种存在。而现代人也意识到艺术创造的是一种虚像,这种艺术幻象也同样被认为是一种虚的实体,虚并不意味着非真实,譬如镜中花、水中月,它并非具体存在的物质物,而是在人的视觉、听觉中存在的可感知的"虚的实体",但它仍然是实际存在的间接表象。后来严羽《沧浪诗话》以镜花水月与羚羊挂角论诗的特质,强调的正

---

[1]　竺道生《维摩经注·弟子品》:"空若有空则成有矣。"所以不讲"空相",只言"无相"。

是诗与现实世界之区别与联系，它既是后者的映象却又是虚象而不可捉搦。

我们似乎找到了诗与禅的接口。

如果说佛禅视现实为佛法的"幻象"，然后又说"不舍幻"，且托身于幻象之中；而诗则将它颠倒回来，以非功利的眼光从日常林林总总的现实表象中通过取舍提取出有意味的因素，以直觉体验将现实虚化为情感的幻象，或者说它要表现的不是事实本身，而是诗人对事实的感受。就体现人性内在的本质而言，它要比现实表象更"真"，这叫"性情真"。两种"幻象"形同实异，但把握方法有其相似之处。比如白居易的《琵琶行》，重要的不是在历史某个时段在浔阳江畔是否曾发生过这一件事本身，而是对事件删繁就简，突出情感倾向，在韵律的推进下，江涛声、琵琶声、凄凉身世的诉说声所烘托出的月色般朦胧的情感幻象。诗中各组意象都指向"同是天涯沦落人，相逢何必曾相识"这一当时唐人普遍存在的真实情感。正由于它的普遍性，"人同此心，心同此理"，这种产生于历史文化的普遍情感也就可能超越时代与地域，能长久地引发人们的共鸣，获得永恒的艺术生命。从这个角度讲，艺术虚像要比事件的真相更真实。然而意象来自现实，"真境逼而神境生"（笪重光），愈能把握住现实的本质，愈能创造出永恒的艺术幻象！

有一则禅宗话头，颇能尽"知幻而不舍幻"的妙谛。《五灯会元》卷三载：石巩慧藏禅师问西堂："你还解捉得虚空么？"西堂答道："捉得。"便以手撮虚空。石巩笑道："不对不对，你还不解捉。"西堂问："师兄又怎么个捉法？"石巩于是猛地扭住西堂的鼻子，西堂痛得泪都快掉下来，忙叫："太煞！鼻子快被扭脱了。"石巩这才乐呵呵地说："直须恁么捉虚空始得。"[1]禅家说"空"，却紧扭住"有"，"直须恁么捉虚空始得。"这里对虚、实关系的处理与诗心正相通，故对

①　原文见中华书局点校本《五灯会元》上册，第160页。

诗家甚有启发。清代诗论家、哲人王夫之曾注意到表象的艺术转化问题，并以王摩诘为例说：

> 右丞妙手能使在远者近，抟虚成实，则心自旁灵，形自当位。（《诗绎》）

所谓"抟虚成实"，无非是让无形的"虚"借有形的"实"而显，是禅家所谓"直须恁么捉虚空始得！"且读下面这首《杂诗》：

> 君自故乡来，应知故乡事。
> 来日绮窗前，寒梅著花未？

思乡之情如缕，适逢有客自故乡来，千言万语从何道起？摩诘却于思乡心情一字不提，只是扭住"寒梅着花"一事，而绮窗赏梅所勾起的故乡往事自然不绝如缕。这不就是王夫之所谓"离钩三寸，鲅鲅金鳞"？初唐田园诗人王绩也有类似题材的一首诗，钱锺书先生曾将它与王维此诗作一对比，抄录如下：

> 王维这二十个字的最好对照是初唐王绩《在京思故园见乡人问》："旅泊多年岁，老去不知回。忽逢门前客，道发故乡来。敛眉俱握手，破涕共衔杯。殷勤访朋旧，屈曲问童孩。衰宗多弟侄，若个赏池台？旧园今在否？新树也应栽。柳行疏密布？茅斋宽窄裁？经移何处竹？别种几株梅？渠当无绝水，石计总成苔。院果谁先熟，林花那后开？羁心只欲问，为报不须猜。行当驱下泽，去剪故园莱。"这首诗很好，和王维的《杂诗》在一起，鲜明地衬托出同一题材的不同处理。王绩相当于画里的工笔，而王维相当于画里的"大写"。王绩问得周详地道，可以说是"每事问"（《论语·八佾》），王维要言不烦，大有"伤人

乎？不问马"的派头(《论语·乡党》)。

王绩之问,业主之问也;王维之问,高士之问也。关键就在于王摩诘只捉住梅花一问,所传情趣不同也。而这种特殊的情感,正是借"梅花"这一表象而显。

在日常语言中,"梅花"是某类植物的"名",有其"类"的具体规定性。然而在诗里,这个概念中的实用性、功利性、物理性,都被清空,成为与原表象对应的感性印象,是士大夫情感生活的投影,成为输入了士大夫文人某种"清高"生活态度的视觉形象,或者说是其情感表现符号。我们不妨将这一创构过程称为情感的"画面化"。王绩列举池台梅柳茅斋园渠种种,固然也有些画面,也表达了一些思乡之情,但仍太实太板太满,难以激发想象。王维梅花一问,却以少总多、尽得风流,不但写出了他对曾经的生活情调的依恋,也激发了读者的无限遐思。

王夫之在《唐诗评选》卷三评王维《观猎》诗时又说:"右丞之妙,在广摄四旁,环中自显。"所谓的"广摄四旁,环中自显",就是从网状的万象中进行严格的取舍,突显一些事物而遮蔽一些事物,借以显露出某种情感倾向。试读这首《临高台送黎拾遗》:

相送临高台,川原杳何极!
日暮飞鸟还,行人去不息。

送别情怀如何写出？摩诘只是写出些少眼中所见:茫茫平野无尽,日暮鸟儿倦飞尚且知还,忙忙碌碌的行人呵,你们怎么还在奔走不息？对人生的感喟之情溢于言外。这也是禅家所谓"现量"手段。现量,"现成一触即觉,不假思量计较"者也。其实"不假思量计较"只是讲不必费心经过严密的逻辑推理与科学的概括过程,"直接扪摸世界",从眼前现象中"提纯"出艺术幻象的直觉功夫,而不是说不必经过呕心沥血的艺术创造。

清初画家笪重光《画筌》有云:

> 空本难图,实景清而空景现。神无可绘,真境逼而神境生。

此语直道出王维成功之秘诀。王维的借实景现空景,以真境逼出神境的功夫可谓妙合无垠。而所谓"真境",不过是经过他精心选取的一些意象加工、组建的情景而已。然而这种直觉体验信手拈来的功夫世间有几人会得? 再读这首《辛夷坞》:

> 木末芙蓉花,山中发红萼。
> 涧户寂无人,纷纷开且落。

辛夷,乔木,俗称木笔,其花大如莲花,故云"木末芙蓉花"。然而这株美丽的花木却生长在山中涧户,自开自落,无人欣赏。可是无人欣赏的辛夷花仍然自开自落,无为而有为。写的只是大地之一隅,一隅之独木,显示的却是大自然无时无地不在的永恒的律动。

王摩诘似乎只是随意拈出大自然中一小景,却让人感悟到某种永恒的哲理。这种诗律与大自然生命之律动同步的和谐,是王维田园山水诗最迷人的境界。代表作如《终南别业》:

> 中岁颇好道,晚家南山陲。
> 兴来每独往,胜事空自知。
> 行到水穷处,坐看云起时。
> 偶然值林叟,谈笑无还期。

随兴而往,随遇而安。全诗通过没有目的散步这一具体行为展现一种随缘任运的心态。在山中漫步,适逢涧流,溯流而上,直至水穷。水既穷尽，不妨就地而坐，闲看那边白云正冉冉而升。《大般若经》有云："一切法自性本空，无生无灭，缘合谓生，缘离谓灭。"千差万别的一切事物就这样处在一张因缘离合的关系网（华严宗谓之"因陀罗网"）中，非生非灭，亦生亦灭，相依相待，不断变化。诗中水穷云起的景色展现的不就是这样一种偶合因缘吗？这就叫"实景清而空景现"，诗中空灵的境界已非山中实有的境界了。方士庶《天庸庵笔记》云：

> 山川草木，造化自然，此实境也。因心造境，以手运心，此虚境也。虚而为实，是在笔墨有无间，衡是非，定工拙矣。

造化自然的实景一旦被诗人印上情意，便是心境、虚境；而此虚境又给人以艺术幻觉，似入实境。也就是由实转虚再由虚而实，住而复返的创作、鉴赏过程。对王维来说，这个过程不但是情感形式向艺术形式转化的完成，而且也是宗教体验向审美经验转化的完成。色空观，虚空境；超脱人生，世间深情，往往融入笔墨有无间：

> 春池深且广，会待轻舟回。
> 靡靡绿萍合，垂杨扫复开。

这首题为《萍池》的诗，是摩诘为友人皇甫岳云溪别业题景五首之一。所写只是萍池所见的一个真实的细节：船来萍开，船过萍合，但风动垂杨，扫水复开。一开一合，再合再开。萍水离合只是常见的实景，是大自然的律动。然而经诗人精心选择的这一细节却蕴含着佛家因缘偶合的道理，是"因陀罗网"的示现。但诗人情怀不只是看透这因缘偶合的色空，而且从轻舟徘徊，注目萍开萍合之中，我们还可感受到诗人热爱自然的深情，及其随缘任运的人生态度。

于此，我们又看到诗与禅的差别。

天宝年间的王维主要是诗人而不是禅客。他虽具冷眼却仍怀深情。没有深情便没有真正意义上的诗。试读这首《辋川别业》：

> 不到东山向一年，归来才及种春田。
> 雨中草色绿堪染，水上桃花红欲然。
> 优娄比丘经论学，伛偻丈人乡里贤。
> 披衣倒屣且相见，相欢语笑衡门前。

在现实中存在的种种税赋祸害劳苦灾变被隐去，大自然美好的一面被凸显出来，虽然诗中出现的都是些优娄比丘伛偻丈人之类形象丑陋的"出世"者，但整首诗透出的却是人与人之间、人与自然之间融洽的欢乐，人无机心，物却有蓬勃的生机。储光羲的诗时或能状人的无机心，却难同时状物之欣欣然有生机。"雨中草色绿堪染，水上桃花红欲然"，与结句"披衣倒屣且相见，相欢语笑衡门前"相呼应，天人合一融为一片境，这也是诗人心中笔底的艺术幻象。甚至在空寂之中，摩诘也往往能透出生机，如《鹿柴》：

> 空山不见人，但闻人语响。
> 返景入深林，复照青苔上。

不见人并非无人，闻语响反衬得空山更空寂。"返"、"入"、"复"，几经折射，可谓"无往不复"，是王夫之所称"右丞妙手，能使在远者近"，总是俯仰自得，游目骋怀的意境。这是大化流行的空寂，是融入自然万象生生不息变化之中的亲和关系，王维用语言创构的虚的空间有实的生命在流荡。

这正是盛唐诗人王维有别于他时代田园山水诗人之所在。因此，哪怕是写"八极氛霁，万汇尘息"的青龙寺清净世界，也仍然是栩栩然有生气：

高处敞招提,虚空讵有倪。
坐看南陌骑,下听秦城鸡。
渺渺孤烟起,芊芊远树齐。
青山万井外,落日五陵西。
眼界今无染,心空安可迷![1]

　　僧众艰辛孤寂的苦行被诗化为一种与大自然亲和的引人入胜的云水生活,提纯为一种冷眼深情的审美态度:知万物皆幻,故眼界色空无染;不舍幻,故心空仍有深情在。冷眼深情,故能以审美的超脱现实的态度观照自然。摩诘只是在寂照中将其随缘任运宁静淡泊之处世态度酝酿为一种审美心态,并不是贾岛般诗人躯壳中有一个释子在当家。王维之所以成"诗佛"而非"诗僧",关键在此。

二、"拈花微笑"与"兴象"

　　王维善用诸多意象共构一个空灵的境界,从整体到整体,让意境焕发出意味,与读者发生心灵的感应,给你一个饱含水分的梨。圆满自足。

　　却说佛祖在灵山会上说法,有无量数的比丘、菩萨、帝释诸大众围绕着。佛居其中,好比须弥山突兀于大海之上。这时,世尊坐于众宝饰成的狮子座上,金光普照大众。只见他信手拈起一朵花来示众,当即诸众都默然不知何意,只有迦叶尊者心领神会,破颜微笑。于是佛祖微微颔首,说道:"吾有正法眼藏(指普照天地万物的佛法),涅槃妙心,实相无相,微妙法门,不立文字,教外别传,付嘱摩诃

---

[1]　《王右丞集笺注》卷一一《青龙寺昙壁上人兄院集》。

迦叶。""摩诃迦叶"就是"大迦叶",此人便成了佛的大弟子。

这当然是禅宗后学制造的神话,为的是标榜其"不立文字,教外别传"的正宗地位。其实呢,语言文字的局限性我们的先人们早已觉察,并有所不满。《老子》劈面便说:"道可道,非常道;名可名,非常名。"道如果可以讲说,那就不是永存的道。到第五十六章又说:"知者不言,言者不知。"懂大道的智者是不讲话的,而那些侃侃言道的人算不得智者。难怪孔子要说:"予欲无言。"你看,"天何言哉?四时行焉,百物生焉。天何言哉!"(《论语·阳货》)儒、道、释三家对语言表达的局限性认识是一致的。禅宗特异之处在于它将语言的局限性与理性逻辑的局限性联系起来,并针对这种局限逐渐形成一套"参悟"的方法来表情达意。

大千世界的复杂性,是人类理性所无法穷尽的。也就是说,大自然并不尽如秩序井然的逻辑那样运作,许多事物可以感受,却无法分析。人们硬要用从已知经验中得来的"逻辑"来审议未知世界,难免要产生谬误。当然,这不是理性的失败,而只是现有"理性"的不成熟。禅宗却捉住这一点,以"破执"为由,想彻底否定理性思维,提供没有智性思辨介入的"直觉思维"。也就是以直觉体验的方式去"直接扪摸"世界。为人们所津津乐道的许多禅宗"话头"、"公案",便是这种"扪摸"的示范。如《云门文偃禅师语录》所载:

> 问:"如何是佛法大意?"
> 云门曰:"春来草自青。"

初看似乎答非所问,无理性、逻辑可言,但细加品味,则可发现,其中理性只是被诗化处理过,让理性溶入感性中。"春来草自青"的自然律动与"佛法大意"之间的某种关系是"对应"的,可以看作是一种暗喻。这种对应、暗喻并非简单的类比,因为二者绝非同类,但禅宗主张的冥合自然、随缘任化、心灵的自觉等,与春草生生不息、

往而复返的自然律动在理路上确有某种相似之处。它们之间这种
关联只是系于人们主观的联想，所以对禅宗道理毫无感觉的"钝根"
是"悟"不出其中的"机锋"的。而这种暗喻又是重要的导向，因为
周而复始的"春草自生"是触手可及的经验世界，人皆可扪摸之，是
诗化了的经验——须知诗化是使熟视无睹的事物重获新感觉的重
要手段。诚如海德格尔所说："诗化，才把早被思过的东西重新带到
思者的近处来审视。"(《林中路》)

　　禅宗这套"心印"传授法对传授者与接受者来说，都是一场革
命：传授者必须注重启发性，将接受者的主体性充分地考虑进去，
将不可言说却又必须表达的地方圈出来，好比填充题留下的空白，
让人从上下文去体会该填上什么，不同的只是答案不止一个，而且
不是去猜，而是去"参"，去"悟"(一种特殊的飞跃式的联想)；于是
对接受者来说，便休想从传授者那儿得到什么现成答案，他只能主
动去感应，如"春来草自青"与"佛法大意"之间的对应点才会被感
知，才可能亲手去"直接扪摸世界"。"钝根"就无法享受这份快
乐了。

　　不过这套感应法并非禅宗的专利，远至上古诗家的"比兴"，近
至西方心理学的"格式塔"(异质同构)，都有自己相关的论述。尤
其是传统的比兴，是中国人创造的表达情感意象的重要手段。其中
我必须简要讲一讲王维所处的盛唐时代提出的"兴象"说。盛唐人
殷璠《河岳英灵集》首倡兴象说，他将"情景对应"聚焦于人的情感
受外来刺激时引起的兴奋状态(兴)与外在景物事件被人的情感结
构所同化的意象(象)对应并结合起来，成为诗歌创作的发生点①。
苏珊·朗格《情感与形式》称：

　　　　在强调真实情感之下，被觉察到的事件和事物往往出现在

---

① 　参看拙文《兴象发挥》，《文艺理论研究》1992 年第 3 期(收入本《文集》第六册)。

与它们所引发的情感相一致的格式塔里。因此,现实提供意象是十分正常的;不过意象不再是现实里的任何东西,它们是激动起来的想象所应用的形式。①

　　苏珊·朗格这段话有助于我们这些现代人理解唐人的"兴象"说。

　　殷璠言兴象,不但指兴与象的静态构成(鲜明生动之形象蕴含兴味神韵),而且是指由诗人兴发而物我遇合,达到情景交融(顺化与同化同时进行)效果的动态过程本身。所以殷氏评王维云:

　　　　维诗词秀调雅,意新理惬,在泉为珠,着壁成绘,一句一字,皆出常境。

　　"在泉为珠,着壁成绘",这正是王维将实景虚化、画面化、诗化、形式化的动态手段。王维创作在先,殷璠评论在后。"诗佛"王摩诘灵心善感,自然是"利根"不是"钝根",所以总能得风气之先,其中不无受禅宗参悟法之启发。先读这首《酬张少府》:

　　　　晚年唯好静,万事不关心。
　　　　自顾无长策,空知返旧林。
　　　　松风吹解带,山月照弹琴。
　　　　君问穷通理,渔歌入浦深。

最后一联可改写为禅宗公案:

　　　　问:如何是穷塞通显之理?

---

① 〔美〕苏珊·朗格《情感与形式》,刘大基等译,中国社会科学出版社 1986 年版,第 293 页。

答：渔歌入浦深。

似答非答，不粘不脱，正是禅家机锋。陈贻焮《王维诗选》是这样翻译的："您若问我关于命运穷通的道理，我想，从那悠扬的渔歌声中，也许可以得到解答吧。"

是的，答案就在其中。然而这个答案是用全诗造成的意境将它圈出来的空白，要读者自己去领悟。首联与颔联的因果关系是："自顾无长策"→"空知返旧林"→"晚年唯好静"→"万事不关心"。首先是因为在李林甫、杨国忠执政时期的无可奈何，只好退避而"返旧林"，一个"空"字将这种无可奈何的被动性写了出来。好静、不关心是引出来的结果。也就是说，在兼济与独善的岔道上，他选择了独善。渔歌入浦，可令人联想到屈原与渔父的问答。楚辞《渔父》写屈原被流放后，行吟于泽畔，渔父问屈原何故至此，屈原说："举世皆浊我独清，众人皆醉我独醒，所以被流放至此。"渔父便劝他随俗同流合污，屈原凛然拒绝。于是：渔父莞尔而笑，鼓枻而去。乃歌曰："沧浪之水清兮，可以濯吾缨；沧浪之水浊兮，可以濯吾足。"遂去，不复与言。渔父自己也并不随俗而同流合污，他采取的是独善其身，避世而隐的态度。这也是摩诘处理"自顾无长策"的无可奈何的态度：要问人生道理吗？ 那你自个儿听那渔歌去！此与赵州从谂禅师常讲的"喝茶去"同一机杼①。然而关键在颈联："松风吹解带，山月照弹琴。"不是松，不是风，也不是月，不是琴，不是任何一个单独的"象征"，而是那松风吹解带的逸致与无拘束的神态；是那山月下弹琴的悠然的气氛，风吹带解，月照弹琴，何等随意、自在！这种不受干扰的自然的意境与独善生活惬意心境相对应，固然是"即境示人"的禅家心印，其中自有"随缘任运"的佛家道理，但此联"一片境"地呈露出诗人对人生的理解与愉悦，更是诗人创造的情感幻象，

---

① 详见《五灯会元》卷四"赵州从谂禅师"条，中华书局1984年版，第204页。

是美的形式。感受不到禅理的人也可以感受到诗美。这才是诗人与僧人的重大区别！

我们已经无从考察王维当年创作的具体过程，但有一则日本禅师的公案可资隅反。据说佛顶禅师一日雨霁访俳句诗人芭蕉，见其面有得意之色，便问：“最近如何度日？”芭蕉答曰：“雨过青苔润。”佛顶再追问：“青苔未生之时，佛法如何？”答曰：“青蛙跳水声。”这答案不知佛顶是否满意，但芭蕉自己并不满意，他很快又将它改写成俳句曰：

> 蛙跃古池内，静潴传清响。

“青蛙跳水声”固然表达了芭蕉对禅理“寂灭”的了悟，但尚未创造出诗歌艺术丰满的意象。严羽《沧浪诗话·诗辨》一面指出诗与禅的共通点“大抵禅道唯在妙悟，诗道亦在妙悟”；一面又认为：“诗有别趣，非关理也。”这种“别趣”就是必须创造出感性的幻象（“镜中花”、“水中月”），成为情感生命的投影，用以激发人们的联想与美感，积淀为某种有意味的形式。修改后的俳句从禅理中解脱出来：我们感受到寂静而不是寂灭，而这种寂静充满动感，蛙跃水响之变，与古池静潴之不变，动静之间辩证地形成了生命的节奏，动静不二，形成一个和谐的整体，给人以活泼泼的形式感。于是诗从禅理中蝉蜕而出，成为日本俳句的绝唱[1]！诗人显然对创造有意味的形式更感兴趣。

再回到王摩诘的诗。请先对读下面二首：

> 了观四大因，根性何所有。
> 妄计苟不生，是生孰休咎。

---

[1] 详见秋月龙眠《禅海珍言》，汪正求译，漓江出版社1991年版，第7页。

色声何谓客，阴界复谁守。
徒言莲花目，岂恶杨枝肘。
既饱香积饭，不醉声闻酒。
有无断常见，生灭幻梦受。
即病即实相，趋空定狂走。
无有一法真，无有一法垢。
居士素通达，随宜善抖擞。
床上无毡卧，镉中有粥否？
斋时不乞食，定应空漱口。
聊持数斗米，且救浮生取。

寒更传晓箭，清镜览衰颜。
隔牖风惊竹，开门雪满山。
洒空深巷静，积素广庭闲。
借问袁安舍，悠然尚闭关。

　　前首题为《胡居士卧病遗米因赠》，后首题为《冬夜对雪忆胡居士家》，看来是前后为同一个人而作的。表达的思想感情大致相近，而写法却大相径庭。前首大讲佛理，没多少意味，只具有诗的形式；后首即境示人，却有无限诗意禅思，是有意味的诗。尾联用袁安卧雪的典故。《后汉书·袁安传》载：袁安家贫。一年大雪，埋没袁安的家门，洛阳令巡视，破雪而入，见袁安僵卧其中。洛阳令问袁安为什么不出门求食？袁安说："大雪天大家都挨饿，不宜去求人。"洛阳令认为袁安够得上个贤人，便举他为孝廉。在上一节我们提到过，王维曾作"袁安卧雪图"，中有"雪里芭蕉"，既表达了袁安的高洁安贫，又蕴含"身如芭蕉"的佛理。以此观摩诘后一首诗，便容易悟入。"隔牖风惊竹，开门雪满山"是写雪景名句，是独立自足的景致，但又与"洒空深巷静，积素广庭闲"家居情状共构一有机统一的艺术空间，重点在烘托栖息其中的袁安那安贫乐道的悠然神态，与颜回处穷巷曲肱而卧同趣。这边是我赏雪，那边是胡居士你卧雪，二人情怀于此交汇。我们既可以从中领略胡居士"素通达"、"随宜善抖擞"的深明佛理，又可感受摩诘对胡居士深切关怀与敬仰的情感。同时，不同的读者根据自家的经历与涵养，各自还可领略到不同的意味——就像峨眉金顶看佛光，各自看到光圈中自家的影子。

《诗人玉屑》云："唐僧多佳句，有琢句法，比物以意而不指一物，谓之象外句。"所谓"象外句"，就是不用线式的对比，而是用意象所构成的意境整体来"即境示人"，是白云演和尚所谓："白云山头月，太平松下影，良夜无狂风，都成一片境。"（《雪堂和尚拾遗录》）不是孤立、个别的月、或松，而是山月松影共构的澄明境界，是情景融一的"一片境"。王维对意象组合的整体性尤为重视。其《山居秋暝》诗云：

> 明月松间照，清泉石上流。

明月、松泉不是有些人所解释的那样，是什么个个"象征高洁"；而是月、松、泉、石交互共构的"一片境"：明月透过疏疏密密的松林枝叶直透到下联从石面上潺潺流过的清澈山泉之上，自然呈露的画面整个儿焕发出山居的诗意，"不指一物"，以境示境，从整体到整体，跳过理性的分析，让读者自己去"扪摸世界"，圆满自足。

"欣欣物自私"（杜甫句）。让自然景物独立自足，从比附、象征中解放出来，从而获得了生命，这是唐人对山水诗的贡献，王维与有力焉。然而这种"自然呈露"并不是杂草丛生式的自生自灭，而是一种顺应自然的不着痕迹的巧妙安排，同时又是经诗人严格饰选后简之又简的几个意象，"跳板"也似地供读者"弹起"想象。宋人张镃《读乐天诗》称：

> 诗到香山老，方无斧凿痕。目前能转物，笔下尽逢源。

　　所谓的"能转物"，大概是指"且移泉石就身来"之类迁景就我。但真正能不动声色地让物象自然生长，却又按诗人意愿呈露某一面来暗示自家情感，这种"转物"功夫还得让王维称尊。王维有一首《田家》诗云：

> 旧谷行将尽，良苗未可希。
> 老年方爱粥，卒岁且无衣。
> 雀乳青苔井，鸡鸣白板扉。
> 柴车驾羸牸，草屩牧豪豨。
> 多雨红榴析，新秋绿芋肥。
> 饷田桑下憩，旁舍草中归。
> 住处名愚谷，何烦问是非。

　　红榴绿芋、雀乳鸡鸣，无非农村平常事物，似乎不经意的罗列，但仔细看去，每件事物都呈露其简朴自足与世无争的一面，隐去事物的其他与之不谐调的多面（如涝、旱、蝗、租、疫之类），诸事物都指向诗人向往的富足闲适与世无争，而这才是诗人内心向往的世界——未必是全部田家现实存在的世界。这就是摩诘"转物"手段。再如《春中田园作》：

> 屋中春鸠鸣，村边杏花白。
> 持斧伐远扬，荷锄觇泉脉。
> 归燕识故巢，旧人看新历。
> 临觞忽不御，惆怅远行客。

　　多么迷人的农家春景！一切都如此生机勃勃，令人留恋。读者不难体味尾联所示不能浸润其中的惆怅。同样是农村生活，他可以层出不穷地"转"出许多令人陶醉的"面"，让它们以最和谐的组织呈露出来，共构出"桃花源"式的幻境：

> 斜光照墟落，穷巷牛羊归。
> 野老念牧童，倚杖候荆扉。
> 雉雊麦苗秀，蚕眠桑叶稀。
> 田夫荷锄至，相见语依依。
> 即此羡闲逸，怅然吟式微。

　　放牧、养蚕、锄田，这些艰辛的劳动在这首题为《渭川田家》的名篇中都只呈露出其悠然自得的一面，在夕阳下浑茫一片，和谐地共构了田家情景，使读者与诗人都会"羡闲逸"而赋"归去来兮"！这不只是"转物"，而且是巧妙的"逗"，将读者导向诗人划出的"环中"。这也正是王维通过"转物"来"抟虚成实"的手段——《二十四诗品》所谓"超以象外，得其环中"。也就是说，王维创造诗的幻象并不是离开现实世界自造幻觉，而是从自家在现实世界获取的富有生机的视觉经验中，提取所需的一些因素，删除、遮蔽大量"杂音"，让人只看到作者让你看的一面，从这一纯粹的知觉形式中感受到某种情感与美。

　　摩诘还有许多小诗，是连"提示"也只字不见，全靠"铜山西崩，灵钟东应"式的感应，使人顿悟。像这首《书事》：

> 轻阴阁小雨，深院昼慵开。
> 坐看苍苔色，欲上人衣来。

　　没半句提到心事，但从雨中长坐看苔色，读者能不感应其心情？再如《鸟鸣涧》：

> 人闲桂花落，夜静春山空。

> 月出惊山鸟，时鸣春涧中。

　　闲静之极，连月出也足以惊起山鸟，亦飞亦鸣，更见山涧之空且静。这真是"动静不二"的佛家境界，却不着半字议论，读者自可直接从画面中参而悟之知之。这不就是"直接扪摸"到"原生态的世界"了吗？

　　写到这里，我们不禁要回到本书第一章"诗佛"一节。由于盛唐时代禅宗在生活化与心灵化的道路上迈开大步，诗歌同时又已成为举国喜闻乐见的形式，使王维的"诗佛"成为可能。但诚如宋人云："说禅做诗，本无差别，但打得过者绝少。"摩诘的成功，就在于他在亦官亦隐的生活中完成了宗教体验向审美经验的转化，他整个身心沉浸在诗意中，而文艺交感的优势又使之轻而易举地"抟虚成实"，将禅宗的离弃语言文字转为妙用语言文字，捉住灵感的瞬间化为永恒的文艺幻境，让画面中充满音乐的旋律，生活的诗化、心灵化使画面有生命的律动，整个儿地焕发出意味来，使聪颖的读者得到感应，再造出"象外之象"。其意涵之丰富深邃，要胜过一般的比兴。试看以下唐人的三联诗句：

> 窗里人将老，门前树已秋。（韦应物）
>
> 树初黄叶日，人欲白头时。（白居易）
>
> 雨中黄叶树，灯下白头人。（司空曙）

　　三人均以摇摇欲坠的秋叶与风烛残年的人对应，表达其孤寂之心情。王维也用了同样的意象，却有更丰富深邃的意涵：

> 雨中山果落，灯下草虫鸣。

山果熟了雨中自落,明年还生;虫入我户依灯,亦见人与自然亲和。据说有位学者称:此可以当得一部中国哲学史。的确,中国哲学讲的不就是道法自然、处世超然、一切本然、自然而然吗?孤寂已被消解。如果说上面那三句表现的是个体对生命的依恋之情,那么王维这句涵泳的则是中国文化探问生命究竟之理。此亦大小之辨也。

王诗这些特点,融冶神妙无过于《辋川集》那些短句加短篇的五绝组诗,整个儿勾画出栖息在诗意中的王维那全副的神情。

我虽然到过几次西安,但没去蓝田辋川。那原因说来也可笑:我想保留一点想象,要知道现代西安和唐时长安有多么大的差异呵!更何况景观一旦成了"旅游点",那种"哈哈镜"式的"变脸"你是知道的。据说,蓝田县文管所还保存有北宋郭忠恕临摹王维《辋川真迹》等二十多块石刻,只要按图索骥犹可追踪当年王维辋川胜景呢。不过我还是没冒这个险,宁可让想象直接发兴于《辋川集》。

《辋川集》应是天宝年间摩诘与挚友裴迪悠游于辋川庄所写下的唱和组诗,计二十首五言绝句。前有序曰:

> 余别业在辋川山谷,其游止有孟城坳、华子岗、文杏馆、斤竹岭、鹿柴、木兰柴、茱萸沜、宫槐陌、临湖亭、南垞、欹湖、柳浪、栾家濑、金屑泉、白石滩、北垞、竹里馆、辛夷坞、漆园、椒园等。与裴迪闲暇,各赋绝句云尔。

秦岭北麓有水款款而来,泻出于谷口两峰之间,入于灞水。杜少陵有句云:"蓝水远从千涧落,玉山高并两峰寒。"玉山,又名覆车山,亦称蓝田山。少陵当年访崔兴宗东山草堂写下这一佳句,而从崔氏草堂西望,便是王维的辋川庄。《蓝田县志》是这么记载的:

辋川在县正南,川口即崾山之口,去县八里。两山夹峙,川水从此北流入灞,其路则随山麓凿石为之,计五里许,甚险狭,即所谓匾路也。过此则豁然开朗,四顾山峦掩映,若无路然,此第一区也。团转而南,凡十三区,其景愈奇,计地二十里而至鹿苑寺,即王维别业。

这景致实在太像陶渊明所写的桃花源了！王维十九岁便写了《桃花源诗》,如今得此别业,真真是天从人愿。终南之秀在蓝田,而蓝田之英又钟辋川。就在这绵延二十里,宽约 200—500 米的川谷中,谷水如车辋环辕,山峦似车轮环转,有湖有濑,有沂有泉,有溪湍有瀑布,有岭有岗,有垞有川,有密林,有亭馆,可谓天开画图纵奇观。据说《辋川真迹图》是宋初画家郭忠恕临摹王维《辋川图》而成,其中所描绘辋川庄亭台楼阁、花坞苑榭精巧豪华,可知庄内景点之精巧。艺术作品与现实应当有个区别,特别是中国山水画,并非写生,何况后人临摹之作,更当不得真。我们只要一读《山中与裴秀才迪书》,其中深巷寒犬、村墟夜舂的味儿,那才是真辋川庄散发出来的。在《暮春太师左右丞相诸公于韦氏逍遥谷宴集序》中,他写韦氏庄云:"灞陵下连乎菜地,新丰半入于家林。馆层巅,槛侧径。师古节俭,惟新丹垩。"其实这也是王维的美学观,相信他的二十个景点都是顺依天趣自然,略事人工点染而成的。以《北垞》为例:

> 北垞湖水北,杂树映朱栏。
> 逶迤南川水,明灭青林端。

在水木掩映之中,偶露一曲朱栏,与山容水态浑然一片,构成画境。再如《临湖亭》:

> 轻舸迎上客,悠悠湖上来。

当轩对樽酒，四面芙蓉开。

这就是"亭宇台榭，值景而造"。湖光淡淡，烟波渺渺，都在亭轩框架的"屏幕"上平面化为一幅天然图画。这就是"借景"。亭子以地点取胜，不以精巧豪华为美。最妙者，莫过于《文杏馆》：

文杏裁为梁，香茅结为宇。
不知栋里云，去作人间雨。

同游的裴迪也有同咏一首，云：

迢迢文杏馆，跻攀日已屡。
南岭与北湖，前看复回顾。

裴作纪实，可帮助我们了解文杏馆的位置，原来是建造在山的高处（据称在1600公尺的飞云山上，是辋川最高点），或俯瞰南岭与北湖，然而意亦尽于此。摩诘高妙处就在以文杏为梁、香茅结宇的意象，逗出楚辞的"香草美人"世界来，从而使读者不觉之间步入艺术幻境。"去作人间雨"是点睛之笔，将《暮春太师左右丞相诸公于韦氏逍遥谷宴集序》所谓"云出其栋，水源于室"进一步虚化，着上非人间的色彩，动人遐思。王、裴二人所写，不啻是两个不同世界，从中可看出摩诘诗化现实的功夫，也可知摩诘笔底辋川绝非西安市郊之山包也。

独立成帙的《辋川集》是精心结构的组诗，其排列自应有序。开卷第一首诗《孟城坳》，诚如陈允吉教授所揭示，起着引发、照管全局的作用①。诗如下：

---

① 详见陈允吉《王维〈辋川集〉之〈孟城坳〉佛理发微》，《王维研究》第2辑，三秦出版社1996年版。本诗分析，多采自其说。

> 新家孟城口，古木余衰柳。
> 来者复为谁？空悲昔人有。

据当地学者考证，孟城坳今名官上村。这一带辋水川道最宽，是当年宋玉与嘉宾宴饮之所，也是王维与王缙居住过的地方，其宅第当在此处，如果说辋川庄有较豪华的屋宇，也当在此处。徐增《唐诗解读》卷三评释该诗云：

> 此达者之辞。我新移家于孟城坳，前乎我，已有家于此者，池亭台榭，必极一时之胜。今古木之外，唯余衰柳几株。吾安得保我身后，古木衰柳，尚有余焉者否也？后我来者，不知为谁？后之视今，犹吾之视昔，空悲昔人所有而已！

说得不错。从"新家孟城口"可推知《辋川集》当作于新搬进辋川庄后不久，当在天宝初年。其时，壮年的王维已尝过权力斗争的苦头，也看透玄宗、李林甫们骄侈的本质，对政局已不再乐观，是所谓"自顾无长策，空知返旧林"的时期。在《酌酒与裴迪》诗中，他对这种"看透"的绝望心情有很好的表述：

> 酌酒与君君自宽，人情翻复似波澜。
> 白首相知犹按剑，朱门先达笑弹冠。
> 草色全经细雨湿，花枝欲动春风寒。
> 世事浮云何足问，不如高卧且加餐！

这种内在感慨，触目当年曾是武后朝红极一时的文人宋之问诗酒嘉会故地的孟城坳，几株古木衰柳，便勾起"来者复为谁"的情绪来。诗僧王梵志《年老造新舍》诗云：

> 年老造新舍,鬼来拍手笑。
>
> 身得暂时坐,死后他人卖。
>
> 千年换百主,各自循环改。
>
> 前死后人坐,本主何相在?

　　不知摩诘其时也作如是想否?"无常"是佛家一个基本观念。佛家认为,人有生老病死,物有成住坏空,世间诸法刹那生灭。所以一切生命也只是一种因缘,不足喜也不足悲。自《古诗十九首》以来,人生飘忽一直是诗唱的一个重要主题,王维的《孟城坳》也是旧题重弹,只是他的"空悲昔人有"是用佛理化解人生飘忽的悲哀:后人亦当悲我,则我何必悲前昔之人呢?故曰"空悲"。全诗以"变"见"常",认明"变"才是"常",是为"达者之辞"。紧接着下一首《华子岗》则以"常"见"变":

> 飞鸟去不穷,连山复秋色。
>
> 上下华子岗,惆怅情何极!

　　飞鸟日日来去,山人天天上下此岗,此为"常";但来去之飞鸟,上下之人儿,古往今来早经几多轮回! 此则是"常"中之"变"。二首合读,正是刹那生灭之理。苏东坡《赤壁赋》中的名句"自其变者而观之,则天地曾不能以一瞬;自其不变者而观之,则物与我皆无尽也",讲的不也是这个"理"? 天宝年间的王维"勘破"的只是官场,而不是人生。所以本组诗最后二首《漆园》《椒园》,似乎是前二首的呼应:

> 古人非傲吏,自阙经世务。
>
> 偶寄一微官,婆娑数株树。

> 桂尊迎帝子，杜若赠佳人。
> 椒浆奠瑶席，欲下云中君。

　　上一首以蒙漆吏庄周自喻，下一首用《楚辞》意境，一庄一骚，表现自己悠游于辋川庄是对尘世的超越，是在诗意中的栖息。"婆娑数株树"尤其有意味地表现了亦官亦隐中的自在神情，而这种神情是"安史之乱"后"焚香独坐，以禅诵为事"的枯寂人生所不可得而有之。因此，《辋川集》中大多数诗都写得灵气来往，在寂照中自有生命旋律的流荡。

　　生命的旋律体现为寂静中的"动感世界"。你看，这是多么鲜活的秋色：

> 秋山敛余照，飞鸟逐前侣。
> 彩翠时分明，夕岚无处所。

　　诗题为《木兰柴》。柴，木栅栏。木兰柴当是原有地名，未必栽种木兰。多灿烂的秋色啊！夕阳把金光涂上秋山里的每一片叶子上，也涂在双飞相逐的鸟翅上。已没入飘忽岚气中的秋叶，在夕照下仍鲜亮地闪烁其斑斓的艳容，故曰："彩翠时分明。"

　　禅家以"寂"为本体，以"照"为慧用，以古井澄潭般平静的心境去观察万物，便能得到一个净化的世界，动而愈静，静而极动，动静不二，直探生命之本原。试读《辛夷坞》：

> 木末芙蓉花，山中发红萼。
> 涧户寂无人，纷纷开且落。

　　寂寞中大化仍在运作，花开花落是生命的永恒，也是作者平静至极心境的写照。这是静中的极动，动静不二。再请读《栾家濑》：

> 飒飒秋雨中，浅浅石溜泻。
> 跳波自相溅，白鹭惊复下。

秋雨飒飒，山溪急流，跳波惊鹭，一切都在动中。然而这是个不受人类干扰的大自然本来面目，故"白鹭惊复下"，动究竟归于静，仍是动静不二的世界。由于"寂"是本体，所以动静不二还是要以静为究竟。《鹿柴》对这种禅趣有圆美的表现：

> 空山不见人，但闻人语响。
> 返景入深林，复照青苔上。

空山不是无人，而是"不见人"，所以衬以"人语响"。据说宋代画师写"野渡无人舟自横"诗意，画一舟子卧渡船上吹笛，非空无一人也，只是无过渡之人耳。明代僧人德清称："所谓空，非绝无之空，正若俗语谓旁若无人，岂真无人耶？"可谓善解禅意而入于不二法门。末二句那往而复返的阳光，更是冷眼深情，与上二句共构一幅有声画，将禅意化为诗情。这诗情，就是以静穆心去柔化、净化环境，培植出美来，它与李白以生命的冲动去强化动的场景，写出"黄河之水天上来"之类气势磅礴的诗句来，实在是大相径庭。试以《竹里馆》为例：

> 独坐幽篁里，弹琴复长啸。
> 深林人不知，明月来相照。

有人曾将此诗与阮籍《咏怀》第一首联系起来，实在是眼光深刻。的确，阮诗和意境是王诗的前身：

> 夜中不能寐，起坐弹鸣琴。

薄帷鉴明月,清风吹我襟。

孤鸿号外野,翔鸟鸣北林。

徘徊将何见? 忧思独伤心。

同样是为了消解心中的不平衡而月夜独坐弹琴,但阮诗清冷氛围的渲染恰好是为了衬出孤愤寂寞的内心世界,其心中的不平衡不但没有消解,反而更趋纠结。王诗则否,"弹琴复长啸"固然泄露其内心的不平,但"深林人不知,明月来相照",那动归乎静的指向,那明净的结尾,却使这不平衡融入月光中而得到净化。《辋川集》中许多浑然一片的静穆境界,反映的都是这样净化过的心境。《白石滩》《欹湖》可为代表:

清浅白石滩,绿蒲向堪把。

家住水东西,浣纱明月下。

吹箫凌极浦,日暮送夫君。

湖上一回首,山青卷白云。

在如此透明的境界里,还有什么不可平衡的心思? 我们看到的难道不是栖息在诗意中的诗人王摩诘自己? 这种飘然的感觉,在《柳浪》《金屑泉》中有显露的表达:

分行接绮树,倒影入清漪。

不学御沟上,春风伤别离。

日饮金屑泉,少当千余岁。

翠凤翔文螭,羽节朝玉帝。

柳种于御沟外,可比人不在官场中,自然毋需心烦。此时此际的王维,还没走到"一生几许伤心事,不向空门何处销"的地步,所以飘进道教徒的神仙境界里去也是时而有之的事,"日饮金屑泉"云云,便是如此。

然而,这组诗毕竟是与友人同游,为景点标目之作,所以画面化自然是必具手法。摩诘于此又极尽其平远、深远、高远的画家手段。平远如《南垞》:

> 轻舟南垞去,北垞淼难即。
> 隔浦望人家,遥遥不相识。

平远旷荡一直是中国山水画崇尚的空间感。广水遥山,由实向虚、由有限向无限延伸,颇合乎道家逍遥的精神。此诗水面平铺,由南向"淼难即"的北垞望去,有平远的距离感,自然有开阔的气象。再如《斤竹岭》:

> 檀栾映空曲,青翠漾涟漪。
> 暗入商山路,樵人不可知。

郭熙《林泉高致》称:"高远之色清明,深远之色重晦。"王维着力渲染一个"暗"字:密竹掩映,山路樵人时隐时现其间。裴迪同咏之作要直白得多,可视为王诗注脚:

> 明流纡且直,绿篠密复深。
> 一径通山路,行歌望旧岑。

同是写景深,裴迪诗是"陈说",王维诗则"广摄四旁,环中自显"。一个"暗"字写出"绿篠密复深",而"商山路"又与隐居者的圣地商山联系起来,注入文化意蕴。这就是王摩诘以重晦之色染出深远之景的画家功夫。至如高远手段,上引《华子岗》《文杏馆》皆可为例。

然而,画面化实在不是摩诘独家之秘,同游的裴迪也时有佳句如画,如裴作《白石滩》云"日下川上寒,浮云淡无色";如《辛夷坞》"况有辛夷花,色与芙蓉乱"。甚至如裴作《木兰柴》"苍苍落日时,鸟声乱溪水",一个"乱"字将鸟鸣之碎与溪流之飞溅打成一片,一击两鸣,也是一幅有声画。摩诘高明之处,似更在不泥眼前事实,而能以心境净化环境。兹以《宫槐陌》为例,王作云:

> 仄径荫宫槐,幽阴多绿苔。
> 应门但迎扫,畏有山僧来。

裴作云:

> 门南宫槐陌,是向欹湖道。
> 秋来山雨多,落叶无人扫。

裴作似日记,王作则有意味。裴作极力要写出幽栖的寂静,故云"落叶无人扫";王作则如上文所提到的明代僧人德清对空的理解:"正若俗语谓旁若无人,岂真无人耶?"他干脆写"应门但迎扫",但这种"有人"比"无人"更见其清净心境,盖此扫是"畏有山僧来"——恐山僧时来相访,能不迎扫之耶? 地净、客净,乃见主人心净。这与摩诘《能禅师碑》中所谓"无空可住,是知空本";《与魏居士书》所云"恶外者垢内,病物者自我"、"虽高门甲第,而毕竟空寂"、"知名空而返不避其名"等等看法,可以说是一脉相承。王维化禅趣为诗意,当于此等处求之,《辋川集》的禅意诗情,就蕴含在这里。

我们不能不为裴迪写一笔,他真是庄子身旁的惠子,没有裴迪的同游、激发,未必有这帙《辋川集》呢!

裴迪,身世模糊,但有一点比较明确,即"安史之乱"前没当官,常追随王维左右,是其至交好友。王维的许多重要作品如《山中与裴秀才迪书》《赠裴十迪》等,都是为裴而作,其感情之深,恐怕连亲兄弟王缙亦无以过。看这首《赠裴迪》:

> 不相见,不相见来久。
> 日日泉水头,常忆同携手。
> 携手本同心,后叹忽分衿。
> 相忆今如此,相思深不深?

朴素的语言更能见其诚挚的友情。再如《登裴迪秀才小台作》:

> 端居不出户,满目望云山。
> 落日鸟边下,秋原人外闲。
> 遥知远林际,不见此檐间。
> 好客多乘月,应门莫上关。

后四句可谓推心置腹,相视莫逆。而这位裴秀才也不负摩诘一片真情,在"安史之乱"中王维最困顿的时刻出现在他眼前,给予最大的心灵上的抚慰。此是后话。

三、拶虚成实的画面化手段

诗人而善画,画家而能诗,已属难得,何况摩诘能熔诗画于一炉,使诗如画面般鲜明直观,画如诗思般空灵含蓄,

这真是世不一出的绝活儿。但在他那儿,二者当家的毕竟
是诗意。

北宋嘉祐年间,初出仕的年轻诗人苏东坡(轼)来到凤翔府任
判官。

判官没多少事做,所以他常四处走走。有一回来到开元寺,在
斑驳的寺墙上看到唐人留下的壁画,有吴道子(人称"画圣")的,还
有王维的。他再三观摩徘徊,流连不去,写诗道:

> 摩诘本诗老,佩芷杂芳荪。
> 今观此壁画,亦若其诗清而敦。

这幅壁画给苏东坡的印象太深刻了。后来,他多次提到摩诘的
画,并与摩诘的诗联系起来。其中最有影响的言论要数《书摩诘蓝
田烟雨图》所云:

> 味摩诘之诗,诗中有画;观摩诘之画,画中有诗。

这几乎成了论王维就必定要引用的口头禅。唐诗中不乏诗中
有画者,唐画中也不乏画中有诗者,但以诗人而善画,画家而能诗,
并且造诣皆深,聚于一身,这就难得了。更何况他还能熔诗画于一
炉,使诗如画面一般鲜明直观,使画如诗思一般空灵含蓄,这就更是
世不一出的绝活了。王维自家似乎也颇以此为荣,所以在《偶然作
六首》里,有这么一首:

> 老来懒赋诗,唯有老相随。
> 宿世谬词客,前身应画师。
> 不能舍余习,偶被世人知。

名字本皆是,此心还不知。

不知道为什么,后二联都以"知"字为韵,连注家赵殿成也只是无奈地表示"疑误"而已。不管怎么说,王维当时的画家名声至少是不比其诗人的名声低。直到宋以后,他的"一代文宗"的地位早已让给李、杜了,而他的画坛地位却声誉日隆,被尊为"南宗画"之祖。"南宗画"当然是明代的莫是龙、董其昌这些人编排出来的,但也并非空穴来风,这里暂且不去议它,而"文人画"却的确是中国画中颇具特色的大宗,王维为其先驱者之一而无愧。

王维在画坛有崇高地位,与苏东坡的倡扬有关。苏氏甚至认定王维比"画圣"吴道子还要高出一头哩!其《王维吴道子画》云:"吴生虽妙绝,犹以画工论。摩诘得之于象外,有如仙翩谢笼樊。吾观二子皆神俊,又于维也敛衽无间言。"苏轼明白无误地将吴道子归于"画工",只有"摩诘本诗老",他才能"得之于象外",才是"文人画"。看来在王维那儿,诗画二者当家的毕竟还是诗意。

王维的真迹我们是一幅也见不到了,日本所藏《江山雪霁图》与《伏生授经图》,专家也大都认为是后人临本而已。不过在当时,王维的画很多,有许多还是壁画,苏轼看到的凤翔府开元寺壁画就是其中一幅。

据郭若虚《图画见闻志》说,唐肃宗收二京后,凡陷贼官皆以六等定罪,因于宣扬里杨国忠旧宅。宰相崔圆召王维、郑虔、张通至其私第,令画数壁。又,朱景玄《唐朝名画录》载,千福寺东壁院有王维、毕宏、郑虔所画壁画,时称"三绝"。又,张彦远《历代名画记》称:"王维工画山水……清源寺壁上画辋川,笔力雄壮。"可见当时王维画了许多壁画。也许这些壁画至宋大都毁于战火,但《宣和画谱》还记载北宋御府尚藏有王维的画一百二十六幅,开列个清单吧:

太上像二,山庄图一,山居图一,栈阁图七,剑阁图三,雪山

图一，唤溪图一，运粮图一，雪冈图四，捕鱼图二，雪渡图三，渔市图一，骤纲图一，异域图一，早行图二，村墟图二，度关图一，蜀道图四，四皓图一，维摩诘图二，高僧图九，渡水僧图三，山谷行旅图一，山居农作图二，雪江胜赏图二，雪江诗意图一，雪冈渡关图一，雪川羁旅图一，雪景饯别图一，雪景山居图二，雪景待渡图三，群峰雪霁图一，江皋会遇图二，黄梅出山图一，净名居士像三，渡水罗汉图一，写须菩提像一，写孟浩然真一，写济南伏生像一，十六罗汉图四十八。①

　　计有人物画、山水画、风俗画等多种题材。从中还不难看出，王维对雪景特别兴趣。美学家宗白华曾在《美学散步·中国艺术意境之诞生》中解释说："只在大雪之后，崖石轮廓林木枝干才能显出它们各自的奕奕精神性格，恍如铺垫了一层空白纸，使万物以嵯峨突兀的线纹呈露它们的绘画状态。所以中国画家爱写雪景（王维），这里是天开图画。"从技法上说，雪景的确更容易突出线条，并可以在渲染中抒情。张彦远《历代名画记》称王维辋川图"笔力雄壮"，又称"曾见破墨山水笔迹劲爽"，可见王维是线条与渲染并重的。所谓破墨，当代大画家潘天寿《听天阁画谈随笔》说是："在干后重复者，谓之积，在湿时重复者，谓之破。"其法有以浓破淡，以干破湿，以淡破浓，以湿破干，以水破淡等等。总之是造成浓浓淡淡干干湿湿的墨色变化，用于渲染。朱景玄《唐朝名画录》称辋川图"山谷郁郁盘盘，云水飞动"，没有渲染法是办不到的。传为王维所作的《山水诀》称："画道之中，水墨为上；肇自然之性，成造化之功。"这几句话与其创作实践也是相符合的。清代董其昌《画旨》称"南宗则王摩诘，始用渲淡，一变钩斫之法"，无论是否"始用"，摩诘画用渲淡是事实。有些批评家举出些例证，说王维画其实大多属青绿山水，"笔细

———————

① 见《王右丞集笺注》附录三。

于发"，从而否定其"始用渲淡"。我认为不妥。盖当时李思训、王维并称山水画名手，因时代风尚而有共同点，这一点也不奇怪。值得珍视的倒是变异，哪怕是为数甚少的一点变异，也往往是大变迁的开始。好比农艺师，能从一粒变异的种子培育出一代新品种一样，一首诗，一幅画，只要是传统的蜕变，就值得重视。王维画中出现的渲染破墨技法，是后来文人画的滥觞，值得大书一笔呢！

王维真迹不可见，要论其"画中有诗"，只好"纸上谈兵"了。苏轼《跋宋汉杰画山》称：

> 唐人王摩诘、李思训之流，画山川平陆，自成变态，虽萧然有出尘之姿，然颇以云物间之，作浮云杳霭与孤鸿落照，灭没于江天之外，举世宗之，而唐人之典型尽矣。

山川而间以云物，江天则孤鸿灭没，实而虚，虚而实，全在笔墨有无间，可谓"曲尽蹈虚揖影之妙"！而这种虚虚实实的画境如上节所云，正与禅家色空观相通。事实上王维这种"萧然有出尘之姿"的意境正是他在辋川诗意地居住，怡然自足的心境的外现。这种写实却又灵动的艺术，是心灵化的艺术，是其入世的超脱心境的产物。画中的诗意，当于斯求之。

王维画真迹虽不可求，摹本时或可见。清代大画家王翚《精品集》中就收有临王维《山阴雪霁图》横幅，画论家笪重光题曰："王石谷临王右丞山阴雪霁图"。可信度甚高，可谓"下真迹一等"者。此画与后人常作的银山雪岭荒村萧寺，"一片茫茫大地真干净"的雪景图不一样，画中山川平陆起伏有致，小雪散落如敷粉，山麓坡脚依然怡红快绿鲜明。四周晦暗而林表则"颇以云物间之，作浮云杳霭"，一派霭光浮动，让人不由想起祖咏《终南望余雪》诗：

终南云岭秀，积雪浮云端。

> 林表明霁色，城中增暮寒。

　　也是写终南山阴雪霁之景，诗情画意两相拍合。再看图中渔舟行人，并无局促寒敛之态，适见"萧然有出尘之姿"。据此可推知：王维画中追求的依然是自家所感受到的诗意。

　　王维还有一幅《雪中芭蕉图》，极负盛名，往往被引为王维诗画艺术舍形求神的力证。如宋释惠洪《冷斋夜话》卷四称：

> 诗者，妙观逸想之所寓也，岂可限以绳墨哉！如王维作画，雪中芭蕉，法眼观之，知其神情寄寓于物，俗论则讥以为不知寒暑。

　　这是说王维重在神情寄寓于物，而不拘于形似，也就是沈括《梦溪笔谈》所谓王维画物多不问四时，得心应手，意到便成。说到底是王维将作诗"抟虚成实"的手段移植到作画中来，说他是"写意画"自觉的先驱应不为过。诗、画、禅，核心是诗。

　　我个人更感兴趣的是"诗中有画"。这里不只是强调它的画面效果——好诗写景大都有此效果，而且是强调王维对诗的画面化的自觉追求，让读者易于直觉把握，激发其联想与想象。同时人殷璠在《河岳英灵集》中评王维诗有云：

> 维诗词秀调雅，意新理惬，在泉为珠，着壁成绘，一句一字，皆出常境。

　　出常境是为了转化为奇境。殷氏举例有："落日山水好，漾舟信归风"、"涧芳袭人衣，山月映石壁"，落日、风舟、石壁、山月，这些从视觉经验中提取出来的"可视"性很强的意象构成"常境"，而又出常境，因为它们有很强的倾向性，都指向一种闲适的情调。这种方法恰恰是方士庶《天慵庵随笔》里所说的画家造境的方法：

> 山川草木，造化自然，此实境也。因心造境，以手运心，此虚境也。虚而实，是在笔墨有无间……故古人笔墨具此山苍树秀，水活石润，于天地之外，别构一种灵奇。

用现代的语言来诠释，那就是说：现实中的万物为人所感知，但也因此而被个体的认知结构所同化，成为视觉经验。画家从中选取与自己的情感倾向相对应的意象，按自己的要求形成"新秩序"（倾向），从而创造出感性的幻象空间，化实境为虚境，"于天地之外，别构一种灵奇"。这种灵奇，是指个性化的非物理现实的艺术之境，但它同时又是作者真实感受，来自现实世界而又转化为美的形式："虚而实，是在笔墨有无间"。在这一关键问题上，诗画创造艺术幻象的方向是一致的，都可以说是"抟虚成实"的手段。有了这一基本相通的特质，不妨说各种门类艺术，如诗、画、雕塑、音乐、舞蹈等，都要创造出再现、表现情感生活的独特形式，虽然不可互相取代却可以互补，互相借鉴。所以宋人晁以道说："诗传画外意，贵有画中态。"再者，既然人类的视觉、听觉、触觉、味觉可以形成"通感"，那末各门类艺术的造型方法也就有可能通过"格式塔"异形同构的感应能力，综合形成一个艺术家把握审美对象的"直觉"。由于王维对诗、画艺术都具有很高的修养，所以其造型手法在诗画之间随脚出入，也就不奇怪了。以《终南山》诗为例：

> 太乙近天都，连山到海隅。
> 白云回望合，青霭入看无。
> 分野中峰变，阴晴众壑殊。
> 欲投人处宿，隔水问樵夫。

王维要写出终南山的阔大,就用了中国山水画特有的"散点透视"法,先写全景"连山到海隅"——其实这是目力所不能及的;再从山中走出来回头看:"白云回望合";又从里看:"青霭入看无";又俯视:"分野中峰变";正面背面同时看:"阴晴众壑殊";最后退到远处,以"欲投人处宿,隔水问樵夫"作为参照,拉开距离,终于显出终南山的阔大。叶维廉将它称为"有雕塑意味的作品"[1],甚善。

当然,"如画"毕竟不是画,只是有"画的感觉"而已。这种独特的感受为读者情感结构所同化,则这种感受也就成为一群人共同的感受。《红楼梦》第四十八回写香菱读了王摩诘诗后说:

> "大漠孤烟直,长河落日圆。"想来烟如何直? 日自然是圆的。这"直"字似无理"圆"字似太俗。合上书一想,倒象是见了这景的。要说再找两个字换这两个,竟再找不出两个字来。再还有:"日落江湖白,潮来天地青。"这"白"与"青"两个字,也似无理。想来,必得这两个字才形容的尽;念在嘴里,到象有几千斤重的一个橄榄似的。还有:"渡头余落日,墟里上孤烟。"这"余"字合"上"字,难为他怎么想来。我们那年上京来,那日下晚便挽住船,岸上又没有人,只有几棵树,远远的几家人家作晚饭,那个烟竟是青碧连云。谁知我昨儿晚上看了这两句,倒象我又到了那个地方去了。

香菱的话证明诗的画面化更易让读者从自己的视觉经验中勾出相关的画面联想。"渡头余落日,墟里上孤烟"的场景马上就引出香菱当年上京城时曾见的画面,引起共鸣。总的看来,摩诘"因心造境"的手法大致是用色、线条化、层次感,力图造成视觉效果,心摹手追,传虚成实,从而曲尽蹈虚揖影之妙,造成艺术的幻境。中国画论

---

① 温儒敏等编《寻求跨中西文化的共同文学规律——叶维廉比较文学论文选》,北京大学出版社 1987 年版,第 64 页。

有云:"天地万物,一横一竖。"有时在平面上竖立直的线条,可造成空间感。如"草际成棋局,林端举桔槔"(《春园即事》),"独树归关门,黄河向天外"(《送魏郡李太守赴任》),在平铺横陈的草坪、黄河之旁竖起桔槔、独树为参照,就很有立体感。"大漠孤烟直,长河落日圆",竖直的线条(上孤烟),横的线条(长河),与圆的线条(落日)形成对比,"直"、"圆"二字强化的线条感造成鲜明的视觉效果。追求线条化是王维诗歌画面化的一个有效因素。如"柳条疏客舍"(《与卢象集朱家》),那疏疏下垂的柳条就有很强的线条感,好比帘幕将客舍间隔开,造成距离,使之深且静。

王维诗的画面化还在于用中国画的空间表现方法,令人情感往而复返。如果说西画是在方形画框里幻出锥形透视空间,由近而远,层层推出;那末中国画则在竖立方形直幅里由上而下,由远至近地令人流连盘桓于山水之中。宗白华《美学散步·中国诗画中所表现的空间意识》一文中,有很精彩的表述:

> 王船山《诗绎》里说:"右丞妙手能使在远者近,抟虚成实,则心自旁灵,形自当位。"……我们欣赏山水画,也是抬头先看见高远的山峰,然后层层向下,窥见深远的山谷,转向近景林下水边,最后横向平远的沙滩小岛。远山与近景构成一幅平面空间节奏……空间在这里不是一个透视法的三进向的空间,以作为布置景物的虚空间架,而是它自己也参加进全幅节奏,受全幅音乐支配着的波动。这正是抟虚成实,使虚的空间化为实的生命。①

再如《新晴晚望》:

> 白水明田外,碧峰出山后。

---

① 宗白华《美学散步·中国诗画中所表现的空间意识》,上海人民出版社 1981 年版,第92 页。

此联出自谢朓《还涂临渚》："白水田外明,孤岭松上出。"但经摩诘一改,白水、碧峰相映,而碧峰又出于山后,层次俨然,白、碧相映成趣,碧字尤为抢眼,其画面化效果无疑要比谢诗强得多。一着"碧"字,全联生色。

摩诘用色,的确精工。"青绿山水"如:"青皋丽已净,绿树郁如浮。"(《自大散以往深林密竹……》)用色十分浓重。又如"夕阳彩翠忽成岚"(《送方尊师归嵩山》)、"桃花复含宿雨,柳绿更带春烟"(《田园乐七首》)、"嫩竹含新粉,红莲落故衣"(《山居即事》),色彩明丽,有似工笔画。至如"鳌身映天黑,鱼眼射波红"(《送秘书晁监还日本国》),用黑、红强烈的对比色,十分胆大。单单"青"、"白"二色调,摩诘也能渲染出不同的气氛:

青菰临水映,白鸟向山翻。

(《辋川闲居》)

日落江湖白,潮来天地青。

(《送邢桂州》)

九江枫叶几回青,一片扬州五湖白。

(《同崔傅答贤弟》)

不是画中圣手,岂能造此境界! 而墨分五色,水墨晕化,追光摄影,浑溶一气,更是笔墨淋漓了。

王维还是个音乐家,他的诗对于音响也很注重,如:

松含风里声,花对池中影。

(《林园即事寄舍弟》)

声喧乱石中,色静深松里。

(《青溪》)

屋上春鸠鸣,村边杏花白。

(《春中田园作》)

泉声咽危石,日色冷青松。

(《过香积寺》)

细枝风乱响,疏影月光寒。

(《沈十四拾遗新竹读经处……》)

行踏空林落叶声。

(《过乘如禅师萧居士嵩丘兰若》)

还可以举出许多。诗、画、音乐打成一片,如此和谐。三者在诗人的灵感中相通了。至如"色静深松里"、"日色冷青松"、"行踏空林落叶声",色而曰"静"、曰"冷";踏在"落叶"还是"落叶声"? 这是"通感",更是诗人让读者在交感中享受大自然律动的鬼斧神工!

据实构虚,虚而实,实而虚,正是王维创作的基本方法。

第八章　雪　里　芭　蕉

一、凝碧池,伤心碧

> 王摩诘虽然信奉佛教,认为万象皆空,但大是大非仍
> 以儒学为衡量标准,"向风慕义无穷也";但他毕竟是信
> 佛,只能用"遁入空门"一类方法解决矛盾。

天宝十五载(756)六月十三日。

天色渐明,晨风犹凉,大明宫外已聚集了不少早朝的官员,在窃窃议论些什么。

王维这几日总是心神不定,辋川庄也已经有个把月没去了。自去年冬安禄山反于范阳,一路势如破竹。由于海内久承平,百姓累世不识兵革,甚至有忽闻鼓角竟从城墙上掉下来的,所以叛军所过州县望风瓦解。昨日又有小道消息传来,据说中风的老将哥舒翰领十数万兵出潼关,中了埋伏,潼关已失守。这些消息使朝臣们如热锅上的蚂蚁,有几个胆小的早已吓出病来,今天早班少了不少人。但看宫廷三卫立仗俨然,漏声犹闻,似乎一切仍旧,王维这才稍稍定下神来。忽然宫门大启,宫人宦官乱出,说是皇上今天黎明与杨贵妃姐妹、皇子、杨国忠、陈玄礼及亲近人员已仓促逃出延秋门,皇妃、公主、皇孙凡在宫外的都被抛弃不顾了。这就好像晴空起霹雳,崩石激水,一时王公大臣士民四出逃窜,长安城似被捅破的蜂巢,轰地

一声,众蜂乱出,不可收拾。

叛军很快就洪水般冲进城内,百官如瓮中之鳖,只等人来擒捉。不久,街上就不时看到被系成一串的官员,有穿红披紫的,也有青色官袍的,在叛军骑兵居高临下的吆喝声中走出城外,朝洛阳方向走去。一队过了又一队。

在这东去的俘虏队伍里,就有给事中王维。他后来在《京兆韦公神道碑铭》中回忆这段被俘的日子,说:

> 君子为投槛之猿,小臣若丧家之狗。伪疾将遁,以猜见囚。勺饮不入者一旬,秽溺不离者十月。白刃临者四至,赤棒守者五人。刀环筑口,戟枝叉颈,缚送贼庭。

碑主韦公,指韦斌,是宰相韦安石的次子,薛王业的女婿。其兄韦陟与王维、崔颢、卢象常唱和游处。"安史之乱",斌与王维都陷贼,斌被迫授伪职黄门侍郎,忧愤而死。二人可谓是患难之交:"君子为投槛之猿,小臣若丧家之狗。"王维由于才艺的名声大,安禄山早就认得他,所以这回虽然王维"服药取痢,伪称瘖疾"(《旧唐书》本传),安禄山还是派人将他"刀环筑口,戟枝叉颈"地"迎"置洛阳菩提寺(一说普施寺),迫以伪署。这也就是碑铭中所说的"伪疾将遁,以猜见囚"。

关于这次接受伪署,王维虽然不敢为自己开脱,曾在《谢除太子中允表》中自责:"当逆胡干纪,上皇出宫,臣进不得从行,退不能自杀,情虽可察,罪不容诛……岂不自愧于心,仰厕群臣,亦复何施其面,偏天内省,无地自容!"不过在此碑中还是借为韦斌辩护之辞,连带将一番苦心说出。他认为面临生死关头,有三种表现:

> 坑七族而不顾,赴五鼎而如归,徇千载之名,轻一朝之命,烈士之勇也;隐身流涕,狱急不见,南冠而絷,逊词以免,北风忽

起，刎颈送君，智士之勇也；种族其家，则废先君之嗣，戮辱及室，则累天子之姻，非苟免以全其生，思得当有以报汉，弃身为饵，俯首入橐，伪就以乱其谋，佯愚以折其僭，谢安伺桓温之亟，蔡邕制董卓之邪，然后吞药自裁，呕血而死，仁者之勇，夫子为之。

　　第一种是烈士，不顾一切就义。第二种是智士，找机会自尽。第三种较为复杂，他要顾及各方面的影响。如东汉蔡邕，在"劫天子令诸侯"的董卓手下任职，却往往找机会匡益汉室；而东晋谢安，与权臣桓温周旋，匡翼晋室，这叫仁者之勇。王维认为韦斌属仁者之勇。的确，人面临生死之际，有种种不同表现，烈士固然可贵，智者与仁者之勇，也应当予以理解。王维当然与上列三者挂不上钩，但同是接受伪署，也有种种不同的表现。或如哥舒翰，平日与安禄山是死对头，气壮如牛，及为所擒，竟至于伏地而拜，口称："臣肉眼不识圣人！"并主动为之策划招降唐将，这是不齿人类的狗屎堆！还有一类虽迫不得已，但不为虎作伥，良心未泯，如王维便是。

　　却说安禄山当年在长安参加明皇醵宴，最喜爱其中的杂戏与歌舞：有用大车装饰成彩棚，或缚竹木为船形，载歌载舞，煞是好看！又有舞马百匹，都经过驯服，能奋首鼓尾地踩着节拍抃转而舞，衔杯上寿，更是奇绝！所以当长安落入他手中，他马上命令搜捕乐工，运载乐器，驱赶舞马来洛阳，供自家消受。

　　秋风叶落的一天，浊重的凝碧池由于青萍水苔的缘故，但见一汪深碧，愈往深处就愈近墨绿，好似那愈酿愈浓的夜。池中倒映着金谷亭的红柱与黄色的琉璃瓦，人影幢幢。安禄山将新近抢到手的御库珍宝都陈列在宴席之间，他要向群臣炫耀一下他的武功。在这池畔歌舞有着奇妙的效果：倒影入池中，彩翠分明，那真是"我歌月徘徊，我舞影凌乱"。可是被押送来的梨园子弟面对烧掠两京的叛将蕃兵们那副酒足肉饱趾高气扬的神气,以及那些趋走献媚的贰臣乞怜的嘴脸,想到往日太平时世的辉煌,不禁歔欷泣下,哪有奏乐的雅兴!那班叛军看到这一情景,便拔刀瞪视众人,辱骂叱责之声爆裂不断。忽地,有一乐工挺身而起,将手中乐器掷在地上,西向恸哭,其悲愤之音一时似波追浪逐,引出一片哭声。这下把安禄山的脸都给气歪了,一叠声命手下将这位忠义之士缚于试马殿前,肢解之。这位忠烈之士至死骂不绝口。

史册载:这位乐工叫雷海青。

王维是几天后才知道这悲壮的一幕的。当时,他的好友裴迪由于没当什么大官,名气又小,所以虽然也陷在洛阳城里,却来往自由,不时来菩提寺看望他。有一回,他将雷海青的事迹告诉了王维,王维听了为之泪下,并写了一首诗记其事云:

> 万户伤心生野烟,百官何日再朝天?
> 秋槐叶落空宫里,凝碧池头奏管弦。

裴迪忙向方丈智满要过一卷经书,将诗抄录在这麻纸上,由智满藏了起来,于是这诗不胫而走,很快洛阳许多士子都传诵着。这首诗甚至传到在灵武(今宁夏回族自治区灵武县)即位的肃宗皇帝那里,颇受皇上的嘉许。

摩诘同时在菩提寺还写了另一首绝句:

> 安得舍尘网,拂衣辞世喧。
> 悠然策藜杖,归向桃花源。

人在生死关头的表现不仅取决于性格,更取决于他的价值观。历史学家范文澜在他的《中国通史简编》第三编第七章中曾将李白、杜甫、王维的生死关做过比较,认为王维是佛教禅宗在文学上的代表,地位相当于道教的李白,而宗教徒都有一种共同的心理,如王维云"植福祠迦叶,求仁笑孔丘",李白云"我本楚狂人,凤歌笑孔丘",都不以儒家的杀身成仁为极则。杜甫则以奉儒之家自负,所以在生死关头表现出与王、李不同的气节。我认为范氏的说法有一定道理,王维固然敬佩雷海青的壮举,但他自己的追求仍是"舍尘网",此际想到的归宿不是杀身成仁,而是"辞世喧"。不管从哪个角度看,都是"对社会国家不负责任"的态度。不过唐人与宋以后人对王维这一人生的挫折所持态度并不太一样,这又倒映了不同历史文化背景下人们所持的尺度也并不太一样。总的说来,唐人多持同情态度,对其伪称瘖疾及写凝碧池诗评价颇高,更不影响其诗坛崇高的地位。如也曾陷贼却能"麻鞋见天子"的杜甫,自身大节凛凛,而对王维的态度更是平恕通达。其《奉赠王中允维》诗说:

中允声名久,如今契阔深。
共传收庾信,不比得陈琳。
一病缘明主,三年独此心!
穷愁应有作,试诵白头吟。

庾信是杜甫深所敬仰与学习的对象,曾称"庾信文章老更成"。庾信在侯景之乱中走江陵,后来梁元帝还任用他为御史中丞。杜甫还细心地指出"不比得陈琳",将王维后来复为肃宗所用与三国时陈琳为袁绍草檄骂曹操,后袁氏败,曹操爱陈琳之才而用之,二种情况区别开来。诗继而强调王维的"伪称瘖疾",指出这也就是"忠君"的表现。而对其穷愁的心情也深表理解与同情,"试诵白头吟"以卓文君《白头吟》云"凄凄自凄凄,嫁女不须啼,愿得一心人,白头不相离",暗喻王维一心不二。对王维此后的隐居,杜甫同样表示理解。《解闷》诗称"高人王右丞",《崔氏东山草堂》诗则借崔氏草堂以讽王给事维(天宝十五载王维仍官给事中):"何为西庄王给事,柴门空闭锁松筠。"是对尚在审查中的王给事的关注与怀念。据史书载，至德二载(757)冬，广平王俶入东京，受安禄山伪署的百官都素服悲泣打着赤脚摘下冠冕请罪。广平王将这些人(约三百多人)送到西京接受审查。后来这批人大多收系在大理狱或京兆狱。当时礼部尚书李岘曾提出建议，对这些人要分六等处理，重者诛杀之，次赐自尽，再次重杖一百，次三等流、贬。王维则属特殊处理，按《旧唐书》本传的说法是："贼平、陷贼官三等定罪。维以凝碧诗闻于行在(皇帝的临时驻地)，肃宗嘉之，会缙请削己刑部侍郎以赎兄罪，特宥之，责授太子中允。"起作用的因素有二，一是凝碧诗，二是弟王缙的救赎。王缙在"安史之乱"时期，曾任太原少尹，佐李光弼，后来也立了些功劳，所以为朝廷所亲信，能以功赎之。当然，还有些传闻，说是王维与郑虔、张通都陷贼庭，而三人都善作画，为当时勋贵崔圆用心画了数壁于私第，终于得救云。但无论如何，唐人论王维都不见有苛论陷贼一事者，更不因伦理问题而贬抑其诗坛地位。宋以后人则责其"致身之义，尚少一死"，甚或株连其诗作，认为"大节"不立，则平生所以传世之作，"适足为后人嗤笑之资耳"(朱熹语)，这就见出宋以后人不及唐人胸襟，且以道德代艺术的倾向。

不过，陷贼一事对王维无异是在心头上刻了一刀，再也无法愈合。他常常从睡梦中惊起，披衣怆然，对着一盏孤灯直至天明。在《与工部李侍郎书》中，他对抗贼奋不顾身的李遵深表钦佩，痛陈在大敌当前忠义之士最为可贵：

> 夫仁弱自爱者，且奔窜伏匿，偷延晷刻，穷感既至，即匹夫匹妇，自经于沟渎，安能决命争首，慷慨大节，死生以之乎？……维虽老贱，沉迹无状，岂不知有忠义之士乎？亦常延颈企踵，向风慕义无穷也！

信写得沉痛而诚挚，虽然说摩诘学佛，以一切皆为幻象，但在大是

大非问题上,也仍以儒家原则作衡量标准。在《谢除太子中允表》
中更是严厉自责:"侻天内省,无地自容!"但摩诘毕竟是信奉佛
教,他解决矛盾的方法也只能是用佛教的方法:"一生几许伤心
事,不向空门何处销?"(《叹白发》)所以在谢表中,他接着向皇帝
提出申请:"伏愿陛下中兴,逆贼殄灭,臣即出家修道,极其精勤,
庶裨万一。"又说:"臣得奉佛报恩,自宽不死之痛。"他后来闭门念
经、饭僧、献庄为寺,都为的是赎罪。当然,在皇帝尚未恩准之前,
他只能还是"亦官亦隐",但此时的"亦官亦隐"与天宝年间的"亦
官亦隐"几乎是两回事,所追求的已不是"忘机心得自由",而更多
的还是"赎罪"与内省。当然,从大范围来说,也还是为了内心的
平衡。

　　乾元元年(758),是唐玄宗当了太上皇从蜀地回长安的第二年。
这一年,王维刚好六十岁。是春,复官,责授太子中允,加集贤殿学
士。后来又迁太子中允庶士,中书舍人。对朝廷的从宽发落,王维
感恩不已,写下《既蒙宥罪旋复拜官伏感圣恩窃书鄙意兼奉简新除
使君等诸公》的长题诗:

忽蒙汉诏还冠冕,始觉殷王解网罗。
日比皇明犹自暗,天齐圣寿未云多。
花迎喜气皆知笑,鸟识欢心亦解歌。
闻道百城新佩印,还来双阙共鸣珂。

　　从这首诗表达的那种如释重负的轻快感看来,王维还是想为朝
廷干点事的,所以结句与新任命的使君们相勉立功:"还来双阙共鸣
珂。"当时也在朝廷任左拾遗的杜甫不也是对大唐中兴寄以厚望吗?
只是肃宗并不是可信任的人选,人们短期的兴奋很快就要被现实所
熨平。

二、大明宫唱和

　　大明宫壮丽的气象有时会诱导出某种虚幻的心象,特别是在诗人们对形势判断不明的情况下。乾元元年一次早朝唱和中,我们看到了"盛唐"虚象。

　　大明宫巍巍的建筑群雄踞在长安城东北角的龙首原上。南面俯视着围棋也似的长安城,平视那青青的终南山。长安城划成整整齐齐的大大小小方块,大方格套小方格,层层套下去,从街坊直套进家家户户。平面中又有六条凸起的岗垅,勋贵寺观层层叠叠的楼阁错落有致地掩映于这六条烟树迷离的高坡之上,使开阔的平面又有高低的层次感。据考,大明宫丹凤门前大街宽达 176 米,通向濛濛的城南端,又给人以纵深的感觉①。武则天皇帝就在这大明宫里演出了中国历史上有声有色的一幕。如今,大明宫虽然经历了"安史之乱"的战火,已显得苍老,但含元、宣政、紫宸三大殿仍在,在香烟缭绕之中,仍给人以肃穆庄严壮丽的感觉。特别是群臣朝见,要顺御道,穿广场,登"龙尾道",取仰势渐上,才能进含元殿,这就在心理上更有一层崇高感。《剧谈录》载:"每朝会,禁军御仗宿卫于殿庭,金甲葆戈,杂以绮绣,罗列文武,缨佩序立,仰观玉座若在霄汉。"这样的气象,有时会诱导出某种虚幻的心象,特别是在诗人们对形势判断不明的情况下。在肃宗乾元元年(758)春天的一次大明宫早朝的唱和中,我们看到的就是"盛唐"的虚象。

　　那天早朝罢,中书舍人贾至从袖中抽出新写的诗《早朝大明宫呈两省僚友》给几位同僚看②。也是中书舍人的王维,右拾遗杜甫,

---

① 见黄新亚《消逝的太阳——唐代城市生活长卷》,湖南出版社 1996 年版,第 63 页。
② 两省,指中书省与门下省。

右补阙岑参等几位僚友都来围观这首新作：

> 银烛朝天紫陌长,禁城春色晓苍苍。
> 千条弱柳垂青琐,百啭流莺绕建章。
> 剑佩声随玉墀步,衣冠身惹御炉香。
> 共沐恩波凤池里,朝朝染翰侍君王。

　　"打着银烛辉映的灯笼穿过长长的街道去上朝,紫禁城清晓的春色郁郁苍苍。千条柔软的垂柳掩映着青琐宫门,百啭流莺飞绕着这宏伟的宫阙犹如汉代的建章。剑佩声随着玉墀上庄重的步子有节奏地作响,衣帽上惹来了一身的御炉香。我们都幸运地沐浴着这凤凰池里的德泽恩波,天天染翰操纸侍奉着贤明的君王。"①"凤池",魏晋时因中书省掌机要,接近皇帝,故称为"凤池"。

　　众人看了点头,都说正是眼前景呢。于是同僚纷纷染翰和诗,至今我们还能看到杜甫、岑参与王维当时的和作。先看杜甫的和诗：

> 五夜漏声催晓箭,九重春色醉仙桃。
> 旌旗日暖龙蛇动,宫殿风微燕雀高。
> 朝罢香烟携满袖,诗成珠玉在挥毫。
> 欲知世掌丝纶美,池上于今有凤毛!

　　众人看了又都喝彩,有说颔联最好,你看风拂旌旗,旗上所绣龙蛇似在半空中游动,而高高的殿堂上的燕雀,也借助微风而高翔,真是声彩壮丽,妙复生动呵! 有的则说,颈联最妙,"香烟携满袖"是景

---

① 译文引自陈贻焮先生《杜甫评传》上卷,上海古籍出版社 1982 年版,第 425 页。

中情，"珠玉在挥毫"是情中景，情景交融莫过此也；又有的说，尾联用典切事无比。凤毛，用的是谢凤与其子谢超宗的典故。超宗有文辞，作殷淑妃诔，帝颇赏识，对人说："超宗殊有凤毛！"而贾至及其父贾曾，分别写过玄宗、睿宗传位的册文，所以玄宗曾叹曰："累朝盛典，出卿父子之手，可谓难矣。"可见用典之贴切。

这里方在嗟赏，那边已在吟诵岑参的和作：

> 鸡鸣紫陌曙光寒，莺啭皇州春色阑。
> 金阙晓钟开万户，玉阶仙仗拥千官。
> 花迎剑佩星初落，柳拂旌旗露未乾。

诵至此，诸人相视微笑，已有人从旁评议道："'花迎剑佩'四字，差为晓色朦胧传神矣！"又有人说道："星落乃知花之相迎、旌之拂柳也。刻写入冥，刻写入冥！"众人忙看最后二句：

> 独有凤凰池上客，阳春一曲和皆难。

贾至看了不禁捻须微微颔之。

众人都笑道："岑补阙这一首通体庄丽，且'寒'、'阑'、'干'、'难'四韵皆险，却押来自然，十分难得，当推为首选罗！"岑参笑道："莫忙莫忙，王舍人兄当今诗伯，自然有更好的，快拿出来我们赏鉴赏鉴！"大家因看摩诘和诗：

> 绛帻鸡人送晓筹，尚衣方进翠云裘。
> 九天阊阖开宫殿，万国衣冠拜冕旒。

才看到这里，众人都赞道："果然出手不凡，好一个'万国衣冠'，气象阔大，雄浑典重，是中兴的好兆头呢！"便接着看下去：

日色才临仙掌动,香烟欲傍衮龙浮。

朝罢须裁五色诏,佩声归向凤池头。

众人看了都说:"好好,句法用事都好,虽然'阊阖'、'宫殿'、'衣冠'、'冕旒',字面复见,且用衣服字面太多,但通体浑成,最能见胸襟气象了!"

从这一组诗中表现出来的气象,也真似"盛唐气象"。在当时朝臣(甚至包括像杜甫这样有忧患意识的朝臣)心目中,乾元元年的气象乃是中兴气象呢!就在去年(至德二载)的一年当中,安禄山为其子安庆绪所杀;唐军于九月收复长安,肃宗自凤翔还京;十二月玄宗也从蜀地返长安;史思明以其兵众八万之籍,遣人送表请降,封范阳节度使。这一切都显得形势大好,所以乾元元年(758)的春天,皇帝大赦天下,普免一年租庸,大有中兴的势头。前此一年后辈诗人钱起有《观法驾自凤翔回》云:"欃枪一扫灭,阊阖九重开。海晏鲸鲵尽,天旋日月来!"后此一年大诗人杜甫有《洗兵马》云:"中兴诸将收山东,捷书夜报清昼同。河广传闻一苇过,胡危命在破竹中!"这些诗代表的是当时士大夫普遍的情绪。我们今天反顾历史,因果自然分明,但当时历史的命运也许正悬在颤动的天平上呢!是时,唐帝国文有李泌,武有郭子仪军,兴复并非无望。李泌是个奇才,诸葛亮式的人物。他在至德元载(756)曾为肃宗谋划,认为安禄山掳掠金帛子女都送至范阳,可见并无雄踞四海之志,除了蕃将,就只有几个中国人为他出力而已。只要让李光弼出井陉,郭子仪入河东,使史思明等不敢离其老巢范阳、常山,田乾真等不敢离长安,然后朝廷驻兵扶风,与郭、李两军分次出击,让安禄山叛军救头失尾,来往千里于东、西京,疲于奔命,再端其老巢范阳,二年之内天下可大定矣!后来事态发展不如人意,固然是由于肃宗昏聩贪近利,不能用李泌之谋,也还有其他深刻的非政治因素,这里不作深论。总之,诗人们在乾元元年春天的唱和有其乐观的情绪是很自然的,尤其是久历开、天盛世,自然很容易就将当年的印象幻化做今朝的想象(如"万国衣冠拜冕旒"是过去事),事后回头才认得是"假盛唐",所以读者诸公也就不必责之以"打肿脸充胖子"了。

值得一提的是这次唱和用的是七律的形式。有人说七律是唐人聚精会神之作,好比画美人儿,增一分则太长,减一分则太短,要恰到好处,所以不敢轻易落笔。七言律诗对盛唐人来说,属于新体式,一直到武则天时代,写的人也寥若晨星。如名诗人宋之问,现存一百九十多首诗,其中只有四首七律,而"初唐四杰"王、杨、卢、骆,竟连一首七律也没有。与之相比,王摩诘现存古近体诗四百多首,七律就占二十首,在盛唐诗人中也算是"多产"了。

值得注意的是直到盛唐,七律主要用来应制颂圣酬赠,大概是由于此种体式端庄整齐,其框架很容易制作成堂皇富丽的形式美,正适合应制之类用途。摩诘二十首七律中有奉和应制颂圣等七首,可谓"不能免俗"。不过,就其促进七律形式臻乎成熟而言,摩诘还是有其个人的贡献的。金圣叹选批唐才子诗,曾列入李憕《奉和圣制从蓬莱向兴庆阁道中留春雨中春望之作》,诗云:

> 别馆春还淑气催,三宫路转凤凰台。
> 云飞北阙轻阴散,雨歇南山积翠来。
> 御柳遥随天仗发,林花不待晓风开。
> 已知圣泽深无限,更喜年芳入睿才。

金圣叹用解八股文的方法解此诗云:"前解(金氏将律诗分两截子,前四句曰'前解')一是'从蓬莱',二是'向兴庆',三四是'雨中春望',最详整也。"经金氏这一批,倒是将李憕的拘执表露出来了。摩诘恰好也有一首同题之作,应该也是同一批应制的诗人。诗云:

渭水自萦秦塞曲，黄山旧绕汉宫斜。

銮舆迥出仙门柳，阁道回看上苑花。

云里帝城双凤阙，雨中春树万人家。

为乘阳气行时令，不是宸游重物华。

这首诗颇能体现摩诘从容于规矩中的才能。应制诗当然必须严格扣紧题目来做，但摩诘却能借题穿插自家感受，这就好比初作琴手只专注于指间弦上，生怕出错；至艺术大师则否，他不必为此操心，他已忘乎琴指，神化于情感之中，不烦绳削而自合于规矩矣！清代徐增《而庵说唐诗》称：右丞诗笔如游龙，极其自在，得大宽转。诗从"望"字着想，故起两句，以渭水、黄山来说。渭水如带远萦秦塞，黄山遥抱，绕于汉宫。"自"、"旧"，见从来如此。接下二句，迥出，言阁道之高，得望见渭水、黄山，又见宫中千门如画。徐增与金圣叹一样，总是将诗的结构说得来龙去脉分明，逻辑性很强，其实只是写实景而带感情耳。据今人对长安皇城的考证资料，大明宫有蓬莱殿，太液池中有蓬莱山。兴庆宫，在长安城东部，是玄宗做临淄郡王时的王府，后来自称兴庆坊内水池有黄龙出水，于是改建为皇宫，称"南内"。从蓬莱到兴庆，中间有架在空中的通道，称"阁道"，为天子专用的通道。在阁道中回看含元殿，翔鸾阁与栖凤阁各为三出阙式建筑，与含元殿相连，犹如凤凰伸出的双翼，栩然欲动；朝前望，则兴庆宫楼群及长安城千家万户，尽在雨树掩映之中。眼界之阔，也是胸襟之广。在写实之中，摩诘胸中氤氲的盛唐气象亦冉冉而出，这正是此诗高出李峤"详整"的地方。尾联诚如而庵所称，是"急回护天子"，说明此次雨中出游，是为畅阳气，不是图娱乐。因为《礼记·月令》有云："季春之月，生气方盛，阳气发泄。"当然，其中不无讽谏之意了。应当说，奉和应制诗，特别是用七律形式来写，能达到这种境界也就很难得了，难怪沈德潜《唐诗别裁》云"应制诗应以此篇为第一"。任何形式都需要打磨，任何形式的打磨都不嫌多。摩诘对七律形式的应用自如，一旦转到写自己所喜爱的题材上来，便成为令人爱不释手的佳作。试读这首《积雨辋川庄作》：

> 积雨空林烟火迟，蒸藜炊黍饷东菑。
> 漠漠水田飞白鹭，阴阴夏木啭黄鹂。
> 山中习静观朝槿，松下清斋折露葵。
> 野老与人争席罢，海鸥何事更相疑？

宫廷诗板滞的毛病至此全消，一路流转自如，感情畅达，更不是奉和应制之作可望其项背。像这样的七律，可以说是七律成熟的标志。明人高棅《唐诗品汇》七律以王维为正宗，代表过去诗评家们比较"正统"的看法，也不是没有道理的。当然，真正标志七律臻于完美的作手，还是杜甫，而王维于七律亦功不可没。

三、茶铛、药臼、经案、绳床

王摩诘心底的反省自责使他感到沉重，此时已不是田园山水所能"调解"，他需要在佛教中找到继续生存的依托，他总想赎罪。

人无远虑，必有近忧。肃宗皇帝的短视，很快就招来报应。

乾元元年（758）五月，也就是大明宫唱和后不久，张镐罢相，房琯被贬；再过一个月，史思明又反，杀范阳节度副使乌承恩，从此战火连绵。张镐罢相的原因是闻史思明请降时，上言"思明凶险，因乱窃位，力强则众附，势夺则人离，是个人面兽心的家伙，难以德怀，更不要假以威权"。又指出滑州防御史许叔冀狡诈，临难必变。这些预言都不幸而言中。但当时肃宗急于招降纳叛，快点过上太平日子，所以听不进去，以镐为不切事迹，罢为荆州防御使。其实呢，张镐是个扶颠决策的良才。《旧唐书》本传说他"风仪魁岸，廓落有大志。涉猎经史，好谈王霸大略"。玄宗西逃时，他自山谷徒步扈从。肃宗即位，玄宗遣赴行在所，奏议多有弘益。后来二京收复，皆在其为相任内。张镐还是一个颇具文人浪漫气息的人，他嗜酒、好琴，常置座右。有人邀他喝酒，他就策杖径往，但求一醉而已。他一直是文人的好朋友。曾督师淮上，有个叫闾丘晓的家伙素来傲狠，大诗人王昌龄就是世乱归乡而为此人所杀的。其时宋州围急，而闾丘晓逗留不进，待镐至淮口，宋州已陷，镐将斩之。闾丘晓一听斩字，就瘫倒了。爬在地上哀告，说是双亲已老，乞一条性命。张镐反问道："王昌龄之亲欲与谁养乎？"晓无言以对，就戮。他还对因永王璘事件被牵连坐牢的李白，因论救房琯得罪肃宗的杜甫，都伸出有力的救援之手。我们写唐诗史时不能不附上这一笔！杜甫在《洗兵马》诗中这样描绘张镐：

> 张公一生江海客，身长九尺须眉苍。
> 征起适遇风云会，扶颠始知筹策良。

然而张镐性简淡，不去附会那班居权要的宦官，所以为谗言所中，因史思明事被肃宗所罢黜。另一个被贬的是房琯。

房琯是当时名气很大的名士，风仪沉整，有远器，以天下为己任。但他又很书生气，高谈有余而不切事。曾受玄宗之命，奉传国宝、玉册至灵武传位，得到肃宗的信任，当了宰相。后来北海太守贺兰进明向肃宗挑拨说：琯曾为明皇制置天下，以永王璘等诸王为各路节度，为的是只要其中一人得天下，他就不失恩宠，可见对皇上不忠呵！这几句都敲中肃宗的心病，由是恶琯，终于罢了相，贬为太子少师。就在乾元元年这一年，据《通鉴》说，琯失职后"颇怏怏，多称疾不朝，而宾客朝夕盈门，其党为之扬言于朝云：'琯有文武才，宜大用。'上闻而恶之，下制数琯罪，贬豳州刺史"。

所谓"房琯之党"，是指刘秩、严武、李揖、贾至等，杜甫大概也因论救过房琯，可以沾上边。这些人中，严武、李揖、贾至、杜甫与王摩诘私交都很不错。我们在第三章第四节已提到过，王维贬济州后，曾有一度想到卢氏去依房琯，在《赠房卢氏琯》诗中称颂他"达人无不可，忘己爱苍生"。这位房琯不但"好谈老子、浮屠法"，与王维有共同的思想倾向，而且房琯从不肯阿附权要，也主张文治，这又是与王维在政治上相通之处。至如严武，他是"与张九龄相善"，为讥笑萧炅而惹了大祸导致张九龄下台的严挺之的儿子。此人是房琯"死党"，房琯被贬时正当京兆少尹的官，也跟着被贬到巴州去当刺史。后来杜甫入蜀，颇得严武的关照。在严武被贬巴州前这半年，王维常与之来往。在《酬严少尹徐舍人见过不遇》诗中说："公门暇日少，穷巷故人稀。"自复官以来，摩诘就很谨慎，少交往，只有几个故人来往，严武就是这少数几个朋友中的一个。还有一首《晚春严少尹与诸公见过》诗说：

> 松菊荒三径，图书共五车。
> 烹葵邀上客，看竹到贫家。
> 鹊乳先春草，莺啼过落花。
> 自怜黄发暮，一倍惜年华。

看来乾元元年（758）上半年王维心情还是比较好的。黄发，人老了就有白发，白发久了就变黄，成"黄发"，指年龄很大了。其实这一年他才60岁左右。不过这一阵子的轻松很快就过去了，他心底的反省自责使他感到沉重，赎罪感老在咬啮着他。此时王摩诘的心态，已不是田园山水就可以"调理"的，他需要更强力的抚慰，是所谓"不向空门何处消"，他要在佛教中找到继续生存的依托。所以，连辋川庄摩诘也少去了。杜甫在本年六月被出为华州司功参军，秋天曾到过蓝田，访崔兴宗与王维，留存有《九日蓝田崔氏庄》《崔氏东山草堂》二诗。崔兴宗是王维的内弟，在蓝田县各有庄园紧挨着，东面是崔氏草堂，西面是辋川庄。从崔氏草堂可看到远处云台山的双峰，峥嵘悬绝，而蓝水潺潺，就从群山千涧里汇聚，远远落下成溪流。秋高气爽，只有谷口疏钟，无人自响，十分幽寂。而隔庄的王摩诘却久不来矣，但见其柴门空锁一片松树林。辋川庄的荒芜给杜甫很深的印象，甚至直到王维死后，还在《解闷》中再次提到：

> 不见高人王右丞，蓝田丘壑蔓寒藤。
> 最传秀句寰区满，未绝风流相国能。

乾元元年下半年，一批故交纷纷离京。房琯、严武之外，还有储光羲、李华、杜甫、贾至，裴迪也远在蜀地①。而本已明朗起来的局势，也因次年三月九节度兵溃相州而进入拉锯战的灰黯岁月。王维稍见复苏的心情很快就沉入郁郁之中。《旧唐书》本传称：王维在京师，每天都供养十几名和尚，以玄谈为乐。他的居处斋中无所有，只有茶铛、药臼、经案、绳床而已。这就是王维生命历程最后三四年间的写照。要医治心灵的巨创，王维需要的不只是"调理性情"，而是宗教的麻醉剂。他不但"饭僧"，还将心爱的辋川庄施为寺院。在《请施庄为寺表》中说得很明白："然要欲强有所为，自宽其痛，释教有崇树功德，宏济幽冥。"他借报答母亲之名，施庄为寺，"上报圣恩，下酬慈爱"，实际上是一种救赎行为。直到他死前一年，还写了《请回前任一司职田粟施贫人粥状》，执意要将任中书舍人、给事中两任职田回与施粥之所，以救济贫民。一些南禅宗所不屑的坐禅、念经、施舍等佛教形式，在王维最后几

---

① 钱起有《送裴迪侍御使蜀》，可知裴迪到蜀地去是以侍御的身份，不是"蜀州刺史"。

年里成了不可或无的行为。这一转变的关键就在于王维内心深处仍然是存放着儒家的生命价值观，他为自己受伪职一事愧恨不已，什么"离身而返屈其身"，"顿缨狂顾，岂与俯受维絷有异乎"之类大道理已经骗不了自己，"仰天内省，无地自容"！直至此际，王维才极其认真地求助于释教。

乾元二年(759)王维六十一岁。这一年，后辈诗人钱起为蓝田县尉。钱起是"大历十才子"之冠，很有才情。天宝年间流传着这么一则佳话：钱起未进士及第时，有一回住在京口客舍，月夜出来散步，松风竹影月凉如水。忽然听得户外有人在吟哦："曲终人不见，江上数峰青。"钱起忙开户出视，则杳无人踪。这年赴进士试，题目是《湘灵鼓瑟》，钱起将客舍听来的那十字为结尾，效果奇佳，得到主考官的击节嘉赏，遂擢高第云。就是这位才子，一直被认为是王维诗风的传人，高仲武《中兴间气集》评钱起说："员外诗，体格新奇，理致清赡……文宗右丞，许以高格。右丞没后，员外为雄。"而二人的交接处，便是本年春天。

是春，钱起被任命为蓝田县尉，但王维此时已不住在辋川庄，而是在长安与之唱酬，写有《春夜竹亭赠钱少府归蓝田》，钱起和以《酬王维春夜竹亭赠别》；王维再赠以《送钱少府还蓝田》，钱起再酬以《晚归蓝田酬王给事赠别》。二人依恋之情可知。从这组诗中，可看出二人风格的一致性，当然是年轻的诗人钱起向"文宗"刻意学习的结果。且看下面这两首：

> 夜静群动息，时闻隔林犬。
> 却忆山中时，人家涧西远。
> 羡君明发去，采蕨轻轩冕。
>
> （王维《春夜竹亭赠钱少府归蓝田》）
>
> 山月随客来，主人兴不浅。
> 今宵竹林下，谁觉花源远。

　　　　　惆怅曙莺啼,孤云还绝巘。

　　　　　　　　　　（钱起《酬王维春夜竹亭赠别》）

　　口吻酷肖,特别是钱起最后一句"孤云还绝巘",既答了王维的"羡君明发去",又是独立自足的意象,正是王摩诘的风格。有一首题作《晚归蓝田酬王给事赠别》的钱起诗,在一些版本中当成王维诗,可见可以乱真。这首诗中,钱起将王维视为知音:"知音青琐闼"。青琐闼指宫门,王维当时还在朝廷供职。直到王维去世后,钱起仍然非常怀念这位他所敬仰的前辈诗人,著有《故王维右丞堂前芍药花开凄然感怀》诗云:

　　　　　芍药花开出旧阑,春衫掩泪再来看。
　　　　　主人不在花长在,更胜青松守岁寒。

　　友人永久的怀念,表明药臼、经案、绳床并未销尽"诗佛"内在的热情。

　　上元元年(760)春天里的某一天,王维那显得冷清已久的老屋前忽然停下一辆由五匹马拉的华丽的车子,车旁画着熊,车上端坐的官员还戴着獬豸冠。原来是两年前被贬,而今又被任命为河南府尹兼御史中丞的严武——故人严挺之之子来访。严武上任前特地来他这儿拜访,当夜就住下了。两人不免又论道谈玄起来,王维许久没有这般高的兴致了,这会儿又来了诗兴,一气写下《河南严尹弟见宿弊庐访别人赋十韵》。诗中写倾谈时场面历历在目:

　　　　　花醑和松屑,茶香透竹丛。
　　　　　薄霜澄夜月,残雪带春风。
　　　　　古壁苍苔黑,寒山远烧红。

景物写来苍老却有生机,好比老树着花,别有风味呢!然而严武的上任意味着本来已很少的朋友又少了一个,摩诘不禁从心底掠过一阵凄凉。

摩诘分明已经感觉到生命旅程即将结束,他此时最思念不已的是从小一起长大,后来又一起到两京求仕,此后感情一直很好的弟弟王缙,他还远在蜀州任刺史。上元二年(761)春夜,烛光将摩诘的身影投在灰暗的墙壁上,那么瘦长而且颤抖着。这时他正专心地撰写《责躬荐弟表》。

"臣维稽首言。"摩诘用他那苍劲的书体写下表章的头一行,"臣年老力衰,心昏眼暗,自料涯分,其能几何"!

摩诘再濡了一下笔,喉口有点发干。他回想起当日身陷洛阳,戟枝叉颈、秽溺不离的日子。虽然不能杀身成仁,但他也泣血自思,一朝得见天日,便去出家修道。没想到朝廷宽容,不但宥其罪,还不断升迁。摩诘私心自咎,深惭尸素。于是他又快笔疾书:"臣又闻用不才之士,才臣不来;赏无功之人,功臣不劝。有国大体,为政本源。"

灯焰又抖动了一下,摩诘将灯芯剔高了一些。灯光在夜色中幻化出几个大光圈,摩诘看着光圈,一些往事在光圈中显现、消失……

那是漫游两京的青年时代。弟兄俩在长安、洛阳声价正高,王维的诗、王缙的"笔"(文章)名驰文坛。有许多人来请弟弟写个碑文什么的,还送点润笔钱。有时误扣摩诘屋所的门,摩诘便风趣地说:"大作家在那边。"

他们时或贳酒市井,时或逛名园赏名花,真是青春浪漫。当时画家韩幹还只是一家小酒店的小酒保,常来王家讨欠账。韩幹后来是画马的名家,此时虽然还没有拜师学艺,但已偶露天资:他在等王氏兄弟结账时,就蹲在泥地上,用竹枝儿画人马,总是画得栩栩如生。王维和弟弟看了相视而笑,便常多给点钱,让他买纸笔学画去。如今韩幹已是名画师啰……

那一回,同卢象、崔兴宗几位朋友唱和,作《青雀歌》。弟弟一挥而就："林间青雀儿，来往翩翩绕一枝。莫言不解衔环报，但问君恩今若为？"当即王维心中便明白，二弟今后是笃定走仕途到底了。

安禄山乱起，摩诘陷贼。时有消息传来，弟弟被朝廷委任为太原少尹，与大将李光弼同守太原，功效谋略，众所推先。后来朝廷六等议罪，正是弟弟以自己所立之功为之赎罪，终得减等……

摩诘眼前的灯焰又跳动起来，光圈消失了，身后瘦巴巴的影子被拖得老长老长。摩诘于是伏案疾书，他向皇上表白，自己与弟弟比有五不如，恳请皇上恩准，"尽削臣官，放归田里，赐弟散职，令在朝廷"云云。

表章呈上去了。摩诘就此一天天地等着消息。夏天来了，摩诘又升迁为尚书右丞。不久，王缙被任命为左散骑常侍。摩诘听到消息，感激涕零，农历五月四日，写下《谢弟缙新授左散骑常侍状》。肃宗皇帝下了答诏，祝其鸰行并列，雁序同归。

摩诘了却了心头事，心情十分平静。第一阵秋风吹过，摩诘端坐写了别弟书，又与平生亲故作别书数幅，多是敦励亲友奉佛修心之旨。书毕，舍笔而绝。

《佛祖历代通载》记载："上元辛丑（761）尚书左（右？）丞王维卒。"

《维摩诘经·方便品》云："是身如聚沫，不可撮摩。是身如泡，不得久立。是身如焰，从渴爱生。是身如芭蕉，中无有坚……"

《新唐书》本传载："母亡，表辋川第为寺，终葬其西。"

四、白云无尽时

王维替中国诗定下了地道的中国诗的传统，后代中国人对诗的观念大半以此为标准，即调理性情，静赏自然，他的长处短处都在这里。

宝应元年(762)代宗皇帝即位。

广德二年(764)以王缙为宰相。

代宗皇帝好文。有一天,他对王缙说道:"你哥哥在天宝年间诗名冠代,朕曾经在诸王府里听演唱他写的乐府。如今不知还存有多少他的诗文?你收辑一下,送上来。"王缙忙奏对说:"臣兄开元中有诗百千余篇,可惜安史乱后,大部分已散失,十不存一。臣从中外亲故手中收录,汇总得四百多篇。"

第二天,王缙将乃兄王右丞诗文集子呈上,皇帝看了,还下了一道批答手敕,说:

> 卿之伯氏,天下文宗。位历先朝,名高希代。抗行周雅,长揖楚辞。调六气于终篇,正五音于逸韵。泉飞藻思,云散襟情。诗家者流,时论归美……

不但官家钦定王维为"天下文宗",民间也承认其文坛领袖的地位。如同时代的殷璠,在《河岳英灵集叙》中便是以王维、王昌龄、储光羲为开元、天宝代表诗人,集中所选王维诗 15 首,仅次于王昌龄。而只选开元至天宝三载诗的《国秀集》,共收诗 220 首,作者 90 人,每人只一二首,最多者七首,王维便是其一。稍后高仲武《中兴间气集》介绍钱起时则称:"文宗右丞,许以局格;右丞没后,员外为雄。"以王维为文宗,在当时可为定评。

王维的文宗地位,与他的全面发展有直接关系。"盛唐气象"的核心是"雄浑",是包容各种矛盾对立的博大风格:既一派飞动,又厚实深沉;既绚丽多彩,又清新自然;既雄阔伟岸,又明朗不尽。王维博通音乐、书画、诗文艺术,且善于融为一体,无论风格的多样化或题材的丰富性,在盛唐诗人中堪称首屈一指。不妨说,王维植根于丰厚的盛唐文化,是时代文化精神的体现者。所以唐人选本并不只是选其田园山水诗。如《河岳英灵集》,既欣赏他的"涧芳袭人衣,山月映石壁",又欣赏他的"日暮沙漠陲,战声烟尘里"。所选诗十五首,既有田园诗如《赠刘蓝田》《入山寄城中故人》等,也有边塞诗如《陇头吟》《少年行》,还有闺怨诗如《婕妤怨》《春闺》,还有送别诗如《送綦毋潜落第还乡》《初出济州别城中故人》,至如抨击社会的《寄崔郑二山人》也在所选之列,而形式上更兼顾到"骚味"如《渔山神女琼智祠二首》。《国秀集》所选七首也同样兼顾各种题材,田园诗只选一首《初至山中》(即上引《入山寄城中故人》)。这不是偶合,而是盛唐人欣赏的正是王维的丰富性。同代人对王维诗的评价,主要是一个"秀"字。杜甫《解闷》云:"最传秀句寰区满,未绝风流相国能。"殷璠《河岳英灵集》云:"维诗词秀调雅,意新理惬,在泉为珠,着壁成绘。"代宗《批答手敕》则云:"泉飞藻思,云散襟情。"用秀雅的语言,表现出秀美的画面。这表明当时人的审美趣味还只是集中在王维语言艺术的表现力上面。

　　趣味的转移似乎始自晚唐诗论家司空图。由于中晚唐时代精神的转移,绚丽的贵族气派日渐让位于平淡的平民气息,所以"兴"、"象"并重的审美趣味也日渐移向"象外之象"的追求。司空图在《与李生论诗书》中称:"王右丞、韦苏州(应物)澄淡精致,格在其中。"他欣赏的是其"近而不浮,远而不尽,然后可以言韵外之致"。此后大多数评选家走的都是这个路子。如北宋大诗人苏轼(东坡)称:"吴生(道子)虽妙绝,犹以画工论。摩诘得之于象外,有如仙翮谢樊笼。吾观二子皆神俊,又于维也敛衽无间言。"(《王维吴道子画》)论的是王维画,也可推及王维诗,因为他认为"味摩诘之诗,诗中有画;观摩诘之画,画中有诗"(《书摩诘蓝田烟雨图》)。而张戒《岁寒堂诗话》也认为"王右丞诗,格老而味长"。至南宋严羽《沧浪诗话》倡"妙悟",认为"诗者,吟咏情性也",主张诗要写得如羚羊挂角无迹可求,如空中音、水中月、镜中像,言有尽而意无穷。虽然还没有单列出王维诗来膜拜,但"神韵派"已呼之欲出。到了清代王渔洋终于破门而出,以王维为神韵派之盟主,在杜甫被定为"诗

圣"之后,仍托故在《唐贤三昧集》中不选李白、杜甫诗,而推王维为
冲和淡远之正宗。在宋以后士大夫心目中,李杜虽然杰出,但代表
的是"特殊性",而王维那冲和淡远的诗风,最能调理情性,最能代表
士大夫最普遍的认识,所以可以说代表了"一般性",是"主流派"的
"正宗"。闻一多看准了这一内在的本质,所以准确地指出:"王维
替中国诗定下了地道的中国诗的传统,后代中国人对诗的观念大半
以此为标准,即调理性情,静赏自然,他的长处短处都在这里。"①因
此后期封建社会中的士大夫,主要欣赏的是王维的田园山水诗,并
且将兴趣从对其画面的欣赏转至"理趣"、"禅意"的欣赏。事实上
王维诗的影响远远不止是文学的,而且是文化的、心理的。日本介
绍东方画的权威金原省吾《唐宋之绘画》曾指出,王维的画有三个特
色:文学之倾向、思索之倾向、水墨画之倾向。其中思索之倾向也
就是内向性。我认为这种内向性正与中国后期封建社会士大夫心
理嬗变的总体趋势相一致。所以三十年代的诗人朱湘在《中书集·
王维的诗》中极其敏感地说:

> 惟有王维的那种既有情又有景外面干枯而内部丰腴的五
> 言绝句是别国文学中再也找不出来,再也作不出来的诗。他们
> 是中国特有的意笔之画与印度哲学化孕出的骄子,他们是中国
> 一个富于想象的老人的肖像,他们是中国文化所有而他国文化
> 所无的特产!

的确,王维代表的是中国文化传统中"雅"的那一条线,是后期
封建士大夫审美趣味的滥觞,也正是林语堂《吾国与吾民》一书中介
绍的那种经历了许多人生的况味而进入圆熟境地的中国老人的形
象。他代表了中国智慧的一个重要部分,的的确确是"中国文化所

---

① 引自郑临川《闻一多先生说唐诗(下)》,《社会科学辑刊》1979 年第 5 期。

有而他国文化所无的特产"。

作为另一种文化中人的现代西方的诗人,自然更容易发现这种特点。早在1862年法国著名汉学家埃尔维·圣·德尼侯爵已译了一本《唐诗》,选王维、李白、陈子昂等35位诗人的97首诗,其中王维占突出的地位。而1915年意象派大师埃兹拉·庞德也选择李白和王维的15首诗,命名《汉诗译卷》(cathay),被认为是庞德对英语诗歌"最持久的贡献"。这两本很有影响的介绍中国诗的集子,都将王维当作中国诗人的重要代表。

现代西方"意象派"诗人似乎与盛唐人的审美趣味有着某种一致之处,那就是重视"兴象"(兴与象的并列),重视靠独立自足的画面来表情(而不是主观情绪的发泄),重视理性与感情的浑凝。而这正是王维诗歌艺术的重要特色。也就是说,经过长期的接受,"重神韵,讲究暗示而不讲究直叙,短句加上短篇,王氏五绝独步"(朱湘语),正在逐渐成为人们的共识,成为后人一种颇为重要的审美经验。就这一层意义上讲,不妨将王维与李白、杜甫鼎足而三。

王维诗歌艺术的影响仍将继续,犹如那冉冉舒卷的白云,没有尽时。

王 维 简 谱

分期	年　代	时　　事	王维事迹	该期作品
孩提时期	武　周 圣历二年 （699） ↓ 唐中宗 神龙元年 （705）	二月，封皇嗣李旦为相王 祖咏生（—746?） 正月，武则天病重，宰臣张柬之 等拥太子李显复位，复国号唐 十二月，武则天卒（624—）	王维生 王维七岁	
	神龙二年 （706）	高适生（—765）	王维八岁	
少年时期	神龙三年 （707）	储光羲生（—760?）	王维九岁，知 属辞	
	景龙二年 （708）	杜审言约卒于此年（645?—）， 年约六十四。杜与李峤、崔融、 苏味道齐名，称"文章四友" 萧颖士生（—759）	王维十岁	
	景龙三年 （709）	颜真卿生（—785） 刘长卿约生此年（—786?）	王维十一岁	
	景龙四年 （710） 唐殇帝 唐隆元年 （710） 唐睿宗 景云元年 （710）	六月，中宗为韦后、安乐公主鸩 杀，皇后总朝政，立李重茂为太 子，年十六，相王李旦、临淄王 李隆基举兵诛韦、武，李旦即位 为睿宗，立李隆基为太子 七月，姚崇、宋璟为相 上官婉儿为乱兵所杀（644—）	王维十二岁	

分期	年　代	时　　事	王维事迹	该期作品
少年时期	景云二年（711）	正月，张说同中书门下平章事	王维十三岁	
	太极元年（712）延和元年（712）唐玄宗先天元年（712）	正月一日，杜甫生（—770）八月，睿宗传位太子李隆基，是为唐玄宗王湾进士及第宋之问卒（656？—），其诗与沈佺期齐名，称"沈宋"，律诗形式完整，属对精密，讲究声律，宋对律诗体制定型有贡献	王维十四岁	
游两京时期	先天二年（713）开元元年（713）	七月，太平公主谋废帝，败死，以宦官高力士有功，为右监门将军，知内侍省事，宦官之盛自此始是年，张说封燕国公禅宗六祖慧能卒（638—），年七十六李峤卒（644—）	王维十五岁始游两京，途经骊山作《过秦皇墓》，为现存最早之王诗	《过秦皇墓》
	开元二年（714）	正月，选乐工教法典于梨园七月，昭文馆学士柳冲、太子左庶子刘知幾刊定《姓氏系录》二百卷，上之沈佺期卒（656？—），诗与宋之问齐名，于律诗体制定型有贡献	王维十六岁在长安，或游洛阳	《洛阳女儿行》
	开元三年（715）	是年李白十五岁，好剑术，观奇书，能作赋岑参约生此年（—770）李华生（—766）	王维十七岁在长安	《九月九日忆山东兄弟》

282

分期	年　代	时　　事	王维事迹	该期作品
游两京时期	开元四年（716）	十二月,姚崇罢相,荐宋璟自代 是年,画家李思训卒（651—）,李工山水画,笔力遒劲,设色艳丽,创"青绿山水"画法,明董其昌推为"北宗"之祖,与"南宗"王维并举 裴迪生、卒年不详,迪与王维、杜甫、李颀交往甚密	王维十八岁在长安,此前曾与祖自虚为友,"隐居"终南山,游洛阳此后,与弟王缙仍宦游两京,诸驸马贵势之门无不拂席相迎	《哭祖六自虚》《从岐王夜宴卫家山池应教》《从岐王过杨氏别业应教》《敕借岐王九成宫避暑应教》约作于此期
	开元五年（717）	日本使者请谒孔庙,从之。日本留学生晁衡（仲麻吕）在长安太学卒业,为司经局校书,后授左拾遗补阙及秘书监职 皇甫冉约生是年（—770?）	王维十九岁应京兆府试,传为权贵所荐,得解头	《桃花源》《李陵咏》《赋得清如玉壶冰》约同期之作:《白鹦鹉赋》
	开元六年（718）	二月,礼币征嵩山隐士卢鸿 杜甫七岁,始咏诗 张说在幽州都督任上 贾至生（—772）	王维二十岁应进士举,落第于宁王府上作《息夫人》	《息夫人》
	开元七年（719）	闰七月,元结生（—772） 是年岑参5岁,始读书 李嘉祐约生于此年（—779?）	王维二十一岁,约于是年进士及第,薛据同榜及第,綦毋潜落第	《燕支行》《送綦毋潜落第还乡》
	开元八年（720）	正月,宋璟罢知政事 十月,皇帝禁约诸王,不使与群臣交 光禄少卿驸马都尉裴虚己坐与岐王游宴、私挟谶纬,流新州,公主与之离婚 万年尉刘庭琦、太祝张谔亦坐与岐王游宴贬雅州司户 张若虚约卒是年（660? —）	王维二十二岁,授太乐丞	

分期	年　代	时　　事	王维事迹	该期作品
贬济州时期	开元九年（721）	二月,遣使括逃户,凡得八十余万 四月,康待宾诱诸降户反唐,陷六胡州,遣王晙等讨之,七月王晙斩康待宾 九月,姚崇卒,张说为相,张说题王湾诗于政事堂。史学家刘知幾之子刘贶为太乐令,犯事配流;知幾诣执政诉理,上怒,贬安州都督府别驾,十一月卒于贬所(661—)	王维二十三岁,仍为太乐丞,太乐令刘贶犯事流配,传因舞黄狮事件,王维坐累为济州司仓参军,是年秋,离长安,过洛阳,渡京水,经荥阳、汴州、滑州,由黄河至贬所济州	《初出济州别城中故人》《宿郑州》《早入荥阳界》《千塔主人》《至滑州隔河望黎阳九忆丁三寓》
	开元十年（722）	四月,张说兼知朔方军节度大使,闰五月,往朔方军巡边,九月,张说缘边戍军六十余万,奏减三分之一使还农,又奏诸诏募壮士充宿卫,许之,府兵渐废,兵农之分自此始 是岁,张说兼任丽正殿修书使,奏诸贺知章、徐坚军入书院,同撰《六典》 诏自今以后,诸王、公主、驸外戚家,除至亲之外,不得出入门庭,妄说言语 吕向等更为《文选》诘解,时号"五臣注"	王维二十四岁,在济州贬所。曾结交一些道士、隐者、庄叟等下层人士,并时作郊游	《赠东岳焦炼师》《迎神曲》《送神曲》《济上四贤咏》《济州过赵叟家宴》《赠祖三咏》《渡河到清河作》
	开元十一年（723）	正月,张说兼中书令 是年崔颢进士及第,开元中,崔与王维、卢象比肩骧首,妍词一发,乐府传贵	王维二十五岁,仍在济州	
	开元十二年（724）	八月,裴耀卿为济州刺史,一年,郡乃大理	王维二十六岁,仍在济州	

分期	年　代	时　　事	王维事迹	该期作品
贬济州时期	开元十三年（725）	是年春,祖咏进士及第 四月,张说为集贤殿书院学士,知院士 十月,玄宗东封泰山,驾发东都洛阳,十一月至泰山,大赦 沿途扰民,裴耀卿上表谏,玄宗许以良吏 张说多引所亲摄官登山,推恩超拔,不及百官,张九龄谏,不听,中外怨之 书法家怀素生(—785) 独孤及生(—777) 顾况约生此年(—814?)	王维二十七岁,是冬,祖咏东行赴任,与维相会于济州,维送别至齐州 十一月玄宗封礼毕颁大赦令,王维作《上张令公》,求张说汲引	《上张令公》《喜祖三至留宿》《齐州送祖三》
	开元十四年（726）	五月,张说为宇文融、崔隐甫所弹劾,罢相 七月,黄河溢,济州刺史裴耀卿督士民修堤防 是岁,储光羲、崔国辅、綦毋潜登进士第	王维二十八岁,亲见裴耀卿筑堤防,深受感动	《和使群五郎西楼望远思归》
返长安、屏居淇上时期	开元十五年（727）	二月,令括逃户 张说、崔隐甫、宇文融以朋党相构,致张说致仕,宇文融左迁魏州刺史,崔隐甫免官 是年王昌龄、常建登进士第 李白由四川至湖北安陆,自谓"愿为辅弼,使寰区大定,海县清一" 殷璠《河岳英灵集》称:"开元十五年声律始备。"	王维二十九岁,春,自济州返长安,寒食节至广武城,返长安后又谋职于淇上	《寒食氾上作》《送郑五赴任新都序》《偶然作六首》《淇上别赵仙舟》
	开元十六年（728）	七月,吐蕃扰瓜州,刺史张守珪击破之 是年冬,孟浩然北上长安求仕	王维三十岁屏居淇上,后返长安任校书郎	《送孟六归襄阳》

续　表

分期	年　代	时　　事	王维事迹	该期作品
返长安、屏居淇上时期	开元十七年（729）	三月，张守珪击破吐蕃 张说复为尚书左丞相 冬，孟浩然终因落第离长安	王维三十一岁，在长安，从大荐福寺道光禅师俯伏受教	
	开元十八年（730）	十二月，张说卒（667—），说擅文辞，朝廷大述作多出其手，与许国公苏颋并称"燕许大手笔"，贬岳阳后诗更凄婉，人谓得江山之助，佐玄宗，主文治，为一代文宗	王维三十二岁，行迹未详，似仍在长安任校书郎	《华岳》
隐嵩山并漫游时期	开元十九年（731）	正月，吐蕃求《毛诗》《礼记》《春秋》，与之 三月，张九龄入京，守秘书少监 杜甫二十岁，始为壮游，南游吴越，北游齐赵	王维三十三岁，妻亡约在是年，维之独子夭折当于此前，疑王维受大刺激而弃校书郎，隐嵩山	
	开元二十年（732）	戴叔伦生（—789）	王维三十四岁，约在此年，作《赠房卢氏琯》，向卢氏令房琯表示愿到卢氏县隐居，未详成行否，此后或隐嵩山，同隐好友有画家张谔等，此间或作漫游	《赠房卢氏琯》 《归嵩山作》
	开元二十一年（733）	正月，制令士庶家藏《老子》一本 三月，韩休以尚书右丞为黄门侍郎，同中书门下平章事 十二月，韩休罢知政事，京兆尹裴耀卿为黄门侍郎，张九龄起复旧官同中书门下平章事 是年，刘长卿、刘眘虚、元德秀登进士第	王维三十五岁，屏居或漫游，西行自大散关经褒斜入巴蜀，出三峡，下荆襄，亦曾东游至吴越，具体时间不详	约作于该期之作品：《投一师兰若》《自大散关以往深林密竹……》《青溪》《晓行巴峡》

分期	年　代	时　　　事	王维事迹	该期作品
隐嵩山并漫游时期	开元二十二年（734）	六月，幽州节度使张守珪大破契丹，明年，玄宗美其功，欲以为相，张九龄谏止之 八月，以裴耀卿为江淮、河南转运使，督运漕米，凿漕渠十八里以避三门之险，三岁凡运米七百万石，省僦车钱 30 万缗 是年颜真卿进士及第	王维三十六岁，仍隐嵩山，或闲居长安	约作此期之作品：《登辨觉寺》《谒璇上人》
任右拾遗时期	开元二十三年（735）	三月，张九龄进封始兴伯 是年，萧颖士、李华、贾至、李颀等登进士第 杜甫赴京兆贡举不第 高适至京应制科试，无成	王维三十七岁，献诗张九龄求汲引，因拜右拾遗，遂离嵩山，至东都任职	《献始兴公》《留别山中温古上人兄并寄舍弟缙》
	开元二十四年（736）	三月，始以礼部侍郎掌试贡举 十一月，李林甫兼中书令，张九龄、裴耀卿并罢政事，自是林甫用事 牛仙客同中书门下三品	王维三十八岁，在东都，为右拾遗，冬十月，随玄宗还长安	《荐福寺光师房花药诗序》

287

分期	年　代	时　　事	王维事迹	该期作品
出使河西时期	开元二十五年（737）	三月,河西节度副大使崔希逸袭破吐蕃于青海西 四月,张九龄贬荆州长史,辟孟浩然为从事 十一月,宋璟卒 是年高适、王之涣、王昌龄于旗亭宴游唱诗 玄宗爱郑虔之才,特置广文馆,授博士 韦应物生(—791?)	王维三十九岁,暮春,萧嵩、裴耀卿、张九龄等九大臣于韦氏山庄集会,王维为作序秋,赴河西节度使幕为监察御史兼节度判官	《暮春太师左右丞相诸公于韦氏逍遥谷宴集序》 约作此期之品:《韦侍郎山居》《同卢拾遗韦给事东山别业二十韵……》《寄荆州张丞相》《出塞作》《使至塞上》《为崔常侍谢赐物表》《为崔常侍祭牙门姜将军文》《凉州赛神》《凉州郊外游望》《双黄鹄歌送别》
	开元二十六年（738）	五月,崔希逸改任河南尹,自念失信于吐蕃,未几卒 六月,立忠王李玙（后改名亨）为皇太子 是年高适在长安,作《燕歌行》	王维四十岁。秋,自河西还长安,官监察御史	《送岐州源长史归》

分期	年　代	时　　事	王维事迹	该期作品
开元末为京官时期	开元二十七年（739）	张九龄等撰《六典》三十卷成，记唐代典章制度颇详备	王维四十一岁，在长安，仍官监察御史，五月，为道光禅师作塔铭	《大荐福寺大德道光禅师塔铭》
	开元二十八年（740）	频年丰收，京师米价每斛不满二百钱 五月，张九龄卒（678—），九龄继张说为玄宗大臣，主文治，善诗，其《感遇》十二首，为比兴之作，上继陈子昂 是年，孟浩然卒（689—） 孟诗与王维齐名，世称王孟 戎昱生（—798?）	王维四十二岁，迁殿中侍御史	
	开元二十九年（741）	八月，以平卢兵马使安禄山为营州都督，充平卢军节度副使、两番渤海、黑水四府经略使 王昌龄任江宁丞	王维四十三岁，冬，知南选，经襄阳、郢州、夏口，至岭南，过襄阳时作诗悼孟浩然，又于郢州为孟浩然画像，遂名其地"浩然亭"	《哭孟浩然》《汉江临泛》《送封太守》
天宝年间亦官亦隐时期	天宝元年（742）	是时有十节度以防边，凡镇兵四十九万，马八万 李适之代牛仙客为左相 王之涣卒（688—） 是年，李白四十二岁，为玄宗下诏征赴长安 杜甫应进士不第	王维四十四岁，由殿中侍御史转左补阙，丘为落第，王维因未能荐举而深自内疚	《三月三日曲江侍宴应制》《和仆射晋公扈从温汤》《春日直门下省早朝》《送丘为落第归江东》《青雀歌》

分期	年　代	时　　事	王维事迹	该期作品
天宝年间亦官亦隐时期	天宝二年（743）	四月，韦坚引浐水为潭以聚江淮运船成，赐名广运潭 十一月，贺知章辞官，请度道士还乡，诏许之，赐镜湖剡川一曲 鉴真和尚东渡日本，遇风未果	王维四十五岁，在长安，仍官左补阙，约于此年，与王昌龄、王缙、裴迪集长安新昌坊青龙寺昙壁上人院赋诗	《故任城县尉裴府君墓志铭》《青龙寺昙壁上人兄院集》
	天宝三年（744）	三月，以平卢节度使安禄山兼范阳节度使 李白辞翰林离长安，与杜甫相遇于洛阳，又于汴州遇高适，同游梁宋 是年，岑参举进士，授兵曹参军 贺知章卒（659—）	王维四十六岁，仍在长安，任左补阙，始营辋川别业	《辋川集》与辋川有关的许多田园山水诗如《田园乐》《酬张少府》等约作天宝年间，《山中与裴秀才迪书》亦当作于此期
	天宝四年（745）	正月，回纥怀仁可汗杀突厥白眉可汗，尽有突厥故地 八月，册宫中女道士杨太真（玉环）为贵妃	王维四十七岁，迁侍御史，出使榆林、新秦二郡，又尝至南阳郡，遇神会和尚	《榆林郡歌》《新秦郡松树歌》约作此期之作品；《能禅师碑》
	天宝五年（746）	十二月，李林甫倾陷大臣，兴大狱，令酷吏吉温鞫之，前后死流者甚众祖咏约卒此年（699—）	王维四十八岁，转库部员外郎	
	天宝六年（747）	正月，令通一艺者皆送诣京师，以广求贤才，李林甫使无一人及第，乃表贺野无遗贤，杜甫、元结亦在落第者中	王维四十九岁，仍官库部员外郎	《苑舍人能书梵字兼达梵音……》《重酬苑郎中》

分期	年　代	时　　　事	王维事迹	该期作品
天宝年间亦官亦隐时期	天宝七年（748）	十月,封杨贵妃姊二人为韩国、虢国夫人 李嘉祐、包何同登进士 卢纶、李益生	王维五十岁,迁库部郎中	《大同殿生玉芝龙池上有庆云百官共睹……》
	天宝八年（749）	五月,府兵制大坏,停折冲府上下鱼书,时彍骑亦败坏,应募者多无赖子弟,未尝习兵,精兵皆在西北二边 六月,陇右节度使哥舒翰拔石堡城,唐兵死数万 綦毋潜卒（692—）	王维五十一岁,仍官库部郎中	《奉和圣制天长节赐宰臣歌应制》《奉和圣制登降圣观与宰臣等同望应制》
	天宝九年（750）	沈既济约生此年（—800？）	王维五十二岁,春,丁母忧,屏居辋川	《贺古乐器表》《酬诸公见过》
	天宝十年（751）	四月,剑南节度使鲜于仲通攻南诏,大败 六月,高仙芝与大食战于怛逻斯城,大败 八月,安禄山与契丹战,大败 是年,元结作《系乐府十二首》 钱起进士及第 李颀卒（690—） 孟郊生（—814）	王维五十三岁,守母丧,仍居辋川	《唐故京兆尹长山公韩府君墓志铭》
	天宝十一年（752）	十一月,李林甫死,以杨国忠为右相 杜甫、高适、岑参等同登慈恩寺塔赋诗	王维五十四岁,三月,服阕,拜吏部郎中,是年吏部改文部	《勅赐百官樱桃》

续　表

分期	年　代	时　　事	王维事迹	该期作品
天宝年间亦官亦隐时期	天宝十二年（753）	春,杜甫作《丽人行》 九月,哥舒翰进封西平郡王 是年,殷璠编《河岳英灵集》成 日本仲麻吕（晁衡）返国,途中遇厄 梁肃生（—793）	王维五十五岁,仍官文部郎中 秋,晁衡还日本,维作诗赠行	《送李睢阳》《送魏郡李太守赴任》《送衡岳瑗公归诗序》《同崔兴宗送瑗公》《送秘书晁监还日本国》
	天宝十三年（754）	六月,李宓击南诏,全军覆没 岑参作《轮台歌奉送封大夫出师西征》 崔颢卒（704?—）	王维五十六岁,仍官文部郎中	
	天宝十四年（755）	二月,安禄山以蕃将三十二人代汉将 十一月,安禄山反于范阳,河北望风而降,"安史之乱"始	王维五十七岁,转给事中	《酬郭给事》约此期作品:《与魏居士书》
陷贼时期	天宝十五年（756）唐肃宗至德元年（756）	正月,安禄山于洛阳称帝,国号燕 六月,哥舒翰兵败潼关,玄宗西奔蜀,至马嵬驿,兵变,杀杨国忠 七月,太子李亨即位于灵武,是为唐肃宗 十月,房琯兵败陈涛斜 十一月,李白入永王璘幕府,作《永王东巡歌》 王昌龄被间丘晓杀害,约在此年（698?—）,昌龄工诗,时称"诗家天子王江宁"	王维五十八岁,仍为给事中,六月玄宗奔蜀,维扈从不及为叛军所得,服药取痢,称瘖疾,禄山遣人押至洛阳,拘菩提寺,迫以伪署,八月,禄山宴凝碧池,命梨园奏乐,诸工泣,雷海青死之,维拘禁中闻知,作"凝碧诗" 储光羲、李华、郑虔同受伪署	《菩提寺禁裴迪来相看……》《口号又示裴迪》

分期	年　代	时　　　事	王维事迹	该期作品
陷贼时期	至德二年（757）	正月,安禄山为子所弑 二月,永王璘兵败,李白因从璘获罪,系浔阳狱 三月,杜甫于长安作《春望》《哀江头》 九月,唐军收复长安 十月,唐军收复洛阳 是岁,诏迎法门寺佛骨入禁中,立内道场	王维五十九岁,九月,唐军入东京,维与郑虔等囚宣阳里,维以《凝碧》诗尝闻于行在,又弟缙请削职赎兄罪,遂宥之	
晚年独处时期	乾元元年（758）	二月,大赦 李白被流放夜郎	王维六十岁,是春复官,责授太子中允,加集贤殿学士,迁太子中庶子、中书舍人,维同贾至、岑参、杜甫并为两省僚友,唱和甚盛,是年,京兆尹严武贬巴州刺史,行前曾访王维,杜甫是秋尝自华州至蓝田县访崔兴宗、王维,冬,维请施辋川庄为寺,此后,维在京师日饭十数名僧,以玄谈为乐,退朝后焚香独坐,以禅诵为事	《谢除太子中允表》《谢集贤殿学士表》《既蒙宥罪旋复拜官伏感圣恩……》《和贾舍人早朝大明宫之作》《晚春严少尹与诸公见过》《酬严少尹徐舍人见过不遇》《请施庄为寺表》 约作于此期作品:《京兆韦公神道碑铭》《与工部李侍郎书》

分期	年　代	时　　事	王维事迹	该期作品
晚年独处时期	乾元元年（759）	正月，史思明称大圣燕王 三月，九节度兵溃相州 是春，杜甫作"三吏"、"三别" 李白于长流夜郎途中遇赦，作《早发白帝城》 萧颖士卒（708—）	王维六十一岁，仍官给事中 春，钱起为蓝田县尉，与维相酬和	《春夜竹亭赠钱少府归蓝田》《送钱少府还蓝田》《左掖梨花》《送韦大夫东京留守》《为干和尚进注仁王经表》
	上元元年（760）	是岁，元结编《箧中集》 储光羲约卒于是年（707—）	王维六十二岁，夏，转尚书右丞 是春严武为河南尹，曾来访	《河南严尹弟见宿弊庐访别人赋十韵》《门下起赦书表》《请回前任一司职田粟施贫人粥状》
	上元二年（761）	三月，史思明为其子史朝义所弑 是岁，李白欲投军从李光弼，半途病还，明年，卒于当涂 杜甫五十岁，作《百忧集行》	王维六十三岁，仍官尚书右丞，春，上《责躬荐弟表》，乞尽削己官，使弟缙还京师，五月，缙除左散骑常侍，七月，维卒，葬辋川	《责躬荐弟表》《谢弟缙新授十二散骑常侍状》

参 考 书 目

王右丞集笺注	赵殿成笺注,上海古籍出版社排印本
唐王右丞集	刘辰翁注,四部丛刊初编本
王右丞诗集	顾可久注,漱玉斋刊本
王右丞集	刘须溪校,商务印书馆
王维诗选	陈贻焮选编,人民文学出版社,1959
唐诗论丛	陈贻焮著,湖南人民出版社,1980
王维研究	入谷仙介著,创文社,1976
王维新论	陈铁民著,北京师范学院出版社,1990
诗佛王维研究	杨文雄著,文史哲出版社,1988
诗佛——王摩诘传	张清华著,河南人民出版社,1991
审美诗人——王维	伊藤正文著,谭继山编译,万盛出版有限公司,1984
王维研究第二辑	师长泰主编,三秦出版社,1996
王维和孟浩然	王从仁著,上海古籍出版社,1983
旧唐书	刘昫等撰,中华书局排印本
新唐书	欧阳修等撰,中华书局排印本
资治通鉴	司马光编撰,中华书局排印本
读通鉴论	王夫之著,中华书局排印本
中国通史简编	范文澜著,人民出版社,1964
隋唐史	岑仲勉著,中华书局,1980
唐代政治史述论稿	陈寅恪著,上海古籍出版社,1982

剑桥中国隋唐史	崔瑞德编,中国社会科学出版社,1990
隋唐五代史论集	韩国磐著,生活·读书·新知三联书店,1979
赫逊河畔谈中国历史	黄仁宇,生活·读书·新知三联书店,1992
汪篯隋唐史论稿	唐长孺等编,中国社会科学出版社,1981
唐代前期西北军事研究	王永兴著,中国社会科学出版社,1994
唐代长安与西域文明	向达著,生活·读书·新知三联书店,1957
唐文化研究论文集	郑学檬等主编,上海人民出版社,1994
唐代的长安与洛阳	平岗武夫主编,上海古籍出版社,1989
消逝的太阳	黄新亚著,湖南出版社,1996
唐代进士行卷与文学	程千帆著,上海古籍出版社,1980
唐代诗人丛考	傅璇琮著,中华书局,1980
唐诗人行年考续编	谭优学著,巴蜀书社,1987
中国文学史大事年表(上)	吴文治著,黄山书社,1987
唐诗纪事	计有功撰,上海古籍出版社,1965
全唐文纪事	陈鸿墀撰,上海古籍出版社,1987
唐国史补	李肇撰,上海古籍出版社,1979
因话录	赵璘撰,上海古籍出版社,1979
大唐新语	刘肃撰,中华书局,1984
隋唐嘉话	韦绚撰,中华书局,1958
南部新书	钱易撰,中华书局,1958
酉阳杂俎	段成式撰,中华书局,1981
唐语林校证	王谠撰,周勋初校证,中华书局,1987
明皇杂录	郑处诲撰,中华书局,1994
云麓漫钞	赵彦卫撰,古典文学出版社,1957
北梦琐言	孙光宪撰,上海古籍出版社,1981
东坡题跋	苏轼著,丛书集成初编本
开元天宝遗事十种	王仁裕等撰,丁如明辑校,上海古籍出版社,1985
教坊记(外二种)	崔令钦等著,古典文学出版社,1957

集异记	薛用弱撰,中华书局,1980
本事诗	孟启著,古典文学出版社,1957
唐才子传校正	辛文房撰,周本淳校正,江苏古籍出版社,1987
唐摭言	王定保撰,上海古籍出版社,1978
全唐诗	彭定求等编,中华书局排印本
全唐文	董浩文等编,中华书局影印本
河岳英灵集	殷璠编,上海古籍出版社,1978
唐诗品汇	高棅编,上海古籍出版社影印本
唐诗别裁集	沈德潜编,中华书局,1975
王闿运手批唐诗选	王闿运撰,上海古籍出版社影印本
说唐诗	徐增著,樊维纲校注,中州古籍出版社,1990
贯华堂选批唐才子诗	金圣叹撰,江苏古籍出版社,1986
乐府诗集	郭茂倩编撰,中华书局,1979
瀛奎律髓汇评	方回选评,李庆甲集评校点,上海古籍出版社,1986
沧浪诗话校释	严羽著,郭绍虞校译,人民文学出版社,1962
诗品集解	司空图著,郭绍虞集解,人民文学出版社,1981
苕溪渔隐丛话	胡仔撰集,廖德明校正,人民文学出版社,1984
薑斋诗话笺注	王夫之著,戴鸿森笺注,人民文学出版社,1981
唐音癸签	胡震亨撰,上海古籍出版社,1981
诗薮	胡应麟撰,上海古籍出版社,1979
文镜秘府论	遍照金刚撰,周维德校正,人民文学出版社,1980
维摩诘所说经	鸠摩罗什译,同治九年金陵刻经处
维摩诘经今译	幼存等注译,中国社会科学出版社,1994
楞严经	中华大藏经本,中华书局,1984
坛经校释	慧能著,郭朋校释,中华书局,1989
五灯会元	普济编,中华书局,1984
宋高僧传	赞宁撰,中华书局,1987

中国佛教思想资料选编	石峻等编,中华书局,1981
印度佛学源流略讲	吕澂著,上海人民出版社,1979
中国佛学源流略讲	吕澂著,中华书局,1979
汉唐佛教思想论集	任继愈著,人民出版社,1963
中国佛教史	任继愈主编,中国社会科学出版社,1981
汤用彤学术论文集	汤用彤著,中华书局,1983
理学·佛学·玄学	汤用彤著,北京大学出版社,1991
佛教与中国文化	张曼涛主编,上海书店影印本,1987
佛教哲学	方立天著,中国人民大学出版社,1986
中国禅思想史	葛兆光著,北京大学出版社,1995
隋唐佛教史稿	汤用彤著,中华书局,1982
通向禅学之路	铃木大拙著,葛兆光译,上海古籍出版社,1989
禅者的思索	铃木大拙著,未也译,中国青年出版社,1989
佛学与儒学	赖永海著,浙江人民出版社,1992
佛教与美学	王志敏等著,辽宁人民出版社,1989
佛教与中国文学	孙昌武著,上海人民出版社,1988
唐音佛教辨思录	陈允吉著,上海古籍出版社,1988
庄子集释	郭庆藩译,中华书局排印本
老子注译及评介	陈鼓应注,中华书局,1984
道教与中国文化	葛兆光著,上海人民出版社,1987
四书章句集注	朱熹撰,中华书局排印本
闻一多论古典文学	郑临川述,重庆出版社,1984
七缀集	钱锺书著,上海古籍出版社,1985
乐府诗词论薮	萧涤非著,齐鲁书社,1985
古诗考索	程千帆著,上海古籍出版社,1984
中国文学简史(上卷)	林庚著,古典文学出版社,1957
隋唐五代文学思想史	罗宗强著,上海古籍出版社,1986
美学散步	宗白华著,上海人民出版社,1981
华夏美学	李泽厚著,生活·读书·新知三联书店,1988

情感与形式	苏珊·朗格著,刘大基等译,中国社会科学出版社,1986
艺术问题	苏珊·朗格著,滕守尧等译,中国社会科学出版社,1983
从现象到表现	叶维廉著,台湾东大图书公司,1994
唐诗学引论	陈伯海著,知识出版社,1988
中国美术史纲	李浴编著,人民美术出版社,1957
中国艺术精神	徐复观著,春风文艺出版社,1987
历代论画名著汇编	沈子丞编,文物出版社,1982
罗丹艺术论	罗丹口述,葛赛尔记,沈琪译,人民美术出版社,1978
听天阁画谈随笔	潘天寿著,上海人民美术出版社,1980
生活的艺术	林语堂著,东北师范大学出版社《林语堂名著全集》第 21 卷,1994

中晚唐小品文选

前　言

　　朱彝尊《静志居诗话》说："唐诗色泽鲜妍,如旦晚脱笔砚者。"我看移来评论中、晚唐小品文也是挺合适的。优秀的中、晚唐小品至今读来还是那样亲切,犹如刚打上岸的金鲤鱼,泼剌剌地充满活力。在藩镇割据、外族入侵、宦官跋扈、朝臣党争、寒士屈抑、民不聊生的中、晚唐社会现实中,它挣扎着,生长着,一似风沙扑面的荒原中那一丛丛仙人掌,用一点点绿意给人以希望。

　　尽管关于小品文体裁的界定众说纷纭,我们仍可以把握其灵魂,那就是:有的放矢,精当有味。就形式而言,诚如吴纳《文章辨体序说》所言:"或评议古今,或详论政教,随所著立名,而无一定之体也。"它往往以短小精悍见长,如王符曾《古文小品咀华自序》所称的:"虽惜墨如金,而光烛万丈;虽心细如发,而气雄宇宙;金熔玉琢,节短音长。"这也是我编译这本文选所力图突出的特点。

　　中、晚唐小品文之所以富有现实感,使人感到亲切,与作者信手拈来的取材工夫有直接的关系。综观其取材,无非家常事、寻常物、平常人;而在人之常情、史之惯论之中,却能三言两语切中弊端,辞警意丰,见情见理,令人有所感悟。

　　家常事之琐屑,寻常物之细碎,似乎与论文无缘,但一经中、晚唐人手,却往往能沙里淘金,以体物写志的手法即小见大。如李翱《截冠雄鸡志》、舒元舆《贻诸弟砥石命》、皮日休《惑雷刑》、来鹄《俭不至说》等文,无非是日常所见所闻,小至一鸡一石,细至宰耕牛、弃

303

余食,都能引发出大道理来。由于取譬近,故亲切;观察细,故说理透。正因为是对家庭四壁之内可见的"人之常情"所作的剖析,所以更能引人入胜。黑格尔说过"熟知并非真知","正因为它是众所周知,所以根本不被人们所认识"。"向来如此"也就包庇着错误。来鹄《俭不至说》以170字的短文抨击了人们对"家有无用之人,厩有无力之马"习以为常,而对"烧衣弃食"却大惊小怪的陋见,指出"无用之人服其衣,与其焚也何远? 无力之马食其粟,与弃也何异?"从大处着眼,在思维方法上对世俗的确是一个挑战! 程晏《萧何求继论》则以饮牛构屋的明快比喻,推翻了"曹参守萧何之规",是个"贤相",这一"盖棺定论"——不想在原有基础上革新政治,"守成"只能是自欺,也是欺人,谈不上"贤相"。这真称得上独具只眼观史了。

由此可见,胆识过人,发人之所未发或不敢发,实在是小品文取得生命力的关键。罗隐《英雄之言》,皮日休《读〈司马法〉》便是此中精品。罗隐扭住刘邦、项羽脱口而出的一句话不放,层层剥开,直至他们肮脏的内心世界暴露于光天化日之下。原来,口口声声"救民于涂炭"的"大英雄",只是一伙明火执仗的强盗! 皮日休则以其不足百字超短文总结了千年漫长封建史的一条规律:"取天下以民命。"文风凌厉峭拔,尺水兴波,是小品的最上乘。

中、晚唐小品文就是这样,以其深入浅出、短小精悍的形式,混凝着丰富的现实内容,长期地激动着后世的读者。而作为在艺术上取得成功的经验,我想强调指出的是:论而有象。中、晚唐小品时时夹杂着生动的描写,以其鲜明的形象区别于那些令人读之昏昏欲睡的八股文。如陆龟蒙《蠹化》中"耸空翅轻,瞥然而去"的蝴蝶,罗隐《说天鸡》中"峨冠高步,饮啄而已"的公鸡,李甘《济为渎问》中"不压不翳"、"发山输海"的济水……无不传神写照,使读者有如目见,获得活生生的印象,从而加强了议论效果。这是很值得一提的经验。

另一成功的经验是:有情。如刘轲《农夫祷》、刘禹锡《机汲记》、沈光《李白酒楼记》,无论对事、对物、对人,都流荡着一股热情,感染着读者。而皮、陆的议论更是义形于色,昂扬激越,震撼人心。

　　这便是千年前的文字至今读之还"色泽鲜妍,如旦晚脱笔砚者"的关键所在了。而我们有些人的文字,虽旦晚方脱笔砚,却已枯槁气绝,书蠹欲生。这难道不值得我们深省? 如果这本小品文选对有志于写宣传文字而又想讲究点实效的同志有些微启发,成其隅反之资,则幸莫大焉。

　　本书所选篇目,大都是 1983 年我在漳州师专任教时随手所录(韩愈、柳宗元文因福建教育出版社将另出《唐宋八大家文选》,故未选入本书),承陈炳昭、杨树二位先生的热情鼓励,方修补付梓,借此机会谨表谢忱。

林继中
1986 年夏

李 观

字元宾(766—794),先为陇西人,后家江东。唐德宗贞元八年与韩愈同榜进士及第。陆希声称赞他的文章"不古不今,卓然自作一体","每篇得意处,如健马在御"。卒年29岁。

《八骏图》序 (节选)

予尝闻有周穆王八骏之说,乃今获览厥图[1]。雄凌趫腾,彪虎文螭之流,与今马高绝悬异矣[2]。其名曰:盗骊、蜚黄、骎裹、白義之属也[3]。视矫首则若排云;视举足则若乘风[4]。有待驭之状,有矜群之姿[5];若日月之所不足至,若天地之所不足周[6];轩轩然,嶷嶷然[7]。言其真也,实星降之精[8];思其发也,犹神扶其魄。轼者如仙,御者如梦,将变化何别哉[9]!

【注释】

〔1〕 八骏:传说中周穆王的八匹名马,名称说法不一。《穆天子传》卷
       一所载与本文就不尽一致。八骏是:盗骊、白義、渠黄、赤骥、逾轮、
       山子、华骝、绿耳。   厥(jué):此。
〔2〕 雄凌趫(qiáo)腾:轻捷矫健。趫,矫捷。   文螭(chī):有花纹的
       蛟龙。   高绝:高远隔绝。
〔3〕 骎裹(yǎo niǎo):骏马名。
〔4〕 矫(jiǎo)首:举起头。矫,举,昂起。
〔5〕 矜(jīn)群:出众。
〔6〕 周:环绕。
〔7〕 轩轩(xuān):扬扬自得的样子。   嶷嶷(nì):高尚的样子。

307

〔8〕　星降之精：传说马是房星的精变。房星，二十八星宿之一，又叫天龙星。

〔9〕　轼(shì)：车厢前的横木，这里当动词，指凭倚(在车轼上)。此篇一说李翱作，全文至此结束；一说李观作，下面还有一段文字。今节选至此。

【语译】

　　我曾经听说周穆王有八匹神马，直到今天才得到观赏这幅《八骏图》的机会。你看它们那轻捷矫健、雄姿英发的劲儿，简直不是马，是猛虎，是蛟龙！和现在的凡马不可同日而语呵！这八匹骏马名叫：盗骊、蜚黄、骙骙、白羲等等。看它们昂首长嘶，有叱咤风云之势；撒腿奔腾，似要乘风而去。它们像在等待驾驭，姿态是如此出众。似乎日月之遥还不够它们一蹴便到，天地之大还不够它们绕个圈儿。它们意气扬扬，志趣是那么高远。要说它们的原身，当是星宿下降，想象它们一旦奔驰起来，那掀雷抉电的气魄，就像有神明在扶持！

　　看唶，坐车的飘飘然，像是活神仙；赶车的忽忽然，犹如在梦里。他们已经和大自然交融一体，和变幻的仙境有啥两样！

【说明】

　　据郭若虚《图画见闻志》说，《八骏图》是幅古画，"逸状奇形，实亦龙之类也"。晋武帝曾叫人摹写，历代传为国宝。柳宗元也写了一篇《观八骏图说》，他与李观大概都见过此图。李观的文章寥寥数笔，便再现了八骏的雄姿，似乎还保留着盛唐的余音。特别是末句，如仙如梦的境界，令读者耳旁风响，感同身受，可谓传神。

权德舆

字载之(759—818),泰州人。元和年间当过宰相,韩愈称他"未尝一日去书不观。"权德舆是古文家,完成"尚气、尚理、有简、有通"的文说,在批评史上有一定的地位。

释　　疑

《记》曰:"君子居易以俟命[1]。"《语》曰:"君子坦荡荡[2]。"此盖视履考祥而不忧不惧也[3]。《易》曰:"思患而豫防之[4]。"《语》曰:"季文子三思而后行[5]。"此又戒慎若厉之义也,岂一端而已哉[6]!亦各有所当,在明者审之而已。或不能深推本末,而疑吾自若,则舟有溺,骑有坠,寝有魇,饮有醉,食有饐,行有蹶,其甚则皆可致毙,无非危机,其可以尽废此而如土偶木寓耶[7]?不然则忧可既乎,忧可既乎[8]!

【注释】

〔1〕 这句见于《礼记・中庸》,意思是说,有修养的人善于处在平易不危的地位,等待事势的发展。

〔2〕 这句见于《论语・述而》。坦荡荡是宽广的样子,这里是形容道德高尚的人心胸广阔。

〔3〕 盖:副词,大概。表示推测的语气。　视履(lǚ)考祥:见于《易・履》,原文是:"视履考祥其旋。"视履,行为审慎。考祥,考虑周祥。祥,通"详"。

〔4〕 这句见于《周易正义》卷六:"君子以思患而豫防止。"意思是说,有

修养的人善于推测祸患的发生而能预先防止。

〔5〕 这句见于《论语·公冶长》。季文子,鲁国大夫。

〔6〕 戒慎:警惕而审慎。　一端:一方面,片面。

〔7〕 深推本末:深入地研究事物矛盾的主次。　魇(yǎn):梦魇,做噩梦,说梦话。　饐(yì):食物腐败变味。这里应作"噎"(yē),食物堵住食管。

〔8〕 既:尽,完了。

【语译】

　　《礼记》说:"有修养的人善于处在平易不危的地位,等待事势的发展。"《论语》说:"道德高尚的人心胸广阔。"这里说的都是一个道理:只要行为审慎,考虑周详,就不必有所畏惧。《易经》说:"有修养的人善于推测祸患的发生而能预先防止。"《论语》又说:"季文子办事都是再三思考以后才行动的。"这又是在告诫人们要经常保持警惕,行动要谨慎的意思,怎能只强调一个方面呢!(不忧不惧与行动谨慎)两方面所讲的都有道理,就看你能不能正确地处理。如果不能探求原理,分清主次,就会自生疑惑,顾虑重重。那么,乘船有可能会落水,骑马有可能会摔下来,连睡觉都会做噩梦,喝酒也可能醉倒,吃东西也会噎住,走路也会摔跤,严重的都会致命啊。如果这么一想,什么都有危险,那就什么也不干,像木雕泥塑一样了吗?要不,你就别再忧心忡忡了,别再忧心忡忡了!

【说明】

　　史称权德舆"善辩论",这篇短文颇能代表这一风格。文章先从事物的两个方面阐明道理,紧接着是用一串例证进行"归谬",最后一句反问推出正确结论,不容置辩。文章写得明快又有变化。

白居易

字乐天(772—846),下邽(今陕西渭南)人,贞元进士,为"新乐府运动"的主将,伟大的诗人。他主张"文章合为时而著,歌诗合为事而作",在文学史上有很高的地位。

《荔枝图》序

荔枝生巴峡间[1]。树形团团如帷盖[2]。叶如桂,冬青;华如桔,春荣;实如丹,夏熟[3]。朵如葡萄,核如枇杷,壳如红缯,膜如紫绡,瓤肉莹白如冰雪,浆液甘酸如醴酪[4]。大略如彼,其实过之[5]。若离本枝,一日而色变,二日而香变,三日而味变,四五日外,色香味尽去矣[6]。元和十五年夏,南宾守乐天,命工吏图而书之,盖为不识者与识而不及一、二、三日者云[7]。

【注释】

〔1〕 巴峡:唐有巴州、峡州,今长江三峡一带。

〔2〕 帷:车的围幔。 盖:车篷。这句是说荔枝树冠成伞状。

〔3〕 华:花。 荣:开花。 丹:朱砂。

〔4〕 朵:指密集的果实。 缯(zēng):绸子。 绡(xiāo):生丝织的绸子。 醴(lǐ):甜酒。 酪(lào):奶制品。

〔5〕 大略:大致上,大概。 彼:那样。 过:超过。

〔6〕 去:消失。

〔7〕 南宾:即忠州。 守:太守。汉代一州的长官,唐改称刺史,这里是沿用旧称。 工吏:管书画的小吏。 图:动词,画。 书:题字。 盖:语首助词,起提示作用。 云:用在句尾表示叙述完了。

【语译】

　　荔枝生长在巴峡一带。它茂密的树冠呈圆形,有如车上的帷盖。它的叶儿和桂树叶相似,冬季里也常青;它的花朵和橘花差不多,春天里开花;它的果儿呢,像朱砂一般红,在夏季里成熟。它累累的果实就像葡萄串,果核就像枇杷核,果壳就像红绸子,果膜就像紫丝绸。瓤肉晶莹洁白,就像冰雪;果浆又甜又酸,好比醴酪。这只是大致的模样儿,其实还要好得多。不过,荔枝一离开树,一天就会变颜色,两天香味儿也就变了,三天呢,连味道都要变!四五天以后,色香味就全没了。

　　元和十五年夏天,南宾刺史白乐天,叫工吏画了荔枝图,并亲自写下这篇文章,为的是让那些没见识过荔枝,或虽见过却不懂得鲜荔枝在一、二、三天内发生变化的人们知道有这么一回事。

【说明】

　　本文不但比喻贴切,而且突出荔枝离本枝后容易变质这一特点,所以能收到"以少总多,情貌无遗"的效果。文章结构层次井然,愈转愈妙,有似园林艺术。

刘禹锡

　　字梦得(772—842),洛阳人,是"永贞革新"的重要人物。诗文早年与柳宗元齐名,称"刘、柳";晚年与白居易齐名,称"刘、白"。《四库全书总目提要》说他的古文"恣肆博辩"。

机　汲　记[1]

　　滨江之俗,不饮于凿,而皆饮之流[2]。予谪居之明年,主人授馆于百雉之内[3]。江水沄沄，周墉间之[4]。一旦，有工爰来，思以技自贾[5]。且曰："观今之室庐，及江之涯，间不容亩，顾积块峍焉而前耳[6]。请用机以汲，俾矗然之状莫我遏已[7]。"予方异其说，且命之饬力焉[8]。

工也储思环视，相面势而经营之[9]。由是比竹以为畚，置于流中[10]。中植数尺之臬，辇石以壮其趾，如建标焉[11]。索绹以为缰，縻于标垂，上属数仞之端，亘空以峻其势，如张弦焉[12]。锻铁为器，外廉如鼎耳，内键如乐鼓，牝牡相函，转于两端，走于索上，且受汲具[13]。及泉而修绠下缒，盈器而圆轴上引[14]。其往有建瓴之驶，其来有推毂之易[15]。瓶缗不赢，如搏而升[16]。枝长澜，出高岸，拂林杪，逾峻防[17]。刳蟠木以承澍，贯修筊以达脉[18]。走下潺潺，声寒空中[19]。通洞环折，唯用所在[20]。周除而沃盥以蠲，入爨而锜釜以盈[21]。饪馀之余，移用于汤沐[22]。濯浣之末，泄注于圃畦[23]。虽濆涌于庭，莫尚其沛洽也[24]。

昔予尝登陴，捆然念悬流之莫可遽挹，方勉保佣，督臧获，斸而挈之，至于裂肩龟手[25]。然犹家人视水如酒醴之贵[26]。今也一任人之智，又从而信之机，发于冥冥，而形于用物[27]。灏漾东流，赴海为期[28]。斡而迁焉，逐我颐指[29]。向之所谓阻且艰者，莫能高其高而深其深也[30]。

观夫流水之应物，植木之善建[31]。绳以柔而有立，金以刚而无固[32]。轴卷而能舒，竹圆而能通[33]。合而同功，斯所以然也[34]。今之工咸盗其古先工之遗法，故能成之，不能知所以为成也[35]。智尽于一端，功止于一名而已[36]。噫，彼经始者其取诸"小过"欤[37]！

313

【注释】

〔1〕　机汲：用机械汲水。

〔2〕　滨江：靠近江边。　凿：指开凿的井水。　饮之流：饮于江流。之，犹"于"。

〔3〕　谪(zhé)居：被降职外调。　主人：指当地长官。　授馆：提供住所。　百雉(zhì)：大城的代称。雉，城高一丈，长三丈称一雉。

〔4〕　沄沄(yún)：水急流的样子。　周墉(yōng)：围绕着的城墙。间(jiàn)：隔开。

〔5〕　工爰：工匠。爰，助词，没有意义。　以技自贾：靠自己的技术讨生活。贾，卖。

〔6〕　顾：但是。　积块：指城墙。　峙焉而前：高耸在面前。焉，用在句中当停顿语助词。

〔7〕　俾：使得。　蠹然之状：高高耸立的东西，指城墙。　莫我遏已：不能阻挡我。

〔8〕　异其说：认为他的说法新奇。　饬(chì)力：用工夫。

〔9〕　储思：长时间思考。　相(xiàng)面势：观察地形。相，观察。

〔10〕　比(bì)：紧密地排列。　以为畚(běn)：用做盛水的器具。

〔11〕　植：竖立。　臬(niè)：标杆。　辇(niǎn)：运载。　壮：加固。趾：根基。　建标：立木为表记。

〔12〕　索绹(táo)：搓绳子。　縆(gēng)：粗索。　縻(mí)：系、缚。标垂：标杆的下端。　属：连结。　仞：长度单位，相当于八尺。端：指标杆的顶端。　亘(gèn)空：横空。　以峻其势：使形势更加陡峭。　张弦：拉开弓弦。

〔13〕　廉：有棱角。　鼎：古代金属容器，有两耳。　键：机关。　牝(pìn)牡相函：凹、凸两部分互相配合。　转于两端句：指这一铁器在索上滚来滚去。　受汲具：带动了汲水器。

〔14〕　及泉：到了水面。泉，这里指江水。　修：长。　绠(gěng)：绳子。　盈器：装满汲具。　上引：拉上来。

〔15〕　建瓴(líng)之驶：像从高处往下倒水一样迅速。建，倾倒。瓴，盛

水的瓶子。　　推毂：推动车轮。

〔16〕瓶缒(yú)：汲水器与绳子。　　羸(léi)：损坏。　　如搏而升：好像老鹰抓小鸡那样上升。

〔17〕枝：分出一股。　　长澜：长流，指江水。　　杪(miǎo)：树梢。　　峻防：高堤。

〔18〕刳(kū)：挖空。　　蟠(pán)木：盘根错节的树木。这里指弯曲的木头。　　承澍(shù)：承接水。　　贯：连通。　　修筠(yún)：长竹管。　　达脉：使流水畅通。

〔19〕走下：向下流。　　潺潺(chán)：流水声。

〔20〕通洞环折：周旋曲折，四通八达。

〔21〕周除：环绕在台阶前。除，台阶。　　沃盥(guàn)：浇水洗手。　　蠲(juān)：清洁。　　爨(chàn)：灶，这里指厨房。　　锜(qí)釜(fú)：锅。　　盈：满。

〔22〕饪(rèn)铼(sù)：烹煮食物。　　汤沐：洗澡。

〔23〕濯(zhuó)浣(huàn)：洗。

〔24〕濆(fèn)涌：泉眼冒水。　　沛(pèi)：盛大。　　洽(qià)：沾湿。

〔25〕陴(pí)：城头的矮墙。　　搁(xiàn)然：猛然。　　悬流之莫可遽挹：往下流的水不能马上汲到。　　保佣、臧获：这里都指奴仆。　　勮(jù)：挹取。　　龟(jūn)手：手被冻裂。

〔26〕醪(láo)：醇酒。

〔27〕一任人之智：一凭借人的智慧。　　信之机：依靠机械。　　发于冥冥，而形于用物：构思于深远的思想中，表现在具体的机械上。

〔28〕灏(hào)溔(yǎo)：水势盛大的样子。　　期：目的。

〔29〕斡(wò)：转移方向。　　颐(yí)指：用面部表情示意。这里指人可任意指挥流水。颐，腮。

〔30〕向：从前。　　高其高、深其深：保持它的高与深。

〔31〕夫(fú)：那。　　应物：适应汲水机。　　植木之善建：标杆竖立得好。意思是，竖起标杆是个关键。

〔32〕绳以柔而有立：柔软的绳索(借助于标杆)能横空竖立。　　金以刚

而无固：刚硬的金属（借助于绳索），能流走而不固定。

〔33〕　舒：放开。

〔34〕　合而同功：合为一体，共同发挥作用。　斯所以然也：这就是取得这样的效果的道理。

〔35〕　咸：都。　盗其古先工之遗法：窃取先前工匠遗传下来的成法。

〔36〕　智尽于一端：智慧只能用于一方面。　功止于一名：成功只限于一种东西。

〔37〕　噫(yī)：感叹词。　彼：那个。　经始者：首创的人。　其：大概。　诸："之于"的合音。　"小过"：《易经》卦名，艮下震上，象征下面静止，上面运动。作者认为机汲的原理就在于此。

【语译】

　　按江边人家的习惯，不喝井水，饮用江水。我被降职来此地的第二个年头，当地长官在城内给安排了个住所。门外便是汹涌的江水，但被围绕着的城墙隔开了。有一天，有个工匠来这儿，想靠自己的技术讨生活。他说："看你们的住家，距离江岸是这么近，之间的空地还不到一亩，只是被这高耸的城墙给挡住了。不过，只要使用汲水机，这个高高耸立的城墙也就不能阻碍我们汲用江水了。"我感到他的说法颇新奇，于是让他下功夫造汲水机。

　　工匠经过长时间的思考，反复观察了地形，才开始建造。于是他用紧密排列的竹子作盛水的器具安放在江流中，当中又树立起几尺的标杆，运来石头加固它的根基，就像立木为表记一样。然后又搓绳作大索，系在标杆的下端，上面连结在几仞高的标杆顶端，横空如拉开的弓弦，使形势更显得陡峭。再锻造了两个铁器，外面有棱角，像鼎耳，内部有机关，像乐鼓；这个东西凹凸两部分相配合，在索上滚来滚去，就用它来带动汲水器。长绳下缒到江面，让汲具装满水再用圆轴拉上来。汲具下缒像高屋建瓴般迅速，汲具上来又好比推转车轮一般轻而易举。汲具和绳子不易损坏，就像老鹰抓小鸡那样上升。它将江流分出一股来,飞上高岸,拂过树梢,越过高堤,汩汩而来。人们挖空弯曲的木头去承接江水,连通长竹管使流水畅通。水潺潺地往下流哟,在半空中发出的声响使人感到寒意。它周旋曲折,四通八达,只要哪里用水,水就流到哪里。清泠泠的水环绕在阶前,可以浇地洗手,还可以直接引入厨房注满铁锅,非常方便。而且,还可以在烹煮之余,用来烧汤水洗澡呢!洗后的污水就让它流入菜地去。就是在庭前有一眼冒水的泉,也没有这样充足、方便呵!

过去,我曾经登上城墙,猛然感触到:往下流的江水真不容易汲取!督促那些奴仆去取水,往往要弄得肩擦破、手龟裂,而家里人还是将水看得像醇酒般宝贵,轻易不敢用水。如今呢,一凭借人的智慧,依靠机械,将头脑深处的构思,化为具体可用的器械,就能让浩浩荡荡流向大海的江水改变方向,任我指挥。高耸的城墙,深深的江水,当初被看作难以克服的障碍,如今它的高,它的深,都不再能阻碍人们用水了。

看来,要让流水能适应汲水机,关键是在竖好标杆。绳子是柔软的,但借助标杆就能横空竖立;金属是刚硬的,但借助绳索就能流走而不固定。轴可舒卷,竹可畅通。各部件合为一体,共同发挥作用。这,就是汲水机成功的道理。现在的工匠都只是窃取先前工匠遗留下来的成法,所以虽能如法炮制,却不知道其中的道理。因而,他们也就只能在某一件事情上取得成功,将智慧用在有限的范围而已。哎,我推想,那个首创汲水机的人大概是应用《易经》中"小过"的原理吧?

【说明】

作者是位务实的政治革新家,所以能对当时士大夫不重视的科技特别关注。本文高明之处还在于:不但对汲水机描叙得历历在目,而且描叙中流动着一股对"任人之智"的热情,感染着读者。

观　市

由命士以上，不入于市[1]，《周礼》有焉。乃今观之，盖有因也[2]。元和二年，沅南不雨，自季春至于六月，毛泽将尽[3]。郡守有志于民，诚信而雩，遂遍山川方社[4]。又不雨，遂迁市于城门之遽[5]。余得自丽谯而俯焉[6]。

肇令下之日，布市籍者咸至，夹轨道而介分次焉[7]。其左右前后，班间错跱，如在阛阓之利[8]；其列题区别，榜楬价名，物参外夷之货[9]。马牛有牵，私属有闲[10]。在巾筒者，缄文及素焉[11]；在几阁者，雕彤及质焉[12]；在筐筥者，白黑巨细焉[13]；业于饔者，列饔膳，陈饼饵而苾然[14]；业于酒者，举酒旗，涤杯盂而泽然；鼓刀之人，设高俎，解豕羊而赫然[15]；华实之毛，畋鱼之生，交蚩走，错水陆，群状伙名，入隧而分[16]。韫藏而待价者，负絜而求沽者，乘射其时者，奇赢以游者；坐贾颙颙，行贾遑遑，利心中惊，贪目不瞬[17]。于是质剂之曹，较固之伦，合彼此而腾跃之[18]。易良苦于巧言，致量衡于险手[19]。杪忽之差，鼓舌伧伧[20]。诋欺相高，诡态横出。鼓嚣哗，坌烟埃，奋羶腥，叠巾履，咶而合之，异致同归[21]。鸡鸣而争赴，日午而骈阗[22]。万足一心，恐人我先。交易而退，阳光西徂[23]。幅员不移，径术如初，中无求隙地，俱唯守犬鸟乌，乐得腐余[24]。

是日倚衡而阅之三，感其盈虚之相寻也速，故著于篇云[25]。

【注释】

〔1〕命士：古代低于大夫一级的官职，后来在王莽时，五百石俸禄的士叫"命士"。这里是泛指当官的士人。

〔2〕乃今：如今。

〔3〕元和：唐宪宗的年号。　沅南：县名，在今湖南常德县西南。毛：指草木。

〔4〕雩(yú)：求雨的祭坛。这里作动词，求。　方社：土地神。

〔5〕逵：交通要道。

〔6〕丽谯：高楼。

〔7〕肇(zhào)：始。　咸：都。　介：间隔。

〔8〕班间错峙：依次排列，交错对峙。班，依次、并列。峙，通"峙"。阛阓(huán huì)：市区。

〔9〕榜楬(jié)：以木牌作标志，这里作动词，标明。

〔10〕闲：防御，这里是守护的意思。

〔11〕在巾笥者：指用巾覆盖藏在箧中的东西。　缄：束箧的绳子，这里指收藏。

〔12〕几阁：几桌上的架子。　雕彤：刻镂装饰的意思。

〔13〕筥(jǔ)：圆形竹器，用来装东西。

〔14〕饔(yōng)：熟食。　苾(bì)然：浓香。

〔15〕鼓刀：指屠牲口。　俎(zǔ)：砧板。　解：剖。　赫然：使人惊心怵目的样子。

〔16〕畋(tián)：打猎。　蜚(fēi)走：指禽兽。"蜚"同"飞"。　隧：街道。

〔17〕韫藏：同蕴藏，蓄积的意思。沽，通"酤"，买。　乘射其时：指伺机买进。射，指物而取。　奇赢：赢利。　贾(gǔ)：商人。　颙颙：温和敬顺的样子。　遑遑：匆忙的样子。　瞬：眼珠转动。

〔18〕质剂：贸易用的券据。　较固：垄断。

〔19〕敦(dù)：败坏。

〔20〕　秒忽：极言其微小。秒，容量单位，一勺的十分之一。　伧仁
　　　（cāng zhù）：粗俗不入耳的声音。

〔21〕　坌（bèn）：坌涌，并起。

〔22〕　骈阗（pián tián）：聚集、盛多的样子。

〔23〕　徂（cú）：逝去。

〔24〕　术：城邑中的道路。

〔25〕　衡：楼殿边的栏干。

【语译】

　　凡是地位在命士以上的人，都不应当上市场。这是《周礼》早已有规定的。如今看来，这是有它的道理的。

　　元和二年，沅南久旱无雨，从暮春直到六月间，草木都枯死了，池潭也都将干涸。太守为了老百姓，诚心求雨。于是，遍祭山川土地之神。还是不下雨，便将市集迁到城门路口。我于是有机会从高楼上俯视这市场。

　　命令刚颁布的那天，凡有市籍的商贩们都来了，在道路两边按一定间隔划分排列，使前后左右或并列，或交错，或对峙，就像市区的分布。各摊都用木牌写上品类并标明物价。其中还杂有外国货。市面上井井有条：牛马有人牵着，货物有人守着。贮放在筐中的商品有的有花纹，有的没有花纹；陈列在架上的商品有华丽的，也有质朴的，放在筐子里的商品有白的、黑的、大的、小的，真是应有尽有啊！那些卖熟食的，摆着各种菜肴、麦饼，香气扑人；那些卖酒的，酒旗高招，酒杯、酒壶洗得发亮哪！还有那些卖肉的，放着块大砧板，杀猪宰羊的，叫人看了惊心怵目。还有各种瓜果菜蔬、山珍海味，飞的、跑的、地上的、水里的，各色各样，五花八门，都在市街上分别出售。

　　市面上人来人往，有囤积货物等待出售的，有提着、背着，到处叫卖的；还有在伺机买进的；有已得利而游逛的……坐商兜生意是

那么温和恭顺,行商逐利又是那么匆忙。但他们都一样为赢利而心神不定,贪婪的目光是那么专注!在他们之间钻营的则是那些写契券的捐客和搞垄断的投机商。他们推波助澜,操纵市场。这些生意人一张嘴皮子能说会道,将坏的也说成好的;他们眼明手快,偷斤减两,为一丝半毫之差,也会吵得不堪入耳。他们互相叫骂,丑态百出。于是市面上一片鼓噪叫嚣之声,尘土飞扬,散发出腥臊的气味。人们摩肩接踵,好像是咬合在一起,都想到一处去了。鸡刚叫,人们便赶来市场,中午已是人山人海,十分热闹。上万条腿在迈动,都一心怕别人抢在前头。及至交易完散市,已是日落西山。还是这块地方,还是这些街道,但当初密不容针的地方,此时已空空荡荡,成了狗和乌鸦寻找残肴腐肉的乐园了。

市场开张这一天,我三次倚在楼台栏干上俯视,深感于市场由热闹到空虚这一变化周期之短促,于是写下这篇文章。

【说明】

封建文人多鄙视商业,不屑致一词,作者却怀着极大的兴趣为我们绘下这幅沸沸扬扬的"唐人集市图"。结尾一段意味深长,是封建官场勾心斗角的投影,也是唐王朝由盛入衰的中唐社会的投影。

陋 室 铭[1]

山不在高,有仙则名;水不在深,有龙则灵。斯是陋室,唯吾德馨[2]。苔痕上阶绿,草色入帘青。谈笑有鸿儒,往来无白丁[3]。可以调素琴,阅金经[4]。无丝竹之乱耳,无案牍之劳形[5]。南阳诸葛庐,西蜀子云亭[6]。孔子曰:"何陋之有?"[7]

【注释】

〔1〕　陋室：狭小简陋的房子。　铭：在器物上记述事实、功德的文字，后来成为一种文体。

〔2〕　斯：指示代词，这。　唯：只是。　馨（xīn）：散布很远的香气。此指很好的声誉。

〔3〕　鸿儒：鸿，大。旧称学识渊博的学者为"鸿儒"。　白丁：无官职的平民。此处与"鸿儒"对举，应指那些没有文化知识的人。

〔4〕　金经：用泥金书写的佛经。

〔5〕　丝竹：泛指乐器。　案牍：官府的文书、公文。

〔6〕　诸葛：即诸葛亮。　子云亭：杨雄（一作扬雄）字子云。《汉书》说他"有田一壥，有宅一区"，后人称他的住所为"杨子宅"，此处为了押韵说成"子云亭"。

〔7〕　《论语·子罕》："君子居之，何陋之有？"本文只用后句，而实兼"君子居之"之意。

【语译】

山，并不在于高，只要有仙人居住，它就会名声远扬；水，并不在于深，只要潜有蛟龙，它就会显得活灵灵！

这是一间简陋的居室，只是因为我有高尚的品德而享有美名。看那茸茸的绿苔爬上了石阶，染得石阶苍翠；青青的草色透过了竹帘，映得满堂泛起青光。在这里谈笑的，尽是些大学者；在这里进出的，绝没有一个无知之辈。在这里，可以拨响素雅的古琴，默识那金字的佛经。在这里，既没有粗俗的音乐来惑乱人耳，也没有公文事务来扰我精神。这间陋室哟，好比是那南阳诸葛亮的茅庐，西蜀杨子云的小屋。孔子说过："（这样的房子）有什么简陋呢？"

【说明】

作者以品德高尚自负，是此文的灵魂。从中可以看出作者对无知无能的权贵及其官场的厌恶。"苔痕上阶绿，草色入帘青"一句，既是对陋室环境的描写,也是从陋室中呈现出的生机。这一轻轻的点染使文章更蕴含诗意。

华　佗　论

史称华佗以恃能厌事为曹公所怒[1]。荀文若请曰:"佗术实工,人命系焉,宜议能以宥[2]。"曹公曰:"忧天下无此鼠辈邪[3]!"遂考竟佗[4]。至苍舒病且死,见医不能生,始有悔之之叹[5]。嗟乎!以操之明略见几,然犹轻杀材能如是[6]。文若之智力地望,以的然之理攻之,然犹不能返其恚[7]。执柄者之恚,真可畏诸,亦可慎诸[8]!

原夫史氏之书于册也,是使后之人宽能者之刑,纳贤者之谕,而惩暴者之轻杀[9]。故自恃能至有悔,悉书焉[10]。后之惑者,复用是为口实[11]。悲哉!夫贤能不能无过,苟置于理矣,或必有宽之之请,彼壬人皆曰:"忧天下无材耶!"曾不知悔之日方痛材之不可多也[12]:或必有惜之之叹,彼壬人皆曰:"譬彼死矣将若何[13]!"曾不知悔之日方痛生之不可再也,可不谓大哀乎[14]!

夫以佗之不宜杀,昭昭然不可言也,独病夫史书之义,是将推此而广耳[15]。吾观自曹魏以来,执死生之柄者,用一恚而杀材能众矣,又乌用书佗之事为[16]?呜呼!前事之不忘,期有劝且惩也,而暴者复籍口以快意[17]。孙权则曰:"曹孟德杀孔文举矣,孤于虞翻何如[18]?"而孔融亦以应泰山杀孝廉自譬[19]。仲谋近霸者,文举有高名,然犹以可惩为故事,矧他人哉[20]!

【注释】

〔1〕　华佗：又名旉(fū)，沛国谯县(今安徽亳县)人。他是东汉末年的名医，精通针灸和外科。《三国志·方技传》载，曹操多次派人招华佗作侍医，华佗不从，被曹操投入牢房，折磨致死。

〔2〕　荀文若：名彧(yù)，曹操的主要谋士之一。　请：请求。　工：巧妙。　议能：古代有"八议"，即议能、议亲、议故、议贤、议功、议贵、议勤、议宾。罪人可根据这"八议"予以减免。三国时写入法典。是封建统治集团特权的体现。　宥(yòu)：宽恕。

〔3〕　鼠辈：鼠类一般的人。这是蔑视人的话。

〔4〕　遂：于是。　考竟：使其死于狱人。

〔5〕　苍舒：曹操的儿子曹冲。　且死：将死。　悔之：后悔杀了华佗。之是代词，指害死华佗这件事。

〔6〕　明略见几：明于谋略，洞察事理。几，细微的迹象。见几，是指善于从细微的迹象预见事物发展的趋向。　犹：还。　是：如此。

〔7〕　智力地望：指荀文若的才智与地位声望。　自然：明明白白的。　返其恚(huì)：使他息怒而回心转意。

〔8〕　执柄者：当权者。柄，权柄。　诸：之乎的合音，语气词。

〔9〕　原夫：原是推究，夫是语气词。

〔10〕　故：所以。　悉：全部。　书：写。

〔11〕　后：后世。　惑者：糊涂人。　是：这件事，指示代词。　口实：借口。

〔12〕　苟：如果。　置：送交。　理：法官。　或必有宽之之请：想必有人会提出宽恕他的请求。第一个之是代词，第二个之是助词。彼：那些。　壬(rén)人：巧言献媚的小人。

〔13〕　譬彼死矣将若何：即使他死了又怎样！意思是死不足惜。

〔14〕　曾不知：竟然不知道。

〔15〕　夫(fú)：发语词。　独：只是。　病：忧虑。

〔16〕　乌用句：表示反问。意思是：又何必写下华佗被杀这件事呢？

〔17〕　期：希望。

〔18〕 孙权：字仲谋，三国时吴国君主。　曹孟德：曹操字孟德。　孔文举：孔融字文举，北海太守。　孤：孙权自称。　虞翻：《三国志·吴志·虞翻传》载，孙权曾在一次宴会上行酒，属下虞翻装醉，孙权要杀他，众人劝阻。孙权说："曹操杀孔文举，我杀虞翻又怎样！"

〔19〕 而孔融句：《三国志·魏志·邴原传》注，孔融当北海太守，要杀某人。有人就问孔融，先前你宠信他，现在怎么又要杀他？孔融就以东汉泰山郡太守应劭杀孝廉的例子自譬说，当初他好，就提拔他；现在坏了，就杀他。

〔20〕 矧（shěn）：何况。

【语译】

　　史书上说，华佗因为自恃有才能而不愿为曹操干事，结果激怒了曹操（被投入狱）。荀文若向曹操请求说："华佗的医术的确是很高明的，关系到许多人的生命，应当根据'八议'中'议能'一条，从宽处理。"曹操却说："还怕天下没有这种鼠辈吗！"于是，让华佗死在狱中。一直到他的儿子曹冲病得快死，看到所有医生都不能救治，曹操这才后悔叹惜。啊！以曹操的明于谋略，洞察事理，尚且轻杀才能之士如此；以荀文若的声望地位及智慧，用这么明白的事理劝阻，尚且不能使曹操息怒而回心转意，当权者的愤怒也的确可怕！当权者也更应慎重啊！

　　推究史家之所以将此事载入史册的原因，是要让后人借鉴，以便对有才能的人宽刑，重视采纳贤者的意见，而对残暴轻杀的人也是一种惩戒。因此，史家将华佗的恃才使气到曹操的后悔，都详尽地加以记叙。可是后世的糊涂人，反而将这件事当作口实（借以开脱自己轻杀的罪行）。可悲呵可悲！贤能的人不可能没有过失，如果有过失就交给法官去依法处理，想必会有人替他说情，要求从宽发落。这时，那些献媚于当权者的小人就都会跑出来说："还怕天下没有才士吗！"却不知要到后悔时才会痛感人才的难得呀！贤能的人死了，也想必会有人为之叹惜，而那些阿谀小人又都跑出来说："即使死了又怎样！"却不知要到后悔时才会痛感到再生是不可能的呀！这能不说是最可悲的事吗？

　　华佗的不该杀，本是明明白白不必言说的。可虑的是史册这样记载了此事，其效果只能是推广了轻杀。我看哪，从曹魏以来，掌生死大权的人因一时愤怒而任意残杀能人，此类事太多了，又何必写下华佗被杀这件事呢？啊！以前的事之所以要念念不忘，是期望对以后能有所惩戒。没想到，残暴的当权者反借为口实，以快其意。孙权就曾说："曹操杀孔文举，我杀虞翻又怎样！"而孔融杀人时也自比作是应劭杀孝廉。孙权是个近于霸主的英雄，孔融也是很有名气的人。然而，二人尚且将作为惩戒的史例援引为杀人的口实，更何况那些等而下之的掌权者呢！

【说明】

　　独裁者一怒之下，便"杀材能众矣"，哪怕像华佗这样的一代名医也在所难免。作者通过这一世代相沿的历史现象揭示了封建专制是摧残人才的罪恶渊源。由于所举曹操、孙权、孔融都是史册上的"英雄"，所以更具普遍意义。

李　翱

　　字习之（772—841），陇西成纪（今甘肃）人，一说赵郡人。贞元年间进士，是中唐"古文运动"的重要作家，韩愈的大弟子。李翱的论道，对宋儒理学很有影响。

李 翱

杂 说

龙与蛇皆食于凤。龙智而神,其德无方。凤知其可与皆为灵也,礼而亲也[1]。蛇毒而险,所忌必伤,且恶其得于凤也,不惟啮龙,虽遇麟、龟,固将噬之而亡之[2]。凤知蛇不得其欲则将协豹犬而来吠噑也,赋之食加于龙[3]。以龙之神,浮于食也,将使饱焉,终畏蛇而不能[4]。麟与龟瞠而讴曰:"凤兮凤兮,何德之衰!往者不可谏,来者犹可追,已而!已而!"[5]

既而麟伤于毒,伏于窟,龟屏气潜于壳[6]。蛇侦龙之寐,以毒攻其喉而龙走[7]。

凤丧其助,于是下翼而不敢灵也[8]。

【注释】

〔1〕 食于凤:这里是当凤的食客的意思。 无方:无边。 灵:神灵。 礼:当动词,礼敬。

〔2〕 恶(wù):动词,憎恨。 啮(niè):咬。 噬(shì):咬。 亡:逃跑。

〔3〕 噑(háo):野兽吼叫。 赋:给。

〔4〕 浮于食:不够吃。浮,超过。

〔5〕 瞠(chēng)而讴:瞪着眼唱。唱词见《论语·微子》。楚国陆通,字接舆,佯狂不肯当官。孔子到楚国,接舆唱着这首歌从他车前走过。这里所引歌词有删节,大意参看译文。

〔6〕 既而:不久。 屏(bǐng)气:抑制呼吸,形容畏惧的样子。

〔7〕 龙之寐:龙睡着时。

〔8〕　丧：失去。　　下翼：垂下翅膀。

【语译】

龙和蛇都是凤的门客。龙，智慧而神圣，德量无边。凤知道它可以同自己一起成为神灵，所以特别尊重它，亲近它。蛇呢，又狠毒，又阴险，凡它所忌妒的，就一定要伤害。蛇憎恨龙得到凤的信任，它不但要咬龙，即使遇到麟和龟，也一定要咬它们，并逼走它们。凤知道蛇如果欲望得不到满足，就会伙同豺狗来狂吠叫嚣，因而给它的食料比龙还要多。以龙的神异，给它的食料是不够吃的。凤有心要让龙吃饱，但因为畏惧蛇，最后还是不敢这样做。麟和龟看了，瞪着眼不满地唱道："凤哟，凤哟，你那高尚的德行上哪儿去了？过去的已经不可挽回，将来的还能追补。啊，算了，算了！"

不久，麟就遭到蛇的毒害，蜷缩在山洞中。龟连气也不敢出地缩进壳里。蛇又乘龙在睡觉时，用它的毒牙咬龙的喉咙，把龙也给赶跑了。

于是凤丧失了它的助手，便垂下了翅膀，再不敢显示自己的神灵了。

【说明】

中、晚唐大多数皇帝对割据的藩镇军阀一味采取迁就姑息的政策，其结果是藩镇日益强大，朝廷日益削弱，终至覆灭。如果将这则寓言与这一历史现实联系起来，便会觉得意味深长，好比是一小出"慕尼黑式"的悲剧。不要迁就恶人，迁就恶人便意味着削弱自己。这就是文章给我们的启示。

截冠雄鸡志[1]

翱至零口北，有畜鸡二十二者，七其雄，十五其雌[2]。

且饮且啄，而又狎乎人，翱甚乐之，遂掬粟投于地而呼之[3]。有一雄鸡，人截其冠，貌若营群，望我而先来[4]。见粟而长鸣，如命其众鸡。众鸡闻而曹奔于粟，既来而皆恶截冠雄鸡，而击之，而曳之，而逐出之[5]。已而竞还啄其粟。日之暮，又二十一其群，栖于楹之梁[6]。截冠鸡又来，来如慕侣，将登于梁且栖焉。而仰望焉，而旋望焉，而小鸣焉，而大鸣焉，而延颈喔咿，其声甚悲焉，而遂去焉。去于庭中，直上有木，三十余尺，鼓翅哀鸣，飞而栖其树颠。

翱异之曰：鸡，禽于家者也，备五德者也。其一曰：见食命侣，义也[7]。截冠雄鸡是也。彼众鸡得非幸其所呼而来耶[8]？又奚为既来而共恶所呼者而迫之耶[9]？岂不食其利背其惠耶？岂不畏丧其"见食命侣"之一德耶[10]？且何众栖而不使偶其群耶[11]？或告曰："截冠雄鸡，客鸡也。予里东鄙夫曰陈氏之鸡焉，死其雌，而陈氏寓之于我群焉[12]。勇且善斗，家之六雄鸡勿敢独校焉[13]。是以曹恶之，而不与同其食及栖焉。夫虽善斗且勇，亦不胜其众而常孤游焉。然见食未尝先啄，而必长鸣命侣焉，彼众鸡虽赖其召，召既至，反逐之。昔日亦犹是焉。截冠雄鸡虽不见答，然而其迹未曾变移焉[14]。"

翱既闻之，悯然感而遂伤曰：禽鸟，微物也[15]。其中亦有独禀精气，义而介焉者[16]。客鸡义勇超于群，群皆妒焉，尚不与俦焉，况在人乎哉[17]！况在朋友乎哉！况在亲戚乎哉！况在乡党乎哉[18]！况在朝廷乎哉！由是观天地间鬼神禽兽，万物变动情状，其可以逃乎？吾心既伤之，遂志之，将用警予，且可以作鉴于世之人[19]。

【注释】

〔1〕　志：记。是一种叙事后又略作议论的文体。

〔2〕　其：表示语气的强调。

〔3〕　狎(xiá)乎人：和人亲近。乎，介词，于。

〔4〕　营群：经营群体的事务。这里的意思是：看那样子是群鸡的首领。

〔5〕　曹：群。　恶(wù)：讨厌。

〔6〕　日之暮：傍晚。之，语气词。　楹(yíng)之梁：柱上的横木。

〔7〕　命：呼，招呼。鸡有"五德"，见于《韩诗外传》。五德是：文、武、勇、仁、信。"得食相告，仁也。"这里误作"义"。

〔8〕　得非：难道不是。

〔9〕　奚(xī)为：何为，为什么。

〔10〕　丧：丧失，失去。

〔11〕　偶：与孤独相对而言，当动词用，合群的意思。

〔12〕　里：居民聚居的地方。　鄙(bǐ)夫：庸人。这里是指普通的无见识的百姓。

〔13〕　校(jiào)：比较，较量。

〔14〕　迹：事迹，这里指行为。

〔15〕　惘(wǎng)然：失意的样子。　遂：于是。　伤：感伤。

〔16〕　禀(bǐng)：承受。　介：有操守。

〔17〕　俦(chóu)：伴侣。这里作动词，在一起。

〔18〕　乡党：按周制，一万二千五百家为乡，五百家为党。这里是指乡里。

〔19〕　警予：引起自己的警惕。　鉴：借鉴。

【语译】

　　我到过零口北面，那里有人养了二十二只鸡。其中七只公的，十五只母的。它们又是仰饮，又是俯啄，而且还和人亲近。我很喜欢它们，就掬了一把粟米洒在地上，招呼着鸡群。这时，有一只公鸡，头上的鸡冠被人截去，看样子像是首领。它首先向我跑来，当它发现粟米时，就拖长声音叫起来，好像是在召唤它的鸡群。群鸡听了一拥而上,奔来吃粟米。可是一来就厌恶那只截冠公鸡,攻击它,拖曳它,将它赶走。然后,又争着回来啄食粟米。到了傍晚,那二十一只鸡又成群栖息在柱子的横木上。这时,截冠鸡又来了,看样子是想合群。它也想飞上横梁栖息,可又有所顾虑,它在下面仰头看,环顾着,小声叫着,大声啼着,还伸长脖子喔喔地啼。声音是那么凄凉,(可是没有得到回音。)终于它离开了,来到庭院中间。那儿有棵树,足有三十来尺。它鼓动翅膀,哀鸣着,飞上树,栖息在树梢上。

　　我很诧异:鸡,只是一种家禽,却具备"五德"。其一是:发现食物就招呼伙伴共享,这就是"义"。像截冠公鸡就是这样。那些鸡不就是亏了它的呼唤才来吃粟米的吗? 怎么来了便憎恶起召唤它们的截冠公鸡,并赶走它呢? 这岂不是身受其利而又忘恩负义吗? 它们就不怕丧失"发现食物就招呼伙伴"这一条美德? 又为何成群而栖,独独不让截冠鸡合群? 有人告诉我说:"截冠鸡是客鸡,原是乡里东头一户姓陈的老百姓家的鸡,因母鸡死了,陈家就把截冠鸡寄养在我的鸡群里。那只鸡勇敢善斗,我家养的这六只公鸡都不敢单独和它较量。因此,整群鸡都讨厌它,不和它同食共栖。那截冠鸡虽然勇敢善斗,但也还是斗不过众鸡,只好孤零零地自个儿过日子。然而截冠公鸡每次发现食物总是不肯自个儿先啄食,必定要长时间地呼唤伙伴们。那些家伙虽然依赖它的召唤才吃到食物,可是一来就反将它赶开,从来就是这样。截冠鸡虽然一直未得到报答,但它还是一如既往,并不改变它的做法。"

　　我听了之后,心里很不是滋味,不禁感伤地说:禽鸟,只是微不足道的东西,但其中也有独禀精气,因而耿介有义气的。就像那客鸡,义勇超出群鸡,群鸡就都妒忌它,排斥它,不和它合群,更何况(杰出的人)是处在人群中间! 更何况是处在朋友中间! 更何况是处在亲戚中间! 更何况是处在乡里故人中间! 更何况是处在朝廷中间! 扩而大之,由此类推,天地间无论鬼神、禽兽、万物变化,都逃得了这条规律吗? 我心里为此深深感到悲哀,于是将这件事记下来,用以警醒自己,也可以给世人作为鉴戒。

【说明】

本文写的是截冠公鸡,感慨的却是妒贤忌能,做好事的没好报。作者把它概括为封建社会带有规律性的东西,并不错。文中把鸡的神态描绘得惟妙惟肖,使文章生色不少,并将读者不知不觉导引到结论的方向。

陆 傪 槛 铭[1]

昼日居于是,穷性命于是,待宾客交其贤者亦于是[2]。有客曰翱,铭于是[3]。

【注释】

〔1〕　槛(jiàn):窗户下的栏板。

〔2〕　昼日:白天。　穷:尽。

〔3〕　铭(míng):一种文体,往往刻在碑版、器物上,用以鉴戒或称功德。

【语译】

整天待在这里,生命就在这里耗尽。(然而,在这里也自有他的乐趣)接待四方来宾,结识其中的贤者也在这里。李翱我有幸是这里的宾客,也在这里写下了槛铭。

【说明】

全文连用四句"于是"(在这里),强调主人活动范围的狭小,然而主人稳重淡如、好贤勤苦的性格,以及作者与主人同气相求的态度也就浮现出来了。与刘禹锡的《陋室铭》相比,别有一种"外枯而中腴(丰润)”之美。

命　　解

　　或曰:"贵与富在我而已,以智求之则得之,不求则不得也,何命之为[1]!"或曰:"不然,求之有不得者,而不求有得之者,是皆命也,人事何为[2]!"

　　二子出[3]。或问曰:"二者之言,其孰是耶[4]?"对曰:"是皆陷人于不善之言也[5]。以智而求之者,盗耕人之田者也[6];皆以为命者,弗耕而望收者也[7]。吾无取焉[8]。尔循其方由其道,虽禄之以千乘之富,举而立诸卿、大夫之上,受而不辞,非曰贪也——私于已者寡,而利于天下者多,故不辞也,何命之有焉[9]。如取之不循其方,用之不由其道,虽一饭之细也犹不可以受,况富贵之大耶? 非曰廉也,利于人者鲜,而贼于道者多,故不为也,何智之有焉[10]。然则,君子之术其亦可知也[11]。"

【注释】

〔1〕 或曰:有人说。　何命之为:"何……为"是反问句式。意思是何必谈命呢!

〔2〕 人事:人为的努力。

〔3〕 二子:二人,即上文持不同看法的二人。

〔4〕 其孰是耶:其,表示询问。孰,谁。

〔5〕 是:指示代词,这些(话)。　陷:诱使。

〔6〕 智:这里当"巧取"讲。　耕人:农民。

〔7〕 弗:不。

〔8〕　取：取法。

〔9〕　尔：你。　循其方由其道：按正道行事。　禄：俸禄,薪金。这里作动词,给予俸禄。　千乘：千辆车。指很高的待遇。　举：推举。　诸："之于"的合音。这句是说将他推举到卿、大夫这样高的职位上。　非曰贪：不叫贪心。　私于己：为了自己。　何命之有：反问句,意即与命运无关。

〔10〕　廉：廉洁。　鲜(xiǎn)：少。　贼于道：有害于正道。贼,作动词,残害。

〔11〕　然则：表示顺承的连词,那么。　君子：有道德的人。　术：指行事的准则。　其：表示揣测的语气,大概。

【语译】

　　有人这么说："能不能得富贵,全在于自己,用智谋去求取就能得到,不去求取也就得不到,有什么'命'不'命'的!"又有人反对说："不对,有人追求富贵偏得不到富贵,有人不去追求富贵反而得到富贵。这都是命运,人的努力有什么用!"

　　这两位先生走了。有人问我："那二位的话,谁对?"我回答说："那都是些诱人干坏事的话。巧取富贵,就好比是偷人的庄稼,不劳而获;只靠命运,又好比是不耕种而盼有好收成。我认为这两种人都不值得效法。只要你是按正道行事,就是给你千辆车的厚遇,让你位在公卿大夫之上,也可以受之无愧,不必推辞。这不叫贪,因为你为自己谋利少,而对国家贡献大,所以不必推辞。这与命运有什么关系? 反之,如果不按规矩、正道行事,哪怕是一小餐饭也不应得,更何况是大富贵呢。这并不叫清廉,因为这样做,有利于他人的少,而有害于正道的多,所以不能这样做,这又谈得上有什么智谋呢?(明白了这一层,)那么有德行的人处世行事的准则也就可以知道了。"

【说明】

本文对"命"并未提出新的解释,只是借题发挥,指出一个人只要"循其方由其道",能"利于天下",就可以有"千乘之富","立诸卿大夫之上"。反之,"虽一饭之细也犹不可以受。"这无疑对投机取巧的人,庸庸碌碌的人是一个鞭策。文章平易通畅,是韩愈"文从字顺"主张的实践。

书燕太子丹传后[1]

荆轲感燕丹之义,函匕首入秦劫始皇,将以存燕宽诸侯[2]。事虽不成,然亦壮士也。惜其智谋不足以知变识机。

始皇之道,异于齐桓;曹沫功成,荆轲杀身,其所遭者然也[3]。及欲促槛车驾秦王以如燕,童子妇人且明其不能,而轲行之,其弗就也非不幸[4]。燕丹之心,苟可以报秦,虽举燕国犹不顾,况美人哉[5]!轲不晓而当之,陋矣。

【注释】

〔1〕史书中无燕太子丹专传,这里的《燕太子丹传》当是指《战国策》《史记》中有关的记载,及小说《燕丹子》等。

〔2〕函:匣子。这里当动词,装。

〔3〕齐桓:齐桓公,春秋时的霸主。　曹沫:鲁国将领,曾经在盟会上持匕首劫齐桓公,要求归还鲁国失地,齐桓公答应了,并实现了诺言。

〔4〕槛车:囚车。　如:往。　弗就:不能成功。

〔5〕《燕丹子》说:燕太子丹在一次宴会上让一美人弹琴,荆轲称赞道:"真是个弹琴的好手!"太子便要将美女送给他。荆轲说:"我只爱她的手。"太子就将美女的手砍下来送他。

【语译】

荆轲被燕太子丹的义气所感动，身藏匕首到秦国去劫持始皇，想此以保存燕国，让诸侯们松口气。事情虽没有成功，也还不失为一个壮士。只可惜他的智谋才能还不足以认识事态的发展变化及其关键。

秦始皇为君之道与齐桓公为君之道有根本的不同（秦始皇要吞并六国，齐桓公只想称霸中原）。曹沫之所以获得成功，荆轲之所以失败被杀，这都是事态发展的必然。至于荆轲想用囚车将秦王捉到燕国去，这是妇人小孩也都明白办不到的，荆轲却这么干了。所以，这次失败并非偶然的不幸。

推究燕太子丹的本心，只要能报仇，就是丢掉燕国也不会顾惜的，更何况区区一个美女？荆轲看不透他的本意，当了他的报仇工具，太浅陋了！

【说明】

"知变识机"是这篇文章的"眼"，也就是关键。不顾情况变化，想重演历史喜剧的人，往往事与愿违，以悲剧告终。而古人能用发展的眼光看历史事件，是难能可贵的。文章虽短，但说理透辟，语气从容，给人以深思的余地，有"尺水兴波"之妙。

牛僧孺

字思黯(780—848)，陇西（今属甘肃）人。唐穆宗、唐文宗时曾两度当宰相，是当时"牛、李党争"的领袖人物，对中、晚唐政治有大影响，也是重要的传奇（小说）作家。

齐诛阿大夫语

齐威王谓阿大夫曰："汝能愿吾左右哉[1]?"曰："近吾君者也。"王曰："吾以阿民寄汝,是则割吾忧于心者,而谓给吾使于宫者为近耶?夫宫中之近,不过为吾折枝矣[2]。吾体有所贵,是亦有所贱,岂以反贵于心乎?故入宫之职非近也,入心之职为近也。顺顾走指,出入无方者,艺之至也[3];授印于外,不必在宫者,信之至也。汝在吾所以信,而比吾所以艺,不愧冕衣裳哉[4]?今则戮汝,使卿大夫识远近之正[5]。"于是群臣快贺,而国大治。君子曰:"正室之明,莫盛乎午者,左右阴不至也。如齐威,安有不明乎!"

【注释】

〔1〕 阿:古地名,今山东阿城镇。

〔2〕 折枝:按摩。

〔3〕 顺顾走指:听从人的使唤。顾,看。

〔4〕 冕(miǎn):古代天子、诸侯、卿、大夫所戴的礼帽。

〔5〕 戮(lù):杀。 汝(rǔ):你。

【语译】

齐威王告诉阿的长官说:"你为何愿充当我的近侍(而不愿当阿的地方官)?"阿的长官回答说:"当近侍可以接近君王您呵。"齐威王说:"我将阿这个地方的百姓委托你管理,这就是替我分心中之忧,怎么反而说是到宫中让我使唤更为亲近?要知道,宫中所谓亲

337

近,只不过是替我按摩之类。我身体各部分,也有贵贱之分,肢体哪有比心更高贵的道理? 所以说,到宫中任职并不见得比地方官更见亲重,能替我分忧,独当一面的地方官才是我真正亲重的职务。至于听从我的使唤,在宫中进进出出的,那只是有一技之长的人的最高待遇,而那些我授权让他们治理一方,不必在宫中侍候我的,才是我最信任的。你将我认为最高荣誉的'信',拿来和我认为一技之长的'艺'相提并论,难道不感到有愧于你这士大夫的身份吗? 现在我要杀掉你,让卿大夫明白什么叫亲近,什么叫疏远!"群臣听了都称快恭贺,于是国家得到很好的治理。

有识见的人听了说:"房间里的明亮,莫过于中午,因为日在正中,左右都没有阴影来遮蔽。像齐威王那样(不被左右亲近人所蒙蔽),哪有不英明的!"

【说明】

中唐政治有两大症结:一是藩镇跋扈,一是宦官专横。本文对后者进行了曲折的抨击,认为在宫中"顺顾走指"的奴才不应贵于卿大夫。文章采用以古讽今、言此意彼、声东击西的手法,婉而多讽。

李　绅

字公垂(? —846),无锡人。唐武宗时当过宰相。文章短小精悍,诗特别有名气,时号"短李"。他的《悯农》("锄禾日当午")诗脍炙人口,至今广为流传。

李　绅

苏州画龙记

　　自造父、刘累殁，豢氏不副，龙不复扰，隐去莫狎[1]。往时见史必书，志代以目，识者寡之。故工得以诡乱形状，神其变化，彪炳五色，愈远真像[2]。盖上飞于天，晦隔层云；下归于泉，深入无底，考之丹青，难以征验[3]。好事者张其画以示群目，观者或骇疑得其状。

　　长洲令厅北庑有画蛟龙六焉，玄素异鳞，状殊质怪，骧首拖尾，似随风雷[4]。乘栌薄楣，若轶云雨[5]。燕雀惧栖其上，蝼蚁罔缘其侧。目视光射，莹无流尘。伸盘透迤，如护榱栋。每飞雨度牖，疏云殷空，鳞鲜耀阴，顾壁疑拔[6]。志其侧曰："僧繇、弗兴之旧度，模之不知何人也[7]。"二工图龙，天与幽思。今是壁指远异代，继之图法，无谢于二子，而名漏不传[8]。询于耆人，亦绝传记[9]。茂宰博陵崔君据，始命余述。举丹素实验，附邑书末简。庶乎后数百年，栋宇斯变，龙亡其像，而事刻编简，繇昭昭然[10]。时贞元癸未岁，秋七月记[11]。

【注释】

〔1〕　造父：人名，是为周穆王赶马车的人，后来成为赵国的创始人。
　　　刘累：据说是远古陶唐氏的后代，曾经向豢龙氏学习驯龙术。　殁（mò）：死亡。　豢（huàn）氏：古姓、官名，掌管马的饲养。传说豢龙氏替舜养龙，本姓董，以官职为姓氏。　扰：豢扰，就是畜养的意思。

339

〔2〕　彪炳：色彩灿烂。

〔3〕　丹青：图画。

〔4〕　庑（wǔ）：堂周围的廊屋。　玄素：黑白。　骧（xiān）：上举。

〔5〕　栌（lú）：斗拱，柱顶上承托栋梁的方木。　薄（bó）：逼近。　楣（méi）：房屋的横梁。　轶（yì）：超越。

〔6〕　牖（yǒu）：窗户。　殷（yīn）：充满。

〔7〕　志：记。　僧繇：张僧繇，六朝梁画家，好画龙，与顾恺之、陆探微称六朝三大家。　弗兴：一作不兴，即三国时名画家曹不兴。传说他曾见赤龙飞水上，画成图画。后来宋文帝时大旱，将曹不兴的画龙放在水上，不久便大雨如注。

〔8〕　谢：逊。

〔9〕　耆（qí）：老。

〔10〕　庶乎：希冀的语气。　繇（yóu）：通"犹"。

〔11〕　贞元癸未：唐德宗贞元十九年。

【语译】

　　自从造父、刘累死了以后，豢氏就名不副实（虽然还称"豢龙氏"，但不再养龙了），龙也就隐匿起来，不再与人亲近。以往人们只能从史书的记载知道龙的出现，亲眼看到龙的就很少了。正因为难见到龙，所以画工可以任意想象，将龙的形象描绘得奇形怪状，将它的变化说得神乎其神，将它涂抹得色彩斑斓，离真龙的形象越来越远。在画工笔下，龙上可翱翔于青天，在云雾中藏身；下可潜入九泉，直至无底深渊。画中龙的这种形象，实在无可验证。一些爱管闲事的人将这些画像传给大家看，看的人都感到惊奇，疑心这就是龙的真实形象了。

　　长洲县令办公厅北面的廊屋壁上画着六条龙，龙鳞或黑或白，奇形怪状，昂头摆尾的，像有风雷随身。那生动的样子就像要穿过斗拱横梁，直入云霄。燕雀都不敢在它们顶上的屋檐筑巢栖息，蝼蛄、蚂蚁之类昆虫也不敢从它们旁边爬过。六龙目光炯炯，浑身晶亮,不沾纤尘。它们或伸或曲,盘旋延伸,好像在护卫这屋子。每当窗外飞雨,乌云满天,它们都显得鳞光闪闪,看那画龙的墙壁,真令人疑心群龙就要破壁飞去!

在图旁有题辞说:"张僧繇、曹不兴当年画龙的风格,不知是谁临摹下来的。"张、曹二人画龙出神入化,简直是老天给的灵感! 现在的这方壁画,远承其技法,与二人相比也毫不逊色。可惜呵,作者连名字都没留传下来。我询问当地老人,也都说没听说过。直到现任县官博陵人崔据,才嘱我将这壁画的情状记载下来,附在县志末尾,希望哪怕几百年后,屋坏图毁,事情记载在书上,后人也能清清楚楚地知道这回事。贞元十九年秋七月,我写下这篇文章。

【说明】

文章分两个层次:先辨析画龙非真龙,再将注意力集中到画龙的栩栩如生的艺术欣赏上来。中间以燕雀、蝼蚁、阴雨作渲染,活画出龙的神威。

李 渤

字濬,洛阳人。生卒年不详。初隐居嵩山,唐宪宗元和九年召为著作郎。伉直敢言。历宪宗、穆宗、敬宗、文宗四朝,卒年59岁。

辨 石 钟 山 记

《水经》云:彭蠡之口,有石钟山焉[1]。郦元以为下临深潭,微风鼓浪,水石相搏,响若洪钟,因受其称[2]。有幽栖者,寻纶东湖,沿澜穷此,遂跻崖穿洞,访其遗踪[3]。次于南隅,忽遇双石,欹枕潭际,影沦波中[4]。询诸水滨,乃曰:"石钟也,有铜铁之异焉[5]。"扣而聆之,南声函胡,北声清越。枹止响腾,余韵徐歇[6]。若非潭滋其山,山涵其英,联气凝质,发为至灵,不然,则安能产兹奇石乎[7]?乃知山仍石名旧矣[8]。如善长之论,则濒流庶峰,皆可以斯名冠之[9]。聊刊前谬,留遗将来[10]。贞元戊寅岁七月八日,白鹿先生记[11]。

【注释】

〔1〕　《水经》:书名,是一本叙述河道源流的书,作者不详。　彭蠡:即今江西鄱阳湖。　石钟山:在今江西湖口县鄱阳湖东岸,据后人实地考察,石钟山有洞,可容数百人,山形像覆盖着的钟,所以叫石钟山。这说法与郦道元、李渤都不一样,供参考。

〔2〕　郦元:即郦道元,后魏时人,曾撰《水经注》四十卷。

〔3〕　纶:钓鱼的丝绳。这里借指钓鱼处。　穷:尽。这里是遍历的意思。　跻(jǐ):登。

〔4〕　次:停留。　欹(qī):倾斜。　沦:淹没。

〔5〕　诸:"之于"的合音。

〔6〕　枹(fú):鼓槌。

〔7〕　兹:这个。

〔8〕　仍:依照。

〔9〕　善长:郦道元字善长。　濒流:临江河。　庶峰:众山。

〔10〕　刊:修正。

〔11〕　贞元戊寅岁:即唐德宗贞元四十年。

【语译】

　　《水经》记载:"彭蠡湖口有座石钟山。"郦道元认为这山临近深潭,只要有微风吹动波浪,浪拍岸石,就会发出洪钟一般的声响。为此,这山就叫石钟山。

有个隐居这儿的人,在东湖钓鱼,走遍了这个地方,他登上高崖,穿过山洞,寻访郦道元所说浪击石有洪钟声的地方。他来到了湖的南边一角,忽然发现有两块石头斜倒在潭上,石影倒映在波中。他问水边的居民,回答是"这叫'石钟',有着铜铁一样的特点"。于是,他敲了一下石头,侧耳细听,南面的那块石头发出的声音比较厚重模糊,北面那块石头发出的声音比较清亮高亢。锤子的敲击停止了,而声音却还在回响着、摇曳着,慢慢地消逝。是这一片湖水滋润了这一座山,山蕴涵着湖的精英,山水气质相连,变活了。要不,哪来这一对奇妙的石头呢?于是我才明白,山是依照这对石的特点命名的,这才是山名最先的含义。如果像郦道元那样的说法,那么近水的众山都可以叫"石钟山"了。我姑且将这层意思写下来,纠正郦氏的错误,只留给后人参考。贞元十四年七月八日,白鹿先生记。

【说明】

这篇文章曾引出苏轼的名篇《石钟山记》。尽管苏氏不同意李渤的解释,但注重实地考察的主张是一致的。文章扣紧"钟"的声响特点来写,不枝不蔓,颇具特色。

舒元舆

生年不详,卒于公元 835 年。婺州东阳(今属浙江)人,一说江州(今江西九江市)人。文宗时任宰相,与李训、郑注谋诛宦官,事败被杀。

贻诸弟砥石命^[1]

　　昔岁吾行吴江上，得亭长所贻剑。心知其不莽卤，匣藏爱重，未曾亵视^[2]。今秋在秦，无何发开，见惨黳积蚀，仅成死铁^[3]。意惭身将利器，而使其不光明之如此，常缄求淬磨之心于胸中^[4]。数月后，因过岐山下，得片石，如渌水色，长不满尺，阔厚半之。试以手磨，理甚腻，纹甚密^[5]。吾意其异石，遂携入城^[6]。问于切磋工，工以为可为砥^[7]。吾遂取剑发之^[8]。初数日，浮埃薄落，未见快意^[9]。意工者相绐，复就问之^[10]。工曰：此石至细，故不能速利坚铁，但积渐发之，未一月当见真貌^[11]。归，如其言，果睹变化：苍惨剥落，若青蛇退鳞，光劲一水，泳涵星斗^[12]。持之切金钱三十枚，皆无声而断，愈始得之利数十百倍。

　　吾因叹，以为金刚首五材，及为工人铸为器，复得首出利物^[13]。以质刚铦利，苟暂不砥砺，尚与铁无以异^[14]；况质柔铦钝，而又不能砥砺，当化为粪土耳，又安得与死铁伦齿耶^[15]？以此益知人之生于代，苟不病盲聋喑哑，则五常之性全^[16]；性全，则豺狼燕雀亦云异矣^[17]。而或公然忘弃砺名砥行之道，反用狂言放情为事，蒙蒙外埃，积成垢恶，日不觉悟，以至于戕正性，贼天理，生前为造化剩物，殁复与灰土俱委，此岂不为辜负日月之光景耶^[18]？

　　吾常睹汝辈趣向，尔诚全得天性者^[19]。况夙能承顺严训，皆解甘心服食古圣人道，知其必非雕缺道义，自埋于偷薄之伦者^[20]。然吾自干名在京城，兔魄已十九晦矣^[21]。

知尔辈惧旨甘不继,困于薪粟,日丐于他人之门[22]。吾闻此,益悲此身使尔辈承顺供养至此,亦益忧尔辈为穷窭而斯须忘其节,为苟得眩惑而容易徇于人,为投刺牵役而造次惰其业[23]。日夜忆念,心力全耗。且欲书此为戒,又虑尔辈年未甚长成,不深谕解。今会鄂骑归去,遂置石于书函中,乃笔用砥之功,以寓往意[24],欲尔辈定持刚质,昼夜淬厉,使尘埃不得间发而入[25]。为吾守固穷之节,慎临财之苟,积习肆之业[26];上不贻庭闱忧,次不贻手足病,下不贻心意愧[27]。欲三者不贻,只在尔砥之而已,不关他人。若砥之不已,则向之所谓切金涵星之用,又甚琐屑,安足以谕之[28]。然吾固欲尔辈常置砥于左右,造次颠沛,必于是思之,亦古人韦弦铭座之义也[29]。因书为砥石命,以警尔辈,兼刻辞于其侧曰:

剑之锷,砥之而光[30];人之名,砥之而扬。砥乎砥乎,为吾之师乎!仲兮季兮,无坠吾命[31]!

【注释】

〔1〕 贻:给。 命:表示作者以长兄的身份所作的训导。

〔2〕 昔岁:往年。 亭长:秦、汉时十里一亭,设亭长。唐代没有亭长,这里借指驿站主管人。 莽卤(lǔ):粗劣。 亵(xiè)视:轻慢地看待。

〔3〕 秦:今陕西省。 无何:没多久。 惨黳(xì)积蚀:暗淡无光,积锈重重。 仅:几乎。 死铁:废铁。

〔4〕 意惭:想来惭愧。 将:带。 利器:锋利的器械,指宝剑。 缄(jiān):藏着。 淬(cuì):把刀剑烧红后,浸入水中,使它坚硬。

〔5〕 渌(lù):清。 理甚腻:纹理很细。

〔6〕 意:揣度、估量。

〔7〕　切磋工：磨工。古代加工骨制品称"切"，加工象牙制品称"磋"。
　　　　砥(dǐ)：细的磨刀石。

〔8〕　发：磨。

〔9〕　浮埃薄落：表面的铁锈磨去薄薄的一层。

〔10〕　绐(dài)：欺骗。　　就：走向，去。

〔11〕　但：只要。　　积渐：经常地。

〔12〕　光劲一水，泳涵星斗：《晋书·张华传》称丰城(今江西省南昌
　　　　市)出现过宝剑，剑气直冲星斗，后来剑入水化为龙。这里借喻宝
　　　　剑磨砺后光彩夺目。

〔13〕　金刚首五材：金属的硬度在五材中算最大。五材，金、木、水、火、
　　　　土。　　为：前一个"为"是"被"的意思，后一个"为"是"成为"的意
　　　　思。　　首出利物：首先用来有利于人。

〔14〕　质刚：质地刚硬。　　铓：刀刃。　　苟：如果。　　砥砺：磨。　　尚：
　　　　尚且。

〔15〕　安得：哪能。　　伦齿：相提并论。

〔16〕　益：更加。　　代：世间。唐人避唐太宗李世民的名讳，以"代"字代
　　　　替"世"字。　　暗(yīn)：哑。　　五常：五伦，即君臣、父子、兄弟、夫
　　　　妇、朋友。

〔17〕　这句是说，具备五伦，也就与豺狼燕雀之类的禽兽不同了。

〔18〕　放情：放纵情欲。　　戕(qiāng)：害。　　贼：动词，伤害。　　造化剩
　　　　物：多余的人。　　殁(mò)：死。　　委：弃。

〔19〕　趣向：志趣趋向。　　尔：你。　　诚：确实是。　　全得天性者：具备
　　　　"五常之性"的人。

〔20〕　夙(sù)：向来。　　严训：父亲的教导。　　解：明白。　　雕缺：剥
　　　　损。　　埋：沉沦、堕落。　　偷薄之伦：苟且浮薄的一类人。

〔21〕　干名：求取功名。干，求。　　兔魄十九晦：十九个月。古代传说，
　　　　月中有玉兔，故称月亮为"兔魄"。晦，暗。月底看不到月光，所以
　　　　十九个月称"十九晦"。

〔22〕　旨甘：美食。旨，味美。旨甘是指奉养父母的食物。　　困：窘迫。

丐：求乞。

〔23〕 承顺供养：指赡养父母的责任。　窭(jù)：穷苦。　苟得：苟且求得，不讲原则。这里指贪财。　眩惑：迷惑。　徇(xún)：依从，曲从。　投刺：投送名帖(拜访求见)。　牵役：牵累。　造(zào)次：轻率。　惰：荒废。　业：学业。

〔24〕 会：恰逢。　鄂骑：鄂州驿站的车骑。　书函：邮件。　笔：动词，写下。　寓：寄托。　往意：一向的心意。

〔25〕 定持刚质：坚持刚正的品质。　间发：头发般细小的空隙。

〔26〕 固穷：安于贫穷。

〔27〕 庭闱：指父母。

〔28〕 向：以前，指上文。

〔29〕 造次颠沛：急迫艰难的境遇。　是：代词，指磨刀石所启示的道理。　韦：熟皮。相传战国时西门豹性急，就佩块熟皮子，以皮的韧性告诫自己。　弦：弓弦。春秋时董安于性子太慢，就佩弦告诫自己，要像弓弦一样紧张起来。　铭座：把格言刻在自己的座旁，经常作为鉴戒。

〔30〕 锷(è)：刀口。

〔31〕 仲：排行第二。这里指作者的二弟。　季：排行第四或最小的。这里指作者最小的弟弟。　坠：忘掉的意思。

【语译】

　　往年我经过吴江，得到亭长送的一把剑。心里明白：这可不是一把粗劣的剑呵！于是用匣子藏好，颇为珍重，从未轻慢看待过它。今年秋，我在京城，不久，打开匣子一看，只见剑上积锈斑斑，暗淡无光，像块废铁。想来也真惭愧！身上带着宝剑，竟使它锈成这般模样。从此，我便无时不把淬磨它的念头放在心上。几个月后，我有机会经过岐山下，捡到一片石头，颜色像清水，不到一尺长，阔度、厚度则是长度的一半。用手摸摸，石头的纹理很细密。我估计它不是一块普通的石头，就带回城里了。我又拿石头去问打磨工，打磨工说可以当磨刀石。于是我便用这块石头磨那把锈剑。开始几天，只磨掉剑的一层薄锈，见不到剑的锋刃。想来是打磨工骗我，便又去问他。他说："这石头很细腻，所以不能使刚硬的铁器很快就变锋利；但只要你耐心慢慢磨，不要一个月就会使你的剑露出真面目了。"我回来后就照他的话做了。果然，我看到了变化：磨砺后的宝剑剥落了暗淡的锈衣，就好比青蛇退去鳞皮，光彩夺目，气冲星斗！用它斩了三十枚金钱，都应声而断。这要比刚得到时快几十倍、上百倍啊！

我因此很有感触。金属的硬度在五材中居首位，经工人铸成器物，又首先用以有利于人。像宝剑这样刚硬锋利，如果不常磨砺，尚且要与废铁没有什么两样，更何况那些质地本就柔弱、刀刃钝滞的剑，如果还不常磨砺，只能变为粪土那样的废物，又哪能和废铁相提并论呢？由此我更知道了：人生在世，如果不是瞎子、聋子和哑巴，那他就天然要具备"五伦"。具备"五伦"才和豺狼燕雀之类的禽兽有区别呀！有人公然废弃磨炼来提高德行，反而说话不顾情理，放纵情欲，不良行为积久成习，长期不悟，终于天理、人性遭受泯灭，活着成了多余的人，死了又和灰土一样都被人遗弃。这样岂不是白白活了一世吗！

我常观察你们的志趣爱好，认为你们是完整具备"五伦"的人。更何况你们向来承受父亲的教导，都懂得应当向古圣人学习的道理，可见不是那种不明事理、甘心堕落的肤浅的人。然而，我到京城求功名已经十九个月了，据说你们因为怕奉养父母的食物供不上，为柴米油盐发愁，所以常向别人家求乞。我听到这个消息，更为自己带累你们到这般境地而深感悲伤，也更为你们因穷困而一时忘了气节，为一时的困扰随便向人乞求，因忙于拜访，荒废了学业，而深感忧虑！日思夜想使我耗尽心力。本想写信提醒你们，又怕你们年轻，不能深刻地理解其中的道理。现在恰好有鄂州驿站的车马要回去，于是将这块磨刀石和信一起捎去，并写下有关砥砺的功效，寄托我向来的一片心意。愿你们坚持刚正的品质,日夜磨炼自己,纤尘不染。你们要有安于贫穷的气节,遇到财物要小心,别贪取;坚持学习,不断积累学问。要努力做到:上不让父母忧虑,其次不让兄弟担心,下不致问心有愧。要做到这三项,全靠你们自己磨炼,与别人并无关系。如能做到不断磨炼自己,那么前面说的宝剑砥砺后能削铁如泥、气冲星斗,相形之下不过是件小事,怎能充分说明你们的收获呢! 不过,我还是要求你们经常将磨刀石放在身旁,在急迫艰难的境遇中,从它得到启示。这也是古人佩带韦、弦提醒自己的意思。为此,我写下这篇文章,来警醒你们,并在磨刀石的侧面刻下铭言:

> 剑锋、剑锋,
> 磨得光又利。
> 名节、名节,
> 越砥砺越有名气!
> 磨石、磨石,
> 你就是我师。
> 二弟、四弟,
> 莫忘了我的话语!

【说明】

这是一封给弟弟们的信。通过宝剑须要磨砺一事,推想到人的德行学问也须磨炼。信里细写磨剑的经过,理随物显。对诸弟反复叮咛,语重心长,可以说是文情并茂。

玉箸篆志

秦丞相斯变苍颉籀文为玉箸篆,体尚太古,谓古若无人[1]。当时议书者皆输伏之,故拔乎能成一家法式。历两汉三国至隋氏,更八姓,无有出其右者[2]。呜呼! 天意谓篆之道不可以终绝,故受之以赵郡李氏子阳冰。阳冰生皇唐开元天子时,不闻外奖,躬入篆室,独能隔一千年而与秦斯相见,可谓能不孤天意矣[3]。当时得议书者亦皆输伏之,且谓之其格峻,其力猛,其功备,光大于秦斯有倍矣。此直见上天以字宝瑞吾唐矣。不然,何绵更姓氏而寂寞无人?

某道不工篆而识其点画,常有意求秦丞相真迹[4]。会秦丞相去久,闻其有八字刻在荆玉,有洪碑树峄山岭[5]。今荆璧为玺,飞上天矣,固不可得而见也[6]。洪碑留在人间,往往有好事者跻巅得见[7]。某亦常问得去峄山道路,异日将裹足观之[8]。未去间行长安,会同里客有得阳冰真迹遗在六幅素上者,遂请归客堂张之[9]。见虫蚀鸟步痕迹,若屈铁石陷入屋壁,霜昼照著,疑龙蛇骇解,鳞甲活动,皆欲飞去[10]。齐目视之,分明睹文字之根植吾堂中,然后知向之议者谓冰愈于斯。吾虽未登峄山,观此可以信其为深于篆者之言也。试以手拂试其烟颜尘容,侵暴日久,摄刍坼裂,玉箸欲折[11]。予以亵慢让其主[12]。主曰:"此易致耳,岂当其如是爱邪?"予曰:"今世人所以重秦斯之迹,非能尽辨别之,以其秦古矣,斯邈矣[13]。向使秦斯与子比肩,子能贵之乎? 曩吾尚欲苦辛登峄山之巅,缩在予掌握中,今且犹不为子贵[14]。子不过生于唐,而得与冰同为唐人。吾为冰殁二三十年,其踪迹流于人间固不甚少,得为子目数见,故易之[15]。若此使冰生于秦时,子又安得使造次而见遗尘邪^[16]？是子贱目也^[17]。世人皆然。嗟吁！冰既即世，是字宝入地矣^[18]！后人思孜孜求之，今且遭不知者忽易。想生笔下日有新迹，固为门户见睹之物矣。冰虽欲求沽售，不独弃为粪土，必遭其诟怒也^[19]。"主闻之，其愧色见于颜眉间，欲卷而退。知其退也，必因循而不信，强止留之，引笔书其志行下，以保明其字宝也不谬。词曰：

斯去千年，冰生唐时。冰复去矣，后来者谁？后千年有人，谁能待之？后千年无人，篆止于斯。呜呼主人，为吾宝之！

【注释】

〔1〕 秦丞相斯：即李斯，荀子的学生，帮助秦始皇并吞六国。统一中国以后，又改大篆为小篆，统一了六国的文字。 苍颉：传说为上古黄帝时的左史，有四目，观鸟兽之迹而制字。 籀（zhòu）文：古代一称文字，即大篆。 玉箸篆：用以形容篆字书法的浑圆劲健，好比玉的筷子。 尚：尊崇。

〔2〕 两汉：指西汉与东汉。 隋氏：指杨坚建立的隋朝。 八姓：指汉的刘氏，魏的曹氏，晋的司马氏，南朝宋的刘氏，南齐的萧氏，梁的萧氏，陈的陈氏，还有隋的杨氏。 无出其右：没有能超过（他）的。右，上，古人以右为尊。

〔3〕 开元天子：指唐玄宗，他的年号有"开元"。 奖：劝，这里指影响。 躬：自身。 入室：《论语·先进》："由也升堂矣，未入于室。"用进入厅堂与室内的层次来比喻学问、技巧所达到的深度与境界。"入室"则比喻已达到精微深奥的境界。 阳冰：李阳冰，唐肃宗时为当涂县令，是大诗人李白的从叔，工于篆书。 孤：背负。

〔4〕 道：术，指技艺。 工：精通。

〔5〕 洪碑：大石碑。洪，大。 峄山：亦名邹山，今山东省邹县东南。

秦始皇曾在此山刻石颂秦德,系李斯所书。

〔6〕　荆璧:即著名的"和氏璧",故事见《韩非子》。荆,楚国。璧(bì),古代一种玉器,扁平,圆形,中间有孔。　玺(xǐ):帝王的印。

〔7〕　跻(jī):登。　巅(diān):山顶。

〔8〕　裹足:古人走远路要包上脚布,称"裹足"。

〔9〕　素:白绢,古人用以书画。

〔10〕　霜昼:大白天。

〔11〕　摄彡:其义不明,疑有讹误。　坼(chè):裂开。

〔12〕　亵(xiè)慢:不庄重,不重视。　让:责备。

〔13〕　邈(miǎo):遥远。

〔14〕　曩(nǎng):从前。

〔15〕　殁(mò):死。

〔16〕　造次:仓卒,急遽。这里指很容易就得到机会。

〔17〕　贱目:以目见为贱。成语有"贵耳贱目",意为无主见,只听信人言。

〔18〕　即世:去世。

〔19〕　诟(gòu):辱骂。

【语译】

　　秦朝的丞相李斯,将苍颉创造的大篆改造成玉箸篆,其体格尊崇远古,而为古人所不能及。当时评论书法的人都表示心服,所以他超出当时的书家,而成为一家典范。经历两汉、三国,直至隋朝,更换了八姓皇帝,还是没有人能超过他。啊!上天的意思是不让篆字艺术至此终结,所以才将(发展这一艺术的重任)授予赵郡李家之子——李阳冰。阳冰生于大唐玄宗皇帝开元年间,没听说过曾受谁的影响,而能自学达到篆书艺术精微深奥的境界。唯有他,能与一千年前的秦丞相李斯并驾齐驱,可谓是不负天意了。当时评论书法的人,也都表示心服,而且称他的篆书有体格高峻,力量劲猛,功力完备等特点,是对李斯篆书艺术的加倍发扬光大。由此可见,上天是将篆书艺术作为我唐的祥瑞。要不,怎么在此之前改朝换代中,后继者都寂寞无闻呢?

　　我虽然不精于篆书之道,但犹能识别其点画,经常有意寻求秦相李斯的篆书真迹,然而秦相离今年代已遥远。传闻尚存其八字,刻在楚国出产的一块玉璧上,又有大碑刻竖立在峄山岭上。如今楚璧已雕为玉玺,传说已飞上天去了,根本就无从看到。只有大石碑还留在人间,常有爱好者登上山顶观赏。我也曾经打听到去峄山的路,将来有一天要裹足远行去观赏它。未动身去峄山之前,我来到长安,恰逢一位客居长安的同乡,他有六幅写在白绢上的阳冰真迹。于是我便请他一起回到客屋的厅堂,将阳冰真迹张挂起来。这时但见一片虫蚀木叶、鸟步泥沙的痕迹,又好比铁石陷进屋壁,光天化日之下竟疑是龙蛇惊奔,鳞甲活动,都要腾空飞去。定睛一看,分明看见文字生了根,就长在我的厅堂上! 这才理解早先那些评议书法的人所说的李阳冰的成就超过了李斯,实在不假! 我虽然还没有登峄山观李斯碑,但看了李阳冰的这些真迹,就可以相信那是对篆书有很深造诣的人所说的话。我试着用手拂拭那尘灰满面的真迹,由于长期受外来的严重损害,画绢早已横裂龟坼,那玉箸般的篆字也都快要断折了。我责备书画藏主太不懂得爱惜这一珍品了。主人回答我说:“这种东西很容易弄到手,又何必要那么珍重?”我说:“现在的人们所以会重视秦代李斯的字迹,并不是他们都真能识别它的好处,而仅仅是因为秦代距今遥远,李斯逝去已久而已。假如让秦代的李斯和你生在同时,您还会看重他的字迹吗? 当初我还想不辞辛劳登上峄山,假使李斯真迹就缩在我的掌握之中,我想今日尚且不会为您所重视,(更不必说是李阳冰了)您不过是恰好生在唐时,而得与阳冰同为唐人。我料想阳冰死去才二三十年,他的字迹流布在人间还不会太少,所以能被您经常看到,因而视为平常。设使让李阳冰生在秦时,您哪能这么容易就看到他的遗迹! 您这可是贵耳贱目呵! 世上人大都如此。啊! 李阳冰既已去世,他的字宝也就随着他进九泉了。后代人将苦苦寻求它,可如今却遭到不识货的人的忽

视！想当初李阳冰在世,天天有新作,本是人家常见的东西。阳冰
就是有心要出售他的字,也会被人们弃之如粪土,甚而还会遭人唾
骂。"字宝的藏主听了,脸有愧色,当下就想卷起字幅回去。我知道
他回去后必定依旧不肯相信我的话,于是强留住他,提笔在字行下
写了《玉箸篆志》,用以保证此为字宝,不会错。其词是:

> 李斯逝去已千载,幸有阳冰生唐代。
> 而今阳冰又弃世,后继者啊是谁来?
> 千年之后有人继,谁能苦苦将他待?
> 千年之后无人继,篆艺至此便哀哉!
> 其迹藏主听我言,为我将它细宝爱。

【说明】

宋代学者洪迈极口赞扬此文结尾之词"有不可名言之妙"。的
确,这是一篇颇具哲理深度的好文章。相信传闻胜过自己亲眼所见,何
止是书法欣赏的陋习,也是历代人们厚古薄今的通病。只有抓住"现在"
这一中心环节,才能继往开来。这不就是铭文中蕴含的道理吗?

韦端符

生卒年不详。唐穆宗时曾当过拾遗(谏官)。

寄　　言 (下篇)

今有人负病于此,则其亲戚者忧之。闻善医,则不远

燕越而求之,欲其病之速瘳,若嘘毛掇叶之易,是直智无所施耳[1]。然则忧者虽甚,不能为也,善为者又非所忧也。不忧,非薄人也,非其地耳。彼诚善医也,安得人人而忧之？必居其地而耻不能,则将悉其技而为之,与忧者之心不异。故病甚忧戚之,得善为之医,则几乎平理矣[2]。不得善医者,百十旦夜坐环之,而药谋无所晓,其去死丧几何？故曰:忧不能为,技不习也。为者不必忧,非其地也。必得善为之者,处忧之之地,然后知病之间也不日矣[3]。

昔之为天下国家而病者,岂无善之者耶？不得处忧之之地耳[4]。漆室女诚忧矣,不能为鲁也[5];鸱夷子尝工为越矣,陶朱公则视犹涉者之视车[6]。使尝得善为天下国家者,处忧之之地,何败亡之有！

【注释】

〔1〕 燕、越:春秋战国时国名。燕在今河北、辽宁一带。越在今浙江、江苏一带。 瘳(chōu):病愈。

〔2〕 几乎平理:将近恢复。

〔3〕 间(jiàn):隔开。这里指病愈。

〔4〕 病:担忧。

〔5〕 漆室女:鲁国漆室邑有一女子,倚柱长叹。人家问她为什么这样悲伤,她回答说:"我担忧鲁国国君已经老了,而太子还很幼小呵!"

〔6〕 鸱夷子、陶朱公:即春秋时越王勾践的重要谋士范蠡。他与勾践深谋二十余年,灭吴。后来变姓名为鸱夷子皮,在齐国治产业致数千万。又离开齐,居住在陶,自号陶朱公,范蠡前后所为判若两人,所以说"好像坐船的人对车子不感兴趣"。 工:善于。

【语译】

假如有人现在得了重病,那末他的亲人都会忧心如焚,听说有名医,哪怕在燕国、越国,也不怕路远去请求医治。亲人们希望病人的病能迅速治愈,就像吹掉一根毛,拾起一片叶子那么容易。这仅是直率的好愿望。对疾病,他们也束手无策。担忧的人尽管担忧,却无能为力;而善于治病的人,却又往往并不为此而担忧。医生不担忧,并不是他轻视人,只因为他没有设身处地。他固然是名医,又怎能替每个人担忧? 一定要让他处于担忧者的地位,以不能治好此病为耻,那么他就会尽力而为,和那些担忧的亲人同心。这样,哪怕是得了很令人担心的病症,只要有了这样的医生,就可能治愈康复了。得不到好医生,哪怕几十个,上百个亲友没日没夜地围守着病人,但对医道一窍不通,这样病人离死期又有多远呢? 所以说:忧心而不能有所作为,是因为没有医疗技术的缘故。而有医术的人,不一定会担忧,那是因为他没有处在那样的地位上。一定得让那些有医术的人处在担忧者的地位,那么病的痊愈是指日可待的。

过去有许多忧国忧民的人,难道当中就没有善于治国安民的人才? 他们只是未被安排在能为国为民出大力的位置上而已。漆室邑的那个女子,固然是在为鲁国担忧,但处在她那样卑微的地位又能怎样? 鸱夷子皮曾经善于替越国出谋划策,但当他成了经商的"陶朱公"时,就好比乘船的人看着陆上的车子,对国事他也不感兴趣了。如果让那些有治国才能的人,处在重要的位置上忧国忧民,发挥才干,国家哪里会败亡呢!

【说明】

　　文章对才能与地位的关系作了形象化的分析,认为只有职位与才能相称,才能治理好国家。宋代欧阳修《读李翱文》也感叹说:"在位而不肯自忧,又禁他人使皆不得忧",是本文主题的深化。文章以常见的事物为喻,深入浅出。

李 甘

字和鼎,生卒年不详。唐穆宗长庆年间进士,文宗大和年间任侍御史,因敢言贬封州司马。

济 为 渎 问[1]

北诸侯来朝,过温,温令送于温[2]。指问水名,令曰:"济也"。侯曰:"岂济渎邪[3]?"令复曰:"然。"侯曰:"河,吾望也,其横千里,浑猛,如涨,无风或毁船杀人[4]。得清、淇、洹、漳之水不加深,别为九河不加狭,彼所以为渎也[5]。今尽济水之力,载数石之舟,广不能横,深不能浮,而曰与河同灵等秩,吾不识先王班祀之意也[6]。"令曰:"济南去数十里过河矣。寡介如此,驰狂浊中,未尝波渝气夺[7]。别河而潜积沙,连块千里,不压不斁,益壮其流,帅汶而东,终能发山输海,此其所以为渎也。今河负其强大,自积石不捷趋海,往来戎狄间,胁泾、渭、沣、漆、汾、洛、伊、沁之水,以滋其暴决,愁民生,中土患,势逆曲多,穷始归海[8]。此皆济水所羞也,执事岂以大为贤乎[9]?"侯默然。

【注释】

〔1〕 问:一种文体,即"问对",通过假设的一问一对以见其志。 济:济水,源出河南省王屋山,其故道流入山东省,与黄河并行入海。今上游尚存,下游入黄河。 渎(dú):大河。长江、黄河、淮河、济水并称"四渎"。

〔2〕 温:温县,在今河南省孟县东。

〔3〕　邪(yé)：表示疑问语气。

〔4〕　涨：满潮。

〔5〕　九河：指众多的支流。

〔6〕　石：容量单位，古书中读 shí，今读 dàn。　秩：官吏的薪水，这里指地位、待遇。

〔7〕　过：这里是至的意思。《水经注》卷七说济水自大伾入黄河，"与河水斗，南泆为荥泽"。又说，"济水分河东南流"。唐时济水在河南府有一段与黄河合流，后又分出，与黄河平行，流入渤海。　渝：改变。　气夺：胆气丧失。

〔8〕　戎狄：泛指少数民族。

〔9〕　执事：古时指侍从，这里用以称对方，表示不敢直陈，只向左右侍从说，以示尊敬。

【语译】

　　北方的诸侯来朝见天子，路过温县，县令到河边迎送。北方诸侯便问这条河的名称，县令回答说："这条河叫济水。"北方的诸侯说："难道就是济渎？"县令答道："是的，正是济渎。"诸侯说："我看过黄河。它千里纵横，浊流滚滚，似大海满潮，就是不刮风的日子，也要翻船淹死人。它是那么浩大，即使是增加了清水、淇水、洹水、漳水，也不见得深些；哪怕分出众多的支流，也不见得浅些。这才叫'渎'啊！可现在尽济水的力量来运行载重几石的船只，尚且宽不足掉转船头，深不足浮起船身，竟然也和黄河一样叫'渎'，一样受祭祀，我真不懂先王颁令祭祀济水是什么意思！"县令听了，回答说："济水再往南流几十里，就注入黄河了。虽然它是这样的孤弱，可是它在黄河的浊流中奔驶，从不被黄河所压倒，改变它的清流。离黄河独立后，它一路沉积泥沙，成为千里平原。它不狂奔，也不堵塞，河道愈来愈壮观。它带领着汶水向东，终于能发源于深山，而朝宗于大海。这就是它被尊为'渎'的原因。如今，黄河自负强大，不从积石直接归海,偏在戎、狄地区曲折盘延,还胁迫泾、渭、沣、漆、汾、洛、伊、沁诸河,以增大自己的暴力。它使人们担忧,成了中原百姓的祸根!它曲折迂回,不肯顺应形势,总是要到走投无路了才肯归海。这些都是济水感到羞耻的,难道您反而认为像这种强大才是贤能?"北方诸侯答不上话了。

【说明】

这是一篇出色的讽喻短文。一问一答中,"黄河"与"济水"的强弱形势已经起了变化。恃强骄横的割据者终于在小小县令面前受挫。文中写济水不压不慑而能发山瀚海的内在气势,使县令的对白形成一股不卑不亢、柔中寓刚的张力。

沈亚之

字下贤(781?—831?),吴兴(今属浙江)人,是重要的传奇(小说)作家。作文反对"构室于室下",主张"创之于隙空之地"(好比盖房子不要盖在旧屋下,要盖在空地上),不要依傍前人。

叙草书送山人王传乂[1]

夫匠心于浩茫之间,为其为者,必有意气所感,然后能启其象也。此凡一举志则尔,而况六艺之伦乎[2]!余闻之学者曰:昔张旭善草书,出见公孙大娘舞剑器浑脱[3]。鼓吹既作,言能使孤蓬自振,惊沙坐飞。而旭归为之书,则非常矣。斯意气之感欤[4]?

今山人王传乂,学为旭书,居故吴公子光剑池山傍,积十年而功就[5]。历游天下,慕其出己者师之,欲增其功也。及至长安,舍予家,为予题旌故平卢节士文[6]。因感之,耸发寒肌,谓吾友生曰:愿欲余序其书[7]。意者岂予之文以感王生之志于鼓噪剑气之势乎? 顾不敏,诚以孤生之望也,聊题百数十言,以塞其志[8]。

【注释】

〔1〕　叙:即"序",一种文体。这里是"赠序",内容多推重、勉励之辞。

〔2〕　六艺:指礼、乐、射、御、书、数。

〔3〕　剑器浑脱:舞曲名。

〔4〕　斯:指示代词,这。

〔5〕　山人:隐士。　乂:音 yì。　公子光:即吴王阖闾。　剑池:在江苏吴县。传说秦始皇求吴王宝剑,有虎蹲在吴王坟前。秦始皇用剑击虎,误中大石,陷为池,称剑池。

〔6〕　旌(jīng):表彰。

〔7〕　友生:友人。

〔8〕　顾:但。　不敏:谦辞,自称。　孤:通"辜",孤负,后衍变为辜负。

【语译】

作者在苦思冥想进行创作构思时,一定要有所感悟,才能形成其艺术形象。这是只要想有所表达就必然如此的,更何况像六艺之类的专门技艺呢! 我听有学问的人说,过去张旭擅长草书,出外看到公孙大娘跳"剑器浑脱"舞。乐声一起,据说公孙大娘的轻捷迅腾的舞姿能使蓬草无风而摆动,沙土无风而飞起座间。张旭看完舞蹈回来,欣然命笔,那矫健流走的笔法远远超过平时。这不就是两种艺术之间的互相感发吗?

现在有隐士王传乂,学习张旭的书法,住在吴王剑池山旁边,经过十年的苦练,取得成功。于是王传乂到处游历,向那些书法超出自己的人学习,拜他们为师,希望能增强自己的功力。他来到长安城时,住在我家,为我题写了一篇表彰去世了的平卢节士的文章。在书写过程中,他受到文章内容的感发,使头发也直竖起来,身子直发冷。于是他告诉我的友人说,他希望我能替他的书法写篇序。我想,莫非我的文章也像公孙大娘舞剑器一样,也感发了王生? 但我实在是辜负了王生的重望呵,只好写了这篇不像样的短文来搪塞。

【说明】

作者指出在创作过程中,各种文学艺术之间存在着互相感发的现象。作者并未将这一现象神秘化,而是与"积十年而功就"的学力联系起来,阐述比较全面。本文也和草书一样,写来一气呵成。

表医者郭常[1]

郭常者,铙人,业医,居铙中[2],以直德信。铙江其南导自闽,颇通商外夷。波斯、安息之货国人有转估于铙者,病且亟[3]。历请他医,莫能治。请常为诊。曰:"病可去也。"估曰:"诚能生我,我酬钱五十万[4]。"常因舍之[5]。先以针火杂治,导其血关,然后辅以奇药。诚曰:"第橐虑[6]。"块居月余,估称愈[7]。欲归常所许财,常不听。估曰:"先生以为寡欤?"常曰:"不也。吾直吾之药,计吾之功,不能损千钱,而所受非任,反祸耳[8]。"卒不内[9]。人以常为诈而责常。常曰:"夫贩贾之人,细度而狭见,终日希售榷买,计量于毫铢之间,所入不能补其望[10]。今暴夺之息财五十万,则必追吝郁悒,宁能离其心? 且药加于人,病新去而六腑方惫,复有悒然之气自内而伐,即不可救[11]。奈何彼方有疾时,知我能活而告我,我幸免之,因利其财又使其死,是独不畏为不仁,而神可欺者。吾何敢欺?"

沈亚之曰:仲尼盖言:"我未见好仁者恶不仁者[12]。"而后学之徒,未闻明好恶也。岂其言之愤不足畏邪?今世或有邦有士之臣,专心聚敛,残割饥民之食,以资所欲。忍其死而不愧,受刑辱而无耻,是亦不仁甚矣,终无有恶者。若郭常之贱而行之,又焉得不称于当时哉!

【注释】

〔1〕 表:表彰。

〔2〕 饶:今江西饶州。

〔3〕 波斯:国名,即伊朗。　安息:古波斯国名。　沽:贩卖。　亟(jí):急。

〔4〕 沽:商贩。

〔5〕 舍之:让他住下。

〔6〕 第:表示祈使语气,要。　橐(tuó):袋子。这里当动词,藏起来。

〔7〕 块居:独居。

〔8〕 直:同"值",这里当动词,估价。

〔9〕 卒:终于。　内:"纳"。

〔10〕 榷(què):专利。

〔11〕 悒然:郁闷的样子。

〔12〕 仲尼:孔子。引语见《论语·里仁》,意思是性好仁,疾恶不仁。

【语译】

郭常,饶州人,是个医生。因他为人正直,在饶州一带很有信誉。饶江南通闽省,商业较发达。有个专门贩卖波斯、安息货物的国内商人,在饶州得了急病,遍请医家都不奏效。后来,请郭常为他诊治。郭常诊断说："这病是可以治好的。"商人说："如果能救活我，我将给您五十万钱作报酬。"郭常就让他住下。先是用针灸、火罐等方法交替治疗，以疏通血脉，然后又用珍奇药品为辅助。郭常还告诫那商人说："你要暂时去掉一切思虑，好好休息。"那商人独自静居了一个多月，就自己说病已经好了。于是商人想将许诺的钱交给郭常，郭常却不予接受。商人说："先生是嫌报酬太少吗？"郭常说："不是。我估价了一下我用的药，以及我所花的时间，总值不到一千钱。现在你给的报酬远远超过了我应得的数额，我接受它，反而对我有害。"郭常最终没接受这笔巨款。人们不能理解郭常的做法，认为这是虚伪的，于是纷纷责备他。郭常听了便解释说："做生意的人哪，气量小，见识狭窄。他们整天想的是如何把东西卖出去，又把奇货垄断起来，连一丝一毫都斤斤计较，赚得再多也满足不了他们的欲望。如今我一下子就夺走他五十万的利润，他一定会反悔而郁闷在心，念念不忘。他是刚刚吃了药才恢复健康的人，病刚除而内脏还很虚弱，如果又让这郁闷的心情积于胸中，那就不可救药了！当初他有急病，知道我能救活他才来求我，我幸而能免除他的疾苦，现在怎能贪图他的钱财又置他于死地呢？那是不怕干坏事而认为神是可欺的人干的事，而我怎敢欺神呢？"

沈亚之说：孔子曾经说过："我没见过好仁、憎恶不仁的人。"后代学孔子的人也都没听说过有好恶分明的人，难道说孔子的愤激之言还不足以警醒他们？当今世上，那些专管一方的大官们，只专心于搜刮民脂民膏，抢夺饥民口中粮，来满足他们的贪欲。（这些人一旦罪行败露）作为罪人而忍辱偷生，受刑而无耻辱之心，真是不仁到极点！然而这些竟没有被深恶痛绝。相形之下，像郭常这样出身低下的人，而能实践孔子的"好仁恶不仁"的宗旨，又怎能不为当世所称颂呢！

【说明】

医生,在封建社会属"三教九流"中的低贱者,然而作者却通过郭医生与"高贵者"的对比,热情地歌颂了郭常的医德和为人。

刘　轲

字希仁,公元 835 年前后在世,沛县(今属江苏)人。年轻时当过和尚,后隐居庐山。白居易称其"开卷慕孟轲(即孟子)为人,秉笔慕扬雄、司马迁为文"。元和年间进士,当时文与韩、柳齐名。

农　夫　祷

丙戌,岁大饥,楚之南江黄间尤甚[1]。明年,予将之舒,途出东山,见老农辈,鸠其族为祷于伍君祠[2]。其意诚而辞俚,因得其文以润色之,亦以儆于百执事者云[3]。

贫夫某,谨达精诚于明神。吁嗟!我耕食之人,谁非土之人?人之有求,神得不以聪明正直听之耶?曩者仍岁荐饥,人为鱼鳖,田无耕夫,桑无蚕姬,疠疫痍疮,一方尤危[4]。踵以吴、蜀弄兵,吏呼其门,驱荒余之人,挟弓持戟,女子生别,行啼走哭[5]。王师有征,群盗继诛,乃归其居,乃复室庐。庐坏田芜,亦莫蠲其租[6]。今之收合余烬,人百其力,幸大成于秋,诚虑旱而不雨,既雨而潦,必不为潦,又虑其苗而不秀,秀而不实,又虑为螟蝗,又虑夫厩马之夺其食,赃吏之厚其敛也[7]。呜呼!必马无厌粟者,妾无厌

罗纨者,吾敛其薄矣。亦何厚其所薄耶?伏希神明无有所忽。祷曰:

无瘠农人以肥厩马,无寒蚕妇以暖妓妾,无销耒耜以滋兵刃[8]。农人不饥而天下肥,蚕妇不寒而天下安,耒耜不销而天下饶。妾暖而骄,兵滋而残,马肥而豪,不迹不驰,足食足衣。皇天皇天,胡忍是为[9]?苟不此为,民其嘻嘻,神其怡怡[10]。尚飨[11]!

【注释】

〔1〕　丙戌:唐宪宗元和元年。　江、黄:江州(今江西省九江一带)、黄州(今湖北黄冈县西北),春秋战国时属楚国地界。

〔2〕　舒:舒州,在今安徽怀宁县。　鸠:聚集。　伍君:即春秋时吴国大臣伍子胥,为吴王所杀,扔进江中,传说成了神灵。

〔3〕　俚(lǐ):通俗。　儆(jǐng):警戒。　百执事:指卿相。

〔4〕　曩(nǎng):以往。　仍:频仍、一再。　荐:通"洊",接连。荐饥,连年灾荒。　鳏(guān):无妻或丧妻的人。　婺(wù):当作"嫠"(lí),寡妇。　姬:妇人的美称。　疠(lì):瘟疫。

〔5〕　踵:脚后跟,这里是跟着、接连的意思。　吴蜀弄兵:指平刘阐、李锜的战争。

〔6〕　蠲(juān):通"捐",减免。

〔7〕　潦(lào):同"涝"。　秀:(庄稼)抽穗开花。　厩(jiù):马房。赃吏:贪污受贿的官吏。

〔8〕　耒耜(lěi sì):泛指各种耕地农具。

〔9〕　胡:何。

〔10〕　苟:如果。　怡怡:和悦的样子。

〔11〕　尚飨:祀文结语,意思是希望神来享用祭品。

【语译】

元和元年饥荒,楚南江州、黄州一带特别厉害。第二年,我将到舒州去,从东山过,看到老农聚集他的同族人在伍君祠祷告。他们用意诚恳而祷词通俗。我特意将这祷词加以润色,用它来警戒那些卿相们。(祷文如下:)

农夫某人,谨向神明表达我的精诚。哎!我们耕田的农民,哪一个不是土生土长的人?人而有求于神,神能不公正地听听他们的请求吗?连年来的灾荒,使许多人成了鳏夫寡妇。田里没有耕地的男人,园中没有采桑的女人,满眼是瘟疫后的破败景象,而我们这个地方特别惨重。接连而来的是镇海、四川军阀李锜、刘阐的叛乱。官吏挨家挨户驱赶这些在饥荒中没饿死的人手持武器出征。到处是夫妻、母子的生离死别,走的跑的,哭声一片。王师出征,终于平息了叛乱。农民这才回到家乡,重整旧业。房屋毁坏了,田园荒芜了,租税却一点也没减免。人们花了百倍的气力,在废墟中重建家园。人们多么盼望一个丰收的秋天呵!焦虑的心担忧着旱天不下雨,下了雨又怕水淹了庄稼。幸而雨水没成为涝灾,却又担心苗儿不扬花,扬了花又怕不结穗。结了穗吧,又担忧螟虫、蝗虫来伤庄稼。好不容易打下粮来,可又要担心官家马房里那些肥马会夺走这口中的粮食,那些可恶的贪官污吏又要加倍地搜刮!天哪!只有等官家的马儿不再糟蹋粮食,他们的姬妾不再嫌弃绸缎锦绣,我们也许才不受这样凶狠的搜刮。神呵神,您怎么偏要无休止地给他们增加他们并不爱惜的东西呢?(该是您一时的疏忽吧?)请您别再疏忽了!我们向您祈求:

不要再瘦了农民,肥了官马!不要再冻了织女,暖和了妓妾!不要再销毁农具去铸造那杀人的兵器!要知道,只有农民不迫于饥饿,天下才会富裕;只有织女不受饥冻,天下才会安康;只有农具不被销毁,天下才会富饶。反之,妓妾饱暖了只会更骄纵;兵器增加了只会使天下更残破;厩马肥了只会使贵人们更豪奢。他们什么也不干,却不愁吃也不愁穿。皇天哪皇天!您怎么忍心这样做?如果您不是这样颠倒黑白地办事,老百姓就会快快活活,神灵也将和悦称心。尚飨!

【说明】

作者当过史官,比较注重纪实。本文情深旨哀,体现了孟子"民本"思想的一面。文章由于采用农民祈祷的口吻,所以更真切感人。

陈　黯

字希孺,约公元 860 年前后在世,颍川(今属河南)人。一说泉州南安人。与罗隐同困于科举,十八次考进士皆未及第,后隐居。生卒年不详。

本　猫　说[1]

昔有兔类而小,食五谷于田。及谷熟,农者获而归之,兔类而小者亦随而至,遂潜于农氏之室。善为盗,每窃食,能伺人出入时。主人恶之,遂题曰"鼠"。乃选才可捕者而举,言其人曰:"莽苍之野有兽,其名曰狸,有牙爪之用,食生物,善作怒,才称捕鼠。"遂俾往,须其乳时,探其子以归畜[2]。既长,果善捕,而遇之必怒而抟之[3]。为主人捕鼠,既杀而食之,而群鼠皆不敢出穴。虽已食而捕,人获赖无鼠盗之患。即是功于人,何不改其狸之名?遂号之曰"猫"。猫者,末也。莽苍之野为本,农之事为末,见训于人,是陋本而荣末,故曰猫。猫乃生育于农氏之室,及其子,已不甚怒鼠,盖得其母所杀鼠,食而食之,以为不抟而能食,不见捕鼠之时,故不知怒。又其子,则疑与鼠同食于主人,意无害鼠之心,心与鼠类,反与鼠同为盗。农遂叹曰:"猫,本用汝怒,为我治鼠之盗,今不怒鼠,已是诚失汝之职,又反与鼠同室,遂亡乃祖爪牙之为用,而有鼠之为盗,失吾望甚矣[4]!"乃载以复诸野,又探狸之新乳,归而养。既长,遂捕鼠如曩之者[5]。

【注释】

〔1〕 本:原本。这里是追究本义的意思。

〔2〕 须:等待。 乳:哺乳。

〔3〕 抟(tuán):与"搏"通。

〔4〕 亡:失去。 乃:你,代词。

〔5〕 曩(nǎng):以往。

【语译】

从前,有一种像兔而比兔小的动物,专门在田里吃庄稼。谷子熟了,农民收割完,运回家来,那小东西也就跟着来了,躲在农民家里。那小东西很会偷吃,等人出门去,它就偷。主人非常厌恶它,就给它起个名,叫"鼠"。主人于是就找了一个会捕猎的人,对他说:"在那草莽丛生的原野上,有一种叫'狸'的野兽,牙爪锐利,吃生东西,很会作威,其专长很适合捕鼠。"就让那捕猎的人去,等狸养子时,将小狸抱回家来畜养。小狸长大了,果然很会捉老鼠。它一碰到老鼠就发威,并抟杀而吃掉它。即使已吃过食物,也一样为主人捕鼠,吓得老鼠不敢出洞,人们也因此免除了老鼠盗食的忧患。这可是有功于人呵,何不改掉"狸"的名,给它起个尊称?于是叫它为"猫"。猫,就是"末"的意思。田野是根本,农事是枝叶——"末"。而狸子被人所驯养,那就是以本为鄙,以末为荣。因此,就叫它"猫"。

猫从此就在农家生育。到它的下一代,已经不怎么会对老鼠发威,因为它总是吃它母亲捕来的老鼠,以为不必抟击就能吃到老鼠。它从没见过母猫捕鼠,所以也就不会发威。再传一代,猫便以为自己和老鼠一样被主人饲养,也就没有了伤害老鼠之心,而且它的心思与老鼠想到一块啦!这样,猫反而伙同老鼠为盗了!

农夫为此感叹道:"猫啊!我本想利用你的威力惩治鼠的盗窃,没想到你现在已经不再向老鼠发威。这本来就是你失职了,(你不但不悔改,)反而与老鼠同流合污,失去你们祖先充当捕捉者的作用,和老鼠一起为盗。这太使我失望了!"于是农夫把猫载回到荒野,又重新抱养了小狸子。狸子养大后,又像以往那样捕鼠了。

【说明】

从狸子驯化为猫,再到猫的不能捕鼠,作者只让这一演变过程本身去启发读者作深省,富有理趣。就其历史背景看,本文讽刺的是晚唐骄兵悍将尾大不掉,形成对朝廷威胁的现实。

段成式

字柯古,生年不详,卒于公元863年。齐州(今山东)人。博学强记,著述较多,其中以《酉阳杂俎》最著名。与温庭筠、李商隐齐名,时号"三十六"(三人都排行第十六)。

毁[1]

古之非人也,张口沫舌,指数于众人,人得而防之[2]。

今之非人也,有张其所违,嚬慽而忧之,人不得而防也^[3]。岂雕刻、机杼有淫巧乎^[4]? 言非有乎?

【注释】

〔1〕　毁:诽谤,说别人坏话。

〔2〕　非:作动词,否定。　张口沫舌:唾沫四溅的样子。　指数:列举(罪状)。

〔3〕　张:宣扬。　违:违碍,这里指有所忌讳的东西。　嚬慽:同"颦蹙"(pín cù),皱眉忧伤的样儿。

〔4〕　机杼:本来指织布机的部件,后来用以比喻文辞的结构。　淫巧:过分讲究机巧,就近于伪,淫巧便是指这种不正常的机巧。

【语译】

　　古时候要否定一个人,就当众列举他的罪状,骂得唾沫四溅,所以人们容易知道,从而有所防备。如今要否定一个人,可就不同了,将对方忌讳的东西张扬出去,(以损害对方的名誉)又装出一副忧心忡忡的样子,皱着眉头像在替对方担忧,所以人们对这种中伤很难提防。

　　难道只有在雕刻和写文章上有非常的技巧? 说话不也有吗?

【说明】

　　文章对诽谤者的手段作了入木三分的刻画,结尾的反问既风趣又辛辣。

刘　蜕

　　字复愚,约公元860年前后在世,长沙人,自号文泉子。为文偏于奇奥一路,多恚愤之词。曾自伤文不见用于世,遂将自己二千余张文稿埋为文冢,并写下著名的《文冢铭》。

删 方 策[1]

　　古之记恶,将以鉴恶[2]。而后世为昏谀淫逆徒,而将征于古,谓古不尽善[3]。若其涕泣以信其诈,罪己以固其恩,阴谋反复,从书以滋其智矣[4]！然而记恶者,将以懼民也,去善者不足懼。昔纣读夏书,而尝笑其亡国[5]。呜呼！恶既不足以鉴,则刊可也,古无其迹可也[6]！无其迹可也！

【注释】

〔1〕 策:一种考试用的文体,被考人答卷叫"射策"。后来文人拟这种文体以议论政事,也叫"策",这里属后一种。

〔2〕 鉴:鉴戒。

〔3〕 征:征引,援以为例。

〔4〕 信:作动词,取信。 罪己:责备自己。 滋:增长。

〔5〕 纣:商朝亡国之君。 夏:指大禹建立的夏朝,为商所灭。

〔6〕 刊:删去。

【语译】

　　古时记载罪恶行为,是为了以此为鉴戒。可是后代那些为非作歹的家伙却反而引以为例,说是古人也不免要作恶(以此开脱自己)。至于用痛哭流涕来取信于人,以售其奸;用责备自己来巩固自己的恩宠,出尔反尔,阴谋种种,都是从书里得到启发的啊！记载罪恶,本意是要使人看了产生畏惧心理,不敢再犯;但没有正面善的教育,恶也就不足以使人惧怕。过去,商纣王读夏代历史时,嘲笑过夏朝的亡国,并不引以为戒。啊! 既然记载恶行不能起到鉴戒的作用,还不如删去不载。历史中不留这些痕迹,也是可以的! 也是可以的!

【说明】

教育应当以正面、善的事物为主,反面、恶的事物只能为辅。文章从这一角度立论,发前人所未发。最后又用偏激的语言强调了记恶的目的是为了鉴恶,使文章更带冲击力。

林简言

字欲讷,生卒年不详。福清(今属福建)人,宣宗时进士及第,曾官漳州刺史。

纪 鸮 鸣[1]

东渭桥有贾食于道者,其舍之庭有槐焉[2]。耸干舒柯,布叶凝翠,若不与他槐等[3]。其舍既陋,主人独以槐为饰[4]。当乎夏日,则孕风贮凉,虽高台大屋,谅无惭德[5]。是以徂南走北,步者、乘者,息肩于斯,税驾于斯,亦忘舍之陋[6]。长庆元年,简言去郿,得息其下。观主人德槐之意,亦高台大室者也[7]。洎二年去夏阳,则槐薪矣[8]。屋既陋,槐且为薪,遂进他舍。因问其故,曰:"某与邻俱贾食者也,某以槐故,利兼于邻[9]。邻有善作鸮鸣者,每伺宵晦,辄登树鸮鸣[10]。凡侧于树,若小若大,莫不憭然惧悚,以为鬼物之在槐也,不日而至也[11]。又私于巫者,俾于鬼语:'槐不去,鸮不息[12]。'主人有母者,且瘝,虑祸及母,遂取巫者语。后亦以稀宾致困[13]。"

简言曰:假为鸮鸣,灭树殃家,甚于真鸮,非听之误耶[14]?然屈平謇谔,非不利于楚也,靳尚一鸮鸣而三闾放[15];杨震讦谟,非不利于汉也,樊丰一鸮鸣而太尉死[16]。求之于古,主人亦不为甚愚[17]。

【注释】

〔1〕 鸮:鸱鸮(chī xiāo),猫头鹰。迷信的人认为是一种不吉祥的鸟。

〔2〕 东渭桥:在古长安城(唐代首都,今西安市)东北。 贾(gǔ):动词,卖。贾食于道,在路边卖吃的。 其:代词,他的。 舍:屋子。 焉:相当于介词"于"加上代词"是"(这,这里)。这里是表示槐树就在这院子里。

〔3〕 舒:舒展。 柯:枝条。 布:分布。 凝翠:这里形容树叶浓绿,像是凝固不动的翡翠。 他槐:其他的槐树。 等:等同,一样。

〔4〕 以槐为饰:用槐树作为点缀。

〔5〕 孕风贮凉:孕、贮,都是形象的说法,意思是保持凉爽。 谅无惭德:德,这里解为利。意思是和那些高楼大屋相比,想来也自有它的好处,可以无愧色。谅,表示揣度的语气。

〔6〕 徂:往。 息肩:放下担子。 斯:代词,这里。 税驾:解驾,休息的意思。

〔7〕 长庆:唐穆宗的年号。 去鄜:离开鄜州。 德:当动词,感激。

〔8〕 洎(jì):到。 薪:柴火,这里作动词,砍伐。

〔9〕 某:不定称,某人。 兼:加倍。

〔10〕 伺(sì):守候。 宵晦:晚上天暗时。 辄(zhé):就。

〔11〕憬然:同凛(lǐn)然,肃然敬畏的样子。

〔12〕私:私下勾结。　俾(bǐ):使。

〔13〕瘵(zhài):病。　以稀宾致困:因为客来得少而致于贫困。

〔14〕殃家:祸及其家。

〔15〕屈平:即屈原,楚国大夫。　謇谔(jiǎn è):敢于直言。　靳(jìn)尚:楚国上宫大夫,嫉妒屈原的贤能,向楚王进谗言逐去屈原。　三闾:屈原为三闾大夫。　放:被放逐。

〔16〕杨震:后汉安帝时太尉,为中常侍樊丰等人所中伤,饮酖药而死。　訏谟(xū mó):筹划。　樊丰:后汉安帝时中常侍。

〔17〕求之于古:追溯到古代。

【语译】

　　东渭桥有个在路边卖小吃的人,他的小店的院子里有棵槐树。槐树耸立,向四面八方舒张开枝条,密叶青翠欲滴,和其他槐树不一样。店主人的房屋那么简陋,就单靠这棵树作为点缀了。在夏天的烈日下,这棵槐树习习生凉,哪怕是和高楼大屋相比,这家小店也无愧色。因此,不管是走南闯北的远行旅客,还是徒步、乘车偶过的行人,都喜欢在这儿歇歇肩,停停车,休息休息,也就忘了小店的简陋。

　　长庆元年,我因离开鄜州,经过这里,并在这家小店歇脚。当时,看那主人对槐树的爱重,实在不下于对高台大室的爱重呵。可是到第二年,我离开夏阳再经过这里,那棵槐树却被砍掉了!那家小店的房子是那么简陋,槐树又被劈成柴烧了,我只好到别家旅店住下,并问起砍树的缘故。得到回答说:"那家人和邻居同样都是卖小食,因为有了这棵大槐树,所以生意特别好,比邻家得利要高出一倍。邻家有个善于学夜猫子叫的人,就经常等天黑以后爬上槐树去,学夜猫子叫。树周围的人,无论大人小孩,听了都毛骨悚然,以为有鬼物在槐树上呢,再不敢像以往那样天天来这槐树下憩息了。邻人又和村里的巫师勾结,让他装神弄鬼的,说是:'槐树不砍掉,夜猫子就要叫！'那家主人刚好母亲生病,害怕(夜猫子叫不吉祥)会祸及母亲,只好听从巫师的鬼话,忍痛砍了槐树。树砍了,客人不来了,那一家子也因此贫困下去。"

我听了感慨地说:像这样的假夜猫子叫,能使树倒人遭殃,比真夜猫子叫还要不吉利！这不是误信别人的话才出的岔子吗？不过,像屈原那样忠直敢言的人,对楚国是有利的,可是靳尚那家伙像夜猫子,一叫就使三闾大夫屈原被放逐。杨震忠心耿耿为国筹划,对汉朝有什么不好？可是樊丰那家伙像夜猫子,一叫就使太尉杨震死于非命！看来,和古时的昏君相比,店主人也还不算是最傻的咧！

【说明】

本文以假夜猫子叫为喻,既写了造谣中伤的小人,也写听信谗言的昏君,一石两鸟。文章讲究情节的发展,又富有实感,更增强了讽喻的效果。

孙　樵

字可之,约公元 867 年前后在世,关东人。唐宣宗大中九年进士及第。是古文家皇甫湜的再传弟子,为文主张"道人之所不道,到人之所不到,趋怪走奇",在批评史上有一定的影响。

书褒城驿壁

褒城驿号天下第一[1]。及得寓目,视其沼,则浅混而汙;视其舟,则离败而胶;庭除甚芜,堂庑甚残[2]。乌睹其所谓宏丽者[3]！讯于驿吏,则曰:"忠穆公尝牧梁州,以褒城控二节度治所[4]。龙节虎旗,驰驿奔轺,以去以来,毂交蹄劘,由是崇侈其驿,以示雄大[5]。盖当时视他驿为壮,且一岁宾至者,不下数百辈,苟夕得其庇,饥得其饱,皆暮至朝去,宁有顾惜心耶！至如棹舟,则必折篙破舷碎鹢而后止[6];鱼钓,则必枯泉汩泥尽鱼而后止[7];至有饲马于轩,宿隼于堂[8]。凡所以汙败室庐,糜毁器用。官小者,其下虽气猛可制;官大者,其下益暴横难禁。由是日益破碎,不与曩类[9]。其曹八、九辈,虽以供馈之隙一二力治之,其能补数十百人残暴乎[10]！"

语未既,有老甿笑于旁,且曰:"举今州县皆驿也[11]。吾闻开元中,天下富蕃,号为理平,踵千里者不裹粮,长子孙者不知兵[12]。今者天下无金革之声,而户口日益破[13];疆场无侵削之虞,而垦田日益寡,生民日益困,财力日益竭,其故何哉[14]？凡与天子共治天下者,刺史县令而已,以其耳目接于民,而政令速于行也[15]。今朝廷命官,既已轻任刺史县令,而又促数于更易,且刺史县令远者三岁一更,近者一二岁再更,故州县之政,苟有不利于民可以出意革去其甚者,在刺史,曰:我明日即去,何用如此？在县令,亦曰:明日我即去,何用如此？当愁醉酣,当饥饱鲜,囊帛椟金,笑与秩终[16]。"

呜呼！州县真驿耶？矧更代之隙,黠吏因缘恣为奸欺以卖州县者乎[17]！如此,而欲望生民不困,财力不竭,户口不破,垦田不寡,难哉！予既揖退老甿,条其言,书于褒城驿屋壁[18]。

【注释】

〔1〕 褒（bāo）城：今陕西褒城县。　　驿（yì）：交通站。

〔2〕 寓目：亲眼看到。　　沼（zhǎo）：小池。　　胶：胶着，浮不起来。
　　　除：台阶。　　堂庑（wǔ）：中堂和堂下四周的房屋。

〔3〕 乌：哪里。

〔4〕 讯：问。　　忠穆公：指唐德宗时山南西道节度使严震，他死后谥
　　　"忠穆"。　　牧梁州：出任山南西道节度使。　　控二节度治所：二
　　　节度治所指山南西道节度使治所南郑县与凤翔节度使治所天兴
　　　县。褒城地处褒斜谷，形势险要，所以说"控二节度治所"。

〔5〕 龙节虎旗：唐制，节度使出镇，赐双节双旌。　　驿：这里指驿马。
　　　轺（yáo）：小车。　　毂（gǔ）交蹄劘（mó）：形容车马来往频繁。
　　　崇侈：高大宏敞。

〔6〕 鹢（yì）：船头所画的水鸟，这里指船头。

〔7〕 汩（gǔ）：乱。

〔8〕 轩（xuān）：有窗槛的长廊。　　隼（sǔn）：猎鹰。

〔9〕 不与曩类：不再像过去的样子。

〔10〕 供馈（kuì）：这里指接待宾客。馈，进食。

〔11〕 甿（máng）：农民。　　举今州县皆驿也：所有现在的州县都像驿站
　　　一样。

〔12〕 开元：唐玄宗的年号。　　蕃：人口众多。　　踵：作动词，行。　　裹
　　　粮：带干粮。　　长子孙者：指年老的人。长，养。

〔13〕 金革：指兵器。

〔14〕 虞：忧虑。

〔15〕 耳目接于民、政令速于行：指州、县是基层单位，有上传下达的
　　　作用。

〔16〕 酽（nóng）：厚味的酒。　　椟（dú）：木柜，当动词，贮藏的意思。
　　　秩：职位。

〔17〕 矧（shěn）：何况。　　卖：蒙骗。

〔18〕 条：整理。

【语译】

褒城驿站号称天下第一,但亲眼一看:驿站旁的池水是那么浅而又浑浊,积满了污泥;船呢,是那么破旧,浮也浮不起来;庭院也一片荒芜,中堂和堂下四周的房屋已经残破不堪,哪里还能看到一点宏丽的迹象! 我便向驿站人员请教。他们回答说:"忠穆公曾出任山南西道节度使,治梁州,以褒城控制山南西道节度使治所南郑与凤翔节度使治所天兴。因此,当年的褒城驿是车水马龙,节度使的龙节虎旗时来时往,络绎不绝。为了显示它的雄壮气势,便不惜一切地将褒城驿修建得十分高大宏敞。所以,褒城驿在当时要比其他驿站来得壮观。然而,这个驿站每年来往客人不下几百批,他们只是在这儿解决一下住、食问题,都是傍晚才到,天亮就走,哪有什么顾惜驿站的心情。就说划船吧,非到把篙撑折了,船舷也擦破了,船头也撞碎了,他们是不会放手的。钓鱼呢,就非要把水弄干,兜底把池鱼给捉完不可。甚至有的竟然在长廊上养马,在厅堂里喂鹰! 他们尽干这些糟蹋房子、毁坏器物的坏事! 官小的来客,他们的手下人虽然蛮横,倒还可以制止。那些大官,他们的部下可就更凶狠,难以阻止了。由于这样,褒城驿便一天天破败了,不再像从前那么壮丽了。驿站人员八九个人,虽然也时而利用招待客人的余闲作点修整工作,可又怎抵得过几百人在那儿作践呢!"

驿站人员的话还没说完,就有一个老农在旁边笑着说:"其实,现在的州县不也都像驿站一样吗? 我听说在开元年间,天下富庶,被称为太平盛世。那时,走千里路也不用带粮食,已经有子有孙的老人还从来不知道战争是怎么回事。现在天下虽然并没有战争,而人口却一天比一天减少;疆土虽然并没有被外族侵占,而农田也一天比一天减少。人民更加困穷,财源日益枯竭,这又是什么原因呢? 能与皇帝一起治理天下的,就是刺史和县令,因为他们在基层,能起上传下达的作用。可是现在的朝廷命官却轻视刺史、县令的职务,而刺史、县令的任期又太短,调动频繁。任期久的三年一换,短的呢,一两年就更换了。所以州县的政令如果有不利于老百姓,而只要认真处理就可以革除弊端的,刺史便推托说:'我很快就要离任了,何必这样做?'县令也说:'我很快就要离任了,何必这样做?'于是他们愁来就饮酒,饿了便饱食肥鲜,只管放手搜刮财物,心满意足地做完一任官。"

啊!州县真的就像无人顾惜的驿站吗?更何况在州、县长官更换的空隙,会有狡诈的吏役乘机蒙骗州县长官,肆意作恶呵!像这样,要想叫百姓不穷困,财源不枯竭,户口不减少,农田不变少,那太难了!

我告别了老农,将他的话稍加整理后,就写在这襄城驿的屋壁上。

【说明】

鲁迅曾指出:"流官"在老百姓心目中比"流寇"可怕,因为他们急于饱私囊,毫无顾惜之心,具有更大的破坏力。孙樵文中襄城驿的破败形象,可以说就是这一道理的艺术"显影"。

皮日休

字逸少(834—883?),后改字袭美,襄阳(今属湖北)人。隐居鹿门山,曾任太常博士,后参加黄巢起义军,任翰林学士。他和罗隐的小品文深得鲁迅的赞扬。自称作文"皆上剥远非,下补近失"。

原　　谤[1]

天之利下民,其仁至矣[2]:未有美于味而民不知者,便于用而民不由者,厚于生而民不求者^[3]。然而,暑雨亦怨之,祁寒亦怨之,己不善而祸及亦怨之,己不俭而贫及亦怨之^[4];是民事天,其不仁至矣^[5]。天尚如此,况于君乎^[6]?况于鬼神乎?是其怨訾恨讟,蓰倍于天矣^[7]。有帝天下、君一国者,可不慎欤^[8]?故尧有不慈之毁,舜有不孝之谤。殊不知尧慈被天下而不在(于)子,舜孝及万世而不在于父^[9]。呜呼!尧、舜大圣也,民且谤之;后之王天下有不为尧、舜之行者,则民扼其吭,捽其首,辱而逐之,折而族之,不为甚矣!

【注释】

〔1〕　原:推究。

〔2〕　利下民:给百姓带来利益。　仁至:仁爱到顶点。

〔3〕　由:用。　厚于生:指衣食丰足。

〔4〕　祁(qí)寒:大寒。　祸及:祸事临头。

〔5〕　事:侍奉。

〔6〕　君:国君。

〔7〕　訾(zǐ):毁谤。　讟(dú):怨言。　蓰(xǐ)倍:好几倍。

〔8〕　帝天下、君一国:作为天下的帝王、一国的君主。帝、君,当动词。

〔9〕　殊不知:一点儿也不懂。　被:遍及。

【语译】

　　老天爷给百姓带来利益,可算是仁爱到顶了。你想,没有哪一种美味是百姓所不知道的,也没有哪一项有用的方法老百姓不会用,哪一种能使百姓衣食丰足的东西百姓不得求取。可是百姓还不满意,大热天、下雨天、大冷天都要埋怨。连自己没干好事,闯了祸也要埋怨。自己不勤俭而至贫穷,也要埋怨。老百姓这样来奉侍天,可也太不仁爱了！对天尚且如此,更何况是对君王,对鬼神呢？所以他们的不满和怨言要多出好几倍来。作为天下的帝王、一国的君主,能不言行谨慎吗？因此,尧(不将天下传给儿子,)就被人毁为"不慈";舜(得不到父亲的欢心,)就被毁谤为"不孝"。却一点儿也不懂尧的慈爱遍及天下人,而不单在自己的儿子;舜的孝敬影响到千秋万代,并不只在对自己的父亲。啊！尧、舜这样的大圣人,百姓尚且要说些不满的话,那末后代那些帝王根本就没有尧、舜的功德,老百姓掐他们的脖子,揪他们的脑袋,侮辱他们,赶走他们,杀他们的全家,也不算过分了。

【说明】

这篇短文铺垫足,所以有高屋建瓴之势,终于逼出对暴君"扼其吭,捽其首,辱而逐之,折而族之,不为甚矣"的一排短句,如弹丸脱手,极有分量。这股叛逆情绪是唐末人民普遍的情绪。

鹿门隐书 （选八则）

毁人者,自毁之。誉人者,自誉之。夫毁人者,人亦毁之,不曰自毁乎？誉人者,人亦誉之,不曰自誉乎？

古之官人也,以天下为己累,故己忧之;今之官人也,以己为天下累,故人忧之。

吏不与奸闇期,而奸闇自至[1]。贾竖不与不仁期,而不仁自至[2]。呜呼！吏非被重刑,不知奸闇之丧己。贾竖非遭极祸,不知不仁之害躬也[3]。夫易化而善者,齐民也[4]。唯吏与贾竖,难哉！人之肆其志者,其如后患何[5]？

呜呼！才望显于时者,殆哉[6]！一君子爱之,百小人妒之。一爱固不胜于百妒,其为进也,难。不以尧、舜之心为君者,具君也[7]。不以伊尹、周公之心为臣者,具臣也。

古之决狱,得民情也,哀[8]。今之决狱,得民情也,喜。哀之者,哀其化之不行[9];喜之者,喜其赏之必至。

古之杀人也,怒;今之杀人也,笑。

古之置吏也,将以逐盗;今之置吏也,将以为盗。

蚼蜋能害稼,不能害人,奸邪善害人[10]。害稼者,有时而稔,是不害也。虽有祝鲍之佞,宋朝之美,其害人也,可胜道哉[11]!

【注释】

〔1〕 奸罔:奸邪、善蒙蔽。　期:约定。

〔2〕 贾竖:奸商。竖,小子,这里是对商人轻蔑的称呼。

〔3〕 躬:自身。

〔4〕 齐民:平民。

〔5〕 如后患何:对后患怎么办。

〔6〕 殆:危险。

〔7〕 具君:有名无实,在君位而不能有所作为。下"具臣"同此,是说:仅备臣数而已。

〔8〕 决狱:断案判罪。

〔9〕 化:教化。

〔10〕 蚼蜋:一种害虫,绿色,牵稻叶作小茧,成虫为灰黄色小蛾。

〔11〕 祝鲍:一作祝佗,春秋时卫国大夫。　宋朝:宋国美男子。《论语·雍也》:"子曰:'不有祝鲍之佞,而有宋朝之美,难乎免于今之世矣!'"佞,口才。意思是说,只有宋朝的美貌而没有祝鲍的口才,在当今社会就吃不开。这里翻一层说:虽有祝鲍的口才,宋朝的美貌,而用心不正,以奸邪害人,就更厉害。

【语译】

　　诽谤别人,便是在诽谤自己。称誉他人,便是称誉了自己。因为诽谤别人,别人也必定要诽谤他,这不就等于自己诽谤了自己?称誉别人,人家也必定会称誉他,这不就等于自己称誉了自己?

　　古时当官的将天下当成自己的负担,所以自己感到愁苦;如今当官的成了天下人的累赘,所以人们为他发愁。

　　吏没有和奸邪欺诈约定相会,奸邪欺诈却自己找上门来;奸商没有同不仁约定相会,而不仁也自己找上门来。啊!吏非到身受重刑,是不会知道奸邪欺诈会害死自己;奸商非到身受大祸,是不会知道不仁会害了自身。平民百姓是容易教育成好人的,只有那些吏和奸商最难教化。人如果一意孤行,其后果又要怎样收拾呢?

　　啊!才能声望突出的人实在太危险了。有一个君子爱护他,就有一百个小人妒忌他。一个人的爱护当然敌不过一百人的妒忌,他想要上进也就太难了。当君王的没有尧、舜一般用心,那只能说是徒有其名的君王(起不了君王应起的作用)。当臣子的没有伊尹、周公的用心,也只能说是充数的臣子。

　　古时断案人得知百姓犯罪的实情,就感到悲哀。如今断案人探得犯罪实情,却很高兴。悲哀,是为教化不得推行而悲哀;高兴,是为自己一定会受奖赏而高兴。

　　古时杀人,怒气冲冲;如今杀人,还在那里笑。

　　古时设立官吏是用来驱逐盗贼的,如今设立这些官吏呀,简直是请他们来当强盗!

　　蚜虫虽然会损害庄稼,却不会害人,奸邪就专会害人。损害庄稼,有时也还不妨碍好收成,这就可以说不害了。而奸邪虽有祝鮀的口才和宋朝的美貌,但他害起人来,其罪恶真是说不完!

【说明】

　　《隐书》是作者隐居鹿门时的作品。《唐才子传》说:"时值末年,虎狼放纵,百姓手足无措,上下所行皆大乱之道,遂作《鹿门隐书》六十篇,多讥切谬政。"文字省净精警,情深旨哀,很有特色。

读《司马法》^[1]

　　古之取天下也以民心,今之取天下也以民命。唐、虞尚仁,天下之民从而帝之,不曰取天下以民心者乎^[2]?汉魏尚权,驱赤子于利刃之下,争寸土于百战之内^[3],由士为诸侯,由诸侯为天子,非兵不能威,非战不能服,不曰取天下以民命者乎^[4]?由是编之为术。术愈精而杀人愈多,法益切而害物益甚^[5]。呜呼!其亦不仁矣!蚩蚩之类,不敢惜死者,上惧乎刑,次贪乎赏^[6]。民之于君,犹子也,何异乎父欲杀其子,先绐以威,后啖以利哉^[7]!孟子曰:"'我善为阵,我善为战',大罪也^[8]。"使后之君于民有是者,虽不得土,吾以为犹土焉^[9]。

【注释】

〔1〕《司马法》:春秋时齐国大夫司马穰(rǎng)苴(jū)深通兵法,后来齐威王使人追论他的兵法,编成这部书。

〔2〕唐:即陶唐氏,传说中的远古部落,首领为尧。　虞:即有虞氏,传说中的远古部落,首领为舜。　尚仁:崇尚仁德。　从而帝之:一致拥护他当皇帝。　不曰:岂不是。

〔3〕权:诡诈的手段。　赤子:百姓。婴儿初生色赤,叫赤子。

〔4〕非兵不能威:不靠武力就不能立威。

〔5〕由是:因此。　术:战术。这里指军事专著。　切:切实。　物:指大众。

〔6〕 蚩蚩(chī)：本形容人老实敦厚，《诗经·卫风·氓》"氓之蚩蚩"，这里指百姓。

〔7〕 犹子：就像儿子。　何异乎：有什么区别。乎，介词，相当"于"字。绐(dài)：欺骗。　啖(dàn)：这里是引诱的意思。

〔8〕 阵：作战时的队形布置。

〔9〕 后之君：后来的君主。　土：土地，指天下。　犹土：如同得到天下。

【语译】

　　古时帝王取得天下是靠征服人心，后来的帝王取得天下专靠杀人！唐、虞主张施仁政，所以天下人民都拥护他们，让他们当帝王，这岂不是得天下靠征服民心吗？汉、魏的创业人刘邦、曹操，他们专用权术，将百姓赶上战场，为争夺一寸土地而不惜进行上百次的战争。从士爬到诸侯，再由诸侯挤上天子的高位，不靠战争就不能树威，不靠战争就不能服人，这岂不是得天下专靠杀人吗？他们还总结杀人的经验，编成专著。战术愈精，杀人就愈多。他们的兵书愈切于实际，害人就愈加厉害。啊！这实在太不仁了！老百姓之所以不惜生命，无非是害怕刑罚，其次是贪图受赏。老百姓对君王说来，就好比是儿子。现在这样做，和父亲想杀儿子，先恫吓他，再利诱他有什么两样呢！孟子说："谁要是自称'我善于布阵，我善于指挥作战'，那就是一条大罪状！"今后如果有君王能对老百姓行仁政，不主张征伐，那么他即使不能争得天下，也如同得到了天下！

【说明】

　　孟子思想中的民本思想在这里得到发扬光大，深刻地揭示了封建王朝是建立在人民尸骨之上的血的事实。读之有"山雨欲来风满楼"的感受。

惑　雷　刑

　　彭泽县,乡曰黄花,有农户曰逢氏,田甚广,己牛不能备耕,尝儦他牛以兼其力[1]。逢氏之滑恶,为一乡之师焉。得他牛,则昼役夕归,箠耕于烈景,笞耨于晦冥,未尝一息容其殆[2]。忽一日,猝雷发山,逢氏震死[3]。日休曰:逢氏之滑恶,天假雷刑,绝其命,信矣。夫坐民之基,不过乎稼穑之功,皆不为是畜之力哉?则天之保牛,齐乎民命也,宜矣。今逢氏苦其力,天则震死。如燕、赵无赖少年,椎之以私享,烹之以市货,法不可戢,刑不可威[4]。则天之保牛,皆不降于雷刑哉?则逢氏之死,吾不知是天地也。

【注释】

〔1〕 儦(jiù):租赁。

〔2〕 景:日光。　耨(nuò):除草,这里泛指耕作。　晦冥:昏暗。殆(dài):通"怠",懈怠。

〔3〕 猝(cù):突然。

〔4〕 燕:今河北省一带。　赵:今山西省一带。　椎:动词,用椎打。戢(jí):止息。

【语译】

　　彭泽县有个黄花乡,乡里有个农户姓逢。他家田地多,只用自家的牛是耕不完的,往往要租用别人家的牛助耕。逢氏刁滑无赖,在乡里是首屈一指的了,他使用别人家的牛耕地,总是起早摸黑地干。烈日下也用鞭子赶着耕地,直到暮色苍茫还不歇工,一刻都不让牛休息！有一天,山里忽然惊雷大作,将逄氏给震死了！

　　（对这件事）日休认为：逄氏太刁恶,天借助雷劈死他,是可信的。老百姓的命根子,全在种庄稼上。种庄稼不就都是靠牛的力吗？那末,天保护牛,把牛的生命看得和人的生命一样宝贵,这也是应该的呵！不过,既然现在逄氏因为虐待牛就被天用雷震死,那末像燕、赵一带的无赖少年,私下击杀牛来吃,并煮熟了来卖,法令也禁绝不了,刑罚也吓不住他们。天保护牛又为什么不对他们都降以雷刑呢？因此,对逄氏的死,我真疑心是不是天地的意志了。

【说明】

　　文章扣紧"惑"字,在肯定恶人该杀的前提下对"天意"表示怀疑。在"惑"字后面的"潜台词"是：对恶人不能纵之、任之,坐等"天罚"。这就赋"雷刑"以巨大的现实意义。

悲　挚　兽[1]

　　汇泽之场,农夫持弓矢,行其稼穑之侧,有苕顷焉,农夫息其傍[2]。未久,苕花纷然,不吹而飞,若有物娭[3]。视之,虎也。跳踉哮啷,视其状,若有所获负,不胜其喜之态也[4]。农夫谓虎见己,将遇食而喜者。乃挺矢匿形,伺其重娭[5]。发,贯其腋,雷然而踣[6]。及视之,枕死麋而毙矣[7]。意者谓获其麋,将食而娭,将娭而害。日休曰："噫！古之士,获一名,受一位,如己不足于名位而已,岂有喜于富贵,娭于权势哉？然反是者,获一名,不胜其骄也；受一位,不胜其傲也。骄傲未足于心,而刑祸已灭其属。其不胜任,与夫获死麋者几希[8]！悲夫！吾以名位为死麋,以刑祸为农夫,庶乎免于今世矣[9]。"

【注释】

〔1〕 挚(zhì):通"鸷",凶猛。

〔2〕 汇泽:众水交汇为湖泽。　稼穑(sè):庄稼的总称。　苕(tiáo):芦苇类的植物。

〔3〕 娭(xī):同"嬉",嬉戏。

〔4〕 跳踉(láng):跳跃。　哮阚(hǎn):咆哮。

〔5〕 匿(nì)形:把身子藏起来。

〔6〕 贯:穿透。　踣(bó):仆倒。

〔7〕 麇(jūn):即獐子。

〔8〕 几希:相去不远。

〔9〕 庶:庶几,或可。

【语译】

在众水汇为湖泽的地方,有个农夫带着弓箭在他的庄稼地的边上走。他来到一片苕花丛生的地方,就在那旁边歇息。不久,无风而苕花纷飞,看来像是有什么东西在苕丛里嬉戏。一看,是老虎!老虎跳呀吼呀,看那样子像是猎取了什么东西,正非常高兴着哩。农夫还以为老虎发现了他,见到有吃的东西,才这么高兴。于是农夫便搭箭张弓,躲藏起来,等老虎再次嬉戏时,一箭贯穿了老虎的腋下。老虎轰然倒地。仔细一看,已枕着一头死獐子断气了。推想起来,老虎是因为捉到了獐子,正要吃掉而先嬉戏一番,想不到正在嬉闹就被射死了。

日休说:哎!古时的士人,获得名位,总是感到自己名不副实,哪有以富贵傲人,玩弄手中权力的呢!与之相反,现在有的士人获得一点名位就非常骄傲。但他们的骄傲之心还未得到满足,刑祸就已经将他们这种人消灭了。这种人不能安享富贵,和那得死獐的老虎相去又有多远呢？可悲啊！我如果将名位看成那死獐,将刑祸比为那农夫,以此为鉴,或许可以避免现在那些士人的命运吧?

【说明】

热衷于名利而不知死之将至,这是唐王朝风雨飘摇中官场奔竞者的形象。作者以冷眼旁观的态度出之,更能发人深省。

陆龟蒙

字鲁望,生年不详,卒于公元 881 年。吴郡(今苏州)人。举进士,一不中即弃去,隐居甫里,自号甫里先生。文与皮日休齐名,称"皮陆"。自言"好读古圣人书","就中乐《春秋》,抉摘微旨"。

蟹　志[1]

蟹,水族之微者[2]。其为虫也有籍,见于《礼经》,载于《国语》、杨雄《太玄》辞、《晋春秋》、《劝学》等篇[3]。考于易象,为介类,与龟鳖刚其外者,皆乾之属也[4]。周公所谓"旁行"者欤[5]? 参于药录、食疏,蔓延乎小说[6]。其智则未闻也,唯左氏记其为灾,子云讥其躁,以为郭索后蚓而已[7]。

蟹始窟冗于沮洳中,秋冬交必大出[8]。江东人云:稻之登也,率执一穗以朝其魁,然后从其所之[9]。蚤夜臑沸,指江而奔[10]。渔者纬萧承其流而障之,曰"蟹断"——断其之江之道焉尔[11]。然后扳援越轶,遁而去者十六七[12]。

既入于江,则形质寝大于旧[13]。自江复趋于海,如江之状。渔者又断而求之,其越轶遁去者又加多焉。既入于海,形质益大,海人亦异其称谓矣[14]。

呜呼！穗而朝其魁,不近于义耶？舍沮洳而之江海,自微而务著,不近于智耶[15]？今之学者,始得百家小说,而不知孟轲、荀、杨氏之道；或知之又不汲汲于圣人之言,求大中之要,何也[16]？百家小说,沮洳也；孟轲、荀、杨氏,圣人之渎也[17]；六籍者,圣人之海也[18]。苟不能舍沮洳以求渎,由渎而至于海,是人之智反出水虫下,能不悲夫[19]！吾是以志其蟹[20]。

【注释】

〔1〕 志：记。是一种叙事之后略作议论的文体。

〔2〕 微：卑贱。

〔3〕 籍：登记名册。这里指蟹被写进《礼经》。　《礼经》：儒家以《周礼》、《仪礼》、《礼记》为经典,简称叫《礼经》。　《国语》：先秦时期的一部史书,其中《越语》有蟹食稻的记载。　杨雄：一作扬雄,西汉文学家、哲学家,曾仿《周易》作《太玄》。　《晋春秋》：南朝檀道鸾著的一部编年史。　《劝学》：战国末年荀况所著《荀子》一书的第一篇。

〔4〕 易象：就是《周易》用以体示概念的形象。《周易》是古代流传下来的一部占筮用书。　介类：带有甲壳的水族。　乾：八卦之一,此处象征刚健。《周易·说卦》："乾,健也。"

〔5〕 周公：周武王之弟姬旦,相传为周礼的创制人。

〔6〕 小说：这里指记载琐细事物的杂记文字,与下文"百家小说"涵义不同,详见注〔16〕。

〔7〕 左氏：春秋后期鲁国史官左丘明,相传为《左传》的作者。　子云：即杨雄,见注〔3〕。　郭索：心气浮躁的样子。杨雄《太玄》说："蟹

之郭索,后蚓黄泉。"

〔8〕 窟:作动词:打洞。 冗(rǒng):无定居叫冗。窟冗,就是打洞暂居。 沮洳(jù rù):低湿地。

〔9〕 江东:指长江下游地区。 登:成熟。 朝:古代诸侯见天子叫朝。这里指蟹献稻穗给首领。 魁:领头的。 从:跟着。

〔10〕 蚤:通"早"。 鬐(bì)沸:泉水涌出的样子。 指:向着。 江:长江。

〔11〕 纬:当动词,横束。 萧:一种植物。 "蟹断"的"断":名词;后一个"断"(旧音duǎn):隔绝,动词。

〔12〕 然后:表示转折。 轶(yì):超越。 遁:逃走。

〔13〕 寖(jìn):同"浸",逐渐。

〔14〕 海人:指居住在海边的人。

〔15〕 之:到。 务:致力。 著:显著。与"微"相对而言,指改变卑贱的地位为显要的地位。

〔16〕 百家小说:指儒家以外非"正统"的诸子百家学说。 孟轲:即孟子。 荀:荀况,即荀子。这两人都是儒学大师。 杨:杨雄。 汲汲(jí):心情急切的样子。 大中:语出《易经》大有卦辞。这里指儒家的"中庸之道"。求大中之要,就是探求"中庸之道"的精义。作者将孔孟之道当成最高的学问,是时代与阶级的局限。

〔17〕 渎(dú):大江。古人以江、淮、河、济为"四渎"。

〔18〕 六籍:即六经:《诗》《书》《礼》《乐》《易》《春秋》。

〔19〕 苟:如果。 悲夫:可悲啊! 夫,语气助词。

〔20〕 是以:因此。

【语译】

蟹在水族中,是没有地位的。但作为小动物,它却被载入《礼经》《国语》,以及杨雄的《太玄》,还有《晋春秋》《劝学篇》等经典中。如果按易象来归类,蟹应为介类(带有硬壳的)动物,与龟、鳖都属于象征刚健的"乾卦"。蟹,不就是周公所说的横着走的东西吗?

它不但旁见于药书、食谱,还杂出于各种笔记文字。(记载虽多,)但有关它的智力,却还没听说过。只有左丘明曾经记载过它所引起的灾害;杨雄讥笑过它的用心不专,连蚯蚓都不如。

蟹开始时是在烂泥地打洞暂居,一到秋、冬交替时分,必定纷纷爬出来。听江东一带的人说,稻谷上场时节,蟹便各自钳一穗稻谷,献给头儿,然后就跟着它跑。它们不分昼夜涌向长江。这会儿,打鱼人就用束好的萧草承接江流,组成一道障碍,叫"蟹断"——就是用它拦截蟹群下江道路的意思。可蟹群又是爬又是攀的,七手八脚纷纷越过蟹断,逃走的十有六七。进了长江,蟹渐渐变大、变重。(但它决不停留)像当初奔向长江那样,它又从长江直奔大海。渔夫又来截捕,而这回逃脱的更多了。到大海以后,蟹的形体越发大了,海边人也不再叫它蟹,而改叫别的了。

啊! 蟹能将稻穗献给首领,这不就是近于懂礼义吗? 能摒弃烂泥地,向往江海,致力于改变低微的地位,追求更高的境界,这不就是近于智慧吗? 可是现在从事学问的人一开始只接触些各色各样的杂说,却不懂得孟轲、荀况、杨雄的学说;有的知道他们的学说,却又不肯进一步探求孔子的学说,去研究中庸之道的精要,这是怎么回事呢? 要知道,百家诸子的学说好比是烂泥地;孟轲、荀况、杨雄的学说好比江河;只有六籍,这才是圣人学说的大海呵!(做学问)要是不能像蟹那样坚决离开烂泥地,直奔大江,再由江入海,那人的智力就简直比水虫还低下。这太可悲了! 因此,我写下这篇记蟹的文章。

【说明】

蟹的艺术形象历来不佳:寓言家笑它浮躁,画家用它嘲骂横行霸道的人。这篇小品与众不同,紧扣蟹一往无前地奔向大海的传闻,激发人们不断求上进,可谓别开生面。

记 稻 鼠

乾符己亥岁,震泽之东曰吴兴,自三月不雨,至于七月[1]。常时污坳沮洳者,埃壒垒坋;棹楫支派者,入扉屦无所污[2]。农民转远流,渐润稻本,昼夜如乳赤子,欠欠然救渴不暇[3]。仅得葩坼,穗结十无一、二焉[4]。无何,群鼠夜出,啮而僵之,信宿食殆尽[5]。虽庐守板击,敺而骇之,不能胜若[6]。官督户责,不食者有刑。当是而赋索愈急,棘束械榜箠木胫颈者,无壮老[7]。吾闻之于《礼》曰:"迎猫以食田鼠也[8]。"是礼缺而不行之矣,田鼠知之复欤[9]? 物有时而暴欤[10]? 政有贪而发欤?《国语》曰:"吴稻蟹,不遗种[11]。"岂吴之土,鼠与蟹更伺其事,而效其力,歼其民欤[12]? 且《魏风》以硕鼠刺重敛,硕鼠斥其君也[13]。有鼠之名,无鼠之实,诗人犹曰:"逝将去汝,适彼乐土。"况乎上掯其财,下啖其食,率一民而当二鼠,不流浪转徙,聚而为盗,何哉[14]!《春秋》螽蝝生、大有年皆书,是圣人于丰凶不隐之验也[15]。余通于《春秋》,又亲蒙其灾,于是乎记。

【注释】

〔1〕 乾符己亥岁:唐僖宗乾符六年。　　震泽:即荻塘河。　　吴兴:今属浙江。

〔2〕 污坳沮洳(wū ào jǔ rù):低洼地。　　埃壒(ǎi):尘埃。壒,同堨,灰尘。　　垒(bèn):拨尘土叫垒。　　棹楫(zhào jí):划船工具,这

里当动词,划船。　支派:河流的分支。　扉(fēi):门扇。　屦(jù):古代的麻鞋。　污:浑浊的水,这里指被水沾湿。

〔3〕　渐润稻本,昼夜如乳赤子:没日没夜地张罗着给稻田进水,就像哺育婴儿一样费心。渐,同“浸”。本,草木的根茎。乳,当动词,哺乳。赤子,初生的婴儿。　欠欠然:不足的样子。　不暇(xiá):没有空闲,顾不过来。

〔4〕　葩(pā):花。　坼(chè):开。

〔5〕　无何:没多久。　僵:倒地。　信宿:两夜。　殆(dài):几乎。

〔6〕　若:同“其”,代词,指老鼠。

〔7〕　食(sì):动词,拿东西给人吃。　棘束械榜箠木胫颈:一作“棘械束榜箠木肌颈”,均不可解,疑是“棘束榜箠,木械胫颈”之误,意思是:用成束的树枝鞭笞,用木枷锁住脚胫和脖子。　无壮老:不管是青年人或老年人。

〔8〕　吾闻句:此句见《礼记・郊特牲》。古时迎祭“猫神”助除田鼠。

〔9〕　复:复返,卷土重来。

〔10〕　暴:耗损。这里暗用《礼记・王制》:“田不以礼曰暴天物。”原意是,打猎杀伤过多叫“暴天物”。这里意思是不除田鼠而毁灭了庄稼,也是暴天物。

〔11〕　国语句:见《国语・越语》。稻蟹,是一种吃稻穗的螃蟹。意思是吴国发生吃稻子的蟹灾,连稻种都没留下。

〔12〕　更伺(gēng sì):轮流守候。

〔13〕　且《魏风》句:指《诗经・魏风》中的《硕鼠》一诗。硕鼠,大老鼠。下引诗句则出自该诗,意思是:我决心要离开你,到那安乐的地方去。

〔14〕　逝:誓。　捃(jùn):搜集,拾取。这里是敛聚的意思。　啖(dàn):吃。　率(shuài):全部,统共。　不……何哉:这里不是疑问句,是反问句。意思是:“不……又能怎么样?!”

〔15〕　《春秋》:传为孔子所著的一部史册。下面“圣人”即指孔子。　螽(zhōng):蝗虫。　蝝(yuán):小蝗虫。　大有年:丰收年。

陆龟蒙

验：证明。

【语译】

　　乾符六年，震泽以东的吴兴，自三月到七月，不见一点雨水。平时积水的洼地尘土飞扬。平时行船的小河汊也干涸了，人们进进出出连鞋也不打湿。农民从远处辗转引来水流，浇灌田地，好比是给娃娃喂奶，日夜操心。然而那一点点水连给它解渴都不够呵！好不容易使稻子扬花，能结穗的就十无一二了。没多久，成群的老鼠在夜间出动了，把稻子咬倒，只两夜功夫就吃得差不多了。尽管人们搭起草棚在地里守着，敲响木板，打它，吓唬它，都无济于事。官府挨家挨户来催赋税，不给他们弄点吃的，还得受刑罚！就是在这种情况下，赋税催迫得更紧了，不管男女老少，只要交不起税，就用成束的树枝抽打，用木枷锁住脚，套着脖子。

　　我记得是《礼记》上说：迎猫，是用来逮田鼠的。（没想到如今迎来官府这些"猫"，却与老鼠一起为祸！）莫不是田鼠知道了礼上所说的早就行不通，所以又卷土重来？莫不是天生万物，有时总要耗损一场？莫不是政治不清明才发生这场灾变？《国语》有记载：吴国发生蟹灾，把稻子吃得连种子都断绝了！难道说，吴国这块土地上，就由老鼠和螃蟹轮流为祸，助纣为虐，要把老百姓赶尽杀绝？《魏风》中那首《硕鼠》的诗，是用大老鼠作比喻，来讽刺沉重剥削的，并指责他们的国君。虽然这只是用老鼠打比方，没有真的鼠灾，诗人还是要说："我决心要离开你，到那安乐的地方去！"更何况现在的情况是：大官拼命搜括老百姓的财物，小官、小吏拼命抢老百姓口中的粮食！统共就只一个百姓，却要对付这两种"大老鼠"，你叫他不逃亡，不奋起为"盗"，又能怎样？！

　　《春秋》不论发生蝗灾还是大丰收，都要记载下来。这就是孔圣人直书事实，不论丰年、凶年都不隐瞒的明证。我精通《春秋》，又亲历了这场灾害，因此也写下了这篇记。

395

【说明】

本文是《诗·硕鼠》主题的深化。中间一组设问逼出结论:"率一民而当二鼠,不流浪转徙、聚而为盗,何哉!"这已经是晚唐人民忍无可忍的心声了。鲁迅说:"皮日休和陆龟蒙自以为隐士,别人也称之为隐士,而看他们在《皮子文薮》和《笠泽丛书》中的小品文,并没有忘记天下。"此文便是明证。

招 野 龙 对[1]

昔豢龙氏求龙之嗜欲,幸而中焉。得二龙而饮食之。龙之于人固类异,以其若己之性也,席其宫沼,百川四溟之不足游[2];甘其饮食,洪流大鲸之不足味。施施然,扰于其爱弗去[3]。

一旦,值野龙,奋然而招之曰:"尔奚为者[4]? 茫洋乎天地之间,寒而蛰,旸而升,能无劳乎?[5]识从吾居而宴安乎?"

野龙矫首而笑之曰:"若何觑觑乎如是耶[6]! 赋吾之形,冠角而被鳞[7];赋吾之德,泉潜而天飞;赋吾之灵,吁云而乘风;赋吾之职,抑骄而泽枯[8]。观乎无极之外,息乎大荒之墟,穷端倪而尽变化,其乐不至耶[9]? 今尔苟客于蹄涔之间,惟沙泥之是拘,惟蛭蟓之与徒,牵乎嗜好以希饮食之余,是同吾之形,异吾之乐者也[10]。狎于人,咱其利者扼其喉,截其肉,可以立待[11]。吾方哀而援之以手,又何诱吾纳之陷井耶? 尔不免矣!"

野龙行。未几,果为夏后氏之醢[12]。

【注释】

〔１〕 《左传》曾记载传说,说舜时有人会养龙,帝赐他姓董,叫豢龙氏。后来有个刘累,向豢龙氏学养龙,夏后氏嘉奖他,赐氏御龙。后来刘累将一龙剁成酱给夏后氏吃。本文根据这一传说加以发挥,并赋予新义。

〔２〕 席:当动词,卧。　沼:曲池。　四溟:四海。

〔３〕 施施(yì yì)然:自得的样子。　扰:驯伏。

〔４〕 奋然:精神振作的样子。　奚:何。

〔５〕 蛰(zhé):冬眠。　旸(yáng):日出。这里是暖和的意思。　升:起飞。

〔６〕 若:你。　龊龊乎:受拘束的样子。

〔７〕 被:同"披"。

〔８〕 抑骄而泽枯:抑制骄阳而滋润旱地。

〔９〕 端倪:头绪。

〔10〕 尔:你。　蹄涔(cén):牛马蹄印中的积水。　蛭蟜:水虫。希:希求。

〔11〕 狎(xiá):戏弄。　菑(zī):割切。

〔12〕 未几:不久。　醢(hǎi):剁成肉酱。　夏后氏:禹建立夏朝,称夏后氏。此指夏朝国君孔甲。

【语译】

　　从前,豢龙氏探求龙的爱好,侥幸搞对头了。于是他弄来两条龙饲养起来。龙和人本不同类,但只要随它的脾性去饲养:让它住在宫中曲池,使它感到江河湖海也没啥好玩;给它好吃的东西,使它觉得大海鲸鱼也不够味儿,这样,它就会怡然自得,牵于所爱而流连忘返。

　　有一天,它遇到了野龙,便兴奋地召唤它:"你在忙啥呀? 在浩茫的天地之间,天冷了就冬眠,天暖了就飞升,你不感到疲劳吗? 你知道跟我一起在这儿居住便会过上安定快活的日子吗?"

野龙昂头大笑说:"你怎么会是这样画地为牢! 天给我雄伟的状貌,头生角,身披鳞;天给我无上的德能,下潜深泉,上飞九天;天给我神异的变化,能吁气成云,乘风而行;天给我神圣的职责,抑制骄阳,滋润旱地,我放眼于无边无际,栖息在广漠的大地,变化无端,这样的乐趣有什么可以相比拟? 现在,你苟且偷安在那牛蹄一般大小的积水里面,局促在泥沙之中,与水虫为伍,为了那一点点可怜的嗜好,企求那一点点残羹剩饭,你虽然和我外貌相似,却和我的志趣迥异! 你和人类亲近,可知道受人利的,会被人扼住喉管,割了肉! 这不必多久就会得到证实的。我哀怜你,刚想拉你一把,你倒反而想诱我入陷阱! 你看来是执迷不悟,难免一死了!"

野龙说完就飞走了。过不久,被饲养的龙果然被夏后氏剁成肉酱吃了。

【说明】

封建统治者总是以名利笼络士人,让他们成为帮闲,士人也往往成为牺牲品。这是作者冷眼观察所得,文笔冷隽。

冶 家 子 言[1]

武王既伐殷,悬纣首[2]。有泣于白旗之下者,有司责之[3]。其人曰:"吾冶家孙也,数十年间,载易其镕范矣[4]。今又将易之,不知其所业,故泣[5]。吾祖始铸田器,岁东作必大售[6]。殷赋重,秉耒耜者一坡不敢起,吾父易之为工器。属宫室台榭侈,其售益倍[7]。民凋力穷,土木中辍,吾易之为兵器。会诸侯伐殷,师旅战阵兴,其售又倍前也[8]。今周用钺斩独夫,四海将奉文理,吾之业必坏,吾亡无日矣^[9]！"武王闻之懼。于是包干戈劝农事,冶家子复祖之旧。

【注释】

〔1〕 冶家子:铸造金属器的工匠之子。

〔2〕 武王:周武王。 既:已经,完了。 殷:朝代名,即商代。共八世,十三王,至纣王亡国。

〔3〕 白旗:《史记·周本纪》载武王拿着大白旗指挥诸侯。 有司:古代设官分职,各有专司,因称官吏为有司。

〔4〕 载:与"再"通,表示多次。 易:改换。 镕范:浇铸用的模子。

〔5〕 不知其所业:不知道要从事什么工作。

〔6〕 岁东:《书·尧典》孔颖达疏:"一岁之事在东则耕作。"岁东作就是指春耕农忙。

〔7〕 秉耒耜(lěi sì)者:指农夫。秉,拿、持。耒耜,一种原始的翻土工具,后世用以统称耕地的农具。 垡(fá,又读 bá):同垈,耕地时第一齿起出的土块。 属(zhǔ):适值。 榭(xiè):建在高土台上的敞屋。 益:更加。

〔8〕 土木:指建筑工程。 会:适逢。

〔9〕 钺(yuè):古代一种兵器,圆刃可砍劈。 独夫:指暴君。 文理:即文治。唐人避唐高宗李治的名讳,改"治"为"理"。

【语译】

周武王讨伐商纣王的战争结束,将纣王的头挂起来示众。有个人竟然就在悬头的白旗下哭泣,官吏便过来斥责他。那人说:"我是个铸工的子孙,几十年来,我们家多次改换铸件模子,现在又要改换旧模子,我却不知道要改铸什么好,所以在这里哭。当初我祖父一开始是铸造农具的,每年春耕农忙,必定要大批出售。后来,商殷的赋税太重,致使农夫连一块土都不敢挖。(铸农具当然也就卖不出去,)家父只好改铸工匠的用具。这回刚好碰上王室大兴土木,宫殿、台榭建得十分奢侈,于是得到加倍的利润。很快,百姓穷困了,国力衰敝了,工程也只好半途而废。我只好再改铸兵器,正碰到诸侯在讨伐商殷,兴师动众的,兵器成了热门货,利润又比以前加倍。现在周王用钺砍了暴君,四海将偃武修文,我的事业肯定要完蛋,我不知道哪一天就会饿死。"周武王听了,(从中领悟到殷灭亡的教训,)肃然有畏惧之心,于是将武器收起来,大力奖励农业。那个铸工的子孙也就恢复了祖业——铸造农具。

【说明】

这篇短文构思巧妙,从一家铸工产品的变换看王朝的兴衰,最后点明"以农为本"的主张。好比从远处山路曲折走来,终归大道。

蠹　　化[1]

橘之蠹,大如小指。首负特角,身蠖蠖然,类蝤蛴而青[2]。翳叶仰啮,如饥蚕之速,不相上下[3]。人或柣触之,辄奋角而怒,气色桀骜[4]。一旦视之,凝凝然弗食,弗动[5]。明日复往,则蜕为蝴蝶矣[6]。力力拘拘,其翎未舒[7]。襜黑韝苍,分朱间黄[8]。腹填而椭,绥纤且长。如醉方寤,羸枝不扬[9]。又明日往,则倚薄风露,攀缘草树,耸空翅轻,瞥然而去[10]。或隐蕙隙,或留篁端,翩旋轩虚,飏曳纷拂,甚可爱也[11]。须臾,犯蛁网而胶之。引丝环缠,牢若桎梏。人虽甚怜,不可解而纵矣[12]。噫,秀其外,类有文也;嘿其中,类有德也[13];不朋而游,类洁也[14];无嗜而取,类廉也。向使前不知为桔之蠹,后不见触蛁之网,人谓之钧天帝居而来，今复还矣[15]。天下，大桔也；名位，大羽化也[16]；封略，大蕙篁也[17]。苟灭德忘公，崇浮饰傲，荣其外而枯其内，害其本而窒其源，得不为大螫网而胶之乎[18]？观吾之蠹化者，可以惕惕。

【注释】

〔1〕 蠹(dù)化：毛毛虫的变化。蠹，蝴蝶的幼虫，俗称毛毛虫。

〔2〕 首负特角：头上长着独角。 蹙蹙(cù)然：缩小的样子。 类：类似。 蝤蛴(qiú qí)：天牛的幼虫，白色。

〔3〕 翳(yì)叶：繁茂的树叶。 之：代词，它们。这句意思是，毛毛虫吃叶的速度和饥蚕差不多。

〔4〕 枨(chéng)触：触动。 辄：就。 桀骜(jié ào)：不驯服的样子。

〔5〕 凝凝然：不动、呆滞的样子。 弗：不。

〔6〕 蜕(tuì)：蜕变。节肢动物发生变化时往往要脱去旧的表皮，称为蜕变。

〔7〕 拘拘：身体拳曲不能自由伸缩。 翎：原指鸟类羽毛，这里借指蝴蝶的翅膀。 舒：舒张。

〔8〕 襜黑韝苍：身子是黑色，脚是青色。襜(chān)，古代一种衣服，这里指蝴蝶的外表。韝(gōu)，古代射箭用的臂衣，这里指蝴蝶的脚的表皮。 间(jiàn)：隔开。

〔9〕 填：塞满。 椭(tuǒ)：椭圆。 緌(ruí)：本指古时系帽子的缨，这里指蝴蝶的触须。 纤：细。 寤(wù)：醒。 赢(léi)：缠绕。这里是勾留意思。

〔10〕 倚薄(bó)风露：即倚风薄露。薄，逼近。 缘：顺着(爬)。 翅：飞。 瞥然：一下子。

〔11〕 蕙(huì)：一种供观赏的草本植物，花黄绿色，有香味。 篁(huáng)：竹林，泛指竹子。 翩旋轩虚：翩翩飞绕在廊间窗口。轩(xuān)，有窗的廊子或小屋。虚，空间。 飔曳纷拂：形容蝴蝶飞时的动态轻飔摇曳。

〔12〕犯：碰到。　螯：即蝥(máo)，蛣蝥,蜘蛛。　桎梏(zhì gù)：脚镣手铐。　纵：释放。

〔13〕嘿(mò)：同默,不言不语。

〔14〕朋：结党。

〔15〕钧天帝居：古人认为天有九重,天中央叫"钧天",有上帝的宫殿。

〔16〕羽化：昆虫由蛹生羽,变化为成虫。

〔17〕封略：疆界。

〔18〕苟：如果。　崇浮饰傲：崇尚浮华,掩饰骄傲。　窒(zhì)：阻塞。句中的本、源指内在修养。

【语译】

　　生在橘树上的毛毛虫,有小指头般大小。它头上长着角一样的东西,身子畏畏缩缩的,就像天牛的幼虫,只不过它是青色的。它仰着吃那茂密的橘叶,同饥蚕吃桑叶一般快。如果有谁触动了它,它头上的角就会竖起来,好一副不可驯服的样子。某一天,你再去看它,已是不动也不吃,换一副呆相了。隔天,你再去看,它则蜕变为蝴蝶了。但翅膀尚未舒张,颤颤巍巍的,(一副弱不禁风的样儿。)这时的毛毛虫,已脱胎换骨,一身黑衣;足是青色的,好似射手套着的臂衣;身上分布着红色与黄色;肚子圆鼓鼓的,成椭圆形;触须又细又长。它停留在橘树上并不高飞,像是醉梦中刚刚醒来。再隔天,你又去,它已经凭借着风儿,沾着露水,时而飞上树梢,时而落在草丛。在空中它是飞得那么轻快,一忽儿便不见了。它或是藏身蕙草里,或是停在竹梢上。翩翩飞绕在廊间窗口,那轻盈飞动的样儿着实可爱。可是没有多久,它一头撞上蛛网,粘住了。蛛丝缠着,比上了镣铐还牢。人们虽然可怜它,却已无法使它从蛛网中解脱出来了。

　　啊! 蝴蝶有个美丽的外表,像是很有文采;不言不语,像是很有修养;不成群结党,又像是很高洁;没啥嗜好,无所取于人,又像很清廉。当初要是不知道它是橘树上的毛毛虫,又假如没看到它撞在蛛网上的那副狼狈相,那真要以为它是从天宫下凡,如今又回天上去了呢!

天下,就好比是棵大橘树;名位,就好比是使人脱胎换骨的蜕变;分封的土地,又好比是竹林蕙丛。如果不顾道德修养,营私而忘公,崇尚浮华的作风,又掩饰高傲的内心,外观似乎很华美,其实里面很空虚。像这样老干些伤根动本的事,能不最终被大蛛网粘住吗? 看看我这篇小文章,也许能引起你的警醒。

【说明】

作者用细腻的笔触为毛毛虫化蝶传神,像一幅宋人的花鸟工笔画。由于寓意不离形象固有的特征,所以贴切生动,能收到理随物显、即物达情的效果。

野 庙 碑[1]

碑者,悲也。古者悬而窆,用木,后人书之以表其功德,因留之不忍去,碑之名由是而得[2]。自秦、汉以降,生而有功德政事者,亦碑之;而又易之以石,失其称矣[3]。余之碑野庙也,非有政事功德可纪,直悲夫甿竭其力,以奉无名之土木而已矣[4]!

瓯越间好事鬼,山椒水滨多淫祀,其庙貌有雄而毅、黝而硕者,则曰将军[5];有温而愿、皙而少者,则曰某郎[6];有媪而尊严者,则曰姥;有妇而容艳者,则曰姑。其居处,则敞之以庭堂,峻之以陛级;左右老木,攒植森拱[7];萝茑翳于上,枭鸮室其间;车马徒隶,丛杂怪状[8];甿作之,甿怖之。大者椎牛,次者击豕,小不下犬鸡。鱼菽之荐,牲酒之奠,缺于家可也,缺于神不可也。一日懈怠,祸亦随作。羣孺畜牧慄慄然[9]。疾病死丧,虻不日适丁其时耶,而自惑其生,悉归之于神[10]。

虽然,若以古言之,则戾[11];以今言之,则庶乎神之不足过也[12]。何者?岂不以生能御大灾,捍大患;其死也则血食于生人,无名之土木,不当与御灾捍患者为比[13]。是戾于古也,明矣!今之雄毅而硕者有之,温愿而少者有之。升阶级,坐堂筵,耳绞绹,口粱肉,载车马,拥徒隶者,皆是也。解民之悬,清民之喝,未尝怵于胸中[14]。民之当奉者,一日解怠,则发悍吏,肆淫刑,殴之以就事。较神之祸福,孰为轻重哉?平居无事,指为贤良,一旦有大夫之忧,当报国之日,则恇挠脆怯,颠踬窜踣,乞为囚虏之不暇[15]。此乃缨弁言语之土木,又何责其真土木邪[16]?故曰:以今言之,则庶乎神之不足过也。

既而为诗,以志其末。(诗略)

【语译】

〔1〕　野庙:不知名的神庙。　碑:一种文体。宫庙前的碑文往往用以纪述功德,本文是借这种文体托物寓意,不一定是刻石的文字。

〔2〕　窆(biǎn):落葬。古时碑是大木头作的,用来将棺木放入墓穴。

〔3〕　自秦、汉以降:自秦、汉以来。据称,最早的石碑是秦相李斯撰写的颂扬秦始皇功德的峄山碑。

〔4〕　虻(máng):农民。

〔5〕　瓯越:今浙江东南与福建东北部一带。　山椒:山顶。　淫祀:滥祀,不见于祀典的祭祀。　庙貌:指神像。　黝(yǒu):黑。　硕:肥壮。

〔6〕 愿:谨善。 晳(xī):洁白。

〔7〕 攒(cuán):聚集。 萝茑(niǎo):萝和茑是两种寄生植物。 室:当动词,筑巢。

〔8〕 徒隶:指供神使役的鬼卒。

〔9〕 耋(dié):80岁的老人。 孺:小孩子。 慄慄然:恐惧的样子。

〔10〕 丁:当。

〔11〕 戾(lì):乖戾:不合事理。

〔12〕 庶乎:似乎。

〔13〕 血食于生人:为人民所奉祀。以牲祭神,所以称血食。

〔14〕 悬:倒悬。 暍(yè):中暑。 解悬、清暍都是比喻解除痛苦。

〔15〕 大夫之忧:指国家的危难。 惀挠:懦弱屈服。 颠踬(zhì):倾仆。 窜踣(bó):逃窜。

〔16〕 缨弁:官吏的服饰。

【语译】

碑,就是"悲"的意思。古时落葬用大木头悬棺木,以便放入墓穴。后来的人在这大木头上写上字,歌颂死者的功德,因舍不得扔掉就留了下来,这大木头就叫碑,碑的名字就是这么来的。自秦、汉以来,虽然还活着,但有功业德行的人,也可以树碑表彰他。木碑也换成石碑,失去碑原来的意义了。我现在之所以为野庙写碑文,并不是要歌功颂德,我只是要哀叹:农民竭尽自己的财力,奉祀的却是一群无名的土木而已?

瓯越一带喜欢搞迷信,不管水边山上,到处滥祀。这些野庙里的神像,有雄毅黑胖的,就叫"将军";有温和善良,又白皙又年轻的,就叫"某郎";有尊严的老妇,就叫"姥";有容貌艳丽的妇人,就叫"姑"。神居住的地方有宽敞的庭堂,有高峻的石阶。四周是老树参天,枝撑柯拱,长满萝茑之类,阴森森的,夜猫子就在上面筑巢。庙里还塑着、画着鬼卒,千奇百怪。这些神鬼都是农民自己塑造的,自己却非常害怕它。(每逢祭祀)大的就宰牛,其次就杀猪,小的呢,也要杀狗、宰鸡。家里可以没吃的,祭奠给神的鱼肉、菜蔬、米酒,却是万万不可缺。他们认为只要有一天怠慢了神,灾祸马上就会降临的。所以上至七八十岁的老人,下至刚懂事的小孩,一提到神鬼就战战兢兢。每遇到有疾病死丧,农民不说是不巧遇到这种情况,却自己迷惑起来,以为是神掌管着疾病死丧。

这种情况,按古道来衡量虽然是背离事理的,然而就当前实际而论,这些神倒似乎也没多大的过失。为什么这样讲呢? 古时的神,是因为他们在世时能为民抗御大灾难,所以死后人民才奉祀他们。现在野庙中的这批无名土木,又怎能和那些抗御灾难的人相提并论? 这很明白是背离了古道。如今像野庙里的神像那样长得雄赳赳、黑胖胖的人有的是;长得又温良,又白皙,年少风流的人,也有的是。看,那些登上高位,坐在华堂宴席上,听着音乐,吃着饭肉,出门就乘车骑马,由一群奴才簇拥着的人,不就都是"野庙神"吗! 至于为百姓解除痛苦,他们是从未放在心上的。要百姓奉献的东西,只要有一天没及时满足,就派凶恶的官吏滥施刑法,对他们逼迫陷害,与神的降祸实在是有过之而无不及。这些人太平时都被看成是贤相良臣,有朝一日国家遭到危难,正是他们报国效劳的时候,他们却表现得十分懦弱胆怯,倒的倒,逃的逃,忙着向敌人乞求活命,哪怕当囚犯奴隶也在所不惜。这些不都是穿官服会说话的"土木"吗? 我们又何必去指责那些真正的无知的土人木偶呢! 所以我说:就当今现实而论,野庙中的神倒也似乎没有多大的过错。

最后,就让我用一首诗作结束吧(诗略)。

【说明】

文章讽刺了人们自己造神,又自己怕神的愚昧;更辛辣地讽刺了平日对百姓作威作福,而国家危难时却丑态毕露的官吏。左穿右穴,嬉笑怒骂,皆成妙语。

书《李贺小传》后

玉谿生传李贺：字长吉,常时旦日出游,从小奚奴,骑驉驉,背一古破锦囊。遇有所得,即书投囊中[1]。暮归,足成其文。余为儿时,在溧阳闻白头书佐言[2]：孟东野,贞元中以前秀才。家贫,受溧阳尉[3]。溧阳昔为平陵,县南五里有投金濑。濑南八里许,道东有故平陵城。周千余步,基址陂陁,裁高三四尺,而草木势甚盛[4]。率多大栎,合数十抱,藂箨蒙翳,如坞、如洞[5]。地窊下,积水沮洳,深处可活鱼鳖辈[6]。大抵幽邃岑寂,气候古淡可喜,除里民樵罩外,无入者[7]。东野得之忘归,或比日,或间日,乘驴领小吏,经蓁投金渚一往[8]。至则荫大栎,隐岿箨坐于积水之傍,苦吟到日西还[9]。尔后衮衮去,曹务多弛废[10]。令季操卞急,不佳东野之为,立白上府,请以假尉代东野,分其俸以给之[11]。东野竟以穷去。吾闻淊畎渔者,谓之暴天物[12]。天物既不可暴,又可抉擿刻削露其情状乎[13]？使自萌卵至于槁死,不能隐伏,天能不至罚耶[14]？长吉夭,东野穷,玉溪生官不挂朝籍而死,正坐是哉! 正坐是哉[15]!

【注释】

〔1〕 玉谿生：李商隐号玉谿生。 传：动词,为(李贺)作传。 旦日：白天。 奚(xī)奴：仆役。 驉驉(jù xū)：驴骡之类。 锦囊：锦做的袋子。

〔2〕　书佐：书记官。

〔3〕　孟东野：中唐名作家孟郊,字东野。　贞元：唐德宗的年号。　前秀才：即"前进士",唐人进士及第称"前进士"。

〔4〕　陂陁(pó tuó)：倾斜而下。　裁：即"才"。

〔5〕　藂：同"丛"。　篠(xiǎo)：小竹。　蒙翳(yì)：树木茂盛,遮住阳光。　坞(wù)：四面可挡风的建筑物。

〔6〕　沮洳：见《蟹志》注八。

〔7〕　岑(cén)寂：寂静。　樵罟(zhàn)：砍柴打鱼。罟,用竹笼捕鱼。

〔8〕　比日：连日。　间(jiàn)日：隔天。　经莼："莼"字疑衍。

〔9〕　嵓：同"岩"字。

〔10〕　衮衮(gǔn gǔn)：继续不断。　曹务：公事。

〔11〕　令：县令。　卞(biàn)急：急躁。　立白上府：立即报告上级机关。　俸：薪水。

〔12〕　这句意思是：吾听说无节制地捕鱼打猎,叫作"暴天物"。参看《记稻鼠》注〔10〕。

〔13〕　擿(tī)：擿抉,挑剔。

〔14〕　萌卵：指生物的初生状态。

〔15〕　夭：夭折,短命。　不挂朝籍：在朝廷当官叫"通籍","不挂朝籍"就是不当朝官,只当地方上的官吏。　坐是：由于这个原因。坐,指得罪的缘由;是,代词,这个。这里不说社会对诗人不公,反说是诗人不该写那么好的诗,是激愤语。

【语译】

　　李商隐为李贺作传记说：李贺字长吉,经常白日出游,后面跟着一个小奴仆,骑着一头驴子,背着一个破旧的锦囊。每当触景生情,想到一两句诗,就马上写下来,扔进锦囊里,傍晚回到家里再把它凑成一整篇诗文。

　　我还是小孩子时,那是在溧阳县,听一个白发苍苍的老书记官说孟郊的故事。德宗贞元年间,孟郊中进士,因为家里穷,便接受了溧阳尉这个小官职。溧阳过去叫平陵,县城南面五里有个投金濑,濑的南面约八里的地方,路的东方就是过去的平陵城。城的周长有一千来步,旧地基倾斜而下,才三四尺高。这里草木长势很旺盛,大都是大栎树,树干有几十抱粗。小竹丛更是遮天蔽日的,使这个地方像个坞堡,又像是个山洞。低窪地积水成池,深的地方可以养鱼鳖。总之,这是个深幽寂静的去处,古淡可爱。除了当地居民来砍柴、打鱼,再没人来这里了。孟郊自从发现了这个地方,就流连忘返,总是连日,或隔日,骑上毛驴,带个小办事员,经投金濑来这里。一来,就坐在大栎荫下,或隐身于石间竹丛,坐在积水旁,苦思诗句,反复吟诵,直到日落才回去。此后,孟郊总是这样不断地来这儿,公事都耽搁了。县令季操性子急躁,不满孟郊的这种做法,很快就报告上级,请求允许用孟郊薪水的一部分,请个人来代替孟郊处理公务。就这样,孟郊更穷了,终于为此离职。

我曾听说,无节制地打渔狩猎,就叫作"暴天物"。天物——自然界的生物,尚且不可以滥伤,又怎能细致地加以挑剔、刻画,暴露它的隐情呢? 致使"天物"从萌芽到枯槁,从卵子到老死,全过程都一一揭示,尽情描绘,致使生命的秘密不能保守,老天爷能不处罚你这个诗人吗? 李贺的夭折,孟郊的穷困,李商隐的当不了朝官,郁郁而死,不都是由于这个原因吗?

【说明】

这篇读后感因李贺的悲惨遭遇连类而及孟郊、李商隐。才高,连老天也不容忍;这虽说是无可奈何的解释,却悲愤地道出了才士不容于封建社会的现实。其中写景如画,与诗人孟郊古淡的风格也相当协调。

禽　　暴[1]

冬十月,予视获于甫里[2]。旱苗离离,年无以揰,忧伤盈怀,夜不能寐[3]。往往声类暴雨而疾至者,一夕凡数四[4]。明日讯其甿,曰:"凫鹥也[5]。其曹蔽天而下盖田,所当之禾,必竭穗而后去[6]。"曰:"得无弋罗者捕而耗之耶[7]?"对曰:"江之南不能弋罗,常药而得之[8]。糠糊涂杖,丛植于陂,一中千万,膠而不飞[9]。是药也,出于长沙、豫章之涯,行贾货错,岁售于射鸟儿[10]。盗兴已来,蒙冲塞江,其谁敢商[11]?是药既绝,群凫恣翔,幸不充乎口腹,反侵人之稻粱[12]。"予曰:噫! 失驭之民,化而为盗[13]。关梁急征,商不得行[14],使江湖小禽,亦肆暴以害民食[15]! 古圣人驱害物之民出乎四裔,矧害民之物乎[16]? 俾生灵之众死乎盗,死乎饥,吾不知安用驭者为[17]!

【注释】

〔1〕 禽暴:飞禽作乱。暴,虐乱、骚动。

〔2〕 视获:看收割庄稼。　甫里:镇名,在江苏吴县东南。

〔3〕 旱苗:干旱之苗。　离离:庄稼有行列的样子。　揰(zhī):支撑。

〔4〕 凡:总计。　数(shuò)四:再三、再四。

〔5〕 讯:问。　甿(méng):农民,农村居民。　凫鹥(fú yī):野鸭子和鸥鸟。

〔6〕 其曹:它们。曹,辈,表示多数。　当:承受。

〔7〕 弋罗者:猎人。弋(yì),用来射鸟的一种带绳子的箭。罗,罗网。

〔8〕 药:动词,毒杀。

〔9〕 糏糦(bì xī)：捕鸟用的一种药。 植：动词,竖立。 陂(bēi)：水边,岸上。

〔10〕 是：代词,这种。 涯：水边。 行贾(gǔ)：商贩。 货：动词,买。 错：通"措",藏。

〔11〕 蒙冲：即艨艟(méng chōng),古时的战船。 其：同"岂",表示加重反问的语气。

〔12〕 充乎口腹：充当食物。

〔13〕 驭(yù)：管理、控制。

〔14〕 关梁：关卡桥梁。古时往往在这些地方设立征税处。

〔15〕 肆暴：恣意作乱。

〔16〕 四裔(yì)：边远的地方。《史记·五帝纪》记载古代帝王将所谓"四凶族"迁到边远地区去,叫"迁于四裔"。 矧(shěn)：况且。

〔17〕 俾(bǐ)：动词,使。 驭者：指各级官员。

【语译】

十月初冬,我在甫里看农民收庄稼。遭受旱灾的庄稼疏疏落落,想到一年衣食将无着落,令人忧心忡忡,睡不着觉。于是,夜里我常常听到一种好像暴风雨突然来到的声响,一个晚上总共有三四次。第二天,我问当地居民这是怎么回事? 回答说是水鸭子、鸥鸟之类水鸟在作怪。那些鸟儿遮天蔽日的,一大片压下来,必定把所到之处的庄稼糟蹋光才走。我说,难道就没有猎人来捕捉它们? 回答说：长江以南多不用罗网弓箭捕鸟,而是经常用一种叫糏糦的药来毒杀它们。只要将这种药涂抹在树枝上,然后成丛地竖立在水边岸上,一下子就可以粘住无数,使它们不能飞走。这种药出产在长沙、豫章等地的水边,商贩买了收藏着,每年来这儿卖给捕鸟人。但自从盗贼四起,战船横江,还有谁敢做买卖? 这种药既无来源,水鸟们便恣意飞翔了。不但不被人当食品,反而来侵夺人们的庄稼。

我说：嗳! 失去控制的老百姓变为"强盗",(而朝廷为筹备军费,)又在关卡桥梁死命征税,使得商贩也不敢走动,致使江湖上小小的禽鸟,也来肆意侵夺老百姓的口粮。当初古代的圣人是连有害于物的人都驱逐到边远地区去的,更何况是害人的东西! 使无辜的百姓死在盗贼作乱之中,死于饥荒,我真不明白还要这些称为"为民父母"的官吏们干什么!

【说明】

这是一篇生态失去平衡的记录,自有其科学的价值在。作者刨根问底,归天灾于人祸,使统治者无所逃其责。

怪松图赞序[1]

有道人自天台来,示予怪松图,披之甚骇人目[2]。根盘于岩穴之内,轮囷偏侧而上,身大数围,而高不四五尺[3]。礧砢然,蹙缩然,干不暇枝,枝不暇叶,有若龙挛虎跋,壮士囚缚之状[4]。道人曰:"是何物,怪如是耶? 子能辨之乎?"予曰:"草木之生,安有怪耶? 苟肥瘠得于中,寒暑均于外,不为物所凌折,未有不挺而茂者也,况松柏乎! 今不幸出于岩穴之内脞脆者,则礈然之牙伏死其下矣,何自奋之能为[5]! 是松也,虽稚气初拆,而正性不辱[6]。及其壮也,力与石斗。乘阳之威,怒己之轧,拔而将升,卒不胜其压[7]。拥勇郁遏,坌愤激讦,然后大丑彰于形质,天下指之为怪木[8]。吁! 岂异人乎哉? 天之赋才之盛者,苟不得用于世,则伏而不舒[9]。薰蒸沉酣,日进其道[10]。摧挤势夺,卒不胜其阨[11]。号呼咬挈,发越赴诉,然后大奇出于文彩,天下指之为怪民[12]。呜呼! 木病而后怪,不怪不

能图其真;文病而后奇,不奇不能骇于俗[13]。非始不幸而终幸者耶?"道人曰:"然,为我赞之。"(赞略)

【注释】

〔1〕 赞:一种以赞美为内容的文体,有无韵、有韵两种。赞序是写在赞文前面的序言。

〔2〕 天台:天台山,一在浙江省,一在陕西省。 披:翻阅。

〔3〕 轮困(qūn):屈曲的样子。 偪侧:即"逼仄",狭窄,局促。

〔4〕 礌砢(lěi luǒ):即"礌砢",树木多节的样子。 蹙缩然:局促不得舒展的样子。 挛(luán):蜷曲不能伸。

〔5〕 脞脆(cuǒ cuì):繁细而又易折,这里指树根。

〔6〕 拆(chè):通"坼",草木种子分裂发芽。

〔7〕 轧(yà):委曲。 卒:终于。

〔8〕 拥勇郁遏:勇气不得申。 坌(bèn):涌出的样子。 激讦(jié):以直言揭发人的阴私。

〔9〕 蚤:通"早"。

〔10〕 薰蒸沉酣:指沉浸于书本,受其熏陶。

〔11〕 阨(è):苦难。

〔12〕 呶挐(náo ná):喧哗而纷乱。"挐"与"挈"通,纷乱。 发越:播撒。

〔13〕 骇于俗:使世俗感到震惊。

【语译】

有个道士从天台山来,让我看一幅怪松图。打开一看,真是触目惊心!那松树,根盘踞在石缝中,屈曲着,抗争着,在那样局促的地方求生存。树干粗可几人合抱,而高才四五尺。它瘤节累累,不得舒张。树干,无余力生枝;树枝,无余力生叶。它好比是蜷屈的龙、跛足的虎、被捆绑着的壮士啊!道士问:"这是啥?这么个怪相,您能说明吗?"我说:"草木生长,哪有什么怪不怪的,只要土壤肥沃程度适中,外界温度变化正常,又不被其他东西伤害,哪有不笔直生长,枝繁叶茂的? 更何况是生命力旺盛的松柏! 现在松树不幸长在石缝中,繁细易折的根碰到的是獠牙般硬邦邦的石头,只能死在那儿了,幸而不死,又怎有可能蓬勃生长呢? 这些幸存的松树虽刚萌发,还很嫩哩,但已表露出刚正不屈的本性。等它壮大了,便与群石搏斗! 它借助阳光雨露的威力,不断生长、壮大,它对自己局促的处境深感不满,它要拔地而起! 它要舒枝长叶! 然而,它终于不能战胜岩石巨大的压力。它勇猛之气闷在体内。这股郁勃之气千回百转,终于喷涌而出:愤怒与刚正之气郁结成这丑而雄的形象屹然呈现在我们眼前! 天下人却指着它说:怪树怪树! 哎! 这和人又有什么两样呢? 天赋高的人如果不能及时受到重用,就往往隐藏着,不能发挥自己的才能。他必然是沉浸在书本中受其熏陶,不断提高修养。然而世俗依然排挤他,打击他,终于使他处在困顿之中不能自拔。于是他愤怒了! 他奔走呼叫,播撒着自己的不满,因而呈现出自己奇异的文采。而天下人却指着他说:怪人,怪人! 天哪! 树要遭受到危难才会长成怪树,不用怪的形象就不能画出它的真精神;文章要在困顿之中创作,才会新奇,不新奇就不足以震惊世俗。由此看来,这不是以不幸开始,而以幸运告终吗?”道士听了说:“对,那就请您为我写篇《怪松图赞》吧!”

【说明】

　　将文章新奇的风格,归结为作家生活遭遇的反映,并借怪松奇特的形象出之,亦理亦情,极富力量感。其中对“大丑彰于形质”的欣赏,是中国古典美学中颇有特色的命题。

沈　光

　　约公元 877 年前后在世。吴兴(今属浙江)人。唐懿宗咸通七

沈　光

年进士及第。工文章、古诗,时人称其"风鉴澄爽,神情俊迈"。曾在
闽任从事。

李白酒楼记

　　有唐咸通辛巳岁正月壬午,吴兴沈光过任城,题李白
酒楼[1]。夫触强者觋缅而不发,乘险者帖苶而不进,溃毒
者隐忍而不能就其针砭,搏猛者持疑不能尽其胆勇[2];而
复视其强者弱之,险者夷之,毒者甘之,猛者柔之,信乎酒
之作于人也如是[3]。翰林李公太白,聪明才韵,至今为天
下唱首,业术匡救,天必赋之矣[4]。致其君如古帝王,进其
臣如古药石,挥直刃以血其邪者,推义毂以辇其正者,岂凭
酒而作也[5]?凭酒而作者,强非真勇。太白既以峭讦矫时
之状,不得大用,流斥齐鲁,眼明耳聪,恐贻颠踣,故狎弄杯
觞,沉溺麹蘖[6]。耳一淫雅,目混黑白[7]。或酒醒神健,视
听锐发,振笔著纸。乃以聪明移于月露风云,使之娟洁飞
动;移于草木禽鱼,使之妍茂骞掷[8]?移于边情闺思,使之
壮气激人,离情溢目;移于幽岩邃谷,使之辽历物外,爽人
精魄[9];移于车马弓矢,悲愤酣歌,使之驰骋决发,如睨幽、
并,而失意放怀,尽见穷通焉[10]。呜呼!太白触文之强,
乘文之险,溃文之毒,搏文之猛而作。狎弄杯觞,沉溺麹
蘖,是真筑其聪,翳其明[11]。醒则移于赋咏。宜乎醉而
生,醉而死。余徐思之,使太白疏其聪,次其明,移于行事,
强犯时忌,其不得醉而死生也。当时骨鲠忠赤,递有其人,
收其逸才,萃于太白[12]。至于齐鲁,结构凌云者有限[13];

独斯楼也,广不逾数席,瓦缺椽蠹,虽樵儿牧竖,过亦指之曰"李白常醉于此"矣[14]。

【注释】

〔1〕　有:语首助词,无义。　咸通辛巳岁:唐懿宗咸通二年。　任城:今山东济宁。　据清人王士祯称:"济宁太白酒楼,有唐人沈光记大篆碑。官庖借以为壁,烟黔苔蚀,仅余数行可辨。"

〔2〕　靦(tiǎn)缅:惭愧的样子。　帖苶:安顺的样子。　溃毒者:痈伤溃破的人。　就其针砭(biān):接受治疗。

〔3〕　视其强者弱之:将强者看成弱者。以下三个分句同此句式。　夷:平。　甘:与"苦毒"相对而言。　如是:像这样。

〔4〕　翰林:唐代一种文学侍从官,李白曾任翰林供奉。　唱首:领头地位。唱,同倡,带头。　匡救:对时局进行匡正补救。

〔5〕　古药石:石,古代以石针治病,称为"针砭",这里以"药石"喻敢于劝谏国君的古代直臣。　毂(gǔ):车轮的中心部分,借指车子。　辇(niǎn):人拉的车子,这里当动词,载。　义毂辇正者:是形象的说法,意为:以义勇来保护、推荐正人君子。

〔6〕　峭讦(jié)矫(jiǎo)时:因耿直而违背世俗之情。　齐鲁:今山东省一带。　贻(yí):遗留下。　踣(bó):跌倒。此指祸患。　狎:亲近。　觞(shāng):古代称酒杯。　麴蘖(qū niè):酿酒原料之一,这里指酒。

〔7〕　耳一淫雅:耳朵不分雅音与淫音。一,混一。

〔8〕　骞:与"鶱"通,飞。

〔9〕　辽历:远游。　物外:世外。

〔10〕　睨(nì):斜着眼睛看。　幽、并:幽州、并州,今河北、山西一带。该地区民风比较强悍,唐人常以"幽并儿"称豪侠少年。　穷通:困穷与荣达。

〔11〕　筑:捣土使坚实,这里指阻塞。　聪:听觉灵敏。　翳(yì):遮蔽。

〔12〕　递:连续。　萃:集中。

〔13〕　结构：指建筑物。

〔14〕　竖：竖子，儿童。牧竖即牧童。

【语译】

唐咸通二年正月壬午日，吴兴沈光经过任城，题写此文于李白酒楼：

大凡人们碰到强者就徘徊不敢发作，遇到危险就畏缩不敢前进，有病痛却隐忍不敢去治疗，与猛兽格斗却心怀疑虑不能放出全部的胆量；再看看这种人，忽然间会勇气百倍，将强手看成弱者，将危险看成平安，病痛也不当一回事，凶猛的东西在他看来已成为柔弱——酒的确会使人发生这样的变化。

翰林供奉李太白，他的聪明才气，到现在还是最受天下人推崇，天也必然赋予他匡救时局的才能。辅助君主，让君王像古帝王一样贤明；引荐的忠臣，就像古代敢于针砭时弊的直臣，挥动正直之剑，斩除邪恶奸人；推着正义之车，护送正人君子——这一切难道凭酒兴就能做到吗？凭一时酒兴办事的人，他的勇，并不是真正的勇。

李太白因为耿直违背了世俗之情，因而不受重用，被排挤流浪到齐、鲁一带来。他怕自己的聪明敏锐会引来祸患，所以故意亲近杯盏，沉溺于酒中，为的是使自己对是非好恶不再那么敏感。然而，在他酒醒神态健全的时候，他对所闻所见的感受还是那么敏锐，并奋笔疾书，形诸创作。于是他把聪明才智用于月露风云的描绘，使这些自然景物气势飞动，显得那样娟秀，那样明净；用于草木禽鱼的描绘，使这些花草鸟兽栩栩如生，草长花开，鸟飞鱼跃；用于描写边塞之情，闺中之怨，使那壮气激动人心而离情满眼；用于描写深山幽谷，让你仿佛置身世外桃源，神情清爽；用于描写车马弓箭，悲愤酣歌的游侠生活，使这些人物形象豪气逼人，驰骋果敢，蔑视那幽、并少年；而他们失意落拓的命运，又使人看透那困穷与荣达。啊！太白是真正的勇者，他的创作敢于向文中强者挑战，敢于攀登文中的奇险,敢于决破文中病痛,敢与文中的恶势力作斗争。至于他的沉溺酒中,只能是使他的聪明受到蒙蔽,只有清醒时才将聪明才智用于文学创作。说他是因醉而生,也因醉而死,是很合适的。我曾长时间考虑过这个问题:如果使太白的聪明不受酒的蒙蔽,而用于参与政事,那么他定会敢于犯统治者的大不韪,抨击时政,(那等待他的只能是灾难!)他也不能醉里生,醉里死了! 事实上,当时不断地出现过忠直有气节的人,而他们散逸的才气则集中于太白一身。

在齐鲁一带,虽然也有一些高大壮伟的建筑物,但独独这座酒楼——面积不过几席地,屋瓦已残破,椽子已腐朽——却无人不知,无人不晓,连樵儿牧童经过也会指着它说:"李白常醉倒在这里。"

【说明】

文章围绕着李白的天才与酒的关系,奋其奇辩,一派飞动。这是作者中进士以前的作品,事实上是借他人的酒杯,浇自家胸中之块垒。《唐才子传》盛称此文"仪表于世"。

蔡词立

生卒年不详。咸通十三年(872)官虔州(今属江西省)孔目。

虔州孔目院食堂记

京百司至于天下郡府,有曹署者,则有公厨[1]。亦非惟食为谋,所以因食而集,评议公事者也[2]。由是,凡在厥位,得不遵礼法,举职司,事有疑,狱有冤,化未洽,弊未去,有善未彰,有恶未除,皆得以议之,然后可以闻于太守矣[3]。冀乎小庇生灵,以酬寸禄[4]。岂可食饱而退,群居偶语而已[5]。况虔居江岭,地扼咽喉,有兵车之繁,赋役之重,苟一物为害,则万姓何辜[6]!一纲不提,则七邑何守[7]?同舍诸公,得无属意焉[8]。小子承乏,每惭尸素,志求短拙,忧心忘餐[9]。或有公事之稽留,狱讼之冤滞,六曹之臧否,百姓之惨舒,农桑之失时,乡闾之蠹弊,闻见所未及,才智所未臻,希会馈以言之,共裨风化[10]。

院食堂旧基圮陋。咸通七年夏,前太守陇西公遇时之丰,伺农之隙,因革廨署,爰立兹堂[11]。环之高楼,翼之虚楹[12]。有风月之景,花木之阴;无燥湿之虞,垫陷之虑[13]。聚于此者,得无愧焉?处广厦,宜念巢居露寝者[14];食兼味,宜念糊口甑尘者[15];夏清凉,宜念曝日而耕者;冬温燠,宜念卒岁无衣者[16]。苟用心如是,则日食万钱无以为愧,岂惟公膳哉!自创建之后,于今七年,未有纪述,深以为缺。小子伏役之暇,好读书为文,虽顾不才,聊用直录[17]。咸通十三年五月三日记。

【注释】

〔1〕 京百司:泛指京城各中央机构。 郡府:古时行政区域的名称。 曹署:古时分科办事的官署。

〔2〕 惟食为谋:只为吃饭作打算。 因食而集:借着吃饭的机会碰头。因,借。

〔3〕 在厥(jué)位:在他的职位上。厥,代词。 举职司:处理本职工作。 化未洽(qià):教化尚未协调。洽,协调一致。 彰(zhāng):表彰,表扬。 闻于太守:使太守闻知。

〔4〕　冀：希望。　乎：介词,于。　庇：庇护。　生灵：指老百姓。
　　　寸禄：谦辞,低微的禄位。

〔5〕　群居偶语：大家在一起相对闲聊。

〔6〕　苟：如果。　辜：罪。

〔7〕　一纲不提：指君臣关系不正常。封建时代以君臣、父子、夫妻关系
　　　为"三纲"。　七邑：虔州属县有赣、虔化、南康等七县。

〔8〕　属(zhǔ)意：注意。

〔9〕　小子承乏：谦语,意思是我没有才能。　尸素：尸位素餐,意思是
　　　在职而没尽职。　志求短拙：谦语,意思是我没有大志。

〔10〕　六曹：唐代州府有功曹、仓曹、户曹、兵曹、法曹、士曹,分管各部门
　　　工作。　臧否(zàng pǐ)：得失。　惨舒：悲哀与欢乐。　闾(lǘ)：
　　　古时曾以二十五家为闾,这里泛指乡里。　蠹弊：损害国家利益的
　　　人和事。　臻(zhēn)：及,到。　会馔(zhuàn)：会餐。　共裨
　　　(bì)风化：一起来促进风俗教化。裨,补益。

〔11〕　圮(pǐ)：坍塌。　咸通：唐懿宗的年号。　前太守陇西公：前任李
　　　太守。陇西公是李姓的代称,唐人讲究"郡望",也就是"原籍",陇
　　　西李姓是豪门大族,所以往往以陇西代李姓。　廨(xiè)署：官厅,
　　　旧时官吏办公处。　爰(yuán)：更换,改易。　兹：代词,这个。

〔12〕　翼：辅助。　虚楹：指主要不是用来载重的,带有装饰性的柱子。

〔13〕　燥湿：烘干潮湿的东西。燥,动词。　虞(yú)：顾虑。

〔14〕　巢居暴寝：形容住宿条件十分简陋,甚至在露天睡觉。

〔15〕　兼味：指食物较丰盛。　甑(zèng)尘：断炊。甑,古代蒸食炊器。
　　　甑中生尘意味着断炊。

〔16〕　燠(yù,又读 ào)：暖。　卒岁：年终。

〔17〕　伏役之暇：公务余闲,业余。

【语译】

　　上自京城的各大机关,下至地方的州府,只要有官厅,就有食
堂。这倒不是只为吃饭作打算,还有借此而聚在一起评议公事的目

的。因此,凡是在职位上碰到不遵守礼法的大事,或处理本职工作时有疑难问题,狱中有棘手的冤案,教化过程中有不协调的东西,弊政尚未除去,有尚未加以表彰的好人好事,有尚未革除的坏人坏事,等等,都能在食堂碰头时进行讨论,然后再呈报给太守知道。这样做无非是希望对老百姓有所裨益,以报答朝廷给予的待遇,怎能够一吃饱,嘴一抹,抬腿就走,或是大家凑在一起只是闲扯呢?何况虔州处于长江梅岭之间,是个咽喉地带,在军事上、经济上有重要的意义。如果有人图谋不轨,那么无辜的百姓就要受害。一旦君臣之大纲不振,虔州七县又怎能保得住?各位同事万勿掉以轻心!我无德无能,胸无大志,常自惭在职而未能尽职,为此忧心忡忡。望各位如有公事上的疑难,诉讼方面的棘手问题,六曹各方面的得失,百姓的哀乐,农业上的灾祸,乡里间的各种弊病,凡是看到、听到的,都在会餐时摆出来讨论,以便对风俗教化有所裨益。

孔目院食堂的旧基早已崩坏,咸通七年夏天,前任太守陇西李公,碰上了丰年,乘农闲之时,将旧官厅加以改制,修成这座食堂。四周有高楼环绕,辅以楹柱。风月花草,环境幽美。这里不怕湿,不愁塌。处在这样好的地方,能扪心无愧吗?自己住宽广的房子,就该想到那些餐风宿露的人;自己有充足的食物,就该想到那些饥寒交迫的人;夏天处在清凉的地方,就该想到那些在烈日下耕作的人;冬天,自己温暖了,就该想到那些无衣过冬的人。如果有这样的用心,哪怕一天吃万钱也是无愧于心的,更何况是这样的公膳啊!

食堂自创建至今已经七年了,还没有记载的文字,也是件憾事。我业余时间爱好读书作文,虽然自知才能低下,但还是写下这篇文章,就算是篇直书其事的"流水账"吧!

咸通十三年五月三日记。

【说明】

像这样以民为本,讲究工作方法的事例,不仅在封建时代难能可贵,就今天看来也不无可取之处。文风平实,扣紧食堂写细事微情,真实感人。

司空图

字表圣(837—908),河中虞乡(今山西永济)人。僖宗时任中书舍人,后天下大乱,他隐居中条山王官谷。朱全忠称帝,召为官,不食死。其诗论《二十四诗品》对后世有深远的影响。

移　雨　神[1]

夏满不雨,民前后走神所,刭羊豕而跪乞者凡三,而后得请[2]。民大喜,且将报祀,愚独以为惑[3]。何者?天以神乳育百苗谷,必时。既丰,然后民相率以劳神之勤,于是而祀焉[4]。今始吝其施,以愁疲民,是神怠天之职也;必希民之求而遂应,是神玩天之权也[5];既应而俾民输怨于天,归惠于己,是神攘天之德也[6]。推怨何以为义?利腥羶之馈,何以为仁[7]?怠天下之事,何以为敬?蔑是数者,何以为神[8]!假曰:"非吾所得颛[9]。"然知民之情,而不时请于上,是亦徒偶于位[10]。此愚所以惑也。噫!天不可终谩,民不可久侮[11]。窃为神危之,奈何[12]!

【注释】

〔1〕 移：移文，文书的一种，与檄文相似，往往以论列对方的错误为内容。

〔2〕 夏满：指夏天小满节气。 刳（kū）：剖开而挖空。 凡三：总计三次。

〔3〕 报祀：报答以祭祀。

〔4〕 必时：必定按时节（有规律地进行气候的变化）。

〔5〕 希：企望、希求。 玩：玩忽。

〔6〕 惠：爱。 攘（rǎng）：窃取。 德：这里指德望、功德。

〔7〕 利：当动词，贪图。 腥羶（shān）：指牛羊之类肉食品。 馈（kuì）：赠送。

〔8〕 蔑是数者：不具有这几点（品德）。蔑，无。

〔9〕 假：假如。 颛（zhuān）：通"专"，专擅。

〔10〕 徒偶于位：白占着职位。

〔11〕 谩（mán）：蒙蔽。

〔12〕 窃：表示自己意见的谦辞。

【语译】

　　夏季小满节气了，还不下雨。百姓先后到神庙，杀猪羊再三跪求祭拜，神才感到满足，下了场雨。百姓非常高兴，商量好要报答神的恩惠，再献一次祭品。只有我想不通！为什么呢？因为天让神来管理百谷，哺育滋润它们成长，神一定得按时行事。丰收了，百姓为了慰劳神的辛勤，才相率来拜祭答谢。现在呢，神有意不肯正常地行云布雨，使百姓忧心如焚，疲于奔命，这是神怠慢了天所赋予的职责；一定要让百姓来叩求后才满足百姓的要求，这是神在玩弄天所托予的权力！神虽然满足了百姓的要求，却将罪过推给上天，让百姓去怨恨上天，而把好处归给自己，这是神贪天之功！将怨恨推给别人，这算什么义？贪图牛羊的贡献，又算什么仁？玩忽天下的事，又算什么敬？没有义、仁、敬这几项德性，凭什么当神！假如神申辩说:"(天下不下雨)这不是我所能自作主张的。"可是知道民情而不及时请示上天,就是白占着职位,同样是失职! 这就是我所想不通的。啊! 天是不能长久受蒙蔽的,百姓也是不能长久受欺侮的! 我私下为神担忧,可又怎么办呢?

【说明】

司空图被称为"神韵派"的鼻祖,他也自诩诗中无人间烟火味。但看这篇文章的义形于色、直截痛快,表明他还有关心人间、刚直的一面。

李翰林写真赞[1]

水浑而冰,其中莫莹。气澄而幽,万象一镜。跃然翙然,傲睨浮云[2]。仰公之格,称公之文。

【注释】

〔1〕 写真:画像。

〔2〕 翙:疑当作"栩",生动的样子。

【语译】

浑浊的水,即使结成冰,里面也不会透亮晶莹。只有清澄平静的内心,才能尽摄万象似一面明镜。看李白画像,栩栩如生,其蔑视富贵为浮云的神态是那样逼真! (看画像,想其人。)钦仰的是他的人格,颂扬的是他的诗文。

【说明】

法国批评家布封说:"风格即其人。"司空图讲的是同一道理,不过他用自己擅长的形象化语言来表达。既画了李白的形象,也评了李白的诗文风格。

辩 楚 刑

楚谓献璞者欺我,乃连刖之,酷哉[1]!曰:彼独鉴之不胜耳,然其嗜宝之心,皆达于卞子,故连刖之无怨,玉亦卒受于楚国[2]。嗟乎!国之嗜贤,宜急于楚之嗜宝也。必嗜心,则上心达于天下,则负材求进者,虽黜于见疑,亦未为怨[3]。必有释其疑者,则其卒用于世也可几矣[4]。不犹愈于易其知而嫉其进者耶?嗟乎!刑与辱,上之所以肆于下也。楚无嗜宝之心,卞岂受刑[5]?上无嗜贤之实,士岂受辱?必待诚而绝愧哉!

【注释】

〔1〕 刖(yuè):断足,古代的一种酷刑。

〔2〕 卞(biàn)子:指卞和。据《国语》与《吕氏春秋》说,楚国人卞和得到一块玉璞,献给楚武王,武王拿给玉匠看,匠人说:"这只是一块石头!"于是楚王刖卞和右足。楚文王继位,卞和又献璞,结果又被刖左足。到成王即位,卞和第三次献璞,成王让人琢开璞,其中果然是一块宝玉。 卒:终于。

〔3〕 黜(chù):贬斥。 见:用于动词之后,表被动。

〔4〕 几:希望。几读去声。

〔5〕 肆:陈列,出示。

【语译】

楚王认为献璞的人欺骗了他,就连连处献璞人以刖刑,真是太残忍了！不过我说，楚王只是不善于鉴别而已，而他们是真心爱好宝物的，这也都为献璞人卞和所了解。所以，卞和虽然连遭刖刑也无怨言，玉也终于为楚国所得。

啊！一个国家的爱贤才，应当急于楚王的爱宝玉。有了坚定的爱贤之心，那末国君此心就会为天下人所知道，而那些自负有才能想求仕进的人，即使因为受到怀疑而被贬斥，也不会为此怨恨。而且，也必定有人能为这些有才能的人向国君释疑，那末这些人最终能为国效力也就有希望了。（楚王虽然残忍，）但比那些既无爱贤之心，而又嫉妒贤人的选用的人，不是要好些吗？

啊！刑罚和侮辱，是国君用来公开警戒百姓的手段，如果不是楚王有酷爱宝物的真心，卞和怎么会前来受刑？同样的道理，国君如果不是真心实意爱贤、求贤，士子又岂愿冒险前来受辱？一定要等到国君有求贤的诚意，然后士人才会不怕受辱，以求仕进。

【说明】

作者不但看到楚王的主观武断，乃至残忍的一面，也看到楚王真心嗜宝的一面。由此立论，指出不能真心任用贤人的国君比楚王更是等而下之，使主题更深一层。

李商隐

字义山（813—858），号玉谿生，怀州（今河南沁阳）人。李商隐一生坎坷不得志，是晚唐大诗人，也是"今体"文（即"四六"文）的重要作家。他反对为文必载周公孔子之道，提倡"缘情"说。

纪　　事 （二则）

象 江 太 守

荥阳郑璠,自象江得怪石六:其三耸而锐上;又一如世间道士存思图画人肺、胃、肝、肾,次第悬络者[1];又一空中而隐,外若瘿癃殔疝,病不作物者[2];又一色绀冰而理平漫,弹之好声[3]。璠为象江三年,不病瘴,平安寝食[4]。及还长安,无家居,妇儿寄止人舍下。计辇六石,道费俸六十万[5]。璠嗜好有意,极类前辈人。

【注释】

〔1〕 存思:即存想,熟虑。　次第:一一依次。

〔2〕 空中而隐:中间是空心的,外表是凹凸不平的。隐,隐起,器物上凹入的阴文,这里借以形容凹凸不平。　瘿(yǐng):肉瘤。　癃(lóng):一种手足不灵的病。　疝(shàn):广义的指任何体腔内容物向外突出的病态。　作物:制作物,经加工制成某种成品。

〔3〕 色绀(gàn)冰:色泽是黑里透红,而且像冰一样晶莹。

〔4〕 瘴(zhàng):瘴疠,指亚热带潮湿地区流行的恶性疟疾等传染病。

〔5〕 辇(niǎn):作动词,运载。　俸(fèng):薪水。

【语译】

荥阳的郑璠,从象江弄来六块怪石:其中三块耸立着,上头尖锐。一块像民间那些道士精心画出来的人肺、肾、肝、胃,一一依次悬挂联络,非常逼真。又一块是空心石,外表凹凸不平,就像长满肉瘤之类,不能制成什么石器。还有一块石头呈黑红色,晶莹如冰,石头的纹理细腻均匀,敲一敲,音色挺好的。

郑璠当了三年象江太守，从不生南方地区的流行病，能吃能睡，平平安安地直到任满回长安。在长安，郑璠没有房产，老婆孩子寄在别人家。可是单单为了运回这六块大石头，就花掉他六十万的薪水！郑璠的嗜好颇有意味，很像前辈人古雅的作风。

刘　叉

右一人字叉，不知其所来[1]。在魏与焦濛、间冰、田滂善。任气重义，大躯有膂力[2]。常出入市井，杀牛击犬豕，罗网鸟雀[3]。亦或时因酒杀人，变姓名遁去，会赦得出。后流入齐鲁，始读书，能为歌诗[4]。然恃其故时所为，辄不能俯仰贵人[5]。穿屦破衣，从寻常人乞丐酒食为活。闻韩愈善接天下士，步行归之。既至，赋《冰柱》《雪车》二诗，一旦居卢仝、孟郊之上。樊宗师以文自任，见叉拜之。后以争语不能下诸公，因持愈金数斤去，曰："此谀墓中人所得耳，不若与刘君为寿！"愈不能止[6]。复归齐鲁。

叉之行，固不在圣贤中庸之列，然其能面道人短长，不畏卒祸[7]。及得其服义，则又弥缝劝谏，有若骨肉，此其过人无限。

【注释】

〔1〕 右：过去书写都是竖行，由右至左，所以这里的"右"，就是指标题。不知其所来：刘叉是河朔（今河北一带）人，李商隐不知道，所以这样说。

〔2〕 膂（lǚ）力：体力。

〔3〕 市井：古代指做买卖的地方。　豕（shǐ）：猪。

〔4〕 齐、鲁：周朝国名，都在今山东省。

〔5〕 辄（zhé）：总是。　俯仰：随宜应付，这里是看贵人的脸色行事的

意思。

〔6〕　寿：向人进酒或用财物赠人，这里是后一义。

〔7〕　中庸：儒家所认为的最高修养，处理事情适中，不偏颇。

【语译】

　　右边题目这个人字叉，不知他是哪里人，只知他在魏地和焦濛、间次、田滂是好朋友。刘叉这个人讲义气，身材高大有气力。他常在市集里出入，干些杀牛、杀狗、抓鸟儿之类的营生。曾经因为喝醉酒杀了人，改姓名逃走了。后来，碰到大赦，这才又露了脸。从此就流浪到齐鲁一带，开始读书、写诗歌。然而，刘叉还是保持着过去那种豪迈的作风，所以总是不肯看那些贵人的脸色行事。他穿着木屐，披着破衣，跟普通人要点酒饭过日子。他听说韩愈对天下士人很好，就步行去找他，当他的门客。到韩愈那儿以后，写了《冰柱》《雪车》这二首诗，一天之中就名在卢仝、孟郊之上了。连那个以写文章自负的樊宗师，看到刘叉也下拜心服了。后来，刘叉因为和大家争论，有气不愿再在韩愈门下待下去，就将韩愈案头一些钱拿走，说："这些钱都是给死人拍马屁写颂词得来的，还不如送给我老刘作寿！"韩愈看了也不能制止。于是刘叉又回齐鲁去了。

　　刘叉的行为，当然够不上圣贤的"中庸"的标准，但他能当面指出别人的缺点，不怕闯祸。如果能使他敬服，那他又会尽心劝谏，提出有用的意见，好像亲兄弟一般。这，就是刘叉比别人难得的地方。

【说明】

　　两篇短文写了两个平凡而又不平常的人。一个是癖好怪石的太守，一个是有侠气的诗人。寥寥几笔，人物活脱脱地，呼之欲出。成功的关键就在于大胆地遗貌取神。即：不是面面俱到，而是着力于一两个生动细节的剪裁，揭示了人物内在的气质。

袁　皓

约公元 881 年前后在世,宜春(今属江西)人,自称"碧池处士"。唐懿宗咸通年间进士及第,曾任集贤殿图书使。

齐处士言

齐祖受宋禅,大宴卿士,顾谓丞相曰:"予不肖,幸有天下,非百执事羽翼小子,共拯宋人之溺也[1]？然予不敢易时而侮器,使不十逾载,致黄金与土同价[2]。"朝臣称贺,内外谊欢,快喜相声,日走天下。齐封父闻而庆曰:"宋人生矣！"而告乡处士。处士闻而泣曰:"舍虎逢狼,改时而亡。吾为宋人,幸未死,果涂炭于齐矣[3]！新主之言,岂成圣人之道耶？君王知黄金贵于土,不知百姓视土贵于黄金。吾闻古者,土地之封,在于民阜而国殷[4]。土有林木,民时而取;土有咸卤,民时而煮;土有禾黍,民时盈庾[5]。金玉在山,桑麻在原,圣人不禁,无私无官。死者有土,生者有田。圣人乐而百姓同,百姓忧而圣人然。秦传乱国之疾,百姓之苦莫痊。汉壤既广,百姓饶矣。土地之利,百姓莫得而窥之。金玉在山,咸卤在田,取块土者,犯禁而死。生无土而可以田,殁无土而及乎泉[6]。生则税蠹而郡蚕,邑克而吏啮。吾视宋人之萍久矣,未见宋人有寸土者[7]。君王苟欲致民于生地,不若薄民之赋,贻民之利。知百姓贵土于黄金,则其民受福于齐矣[8]！"封父敬而谢曰:"吾将闻执政,可乎[9]？"处士曰:"否！是欲急挈吾于祸矣，惟父勿施，吾将往[10]。”

【注释】

〔１〕　齐祖：南齐萧道成，建元元年受宋禅为皇帝。　　顾：看。　　百执
　　　　事：这里是对卿相客气的称呼。　　羽翼：辅助。
〔２〕　器：重器，指国家政权。　　十逾载：超过十年。
〔３〕　涂炭：涂，泥淖；炭，炭火。比喻人民在困苦之中。
〔４〕　封：封疆。古时各级公侯都有封地。　　阜（fù）：丰富。　　殷：
　　　　富足。
〔５〕　庾（yú）：露天积谷子的地方。
〔６〕　殁（mò）：死亡。　　泉：九泉。指地下。
〔７〕　蠹、蚕、克、啮：都是用来形容对土地的侵占。　　萍：当动词，漂流。
〔８〕　贻：赠送。
〔９〕　谢：道歉。

【语译】

　　齐高帝受宋顺帝的“禅让”，当了皇帝。于是大宴群臣，对丞相
说：“我很不成器，有幸得到天下，这不是天意让你们辅助我，一起拯
救宋人于困苦之中吗？然而我怎敢因时代的变换而轻视这国家大
事呢！我决心不超过十年，就要让黄金和泥土一样的贱价！”群臣听
了都高声称贺，朝廷内外一片欢呼声，大家奔走相告，很快就传遍
国内。

　　齐人封父听了庆幸地说：“宋人这下子可有活路了！”他将消息
告诉了乡里的一个处士。不料处士听了却掉下泪来，说：“离开了
虎，又遇上了狼，这只是换个时间死而已！我当宋人，幸而没死，到
底还得当齐人受苦难。”他又接着说：“新皇上的话，难道符合圣人之
道吗？帝王只知道黄金比土贵重，却不知道老百姓是把土看得比黄
金还贵的。我听说古时封疆是为了民富国强，所以封土之中有林

木,老百姓可以按时砍伐;封土之中有咸卤,老百姓可以煮盐自给;封土之中可以耕种,老百姓粮食充足。金玉蕴藏在山里,桑麻种植在田野,圣人并不禁止人民取用。无所谓私有,也无所谓官有。这样一来,死的人有地可葬,活的人有田可耕,圣人与万姓同忧同乐。自秦代留下乱根,老百姓的苦难没法消除。汉代土地虽然广袤,百姓也比较富足,但土地归于官家,老百姓不能得利。金玉蕴藏在山里,咸卤蕴藏在原野,但私取一点土地就是犯禁,就得处死!老百姓活着无地可耕,死了无地可葬。活着要受苛捐杂税和各级官吏的克剥。我看宋人像那无根的萍一样漂荡已经很久了,从没见宋人有过一寸自己的土地。当今的皇上如果真心要让老百姓活下去,莫如减轻百姓的赋税,给百姓以实惠,明白老百姓是将土地看得比黄金还贵重的,(让他们有自己的土地,)那末齐人就有福气了!"

封父听了处士的话,肃然起敬,忙向他道了歉,说:"我将您的这些话转告给丞相,行吗?"处士回答他:"不,您这样做将使我更早得祸,请您千万别这样做,我这就走!"

【说明】

本文触及了封建社会的症结:土地问题。结尾处透露了作者已意识到自己的解决办法是与虎谋皮。文章善于揭示不同社会地位的人对同一事物不同角度的认识。

来　　鹄

豫章(今江西南昌)人。生卒年不详,大中、咸通年间颇负文名。唐懿宗时举进士不第,隐居山泽,自称"乡校小臣"。

俭 不 至 说

剪腐帛而火焚者,人闻之,必递相惊曰:"家之何处烧衣耶?"委余食而弃地者,人见之,必递相骇曰:"家之何处弃食耶[1]?"烧衣易惊,弃食易骇,以衣可贵而食可厚,不忍焚之、弃之也。然而不知家有无用之人,厩有无力之马。无用之人服其衣,与其焚也何远? 无力之马食其粟,与其弃也何异? 以是焚之,以是弃之,未尝少有惊骇者。公孙宏为汉相,盖布被,是惊家之焚衣也,而不能惊汉武国恃奢服[2];晏子为齐相,豚肩不掩豆,是骇家之弃食也,而不能骇景公之厩马千驷[3]。

【注释】

〔1〕 委:丢弃。 骇:惊扰。

〔2〕 公孙宏:即公孙弘,《史记》说他盖的是布被,每餐没有二盘以上的荤菜。 汉武:即汉武帝刘彻。

〔3〕 晏子:春秋时齐景公的贤相晏婴的尊称。 豚肩:猪腿。 豆:古代食器,形似高足盘,有盖。 景公:齐景公杵,好治宫室,玩狗马,厚赋重刑。 驷:计数马匹的量词,四匹马为一驷。

【语译】

假使有人烧掉断烂布帛,人们知道了必定会互相转告,吃惊地说:"哪一家子在焚烧衣服呵?"假使有人将剩菜饭倒在地上,人们看到了必定会互相转告,吃惊地说:"哪一家子丢弃食物呵?"烧衣弃食都容易使人惊骇,这是因为衣、食是可宝贵的,所以不忍焚弃。可是却不知道家里养着无用的人,马房里养着无力的马,将衣服给无用人穿,与烧掉又相差多少? 将粮食给无力的马吃,与抛弃又有啥不同? 但以这种形式烧掉、丢掉,却从来不会引起人们的惊奇。公孙弘当汉朝的宰相,只盖布被,却对汉武帝的穷侈极奢,耗费国力无动于衷,是只会吃惊于烧掉断烂布帛一流的人物。晏婴当齐相,每餐吃的只有一点肉,却对齐景公马房里闲养着几千匹肥马这件事无动于衷,也只能算是看到人家丢弃剩菜饭就吃惊的那一类人。

【说明】

从人们熟视无睹的日常生活中,发掘出要讲效率,要算大笔账的道理来。行文平实,但因立足点高,也就深厚有味。

猫　虎　说

农民将有事于原野[1]。其老曰:"遵故实以全,其秋庶可望矣[2]。"乃具所嗜为兽之羞,祝而迎曰:"鼠者,吾其猫乎! 豕者,吾其虎乎[3]!"其幼惄曰[4]:"迎猫可也,迎虎可乎? 豕盗于田,逐之而去,虎来无豕,馁将若何[5]? 抑又闻虎者不可与之全物,恐其决之之怒也[6];不可与之生物,恐其杀之之怒也。如得其豕生而且全,其怒滋甚[7]。射之获之,犹畏其来,况迎之邪[8]! 噫,吾亡无日矣!"或有决于乡先生[9]。先生听而笑曰:"为鼠迎猫,为豕迎虎,皆为害乎食也。然而贪吏夺之,又迎何物焉?"由是知其不免,乃撤所嗜,不复议猫虎。

【注释】

〔1〕　有事：指举行祭祀之事。

〔2〕　故实：老例。　庶：庶几，连词，表示在上述情况下才能实现愿望。

〔3〕　羞：美食。　豕（shǐ）：猪。

〔4〕　慽（qī）：忧伤。

〔5〕　馁（něi）：饥饿。

〔6〕　抑：连词。这里表示进一层的意思。　决：裂。这里指撕开。

〔7〕　滋：更。

〔8〕　获（huò）：捕兽的笼子。这里当动词，用笼子捕捉。

〔9〕　或：有人。

【语译】

　　有户农民将到田野上举行祭祀。那家老人说："照老例用整只牲畜供祭，今秋才能盼个好收成呵！"就备下所喜爱的食物作为野兽的好食料，并祷告迎神说："老鼠呵，我迎来了猫！野猪呵！我迎来了虎！"他家的小儿子听了发愁，说："迎猫还可以，迎虎行吗？野猪来田地偷吃庄稼，可以把它赶走；如果迎来老虎，虽赶走猪，它饿了又怎么办哪？况且我又听说老虎是不能给它整只的牲畜吃，就怕它撕裂时兽性大发作；也不能给它活的牲畜吃，就怕它咬死牲畜时兽性大发作。如果现在给它整头猪，而且是活的，那么老虎就更要撒野了！我们千方百计用箭射它，用笼子捕捉它，还怕它来呢，何况这是迎接它呢！啊，我们的死期不远了！"

　　有人将这件事请乡里有学问的人判断。那先生听了，笑着说："为了赶老鼠而迎接猫，为了赶野猪去迎接虎，无非是鼠和猪都对庄稼有害。可是等贪婪的官吏来夺走粮食，你又能迎什么东西来赶他们？"农民们听了，知道粮食是保不住的，于是撤下美味的祭品，不再谈论迎猫、迎虎的了。

【说明】

这篇短文结构很别致：先言农民为保住庄稼而迎猫虎，再言虎害甚于豕害，终言贪吏之害又甚于虎害。好比层峦叠嶂，一层翻高一层。作者对贪吏深恶痛绝溢于言表。

吴　融

字子华，生年不详，卒于公元 903 年左右。山阴（今浙江绍兴）人。唐昭宗龙纪元年进士及第。为文有捷才，提倡教化文学，认为"君子萌一心，发一言，亦当有益于事"。

奠陆龟蒙文[1]

大风吹海，海波沦涟，涵为子文，无隅无边[2]。长松倚雪，枯枝半折，挺为子文，直上颠绝。风下霜晴，寒钟自声，发为子文，铿锵杳清。武陵深阒，川长昼白，间为子文，渺茫岑寂[3]。豕突禽狂，其来莫当。云沉鸟没，其去倏忽。腻若凝脂，软于无骨。霏漠漠，淡涓涓。春融冶，秋鲜妍[4]。触即碎，潭下月。拭不灭，玉上烟。

【注释】

〔1〕　奠（diàn）：祭。

〔2〕　沦涟：风吹水面所形成的波纹。　　隅：角落。

〔3〕　武陵：指武陵桃花源，是"仙境"。　　阒（qù）：寂静。

〔4〕　融冶：明艳。　　妍（yán）：美。

【语译】

大风呵,吹袭着大海,激荡起层层的波涛。是这一片波涛化为您的诗文,内涵丰富,无涯无边。长松呵,抗击着风雪,虽然被拦腰截断,还是那么苍劲。是这雪松化为您诗文刚健的风骨,雪松般屹然挺立在山巅！霜风凛冽,寒钟在风中颤响。是这钟声化作您诗文清越的格调,那么铿锵悠扬。桃花源里多幽静,一马平川天清气朗,是这优美的境界化为您诗文高远幽深的意境。然而,您的风格是这样多变:或像狂奔乱窜的野兽猛禽,其势不可抵挡;或像云雾中消失的飞鸟,一瞬间便无迹可寻;或像凝脂般滑腻,柔软得通体无骨;或像漠漠的细雨,飘飘洒洒,那样清新淡雅。哦,您的诗文就像春天一样明媚和谐,又像秋天一样鲜明艳丽。不！您诗文的美妙怎能够言传,它像一触就碎的潭中月影,它像那拭不掉的玉上烟光！

【说明】

用形象的比喻来说明作品风格,是中国文论的特色。本文连用十几个形象赞美陆龟蒙的诗文。实中有虚,论而有象。

程　晏

字晏然,约公元909年前后在世,里居不详。唐昭宗乾宁年间进士及第。有文集七卷,皆杂文,传于世。

萧何求继论

读汉史者多曰:"曹参守萧何之规,日醉以酒[1]。民歌之曰:'萧何为法,颣若画一[2]。曹参代之,守而勿失。

载其清净，民以宁谧。'其为汉之二贤相也至矣哉！"

　　论曰：非也。暑牛之渴也，竖子饮之淳淖之污^[3]。牛渴已久，得淳淖之污，宁顾清泠之水乎？设使竖子牵之于清泠之水，则涤乎肠中之泥也，牛然后知淳淖之污，不可终日而饮之。百姓罹秦之渴久矣，萧何曰："吾所以为法律，是权天下之草创也^[4]。吾不止此，将致君为成、康之君，使民为成、康之民^[5]。"是牵民于清泠水也。曹参日荒于酒，惠帝讯焉，参调于惠帝曰："高帝创之、陛下承之，萧何造之、臣参遵之，陛下垂拱，臣等守职^[6]。"惠帝以为是也，民又歌之也。呜呼！汉之民以汉之污，愈于秦之渴，不知牵于清泠之水，涤乎肠中之泥也。萧何之传曹参也，若木工能构材而未果复而终者，必待善复者成焉。何既构矣，谓参为复者。参守其构而不能复，徒欺君曰："陛下不如高帝，臣参不如萧何，善守可也。"何废作哉？若不可以为废作，即文帝除肉刑不为，汉主仁圣之最也^[7]。参不能孜孜其君于成康之政，不知己不能复何之构而荒于酒，幸不同羲和之诛，贪位畏胜，饰情妄言以惑君也，孰名为贤相耶^[8]？吾病汉史以萧何与善求继，以曹参为堪其后，故为论之^[9]。

【注释】

〔１〕　曹参：汉惠帝的丞相。　萧何：汉高祖的丞相。

〔２〕　颣（jiǎng）：明。

〔３〕　淳淖（tíng nào）：泥沼。

〔４〕　权：权衡，估量（时势）。

〔５〕　成、康：指周成王诵、周康王钊。史称当时海内晏然，百姓兴于

礼义。

〔6〕　诳(wàng)：欺罔。　　垂拱：垂衣拱手，形容无为而治。

〔7〕　文帝除肉刑：汉文帝十三年下诏除肉刑。

〔8〕　羲和之诛：《书·禹贡》："羲和湎淫，废时乱日。"羲氏、和氏是世掌天地四时的官。仲康时，因沉湎于酒，被杀。

〔9〕　病：作动词，这里是"不满"的意思。

【语译】

　　凡是读过汉史的人大都这么说："曹参遵守萧何的原则，不加变更，平日只是喝酒。老百姓编了个歌谣唱道：

> 萧何、萧何创汉法，
> 简单明了似图画！
> 曹参、曹参代替他，
> 亦步亦趋不乱跨。
> 无为呀，清净呀，
> 百姓安享太平呀！

肖、曹两人作为汉代的贤相，可以说是到家了！"

　　我说：不对。比方说吧，大热天牛口渴，牧童让它喝泥潭里的脏水。牛已经渴了很久，得到这样的脏水，你说它还顾得上别的什么清泠泠的水吗？假如再让牧童将它牵到清清的小溪边，让它将肚子里的泥巴洗涤洗涤，牛就会明白——烂泥潭的脏水可不能整天喝呵！同样的道理，老百姓长期遭受秦的困苦，就像久渴的牛要求不高。所以萧何才说："我的法律是根据天下草创的具体情况制定的。"但他还说："我并不满足现状，我还要让帝王成为周成王、周康王一样的圣君！让百姓像成王、康王时代的百姓一样懂礼义。"这就是想将百姓带到有清水的地方去呵！可是曹参整天沉醉在酒中，汉惠帝一旦问起他,他竟然欺罔惠帝说:"高祖创业,陛下继业,萧何造法,臣曹参守法。只要陛下端居无为,臣等守职,就能天下大治。"惠帝听了认为有道理,老百姓也歌颂他哩!天哪!汉代的百姓以为喝汉的污水比在秦的忍受干渴还糟糕,而曹参居然还不懂得快将"牛"牵到有清水的地方去,将肚子里的泥巴涤荡干净!

　　萧何将国事交给曹参,就好比是木工已经将屋架打好了,只差没最后盖上屋顶,必定要等那善于盖屋顶的人来完成它。现在萧何已经构好屋架了,以为曹参是能最后盖上屋顶的人。可是曹参只是守着屋架而不会盖屋顶,还要欺罔皇帝,说什么:"陛下不如高祖,臣曹参也不如萧何,只要能守业也就不错了。"萧何留下的事业可以不干了吗?如果认为不可以不干,那么汉文帝废除肉刑,是汉代最仁圣的皇帝,正大有可为。曹参不能兢兢业业地辅助自己的君王,使之有成、康的政绩,不知道自己不能完成萧何的事业,还心安理得地饮酒作乐!他贪恋高位,害怕别人胜过自己,就用些歪理来欺骗皇帝,以保住自己的地位。像这样的人,没有像羲氏、和氏那样被处以死刑,已经是侥幸的了,还叫什么"贤相"呢?

　　汉史认为萧何善于选拔接班人,认为曹参也称得起是萧何的继承者,对此我很不以为然,所以在这里详加议论。

【说明】

　　读史,要有独立的见解。本文对历来公认的"贤相"进行了本质的剖析,得出自己的结论。特别是力主在前人成功的基础上创新,表现了作者卓越的史识。

工　器　解[1]

　　匠刀者不必自用割,匠弓者不必自用射,善为器而已。善割者不必善匠刀,善射者不必善匠弓,善用人之器而已。庖丁岂自锻而后操之耶[2]？由基岂自斫而后射之耶[3]？然则匠刀者不嫉庖丁之解,匠弓者不嫉由基之中。业已之为器,而惧刀之不利,弦之不劲也;我器既利、既劲,称彼之用,是器得其所,又何嫉哉？萧、张为汉之器,既利既劲矣,不嫉汉祖之能刀我而解羽,弦我而中羽[4]。天下,是业已之为器也。反是者,所谓己匠刀不欲人之善割,己匠弓不欲人之善射[5]。然则,器安适乎？范增之器也,既利、既劲矣,鸿门之言不用,羽非善割善射者,终不能用其器也[6]。是器岂嫉人也哉？痛哭之失其所也。是言也,不足为儒者道,用警乎贪民嫉上之臣也。

【注释】

〔１〕　解:一种文体,以辨疑释惑、解剥纷难为主。

〔２〕　庖(páo)丁:庖,厨师。丁,厨师的名。《庄子·养生主》写了一个善于解剖牛的庖丁。

〔３〕　由基:指春秋时楚国大夫养由基,善射。　斫(zhuó):用刀斧砍。

〔４〕　萧、张:指汉高祖刘邦的主要谋臣萧何、张良。　刀我、弦我:以我为刀,以我为弓矢。　羽:指项羽。

〔５〕　是:这样。

〔６〕　范增:楚霸王项羽的主要谋士,号称"亚父"。他在"鸿门宴"上劝项羽杀掉刘邦,这意见未被采纳。

【语译】

　　制作刀的人不一定要亲自使用这把刀,制作弓的人也不一定要亲自使用这张弓,只要善于制作也就可以了。而善于使用刀的,也不一定要善于制作刀;善于射箭的,也不一定要善于制作弓,只要善

于使用他人制作的刀、弓也就可以了。庖丁善于用刀,但他难道是
自己锻刀,然后才操刀的? 养由基善于射箭,但他难道是自己制弓,
然后才射箭的? 所以说,制作刀的人不会去嫉妒庖丁的善于操刀解
牛,而制作弓的人,也不会嫉妒养由基的百发百中。自己从事的工
作是制作器物,那末怕的是刀刃不锋利,弓弦不强劲。既然我的刀
是锐利的,我的弓是有力的,能让使用的人得心应手,这件器物就派
上了用场,又有什么可嫉妒的呢? 萧何、张良好比是汉朝的刀、弓,
刀利弓劲,并不嫉妒汉高祖的善于使用我,以我为刀,以我为弓,来
打项羽,争天下。这就是安于从事自己制作器物的职守。和这相反
的,便是自己制刀,却不希望他人善于使刀;自己制弓,却不希望他
人善于射箭。这样一来,所制作的东西又有什么用? 范增,好比是
利刀强弓,但他鸿门宴上的计谋不被采用,就可见项羽不是一个善
割善射的人,到头来不能发挥这利刀强弓的作用。这能怪器物嫉妒
人吗? 这里器物在悲痛它没找到好归宿呵!

　　我这一席话,并不准备讲给那些迂腐的儒生听,而是用来警醒
那些扩张势力、嫉妒皇上的臣子的。

【说明】

　　文章以制器者与使用者的分工为喻,说明君臣关系应当是: 君
要善用臣之所长,臣要守本分。如果排除封建意识,那么术有专攻、
各安所业的比喻还是可取的。

杨　夔

　　里居不详,约公元 900 年前后在世。自号弘农子,约唐昭宗光
化末年在世,曾为宣州军阀田頵的幕僚。

杨 夔

较 贪

弘农子游卞山之阴,遇乡叟,巾不完,屦不全,负薪仰天,吁而复号,因就讯诸[1]:"抑丧而未备乎?抑有冤而莫诉乎?何声之哀而情之苦耶[2]?"叟致薪而泣曰:"逋助军之赋,男狱于县,绝粮者三日矣,今将省之[3]。前日之逋,已货其耕犊矣;昨日之逋,又质其少女矣[4]!今田瘠而贫,播之莫稔,货之靡售[5]。且以为助军之赋,岂一一于军哉?今十未有二三及于戎费,余悉为外用[6]。又黠吏贪官,盈缩万变[7]。去无所之,住无所资,非敢怀生,奈不死何!"

弘农子闻其言,且助其叹。退而省于世,万类中最为民害者,莫若虎之暴,将赋之,以警贪吏,庶少救民病。是夕,梦鸷兽而人言曰:[8]"尔欲警于贪,将以吾为首,虽尔之洁,奈辱我之甚乎?"余曰:"贼人之畜,以自饱腹,尔不为贪哉[9]?"兽曰:"不蚕不农,何以给生?苟不捕野,无实吾噤[10]。吾以其饥而求食之,苟或一饱,则晏然匿迹,不为谋矣[11]。岂尔曹智以役物,蚕之、畜之,畋之、渔之,以给其茹也[12];桑之、育之,经之、营之,以供其用也。一物之可求,一货之可图,汲汲为谋,孜孜系心[13]。如壑、如溪,莫满、莫盈,岂与吾获一饱则晏然寝,而欲比方哉!"弘农子惊而寤,谛而思:若然,则人不如兽也远矣[14]!

【注释】

〔1〕 卞山:在浙江吴兴县西北。 阴:山的北面。 屦(jù):单底麻

鞋。　诸:"之乎"的合音,指乡叟。

〔2〕　抑(yì):连词,表示抉择,相当于"或是"。

〔3〕　逋(bū):拖欠。　狱:当动词,囚禁。　省:视,看。

〔4〕　货:当动词,卖。　质:典当。

〔5〕　稔(rěn):庄稼成熟,指收成。　靡售:卖不出去。

〔6〕　戎费:军费。

〔7〕　黠(xiá):狡猾。

〔8〕　鸷(zhì):凶猛,鸷普,猛兽,此指老虎。

〔9〕　贼:当动词,偷盗。

〔10〕　豢(huàn):喂养,此指畜牧。　苟:如果。　嗛(qiǎn):猿猴的颊囊,这里指肚子。

〔11〕　晏然:安心的样子。　谋:求。

〔12〕　尔曹:你们。　畋(tián):打猎。　茹:吃。

〔13〕　汲汲:心情急切的样子。　孜孜(zī):不倦的样子。

〔14〕　谛:仔细地。　若然:像这样。

【语译】

　　弘农子漫游卞山北面,遇到一位乡间老人,头巾破烂,麻鞋也破烂。他背着柴草,仰面长叹痛哭。我因此上前讯问:"你为什么这般痛苦? 是家中有丧事无力办理,或是有冤情而没地方申诉? 为什么你的哭声这样悲哀,心情这样惨苦?"那老人放下柴草哭着说:"我家因为拖欠助军的赋税,儿子被囚禁在县里,已经三天没吃的了,现在我正要去看他。前天因交拖欠的赋税,已经把耕牛卖了;昨天又将小女儿典当了! 现在田地贫瘠,播下种子又没收成。将地卖了吧,又没人要。其实,所谓'助军'的赋税哪里都用于军队呢? 用作军费的还不到十分之二三,其余的都用到别的地方。还有那些狡猾贪婪的官吏,随意增加税额,更叫人活不下去! 要离开这里,又没地方可去;要继续住下,生活又没着落。不是我怀恋这条老命呵,而是老天让我这样拖着不死,我又能怎样呢!"

　　弘农子听了他的话,不住地和老人一起叹气。回家后将这世界细细审视了一番:万物当中,对百姓最有害的要数那残暴的老虎。于是决定写一篇以老虎为题材的文章,用来警戒那些贪官污吏,希望多少能减轻点百姓的痛苦。当晚,他就梦见老虎说人话:"你想对贪狠的人有所警戒,要以我作为贪狠的典型,虽然你很廉洁,可是又何必这样侮辱我?"我说:"劫夺人的牲畜,填饱自己的肚子,你这样还不算贪狠?"猛兽回答说:"我不会养牲口,又不会种庄稼,要靠什么维持生命? 如果我不在田野上捕捉动物,就没法填饱自己的肚子。我只是因为饥饿才去求食的,只要吃饱了,我就会平静地躲起来,不再扰乱人们。哪像你们人类,用智慧驱使万物。对动物,则用饲养、畜牧、狩猎、捕钓等手段,为自己提供食品;对植物,则用种植、培育、管理、经营等方法为自己提供生活用品。只要某一种东西值得求取,某一件货物是有利可图的,那末人们就会去拼命钻营,无时不放在心上。他们的贪欲就像大山沟,像溪流,无论如何都填不满! 这同我只求一饱就安心睡觉又有什么相通之处? 而偏要拿我来打比方!"

　　弘农子惊醒过来,细细一想:是呵,像这样,人实在远不如兽啊!

【说明】

　　以梦的形式,让野兽进行反驳,说明官吏比野兽更贪婪,手段更卑劣,别出心裁。如果读一读鲁迅的《狗的驳诘》(见《野草》),就会更明白本文的深刻性与生命力。

植　兰　说

　　或种兰荃,鄙不遄茂,乃法圃师汲秽以溉[1]。而兰净

荃洁,非顿乎众莽,苗既骧悴,根亦旋腐[2]。噫! 贞哉兰荃
欤[3]。迟发舒,守其元和,虽瘠而茂也[4];假杂壤,乱其天
真,虽沃而毙也[5]。守贞介而择禄者,其兰荃乎[6]? 乐淫
乱而偷位者,其杂莽乎[7]? 受莽之伪爵者,孰若龚胜之不
仕耶[8]? 食述之僭禄者,孰若管宁之不位耶[9]? 呜呼! 业
圃者以秽为主,而后见龚、管之正[10]。

【注释】

〔1〕 或:某个人。　荃(quán):一种香草。　鄙:轻视,这里用如嫌
　　　恶。　遄(chuán):迅速地。　法:效法。　圃师:园丁。　秽:
　　　指农家肥。

〔2〕 顿乎众莽:安身于众草之中。顿,安置。乎,介于。莽,草的统称。
　　　旋:马上。

〔3〕 噫、哉:语气词,表示感叹的语气。

〔4〕 迟发舒:生长缓慢。　元和:又叫太和,元气,指一种原始状态。
　　　瘠:贫瘠,不肥沃。

〔5〕 假:借,这里指移植。　天真:自然的本性。

〔6〕 介:有骨气。　择禄:出来当官,对主子也应有所选择。禄,官吏
　　　的薪水。　其……乎:表示反诘的语气。

〔7〕 偷位:窃取禄位。　杂莽:杂草。

〔8〕 莽:王莽,汉朝的大臣,后自立为皇帝,国号"新"。按封建"正统"
　　　观念看,王莽的"新"是"伪朝",所以说当他的官是受"伪爵"。
　　　孰若:怎比得上。　龚胜:汉光禄大夫,王莽执政后,申请退职。
　　　后来王莽逼他再出来当官,于是绝食而死。　仕:出仕,当官。

〔9〕 述:未知所指。东汉有公孙述,在成都自立为帝,但与管宁无关。
　　　管宁曾居辽东,太守为公孙度,管宁屡次不受征召。可能是二者相
　　　混致误。　僭(jiàn)禄:与上注"伪爵"同义。僭,超越本分,冒
　　　用。　不位:不出任。

〔10〕 业：从事。

【语译】

　　有人种兰荃而嫌它长不快，就学园丁的办法，给它灌上粪肥。可是兰荃爱净洁，不能把它当一般草木培植。看，这下芽儿蔫了，根也接着就烂了。噫！真是贞洁自好呵，兰荃。生长缓慢，正是它本来的自然属性，只要顺着它，即使土壤贫瘠，也会愈长愈茂密；反之，把它移植到杂七杂八的地里，违背了它的习性，即使是肥沃的土壤，它也要死去呵！

　　有骨气、不苟且，择明主而任的人，不就像那兰荃吗？而那些乐于淫乱、窃取禄位的人，不就像那杂草吗？接受王莽的伪官职，怎比得上龚胜不出来当官？吃公孙述（？）那份非法的禄米，又怎比得上管宁的不任其职？啊！园丁施肥（而兰荃不受，）这使我认识了龚、管的清正。

【说明】

　　梅、兰、竹、菊是我国惯见的用以象征高洁的四种植物。由于作者抓住兰守瘠好洁的个性，所以能避弹老调，写出新意来。

止　妒

　　梁武平齐，尽有其内，获侍儿十余辈，颇娱于目[1]。俄为郗后所察，动止皆有隔抑。拗其愤恚，殆欲成疹[2]。左右识其情者进言曰："臣尝读《山海经》云：以鸲鹆为膳，可以疗其事使不忌[3]。陛下盍试诸[4]？"梁武从之。郗茹之后，妒减殆半[5]。帝愈神其事。左右复言曰："愿陛下广羞诸以遍赐群臣,使不才者无妒于有才,挟私者不妒于奉公,浊者不妒其清,贪者不忌其廉,俾其恶去,胜忌前,皆知革心,亦助化之一端也[6]。"帝深然其言,将诏虞人广捕之,会方崇内典,诫于血生,其议遂寝[7]。

【注释】

〔1〕 梁武:南北朝时梁武帝萧衍。　内:指齐宫中的妇女。

〔2〕 俄:短时间里。　郗(qiè)后:郗徽,萧衍的妻子。萧衍未称帝为雍州刺史时,郗氏就死去了,后来萧衍践帝位,才追崇为皇后。这里是寓言式的故事,不必拘泥于史实。　恚(huì):怨恨。　殆(dài):几乎。　疹(zhěn):皮肤会起疙瘩的一种病。

〔3〕 鸧鹒(cāng gēng):黄鹂。

〔4〕 盍:"何不"的合音。　诸:"之乎"的合音。

〔5〕 茹:吃。　殆半:将近一半。

〔6〕 羞:同"馐"。滋味好的食物。这里当动词,作为好吃的菜。　俾:使。　忌前:忌妒贤能。

〔7〕 然:表示肯定。　虞人:古时掌管山林的官员。　会:适逢。　内典:指佛教。　寝:息,停止。

【语译】

梁武帝灭齐以后,齐宫妇女都归他所有。其中有十几个侍儿,很使他感到悦目赏心。不久,被郗皇后觉察了,一切行动都受到她的牵制。梁武帝将怨恨闷在心里,几乎发病。武帝的近侍有揣摩出他的心情的,就献策说:"臣曾经读《山海经》,里面说:用黄鹂当菜吃,可以治疗妒忌症。陛下何不试一试?"梁武帝听从了他的建议。郗皇后吃了黄鹂肉,果然妒忌心减少了将近一半。武帝更加相信这药方了。那位近侍又乘机说:"但愿陛下多做些用黄鹂制成的食物,遍赐给群臣,使当中没才能的不去妒忌有才能的,营私的不去妒忌奉公的,贪浊的不去妒忌清廉的,使他去掉恶习,战胜忌贤的心理,都知道重新作人,这也是有助于教化的一项措施呵!"武帝非常同意他的话,准备下令让掌管山林的官员大量捕捉黄鹂,适逢当时正在信仰佛教,禁止杀生,这一建议也就被搁置在一旁了。

【说明】

妒才忌贤而可疗治,真称得上是"福音"!但文章却以梁武帝"方崇内典","其议遂寝",戛然而止,弦外有音。细心人不难悟出:昏君要紧的是声色,而不在才贤。

善　恶　鉴

众曰善,未必善,观其善之为也;众曰恶,未必恶,观其恶之由也。行诈以自衒,取媚于小人,其足为善乎[1]?任直以独立,取恶于非类,其足为恶乎[2]?故择善采于誉,则多党者进[3];去恶信于言,则道直者退。王莽折己以下士,而诸父失其权,彼言善者可凭乎[4]!京房守正以极谏,而嬖幸指为逆,彼诉恶者可听乎[5]?故能鉴其善者,必观于众之所恶;能鉴其恶者,必取于众之所善。所以众谓之悖也,非孟子之贤无以旌章子之孝[6];众谓之智也,非国侨之明无以诛史何之诈[7]。呜呼!道之大,非遇于贤明,何常不汩哉[8]?

【注释】
〔1〕 衒(xuàn):卖弄、炫耀。
〔2〕 非类:指气质、好恶不同的另一群人。

〔3〕党：指朋党，为营私而互相勾结的集团。

〔4〕王莽：字巨君，汉平帝的宰相，后自立为帝。未篡位时折节下士，颇得人心。　诸父：叔、伯。史载红阳侯立，"王莽以诸父内敬惮之"，后来想办法将他挤出朝廷，所以这里说"诸父失其权"。

〔5〕京房：汉时学者，以孝廉为郎，被石显、五鹿充宗陷害，下狱死。嬖(bì)幸：帝王所宠爱的人。

〔6〕悖(bèi)：违背，忤逆。　旌：表彰。　章子：匡章，齐国人。《孟子·离娄》说匡章被众人说成"不孝"，独独孟子为他辩护，和他交朋友。

〔7〕国侨：春秋时郑国大夫公孙侨，字子产。诛史何，事未详。

〔8〕汩：疏通。

【语译】

　　大家都说好，未必是真好，还得看看他有没有好的行动，大家都说坏，也未必就真坏，还要看看他为什么被说坏。造假象来自我表现，向小人讨好，这种人能够说是好人吗？刚正不阿，得罪了气味不相投的另一群人，能够说他就是坏吗？所以只依据泛泛的称誉来选拔人，那朋党多的人就会爬上去；只凭人言来斥除坏人，那正直的人就容易被贬退。举例说吧，王莽礼贤下士，被人称赞，暗中却排斥异己，使他的叔父失去权力。像这种人，你能根据那些人的称赞就说他好？再比如京房，坚持正义，敢提意见，却被那些皇帝的宠信诬为叛逆。像这样的人，你能听信那些诬告者的话，就说他坏？所以真能鉴别好人的，就一定会去观察那些被众人说成坏人的人；而善于鉴别坏人的，也一定会从被大家称赞的人里发现坏人。所以被众人说成忤逆的章匡，非得有孟子那样的贤明就不能表彰他的孝道；大家都赞为明智的史何，非得有子产那样的英明就不能惩处他的狡诈。啊！为什么堂堂的正道，非得遇到贤明的人才能通畅，否则就往往不得疏通呢？

【说明】

分辨好人、坏人,自古以来就是一件大难事。文章从该怎样正确对待人们一时的舆论入手,反对人云亦云,论证有力。

罗　隐

宇昭谏(833—909),余杭(今属浙江)人,一作新登(今浙江桐庐)人。曾十次考进士落第,于是将自己的文集命名为《谗书》。自序说:"著私书而疏善恶,斯所以警当世而诚将来也。"强调文学要干预生活。

三　帝　所　长

尧之时,民朴不可语,故尧舍其子而教之,泽未周而尧落;舜嗣尧理,迹尧以化之,泽既周而南狩,丹与均果位于民间[1],是化存于外者也。夏后氏得帝位而百姓已偷,遂教其子[2],是由内而及外者也。然化于外者,以土阶之卑,茅茨之浅,而声响相接焉[3]。化于内者,有宫室焉、沟洫焉,而威则日严矣[4]。是以土阶之际万民亲,宫室之后万民畏。

【注释】

〔1〕　迹:当动词,跟着。　南狩(shòu):南巡。狩,通"守"。古时皇帝视察诸侯所守的地方叫"巡守"。传说舜南巡,死于苍梧之野。丹与均:丹朱、商均,分别为尧、舜之子。

〔2〕　夏后氏:即禹的儿子启,建立了我国历史上第一个朝代。　偷:浇薄,不厚道。

〔3〕　茅茨(cí):茅屋。

〔4〕　沟洫(xù):田间的水道。这里是指保护宫室的沟堑。

【语译】

上古尧的时代,百姓还处于原始的质朴蒙昧中,所以尧置自己的儿子于不顾,把精力都放在对百姓的教育上。可惜尧未把这恩泽遍施百姓就陨落了。舜继承了尧的事业,按照尧的办法继续教育百姓。他的恩泽总算遍及了百姓,但又死在南巡途中。他们的儿子丹朱和商均,最终也就成了普通的百姓。这是教化重点放在外。等到夏后氏取得了帝位,民风已不厚道了。于是,夏后氏便转而将精力放在对自己儿子的教育上。这是由内而及外的教化。然而,教育百姓的,因为住的是低低的土阶,粗陋的茅屋,所以和百姓很亲近,没什么阻隔。重在教育自家儿子的呢,就有深深的宫殿,还有护城壕将它和百姓隔开,那声威愈来愈叫人害怕。因此,当君王还住在土阶茅屋的时候,万民和君王亲近;当君王居住进宫室以后,万民也就敬而远之了。

【说明】

使民畏不如使民亲。抓住了这一衡量的尺度,后世并称的"三帝"也就高下立判了。明快的笔触正来自明确的思想。罗隐的小品往往不旁生枝节,扣紧一个社会现象,鞭辟入里,以深刻的见解取胜。

秋虫赋 (并序)[1]

秋虫,蜘蛛也,致身网罗间,实腹亦网罗间。愚感其

理有得丧,因以言赋之曰:

　　物之小兮,迎网而毙[2];物之大兮,兼网而逝。而网也者,绳其小而不绳其大[3]。吾不知尔身之危兮,腹之馁兮[4]?吁[5]!

【注释】

〔1〕　赋:一种文体。讲究文采、韵节,兼具诗与散文的性质。

〔2〕　兮(xī):相当于"啊",语助词。

〔3〕　绳:当动词,捆、缠。

〔4〕　馁(něi):饥饿。

〔5〕　吁(xū):感叹词,表示不以为然。

【语译】

　　秋虫,就是蜘蛛。它住在自个儿编的罗网当中,就靠这张网吃饭。我有感于此中得失的道理,便写下这篇小赋:

　　小东西哟,迎网而毙;大家伙哟,连网扯去!网呵网,缠小不缠大;我真不知你将危及自身呢,还是仅仅饿了肚皮?吁!

【说明】

　　将封建国家的法网比作"绳小不绳大"的蛛网,对其虚伪性的揭露既贴切又含蓄,饶有意味。

救夏商二帝

　　夏之癸,商之辛,虽童子妇人皆知其为不理矣[1]。然不知皆当其时则受其弊,居其后则赖其名。夫能极善恶之名,皆教化之一端也。善者俾人慕之,恶者俾人惧之。慕之者,必俟其力有余[2];惧之者,虽寝食不忘之也。癸与辛,所谓死其身以穴过者也,极其名以横恶者也[3]。故千载之后,百王有闻其名者,必缩项掩耳[4];闻尧、舜者,必气跃心跳:慕之名与惧之名显然矣。而慕之者未必能及,惧之者庶几至焉[5]。是故尧、舜以仁圣法天,而桀、纣以残暴为助[6]。

【注释】

〔1〕　夏之癸:即夏桀,名癸,是有名的暴君。　商之辛:即商纣王。

〔2〕　俟(sì):等待。

〔3〕　穴:当动词,容纳。

〔4〕　项:颈的后部。

〔5〕　庶几:也许可以。

〔6〕　法:效法。法天,则效法于天,这里是成为最高模范的意思。

【语译】

　　夏桀和商纣王,就是妇女儿童也都知道他们的无道。然而,人们并不知道,作为同代人固然是要身受其害,而作为后代人却得益于他们的恶名。要知道,极恶与极善,各自都是教化的一个重要方面。善,能使人仰慕;恶,能使人畏惧。仰慕善的,必定要等待他有余力才会去学习;畏惧恶的呢,哪怕是吃饭,睡觉也无时不忘。夏桀和纣王,是所谓死后成为恶的象征的人,他们的名字成了恶的同义词。所以,千年以后,历代帝王听到他们的名字就一定要缩起脖子,塞起耳朵。可是他们一听到尧、舜的名字,又会心潮奔涌,激昂感慨——仰慕尧、舜而畏避桀、纣是多么分明啊!然而,仰慕尧、舜的未必就能像尧、舜,而畏惧桀、纣恶名的,却大抵可以有好效果。因此,尧、舜行仁圣成为最高典范,而桀、纣也以他们行为残暴成为教化的一个重要辅助。

【说明】

文章讲了恶与善的辩证关系,强调恶作为反面教材的积极意义。如果说刘蜕《删方策》是反面立论,那末罗隐此文则是从正面立论。

蒙叟遗意[1]

上帝既剖混沌氏,以支节为山岳,以肠胃为江河[2]。一旦虑其掀然而兴,则下无生类矣! 于是孕铜铁于山岳,滓鱼盐于江河,俾后人攻取之,且将以苦混沌之灵,而致其必不起也[3]。呜乎! 混沌则不起矣[4]。而人力惮焉[5]。

【注释】

〔1〕　蒙叟:即庄子。

〔2〕　混沌氏:传说上古时"天地浑沌如鸡子,盘古生其中"。《述异记》说盘古死后,头化为四岳,目化为日月,脂膏化为江海,毛发化为草木。而本文所取材的《神异经·西荒经》则说混沌是恶兽,上帝解剖它,并用铜铁、鱼盐压住它的支节,塞进它的肠胃,以防止它再起害人。本文称混沌为"氏",则合两说而言。　支节:即四肢。

〔3〕　孕:藏。　滓(zǐ):本指液体中的沉积物,这里当动词,下沉。

〔4〕　《全唐文》作"混沌氏",《罗隐集》作"混沌"。

〔5〕　惮(dàn):通"瘅",劳。

【语译】

上帝将混沌氏解剖之后，就用他的四肢作山岳，用他的肠胃作江河。又顾虑混沌氏要是有一天忽然翻身爬起来，那末下界生物、人类怕都要灭绝了！于是，上帝便将铜铁藏埋在山岳中，将鱼、盐沉没在江河里；为的是让人们自己不断去攻取这些东西，用这种方法永久性地使混沌氏的神灵受到创伤，而使他再也不能复活。

哦，混沌氏是复活不了啦，可人类也就不能免于劳苦了。

【说明】

本文是《庄子·应帝王》与《神异经》传说的再创作。奇特的想象貌似荒唐，但篇末点题，一下子将远古神话拉回到唐末苦难的现实。史册记载，中、晚唐以来"山泽之利，宜归王者"。盐、茶、铜、铁都有非常苛重的赋税。罗隐此文当是针对此而发，所以清人王符曾评点说："冷语，有无限神味。"

后　雪　赋

邹生阅相如之词，呀然解颐曰："善则善矣，犹有所遗[1]。"梁王属酒盈卮："惟生少思，苟有独见，吾当考之[2]。"生曰："若夫莹净之姿，轻明之质，风雅交证，方圆间出，臣万分之中，无相如之言。所见者，藩溷枪吹，腐败掀空，雪不敛片，飘飘在中[3]。污秽所宗，马牛所避，下下高高，雪为之积[4]。至若涨盐池之水，屹铜山之巅，触类而生，不可殚言[5]。臣所以恶其不择地而下，然后浼洁白之性焉[6]。"梁王咏叹斯久，撤去樽酒。相如悚然，再拜稽首："若臣所为，适彰孤陋[7]。敬服斯文，请事良友。"

【注释】

〔1〕　邹生:指邹阳,汉代梁孝王的门客。　　相如:汉代大文学家司马相如。这里的"词"指"赋"。　　解颐:大笑。

〔2〕　属:倾注。　　考:推求,思考。

〔3〕　藩溷(hùn):厕所。　　枪:冲。

〔4〕　宗:归。

〔5〕　殚(dàn):尽。

〔6〕　浼(měi):污染。

〔7〕　悚(sǒng)然:肃敬的样子。　　稽(qǐ)首:古时一种跪拜礼,叩头到地。

【语译】

　　邹生读了司马相如的《雪赋》,哑然失笑说:"好是好,就是还有不周到的地方。"梁王听了,满满地斟了一杯酒,说:"怕是你欠思考吧! 如果真有独特的见解,我会认真考虑的。"邹生说:"如果要说描绘雪花晶莹洁净的形态,轻盈透明的质地,能以风、雅交相引证,做到笔法时刚时柔,那末,臣达不到相如的万分之一。不过,我所看到的是:北风吹袭厕所,将腐败的东西掀到半空,而雪花呢,控制不住自己,随风飘坠,片片落入厕所间。这是个藏污纳垢的地方,连马牛都要避开它,而雪花却不管上上下下,到处堆积。至于雪落盐池,使盐池水增;积在铜山,使铜山更高,像这样无选择随意依附的例子,就更说不完了。雪花这样不择地而下,玷污了洁白的本质,正是臣所厌恶的。"梁王听了,反复咀嚼邹生的话,叹息了许久,将酒席也撤去了。司马相如听了,肃然起敬,叩头到地,说:"像臣那样写,正好暴露了臣的浅薄。我敬服邹生这种写法,请让我把他当作好朋友。"

【说明】

　　作者善作翻案文字。南朝谢惠连有篇《雪赋》,写梁王在兔园

457

命司马相如作《雪赋》,邹阳心服,也写下"白雪之歌"来赞美雪的清白高洁。罗隐却让邹阳"呀然解颐",抓住"不择地而下"作为翻案的支点,嘲弄那些不讲气节,甘于同流合污的人。

吴 宫 遗 事

越心未平而夫差有忧色[1]。一旦复筑台于姑苏之左,俾参政事者以听百姓之疾苦焉,以察四方之兵革焉[2]。一之日,视之以伍员,未三四级,且奏曰:"王之民饥矣,王之兵疲矣,王之国危矣[3]。"夫差不悦,俾嚭以代焉[4]。毕九层而不奏,且倡曰:"四国畏王,百姓歌王,彼员者欺王[5]。"员曰:"彼徒欲其身之亟高,固不暇为王之视也,亦不为百姓谋也,岂臣之欺乎[6]?"王赐员死,而嚭用事[7]。明年,越入吴。

【注释】

〔1〕 夫差:春秋时吴王阖闾之子。阖闾与越王战,败死。夫差为吴王,大败越王。越王勾践求和,吴大臣伍子胥反对,吴王不听,后来赐伍子胥死,而吴也终于为越所灭。

〔2〕 姑苏:山名,在今江苏省苏州西南。《吴地记》说吴王阖闾筑台于姑苏山,后夫差又加高。 俾:使。 兵革:兵器衣甲的总称。

〔3〕 伍员(yùn):即伍子胥,吴国大臣。

〔4〕 嚭(pǐ):吴国大夫伯嚭。

〔5〕 倡:同"唱",高呼。

〔6〕 亟(jí):急切。

〔7〕 用事:当权。

【语译】

越国虽战败，而民心未归服，吴王夫差脸有忧色。有一天，他又在姑苏山的东面扩建姑苏台，让参与政事的大臣登台，以便倾听民间疾苦，观察四方军情。

第一天，让伍员登台视察。伍员才登了三四级，就报告说："大王，您的百姓正处在饥饿之中，您的部队已经显出疲乏的状态。大王啊，您的国家很危险呵！"夫差听了很不高兴，就让伯嚭代替伍员登台。伯嚭一直登完第九层，也不报告情况，最后还高呼："四方诸侯都敬畏大王；百姓都在歌颂大王；那伍员是在欺骗大王！"伍员气愤地说："这个家伙只顾自己快点往上爬，根本顾不上为大王视察民情，更谈不上为老百姓谋福利，这哪里是我欺骗大王您呢？"然而，吴王还是赐伍员自杀，而让伯嚭当权。

第二年，越兵攻入吴国。

【说明】

只许报喜，不许报忧，又何必筑台察四方？本篇讽刺的正是这种自欺欺人的行为。文中伍员与伯嚭登台时的动作、神态、语言，很好地表现了二人是否以国事民病为急的心情。

龙　之　灵

龙之所以能灵者，水也；涓然而取，霈然而神[1]。天之于万物，必职于下以成功[2]。而龙之职水也，不取于下，则无以健其用；不神于上，则无以灵其职。苟或涸一川然后润下，涸一泽然后济物，不惟濡及首尾，利未及施而鱼鳖也敝矣[3]。故龙之取也寡。

【注释】

〔1〕　涓然：水流细小的样子。　霈(pèi)然：雨很大的样子。

〔2〕　职：执掌，主管。

〔3〕　濡(rú)：沾湿。

【语译】

　　龙之所以显得神异，主要是依靠水。它只要汲取一点点水，就能神通地化为普降的甘霖。天要化育万物，必定要依靠下面的执掌者才能成功。而龙就是替天管理水的。龙如果不从下界取水，那么它就没有办法有力地施展它的才能，如果它不在上天神通地普降甘霖，那么它就无法很好地完成它的职责。如果汲干了一条河，才降下一场雨，汲干了一湖水，才要来滋润万物，不只是沾湿首尾，那么，等不及霖雨来化育万物，鱼鳖早就渴死了！所以龙从下界取水，总是取得很少。

【说明】

　　早在战国时期的青铜器上，就有铭文说："藉敛中，则庶民柎。"意思是说，剥削有节制，百姓就会归顺。本文还是讲这一古老的道理，劝统治者从长计议，别杀鸡取卵，弄得鸡飞蛋打。但比喻贴切生动，文章也就有了艺术上的生命力。

说　天　鸡

　　狙氏子不得父术，而得鸡之性焉[1]。而畜养者，冠距不举，毛羽不彰，兀然若无饮啄意[2]。洎见敌，则他鸡之雄也[3]；伺晨，则他鸡之先也[4]。故谓之"天鸡"。

　　狙氏死，传其术于子焉[5]。且反先人之道[6]：非毛羽彩错、嘴距铦利者,不与其栖[7]。无复向时伺晨之俦,见敌之勇,峨冠高步,饮啄而已[8]。吁! 道之坏也有如是夫[9]!

【注释】

〔1〕　狙(jū)氏:《庄子·齐物论》中称一个养猴子的人叫"狙公"。狙,猴子。

〔2〕　冠:鸡冠。　距:雄鸡腿上突出像脚趾的部分。　举:耸起。彰:鲜明。　兀(wù)然:呆板的样子。

〔3〕　洎(jì):到。　他鸡之雄:在别的鸡中是强者。

〔4〕　伺晨:报晓。

〔5〕　子:指上文"狙氏子"的儿子。

〔6〕　先人:死去的父亲。　道:方法。

〔7〕　彩错:彩色缤纷。　铦(xiān)利:锋利。　不与其栖(qī):不让它栖宿。意思就是不再畜养。

〔8〕　无复向时伺晨之俦(chóu):不再是从前那些会报晓的雄鸡了。俦,同一类的。　勇:指勇猛善斗的鸡。　峨冠:双关语,指高高的鸡冠,也隐指大官头上的高帽。

〔9〕　吁(xū):叹词。　道:指政治局面。　有是夫(fú):就是这样子的。

【语译】

　　狙氏的儿子虽然没有学到他父亲养猴子的技术,却摸索到鸡的习性。而他所养的鸡,从外观看,其貌不扬。冠、距都不见得突出,毛色也不鲜艳。呆头呆脑的,好像连饮啄都无精神。但是一到与其他鸡对阵,它就成为英雄了。报晓,也比其他鸡要及时些。所以,人们称它为"天鸡"。

　　狙氏子死了,他的养鸡术传给了他的儿子。他的儿子却一反父亲的方法,不是羽毛鲜艳的、喙和脚距锋利的鸡,都不畜养。他养的鸡不再像当年他父亲的鸡那样报晓及时、战斗勇敢了。而只会耸起高高的鸡冠,昂首阔步,除了啄食,啥也不会! 嘻,政局的败坏也就像这么个样啊!

【说明】

　　寓言锋芒所向是无德无能峨冠博带的达官贵人。两种鸡的外观与技能的对照,形象鲜明,而不能以貌取人的道理也就在其中了。

英 雄 之 言

　　物之所以有韬晦者,防乎盗也,故人亦然[1]。夫盗,亦人也,冠屦焉,农服焉[2]。其所以异者,退让之心,贞廉之节,不恒其性耳[3]。视玉帛而取者,则曰"牵于寒饿[4]";视家国而取者,则曰"救彼涂炭[5]"。牵于寒饿者,无得而言矣。救彼涂炭者,则宜以百姓心为心[6]。而西刘则曰:"居宜如是[7]。"楚籍则曰:"可取而代[8]。"噫! 彼未必无退让之心、贞廉之节,盖以视其靡曼骄崇,然后生其谋耳[9]。为英雄者犹若是,况常人乎! 是以峻宇逸游,不为人之所窥者鲜矣[10]!

【注释】

〔1〕　韬(tāo)晦:收敛隐藏。韬,掩藏。晦,隐藏。　故:所以。　亦
　　　　然:也是这样。
〔2〕　夫(fú):发语词。　屦(jù):古时用麻、葛等制成的鞋。句子中的
　　　　屦、冠、衣服都作动词用。
〔3〕　不恒其性:不能长久保持好的德行。

〔４〕　牵：牵累,表示不得已。

〔５〕　涂炭：水深火热的困境。涂,泥坑。炭,炭火。

〔６〕　以百姓心为心：将百姓的意愿当作自己的意愿。

〔７〕　西刘：指刘邦。楚汉以鸿沟为界,东为楚,西为汉。刘邦为汉王在西,所以叫西刘。他曾游览秦都咸阳,遥见秦始皇,便叹息说："嗟夫,大丈夫当如此也！"　如是：像这个样子。

〔８〕　楚籍：即项羽,楚人,名籍。《史记·项羽本纪》说："秦始皇帝游会稽,渡浙江,梁与籍俱观。籍曰：'彼可取而代也。'"

〔９〕　噫：感叹词。　彼：他们。　盖：承接上文,解释原因,有"大概"的意思。　靡曼骄崇：华美骄贵。

〔１０〕　峻宇逸游：高大的宫室,舒适的游乐。　鲜(xiǎn)：少。

【语译】

　　东西之所以要收敛隐藏,是为了提防盗贼。所以,人也一样,要注意收敛。盗贼,也是人,一样戴帽穿衣。他和人不同的地方,只在于不能长久地保持退让、贞廉等好品德。看到财物就拿的,说是"为饥寒所迫"；要篡夺国家权力的,说是"救人民于水深火热之中"。为饥寒所迫,那没话说。说要"救人民于水深火热之中",就该将百姓的意愿当作自己的意愿呀！可是西汉刘邦却说："生活就该像秦皇这样阔气呵！"西楚项籍则说："秦始皇可以取而代之！"唉！他们本来未必没有退让、贞廉的品德,只因为看到秦始皇骄贵的生活,华美的宫室,才产生篡夺的念头。被称为英雄的人物尚且如此,更何况普通人呢！所以高大的宫室、舒适的游乐,没有不引人注目,从而产生歹念的。

【说明】

　　罗隐的小品往往嬉笑怒骂,皆成文章。这篇短文从刘、项的"英雄之言"中,活剥出帝王丑恶的内心——原来"救民于水火"的"英雄",不过是窃国大盗！真是痛快淋漓。

荆　　巫

　　楚、荆人淫祀者旧矣[1]。有巫颇闻于乡间,其初为人祀也,筵席寻常,歌迎舞将,祈疾者健起,祈岁者丰穰[2]。其后为人祀也,羊猪鲜肥,清酤满卮,祈疾者得死,祈岁者得饥[3]。里人怨焉,而思之未得。适有言者曰:"吾昔游其家也,其家无甚累,故为人祀,诚必馨乎中,而福亦应乎外,其胙必散之[4]。其后男女蕃息焉,衣食广大焉,故为人祀,诚不得馨于中[5],而神亦不歆乎外,其胙且入其家[6]。是人非前圣而后愚,盖牵于心而不暇及人耳。"以一巫用心尚尔,况异于是者乎?

【注释】

〔1〕　楚荆:荆是楚的别称。今湖南、湖北一带。　淫祀:民间流行的祭祀。

〔2〕　将:送。　岁:一年的收成。　丰穰(ráng):丰收。

〔3〕　清酤(gū):清酒,好酒。　卮(zhī):古代盛酒的器皿。

〔4〕　馨(qìng):尽。　胙(zuò):祭肉。

〔5〕　蕃息:繁殖众多。

〔6〕　歆(xīn):即"飨",指神灵降临,享受祭品。

【语译】

　　荆楚一带,民间一向盛行各种祭祀。有个跳神的巫,在乡里颇有点名气。开始时,他替人们求神,祭品很平常,只是用歌舞迎送神灵,但凡有所求,都有应验。有疾病的得以恢复健康,求好收成的,得个大丰收。到后来,他为人求神,用的祭品是鲜肥的猪羊,满杯的好酒,可是祈求免除疾病的,却一命呜呼;祈求好年成的,却迎来大饥荒! 乡里人非常生气,却弄不清其中的缘由。正好有个人知道内情,说:"我过去到过他的家,那时他还没什么拖累,所以替人求神总是竭尽诚意,将祭品分给大家,神灵也总是应验降福。到后来,他子女出生了,吃穿的需求大了,所以替人求神就不那么尽心了,祭品也都拿回家去,神也就不降福了。看来,并不是这个人开始时圣明、后来变愚笨了,而是有了私心的牵制,顾不上为别人啊!"

　　一个小小的跳神人,其用心尚且这样关系重大,更何况是处在重要地位上的人呢?

【说明】

　　尽心为人与不能尽心为人,是吏治清明与否的关键。本文由于取譬新颖,以小喻大,所以给人的印象深刻。

辨　　害

　　虎豹之为害也,则焚山不顾野人之菽粟;蛟螭之为害也,则绝流不顾渔人之钓网[1]。其所全者大,而所去者小也。顺大道而行者,救天下者也;尽规矩而进者,全礼义者也。权济天下,而君臣立,上下正,然后礼义在焉。力不能济于用,苟君臣上下之不正,虽抱空器,奚所设施[2]? 是以佐盟津之师,焚山绝流者也[3];扣马而谏,计菽粟而顾钓网者也[4]。于戏[5]!

【注释】

〔１〕　蜃(shèn)：大蛤。　绝：断。

〔２〕　器：名器，这里指禄位。　奚(xī)：疑问词，何。

〔３〕　盟津之师：传说周武王伐纣，与八百诸侯在黄河边上盟誓。盟津，地名，今河南孟县，即孟津。

〔４〕　扣马而谏：商代狐竹君二子，叫伯夷、叔齐，周武王伐纣，二人捉住武王的马缰，劝说武王不要伐纣。

〔５〕　于戏：叹词，读作 xū hū。

【语译】

　　要除掉为害的虎豹，就只好纵火烧山，顾不得农民的庄稼了。要除掉为害的蛟龙，就只好断绝流水，顾不上渔夫的钓网了。这样做，所保全的是主要的，而损失的是次要的。坚持大道理，顺应形势，为的是普救天下百姓；循规蹈矩，为的是保全礼义。如果能匡济天下百姓，那么君臣关系就能保持正常，自然也就保全了礼义。反之，如果已经无力控制现实，君臣关系乱了套，名存而实亡，那么虽然保留着君臣的空名，又能派什么用场？（所以匡济天下百姓才是第一义的啊！）周武王兴师讨伐暴君，就好比是为除害而烧山断流；而扣马阻挠举义，就好比是斤斤于庄稼、钓网，不明大义。嘻！

【说明】

　　由于将匡济天下百姓看作高于一切的大道理，所以文虽短而说理酣畅，义正词严，有抔土而能障黄流的气象。是作者的卓识，也是唐末大起义的时代感应。形象与理论的融合，是本文的特色。

梅 先 生 碑[1]

　　汉成帝时，纲纽颓圮，先生以书谏天子者再三[2]。夫火政虽失,而剑履间健者犹数百,位尚能为国家出力以断佞臣头,复何南昌故吏愤愤于其下[3]?得非南昌,远地也;尉,下僚也!苟触天子网,突幸臣牙,特殪一狂人、噬一单族而已[4]。彼公卿大臣有生杀喜怒之任,有朋党蕃衍之大,出一言,作一事,必与妻子谋[5]。苟不便其家,虽妾人婢子撄挽相制,而况亲戚乎[6]!而况骨肉乎!故虽有忧社稷心,亦噤而不吐也[7]。

呜呼!宠禄所以劝功,而位大者不语朝廷事[8]。是知天下有道,则正人在上;天下无道,则正人在下。余读先生书,未尝不为汉朝公卿恨。今南游,复过先生里。吁!何为道之多也?遂碑之[9]。

【注释】

〔1〕　梅先生:梅福,西汉末年任南昌尉,曾上书请削大将军王凤的权柄。王莽专权时,弃家出游,传说成仙。

〔2〕　纲纽:指国家的纲纪,即封建社会的秩序。　颓圮(pǐ):毁坏。

〔3〕　火政:西汉自称"火德",此处以"火政"代表汉朝的政纲。　剑履:公卿大臣的服饰,用指公卿。　健者:有能力的人。　佞(nìng)臣:谄媚的奸臣。　南昌故吏:指梅福,曾任南昌尉。

〔4〕　下僚(liáo):下级官吏。　特:只是,仅仅。　殪(jí):杀死。　噬(shì):咬。　单族:指人少势单的家族。

〔5〕　朋党:相互联结的集团。

〔6〕　苟:如果。　不便:不利。　撄(yīng)挽:牵扯。

〔7〕　社稷(jì):国家。　噤(jìn):闭口。

〔8〕　宠禄:指优异的待遇。

〔9〕　碑:当动词,记载在碑上。

【语译】

　　汉成帝时,国家的纲纪已经毁坏,梅先生还是再三上书劝谏皇帝。虽然汉朝的气象已经衰落,然而公卿大臣中也还有数以百计的有能力的人,按其地位,还能为国家出力斩除奸臣,又怎会轮到一个当过南昌小官的人在下面愤愤不平呢? 莫非是因为南昌地方僻远,县尉又是个小官;如果触犯了皇帝的法网,撞到皇帝亲信的利牙上,也只不过是杀了一个狂人,灭了一个小家族而已,无足轻重。而对于那些公卿大臣来说,就事关重大了:由于他们手握生杀大权,有相互勾连愈来愈庞大的集团,所以他们出一言,做一事,都要和亲人们商量。如果那一言一行将不利于他的家族,哪怕是婢妾们也会来牵制,更何况是亲戚们! 更何况是兄弟妻子! 所以,他们虽然有忧国之心,也只好闭口不说了。

　　啊! 皇帝的优异待遇是用来劝勉人立功的,而这些享有优异待遇的大臣却不敢议论朝政! 由此可知:凡是天下有道时,正直的人就会处在上位;凡是天下无道时,正直的人就会处在下位。我读了梅先生的文章,未尝不为汉朝公卿的腐败而感到愤恨! 如今我游历南方,又经过梅先生的故里。吁! 梅先生何以有如此高尚的道德?于是我为他写下碑文。

【说明】

　　文章对公卿大臣不敢议论朝政的现象作了合理的心理剖析,指出只谋私利,患得患失,是朝政腐败的原因,反衬出梅先生义无反顾的凛凛正气。对当时尸位素餐的官僚可说是一鞭一条痕,一掴一掌血。

二　工　人　语

　　吴之建报恩寺也,塑一神于门,土工与木工互不相可^[1]。木人欲虚其内,窗其外,开通七窍以应胸脏,俾他日灵圣,用神吾工^[2]。土人以为不可:"神尚洁也,通七窍应胸脏,必有尘滓之物,点入其中,不若吾立块而瞠,不通关窍,设无灵,何减于吾^[3]。"木人不可。遂偶建焉。立块者,竟无所闻;通窍者,至今为人祸福。

【注释】

〔1〕　吴:今江苏苏州。
〔2〕　窗:当动词,连通。
〔3〕　设:设使,假设。　减:损。

【语译】

　　苏州修建报恩寺时,计划在寺门塑一座神像,而泥水匠和木工的意见不一致,互不买账。木工呢,想让这座神像中空,与外部连通,让它七窍和内脏、胸腔相通,使它建成后能有灵性,也以此显示我们工匠的灵巧。泥水匠呢,却不同意,他说:"神最讲究清洁,你开七窍通内脏。就必然有尘土之类飞进去,还不如听我的,不要开通七窍,让它一整块呆立着。即使它将来没灵验,也不关我的事呵!"木工坚决不同意。于是两人分头各干各的。

　　结果是:那座用土堆起来的神像一直无声无息;而那座通有七窍的神像却很灵验,到现在还在为人预测祸福呢!

【说明】

　　这则寓言讽刺的是不讲效果但求无过的工作态度。

越　妇　言

　　买臣之贵也,不忍其去妻,筑室以居之,分衣食以活之,亦仁者之心也[1]。一旦,去妻言于买臣之近侍曰:"吾秉箕帚于翁子左右者有年矣[2]。每念饥寒勤苦时节,见翁子之志,何尝不言:'通达后以匡国致君为己任,以安民济物为心期[3]。'而吾不幸离翁子左右者亦有年矣。翁子果通达矣。天子疏爵以命之,衣锦以昼之,斯亦极矣[4]。而向所言者,蔑然无闻[5]。岂四方无事使之然邪? 岂急于富贵未假度者邪[6]? 以吾观之,矜于一妇人则可矣,其他未之见也。又安可食其食!"乃闭气而死[7]。

【注释】

〔1〕去妻:已离婚出走的妻子。按《汉书・朱买臣传》的说法,朱妻不能安于贫困,要求离婚,在朱买臣富贵后自杀。

〔2〕秉箕帚:拿着清洁工具,意思是当妻子。　翁子:朱买臣字翁子。

〔3〕心期:心所向往的。

〔4〕疏爵:不惜禄位官爵。疏,分。　昼之:让他荣耀。据《汉书・朱买臣传》,汉武帝对朱买臣说:富贵不回故乡,就好比是穿着华美的绣衣在夜里走,谁也没看清这身好衣裳。所以就任命他为会稽太守,让他回故乡荣耀一番。

〔5〕蔑然:渺小的样子。

〔6〕未假度:没有想到。假,通"暇"。度(duó),思考。

〔7〕闭气:窒息。

【语译】

朱买臣富贵以后,同情他已离婚的妻子,盖房子让她住,还给她衣食,养活她。这也可以算是有仁人之心了。但有一天,那已离婚的妻子却对朱买臣的近侍说道:"我侍候官人已经有好些年了。每当他在饥寒中苦读时,就体现出高尚的志趣。他总是说:'有朝一日当了官,一定要辅助国君治理好国家,国富民强是我的理想!'而现在我不幸离开官人也已经好些年了,他果然当了大官。皇上不惜给他高官厚禄,让他回乡荣耀一番,这也可算是宠爱到极点了。然而,他当时的那些誓言却渺然无闻了。难道是天下太平才使他无所事事,还是一心要享富贵,没时间考虑这些? 依我看呢,他当官向我这样的一位妇道人家夸耀夸耀还可以,其他还有什么? 我怎能吃这种人的饭!"于是,她就自杀了。

【说明】

这是一篇别出心裁的翻案文章。他从弱者的角度改写了历史故事,撕下官僚们"安民济物"的纸面具,还其富贵骄人的真面目。

槎　客　喻^[1]

乘槎者既出君平之门,有问者曰:"彼河之流,彼天之高,宛宛转转,昏昏浩浩,有怪有灵,时颠时倒,而子浮泛其间,能不手足之骇、神魂之掉者乎?"对曰:"是槎也,吾三年熟其往来矣。所虑者,吾寿命之不知也,不虑槎之不安而不返人间也。及乘之,波浪激射,云日气候,黯然而昏,燿然而昼,乍揭而傍,乍荡而骤,或落如沉,或触如斗,茫洋乎不知槎之所从者不一也^[2]。吾心未尝为之动。心一动则手足之不能制矣,不在洪流、槁木之为患也。苟人能安其所据而不自乱者,吾未见其有颠越之心也。"

【注释】

〔1〕　槎(chá)客：张华《博物志》说：天河通海,有海边居民发现每年八月有木筏来往于海上,不失期。于是这人也准备好粮食坐上木筏

而去。过了很久，到一个地方，有城池房屋，还有一个女人在织布，一个男子牵着牛在饮水。他问那牵牛的人说："这里是什么地方？"回答说："你回蜀去问严君平。"后来那人回来了，到蜀地去问严君平。严氏说："某年月日，有客星犯牵牛宿。"计算一下年月，恰恰是那人问牵牛男子的时候，这才知道他是到了银河，碰到牛郎、织女了。本文就是从这里接着发挥。

〔2〕　黯(àn)然：昏暗的样子。　　爝然：同"霍然"，明亮闪动的样子。搚：同"拓"(tuò)，推动。

【语译】

　　那个乘木筏游天河的人走出了严君平家门口。这时，就有人赶着问："天河是那么浩荡，天空又是那么高渺，曲曲折折又茫茫渺渺，四周又有神灵鬼怪，木筏在波涛中颠颠倒倒，而您就坐在那木筏上，不会吓得手忙脚乱，丢魂落魄吗？"那人回答说："这木筏我观察了三年，对它的来往我是熟悉的。我不担心木筏能否安全地带我回人间，我只担心我能不能活到回来的时候。当我乘上木筏，激流如箭，太阳在云雾中时隐时现，时而暗昏昏，时而亮堂堂；一忽儿浪涛推筏近岸，一忽儿旋流漂筏如飞；木筏从浪峰跌入波谷，冲浪而过，和波涛搏斗，一片水茫茫，不知这小小的木筏将被带向何方。这种种艰险真是一言难尽啊！然而，我的心却从不动摇。我知道，一慌乱，手脚就不听使唤了，危险就在这上头，并不在急流和木筏上。是的，一个人只要在任何处境中把握住自己，不慌乱，就一定不会失败！"

【说明】

　　这篇小故事是个老故事的新编，其中银河行槎写来如同亲历，可见作者想象力之丰富。乘槎者成功的经验具有普遍性，所以读来饶有哲理趣味。而且语言色彩的斑斓，音调的铿锵，颇能代表罗隐小品文的艺术风格。